種族滅絕

E FICTION 02

高野和明◉著
李彥樺◉譯

目錄

推薦序

一部「超日趕美」的國際級大作

譚光磊（版權經紀人）

對於生長在台灣的我們來說，日本絕對是不輸給美國的文化強國。日本動漫、電玩、圖書、戲劇，乃至於偶像明星和流行時尚，都會在極短時間內的速度登台。以圖書爲例，不論是日本的經典文學、當代推理還是輕小說，健康養生還是個人整理術，都能在台灣看到中文版，其引進數量之多、比例之高，堪稱全球之冠。

可是令人訝異的是，日本文學其實很少譯介到西方國家。文化差異固然是主因之一，但更關鍵的還是出版體制的差異。圖書的國際版權交易是西方產物，作家經紀人制度源於英語系國家，而後才傳到歐洲。在沒有經紀人制度的歐洲國家（如法國），則靠著出版社的版權經理，將旗下圖書授權到海外。對西方作家而言，作品被翻譯成外文、在其他國家出版，是一件正常而非例外的事。

熟悉外文書版權的人都知道，簽日文書的版權比簽歐美書難度高。歐美的遊戲規則相對透明，版權交易機制成熟，索取樣書、報價、簽約付款或購買圖檔的流程非常簡單。日本就不一樣了，一來作家在不同出版社出書，造成權利分散，即使出過某作家的書，下一本也未必有優先權。二來出版社少有專人負責海外授權，往往是編輯代勞，而編輯又要考慮作家新書的創作進度，外文報價擱置一旁長達半年以上是常有的事。三來日本人特重交情，若沒能先建立起友誼關係，根本別想做生意。

正因如此，日本作家要進軍歐美，可謂困難重重。對內，要解決版權分散的問題；對外，要有熟悉歐美事務的人全權打理。村上春樹很早就有美國經紀人，而近年來成功打進英語書市的日本作家如小川洋子、東野圭吾、吉田修一和桐野夏生，也都要靠經紀人從中斡旋，才能獲得主流出版社青睞，否則只能由講談社美國分社或日人在美國成立的「垂直」（Vertical）出版社出版。日本文學名家如林，譯成英文者卻如此稀少，與日漫以摧枯拉朽之勢橫掃全球相比，簡直是天壤之別。

日本文學版權輸出的困境解說完畢，高野和明的《種族滅絕》正式登場。

此書二〇一一年四月在日本出版，不到一年時間，便被英語世界最強勢的懷利文學經紀公司（Wylie Agency，旗下作家包括童妮・摩理森、奈波爾、菲利普・羅斯和瑞蒙・卡佛）簽下代理權，賣給美國阿歇特出版集團旗下新成立的犯罪推理品牌「穆荷蘭圖書」（Mulholland Books），並由《1Q84》譯者之一的菲利普・蓋布瑞爾（Philip Gabriel）親自翻譯。究竟是什麼樣的一部作品，能夠先在國內叫好叫座，繼而零時差接軌國際，進軍歐美市場？

《種族滅絕》是一部標準的科技驚悚小說，故事主要分成三條線，第一條敘述傭兵喬納森・葉格爲了拯救罹患罕見遺傳疾病的兒子，前往非洲執行祕密暗殺任務，第二條線是遠在美國遙控該任務的總統和情治單位陰謀，第三則是描寫年輕的日本學生古賀研人依照父親遺願，逐步揭露一個驚人的科學謎團。單從前兩條線看來，已經是媲美麥可・克萊頓《剛果》或電影《危機總動員》的高水準之作，舉凡異國場景的描寫、美國情治和軍事單位的運作、乃至於各種槍械和裝備的細節，全都一絲不苟。小說的敘事節奏明快，影像感極強，場景的切換流暢而純熟，毫不遜於歐美的同類型作品。高野和明原本就出身影視圈，還曾任職美國ＡＢＣ電視網，並在洛杉磯進修電影編劇和攝影課程，能夠寫出如此美式風格與質感的作品，其來有自。

然而，如果只有這兩條劇情線，《種族滅絕》充其量只是個「日皮美骨」的故事。這部作品的巧妙之處，就在於加入了古賀研人的故事。美國驚悚小說名家陸德倫（Robert Ludlum）的拿手好戲「小人物遇上大陰謀」，在此成了平凡學生接到父親神祕遺言，一路尋找線索，試圖解開謎團的日式推理劇。研人從頭到尾沒有離開過日本，他的故事乍看之下與非洲的獵殺任務與美國政府的陰謀更是相隔十萬八千里，卻成了最終破案關鍵。一邊是日本的推理醍醐味，一邊是好萊塢規格的大場面追殺和動作戲，這種跨類型、跨文化的「參差對照」趣味，正是《種族滅絕》的傑出之處。

在推理解謎和跨國冒險的表象之下，則是高野和明對人類過去與未來的深沉省思。他藉由赫茲曼教授之口，說出了「一切生物中，只有智人會大量屠殺同類，這幾乎可說是智人這種動物的定義。所謂的人性，其實就是殘暴性。據我推測，從前存在於地球上的其他人屬動物，例如原人或尼安德塔人，就是被智人殺光才滅種的。」這樣的話語。當出現了現今人類完全料想不到的新種生物時，我們與生俱來的「戰鬥或逃跑反應」（Fight-or-flight response）會是趁其尚未壯大之前予以全面撲殺，還是試圖與之和平共存？《種族滅絕》中的兩位主角，葉格試圖拯救他染病垂死的兒子，研人則藉由科學解謎拼湊出疏離父親的樣貌，最終他們都成了「人類之子」能否存活的重要角色。

我第一次聽說《種族滅絕》這本書，是在去年八月，一位以色列出版人朋友來信詢問我對此書的看法。當時台灣僅出過高野和明的《13級階梯》和《幽靈救命急先鋒》，而且都已絕版，我自然還沒機會讀到，但也因此對這部在日本國內取得巨大成功，短時間內進軍歐美的作品格外期待。一年後，我收到獨步文化寄來的書稿，迫不及待打開來讀，果然酣暢淋漓娛樂性滿點，更不乏深刻的人文關懷。高野和明成功結合了日式推理和美式科技驚悚小說的特質，寫出這部「超日趕美」的國際級大作，無怪乎小島秀夫稱讚這是「凌駕好萊塢的一流娛樂小說。」

序章

雖已經歷數年豪宅生活，他到現在還是無法適應。每晚睡眠品質都很差，除了年紀已近暮年之外，想必還有其他理由。在稱不上熟睡，只是近乎昏迷的時間過後，格列高利．伯恩斯一如往常地聽到鬧鈴聲後醒來。

與總機人員簡單交談後，伯恩斯繼續躺在床上，度過一小段不受干擾的寶貴時光。接著他緩緩起身，高舉雙手，盡量張大嘴打個哈欠。走進浴室，以低溫的水沖個澡，讓頭腦恢復清醒，並換上妻子事先準備好的西裝。

他來到餐廳一瞧，妻子及兩個女兒正在吃早餐。剛起床的女兒臭著臉抱怨學校的事，伯恩斯隨口敷衍，完全不放在心上。即使自己對家人漠不關心，妻子亦不再像以前一樣嘮叨個不停，這或許也是在漫長的鬥爭中爭取到的特權之一吧。

對伯恩斯而言，這裡既是住家也是辦公室。只要開門走到大廳，就進入公共空間。一大早的第一件工作，是將腳邊一個重約四十磅的公事箱提到門外。這個公事箱有個暱稱，叫「核彈足球」（註一）。正如其名，這是個相當危險的東西，一個使用不當就會讓人類陷入滅絕的危機中。一旦伯恩斯想要發動核彈攻擊，就得使用這玩意。

「早安，總統先生。」

早已守在門外的海軍中校山繆．吉勃遜一見到伯恩斯，便走上前來。這名海軍中校經過高標準的身家調查，是個「清白的美國人」（註二）。

「早安，山繆。」

山繆中校接過伯恩斯手中的公事箱，以手銬銬住握柄，並將手銬的另一端銬在自己的手腕上。伯恩斯與山繆一同下樓，與特勤局人員會合後，走向白宮的西館。途中，一名國家安全局職員走來，將一枚小小的塑膠卡片遞給伯恩斯。這張卡片有個暱稱叫「餅乾」，上頭印著一長串經由亂數產生的核彈發射密碼。只要在「核彈足球」的鍵盤上輸入這串密碼，便可證明核彈發射命令確實是由總統發出的。伯恩斯將卡片放入錢包中，塞進西裝外套內側口袋。

橢圓形辦公室的窗外，可看見沐浴在晨光中的玫瑰花園。伯恩斯走進辦公室，等著每日例會的成員聚齊。不一會兒，副總統、幕僚長、國家安全顧問、國家情報總監、中央情報局長等人皆獲得入室許可，來到辦公室內。

伯恩斯坐在沙發上向眾人打招呼，他察覺到今天的與會成員多了一人。這個人坐在眾人身後，是位年約四、五十歲的白人男性。伯恩斯仔細一瞧，原來那個人是國家科學技術顧問梅文‧嘉德納。嘉德納似乎明白自己不該出現在這個地方，一直縮著肩膀，顯得有些坐立不安。那銀髮覆蓋下的雙眸散發出知性與溫和，配上謙沖內斂的樸素裝扮，確實與這場以地球最高掌權者爲首的會議格格不入。

伯恩斯語氣溫和地說道：「早安，博士。」

「早安，總統先生。」

嘉德納博士露出微笑，這一笑讓辦公室裡的緊張氣氛登時緩和了不少。身爲科學家的嘉德納博士，擁有在場所有人共同缺少的一種特質：對他人不具威脅性。

伯恩斯轉頭望向國家情報總監查爾斯‧霍金。

「霍金先生要我出席今天的會議。」嘉德納說道。

「我們需要嘉德納博士的專業知識。」霍金解釋道。

伯恩斯輕輕點頭，不讓心中的不悅顯現在臉上。按照規定，增列與會人員必須事先提出申

註一：「核彈足球」（Nuclear Football）：美國總統隨身攜帶的核彈發射盒。

註二：「清白的美國人」（Yankee White）：美國政府高層對通過嚴格身家調查者的暱稱。只有通過此調查的人，才有資格在總統身邊擔任要職。

請。國家情報總監是個新設立的職位，霍金才新官上任沒多久，已做出不少像這樣的獨斷專行。伯恩斯對此一直隱忍不發。

既然霍金要嘉德納博士出席，一定有其理由吧，伯恩斯如此說服自己。如何平緩突如其來的怒氣，是伯恩斯近年來給自己下的課題。

「這是今天的總統日報。」

霍金遞出一本資料夾。在這資料夾裡匯整了過去一天中自全美國情報機關的重要情報。

前兩件，是關於伯恩斯所發動的中東戰爭的消息。伊拉克、阿富汗境內的戰況並不理想，伊拉克的治安每況愈下，潛伏在阿富汗境內的恐怖分子依然行蹤成謎，美軍的損耗卻是節節攀升。傷亡統計圖上的線條爬得愈高，美國民眾對總統的支持率就掉得愈低。伯恩斯不禁大感後悔，當初開戰時不應聽信國防部長的意見，只派出陸軍參謀總長所要求兵力的五分之一。這不滿十萬人的美軍兵力要擊垮一個小國的獨裁政權確實綽綽有餘，但要維持全國治安卻是嚴重不足。

第三件情報更是棘手。有消息指出，某個正在中東地區執行任務的中情局諜報員可能是雙面間諜。

中情局長羅巴特．荷朗德在請求發言並獲得同意後說道：「這雙面間諜的情況很特殊，不同於以往的案例。我們懷疑他洩漏機密的對象不是美國的敵國，而是人權觀察團體。」

「ＮＧＯ？」（註）

「是的，他洩漏的是我們所執行的『特殊移送』的相關機密。」

伯恩斯聽完荷朗德的解釋，一臉嚴肅地說道：「這件事得參考法律顧問的意見，我們另外找時間討論。」

「好的。」荷朗德回答。

第四件是關於某邦交國領袖的健康問題。據聞該國首相因罹患憂鬱症而不克視事，下台只是時間問題，但這並不影響該國的親美路線。

伯恩斯一邊聽著分析官的解釋，一邊又看完了第五及第六件消息。翻到最後一頁時，上頭印著這樣的標題：

「人類面臨滅絕危機：非洲出現新種生物」

伯恩斯忍不住抬頭說道：「這是什麼？好萊塢電影的劇本？」

對於總統這句玩笑話，只有幕僚長以微笑回應，其他人皆因一頭霧水而沉默不語。伯恩斯轉頭望向國家情報總監霍金。霍金的年紀比總統大，雖與總統四目相接，卻依然秉持從容不迫的態度，只是淡淡說道：「這是來自國家安全局的情報。」

伯恩斯此時忽然想起一件事：過去華盛頓近郊某餐廳曾出現某種致死率極高的病毒，美國陸軍傳染病醫學研究所及美國疾病控制預防中心曾爲此，聯手發起封鎖行動。

伯恩斯心想，這次大概也是類似的狀況，於是低頭閱讀報告書內容。

「剛果民主共和國東部熱帶雨林出現新種生物。此生物若大量繁殖，不但將對美國造成重大威脅，甚至可能導致全人類滅亡。值得注意的是，早在一九七七年由施奈德研究所提出的〈赫茲曼報告〉中，便已對此提出警告——」

伯恩斯花了幾分鐘仔細讀完內容後，整個人仰躺在椅背上。原來如此，這就是霍金將科學技術顧問找來的理由。

「這上頭說的新種生物，該不會是伊斯蘭激進分子吧？」伯恩斯譏諷道。

霍金依舊一本正經地說：「這個情報的可信度相當高。根據專業分析官詳加評估——」

「夠了，你不用說了。」伯恩斯打斷了霍金的話。對伯恩斯而言，這份報告書本身就令人

註：NGO（Non-Governmental Organizations）：非政府組織。

不愉快，不只是內容，而是根本就不應該存在。「我們直接聽聽嘉德納博士的看法吧。」

此時發言權轉移到了個性謙和的老科學家嘉德納身上。嘉德納面對一臉不耐煩的最高掌權者，結結巴巴地說道：「人類在二十世紀後半，便已預期到這個危險。總統日報中所提及的〈赫茲曼報告〉，只是反映相關議題的資料之一……」

對於嘉德納這煞有其事的回答，伯恩斯不禁感到有些錯愕。除了感慨科學家的腦袋果然不是一般人能理解之外，還有一股揮之不去的屈辱感。出現了可能毀滅人類的新種生物？這種天方夜譚，這些人竟然說得跟眞的一樣。

「博士，難道你也認爲這則情報是可信的？」伯恩斯問。

「我只能說有這種可能。」博士回答。

「這一份就是〈赫茲曼報告〉，請看第五節，上頭貼了標籤。」霍金從資料夾裡取出另一份文件。

嘉德納博士等伯恩斯讀完這份完成於上個世紀的報告後，開口說道：「不過，我們這次掌握的並非第一手情報。除了情報來源的當事者之外，並沒有任何人親眼見過這個生物。我認爲美國政府應該派人調查這件事的眞相。」

霍金接口說道：「趁早解決這個問題，可以省去事後很多麻煩，花費也可以控制在數百萬美金之內。不過，重點在於絕對不能讓這個機密洩漏出去。」

「有沒有具體方案？」伯恩斯問。

「我已下令當年提出這份〈赫茲曼報告〉的施奈德研究所研擬對策，預計本週末之前就能完成。」

伯恩斯心想，大不了是白費力氣，不會有任何壞處。目前美國正值干戈之秋，任何麻煩的徵兆都必須趁早剷除。此時的伯恩斯已開始重視這個問題。

「好，對策擬出來後，讓我瞧瞧。」

「是。」

每天早上的例會就在此時畫下句點。九點的內閣會議中，這個「生物學議題」再度被提出來討論。經過短短兩分鐘的交談，國防部長拉蒂默做出了結論：「這種小事交給施奈德研究所去處理就行了。」

最後，在總統的代領下，所有人低頭默禱，對至高無上的主表達敬意。

會議結束後，中情局職員進入閣議室，回收所有閣員手上的總統日報影本。這些文件都是最高機密，必須送至位於朗里（註）的中情局總部保管。在這場舉行於二〇〇四年暮夏的內閣會議中，與會成員到底獲得怎樣的情報、交換怎樣的意見，世界上知道內情的不到十人。

註：朗里（Langley），維吉尼亞州的區名，鄰近首都華盛頓。

第一章　赫茲曼報告

1

三輛經過裝甲改造的通用薩伯曼（註）汽車行駛在漫天飛舞的沙塵中。最後一輛的後車蓋呈開啓狀態，載貨平台上放著一張單人沙發。這張沙發面對著車後的方向，腳架已被拆去，說穿了就是個簡易的臨時槍座。綽號「獵鷹」的喬納森．葉格坐在上頭，緊盯著後方的動靜。

距離宿舍還有五分鐘的車程。只要進到宿舍就安全了。他在巴格達執行任務已經三個月了，如今終於將告一段落。

雇主「西盾公司」所交代下來的，全是些護衛工作。這段期間以來，葉格與其他同伴保護過的客戶可說是五花八門，遍及世界各國。有來自美國的新聞記者、想要視察戰後重建狀況的英國石油企業高層、亞洲某小國的大使館人員。

剛出發時陽光炙熱，此時已減弱不少。天色愈晚，氣溫愈低，即使身穿防彈衣或戰鬥護具等重裝備，依然感到些許涼意。隨著溫度下降，這座放眼望去盡是黑褐色低矮建築的城市更顯蕭條。雖然從明天開始就是長達一個月的假期，葉格卻很憂鬱。如果可以的話，葉格極想繼續待在巴格達。這座無法像其他文明都市一樣享受和平的城鎮，對葉格而言就如同是個虛構的遊戲場。

低空掠過住宅屋頂的武裝直升機、撕裂了寂靜夜晚的迫擊砲砲聲、遭人遺棄在荒廢砂地上的戰車殘骸，還有總是有屍體漂浮的底格里斯河。

這塊人類文明的發祥地歷經了五千兩百多年的戰火摧殘，在二十一世紀初的現代再度慘遭蹂躪。席捲而來的異種文明雖高呼著冠冕堂皇的政治口號，其眞正目的說穿了不過是覬覦埋藏在地底下的龐大石油資源。

在這場戰爭中並沒有正義存在，然而葉格並不在乎。只要有錢可拿，其他事情都不重要。

一旦休假回到家人身邊，將面對的是比戰場還要煎熬的殘酷現實。與其回去受罪，不如繼續待在巴格達賺錢。雖然沒辦法陪在兒子身邊，但至少可以理直氣壯地告訴自己：我正在盡身為父親的義務。

遠方傳來斷斷續續的槍聲。從那槍聲的特徵來判斷，應是美軍所使用的M16步槍。然而槍聲中並沒有夾雜AK47的反擊聲，顯然不是正規的槍擊戰。

葉格將視線拉回來。極遠處，一輛小型車從跟隨在武裝車隊後方的車陣中竄了出來。葉格以戴著墨鏡的雙眼緊盯著那輛小型車。像這種老舊的日本車，在巴格達是最常見的車種。因為太過平凡，能夠在不引起注意的情況下接近目標，所以常常被恐怖分子拿來當作炸彈攻擊的工具。

因腎上腺素激增，使葉格的視野範圍縮小。這條主要幹道不但屬於交戰地區，而且在出發前的簡報中，更被認定是極端危險的區域。過去這三十天來，武裝勢力的攻擊目標已有些許變化。他們不再把美軍當成唯一攻擊目標。就連民營軍事企業的客戶，也成了他們下手的對象。在這短短數公里的道路上，光是遭到殺害的護衛傭兵便高達十多人。

就在此時，帶頭車輛裡的同袍以無線電通知眾人：「右前方的高架橋下停著一輛可疑汽車，今天早上還沒有那個玩意。」

路邊停著一輛車子，極可能意味著裡頭裝設了遙控型簡式炸彈。武裝勢力分子只要躲在遠處看準時機按下按鈕，就能將之引爆。雖說是簡式炸彈，其威力已足夠將裝甲車炸得粉碎。

「現在該怎麼做？要不要回頭？」

「等等，後面也有一輛小型車急速接近。」葉格朝著嘴邊的無線電麥克風說道。

來自後方的小型日本車，距離武裝車隊已不到五十公尺。

註：薩伯曼（Suburban）：通用汽車公司所生產的大型多用途休旅車。

「退下！」葉格舉起右手中的M4卡賓槍，揮舞左手示意不准再靠近。但那小型車不但沒有減速，反而加速衝來。

「確認干擾電波！」護衛隊隊長麥克弗森下達指示。恐怖分子的遙控炸彈多半使用手機傳送訊號，只要發出干擾電波，就能阻止炸彈爆炸。

「干擾電波持續發出中。」帶頭車輛回應。

「好，車隊保持前進，驅逐後頭的車子。」麥克弗森下令。

「收到。」葉格接獲命令，再度拉開嗓子，要求小型日本車退後。

但那小型車無視葉格的警告。隔著小型車前方沾滿沙塵的擋風玻璃，可以看見車裡的駕駛者是個伊拉克人。那伊拉克人的臉上流露出明顯的敵意。葉格依據民營護衛傭兵交戰守則，連開了四槍。這四槍全打在小型車保險桿的前方路面上，揚起了不少混凝土碎片。

伊拉克人見了葉格的警告射擊，依然沒有減速。於是葉格舉高槍口，瞄準小型車的引擎蓋。

「注意爆炸！」

無線電才剛傳來麥克弗森的嘶吼聲，整個武裝車隊已籠罩在沉重的爆炸聲響中。然而爆炸的位置並非前方的高架橋下，而是車隊後方數百公尺遠的道路上。大量竄升的濃密黑煙，完全籠罩了路旁的椰棗樹。這場爆炸意味著又有人在強烈信仰及憎恨中失去了生命。在巴格達，這樣的事情已是家常便飯。然而爆炸的若是緊跟在武裝車隊後頭的小型車，此時葉格的身體早已被撕成碎片。

葉格繼續舉高槍口，略過了第二階段的警告射擊，直接將M4卡賓槍的槍口指向伊拉克人的頭部。瞄準器發出的紅色光點，落在伊拉克人的雙眉之間。

別閉上眼睛！葉格在心中對著伊拉克人喊著。每個發動自殺式炸彈攻擊的恐怖分子，在死前的最後一刻都會流露出悲壯的表情並閉上雙眼。一旦眼前這個伊拉克人閉上雙眼，葉格就只能開槍射殺。

此時伊拉克人的臉上終於閃過一抹恐懼。就在葉格以為伊拉克人已決心赴死，正準備要扣下扳機的瞬間，瞄準器裡的伊拉克人忽然迅速縮小。伊拉克人的車子終於減速了。

就在此時，武裝車隊進入了陰影之中。下一瞬間，陰影消失，武裝車隊已通過了高架橋下。擱置在橋下的可疑車輛並沒有爆炸。

葉格見後方的小型車變換了車道，旋即以無線電回報：「後方安全了。」

「收到，繼續前進。」坐在前一輛車裡的麥克弗森回應。

葉格心想，開那輛小型車的伊拉克人或許不是恐怖分子，只是想要挑釁武裝車隊的一般百姓。至於高架橋下那輛車，大概只是一時故障才停在路旁。然而真相到底如何，如今已無法求證了。

在這一團謎霧之中，只有一點是可以確定的事。那就是自己差點在強烈恨意及恐懼的驅使下，射殺一個素不相識的陌生人。

三輛武裝車通過美軍的哨站後，繞過一條為了防止敵人的炸彈汽車攻擊而設計得彎彎曲曲的道路。直到這時，眾人才算進入了安全區域。

西盾公司的宿舍位於首都市中心的某條大路旁，鄰近從前統治此地的獨裁者所住的宮殿。宿舍是棟油漆斑駁剝落的兩層樓建築，形狀狹長，裡頭的隔間相當多。沒有人知道這棟建築在租給民營軍事企業前，到底是做什麼用的。或許是公務員宿舍，也或許是學校宿舍。

車隊停在宿舍前院，六名護衛隊員皆下了車。包含葉格在內，這六人都曾待過美國陸軍特種部隊，也就是所謂的「綠扁帽部隊」。六人舉起拳頭，宣告任務順利成功。車輛維修人員奔上前來，發現帶頭車輛的側面上多了些高性能狙擊步槍的彈痕。但在場沒有任何一個人在意，因為這早已是司空見慣的事。

「喂，獵鷹！開槍的報告書不用寫了，今晚我們要在屋頂上辦場宴會。」麥克弗森朝正走向宿舍的葉格喊道。

「收到。」葉格以微笑表達了謝意。葉格明白，所謂的宴會其實是為他舉辦的歡送會。等到明天交接人員抵達，他就要離開此地了。執勤三個月休假一個月，是傭兵工作的標準排班週期。然而等下次回來報到時，不見得還能見到相同的伙伴。一顆不知從哪裡冒出來的子彈，就可以讓一名傭兵再也沒有跟其他伙伴見面的機會。

「這次假期你打算怎麼過？回美國嗎？」

「不，我要去里斯本。」

里斯本是葡萄牙的首都。麥克弗森知道葉格前往該地的理由，輕輕點頭後說：「加油。」

「嗯。」

葉格走進位於宿舍二樓的四人房，將M4卡賓槍放在雙層床鋪的床板上，並解下身上的戰鬥裝備，放進置物櫃裡。依照規定，一切武器彈藥都不能帶走。葉格將少得可憐的幾樣私人物品塞進背包裡，行李的打包便算結束了。

偶然間，葉格瞥見貼在置物櫃門板上的家庭合照，不禁停下手邊的動作。這張照片是六年前拍的，當時可說是一家人最幸福的時期。拍照的地點是位於北卡羅萊納州的家中。照片裡，葉格與妻子莉迪亞、兒子賈斯汀一起坐在客廳長椅上，對著鏡頭微笑。坐在葉格大腿上的賈斯汀小得即使伸長雙手，也不及葉格的胸膛寬度。賈斯汀有著來自父親的深棕色頭髮及來自母親的藍眼珠，笑得天真時像莉迪亞，發起脾氣來卻又跟任職於特種部隊的葉格一樣霸氣十足。這孩子將來到底會像父親還是像母親，一直是葉格與妻子之間的閒聊話題。

葉格取出一本讀到一半的平裝書，將照片夾在裡頭，接著取出手機，打給位於在里斯本的妻子。兩邊時差有三小時，這時里斯本應該才剛過中午不久。電話沒有人接，但葉格不以爲意。妻子一直待在醫院裡，不可能一打就通。於是葉格留了言，要妻子回電。接著他迅速完成M４卡賓槍的保養工作，帶著手機及筆記型電腦，走到宿舍一樓。

休憩室跟往常一樣熱鬧。這房間不大，裡頭有老舊的電視機、沙發桌椅、咖啡機、以及一些供人自由使用的電腦。葉格無視於一群正指著電腦畫面上的色情網站大聲說笑的同伴，走到角落，拿起高速網路線，接上自己的電腦。明知道希望渺茫，葉格還是開啓了學術論文的搜尋網站。

果然不出所料，網路上依然找不到任何關於治療「肺泡上皮細胞硬化症」的新論文。

「葉格！」

門口傳來呼聲。葉格轉頭一看，宿舍長阿爾．斯蒂法諾正朝他招手。「到我的辦公室來，有客人找你。」

「找我？」葉格一愣，完全想不出來客人會是誰。於是葉格走出休憩室，跟著斯蒂法諾移動至位於樓梯旁的辦公室。

一打開門，一個坐在會客用沙發椅上的中年男人旋即站起來。這個人約一百八十公分高，與葉格差不多。他身穿與其他傭兵一樣的短袖T恤及工作褲，但年紀比葉格大得多，看起來約五十多歲。他朝葉格伸出右手，臉上帶著軍人特有的嚴肅笑容。

斯蒂法諾說道：「這位是西盾公司的董事，威廉．瑞凡先生。」

葉格曾聽過這個人的名字。葉格所任職的這間民營軍事企業，是由一群退役軍人所創設，這些人原本服役於號稱「陸軍最強部隊」的三角洲部隊（註一），而眼前這個威廉．瑞凡，更是其中的第二把交椅。西盾公司能夠快速成長，主要靠的就是經營團隊與美軍之間的深厚關係。威廉‧瑞凡是個久戰沙場的老兵，面對葉格並未擺出高高在上的姿態。

然而畢竟身分懸殊，葉格不敢表現得太過隨便，中規中矩地握住瑞凡的手，說道：「你好，瑞凡先生，我是喬納森‧葉格。」

「有沒有綽號？」瑞凡劈頭便問。

「獵鷹。」

「好，獵鷹，我們坐下來談。」瑞凡接著轉頭對斯蒂法諾說：「請你先出去一下。」

「是。」斯蒂法諾應了，走出自己的辦公室。

辦公室內只剩瑞凡與葉格兩人。瑞凡忽然環顧狹窄的辦公室內，說道：「這裡不會被竊聽吧？」

「除非斯蒂法諾將耳朵貼在門板上。」

瑞凡臉上毫無笑意，只是淡淡說道：「好吧，那我就不多說廢話了。關於你這次的假期，我想請你延後再放。」

「延後？爲什麼？」

「我希望你能參與一場爲期一個月的任務。」

葉格暗忖，如果沒去里斯本，莉迪亞不曉得又會說些什麼。

「相信我，你不會後悔的。這一個月裡，我每天付你一千五百美金。」

這金額是葉格目前報酬的兩倍以上。然而葉格不但沒有心動，反而起了疑竇。爲什麼西盾公司的第二把交椅會特地找上門來，還開出這麼好的條件？「希拉市？」

「什麼？」

「我得到希拉市去？」葉格問道。希拉市（註二）是目前伊拉克戰況最激烈的地區。

「不，任務執行地點不在伊拉克。執行任務前，會先進行二十天的訓練，任務大概五天就能結束，最長不會超過十天。不管時間縮得多短，我都會付你三十天的報酬。」

一個月收入有四萬五千美金，確實很不錯。對現在的葉格家來說，正處於無論有多少錢都不夠用的狀況。葉格問：「是怎樣的任務？」

「目前不能明說，我能提供給你的情報相當有限。不過，有幾點我可以對你保證。第一，委託這任務的是法國之類的ＮＡＴＯ（註三）諸國，絕非俄羅斯、中國或北韓。第二，這任務的危險性並不高，至少比待在巴格達要安全得多。第三，這任務無關特定國家的利益，而且對全人類來說是件好事。」

葉格聽了瑞凡這番話，還是無法想像那到底會是怎樣的任務。不過，至少可以確定在安全上不用太過擔心。「既然如此，爲何報酬這麼高？」葉格問。

瑞凡皺起眉頭，不悅地說道：「我說得這麼明白，你還不懂嗎？報酬高，是因爲這任務得弄髒手。」

葉格一聽，立即恍然大悟。所謂得弄髒手的任務，指的大概是暗殺任務吧。然而葉格轉念又想，瑞凡剛剛明明說過，這任務無關特定國家的利益，但除了政府高官之外，還有怎樣的對象會讓人想雇傭兵去暗殺？

「你若願意接這任務，就得先簽下切結書。一旦進入訓練程序，你就會得知任務具體內容，到時可就不能反悔了。」

「你擔心我會洩漏機密？這你大可放心，我擁有最高機密等級的安全資格。」

註一：三角洲部隊（Delta Force），正式名稱爲「美國陸軍第一特種部隊D分遣隊」。

註二：希拉市（Al Hillah）：伊拉克巴比倫省的省會市。

註三：ＮＡＴＯ：北大西洋公約組織（North Atlantic Treaty Organization）。

美國將軍事機密依重要性區分為三階段，分別是「私密」、「機密」及「最高機密」。任何人要經手各層級的機密，都必須通過不同程度的審核，例如測謊及縝密的身家調查。葉格在退伍之後，依然持續更新其最高機密等級的安全資格，因為若沒有這項資格，就無法承接由美國國防部委託的任務。

「你出身於美軍特種部隊，我當然信得過你。但在情報的保密上，謹慎一點總是沒錯。」

葉格見瑞凡說得吞吞吐吐，又明白了一件事。這項任務的機密等級，或許是比「最高機密」還要高的特殊等級，例如「最高機密特殊情報」（註一）或「最高機密敏感隔離情報」。因為這個緣故，所以連瑞凡這位身兼前三角洲部隊隊員、軍事企業高層主管、最高機密安全資格持有者等多重身分的大人物，亦無法得知其任務細節。葉格暗想，這或許是場由白宮主導的暗殺計畫，且被列為機密度最高的「特別聯繫計畫」。倘若果真如此，這又產生了一個疑問。一般而言，像這樣的高機密計畫，都是由三角洲部隊或海軍的海豹部隊第六分隊（註二）執行，怎麼會委託給民營的軍事企業？

瑞凡催促道：「如何，接不接？」

葉格心裡忽然湧起一種奇妙的感覺。那是一種令葉格忍不住想要打退堂鼓的恐懼感。葉格第一次產生這種感覺，是在年僅十多歲的時候。當時父母問他，如果父母離了婚，他會跟隨哪一方。第二次產生這種感覺，則是在高中畢業時，當時他正煩惱著該不該為了獎學金而加入美國陸軍。如今，葉格明白自己再度站上了命運的轉捩點。現在的一個決定，將徹底改變自己接下來的人生。

「有任何疑問儘管提出來，我會盡可能回答。」

「這任務真的不危險嗎？」

「只要沒出太大的紕漏。」

「只有我一個人？」

「不，成員共有四人。」

四人小隊是特種部隊編制中的最小單位。

「其他雇用條件都照舊。我們會提供經過歸零調整的武器，此外依照防衛基本法的保險細則，如果在執行任務過程中身亡，我們會支付家屬六萬四千美金。」

「好吧，能不能讓我看看切結書？」

瑞凡滿意地一笑，從軍用公事包中取出一份文件，說道：「沒什麼好猶豫的，你是個幸運兒，應該相信自己的運氣。」

「我是幸運兒？這輩子我的運氣可從沒好過。」葉格揚起一邊嘴角，露出自嘲的笑容。

「不，你能活著就是最大的好運了。」瑞凡一臉認真地說道：「其實在這個任務的候選名單中，有六個人排在你前面，但他們一個個死在武裝勢力的攻擊之下。現在這年頭，連傭兵也被那些武裝勢力當成了眼中釘。」

葉格聽了只是默默點頭。

「我可是好不容易，今天才終於見到一個還活著的人選。」瑞凡接著說道。

心中的憂慮不斷擴散，但葉格試著以數字來壓抑這股不安。只要工作一個月，就有四萬五千美金，這麼好的條件要上哪裡找？就算要弄髒雙手，又有什麼關係？反正自己是別人手中的一

註一：「最高機密特殊情報」（Top Secret-Special Information）、「最高機密敏感隔離情報」（Top Secret-Sensitive Compartmented Information）、「特別聯繫計畫」（Special Access Program）皆是美軍機密區分中的專門術語。

註二：海豹部隊第六分隊（SEAL Team 6）：隸屬於美國海軍的特種部隊。

顆棋子，是一把被人握在手裡的槍。就算槍口下死再多人，也是那些扣扳機的人該負責，與自己無關。

葉格拿起切結書瀏覽了一遍。除了剛剛聽到的那些之外，沒發現任何新的情報。如今唯一能做的事情，只有鼓起勇氣，在上頭簽名。

瑞凡遞出了筆。葉格正要接下，忽感覺到胸口傳來一陣震動，原來是胸前口袋裡的手機響了。

「抱歉。」葉格取出手機一看，是位於里斯本的莉迪亞回電了。「我曾答應內人，明天會去找她。在簽名之前，我想先取得她的諒解。」葉格朝瑞凡說道。

「好吧，我會等你。」瑞凡回答。此時他臉上的神情，就像是個已完全將獵物控制在掌心的獵人。

葉格按下通話鍵，將手機移到耳邊，還沒開口說話，另一頭已傳來莉迪亞的虛弱聲音。每次聽到這聲音，葉格心中總是充滿絕望與不安。

「喬，是我，狀況很糟。」

「很糟？怎麼說？」

一陣哽咽後，莉迪亞說道：「賈斯汀進了加護病房。」

這意味著又是一筆龐大的支出。葉格心想，看來那張切結書是非簽不可了。「妳冷靜點，以前賈斯汀也進過好幾次加護病房，不是都撐過來了嗎？」

「這次不一樣，他的痰裡出現了血絲。」

莉迪亞這句話，聽在葉格耳裡有如晴天霹靂。痰裡出現血絲，這是肺泡上皮細胞硬化症的末期症狀。葉格以手勢向瑞凡道了歉，走出辦公室。鄰近樓梯的走廊上，不時有剛結束任務的傭兵大聲喧嘩、來回走動。

「妳確定嗎？」

「我親眼看到他痰裡的紅線。」

「紅線……」葉格沉吟半晌，接著說道：「傑拉德醫生怎麼說？」

傑拉德是位葡萄牙名醫，他是研究肺泡上皮細胞硬化症的世界級權威，亦是賈斯汀的主治醫師。

莉迪亞一邊啜泣一邊說話，葉格聽不清她說了什麼，心裡不禁浮現妻子頻頻拭淚的悲傷模樣。

「傑拉德醫生說了什麼？」葉格又問了一次。

「……他說孩子的心臟、肝臟都已出現問題……恐怕活不了多久。」

葉格努力在紊亂的腦海中翻找出關於這種疾病的知識。一旦肺泡開始出血，大概只剩下一個月的生命。

「你明天會來看他吧？」莉迪亞傷心欲絕地說道。

如果可以的話，葉格極想立刻飛到兒子身旁。但醫療費要去哪裡籌？葉格轉頭望向緊閉的辦公室門扉，不斷提醒自己要保持神智清醒。身心交瘁的壓力，卻讓葉格的意識開始變得模糊。

矇朧的意識中，葉格問著自己：爲何我會握著手機，站在這巴格達市內的骯髒宿舍走廊上？我到底在這裡做什麼？

「喬？你聽見了嗎，喬？」妻子的哭喊聲不斷鑽入耳中。

2

當發生不幸時，旁觀者與當事人的心境是完全不同的。

載著父親遺體的靈車，在神奈川縣厚木市的狹窄商店街上穿梭而行。古賀研人坐在葬儀社安排的黑色禮車內，跟在靈車後頭緩緩前進。

這天是上班日，此時剛過中午沒多久。冬天的和煦陽光下，逛街購物的路人對這一長串黑色車隊連瞧也不瞧一眼。沒人在乎車內的少年受到多大衝擊，更別說是寄予同情。

研人接到父親古賀誠治猝死的消息時，可說是心裡一團亂。那種不安定的感覺，就好像是支撐著靈魂的臺座正在崩潰、瓦解。其後，研人在醫院內得知父親的死因是「胸部大動脈瘤破裂」。到今天，已過了五天。研人與母親從未縱情放聲大哭，只是鎮日發呆，愣愣地忍受現實的擺布。伯父在接到訃聞後，大老遠從山梨縣趕來。或許是不放心將弟弟的喪事交給一個家庭主婦及一個弱不禁風的研究所學生負責，他自告奮勇扛下處理後事的責任。

研人這輩子從未尊敬過父親。父親誠治生性悲觀，愛怨天尤人，雖然有堂堂大學教授的頭銜，卻可說是個人生的失敗例子。所以約三十分鐘前，眾人開始以鮮花填滿誠治的靈柩，研人還未明確感受到悲傷，眼淚卻已奪眶而出。或許是從小鄙視父親的關係，研人幾乎不敢相信自己會為父親流下眼淚。他一邊擦拭眼鏡下的淚水，一邊告訴自己，或許這就是所謂的血濃於水吧。

靈柩的蓋子闔上了。環繞著鮮花的遺體永遠從視線中消失。那是研人見到父親的最後一眼。父親的模樣依然是那個削瘦而落魄的大學教授。兩父子相處的時間只有短短的二十四年。

車隊載著家屬與弔客抵達火葬場。焚燒爐分成兩座，父親的靈柩被送進的是較便宜的那一座。研人不禁搖頭嘆息。連死人都能分貴賤，這就是日本人的生死觀。

大約三十名的家屬與弔客皆走向二樓的等候室。唯獨研人依然留在爐前，凝視著緊閉的爐口。父親那失去靈魂的肉體，如今正在這裡頭承受著高溫火焰的摧殘。研人看著看著，忽想起國中時閱讀的某科普書中的一節：

「——在你的血液中流動的鐵質，是四十五億年前超新星爆炸時形成的東西。這些鐵質一直飄盪在宇宙中，直到太陽系形成時，才被地球所吸收。如今這些鐵質，藉由食物進入了你的體內。至於存在你身體裡每個部位的氫，更是在宇宙誕生時便形成的元素。它們在宇宙中存在了一百三十七億年，如今成了你身體的一部分——」

組成父親肉體的各種元素，如今終於要回歸自然世界了。

科學的知識稍微鈍化了生離死別的悲傷。

研人離開爐前，登上位於寬敞大廳角落的樓梯，前往二樓的等候室。

鋪設了榻榻米的等候室裡，弔客們圍著一張大桌子坐下來。母親香織雖顯得有些憔悴，但依然維持著冷靜態度。她正經八百地跪坐著，接受來自父親朋友及親戚的慰問之詞。

來自甲府的祖父母及伯父一家人也坐在場內。古賀的老家在山梨縣甲府市內經營商店，經濟狀況還算不錯。雖然近幾年因大型超市的崛起，傳統商店逐漸流失客群，但在伯父繼承家業後，苦心經營之下，日子也還過得去。在這流著商人血液的家族裡，身為次男的誠治可說是個特異分子。誠治念完當地的大學後，跑到東京繼續念研究所，取得博士學位後依然留在學校裡，過了一輩子的學者人生。

不知道為什麼，研人就是覺得自己跟父親那邊的親戚合不來。他煩惱許久，不知該坐哪裡才好，最後索性坐在最末尾。

「你是研人吧？」

坐在對面一位頭髮中夾雜白髮、身材頗瘦的中年男人，跟研人說話。這個人姓菅井，是父親的朋友，是位報社記者。他曾來厚木的家裡拜訪過幾次，因此認識研人。

「好久不見，你長這麼大了。」菅井來到研人的身旁說：「在念研究所？」

「嗯。」

「研究什麼？」

「在藥學研究室研究有機合成。」研人冷淡回應。

研人已盡可能表現出不想深談的態度，菅井卻繼續追問：「能不能說得具體點？」

研人迫於無奈，只好說道：「利用電腦設計新藥，然後合成各種化合物，實際做出藥來。」

「簡單說來，就是每天在實驗室裡搖試管？」

「嗯。」

「這也算是積功德的事。」

「除了這個，我沒有其他長處……」雖然菅井只是隨口稱讚，聽在研人耳裡依然覺得渾身不對勁。

菅井狐疑地看著研人的反應。即使是身爲報社記者的菅井，似乎也無法看穿研人的心思。事實上，研人一直對自己的能力及適應性感到懷疑。研人明白自己只是個微不足道的小人物，而且將來也不可能做出什麼大事業。

「日本的科學基礎太弱了，你得多加點油。」菅井說。

研人在心中暗罵：你懂個什麼屁，只會胡說八道。研人從以前就不喜歡這位在大報社當科學組記者的菅井。不過，這說起來並不算菅井的錯。菅井當年的一番好意，反而在研人心中留下陰霾。

那是大約十年前的事了。當時某全國知名大報的科學欄介紹了研人父親誠治的研究業績。誠治做了一輩子研究，這是他唯一一次受到世人矚目。而撰寫這則報導的記者就是菅井。當時正好是整個社會被「環境荷爾蒙（註）問題」搞得人心惶惶的時期，誠治在大學研究室裡做了一連串研究，最後得出的結論是「化學合成清潔劑的原料不會對人體內分泌造成不良影響」。研人看了報紙上的「筆者爲多摩理科大學古賀誠治教授」字樣，著實爲父親感到驕傲。然而不久後，研人發現化學合成清潔劑的製造廠商給了父親一筆龐大的研究資金。就在這一瞬間，研人心中對父親的敬意落入了灰色地帶。

主攻病毒學的父親，怎麼會在這種敏感時期轉爲研究內分泌干擾物質？父親的研究立場是否中立？他會不會爲了迎合贊助者而竄改實驗數據？一連串的疑問浮上研人的心頭。

後來，全世界的科學家針對環境荷爾蒙是否會對人體造成不良影響，又做了許許多多的研究。然而既沒有人能證明環境荷爾蒙對人體有害，也沒有人能證明百分之百無害。環境荷爾蒙的存在，就在這種模稜兩可的結論下逐漸被世人淡忘。或許只能說，以當時的科學水準，沒辦法在這件事上找到明確答案吧。偏偏當時研人才十多歲，正値容易對父母抱持懷疑的時期。這一連串事情在研人心中留下極大的陰影。就連撰寫報導的菅井，也被研人歸類爲父親的同黨。在研人眼裡，他們都是污穢的大人。

「令尊的過世眞是讓人感到惋惜。他還那麼年輕，本來還大有可爲的。」菅井坐在研人身旁唉聲嘆氣，似乎無法相信一個年紀跟他相仿的人竟然就這麼死了。

「今天謝謝你遠道前來。」

「別這麼說，我什麼忙也沒幫上。」菅井頷首應答。

研人找不到話題，只好拿起茶壺，泡了兩人份的茶。

菅井一邊啜著茶，一邊談起關於誠治生前的一些往事。例如「他在研究室裡頗有威嚴」，或是「他一定很爲兒子自豪」之類的，全是些常出現在電視劇裡的老套台詞。研人聽了這些話，反而更加體會到父親的人生有多麼無趣。

眼前的報社記者似乎也聊到無話可聊，忽然問道：「對了，晚點是不是還要舉辦頭七的法會？」

註：「環境荷爾蒙」又稱「內分泌干擾素」，泛指環境中各種有可能對內分泌造成影響的物質。

「嗯。」

「我等納骨儀式結束後就要先告辭了，有件事我現在先問問你，免得忘記。」

「什麼事？」

「研人，你有沒有聽過〈赫茲曼報告〉？」

「〈赫茲曼報告〉？不，我沒聽過。」研人心想，這應該是某篇學術論文吧。但想來想去，就是想不起來有個名叫赫茲曼的學者。

「噢，令尊生前叫我調查這玩意，我正在傷腦筋呢。」

「什麼是〈赫茲曼報告〉？」

「這是美國政府的智庫在三十年前向美國總統提出的一份報告，令尊說他想知道詳細內容。」

研人心想，或許是跟父親研究的病毒防治對策有關的報告吧。

「不關我的事。」研人說道。

菅井聽研人口氣極差，愕然注視著研人，半晌後說：「好吧，你不知道就算了。」

研人並不在乎菅井對自己有何看法，就算被認爲不孝也無所謂。父親跟兒子的關係不是外人能置喙的。在這個世界上，根本沒有百分之百相愛的親子。

沒多久，葬儀社職員前來告知眾人火化已完畢。原本各自壓抑情緒說著場面話的眾人紛紛起身，朝樓下走去。

研人站在爐前，看著化爲遺骨的至親。乳白色的碎骨散布在焚化台上，看起來是如此單調而淒涼，彷彿是站在唯物的角度呈現出一個人從世界上消失的意義。

祖父母、伯父及母親皆低聲啜泣。就在這一刻，研人第一次爲父親的死流下眼淚。

接下來是頭七法會。法會結束後，爲往生者送行的儀式便算告一段落。

隔天一早，研人在鬧鐘的鈴聲中醒來。他急忙吃完早餐，走出位於厚木市的老家。從今天開始，研人又變回研究生的身分。不但得回到那三坪大的小公寓，而且得繼續在副教授的指導下，重複進行那些枯燥的實驗。

一踏出老家那三房一廳的住宅，登時感受到氣溫的寒冷。研人想到母親接下來得過獨居生活，不禁有些不安。雖然這陣子外公外婆一直住在家裡陪伴母親，但未來母親終究得適應孤獨。站在孩子的立場，實在很難體會母親在五十四歲就成了寡婦的感受。

出發前往厚木車站前，研人與母親之間的交談只是淡淡的兩句「記得常回來」及「我知道」。

研人就讀於東京文理大學，學校位於錦糸町，接近另一頭的千葉縣。由神奈川縣的厚木市出發前往學校，幾乎得橫跨大半個東京都。東京文理大學是一所綜合大學，學生人數約一萬五千人，校區距離最近的錦糸町車站約十五分鐘路程。出了車站後，往東北方前進，會看到一條名爲橫十間川的運河，河的左岸就是東京文理大學的理科區，右岸則是文科區。唯獨醫學院及附屬醫院不在校區裡，而在距離車站較近的位置。這是一所擁有九十年歷史的大學，隨著校舍的改建，從前農學院旁的廣大農田上，如今已蓋滿新設學院的校舍。站在混凝土路面上，放眼望去盡是一棟棟造型單調的大樓，就像東京其他綜合大學一樣，瀰漫著一股莫名的肅殺之氣。

從老家搭電車到學校需兩小時，研人有足夠的時間思考未來的打算。最讓他掛心的一點，就是家裡的經濟狀況。目前研人就讀研究所二年級，由於畢業後打算繼續攻讀博士學位，因此沒有參加求職活動。換句話說，接下來三年的學費及生活費，都得仰賴家裡供應。

有個讀文科的朋友，曾取笑研人是「米蟲」。在那個朋友的觀念裡，自己賺學費是天經地義的事。但這種論調聽在研人耳裡，只證明這些文科學生實在過得太輕鬆。在研人就讀的藥學系，幾乎所有課程都是必修學分，只要被當掉一科就得延畢。就算通過了藥劑師檢定考及畢業考，還是得留在研究所裡繼續做實驗。每天忙碌的程度，只能以「超乎想像」來形容。尤其是研人所待的製藥化學研究室，每天從早上十點到深夜都必須待在研究室做實驗，只有星期日及國定假日能夠喘口氣。而且實驗進度一旦落後，即使是假日也得回來趕進度。當然，更別提放長假的機會。每年盂蘭盆節假期及過年期間，若能放個五天就不錯了。從進入大學開始，得在這樣的生活中熬過九年，才能拿到博士學位。對研人而言，什麼打工賺學費，那根本是天方夜譚。

研人不禁暗自埋怨，如果父親早一個月去世，自己就來得及參加求職活動了。事實上，他想繼續攻讀博士的念頭並不強。選擇繼續念博士只是因爲缺乏離開校園的勇氣，而非對做研究有什麼熱情。相反地，其實他從一進入大學，便常懷疑自己是否選錯了科系。到目前爲止，藥學及有機合成從不曾讓研人感到有趣。他能堅持到現在而沒有半途而廢，只是因爲找不到其他人生方向。他心知肚明，這種日子如果再過二十年，自己肯定會像父親一樣變成在科學界勉強混口飯吃的三流學者。

搭了兩小時電車，終於抵達大學。從理工學院的後門走向藥學院大樓的一路上，研人感覺步伐愈來愈沉重。這無精打采的步伐正象徵著自己的頹廢人生。爲了提振精神，他刻意加快了步調。

研人登上狹窄的膠面樓梯，來到位於三樓的「園田研究室」。一打開門，前方是一小段走廊，左右兩側有著置物間及研討室。走廊盡頭處是教授休息室，盡頭左手邊則是一大間實驗室。

研人先走進置物間，將羽絨外套塞進置物櫃裡。平常做實驗，他的打扮永遠都是清一色的牛仔褲配運動上衣。走出置物間後，研人走向教授休息室。門沒關，他往裡頭一探，便看見身穿西裝、打著領帶的園田教授。

「老師，打擾了。」研人走進去。

園田原本正在閱讀資料，抬頭看見研人，表情立刻變得柔和。教授的年紀已近六十，平常督促研究生做研究，精力十足。然而此時的他，神色中卻流露著沉痛。

「請節哀，後事都處理完了？」園田問。

「是的。」研人點點頭，想起在喪禮會場上曾收到教授致贈的鮮花，趕緊向教授道謝。

「我跟令尊雖緣慳一面，但大家都是做研究的，畢竟算是同行。我聽到他的噩耗，心情也不好過。」

研人頗爲感激教授的關懷。園田教授原本是大藥廠的頂尖研發人員，曾開發出無數新藥，還在百忙中寫了不少論文，實力終於獲得肯定，被大學聘請爲教授。除了做研究的能力之外，園田在人際關係的表現上也是可圈可點。他一肩扛下數個與藥廠合作的研究計畫，掌握龐大的研究經費。研人常常感嘆，如果自己的父親也這麼有才幹，不知該有多好。

「對了，古賀，你已經能回來做實驗了嗎？」園田或許是不想勾起研人心中的悲傷回憶，刻意改變話題。

「嗯……」研人話到嘴邊，忽想到接下來或許還有一些後事要處理，便說道：「但是過一陣子搞不好還得再請假。」

「沒問題，想請假儘管跟我說。」

「謝謝教授。」

「好了，快去做事吧。」教授帶著鼓舞的笑容，將研人趕向隔壁的實驗室。

研人的大半研究生生活，都在這實驗室裡度過。這是一間相當大的房間，約有國中或高中教室的四倍大。四張大型實驗桌坐鎮在實驗室中央，有如四座島嶼，上頭擺滿各式各樣的實驗器材及藥劑。三面的牆邊，則擺著研究人員的桌子、藥劑櫃及具有強制排氣功能的抽風櫃，整體呈現出雜亂無章卻充滿機能性的魄力。

園田研究室開發的是免疫疾病類的治療藥物，自教授、副教授以下，共有二十名研究人員。然而此時是一月，大學生得準備藥劑師檢定考，碩士生則大多得參加求職活動，因此實驗室內顯得特別空蕩。

「古賀，別太難過。」博士課程二年級的西岡對研人說。

西岡是負責指導研人的學長。研人見他雙眼紅腫，明白他絕對不是因爲同情自己而哭泣，而是因爲熬夜做實驗。

研人想起西岡曾寄過一封慰問的電子郵件，便說道：「謝謝你的信。」

「沒辦法參加你爸爸的守靈儀式，眞是抱歉。」

「這時期大家都忙，要是你們來參加，我反而會過意不去。何況我請了五天假，已經很對不起你們了。」

「別這麼說。」西岡帶著紅腫的雙眼說。

不久後，研究室的同伴一個個走過來爲研人加油打氣。就連平常滿嘴邏輯理論的女同學，今天的態度也特別溫柔。研人明白自己能承受得了研究生活的巨大壓力，靠的全是這群同伴的精神支持。

研人走向自己的實驗桌，著手進行實驗。所謂的有機合成，是合成出以碳元素爲主體的化合物。舉例來說，碳原子C擁有四隻可以跟其他原子結合的觸手，而氧原子O則有兩隻，因此若將這兩者結合，就會形成一個碳原子搭配兩個氧原子的狀況，這就是二氧化碳CO_2。當然有機合成的實驗內容絕非這例子那麼單純。要讓結構複雜的各種分子互相反應，產生出實驗者心中設想的化合物，並不是件容易的事。藥劑量、溫度、觸媒的選擇等細部條件只要錯了一項，實驗結果就會天差地遠。園田研究室目前的作法是先找出適合當作藥物的分子結構，再設法提高其藥理活性，進一步創造出眞正的藥物。

研人負責的課題，則是結合「母鏈」及「側鏈」。所謂的「母鏈」是由大量碳、氧或氫所組成的化合物主要結構；而「側鏈」則是環繞在主要結構周圍的原子團。副教授在實驗桌上貼了一張紙，上頭寫著必須以怎樣的順序、進行怎樣的化學反應。化學實驗其實跟做菜有點像，或許是因爲這個關係，就讀藥學系的多半是女孩子。大學的班級裡有九成都是女生，即使是研究所，女生所占的比例也遠超過其他理工科系。

研人光是準備第一個化學反應的藥劑及器材，就耗了一整個上午。由於實驗結果無法立刻得知，研人走向窗邊，坐在自己平常使用的桌子前，開啓了電腦。果然不出所料，收信匣裡多了好幾封弔問的信件。這些來自朋友的關懷讓他頗爲窩心。

研人每讀完一封，便立刻回信。然而讀到最後一封信時，他愣住了。寄件者列表上，出現了這麼一個令人匪夷所思的姓名：

「多摩理科大學　古賀誠治」

研人反覆看著這串文字，背脊竄起一股涼意。

這竟是一封來自已逝父親的電子郵件。

研人趕緊摀住了口，才沒尖叫出聲。環顧整個實驗室，其他人各自忙著分內工作，沒有人注意到他的異狀。

研人推了推臉上的窄框眼鏡，將視線移回電腦螢幕上。收信時間是昨晚凌晨零時。換句話說，這封信是在父親過世的五天後寄出的。信件的標題是「研人，我是爸爸」。

研人心想，病毒信或垃圾信不可能假借父親的名義，這大概是有人惡作劇吧。

確認防毒軟體正常運作後，研人開啓了這封信。出現在螢幕畫面上的內文，使用的是九級的小字。

「研人

當你收到這封信，代表你跟你媽媽已經有五天沒見到我了。但你不用擔心，再過幾天我就會回來。」

研人看了這段話，不禁感到一頭霧水。「回來」是什麼意思？難道是死人還能復生？

「但倘若我一直沒有回來，有件事要麻煩你去做。

打開那本被冰棒弄髒的書。

對了，別把這封信的事告訴任何人，包括你媽媽。

就這樣，沒別的事了。」

信件內文到此結束。

雖然只是短短幾句話，卻充滿疑點。乍看之下像遺書，但父親在信中的口氣似乎並未預期到他會死亡。何況，這封信會是誰寄出的？世界上是否有某種軟體，能夠在指定的時間，自動寄出一封事先寫好的電子郵件？再者，倘若這封信眞是父親寫的，這表示父親早已知道他會「消失一段時間」。但研人想來想去，實在想不出父親生前有任何理由會消失一段時間。

最後，研人的視線停留在內文末尾的這一行上：

「打開那本被冰棒弄髒的書。」

研人略一思索，已明白這句古怪詞句的意思。同時，這也讓研人確信這封電子郵件是父親所寫的。那是很久以前的事了。在研人還在讀小學的某個暑假，父親似乎打算對研人施予英才教育，故意拿了一本化學參考書，讓研人看裡頭的元素週期表。當時研人手中的冰棒不小心跌落一大塊，將「鋅元素」附近染成了草莓色。這件往事只有父親一個人知道。

這本書現在應該還放在父親書房的書架上。研人本想打電話請母親代爲看看那書裡到底有什麼古怪，但這麼一來，就違反了「別告訴任何人」這個指示。如果要確實遵守父親的遺願，就必須親自搭兩小時的電車回去一趟。

研人靠著椅背，陷入沉思。那本「被冰棒弄髒的書」裡，到底隱藏了什麼祕密？

3

葉格搭飛機進入南非共和國，在約翰尼斯堡轉搭飛往開普敦的班機。一進入南半球，季節登時轉變為盛夏。當地民營軍事企業「賽達保全」派專車來接機，將葉格送往位於開普敦郊區的軍事訓練設施。

南非共和國是民營軍事企業的發祥地。這種提供軍事服務並收取費用的新生意，有效地終結了不少非洲各國間的內戰。勝利方可以享有敵國國內所有礦物資源，因此這等同於縱容嗜血如狼的傭兵集團，光明正大地憑藉武力掠奪財富。南非政府雖設立了「反傭兵法」，禁止國內軍事企業為外國提供服務，但在「重建伊拉克」的美名之下，軍事企業依然如雨後春筍般成立，「賽達保全」亦是其中之一。就相互關係而言，「賽達保全」是向「西盾公司」承包工作的下游企業。

車窗外的景色由緊鄰美麗海岸的都會區轉變為一望無際的葡萄田平原，接著又變成綿延起伏的山巒。葉格坐在箱型車後座，思考著自己的決定是否正確。

在巴格達時，葉格原本打算推掉這個新任務，到里斯本去見妻子。但透過電話與妻子及傑拉德醫生交談後，葉格得知為了換取兒子最後那少得可憐的人生，必須支付龐大的醫療費用。過去四年來，葉格為了送兒子到國外接受最先進的醫療，向金融機構貸款的額度早已抵達上限。如今想湊到足夠的現金，就必須犧牲與兒子最後相處的短暫時間。

傑拉德醫生是葉格與妻子最後的希望。患了肺泡上皮細胞硬化症的兒童，絕大部分會在六歲前死亡，目前世上還沒有超過九歲的案例。傑拉德醫生是治療此疾病的少數世界級權威之一，他用盡各種醫療手段，讓賈斯汀活到了八歲。雖然一般而言出現末期症狀代表壽命只剩一個月，但以傑拉德醫生的能耐，或許有辦法讓賈斯汀再多活幾個月。至少葉格是這麼期待的。若是如此，這趟任務結束後再趕到里斯本，還來得及與兒子見上最後一面。

然而葉格不禁又想，假如賈斯汀眞的死了，自己未來的路該怎麼走？莉迪亞又會做出什麼決定？

事實上，葉格與妻子的感情早已瀕臨離婚邊緣。回想起當年，賈斯汀在兩歲時出現呼吸困難的症狀，當時陸軍醫院的醫生經過診斷後說出了「肺泡上皮細胞硬化症」這個罕見疾病的病名，並且解釋道：「這是種單一基因遺傳疾病。每個人體內都有兩組分別繼承自父母雙方的基因，所以就算其中一組的基因出現問題，只要另一組的基因能正常運作，就不會對健康造成影響。然而當父母雙方的基因組裡都有相同類型的異常基因時，就會發病。令公子的疾病，正是製造肺的基因組在某一處上出現異常，導致吸入氧氣變得困難。」

葉格深感自責，莉迪亞的心情想必也是如此。醫生見了兩人的神情，安慰道：「像這樣的異常基因，每個人身上或多或少都有一些。這次兩個相同位置的異常基因湊在一起，不能怪任何人，只能說是老天爺捉弄。」

葉格感到懊悔不已，說什麼也無法接受這樣的命運安排。當初若不跟莉迪亞結婚，兒子就不會得這種不治之症了。相同的悔恨，想必也存在於莉迪亞的心中。自此之後，兩人間的口角爭執不曾間斷。然而每一句刺傷對方的言詞，總是以同樣的力道刺傷自己。明知道惡言相向只會讓一家人更加不幸，兩人卻無法壓抑心中的悲憤。

家庭的破碎已是時間早晚的問題。就在這時，兩人得知葡萄牙里斯本醫科大學附屬醫院的安東尼·傑拉德醫生是治療此症的專家。然而軍隊提供的醫療保險，對於士兵家人的海外就醫行爲是不予給付的。當時葉格的階級爲士官長，薪資等級爲E—8，財力上實在不足以讓妻子帶兒子搬往葡萄牙，並同時支付兒子的龐大醫療費。

有一天，葉格結束長期任務回到家中，再度與妻子發生口角。葉格再也忍不住，終於提出離婚的要求。然而妻子非但不答應，反而要求葉格必須再忍三年。當時她一邊拭著淚水一邊說：「賈斯汀從懂事以來就一直忍受著病痛折磨，人生裡沒一件快樂的事，難道你忍心現在離婚，讓他的人生變得更加悲慘嗎？」

葉格自己也嘗過父母離異的滋味，因此接納了這個提議。經過短暫的假期後，葉格再度回到軍隊。這一次，他以特遣隊員的身分前往阿富汗執行轟炸指引任務。葉格在這裡認識了一名由海豹部隊出身的民營軍事企業旗下傭兵。該傭兵表示若葉格有興趣，願意當介紹人讓葉格加入傭兵的行列。

對葉格而言，這可是求之不得的事。雖然與民營軍事企業簽約的傭兵無法享受各項軍隊福利，退休後也沒有年金可支領，但年所得至少有十五萬美金，是美國陸軍的三倍以上。葉格一等「異動禁止令」解除後，立刻向美國陸軍申請退伍，並將妻子送往葡萄牙居住。

莉迪亞原本說「再等三年」，但在傑拉德醫生的努力下，這段日子延長到了五年。如今賈斯汀的肺泡終於開始出血，只剩下數十天的生命。

兒子尚未離開人世，葉格心裡還有著對家人的牽掛。然而一旦兒子死了，他將形單影隻，成爲一個漫無目標的漂泊客。而且甚至不再是個保家衛國的軍人，只是個爲錢打仗的傭兵。

「到總部了。」

司機的聲音讓葉格回過神來。一看手表，距離出機場已過一個多小時。賽達保全的四輪傳動車通過守衛閘門，進入公司的私有土地內。這裡是一大片以鐵網圍起的乾燥丘陵地帶，裡頭有總部大樓及各種訓練設施，甚至還有載貨飛機起降的跑道。

車子前方的總部大樓是棟占地極廣的地中海式三層樓建築。富情調的米色外觀巧妙地掩蓋了民營軍事企業的神祕氛圍。若是只看外表，任誰都會以爲這裡是座風格雅致的度假飯店。葉格走下車，將心思拉回到工作上。在工作崗位上大展身手的好處，就是能暫時忘記現實的殘酷。

葉格拿著裝滿私人行李的背包及運動提袋走進入口大廳，看見一個蓄著鬍子的高大男人正等著他。那名男人身穿卡其色上衣及褲子，神情嚴肅得彷彿早已忘記什麼是笑容，一看就像個典型的軍人。

「我是作戰部長麥克．辛格頓，你的伙伴都到了，跟我走吧。」男人的英語帶著獨特的南非口音。

葉格跟著辛格頓走向建築物深處。錯綜複雜的走廊上，並排著一道道掛上了號碼牌的門。辛格頓在一〇九號房的門板上敲了敲，開門入內。這宿舍就跟出其他任務時所住的房間一樣，是狹窄的四人房。兩側牆邊各有一座雙層床鋪，正前方是個人的置物櫃。若要說有什麼新意，大概就是房內多了張小書桌吧。

「各位，他是你們的伙伴喬納森．葉格，綽號獵鷹。」辛格頓說道。

原本正在閒聊的三個男人皆抬起頭。從這些人的表情可以看出，他們仍帶著初次見面的隔閡感。葉格明白，這幾個人將成爲自己的重要戰友。

「一七〇〇，簡報室集合。」辛格頓下達指令後便離開了。

「嗨，獵鷹。我叫史考特．邁爾斯，綽號『毛毯』。」一個神情溫和、身材削瘦的男人率先開口說話。這人年紀大約二十來歲，以傭兵而言算是頗爲年輕。從這種場合的發言順序，就可以看得出來每個人的個性是開朗還是陰沉。

葉格漾起笑容，與綽號「毛毯」的邁爾斯握手，說道：「多指教。」

「我叫華倫．葛瑞，沒有綽號。」另一個年紀與葉格相仿的男人也伸出了手。

葛瑞是個看起來城府極深的參謀型人物，這種人外表雖不起眼，但面臨緊急狀況時往往能立大功。

邁爾斯與葛瑞都是白人，而且應該是美國人，但第三個男人卻有張亞洲人面孔。這個人身高不高，上半身從頸部到肩膀的肌肉卻是盤根錯節，顯然是長期服用類固醇肌肉發育劑的成果。

「我叫柏原三紀彥。」這位亞洲男人報上了姓名。

「米奇（註）……什麼？」葉格聽得一頭霧水。邁爾斯與葛瑞都笑了。

「日本人的名字太難念了，沒人念得出來。」葛瑞說道。

「前一個任務的伙伴都叫你什麼？米奇嗎？」邁爾斯問道。

「米克。」日本人臭著一張臉。看來他本人並不是很喜歡這個稱呼。

「好，那我們也叫你米克吧。」葛瑞說道。

在傭兵這行業裡，日本人算是稀有人種。葉格不禁好奇問道：「加入這行之前，你是做什麼的？」

「法國外籍部隊。在那之前，則是日本自衛隊。」米克操著一口古怪的英語說道。

葉格的心中閃過了一抹不安。依照慣例，軍事企業通常會挑選背景相同的傭兵來組成隊伍。這麼做是爲了提高隊員之間的合作能力。舉例來說，即使同屬美國軍隊，陸軍跟海軍陸戰隊在戰術及裝備上都有頗大差異。即使退伍後加入傭兵組織，每個人多半還是會各自繼承從前所屬軍隊的傳統。一旦進入戰鬥，像這樣的歧異往往會導致混亂，讓所有隊員陷入危險中。

「我從前待的是美軍的特種部隊。」葉格說完，望向剩下的兩人。

「美國空軍，傘兵救援部隊。」邁爾斯說。

註：「米奇」、「米克」皆與「三紀彥」的日文發音相近。

傘兵救援部隊，是一種以救援行動爲主要任務的特種部隊。成員必須同時具備高度醫療技術及戰鬥能力，口號是「拯救除了自己以外的所有生命」。在傭兵業界裡，這算是非常罕見的資歷。

最後輪到葛瑞說道：「我待的是海軍陸戰隊的武裝偵察隊。」

葉格心想，看來這是個大雜燴隊伍，必須確實溝通好戰鬥時使用的暗號及手勢。此外，還得多關心唯一的亞洲人米克，免得他在隊伍裡遭到孤立。

簡報室是間沒有窗戶的狹小會議室，裡頭並排著幾張長方形的桌子，正前方的牆上有面白板。

傍晚五點整，作戰部長辛格頓進入簡報室。他見邁爾斯手上拿著紙筆，說道：「一切簡報內容不得做筆記，只能記在腦海裡。」

邁爾斯乖乖地收起紙筆。

「相信各位對自己的伙伴還不熟悉，我現在一一介紹，並告知各自的職責。首先，你們所有人都具備跳傘技術。這一次的任務，由葉格擔任隊長，並負責武器管理及狙擊。葉格，你使用的語言是英語、阿拉伯語及帕圖語（註一）？」

「是的。」葉格回答。

「這次的任務不會用到你的專門技術及帕圖語。」辛格頓停片刻，接著說：「邁爾斯，你負責醫療。除了英語之外，你還會什麼語言？」

「沒有了。若硬要說，大概就是一些醫學的專業術語吧。」肩負醫療重任的年輕人回答。

辛格頓冷冷地瞪了邁爾斯一眼。由這冷酷的反應看來，這個作戰部長以前大概是南非正規部隊的軍官。

「葛瑞負責通訊，使用語言是英語、法語及阿拉伯語。」辛格頓接著說。

葛瑞默默點頭。

「最後是柏原。」辛格頓謹愼地念出米克的姓氏。「你負責爆破。這上頭只寫著你會日語及法語，會不會說英語？」

「大概沒問題。」米克回答。

辛格頓似乎不滿意米克這個不明確的答案，但沒多說什麼。「再來是接下來的行程。」辛格頓繼續說。

根據辛格頓的說明，隊員在訓練期間除了每兩天必須進行一次四十公斤負重行軍訓練及射擊等基礎訓練外，還得學習斯瓦希里語（註二），並施打黃熱病等各種傳染病的預防針。

「接下來，我要說明各位執行任務的地點。」

辛格頓走向投影機。幕屏上出現了以Power Point製成的簡報畫面。第一張圖是非洲大陸地圖。辛格頓以雷射光筆指向大陸的中央區域，說道：「你們會被帶到這裡。這個國家從前叫薩伊共和國，現在改名叫剛果民主共和國。」

葉格愼重地觀察剛果民主共和國的所在位置。這是一個位於赤道上的大國，坐落在非洲大陸正中央，國土沿著剛果河向西延伸並逐漸收束，經過首都金夏沙，直達大西洋沿岸。由地圖上的顏色，可以看得出來非洲的熱帶雨林幾乎集中在剛果民主共和國內。換句話說，這是個滿是森林的國家。

「各位將前往的地點並非西邊的金夏沙，而是東邊的雨林地帶。這是一項搜捕殲滅任務。

註一：「帕圖語」（Pashto language）是阿富汗帕圖族所使用的語言，爲阿富汗的官方語言之一。

註二：斯瓦希里語（Swahili language）爲非洲所有語言中最多人使用的一種。

你們必須偽裝成動物保護團體，所以這陣子別剪髮。主要武器只能使用ＡＫ47或狩獵用霰彈槍，不能攜帶班用自動武器（ＳＡＷ）。關於其他裝備，日後會再詳述。」辛格頓忽然朝傘兵救援部隊出身的邁爾斯問道：「邁爾斯，你知道伊波拉出血熱這種疾病嗎？」

「知道。」

「你跟大家說說，這是種怎樣的疾病。這跟你們的任務有關。」

邁爾斯一臉納悶，但還是轉頭對眾人說：「伊波拉出血熱堪稱人類史上最可怕的傳染病，一旦病毒進入體內，就會啃食大腦及一切細胞，讓內臟及全身肌肉逐漸壞死並液化。感染者的耳朵、鼻孔、口腔、肛門及所有毛細孔都會流出帶有病毒的液體，最後導致死亡。薩伊型伊波拉病毒的致死率為百分之九十。」

傭兵們面不改色地聽著邁爾斯的解說。邁爾斯站起來，指著幕屏上的剛果地圖說道：「我們即將進入的剛果東部區域，剛好被伊波拉病毒的幾個蔓延地區夾在中間。西邊的伊波拉河流域、東北邊的蘇丹、東邊的肯亞及烏干達的國境附近，都曾出現過不同類型的伊波拉病毒。」

葉格舉手問道：「這個傳染病要怎麼治？」

「沒得治，只能向神禱告。」

葛瑞跟著舉手問道：「你剛剛說致死率為百分之九十，那剩下的百分之十呢？」

「身體的免疫力戰勝病毒，就能存活下來。」

葛瑞輕輕嘆了口氣。

辛格頓接著說：「你們執行任務的地點雖不屬病毒蔓延範圍，還是得十分小心。據說伊波拉病毒的宿主極有可能是蝙蝠，所以你們得注意別被蝙蝠咬傷，別去觸摸蝙蝠的糞便。還有，人類以外的靈長類動物也會遭到感染，所以也別靠近任何猩猩類動物，甚至是小型猴子。」

葉格再度發問：「一旦感染，會有什麼症狀？」

「發燒及嘔吐等，跟瘧疾有點像。不同的是，伊波拉病毒特別喜歡入侵眼球跟睪丸。」

幾個男人聽到這裡，終於皺起眉頭。

「假如雙眼泛紅，很有可能就是被感染了。」

「這是好事，我可不想檢查你們的睪丸。」邁爾斯一說，眾人皆笑了。

原本一直保持沉默的米克以彆扭的英語問道：「這病毒為什麼不會像愛滋病一樣擴散到全世界？」

「這是個好問題。」邁爾斯誇獎他後，接著說：「因為這個病毒的潛伏期太短。一旦感染，七天左右就會發病，大多數患者還來不及傳染給別人就死了。」

「原來如此。」

辛格頓向眾人問道：「現在，諸位明白伊波拉病毒的可怕了嗎？」

眾人默默點頭。四人雖沒明說，但都明白一件事。在執行任務的過程中，就算有人遭到感染，上頭也不會派直升機前來救援。感染者只能拿著嗎啡鎮痛劑及注射針頭，在叢林裡等死。這就是傭兵在戰場上的命運。想要領高薪，就得拿命去換。

「接下來我要說明剛果民主共和國的目前情勢，這才是今天的主題。」

辛格頓按下按鍵，幕屏上出現下一個畫面。那是張可怕的照片，幾個男人看了都有些吃驚。照片裡拍的是一條泥濘的道路，到處倒著死屍，有老有少，有男有女。有些屍體的雙手遭到綑綁，有些屍體甚至缺了頭顱。

「大屠殺。」辛格頓說：「目前剛果正遭逢被稱為『第一次非洲大戰』的激烈戰爭，死亡人數已上達四百萬人，是第二次世界大戰以來最悽慘的戰爭。幾次停戰協議都沒有發揮效果，戰爭結束的日子遙遙無期。」

四人臉上都流露出狐疑的表情，辛格頓繼續說：「你們別懷疑，這是事實，只是報紙及電視沒報出來而已。說起來，這就是所謂的新聞歧視吧。那些先進國家的新聞媒體根本不在乎非洲死了多少人。比起非洲一天到晚發生的屠殺事件，他們更在乎的是七頭大猩猩遭到殺害（註）的消息。沒辦法，誰叫非洲人沒有絕種的危險。」

原來表情僵硬的辛格頓的僵硬露出冷酷的笑容。顯然這個南非白人是個典型的種族政策支持者。

「就跟非洲其他戰爭一樣，這場戰亂的根源，也是當初殖民地時代所留下的遺毒。當年支配國比利時在這裡採行的民族政策，讓原本和平共存的各民族間產生了敵對心態。尤其是圖西族及胡圖族幾乎水火不容。支配國比利時擅自認定圖西族是較優秀的民族，刻意提高圖西族的地位，因而引來胡圖族的反感。這種民族間的仇恨愈積愈深，終於引發了盧安達的大屠殺。」

關於盧安達大屠殺，葉格亦有所耳聞。引發事件的導火線，是胡圖族總統的座機遭到不明勢力擊墜。種族間的對立因而一發不可收拾，大量胡圖族人開始攻擊圖西族人。當時的電台廣播甚至還刻意以言詞煽動屠殺行動。無數一般市民拿著柴刀或棍棒攻擊鄰居，他們爲了讓圖西族人絕後，甚至把主要殺戮對象鎖定爲女人跟小孩。像這樣的屠殺集團在短時間之內蜂擁而起，並非全是基於民族仇恨。有些胡圖族人參加屠殺行動，是因爲害怕如果不參加的話，自己會成爲遭到屠殺的一方。此外，當時胡圖族人之間流傳著「只要殺死圖西族人就能獲得農場」的謠言，這也成了推波助瀾的力量。這場屠殺事件只能以慘絕人寰來形容，有些受害者不想承受粗鈍刀刃在身上切割的痛楚，甚至出錢請對方直接在自己的腦袋上開槍。死亡者之中，亦有不少是被誤當成圖西族人的胡圖族人。

這場盧安達境內的大屠殺在持續了上百天之後，圖西族勢力在國外組織了軍隊開始反擊，才終於讓事態逐漸平靜。然而當時的死亡人數已超過八十萬人，相當於盧安達總人口的十分之一。

「盧安達由圖西族勢力掌握政權，國家恢復了和平，後來甚至有人開始聲稱，這場屠殺根本沒發生過。」辛格頓在冷笑中說道：「到此爲止，是全世界都知道的情報。但世人並不曉得，其實悲劇並沒有結束。這場大屠殺，只是第一次非洲大戰的序幕而已。」

Power Point的畫面變成剛果附近區域的放大圖。辛格頓移動手中的雷射光筆，讓亮點在東邊的盧安達及西邊的剛果之間來回穿梭。

「策動盧安達大屠殺的胡圖族勢力逃入鄰國剛果，不時越過國境朝盧安達攻擊。剛果政府默許胡圖族的這種行徑，因此惹怒了盧安達政府。就這樣，對立的兩端變成了盧安達政府與剛果政府。盧安達與同爲圖西族政權的烏干達聯手，發起打倒剛果獨裁政權的行動。兩國對潛伏於剛果東部的反政府游擊勢力提供軍事援助，讓該勢力發動大規模反擊。這個策略非常成功，反政府軍迅速攻下位於西邊的剛果首都，擊垮獨裁政權，建立了新的政權。反政府軍的領袖也在盧安達的支持下，順理成章地登上總統寶座。然而戰禍並沒有就此落幕，反而陷入泥沼中。」

畫面上出現三張相同的地圖，分別標示出不同時期剛果境內各武裝勢力的割據狀況。

「新總統爲了避免被外界認爲他是盧安達政府的傀儡，竟然背叛支持自己的圖西族，與殘留在剛果東部的胡圖族武裝勢力建立起合作關係。這舉動當然再度惹火了盧安達政府，盧安達於是聯合烏干達及蒲隆地，對剛果發動戰爭，企圖打倒這個新的獨裁政府。剛果的新政府被打得毫無招架之力，於是向鄰近國家求助，拉攏查德等國加入戰局。就這樣，非洲在一九九八年爆發了這場參戰國家超過十國以上的大戰。」

葉格趁著辛格頓說完這段話時舉手發問：「這些參戰國家怎麼有錢持續這種大規模的戰

註：此處指的是發生於二〇〇七年的眞實事件。剛果的維龍加（Virunga）國家公園內的七頭大猩猩遭到不明人士殺害，受到全世界新聞媒體關注。

爭？」

辛格頓再度露出冷笑。「因為這些國家背後都有金主。戰爭一開打，真正的開戰原因才浮上檯面，那就是埋藏在剛果地底下的龐大資源。鑽石、黃金、油田、以及使用在電腦零件上的稀有金屬。入侵剛果的各勢力覬覦占領地內的礦物資源，可說是殺得血流成河，而在各勢力背後撐腰的，其實是歐洲、亞洲的近百家大企業集團。例如礦業公司，只要提供掠奪勢力一些援助，就可以在礦產資源上分一杯羹。盧安達每年出口的礦物總量，早已遠超過該國本身的生產量。各先進國明知道這些從盧安達出口的礦物都是掠奪來的，還是願意花錢購買。手機裡的一片鈳鉭鐵（註），背後意味著數十萬死於非命的剛果人。至於美國、俄羅斯這些大國，則是表面上支持剛果政府，背地裡卻又提供資金給盧安達及烏干達，不管戰爭最後由哪一方獲勝，都可以在地下資源的權利分配上占有一席之地。因此若從資金流動的角度來看，這場戰爭幾乎可說是所有大國皆參與其中的世界大戰。」

「就算有資金，但人力呢？他們哪來這麼多士兵？」葛瑞問。

「先招募失業者，接著招募窮人。只要進了軍隊，至少不會餓死。假如兵力還是不足，就綁架孩童來訓練成士兵。值得一提的是，這場戰爭已經稱不上是國家之間的戰爭了。剛果的絕大部分人民，都不支持這場愚蠢的武力衝突。但即使只是一、兩百人的流氓集團，也可以靠綁架孩童來組成一萬人的軍隊。那些由獨裁者統管的政府軍，幹出來的行徑也沒什麼不同。他們同樣襲擊自己國內的村落，進行掠奪與屠殺。」辛格頓走到地圖前，接著說：「如今剛果的西部及南部由政府軍統治，北部及東部則處於混戰狀態。就連原本攜手合作的盧安達與烏干達，也為了地下資源分配的問題而反目成仇，讓混亂的戰局更是雪上加霜。在你們即將進入的剛果東部，共有超過二十個武裝勢力在互相抗衡。就連這些勢力裡的人，也常常搞不清楚誰是敵人、誰是盟友。再加上民族之間的新仇舊恨，導致這些區域內到處都有大屠殺的慘劇發生。聯合國雖派出和平部隊來回巡邏，但在廣大的叢林裡很難收到成效。」

葉格又問：「我們到底是幫哪一方做事？聯合國的部隊嗎？」

「不，你們的任務與各勢力都沒有瓜葛。你們必須瞞著所有勢力潛入叢林中，獨自完成你們的任務。這次的任務目的，跟這場戰爭本身無關。」

「能不能說得具體些？」

「詳細任務內容還不能公布，你們什麼也別想，暫時把心思放在訓練上就行了。」

葉格想起從前待在美國陸軍的回憶。「什麼也別想」向來是軍隊最愛灌輸新兵的觀念。

「在剛果，沒有那種能夠吸引男人目光的帥氣武器、沒有定點轟炸之類的高度戰術、沒有冠冕堂皇的理由及口號、更沒有愛國情操。那裡有的，只是一場脫掉了虛僞包裝的醜陋戰爭、一些地下資源的你爭我奪、一些民族仇恨、以及一次又一次刀械及輕型槍砲的往來屠戮。」辛格頓的表情再度變成了令人難以捉摸的撲克臉孔。

「進入當地後，除非你們想看看地獄長什麼樣子，否則別輕易接近人類。」他以這句話爲這場簡報畫下句點。

4

研人等到星期日才回厚木市的老家。不過隔了數日，家裡竟變得異常冷清。母親香織依然有些面容憔悴，但在外公、外婆的陪伴下已多少恢復了平靜。

研人在客廳與母親聊了一會兒後，便走上二樓。二樓共有三間房間，其中一間約兩坪大的

註：「鈳鉭鐵」（Coltan）爲礦石的一種，多用於手機、電腦、遊戲機等高精密機器內的電容器中。

小房間便是父親的書房。房裡三面牆壁都是書櫃，正中央擺著一張書桌。

一進房內，研人便聞到了父親的味道。雖有些感傷，但畢竟不敵好奇心的驅策。那封父親死後才寄出的電子郵件裡，寫明了要研人打開「被冰棒弄髒的書」。研人往書櫃望去，便在最下層的中央，找到那本書《化學精義（上）》。

研人一翻開封面，便看見這書中的祕密。原來這本書的內頁已被挖出一個大孔，裡頭塞著一張對摺的信封。

研人拿起信封仔細端詳，上頭寫著「給研人」，確實是父親的親筆字跡。打開信封一瞧，裡頭有一張便條紙，以及一枚提款卡。

他拿起便條紙看，上頭寫著：

「1立刻處理掉這本書及這張紙。

2書桌抽屜裡有台黑色的小型筆電。你得確實保管好這東西，千萬別讓它落入別人手中。」

研人走向書桌，打開抽屜，裡頭確實有台黑色A5大小的筆記型電腦。研人取出筆電，試著開啓電源，但螢幕只顯示藍色畫面，沒有任何作業系統的訊息。研人心想，或許是故障了吧。既然無法啓動，研人只好將筆電強制關機，並繼續閱讀便條紙。

「3提款卡裡的錢，你可以自由運用。戶名是你沒聽過的名字，你不用在意。裡頭有五百萬，密碼是芭比的生日。」

研人吃了一驚，望向手中那張提款卡。發卡銀行是某家知名大銀行，卡片上的「戶名」處印著「鈴木義信」，確實是個從沒聽過的名字。

「密碼是芭比的生日。」

芭比是研人小時候養的那條蝴蝶犬的名字。研人細細回想，努力從腦海深處挖出塵封已久的記憶。每年那一天，芭比總是在研人及其他家人的陪伴下大啖美食——密碼是1206。

然而研人轉念又想，這戶頭裡的五百萬應該也算是父親的遺產。如今進了自己的口袋，遺產稅的問題要如何處理？何況父親爲何要藏下這一筆錢？難道只是爲了供應獨生子的學費跟生活費？

研人繼續閱讀便條紙上的內容。

「4現在立刻前往以下這個住址：

東京都町田市森川1—8—3　二〇二號室

鑰匙以膠帶黏貼在公寓樓梯第一階的後面。

5這幾件事別告訴任何人，包括你媽媽。從今以後，你必須抱持警覺心。你的電話、手機、電子郵件、傳眞及任何通訊手段，都會遭到監視。」

以上就是便條紙的全部內容。

研人不禁皺起眉頭。最後這一項可以看出父親顯然是得了被害妄想症。父親將這張便條紙藏在只有父子兩人才知道的書裡，或許也是擔心電子郵件遭到偷看吧。如此說來，父親生前不但胸部動脈健康不佳，恐怕精神上也有些問題。

「你在做什麼？」

背後突然而來的說話聲，讓研人嚇了一大跳。轉頭一看，母親香織正站在門口。

「我煮好飯了，要吃嗎？」

「好。」研人一邊隨口應答，一邊盤算著，該不該把那張便條紙的事告訴母親。然而父親在便條紙裡，明確地要求研人別告訴任何人。

「我找點東西，馬上下去。」研人一邊說，一邊悄悄將便條紙塞進《化學精義（上）》裡並闔上。

香織似乎沒有起疑，轉身下樓去了。

研人再度將視線轉回便條紙上。到了這地步，也只能前往第四項所寫的公寓去一探究竟了。那公寓位於町田市，從厚木市回錦糸町公寓的途中剛好會經過。研人感覺自己好像正被迫玩一場詭異的角色扮演遊戲，除了照著劇本走之外別無選擇。

研人將便條紙及提款卡塞進口袋，並將「被冰棒弄髒的書」及小筆電夾在腋下，回到一樓。

廚房裡，母親已準備好研人的午餐。研人坐了下來，問道：「外公、外婆呢？」

「去買東西順便散心。」母親無精打采地說。原本她有著豐腴的雙頰，此時卻凹陷了不少。

研人一邊吃午餐，一邊若無其事地問：「爸爸生前有沒有什麼奇怪的舉動？」

研人等了半晌，沒聽見母親的回答。抬頭一看，母親竟張大了口，錯愕地朝他望來。研人這才恍然大悟，原來母親的失魂落魄，除了喪夫之痛外，背後或許還有更大的隱情。而一切的真相，或許就跟自己手中那張奇妙的便條紙有關。

「研人，你也察覺了？」母親反問。

「察覺什麼？」

母親朝四下望了兩眼，確定外公、外婆還沒回來，才開口說道：「我其實早就有不好的預感了。這幾個月以來，你爸爸一直神神祕祕的。」

「怎麼個神祕法？」

「他每天都到三更半夜才回家。」

「只是工作太忙了吧？醫生不是也說過，他有過勞的情況嗎？」研人心想，或許過度工作正是父親過世的主因。

「沒那麼單純。前陣子我看他每天都晚歸，有次問他到底在忙些什麼，你知道他怎麼回答嗎？」

研人見母親不再說下去，於是催促道：「爸爸怎麼回答？」

「他說大學裡有個熟人的小孩得了上學恐懼症，所以他充當那小孩的家庭教師。」

這實在是最糟糕的藉口。依父親那木訥的性格，確實很有可能說出這麼不靈光的謊言。他好歹是堂堂大學教授，怎麼可能跑去別人家當什麼家庭教師？如此說來，父親的晚歸一定有著不可告人的理由。

「對了，爸爸過世時不是倒在三鷹車站嗎？」研人說出這陣子自己一直想不透的事情。

「沒錯，這一點也很可疑。」

十天前，研人接到父親突然暴斃的消息，慌忙奔出研究室。然而對方告知的前往地點，竟然不是位於厚木市的老家，也不是父親平常上課的多摩理科大學，而是位於東京都三鷹市的急診醫院。從那裡到厚木市的老家坐電車大約得花一小時，而且跟父親平常前往學校的路線也相差甚遠。根據留在醫院裡等待家屬到來的員警及急救醫師的說法，父親是在三鷹車站的月台上等車時，忽然因胸部動脈瘤破裂而昏厥，送到醫院時已回天乏術。

研人原本以為父親前往三鷹一定是基於工作上的需要，因此並沒有特別在意。然而此時研人想到剛剛那張便條紙的內容，內心忽閃過一抹不安。如果父親根本沒有被害妄想症，那他會不會是遭到謀殺？研人試著讓自己保持冷靜，仔細回想父親過世當時的狀況。但不管怎麼想，一切細節上都沒有任何疑點。當自己趕到醫院時，醫生曾說明了父親的死因，還拿出斷層掃描的圖片。那圖片上，確實可看見胸部大動脈瘤破裂的痕跡。研人自己是藥學的專家，非常清楚任何有毒物質都不可能造成這種症狀。換句話說，父親確實是病死，這點絕不會錯。

但如此一來，父親死後才寄出的那封電子郵件，又是怎麼回事？父親預備了那樣的電子郵件，可見得他早已預期自己會「消失一陣子」。這意味著他早就明白自己會出事，只是沒有預料到會嚴重到丟掉性命。

「還有，」母親接著說：「當時我想向叫救護車的人道謝，但問了半天，還是不知道叫救護車的人是誰。只知道你爸爸當時身邊有個女人，但那個女人後來不知道跑到哪裡去了。」

對於父親臨死前跟女人在一起這件事，研人還是第一次聽到。「是怎樣的女人？」

「聽說是瘦瘦的，頭髮大概到肩膀，年約四十歲的女人。」

「媽媽，妳是懷疑爸爸他……」此時研人終於明白母親心中的擔憂。

香織露出駭人的眼神，輕輕點頭。

「可是依爸爸的個性……不太可能吧？」研人吞吞吐吐地說。

不管怎麼想，都有些匪夷所思。一個平常穿著老舊西裝，整天煩惱研究經費不足，而且身材瘦小，滿肚子牢騷，年紀快六十歲的平庸大學教授，有什麼本錢能夠外遇？但是跟父親遭到謀殺相比，這推測卻又合理得多。

原來眞相竟是如此不名譽，研人不禁大感失望。沒想到父親要研人玩這場角色扮演遊戲，目的只是希望研人爲他的偷腥善後。

「妳別胡思亂想，那個女人或許只是剛好在他旁邊而已。」研人故意裝出若無其事的口吻。既然是外遇問題，當然不能讓母親得知眞相。

「希望如此。」香織嘆了口氣。

在搭電車前往町田的路上，研人的思緒紊亂。自己所存在的世界彷彿突然完全變了樣。在過去，父母對研人而言就只是父母。但如今他突然醒悟，原來那兩個人雖是自己的父母，但也是一對夫妻。

研人心想，或許這意味著他已不再是個「孩子」了。以前感覺自己已經長大，其實只是錯覺。現在的自己，才終於成了個「大人」。不管就好的方面或壞的方面來看，父母的過世都是對孩子最重要也是最後的教育。

研人在町田站下了車，朝銀行走去。這一帶研人還算熟悉。由於距離老家只要搭二十分鐘電車，因此研人在高中時期常來這裡買書或看電影。若以父親前往任教學校的通勤路線來看，這裡正好在家裡與學校的中間。父親竟然挑了這樣一個地方，與外遇對象建立愛巢。

某棟服飾店大樓的旁邊，就有那張提款卡的發卡銀行分行。研人走向提款機，將那張印著「鈴木義信」的提款卡插進機器裡，輸入密碼１２０６。一看帳戶餘額，確實是五百萬圓。雖是可以預期的結果，研人還是感到心跳加速。這果然是父親生前私藏的財產，也就是所謂的私房錢。但這金額實在太大，研人沒有勇氣動用。他只是確認了餘額後，便取出提款卡。如此看來，父親外遇的可能性是愈來愈濃厚了。

研人回到車站附近，看著街道地圖，找出了「町田市森川１—８—３」的位置。原來那棟公寓並不在百貨公司、餐飲店林立一帶，而是在鐵路的另外一側。

研人在一棟棟辦公大樓及綜合大樓之間穿梭而過，走了一陣，找到一條位於車道旁的狹窄巷道。地址所示的那棟公寓，應該就在這條巷道的尾端。這條巷道似乎是私人道路，右邊是一片水泥圍牆，左邊則是一片以鐵絲網圍住的碎石地停車場。這附近一帶異常靜謐，與鬧區的喧囂有著天壤之別。

研人走進巷內，看見他所找尋的那棟公寓，不禁愕然地停下腳步。

那是一棟以木頭及砂漿蓋成的兩層樓建築，牆上有龜裂痕跡，木質窗櫺都是歪的，鐵製樓梯更是布滿鐵鏽。

這麼老舊不堪的建築，顯然是昭和時代的遺產。而且空地上叢生的雜草環繞住整棟公寓。

孤立在高樓大廈之間的這棟破舊公寓，彷彿已經遭到歲月的遺忘，沒有趕上開發重建的潮流。這樣隱密的地方，或許正適合拿來做偷雞摸狗的勾當。但研人不禁懷疑，用這種跟鬼屋沒兩樣的地方來包養情婦，不嫌太毛骨悚然嗎？何況巷頭巷尾看不見半個人影，更讓這棟公寓顯得陰森。

要往前走是需要勇氣的，但研人踏著雜草走向公寓。由窗戶數量來看，一樓跟二樓分別有三間房間。父親在便條紙中留下的地址，是二〇二號室。研人走向信箱一瞧，沒有一個信箱上頭寫著居住者的姓名。

研人接著走向位於公寓側邊的外圍鐵製樓梯，先往左右張望了兩眼，接著伸手朝第一階的背面摸去。此時的心情簡直跟作賊一樣緊張。

指尖摸到了膠帶的觸感，而且不只一處。於是研人將膠帶全部撕開，總共得到了三支鑰匙。這種過於神經質的作法，更加惡化了研人心中的父親形象。

研人接著躡手躡腳地爬上二樓。走廊上並排著三道門，研人走向中間的二〇二號室，門上並沒有掛出居住者的姓氏牌。門把上共有三道鎖，鎖頭閃閃發亮，顯然是最近才裝上的。研人以手中的三支鑰匙逐一測試，終於打開了門。

門內是條狹窄得僅能容一個人站立的通道。右手邊有瓦斯爐及流理台，左手邊則有扇小木門，小木門後頭大概是廁所。研人脫掉鞋子，走進屋內。極短的通道前方又有扇拉門。研人看著那拉門，暗想，門後大概有張五顏六色的雙人床吧。

一拉開拉門，裡頭暗得伸手不見五指，卻是異常溫暖。耳中可以聽見細微的空調運轉聲。研人伸手往牆上一摸，找到了電燈開關。一打開電燈，陰寒的燈光驟然照亮房間內的模樣。研人看到眼前的景象，不由得目瞪口呆。

這根本不是什麼跟情婦偷腥的房間。房間約三坪大，窗戶上掛著厚重窗簾，完全擋住外頭的陽光。

一張大餐桌，幾乎占據房內所有空間，上頭擺滿各式各樣的實驗器材。一台A4尺寸的筆記型電腦、一座用來充當藥劑櫃的小書架、定量吸管、錐形瓶、迴轉蒸餾機，甚至還有一座紫外線照射燈。放置在牆角的冰箱，也不是一般家庭用的冰箱，而是實驗室專用的降溫機。這一些器材都是研人平日用慣的東西。換句話說，這是一間有機合成實驗室，正屬於研人的專業領域。

購置這些器材，想必花了不少錢。地板上還有睡袋、盥洗用具之類的雜物，可見得這房間原本的主人打算長期在這裡生活。

就在這時，背後忽傳來動物的瑟瑟聲響。研人從未預料到這房間裡除了自己之外還有其他動物，登時嚇得寒毛直豎。轉頭一看，原來窗戶正對面那片自己一直未注意到的牆上有座壁櫥，壁櫥的上半層放了幾個塑膠製的大型透明盒子。那是附有自動換氣及餵食裝置的實驗動物飼養盒。每個盒子裡養了約十隻老鼠，共約四十隻。這些老鼠似乎已在這破公寓裡生活頗長一段時間。

右半邊的二十隻老鼠已經奄奄一息，看起來相當可憐。研人想救這些老鼠，但平常沒接觸過實驗動物，根本不知道該怎麼做才對。研人觀察了半晌，發現原來是飲水器裡的水快沒了。研人正準備拿自來水加進去，忽覺不對。給實驗動物喝的水或許應該使用無菌的純水。由於照顧實驗動物已超出研人的專業知識，研人苦惱半天，決定採取折衷方式。回家前，先去附近便利商店買些礦泉水來給老鼠喝。

研人將老鼠的事先擱在一旁，繼續觀察這間古怪的實驗室。父親爲何要準備一間這樣的房間，實在讓人想不透。研人想到有「實驗筆記」可看這件事，便發現桌上有本研究人員專用的大筆記本。

他一打開筆記本，裡頭夾著一封信。信上的文字是以電腦打字後列印出來的。

「研人：

你終於來了。這間奇妙的實驗室想必讓你大吃一驚。但細節我就不解釋了，直接切入重點。因爲某種緣故，我正在進行一項個人研究。在我消失的這段期間，我希望你能接手這項研究工作。」

從這封信裡，同樣可以看出父親並沒有預料到他會死亡。但所謂的「消失」到底是指什麼狀況，上頭依然沒有明說。

「你必須一個人進行這項研究，不能把這件事告訴任何人。不過，倘若你察覺自己有危險，可以立刻放棄這項工作。」

這一段同樣有著被害妄想症的味道。研人皺著眉頭繼續往下讀。接下來的文字便是父親希望研人接手的研究內容。

「首先，你必須使用那台A４的白色筆電，裡頭有研究需要用到的軟體。至於我書房裡那台A５筆電，別交給任何人，只要好好保管。」

房裡有張沒有靠背的旋轉椅，研人拉過椅子，在實驗桌前坐下來，然後將兩台筆電放在自己的手邊。一黑一白，尺寸也不一樣。研人按下了兩台筆電的電源開關。當初在書房裡時，他已試過啓動那台黑色筆電，但沒有成功。他不死心，決定再試一次。研人推測，這台小型黑色筆電裡應該藏有父親不想被他人看見的文書檔案，而且很有可能是電子郵件。父親在三鷹車站忽然倒下時，他身旁那女人到底是誰，目前依然是個謎。換句話說，父親到底有沒有外遇，目前還無法下結論。

在等待兩台筆電開機時，研人繼續讀信上的文字。

「具體研究內容爲：

1你要接手的這項研究，目的在設計Orphan受體的Agonist，並加以合成。

2標的GPCR的內容，記錄在A４筆電裡。

3必須在二月二十八日前完成。」

研人讀到這裡，不禁發出哀嚎。這封信上的要求幾乎可說是天方夜譚。由於這幾段文字包含了一些研人不甚了解的專業知識，研人讀了好幾遍，才確認自己沒有誤解父親的意思。

父親的指令是這樣的：首先，所謂的「受體」，指的是存在於細胞表面的各種蛋白質。這些蛋白質正如其名，各自擁有類似口袋一般的凹槽。一旦特定物質進入這些凹槽內並與蛋白質結合，細胞就會開始進行一些維持生命的必要活動。而這些特定物質被稱爲「配體」。例如男性荷爾蒙或女性荷爾蒙，其實就是「配體」，一旦進入細胞的「受體」之中，便能產生「增進肌肉發育」或「讓皮膚變滑嫩」之類的效果。換句話說，荷爾蒙必須與「受體」結合，才能對細胞下達命令，發揮其特定機能。

父親的信上所說的「Orphan受體」，指的是目前尚未得知其功能及相對應「配體」種類的「受體」。而父親的要求，便是製作出令其發揮效果的促效物質。

至於「GPCR」，則是「G蛋白偶聯受體」。這是一種像繩索一樣細長的蛋白質，在細胞膜內外來回進出七次，而其「受體」的凹槽則位在中心處。這是一種極難確定結構的「受體」，因此要找出與之結合的「配體」，實在是難如登天。

要完成這項指示，除非委託製藥公司的大型研究機構。不但需要投入大量的優秀研究人員，而且至少得耗費十年光陰及數百億資金。就算有了這些條件，也無法保證肯定能研發成功。研人不過是個碩二的學生，只憑獨自一人及五百萬的資金，要在一個多月的時間內完成這項艱鉅工作，根本是不可能的任務。

研人心想，父親會下這樣的指示，或許有其勝券在握的理由。如今唯一的線索，就只有實驗筆記的內容，偏偏這些內容與研人的專業領域相差頗遠。

筆記內容只有四頁，第一頁的開頭上寫著研究目的：「設計並合成突變型GPR769的

Agonist」。

這個「突變型ＧＰＲ７６９」，就是本研究中的「Orphan受體」的名稱。而所謂的「Agonist」，指的是可以與該「受體」結合的藥物，就像是一種人工「配體」，具有讓細胞發揮機能的效果。以研人的專業知識，只能理解到這個程度。筆記裡的「研究程序」這一項上寫著：

「・解析突變型ＧＰＲ７６９的立體結構
・ＣＡＤＤ（in silico設計）
・合成
・in vitro的Binding Assay
・in vivo的活性評估」

這裡頭除了「合成」這一項之外，其他幾項都包含了不同領域的專業知識，研人一時之間無法判斷這樣的程序是否可行。然而研人總覺得父親似乎把製藥這件事想得太簡單了。何況這上頭沒提到幾項相當重要卻費時的步驟，例如「化合物的結構最佳化調整」，以及「人體臨床實驗」。

然而研人心中忽然浮現幾個疑問。擁有這個「突變型ＧＰＲ７６９受體」的細胞，是人類的細胞，還是其他生物的細胞？還有，既然是「突變型」，表示是由基因發生突變而產生。這個突變會對該生物造成什麼影響？如果這個生物並非人類，那麼省略人體臨床實驗或許是理所當然的事。

父親遺留下的兩台筆電，目前都派不上任何用場。父親在信中指示研人使用的白色筆電，裡頭的作業系統爲Linux，這並不是有機合成研究者所熟悉的使用介面。至於另外那台較小的黑色筆電，則依然無法開機。

想要完成父親的遺志，就得借助第三者的力量，但是偏偏父親在信中要求「你必須一個人進行這項研究」。

研人將視線移回筆記裡的那封信上。信的末尾如此寫道：

「如果我一直沒有回來：

雖然我預期自己很快就會回來，但爲了保險起見，在此假設我一直沒有回來的情況。

假如我一直沒有回來，過一陣子會有一個美國人來找你，你就將完成的化合物交給他。你曾待過英語研習社，用英語溝通應該不是問題，比爸爸厲害多了（笑）。

父筆」

這封遺書不像遺書的信裡，父親從頭到尾都維持著開朗的口氣。研人跟著信中的父親笑了兩聲，接著望向「如果我一直沒有回來」這句話，陷入沉思。父親不但一直沒有回來，而且以後永遠不會回來了。這意味著，那個美國人遲早會找上自己。那是個怎樣的人？不會說英語的父親，怎麼會跑去跟美國人打交道？

到頭來，這整件事還是有如一團迷霧。如今可以確定的一點，就只是父親想要製作出能夠進入「突變型GPR769受體」凹槽的配體物質。研人心想，得先弄清楚這個研發計畫的成功機率有多大，再來決定自己接下來該採取什麼舉動。

研人站起來，穿回羽絨外套。就在他正準備闔上實驗筆記時，他察覺頁面的格線外還寫了個英文單字。其他研究內容都是以原子筆寫成，而且字跡工整，唯獨這個英文單字是淡淡的鉛筆字跡，而且相當潦草。

「Heisman Report #5」

研人總覺得，這單字好像在哪裡聽過……

〈赫茲曼報告〉——

研人的腦海裡浮現了那個報社記者的臉孔。

5

戰時內閣的閣員全聚集在白宮地下的戰情室內。這是一間沒有窗戶的狹長形房間，天花板的日光燈將整個室內照得又白又亮，卻無法消弭籠罩整個空間的陰鬱氣氛。

這裡彷彿是個失去色彩的世界。桃花心木製的會議桌、黑色皮革座椅、一個個高官身上的黑色西裝。室內一切人與物都融入這個黑與白的世界中，模糊了彼此的輪廓，醞釀出一種詭譎的氣氛，彷彿這整個房間就是一個生命體。事實上，這裡正是美國這個超強大國的思考中樞。而反映國家人格的最高決策者，卻是個脾氣相當差的人物。

「到底查到原因了沒有？損害程度這麼大，難道不是情報外洩嗎？」坐在上首的總統伯恩斯不悅地望著眼前的一整排高官。

伯恩斯見閣員個個三緘其口，於是直接點名，「查爾斯，我這句話是對你說的。」

原本正讀著報告書的國家情報總監查爾斯・霍金抬起頭。手邊那些敷衍了事的報告書此時完全派不上用場。「前陣子伊拉克的傭兵確實死傷慘重，但過去這一星期的死傷率已降低到以往的水準，這證明我們的防諜策略已經奏效了。」查爾斯說道。

「這不是我要的答案。我問你，敵人是怎麼知道我方傭兵行蹤的？」

前陣子巴格達的武裝勢力為何能準確地狙殺民營軍事企業的傭兵，這一點霍金也摸不著頭緒。然而霍金並不在乎，因為他認為這不是他的責任。「關於民營軍事企業的活動，五角大廈（註一）比我們情報體系（註二）清楚得多。你應該問問國防部或國務院，他們對那些傭兵的行動計畫應該是瞭如指掌才對。」霍金說道。

「我們沒有查到任何出問題的環節。」國防部長拉蒂默板著臉說。

於是，副總統詹伯倫以近似責難的語氣說：「我認爲是中情局太小看伊斯蘭武裝組織的情報蒐集能力了。」

在場的閣員都是在現今政權下經歷過無數次批鬥會議的老狐狸，一聽到副總統詹伯倫這句話，便知道副總統想讓情報體系當代罪羔羊，把錯全推到情報體系頭上。

「沒那回事，我們的分析沒有任何疏漏。」原本一直保持沉默的中央情報局局長荷朗德出言反駁。荷朗德有著一頭銀髮，嘴上蓄著鬍子，給人一種難以捉摸的神祕感。像這種人擔任情報組織的老大哥，可說是相當適任。

「你憑什麼說得這麼肯定？」詹伯倫繼續進逼。

拉蒂默忽插口說道：「這部分可以列入個別會談的議題中。目前最重要的，是認清這些傭兵的犧牲對我們來說是種警訊。老實說，就算民營企業的傭兵再多死幾個，民眾也不會在乎；但如果同樣的傷亡發生在美軍身上，輿論可就會把我們罵翻天了。總而言之，我們絕對不能再增加對外公布的傷亡人數。」

荷朗德無奈地點頭同意。早點結束無意義的口水戰，才是明智之舉。最後他恨恨地朝徹頭徹尾不發一語的國家安全顧問瞪了一眼。像這種政府部門間的齟齬，國家安全顧問應該要負責居中協調才對。

「沒有其他議題了吧？」

註一：「五角大廈」（Pentagon）是美國國防部的辦公大樓，常常被用來當作美國國防部的代名詞。

註二：「情報體系」（Intelligence Community）是美國政府轄下各情報部門的合稱，其中包含國家安全局、中央情報局等在內，由國家情報總監統籌調度。

伯恩斯開始整理起桌上的文件資料。幕僚長艾卡斯此時開口說道：「還有一項，是關於國際刑事法庭的問題。」

伯恩斯低聲沉吟，朝法律顧問主任華勒斯問道：「撤回簽署一事，有什麼進展？」

「聯合國祕書處拒不受理美國的撤回簽署要求。」華勒斯回答。

伯恩斯一聽，不禁咂了個嘴。這件事可說是上個政權留下的爛攤子。前任總統爲了推動成立國際刑事法庭，在國際條約上簽了名。一旦美國國會批准這個條約，以後犯了戰爭罪的美國人都得被送到國際法庭上接受審判。如今美國要求取消這項簽署，但聯合國似乎不打算同意。

「都是些自以爲是的傢伙。」伯恩斯低聲咒罵。

「如今只能靠與各國簽署雙邊豁免協定了。只要是簽了這個協定的國家，就不能把美國人移送至國際法庭。」國務卿布拉德說道。布拉德雖是軍旅出身，卻是個和平主義者，在當今政權下幾乎發揮不了任何影響力。但他依然恪守本分，盡著自己的職責。

「手段必須夠強硬。哪個國家膽敢不簽署，就中斷對該國的一切經濟援助。」伯恩斯說道。

布拉德沒有表達任何個人意見，只是淡淡說：「我會朝這個方向推動。」

「好了，各位，回去做自己的事吧。」總統伯恩斯宣布散會。

坐在狹長會議桌兩側的眾閣員及副長皆開始收拾東西，起身準備離開。伯恩斯等身旁的座位空出來後，朝幕僚長說道：「請嘉德納博士進來。」

「是。」幕僚長艾卡斯應了，拿起機密內線電話，說道：「請嘉德納博士進來。」

不久後，剛入老年階段的科學家嘉德納與一大群往外走的高官擦肩而過，進入了戰情室。

「抱歉，博士，讓你久等了。」

伯恩斯起身迎接國家科學技術顧問嘉德納博士。如今伯恩斯非常需要與嘉德納這種不具威脅性的溫厚人物交談，來調劑一下心情。嘉德納似乎也感受到了伯恩斯的友善，立即露出溫和的微笑，在總統身旁坐下來。

中情局長荷朗德依然坐在座位上。他目不轉睛地看著眼前的國家科學技術顧問，似乎早已將剛剛差點被迫背黑鍋的不愉快拋到腦後。這樣的舉動純粹發自於荷朗德個人的關心。向來喜歡閱讀科普雜誌的荷朗德，對這次的「特別聯繫計畫」感到頗爲不安。荷朗德認爲現在的美國政府太小看這個問題了。倘若眞如總統日報上所寫的，出現了新種的生物，這不只是對美國，更是對全人類的極大危害。每一分、每一秒，躲藏在剛果雨林深處的那新種生物或許都在成長、壯大。

伯恩斯故意在進入主題前，先來一段閒話家常：「關於上次向你請教的事情，呃……那叫什麼來著？」

「胚胎幹細胞？」

「對，胚胎幹細胞。博士，你認爲我們應該重新開始對這東西的研究？」

「是的，如果不積極研究，美國的國際競爭力恐怕會大幅下降。」

雖然嘉德納博士的主張與自己的立場背道而馳，伯恩斯卻一點也不以爲意。

「這是個兩難的問題。博士，我很感謝你的建議，但我不會改變既定的政策，這是經過審愼評估後的決定。」伯恩斯說道。這樣的立場並非基於科學或倫理觀點。伯恩斯只是不想失去那些保守基督教徒的支持。

「當然，我尊重總統先生的決定。」嘉德納心平氣和地回答。「既然如此，我建議改爲研究其周邊的相關領域。二十一世紀肯定是生物學的時代，美國不能輸在起跑點上。」

伯恩斯不禁暗自讚嘆嘉德納的應對得宜。如果其他高官也能像嘉德納這麼上道，不知該有多好。伯恩斯先吩咐幕僚長去幫博士倒杯咖啡，才進入主題：「關於那計畫，目前進展狀況如何？」

嘉德納博士是「特別聯繫計畫」的科學技術顧問，他啜了一口咖啡，說道：「雖然起步晚了點，但目前進展一切順利。拉蒂默先生非常體貼地在五角大廈裡爲我們安排了氣派的辦公室。」

從嘉德納博士使用「體貼」這個字眼，便可聽得出來他是多麼一位溫厚長者。白宮裡的人做事，出發點從來不會是「體貼」。

伯恩斯不禁露出微笑。他看在場的人之中，唯獨荷朗德依然眉頭深鎖，不禁有些納悶，想不透這中情局長在爲什麼事煩心。

「你指的是特別計畫室？」伯恩斯問。

「是的，就像這間會議室一樣……」嘉德納環顧戰情室，說道：「那裡有進行視訊會議的設備，還有顯示各種情報的大螢幕，一切都很完善。計畫室的負責人是施奈德研究所的一名優秀年輕人。上次那份對策提案就是他構思的。我相信他能勝任這個工作。」

國防部長拉蒂默跟著幫腔：「那是個年紀才三十出頭的上級分析官，雖然資歷有些不足，卻是相當優秀的人才，將來大有可爲。」

伯恩斯一聽，登時便明白拉蒂默這幾句話的背後玄機。年紀輕且無資歷，意味著一旦計畫出了紕漏，可以立刻將之開除而不用擔心引來任何麻煩。反正這個根據〈赫茲曼報告〉而成立的計畫，是目前所有祕密計畫中優先順位最低的一項。

「執行任務的人選也已經確定，正在南非接受訓練。」

伯恩斯此時忽想到一點疑慮，問道：「你們說的這生物如果眞的存在，牠會不會已經能對美國造成威脅了？」

「這點不用擔心。那生物目前還處於嬰兒時期，要長大還得一段時間。」

「原來如此。那就按照計畫，趁早將牠剷除吧。」

「沒錯，必須趁早剷除。」嘉德納點頭同意。

伯恩斯對嘉德納這樣的回答反倒感到有些意外。沒想到這寬厚仁慈的老紳士非但不反對這個不人道的計畫，反而大表贊成且全力推動。或許在這個不帶任何宗教觀的科學家眼中，那生物同樣是個不應該存在於世界上的禁忌之物吧。

「對了，這次的計畫內容是否必須告知議會？」嘉德納問道。

「只須報告預算就行了。」

副總統詹伯倫補充解釋道：「根據法律規定，在任務開始的三十天前，我們必須將預算金額告知參眾議院的數名資深議員，但不必說出具體內容。他們不會知道我們到底在做些什麼事，也不會知道有誰參與了這個計畫。」

嘉德納露出安心的表情。伯恩斯忍不住微笑，心想這個人做了一輩子研究，如今要他參與美國最高機密計畫，肯定讓他害怕得夜不成眠吧。「博士，多虧你的努力，這項計畫目前看來應該能順利完成。」伯恩斯說道。

嘉德納點點頭。「我剛剛提過的那位計畫室負責人，已經安排了縝密的作戰計畫。我保證在一個月之內，計畫就能圓滿成功。」

坐在一旁的荷朗德爲了掩飾心中的憂慮，正神經質地搓弄著嘴上的鬍子。在荷朗德眼中看來，眼前的總統及科學技術顧問都太輕忽這個問題了。那個生物要是與文明社會產生接觸，原本勉強維持安定的世界秩序將徹底崩潰。

荷朗德不禁祈禱，但願那四名進入南非的男人，能以他們的死換取全人類的和平存續。

6

愈艱辛的任務，總是愈能減輕葉格心中的痛楚。在過去，性命交關的危險與肉體的疼痛，往往能夠讓葉格暫時忘卻更加無法面對的現實。然而如今兒子的壽命終於只剩下一個月，再嚴苛的訓練，也已無法發揮鎮痛的效果。

當年他待在美國陸軍時，背負四十公斤的重物行軍四十公里根本只是家常便飯。但自從轉職成為傭兵後，接到的任務多半是在都市裡保護客戶，體能與耐力因而大幅下滑。出了賽達保全公司後，隊伍沿著泥濘道路在丘陵地帶之間前進，才走不過十公里，葉格便已氣喘吁吁。每踏出一步，都清楚地感覺到背上的重量在奪走自己的體力。南半球的烈陽高掛在北邊的天際，放射出的熱能會讓維持體溫所不可或缺的汗水在一瞬間蒸發殆盡。四人排成單列縱隊前進，葉格是隊長，所以走在第二個。他不斷提醒自己將注意力集中在眼前的嚴苛訓練上，但一幕幕充滿痛苦的人生回憶卻依然在內心深處不斷浮浮沉沉。

那一年，葉格才七歲，正是惱怒妹妹不肯陪自己玩戰爭遊戲的年紀。父親開著車子，載了一家四口到阿肯色州探訪親戚。半路上，一家人投宿於汽車旅館。當時父親停下車子，獨自走向旅館櫃台辦理入住手續。葉格坐在車內後座，看著窗外的父親一邊與櫃台裡的服務生談笑，一邊從屁股口袋中掏出錢包，接著又拿起筆來簽名。在年幼的葉格心中，那就是身為父親的職責。總有一天，自己也得做這樣的事情。

然而應該要做榜樣給孩子看的父親，後來卻拋下其職責，離開葉格所生活的家庭。母親只好到超市當倉庫管理員，努力賺錢養活兩個孩子。葉格在高中畢業前不久，告訴母親自己想當軍人的念頭。原本個性堅強的母親，臉上竟流露出悲傷與絕望。當時才十八歲的葉格，無法理解母親愛護兒子的心情。直到多年後，自己的兒子一次次徘徊在生死邊緣，葉格才體會那是多麼椎心刺骨的疼痛。

賈斯汀從懂事後，便知道有個可怕的敵人不斷地想要奪走自己的生命。賈斯汀知道自己得獨自對抗這個敵人，也知道自己終有一天會力盡而死。

葉格每次到醫院探望兒子，懷裡總是捧著堆積如山的玩具。火柴盒小汽車、雷射槍、最新型的變形機器人。葉格花盡一切心思，只是爲了博兒子一笑。但手臂上掛著點滴的賈斯汀從來沒有笑過。即使他以那小小的手掌握住了機器人，眼神依然是空洞的。對他而言，人生就像是一種無比痛苦的義務。

葉格終於明白生命有多麼脆弱。他知道，五年後還能殘留在這世界上的，不是兒子賈斯汀，而是他手中那個塑膠機器人。

葉格渴望看見兒子的笑容，渴望看見他跑跑跳跳的模樣。只要兒子能恢復健康，就算他翻倒桌上的水杯或是在牆上塗鴉，自己也絕對不會罵他。只要兒子能恢復健康，自己願意隨時陪他玩投接球的遊戲。只要兒子能像其他孩子一樣健康……

「葉格！」

腔調古怪的英語，將葉格從回憶中拉回現實世界。葉格抬起頭來，看見走在前面的米克停下了腳步。

「要不要休息一下？」米克問道。其實米克看起來並不累，但走在後頭的葛瑞及邁爾斯卻已顯得精疲力竭。

「好，休息十分鐘。」

爲了躲避強烈的日曬，一行人走到樹蔭底下。放下背包後，眾人開始抱怨自己體能變差，或是咒罵這個訓練太過嚴格。但葉格聽了半天，卻沒聽到幾句一般軍人常掛在嘴邊的那些汙言穢語。葉格這才發現，這個大雜燴團隊的成員都還算是挺有教養。一般情況下，隊伍裡應該會有兩、三個把髒話當口頭禪的人物。

「這次的任務讓我有些不安。」邁爾斯脫下登山鞋，將ＯＫ繃貼在磨破皮的傷口上。「從我當年進空軍到現在，我從沒接受過叢林訓練，上頭怎麼會挑我來參加這個任務？」

「這是否意味著任務相當輕鬆？」葛瑞說道。

目前四人並沒有被告知具體任務內容，葉格不知如何回答邁爾斯這個問題，只好轉頭問道：「米克，你受過叢林訓練嗎？」

「有。」曾待過法國外籍部隊的日本人說道。

葉格沒有問葛瑞相同的問題，因爲葉格知道葛瑞曾是海軍陸戰隊武裝偵察隊的一員，對叢林作戰一定不陌生。於是葉格朝唯一沒有叢林作戰經驗的邁爾斯說道：「叢林裡最可怕的不是猛獸，而是昆蟲之類的小動物。傳染瘧疾的蚊子、會在腳趾甲縫隙裡產卵的跳蚤，還有毒蛇、毒蠍、蜜蜂、蜘蛛……被任何一種沒見過的小生物扎一下，都有可能丟掉性命。克服這個問題的方法，就是塗上驅蟲藥。不只是皮膚，就連衣服上也得塗。還有，防蚊網也是必需品。」

「睡覺的時候呢？用不用一般的野營帳篷？」邁爾斯問。

「你們海軍陸戰隊習慣怎麼做？」葉格故意將話題拋向葛瑞。

「唔，使用簡易型的帳篷。」葛瑞吞吞吐吐地說道。

「簡易型帳篷？在叢林裡搭帳篷？」

「啊，我指的是在補給良好的情況下。」葛瑞保持冷靜地解釋。

米克此時開口說道：「我們從前的作法是在樹木之間架設吊床。讓身體離開地面，可以避開毒蛇、蜈蚣那一類麻煩東西。」

「對，我們也是。就跟空降特勤組的作法一樣。」葛瑞附和地說。

葉格聽了葛瑞這幾句話，開始對葛瑞的資歷產生懷疑。葉格心想，或許葛瑞根本沒待過海軍陸戰隊的武裝偵察隊。在傭兵的世界裡，爲了面子而捏造出身背景的情況並不罕見。但是像這樣的謊言，有時可是會害死隊友。四人小組裡若有一人發揮不了戰力，整體戰力頓時會降低百分之二十五。

葉格見葛瑞一副沉著穩重的態度，不禁有些摸不著頭緒。至少從外貌上看來，葛瑞不像是個喜歡吹牛皮的人。然而以海軍陸戰隊出身者而言，這樣的行事風格卻又顯得太低調、內斂了些。葉格心想，有必要好好觀察這個男人的各方面能力。

負重行軍訓練比預定時間晚了約一小時才結束。作戰部長辛格頓在訓練設施裡等著眾人歸來，嘴上只說了一句，「第一回有這樣的成績，還算馬馬虎虎。」但從神情看來，他顯然對四人的表現頗不滿意。

四人將重得要命的背包放回寢室，連衣服也沒換，便趕往下一個訓練課程場地。

賽達保全的總部大樓後頭是一大片廣闊的空地，這裡有飛機起降跑道、倉庫及各種訓練設施。葉格等人走出後門，剛好看見員工正駕駛堆高機將貨物搬上軍用輸送機內。這是葉格等人在這個基地內首次看到辛格頓以外的人。葉格心想，自己一行人多半是遭到隔離了。如此看來，這次的任務應該是美國委託的機密計畫沒錯。

「接下來將分發武器。」辛格頓說完，帶領眾人走進一棟水泥建造的倉庫裡。

武器庫內的景象頗令人嘆爲觀止。除了各種輕、重火器外，甚至還有火箭筒、迫擊砲及空降作戰用的降落傘。在這個紛爭地帶，常見的武器多半是來自東歐諸國或中國的粗製品，然而這裡卻備有西方列強的精良武器。

辛格頓走到放置各類型步槍的槍櫃前，說道：「我曾說過，主要武器只能使用AK47或狩獵用霰彈槍，你們挑一把自己喜歡的吧。至於備用武器，只能使用葛拉克17式手槍。」

負責擔任隊伍先鋒的米克拿起一把霰彈槍，忽轉頭問道：「在叢林裡遭遇敵人的可能性有多高？」

「非常低。」辛格頓回答。

米克於是將霰彈槍放回棚上，換了一把ＡＫ47突擊步槍。

四人各自在防護背心上插入八支備用彈匣，並將九毫米口徑的葛拉克17式半自動手槍塞進腿部槍套中。一如往常，幼稚的自負塡滿葉格的內心。像這樣拿著殺傷性武器就以爲自己天下無敵的優越感，可說是男人與生俱來的通病。

辛格頓接著又發給每個人一個軍用迷你袋，說道：「這裡頭有夜視鏡及滅音器。」所謂的滅音器，指的是消除槍聲的裝置。

「今晚將進行夜襲訓練。」

辛格頓這句話，讓葉格等人又得知了一個情報。這次任務的攻擊目標，多半是反美武裝勢力的野營據點。

「到射擊場去。」

出了武器庫，與飛機跑道相反方向的另一頭就是屋外射擊場。葉格等人在這裡利用人形標靶爲ＡＫ47進行歸零調整射擊。藉由移動覘孔來調整瞄準角度，讓子彈能準確擊中一百公尺外的目標。

接著是戰鬥射擊訓練。葉格等人必須以立射、臥射等各種姿勢，攻擊自動揚升的人形標靶。葉格趁這個時候仔細觀察葛瑞的動作。在射擊技術上，葛瑞表現得可圈可點，更換彈匣的動作也靈敏俐落，顯然受過相當高度的訓練。葉格愈看愈是滿心狐疑。這個男人以前是做什麼的？他爲什麼要揑造海軍陸戰隊的背景？

打完所有子彈後，辛格頓宣布接下來到夜襲訓練開始前，是晚餐時間。於是四人回到總部大樓的餐廳用餐。餐廳及廚房裡一個人也沒有，四個人進來時，餐點已擺在桌上。

一個小時後，開始進行夜襲訓練。四人搭上一輛大箱型車，前往另一處訓練場地。四人剛上車時，西方的地平線還隱約透著夕陽光芒；當車子抵達目的地時，周圍已是一片漆黑。葉格一下車，第一眼看到的是一棟棟被車燈照亮的簡易建築。那是拯救人質訓練用的模擬房舍。

「戴上夜視鏡。」

辛格頓一聲令下，所有人都戴上了夜視鏡。環境中的微弱光線經過電子儀器的增幅，讓透過鏡頭看出去的景象化成一片螢光綠色的世界。

「在手槍上裝設滅音器。」

四人迅速完成命令。

「好，跟我來。」

辛格頓拿著手電筒走向模擬房舍的後頭。那裡有個邊長約一百公尺的四方形空地，裡頭排列著兩排半圓形的奇妙物體。那些半圓形物體共有十二座，高度比人矮，各自有個入口，看起來像是愛斯基摩人的冰屋。

「注意聽好訓練內容。」或許是受到周圍一片漆黑的影響，辛格頓壓低了聲音。「把那些東西當成帳篷，每個帳篷裡各有三、四個人形標靶。假定敵人都在熟睡，你們必須使用裝上滅音器的手槍，以最快速度擊殺所有敵人。」

邁爾斯聽到這裡，肩膀微微一顫。四人之中，唯有他表現出些許徬徨。作戰部長辛格頓的目光在四人身上一一掃過，彷彿在評估每個人的戰鬥能力。那冷酷的臉孔浮現在電子螢幕上，簡直像個殘酷的殺人魔。

「給你們三分鐘決定戰術，立刻開始行動。」

辛格頓下完命令，拿著碼表離開現場。

「我們從四個方向襲擊。」

葉格迅速想好戰術並向三人宣布。那些半圓形的帳篷兩兩相對，每排各有六座，因此自各排的左右兩側同時發動攻擊是最有效率的作法。

「我能問個問題嗎？」葛瑞聽完葉格的戰術後問道：「要是有人逃走，該如何處理？」

葉格一愣，旋即咂了個嘴，暗罵自己太過輕率。沒錯，這是很有可能發生的狀況。手槍即使裝上滅音器，聲音還是不小。在安靜的叢林裡開槍，大概會連附近的野獸都驚惶逃走。

「好，我們變更戰術。兩人從北側依序攻擊帳篷，剩下兩人分別守在廣場中央及南側，以防有人逃走。」葉格說道。

「誰負責攻擊帳篷？」邁爾斯問。

「我自願。」米克想也不想地說道。

隊長葉格於是下令：「好，葛瑞守中央，邁爾斯守南側，我跟米克攻擊帳篷。」

「了解。」邁爾斯低聲說道。

「各自就定位！」

葉格一聲令下，所有人迅速前往各自的行動位置，沒發出半點腳步聲。

葉格大致算了一下，自己大約得擊殺二十個人。瑞凡說得沒錯，這是個得弄髒手的任務。但那些即將死在自己手裡的人，或許是潛伏在剛果叢林內的恐怖分子。既然接下了任務，也就只能相信西盾公司的大人物瑞凡當初所說的那句話——「這對全人類來說是件好事」。

葉格來到第一座帳篷外。葛瑞及邁爾斯皆已就定位，正在等待隊長的命令。往另一排帳篷望去，米克也已握著手槍屈身奔到帳篷邊，完成攻擊前準備。

葉格左手一揮，下令開始行動。眼看米克衝了出去，葉格自己也衝到第一座帳篷的入口邊。帳篷入口約只到胸部高度，得彎下腰才能看見帳篷內景象。然而就在葉格將槍口對準了人形標靶的瞬間，葉格的手指彷彿凍結般，無法扣下扳機。帳篷內的四具人形標靶，竟然都是十歲左右的兒童型人偶。

四聲鈍重而低沉的槍聲在背後響起。米克已攻擊了第一座帳篷。葉格強自壓抑內心的排斥感，靠著反射本能扣下扳機。自加入美國陸軍算起，葉格已接受十五年的軍事訓練，大腦及肉體早已化成了為達目的不擇手段的殘酷戰鬥機械。每一顆子彈都準確地擊中兒童型人偶的雙眉之間。兒童型人偶在承受子彈攻擊的瞬間像活人一樣劇烈彈跳，接著恢復平靜。

此時米克已攻擊完第二座帳篷，正朝第三座衝去。葉格也以不遜於運動員的敏捷動作衝向下一個目標。這個訓練彷彿是一場比誰殺得快的競賽。葉格的進度雖晚了米克一座帳篷，但他不再有半點遲疑，像米克一樣二話不說便朝兒童型人偶開槍。攻擊完第四座帳篷，共打了十四發子彈。葉格一邊移動一邊迅速更換彈匣，又以八顆子彈破壞了剩下兩座帳篷內的八具兒童型人偶。

葉格及米克一抵達廣場尾端，辛格頓立即下令：「葛瑞、邁爾斯！確認戰果！」

兩人默默衝向帳篷，各自朝一座帳篷內望去。就在這一瞬間，兩人也察覺了己方的攻擊目標竟是兒童。葛瑞依然默默地進行確認作業，邁爾斯則是有氣無力地頻頻搖頭。

兩人回到辛格頓身邊，各自報告確認結果。

「無生存者！」

「任務完成！」

作戰部長辛格頓一看碼表，說道：「從開始到結束花了近六十秒。今後的訓練必須盡量縮短時間。從明天開始，我們還會以模擬彈來練習如何對付逃亡的敵人。今天的訓練到此結束，這是第一天，你們算做得不錯。」

一行人跟著辛格頓走向停在一旁的箱型車。一路上沒人開口說話。就在眾人皆上了車，車門即將關上時，葉格說道：「等等，我犯了個不該犯的錯誤。我把空彈匣遺落在現場了。」

辛格頓咂了個嘴，重新拉起手煞車。

「我馬上回來。」

葉格重新戴上夜視鏡，奔回一片漆黑的訓練場。他走到一座帳篷的後頭，以登山鞋的前端在地面上摸索出適當的位置，跪了下來，以不會弄髒褲子的姿勢吐出了胃裡所有的食物。

宛如作夢般的好運，反而讓這個烏干達青年感到恐懼。剛開設沒多久的戶頭裡，多了兩億烏干達幣。換算成美金約是十二萬元，這是他的年所得的三百倍。

能有這一天，全多虧了那間位於首都坎帕拉的網路咖啡廳。那間店開在高樓大廈林立的商店街裡，由於收費高昂，青年一星期只能去一次。店裡約有十二台電腦，對青年來說，那是個充滿奇妙的陌生世界。

剛開始時，青年只是胡亂瀏覽每一個引起自己興趣的網頁。但久而久之，青年開始想要認眞學習電腦技能，於是注意起各種程式設計的資訊。青年有著非常強烈的學習心，但少年時期爲了幫父母工作，國中只念了一半而沒能畢業。青年不滿足於現在所做的苦力工作，幻想著有一天自己能夠躋身電子業界。

隨著對網路世界的愈來愈熟悉，青年又想到了一個新點子。那就是在求才網站上登錄資料，自稱是烏干達的專業導遊。青年心想，反正自己在建築工地認識了不少來自全國各地的朋友，只要向他們多打聽一些旅遊情報，大概不會穿幫。

剛登錄的前半年有如石沉大海，完全沒收到效果。然而就在上個月，青年收到了一封電子郵件。寄件者是個自稱名叫羅傑的英國人，內文是「我想請你開車運送食物至貴國的鄰國剛果民主共和國」。

剛果的戰爭此時正打得如火如荼，青年原本想拒絕這項工作，但一看對方開出的價碼，差點沒昏倒。

「預先支付酬勞一億烏干達幣、車子及物資的購買經費一億烏干達幣，事成之後再支付兩億烏干達幣。」

經費加上酬勞，總共四億烏干達幣，相當於二十四萬美金。

青年第一個念頭是「這傢伙在開玩笑」。但轉念一想，英國的富翁或許眞的付得出這筆錢。於是青年抱著姑且一試的心態，回信表示「願意接受」。不久後，他又收到一封電子郵件，上頭要求他到蘇坦比克銀行開設帳戶，並告知帳戶號碼。就在剛剛，他已確認金額嚇人的酬勞與經費匯入自己的帳戶內。

爲了證實這不是一場夢境，他試著領出一部分現金。這筆錢確實進了他的口袋。他這才確信對方是認眞的，不是在開玩笑。

走出銀行時，青年忍不住左顧右盼，擔心有人衝進銀行搶走自己的錢。他甚至沒想到，其實錢放在銀行裡是不用擔心被搶的。他感覺自己成了這座都市裡最有錢的人。烏干達雖然近年來發展順利，但仍舊相當貧窮。就連這首都坎帕拉，都只有部分區域才供應電力。他走在擠滿各種民族及大量日本製中古車的街道上，想著該買什麼東西送給雙親及三個妹妹。今天可不是聖誕節，買高級牛肉回去一定會引起懷疑。

回家之前，青年再度造訪了那間爲自己帶來好運的網路咖啡廳。點開收信軟體一看，羅傑又寄了一封信來。這封信的內容，再度讓他愕然不已。

「依照約定，錢已匯入帳戶。

相信你早已明白，這是個危險的工作。現在，我再給你最後一次機會。以下這兩個選項，你可以自由選擇其一。

1抽身不幹。即使你選擇這項，也不用歸還已經匯進戶頭的兩億烏干達幣。

2執行工作。你必須準備一輛四輪傳動車及各種食物、物資，在我指定的時間送往剛果東部的交戰地區。若你選擇這項，我會依照約定再支付你兩億烏干達幣。

這工作有可能讓你送命，你必須考慮清楚再決定。你可以自由選擇，但別想要賴或撒謊。下定決心後，請盡速回信。」

青年簡直難以置信。即使自己什麼都不做，也能平白擁有兩億烏干達幣？爲什麼對方要開出這麼好的條件？總不可能是基於擔心自己的安危吧？

這位烏干達的年輕工人站起來，走向店內深處的櫃台，要了一杯紙杯裝的可樂。他一邊喝，一邊思考著自己的名字。「薩尼」，原意是「幸福」。

薩尼下定了決心，回到電腦前，寫了一封回信。

他的選擇是「2」。

就這樣，一場驚天動地的大冒險揭開了序幕。

7

星期一上午，研人正以一種名爲「管柱層析法」的技術爲合成完畢的化合物進行精煉。細長的玻璃管中，混合物經由三氯甲烷的溶解與離析，形成了美麗的層次。研人心想，加入百分之〇・二的甲醇果然是正確的決定。碩士念了兩年，實驗技術已有明顯進步。

午休時間，研人走向置物間，將父親遺留下的那台筆電塞進背包裡，走出研究室。

昨天離開父親的私人實驗室後，研人到附近房仲公司打探了那棟老舊公寓的底細。業者說那公寓已敲定了拆除計畫，只等剩下的住戶搬離就要開始動工。

「若是現在入住，房租非常便宜，但兩個月後就得搬走。」業者說道。

研人心想，難怪那公寓看不到半個人影。父親特意挑上那樣的公寓，想必是爲了躲避外人的目光。如此說來，他所接手的這項神祕研究，背後必定有不可告人的隱情。

回到公寓房間後，研人又試著以「赫茲曼報告」爲關鍵字在網路上搜尋，卻找不到任何相關情報。接著他又嘗試以原文的「Heisman Report」來搜尋，一樣毫無斬獲。研人心想，這年頭竟然有網路上查不到的名詞，這也算是挺稀奇的事。看來想得到關於〈赫茲曼報告〉的詳細情報，只能拜託那個報社記者菅井了。

研人走出藥學院大樓，穿過橫跨運河的混凝土橋，走向文科區的學生餐廳。到文科區的餐廳吃飯，是研人長年來的習慣。他一邊走，一邊遠遠地朝餐廳窗戶內窺探，想要找出從前念大學時在英語研習社認識的那個女孩的身影。

「古賀！」耳畔忽傳來呼喚聲。

研人一轉頭，自己正在找尋的河合麻里菜竟然就站在眼前。一陣子不見，河合麻里菜的短髮已長到肩膀了，但一對笑咪咪的大眼睛依然跟往昔一樣可愛。

「好久不見了，最近好嗎？」麻里菜的肩上背了一個袋子，裡頭塞滿書，看起來相當沉重。身材矮小的研人只比麻里菜略高一些，麻里菜與研人說話時只須稍微抬高一點視線。

「嗯，不錯。」研人脫口說出這句話後，才想到麻里菜會這麼問一定是不知道自己的父親過世了。他不想破壞眼前的氣氛，接著問道：「妳呢？」

「還是老樣子，跟路易斯纏鬥中。」

「路易斯？」

「路易斯．卡羅。」

「噢，原來如此。」研人故意裝出恍然大悟的神情。路易斯．卡羅是《愛麗絲夢遊仙境》

的作者，但在研人的刻板印象裡，童話作品似乎不算英國文學系的研究範疇。「妳研究路易斯．卡羅的哪個方面？」研人問。

「現在研究的是……」麻里菜戲謔一笑，以字正腔圓的英語說道：「Perhaps Looking-glass milk isn't good to drink——」

「咦？」研人聽得一頭霧水。「什麼牛奶不能喝？」

「鏡子國的牛奶。剛剛那句話是《愛麗絲鏡中奇遇》裡的句子。」

「什麼？鏡子國的牛奶不能喝？」研人吃了一驚，沒想到聊英國文學，竟然會跟化學的世界扯上關係。「那個路易斯．卡羅是個化學家？」

「不，他是數學家。為什麼這麼問？」

研人為了在麻里菜的研究上建立功勞，於是詳細解釋道：「剛剛那句話，簡直就是在描述鏡像異構物。這種內含不對稱碳的化合物，有著形狀相似但左右相反的兩種結構。就像人的左手跟右手，因為左右相反，無法直接重疊，所以稱為鏡像異構物。在某些情況下，右手型能治療疾病，左手型卻對人體有害，好比沙利竇邁（註）的毒害就是最好的例子。『鏡子國的牛奶不能喝』，指的一定就是這件事。」

「噢……」麻里菜眼神呆滯地應了一聲，接著改變話題：「古賀，你呢？最近在做什麼研究？」

「呃，該怎麼說呢……」研人推了推眼鏡，以心中所能想到最淺顯易懂的方式說明道：「學長研究出一種母鏈結構，我的職責是設法在上頭加上側鏈，例如氨基或硝基。」

「噢……一定很辛苦吧？」

「嗯。」

「我要去圖書館了，拜拜。」麻里菜再度漾起微笑，轉身離開。

研人看著麻里菜的背影，不禁有些後悔。剛剛那個情況，或許回答「我在研究治療風濕的特效藥」會好得多。

研人抱著憂鬱的心情走進餐廳，買了定食的餐券。餐廳裡擠滿文科及理科的學生，因爲大家都認爲文科餐廳的餐點比較美味。

在櫃台取了餐，走沒幾步，研人看見有個坐在窗邊的學生正朝自己揮手。那是臨床研究室的朋友土井明弘。研人與他自大學時代便認識，據說這個人在實驗室裡相當有一套，能自由變換大腸桿菌的基因，製造出特定類型的蛋白質。

「好久不見了。」研人在土井的對面坐下。

「我看見了。」土井露出賊兮兮的笑容。

「看見什麼？」研人故意裝傻。

「那女孩是文科的吧？是你女朋友？」

研人壓抑下想要打腫臉充胖子的心情，老實回答道：「若即若離，就像凡得瓦相互引力作用。」

「唉，眞悲哀。」土井嘆息道。

「你呢？」

「研究室裡是有可愛的女孩，但就像金屬鍵結合，大家都是集團裡的原子，根本沒有搞頭。」

「如果能變成共價鍵結合就好了。」

註：「沙利竇邁」（Thalidomide）是過去一種治療女性懷孕害喜的藥物，但近來研究結果顯示，其鏡像異構物之一雖能治療害喜症狀，但另一個鏡像異構物卻會導致胎兒畸形。

「是啊。」

兩人沉默片刻，各自吃著炸肉餅定食。

「眞是諷刺，」土井喝光碗裡的味噌湯，說道：「女孩子都喜歡會說甜言蜜語的男生，偏偏我們接受的訓練剛好相反。」

「你接受過說話笨拙的訓練？」

「難道你們的研究室沒有發表會？」

「當然有。」

研人所待的研究室每星期都會舉辦一次「論文發表會」，輪到發表的學生必須閱讀一篇最新的論文，並且在大家面前解釋論文內容。只要學生搞錯了意思或邏輯出現破綻，馬上就會遭到來自四面八方的撻伐，因此每一句話都必須說得非常小心。現在接受這樣的磨練，總好過以後成了正式的科學家才搞出嚴重紕漏。研人還記得過世的父親曾吐過這麼一句苦水：「讀文的靠的是花言巧語，我們科學家卻只能憑眞材實料。」

然而這樣的訓練卻有一個副作用，那就是在社交的場合上變得過於深思熟慮，而且老是喜歡從科學的角度來看事情。例如大家在稱讚這蛋糕眞美味，自己想的卻是味覺受體的作用機制。

「我懂你的意思了。」

「不敢說錯話，就會不敢說話。」土井說出這句至理名言後，似乎意猶未盡，接著又說道：「而且文科的女孩子，眼裡可容不下三K的男生。」

又是句一針見血的結論。所謂的「三K」（註一），指的是「辛苦」、「骯髒」及「危險」。而基礎學科研究室正是「三K」的最好例子。每天泡在實驗室裡十四小時，實驗藥劑臭得令人作嘔，每個研究人員都被要求穿著運動鞋以避免出事時跑得不夠快。

「所有的女孩子都愛三高，不愛三K。」土井接著說。

「三高又是什麼？」

「學歷高、身材高、收入高。」

研人心想，除了學歷之外，其他兩項都跟自己無緣。

「女人眞是可悲。」土井嘆了口氣。

「是嗎？」研人有些不以爲然。

土井顯得頗爲意外，問道：「怎麼，難不成你贊成女人這種選擇標準？」

「你想想看，就生物學角度來看，雌性當然會選擇較強的雄性，人類當然也不例外。要是世界上的女人都不想跟三高的男人傳宗接代，人類文明可就要衰退了。」

「話是這麼說沒錯，但世上有種東西叫愛情。」土井的想法比研人浪漫些。「你這種彆扭的價值觀，只會讓你更加不受女生青睞。」

「我的價值觀很彆扭嗎？」

「是啊。」土井老實不客氣地點頭說道：「實在有點孤僻。」

其實研人自己也心知肚明。雖然不願承認，但這孤僻性格顯然是來自父親的遺傳。

「活得陽光點，才有機會把上文科的女孩子。」

研人惱羞成怒地瞪了土井一眼，但靈光一閃，他才想起眼前這個男人正是爲自己解惑的最佳人選。

「對了，有點問題想請教你。」研人一邊說，一邊取出父親的實驗筆記影本。「如果要研發GPCR的Agonist，這樣的程序正不正確？」

註一：「辛苦」、「骯髒」及「危險」的日文發音皆以「K」起頭，因此稱爲「三K」。

土井仔細讀完筆記的內容，問道：「這是要完成Agonist？不是找出Lead化合物（註二）？」

「對，不是要找候補物質，而是要研發出完美型態。」

「我比較熟的只有後面兩項……」土井指著筆記本上「in vitro的Binding Assay」及「in vivo的活性評估」這兩行說道。

「這兩項是不是觀察化合物與受體能不能順利結合的評估作業？」研人問。

「對，首先製作出擁有該受體的細胞，然後嘗試讓化合物在試管內與該受體結合，這就是『in vitro的Binding Assay』。至於後面這個『in vivo的活性評估』，則是把結合地點移到了實驗動物的體內。例如藉由基因改造，培養出擁有該受體的白老鼠，然後餵食化合物，評估實際的效果。」

研人想起破舊公寓裡那四十隻白老鼠，說道：「這麼說來，這個研究方針是正確的？」

「不，這上頭寫得太簡單了。何況這些都還只是進入臨床實驗前的步驟。寫下這筆記的人多半是不懂裝懂的門外漢。」土井搖頭說道。

「我也這麼覺得。」研人點頭同意。父親誠治擅長的是病毒學，在製藥上確實是門外漢。

「我再讓你看樣東西。」研人接著說。

研人從背包裡取出Ａ４尺寸的白色筆電，一邊開啓電源一邊問道：「你懂Linux嗎？」

「懂一點。」土井接過電腦操作了一會兒，忽說道：「這個『ＧＩＦＴ』是我從沒見過的軟體，你知道這是幹什麼的嗎？」

「不清楚。」

於是土井啓動了那名爲「ＧＩＦＴ」的軟體。數秒鐘後，螢幕上出現的畫面令兩個研究生皆發出驚嘆。

畫面分爲三個視窗，右邊的視窗較大，裡頭是個奇妙的電腦合成影像。一個平緩的波浪狀平面上懸浮著數個突起物，有如一片片厚實的花瓣。正中央有個凹洞，看起來像是個口袋。這個3D影像的精緻度非常高，幾乎跟照片沒兩樣。

研人看了半晌，已明白這是某種細胞膜表面的模擬影像。原本是小於一微米的物體，被放大到十五吋的電腦螢幕上。

「眞有點古怪。」土井將滑鼠指標移動到左手邊的兩個視窗上，說道：「這裡有資訊。這個電腦合成影像是『突變型GPR769』。」

研人心想，果然沒錯，這就是目標受體。父親想要合成的，就是能夠與這中央的凹洞相結合的物質。

「下面這個視窗裡寫著這個受體的基因鹼基序列，不過……」土井將雙手盤在胸前，說道：「你知道GPCR有多少種類嗎？」

「七、八百種？」

「沒錯，其中確定結構的只有一種，就是牛的視網膜細胞上的受體。至於其他GPCR，都只能用猜的，也就是藉由基因鹼基序列的相似程度，來推測其實際結構。我看這個模型，也是這麼模擬出來的，可信度恐怕大有問題。」

「那這個程式到底是做什麼用的？」

「這我也不敢肯定……」土井拿起實驗筆記的影本，說道：「或許是用來進行這上頭的前兩項吧。」

研人朝筆記望去，前兩項是指：

註二：「Lead化合物」指的是製藥過程中，完成最後藥物型態前的各種符合條件的候補化合物，中文有時譯爲「先導化合物」。

・解析突變型ＧＰＲ７６９的立體結構

・ＣＡＤＤ（in silico設計）

換句話說，這個名爲「ＧＩＦＴ」的軟體，可以藉由基因資料來預測製作出的蛋白質，實際描繪出其結構，並設計出可以與之結合的化合物。

「這麼說來，我只要照這個軟體的指示去做，就可以做出正確的化合物？」研人問。

「我是不太相信這玩意有這麼神，不過我對電腦方面不太行，你如果想知道明確答案，得去找別人。」

「你知不知道有誰是這方面的專家？」

「這個嘛……」土井望著天花板沉吟半晌，說道：「有了，製藥物理化學研究室有個很厲害的傢伙，是個韓國來的留學生。」

「哦？連研究室也吹起韓流？」研人立即對這號人物產生興趣。

「我上次問他關於分子動力學的問題，他解釋得清楚又詳細。」

「這麼說來，他會說日語？」

「溜得很，英語也ＯＫ。」

「能不能幫我介紹？」

「好，我問問他哪時方便。」土井爽快地答應了。他看了一眼手表，似乎察覺已到了該回研究室的時間，於是拿起空餐盤站起來。「我會再跟你聯絡。」

「那就拜託你了。」

「讓我們一起朝共價鍵結合努力吧。」土井說完，轉身朝餐盤回收台走去。

研人笑著目送土井離開，並將筆電收進背包裡。關於父親留下的研究工作，到此已算告一段落，接下來只能等那位韓國留學生的聯絡了。

接著研人拿起手機，打給報社記者菅井。這個東亞報社科學組的直撥號碼，是研人昨晚打電話回老家向母親問來的。然而就在研人打算按下撥出鍵的瞬間，腦海閃過來自父親的警告。

——從今以後，你必須抱持警覺心。你的電話、手機、電子郵件、傳真及任何通訊手段，都會遭到竊聽。

研人忽產生一種彷彿有人正在監視自己的錯覺。然而往餐廳四周望去，並沒看見任何可疑的人物。他告訴自己別太多心，並按下登錄在手機裡的號碼。

鈴聲響了幾聲後，一個年輕男人接了電話：「喂，這裡是東亞報社科學組。」

「敝姓古賀，請幫我轉接菅井先生。」

「好的，請稍候。」

研人想起當時在喪禮會場上，自己對菅井的態度頗爲冷漠，不禁感到有些尷尬。但事到如今，也只能硬著頭皮向他請教了。

「你好，我是菅井。」電話另一頭傳來了聲音。

「菅井先生，我是古賀，前陣子謝謝你撥冗參加家父的喪禮。」

「啊，原來是研人。」菅井的聲音登時變得親切許多。

研人不由得鬆了口氣。「關於你上次提的〈赫茲曼報告〉，我想多了解一些詳情，不曉得你方不方便……」

「啊，你說〈赫茲曼報告〉呀，我想想……」菅井頓了一下，說道：「你今晚有空嗎？」

「今晚嗎？我今晚得在研究室待到十二點。」

「沒辦法溜出來見個面嗎？八點左右在錦糸町車站碰面，我請你吃飯。」

「唔……」研人其實覺得有點麻煩，但不敢拒絕菅井的好意，於是推測了一下實驗的等待時間，說道：「九點左右應該有辦法抽身。」

「好，那就九點在車站南邊出口碰面吧，記得空著肚子來。」

錦糸町是東京都內距離千葉縣最近的一座不夜城。這裡不同於新宿或澀谷，由於住宅區就在旁邊，因此兼具遊樂與日常購物的機能。這裡既有擠滿老字號酒館的傳統鬧區，亦有販賣生活必需品的超市、附設有電影院的現代化購物商城、以及有能力邀請第一流管弦樂團進駐表演的音樂會場，可說是集各種文化與風俗於一身的綜合型都市。

研人承受著寒風，站在ＪＲ線錦糸町車站的出入口等著菅井。一想到那個報社記者的臉，連帶勾起了不少關於父親生前的回憶。印象中的父親大多時候都在發牢騷、吐苦水。

每到晚上，父親總是會坐在家裡，一邊喝酒一邊怨天尤人。例如他曾抱怨，理科畢業生與文科畢業生相比，一輩子能賺到的薪水差了五千萬圓。若以工作四十年來計算，相當於理科畢業生平均每年少了超過一百萬的薪水。

「連合理的報酬都不給，還誇口說什麼科學立國，真是不要臉！」酩酊大醉的父親總是這麼斥罵政府。「文科那些人只會搶我們的功勞。電話、電視、汽車、電腦，哪一樣不是我們科學家發明的？文科那些陰險狡詐的傢伙，何時對文明發展有過貢獻了？」

父親的這些話聽在十多歲的研人耳裡，只覺得無比厭煩。然而後來發生了一件事，讓研人開始覺得父親的埋怨並非全無道理。那件事就是藍光二極體研發糾紛。

藍光二極體原本被認爲是不可能做到的技術。而成功研發出這項技術的科學家，下場卻是與雇用他的公司對簿公堂。審判的結果，法院裁定公司只需從獲利的一千兩百億日圓中撥出六億圓給發明此技術的科學家。一審原本認定的兩百億報酬，到了二審完全遭到推翻。從這場審判便可看出，司法已失去獨立性，成了討好企業經營者的哈巴狗。

這項判決讓科技界相關人士喟然不已。藍光二極體所能帶來的商機，在全世界高達數兆圓規模，而發明這項重大技術的科學家，得到的報酬竟然只相當於大聯盟選手一年份的收入。爲此，許多科學家開始預測，自這場判決後，日本的國際競爭力將步入衰退一途。現在是科技時代，科技力就是國力。輕視科學家及技術研發人員的國家，不可能有什麼成長。不久的將來，日本勢必會被中國、韓國、甚至是印度超越。

「眞希望文明能重新來過。」當年研人的父親在說出這句話時，露出陰森的笑容。「只有理科的人能重建科學文明。文科那些人就算活了幾萬年，也造不出電力來。」

研人在成年後，愈來愈能體會父親那些牢騷背後的辛酸。大學四年時間，研人每天忙得焦頭爛額，光是要撥出時間參加英語研習社都不是件容易的事。相較之下，文科那些學生卻是一天到晚翹課、玩耍。至少在研人眼中是如此。畢業後，文科的人卻可以多賺五千萬圓，這確實相當不公平。研人開始像父親一樣，認爲這個社會就是肯做事的吃一輩子苦，會偷雞摸狗的享一輩子福。但是這樣的想法卻帶給他一種厭惡感，因爲他認爲這是來自父親的遺傳，就好像身上的血與肉，放不下也丟不掉。

研人站在錦糸町車站前，將凍僵的雙手塞進羽絨外套的口袋裡，突然他想起關於父親的一個不解之謎。

有一回，喝得大醉的父親又開始怨天尤人。研人忍不住對父親說：「如果你那麼討厭這個工作，何不辭職算了？」

沒想到父親卻回答：「不，我沒辦法不做研究。」

「爲什麼？」

「等你當上研究人員，就能明白了。」父親臉上露出從不曾在家人面前顯露過的幸福笑容。

爲什麼父親會露出那樣的笑容？那反映出父親怎樣的想法？

研人現在也算是個研究人員了，卻還是無法體會父親當年的心情。在日復一日的研究生活中，研人只體會到一件事，那就是「理科學生都是生活白癡」。

大量人潮自車站剪票口湧出。研人拋開那些鬱悶回憶，在站前廣場上尋找自己認識的面孔。不一會兒，一個男人自遠處一邊揮手一邊走近。

研人在擁擠的人群中湊上前，朝著菅井說道：「謝謝你特地前來。」

正值壯年的報社記者菅井穿得頗爲休閒，身上一件毛衣，外頭披著外套及長大衣，並沒有打領帶。他以戴著眼鏡的雙眸打量著研人，笑著說道：「你一個人住，平常吃得一定很隨便吧？今天你想吃什麼都行，魚、肉、中華料理、各國傳統料理，你挑一個吧。」

「肉好了。」研人對吃並不講究，於是挑了個最簡單的。

「好，那就吃蒙古烤肉吧。」菅井往車站前圓環附近的高樓大廈張望兩眼，邁步而行。

研人被帶到一間風格類似居酒屋的餐廳。兩人挑了個小包廂，面對面坐下來，點吃到飽的蒙古烤肉套餐。

以啤酒乾杯後，兩人一邊吃烤肉，一邊閒聊些關於研人父親誠治的逸事。沒多久，菅井主動切入主題。

「對了，你想知道〈赫茲曼報告〉的詳細內容？」

研人將身體湊向前，說道：「嗯，家父遺留下一本實驗筆記，上頭以英文寫著〈赫茲曼報告〉，因此我有點好奇。」

「實驗筆記？上頭還寫了什麼？」

「還寫了阿拉伯數字的『5』。意思應該是〈赫茲曼報告〉的第五節。」

「原來如此，我想起來了，那個報告確實分成五個章節……」菅井抬頭望著天花板，一邊思索一邊說道：「我上次有沒有跟你說過，這份報告是美國政府的智庫寫的？」

「有，這跟家父研究的病毒學有關嗎？」

菅井將視線移回研人身上，說道：「若我記得沒錯，裡頭確實有個章節跟病毒有關。簡單來說，〈赫茲曼報告〉是一篇關於人類滅亡危機的研究報告。」

研人一愣，凝視著菅井說：「人類滅亡危機？」

「沒錯，你年紀太小，或許無法體會。這篇報告是大約三十年前寫成的，當時美國跟蘇聯各自擁有大量核子武器，而且處於一觸即發的緊張狀態。全世界都很害怕，不曉得什麼時候會發生毀滅全人類的核子戰爭。」

「大家眞的相信人類會滅亡？」

「是啊，這就是冷戰時代的可怕。而且當時的古巴危機，差一點就讓這個噩夢成眞了。」

研人聽得心驚膽戰。這簡直是科幻片裡才會出現的情節。

「開發出核子武器的一群物理學家，預測了全面核子戰爭的危險性，還發表所謂的『末日時鐘』，開始爲人類滅亡進行倒數。當年美蘇兩國氫彈試爆實驗成功時，這時鐘前進到了『滅亡前兩分鐘』。幸好後來蘇聯瓦解，時鐘上的指針因而退後了不少。」

菅井趁服務生來收空盤時追加了啤酒，才接著說：「在當時的緊張情勢下，美國白宮指示科學家開始進行關於人類滅亡的研究。美國認爲只要事先知道滅亡的肇因，就能防範未然。當時的智庫之中，有個叫約瑟夫・赫茲曼的學者，他列出所有可能造成人類滅亡的原因，寫成一份報告，那就是〈赫茲曼報告〉。」

「爲什麼家父會對這份報告感興趣？」

「經你這麼一問，我想起來了，那報告裡提到病毒感染的問題，確實跟令尊的研究有關。」

「這意思是有可能出現一種致命性病毒，造成人類滅亡？」

「沒錯。」

研人心想，父親的目的難道是想要從未知的病毒中拯救全人類？一個缺乏研究資金的三流大學教授，做得到那種事？研人想起父親那削瘦、滄桑的臉，不禁笑了出來。那模樣實在不像是個能拯救全人類的救世主。

研人見菅井面露詫異，急忙收斂起笑容，說：「關於這個〈赫茲曼報告〉，有沒有辦法查到詳細內容？」

「令尊當時請我幫忙查，我翻遍從前的剪報，什麼也沒找到。但我記得這篇報告發表後，許多雜誌都刊登了特別專欄。」

研人心想，現在要找到三十年前的雜誌，恐怕相當困難。

「而且我在報社工作，查資料是家常便飯。令尊說他無論如何都想知道詳細內容，所以我已經請在華盛頓分社的學弟幫忙，到當地的國立公文書館調閱原文報告。」

「拿到了報告，能給我一份嗎？」

「當然。學弟不久後會跟我聯絡，報告一到手，我立刻通知你。」

「謝謝。」

研人吃了滿肚子的蒙古烤肉，在錦糸町車站向菅井道謝，獨自走回自己的公寓。剛剛聊得太入神，沒喝多少酒，因此神智還算清楚。點了燈，開了暖氣，研人在牆邊的小書桌前坐下來，取出背包裡的兩台筆電。

按下A5尺寸黑色筆電的電源，依然是無法開機的狀態。於是研人將黑色筆電強制關機，轉為開啓白色筆電的電源。

白色筆電順利開了機。研人點開「GIFT」程式，畫面上再度出現細胞膜上「Orphan受體突變型GPR769」的3D立體圖形。

研人對這軟體及作業系統都相當陌生，摸索了好一陣子，才成功將「突變型GPR769」的鹼基序列代碼儲存到隨身碟內。接著，研人開啓自己平常使用的電腦，並連上網路。

研人進入一個鹼基序列搜尋網站。在這網站上只要輸入特定鹼基序列代碼，就可以找出類似的基因。

研人將「突變型GPR769」的鹼基序列代碼貼在搜尋欄位上，將生物種類限定爲「人類」，執行BLAST搜尋。這部分雖不屬於研人的專業領域，不過大學時曾學過一點相關知識。只要該「受體」是與病毒感染問題有關聯的蛋白質，就可以說明父親爲何對〈赫茲曼報告〉感興趣。

研人緊盯著畫面上的搜尋結果。與「突變型GPR769」相似度最高的「受體」，當然就是「GPR769」。九百多組鹼基中，有一組發生突變，導致構成「受體」的氨基酸中，有一個被換掉了。

研人查詢相關訊息，想要知道「GPR769」這個「受體」到底是做什麼用的。網頁上的英文包含許多醫學專業用語，研人忙了半天，才大致看懂。

「類型：Orphan

機能：不明

配體：不明

出現於肺泡上皮細胞。

若將117的Leu置換成Ser，將導致肺泡上皮細胞硬化症。」

這串說明裡出現了一個研人從未聽過的疾病，於是他搜尋關於這個疾病的資訊：

「肺泡上皮細胞硬化症

原因：體染色體隱性遺傳所造成之單一基因遺傳疾病。

病原基因已確定為Orphan受體GPR769。117的Leu置換成Ser就會發病。

症狀：肺泡上皮細胞發生硬化現象，導致呼吸不全、肺原性心臟病、肝肥大、肺泡出血等症狀。預期病後狀況不佳。好發年齡為三歲，大多數患者於六歲前死亡。

治療：只有治標療法。如施打類固醇、全身麻醉後施與全肺灌洗。

流行病學資訊：發病機率無地區差別，每十萬人中一・五人。」

研人心中的期待完全落空。這種疾病的病因是遺傳自父母的突變基因，與病毒感染無關。這感覺就好似看準了一顆正中直球，結果卻揮棒落空。原本的臆測完全錯誤。不過研人身為一個每天在研究室裡做實驗的研究生，已習慣於接受這樣的事實。每當實驗結果不同於預期，指導教授園田就會告訴大家這句話——捨棄先入為主的觀念，看清楚實驗結果。

沒錯，既然臆測錯誤，就必須找出錯誤的理由。研人站起來，離開書桌前，試著讓思緒回歸原點。父親的目的到底是什麼？就在下一瞬間，研人驚覺這個問題的答案非常簡單。

——你要接手的這項研究，目的在設計Orphan受體的Agonist，並加以合成。

研人恍然大悟，原來自己一直忽略父親研究內容中最重要的部分。由於這其中包含研人的專業領域外的知識，研人不斷反覆思量，才確定自己的結論並沒有出錯。

「GPR769」到底有怎樣的機能，目前沒有人知道，但有一點可以肯定，就是這是一種存在於肺泡上皮細胞的細胞膜上的「受體」。這個「受體」一旦無法正常運作，病患就會因呼吸困難而死亡，可見得這個「受體」在呼吸上有著不可或缺的重要性。而所謂的「受體」若要發揮機能，就必須有相對應的「配體」。

人體在分泌出「配體」後，會藉由血液將這些「配體」送往「受體」所在的位置。一旦

「配體」進入細胞膜外的「受體」上的凹槽中，兩者就會因分子間的物理及化學反應而互相結合。「受體」上的凹槽會向內收束，帶動整個「受體」開始收縮。由於「受體」本身貫穿了細胞膜的內外，因此這個變化當然會對細胞內部造成影響。「受體」末尾部分的移動，會對細胞內的其他蛋白質造成各種不同效果，而這些蛋白質又會引發其他反應，這就像是一道又一道的化學訊號，在細胞內依序傳遞，最後傳到細胞核中，讓某種特定基因開始發揮效果。換句話說，「配體」與「受體」的結合就像一道開關，必須將其開啓，細胞才會開始工作。

然而「突變型GPR769」因發生了突變的關係，「受體」凹槽無法順利與「配體」結合，這意味著開關無法打開。如此一來，肺部當然就無法正常工作，形成了疾病。若要讓細胞恢復正常功能，就必須製作出一種能夠與「突變型GPR769」相結合的「人造配體」，讓開關能夠順利打開。

這就是研人的父親在信中所說的「Agonist」，一種讓「突變型GPR769」正常運作的促效劑。

想到這裡，研人不禁張大了口，愕然地佇立在書桌前。

答案其實就擺在眼前。肺泡上皮細胞硬化症是一種奪走幼童性命的不治之症，而父親想要製作的就是這個不治之症的特效藥。

研人的呼吸逐漸變急促。他看著螢幕上的資訊，在心中迅速計算一下。這世界上大約有十萬名罹患肺泡上皮細胞硬化症的幼童。一旦這個藥物研發成功，便意味著全世界共有十萬個幼童將因此得救。

「十萬？」研人忍不住發出驚呼，同時左右張望。一個住在錦糸町小公寓房間裡的平凡研究生，將拯救十萬名幼童？

這就是父親的目的？他不惜自掏腰包，投入大量資金，就是爲了拯救這些生病的小孩？

——過一陣子會有一個美國人來找你，你就將完成的化合物交給他。

父親的信上還寫著這句話。這個美國人會不會就是罹患肺泡上皮細胞硬化症的幼童的父母？這個人大老遠跑來日本，就是爲了醫治心愛孩子的不治之症？

然而研人心情一沉，再度陷入苦惱中。以現實層面來考量，要實現這件事幾乎是天方夜譚。就算是大藥廠投注全部心力與資金，也不見得能達成這項壯舉。何況朋友土井看了父親寫下的研究程序後，感想是「寫下這筆記的人，多半是不懂裝懂的門外漢」。就算做出了藥，如果沒有進行臨床實驗，將無法確認其安全性。

身爲病毒學家的父親，爲什麼要跳進這完全不同的領域裡蹚渾水？在父親的心中這研究到底有多大勝算？

研人左思右想，決定先嘗試看看再說。明知道這種行爲就跟拿蜘蛛絲釣大魚一樣愚蠢，卻又不願輕言放棄。

研人努力回想大學時代所交的每一個朋友。如果能找到一個念醫學系的朋友幫忙，或許還有轉機。

8

葉格等四人在對外通訊上受到嚴格控管。不能收發電子郵件，想聯絡家人只能使用四人寢室裡的電話機，而且基於契約條款，對談中不能提及自己的所在地點。

「這電話故意繞經多個中繼通訊網路，就算有人逆向追蹤，也很難查出發訊地點。」葛瑞說。

電話設置在房間裡，對促進團隊向心力也發揮了效果。就算不想聽，許多個人隱私還是會鑽進耳朵裡。葉格有個罹患不治之症的孩子；邁爾斯當傭兵是爲了替不動產投資失利的雙親還債；葛瑞努力存錢想要將來開業當老闆；米克則連一個需要打電話問候關心的親戚或朋友都沒有。這些私事在四人之間都不再是祕密。

每次與莉迪亞通話，葉格總是心情沉重。賈斯汀的病情日漸惡化，傑拉德醫生的治療已收不到任何效果。再這麼下去，賈斯汀恐怕會在葉格結束這次任務前死亡。

「當我們需要你的時候，爲什麼你老是在工作？」莉迪亞抱怨道。

葉格不禁感嘆，自己接下這次報酬豐厚的任務，明明是兩人協議後的決定。

「你不能丟下工作，立刻趕過來嗎？」莉迪亞說。

葉格當然無法答應這個要求。既已簽了約，一旦擅離職守，將必須支付龐大的違約金。除了葉格之外，邁爾斯也是爲簽下契約而感到懊悔不已的人之一。自從那次夜襲訓練後，上頭將一般射擊訓練的標靶也換成了幼童大小的人型靶。這代表的意義已相當明顯，這次任務的攻擊目標，恐怕是一群小孩子。一到夜晚，葉格等人就會被帶到那個排列著一座座假帳篷的訓練場，一次又一次朝幼童人偶開槍。

訓練開始後的第五天，上午是體能訓練及射擊訓練，下午則有一場簡報。眾人皆猜想，多半是要公布任務細節了。

在射擊訓練場打完了小人型靶，四人走回總部大樓的路上，邁爾斯終於坦承說出心中的不安。

「沒想到竟然是這樣的任務。你們原本一定也不知道吧？如果這任務眞的是要殺死一群小孩，你們眞的會照做？」平日開朗的邁爾斯露出憤憤不平的表情。

葉格亦有同感，自從看了那些幼童人偶後，自己也是每晚強忍著吐意進行訓練。反正賈斯汀已經注定要死了，難道爲了讓他多活幾天，要用四十多條孩童性命來換？

葛瑞與米克皆保持沉默。

「偏偏我們都簽了約，可沒辦法說不幹就不幹。」葉格說。

「現在是最後機會，趁我們還不知道詳細任務內容，或許上頭會允許我們退出。」

「我可不這麼認爲。那些人如果這麼好說話，就不會要我們簽約了。」

「那份契約搞不好根本沒有法律效力。就算上了法院，雇主能說什麼？難道要說『我命令他們殺死一群小孩，他們沒有服從』嗎？」

一旁的葛瑞忽插口說道：「我不認爲抽身是個明智的抉擇。」

「爲什麼？」邁爾斯瞪著葛瑞說。

「所有民營軍事企業都跟五角大廈有所往來，一旦我們毀約，在這個業界就混不下去了。到時我們能找到的工作，恐怕只有在購物中心當停車場管理員。」

巨大的無奈感令四個只具備殺人技能的男人頓時陷入沉默。葉格能以一顆子彈準確擊斃五百公尺外的敵人，亦能以尖刀從敵人背後準確刺穿腎臟，讓敵人在臨死前發不出半點聲音。這樣一個無法生存於和平社會的父親，在兒子賈斯汀眼中卻是個爲了自由而戰的英雄。每當葉格感受到賈斯汀那天眞的崇拜時，就會慚愧得無地自容。有時葉格甚至覺得，自己只是個身穿戰鬥服的三流騙徒。

「而且這個任務不像其他任務那麼單純，這大概是白宮委託的暗殺任務，搞不好是『特別聯繫計畫』等級。要是我們就這麼撒手不管，恐怕會有大禍臨頭。」葛瑞接著說。

「你的意思是我們會被滅口？」

「或是被冠上恐怖分子的污名，送到敘利亞、烏茲別克等擅長拷問的國家受盡折磨。現在的美國總統可是伯恩斯，沒什麼事是他幹不出來的。」葛瑞壓低聲音說。

四人之間的氣氛瞬間降至冰點。邁爾斯選擇在進入建築物前提出這個話題，自然是因爲知道四人受到嚴格監控。像這樣的話題，在寢室裡是絕對不能提出來的。

葉格站在總部大樓的後門口，心中浮現出一個淒涼老兵的身影。故鄉郊區的一棟老舊住宅裡，住著一個名叫傑克・萊里的越戰返鄉老兵。他總是坐在門口屋簷下，喝著罐裝啤酒，過著整日無所事事的生活。附近鄰居沒人認爲他是戰爭英雄，只當他是個麻煩人物。

那一天，葉格向高中的陸軍招募員問了從軍入伍的詳情。回家路上，葉格看見了萊里，忍不住朝萊里說：「我打算加入陸軍。」

萊里以他那污黃、混濁的雙眼看著葉格，回答：「你想幹什麼事，是你的自由。」

葉格當時心想，這才不是什麼自由，而是迫於無奈。

「我只告訴你一件事。」萊里接著說：「所謂的士兵，就是打著保家衛國的名號上戰場殺人。愈善良的士兵愈會受到良心苛責。」

「什麼意思？」對年僅十七歲的葉格來說，這道理實在太深奧。

「有些人能不把殺人當一回事，有些人則做不到。」

從萊里腳邊的啤酒空罐數量，就可看出他屬於哪一邊。難道他正因爲太過善良，才成了附近居民的眼中釘？

葉格將思緒拉回自己身上。如果自己眞的殺死四十個幼童，會不會變得像當年那個萊里一樣？

「米克，你有什麼看法？」邁爾斯忽朝日本人問道。

「我會完成這個任務。上頭說什麼，我就做什麼。這是我的職責。不，是我們所有人的職責。」米克說。他從訓練第一天起，對幼童型人偶開槍便不帶絲毫猶豫。

「即使是屠殺幼童，你也不在乎？」邁爾斯的口氣中帶了三分輕蔑。

平時面無表情的米克，此時臉上卻露出冷笑，眼神彷彿在訴說著「你是個懦夫」。邁爾斯見到後臉色大變，葉格一看苗頭不對，急忙打起圓場：「你們冷靜點，這任務不見得眞的是要殺死幼童。在得知詳細內容前，不必妄自下定論。」

邁爾斯咂了個嘴。就在這時，作戰部長辛格頓開門走出來。高頭大馬的辛格頓俯視眾人，一臉狐疑地說道：「你們在這裡幹什麼？」

「我們四人的原執勤單位都不同，得先協調好戰術。」葛瑞回答。

「快進去吃飯。下午的簡報會告訴你們詳細任務內容。」

四人一聽，互相使了個眼色。

「你們都明白我剛剛說的戰術了嗎？有時出擊前，得先探聽清楚敵人的動靜。」葉格說道。

「我明白了。就算要撤退，也不必急於一時。」邁爾斯點頭回應。

「沒錯。」

下午一點，四人吃完午餐，進入簡報室，在裡頭等他們的依然只有辛格頓。自從任務開始後，從未有其他人出現在四人面前。

辛格頓等四人坐下後，開始操作筆記型電腦，將Power Point資料投映在幕屏上。

「大家先看看這個男人。你們覺得他跟一般人有何不同？」

畫面上是張非洲男人的照片。照片中男人的容貌看來約三十歲前後，但頭上夾雜著些許白髮，或許年紀更大一些。男人穿著不合身的舊襯衫，臉上流露出友善且溫和的表情。自領口露出的肌肉相當結實，但肩膀狹窄，稱不上魁梧，膚色並不算深，應該是非洲大陸北部或南部的人。

「接下來，你們再看看這張。」辛格頓秀出第二張照片。

葉格等人一見幕屏上的照片，皆吃了一驚。剛剛那個非洲人的身邊，竟站著一個巨人。這巨人是個白人，站在非洲男人的身邊，看上去簡直像是大人跟小孩。非洲男人的頭頂甚至不及白人的胸口。

「好好記住這個高大白人的臉。他叫奈吉爾．皮亞斯，是美國東部某大學的人類學教授。」

這個名叫皮亞斯的男人有著削瘦的身材、曬成小麥色的皮膚、以及滿臉的落腮鬍，約四十多歲，與其說是個學者，看起來更像是個落魄的冒險家。

「首先我要說明的是，皮亞斯的身高約一百八十七公分，跟我差不多高。至於站在他旁邊這個非洲人，身高只有一百四十公分。」

「怎麼會這麼矮？」葛瑞問道。

「這個非洲人屬於小人族。」

眾人皆露出恍然大悟的表情。辛格頓接著說：「小人族（註）這名稱或許帶有歧視意味，但就如各位所見，他們的身體就是這麼矮小。不過除了身體小之外，他們跟一般人並沒有什麼不同。由於他們的膚色較接近亞洲人，因此在人類學的分類上，他們並不屬於非洲人系統。」

作戰部長辛格頓戴起老花眼鏡，一邊翻著手邊的資料，一邊說：「接下來我將提及一些人類學的知識，但我也只是照著上頭給我的稿子念，你們可別太爲難我。」

辛格頓的嘴角微微上揚，自以爲說了句風趣的玩笑話，但對辛格頓不帶好感的四個男人並不買帳，嘴角連動也沒動。

辛格頓也不在意，繼續說著他的簡報內容：「或許在場沒有一個人會同意，但就分類上，

註：小人族（Pygmies）或譯爲俾格米人，並非單一民族，而是泛指所有生活在非洲熱帶雨林的矮小人種。多以狩獵維生，平均身高不到一百五十公分。

我們屬於農耕民族。這意思是，我們的食物來源是以農作物爲主。但是照片裡的小人族，卻被歸類爲狩獵採集民族。他們住在森林裡，靠狩獵動物及採集植物來維持生活。」

幕屏上出現第三個畫面。這是一張非洲大陸地圖，赤道附近區域顯示著不同顏色。

「這就是小人族的居住範圍，跟非洲熱帶雨林的分布完全一致。關於他們的身體爲何進化成這麼小，雖然還沒有定論，但有學者認爲這是適應環境的結果。身體必須夠小，才能在枝葉茂密的叢林裡快速移動。小人族的人在十歲之前，跟我們一般人沒什麼差別，但是十歲之後，身體就不再長大，一直到死都維持相同體型。」

這場人類學講座進行到此，已讓葉格領悟了一件事。那些幼童大的標靶人偶，或許代表著這些小人族，而非眞正的幼童。葉格一想通這點，心情登時輕鬆不少。但另一方面，卻又產生新的疑問。這些遠離文明的森林居民，應該跟世界上的紛爭毫無瓜葛才對，爲何有人會想要殺死他們？

葛瑞忽舉手發問：「這些小人族是哪一國人？」

「就國籍而言，他們居住在哪個國家裡，就是那個國家的人。但是就現實狀況而言，他們沒有被賦予任何國民應有的權利。國籍對他們毫無意義，他們是以民族來區分彼此的關係。例如剛剛照片裡那個小人族男人，他是『姆蒂族』的成員，住在剛果東部一座被稱爲『伊圖利森林』的熱帶叢林裡。」辛格頓說道。

剛果東部正是葉格等人執行任務的地點。看來簡報內容終於要進入正題。

葉格繼葛瑞之後接著發問：「伊圖利森林是否包含在第一次非洲大戰的交戰區域內？」

辛格頓露出略有深意的微笑，說道：「可以這麼說。但這裡進行的不是正規戰鬥，而是游擊戰。各民族之間互相掠奪村莊、屠殺村民的狀況層出不窮。除此之外，包含剛果政府軍在內，這附近所有武裝勢力都喜歡進入森林裡，捕獵小人族來吃。」

「你說什麼?」邁爾斯吃驚地問道。

「這是一種食人文化。當地人認爲小人族是一種比人類低等的動物，而且相信只要吃了小人族的肉，就可以獲得森林的神祕力量。所以當地人喜歡狩獵小人族，將身體肢解後放進大鍋裡烹煮，佐以鹽巴來吃。目前聯合國觀察團已證實了這件事。」整個簡報室裡，只有辛格頓依然無動於衷。「這不是什麼稀奇的事。當年澳洲的白人殖民者不也將狩獵原住民當成樂子嗎?塔斯馬尼亞島上的原住民，被那些白人屠殺得一個也不剩。」

此時的辛格頓，看起來就像是個以欣賞人性醜惡爲樂的惡魔。對於接下來的任務內容，葉格愈來愈感到不安。

「話題扯遠了，現在回到『姆蒂族』這個小人族的分支上。」

辛格頓操作電腦，畫面上旋即出現一張剛果東部的擴大圖。圖中有條貫通南北的道路，全長約一百公里，沿路上標記著數個村落。除此之外，圖上所有區域皆是綠色，看不出絲毫人類文明的痕跡。

「這就是姆蒂族所居住的伊圖利森林。姆蒂族過的是集體生活，以數十人爲一個集團，這種集團稱爲『班德』。每當雨季時，他們會退出森林，住在當地農耕居民的村落附近，但現在是乾季，他們已進入森林狩獵與採集。森林裡有不少他們的野營地，每個野營地相隔約數公里遠。他們在一個野營地住了一陣子之後，就會遷徙到下一個野營地去。像這樣不斷變更地點，是爲了不耗盡該處所有食物資源。」

地圖上由西向東標示著八個點。

「這八個點是『剛卡・班德』的野營地位置。『剛卡・班德』是一個大約四十人的姆蒂族集團。八個野營地連起來的總長度約三十五公里，這片區域就是各位執行任務的範圍。」辛格頓抬頭望向眾人，接著說：「現在我將說明具體任務內容。」

葉格等人重新坐好，仔細聆聽辛格頓接下來的每一句話。

「任務代號為『保衛者計畫』。你們將改名換姓，以野生動物保護團體的身分，搭飛機至烏干達的恩德培機場，再由陸路進入剛果。我們會派人引導你們到伊圖利森林的特定地點，但到了那裡後，你們就必須在沒有補給的情況下獨自完成任務。你們得盡量避免與當地人接觸，躲開當地的武裝勢力，潛入森林中，找出『剛卡・班德』的野營地，將裡頭的姆蒂族全部殲滅。」

「為什麼要做這種事？那些小人族有什麼必須被殺的理由？」邁爾斯沒有請求發言，直接打斷辛格頓的話。

「邁爾斯，你別插嘴，聽我說完。」辛格頓斥喝邁爾斯一聲，接著說：「你們有十天的時間執行任務，但只要不出差錯，應該五天左右就能結束。為了確認成果，你們必須以數位相機拍下這四十個姆蒂族人的屍體，傳回電子檔案。接著我們會告知撤退地點，你們移動到該地點後，會有直升機載你們離開剛果。這次任務並無特別的交戰規則，任務執行過程中若遭遇武裝勢力，你們想怎麼處理都行。」

葉格舉手發問，在獲得辛格頓允許後說道：「任務區域裡的姆蒂族，只有『剛卡・班德』這個集團嗎？」

「不，這裡還有許多其他『班德』，每個『班德』之間的距離約十公里左右。」

「那我們要怎麼區分『剛卡・班德』與其他『班德』的不同？」

「識別方法就是我剛剛提過的人類學家奈吉爾・皮亞斯。他為了進行田野調查，正與『剛卡・班德』的姆蒂族共同生活。當初他進入剛果是因為各國之間締結了停戰協定，沒想到後來停戰協定失效，戰爭重新開打，他因而被困在剛果境內無法離開。你們只要找出這個人，他所待的野營地就是你們的攻擊目標。」

「這麼說來，皮亞斯也是我們的攻擊目標之一？」

「沒錯。」

「你們連美國人也不放過?」邁爾斯低聲咒罵。

辛格頓狠狠瞪了邁爾斯一眼後說:「邁爾斯,我現在回答你剛剛的問題。你們一定很好奇,爲什麼這些小人族及那個美國籍的人類學家非死不可。大約半年前,有學者在這片森林中發現了一種新型態的病毒。就跟伊波拉病毒一樣,這種新病毒的宿主不明,但包含人類在內的靈長類特別容易受到感染。然而最大的問題在於這種病毒的潛伏期與致死率,一旦感染這種病毒,得要兩年之後才會發病,但致死率卻是百分之百。換句話說,感染者有十分充裕的時間將病毒傳染給其他人,而一旦遭到感染,就是死路一條。如果這個病毒蔓延出這個區域,將在全世界迅速擴散,最後可能導致人類滅亡。」

這完全出乎意料之外的答案,讓眾人皆聽得目瞪口呆。直到這一刻,葉格才徹底理解這個任務的眞正目的。原來當初瑞凡邀自己加入任務時說的那些話並非謊言——這是一個得弄髒手的任務,卻也是一個爲全人類謀福祉的任務。

「『保衛者計畫』正是爲了避免這樣的事態發生。我說到這裡,相信你們都猜得出來,奈吉爾・皮亞斯及『剛卡・班德』那一群小人族,是我們目前唯一確認的感染集團。」

邁爾斯激動地反駁:「就算感染病毒,只要將他們隔離就行了,何必殺死他們?」

「這是個不存在公權力的區域,共有超過二十個武裝勢力正打得如火如荼,我們無法派遣大規模醫療團隊進入。爲了避免遭人懷疑是干涉第一次非洲大戰,先進各國都不敢派出軍隊接應。除此之外,還有一個理由,導致我們必須以最快的速度解決這件事,那就是我剛剛提過的食人文化。一旦這些武裝勢力吃了『剛卡・班德』裡的姆蒂族,你們應該想得出來會有什麼後果。首先,所有士兵都會遭到感染。這些士兵在掠奪村落時,會強姦村子裡的每一個女人,造成感染擴大。最近就連聯合國的和平部隊也傳出對當地女性性虐待的醜聞,這意味著病毒很快就會蔓延至其他大陸。」

「一旦感染這種病毒，會有什麼症狀？」

「關於病毒的情報是最高機密，我不能說。」

「等等，這情報對我們來說相當重要。若不知道感染症狀，我們在執行任務時，怎麼知道自己有沒有感染？」葛瑞為了不激怒辛格頓，盡量語氣溫和地說。

「這點你們別擔心，我們早準備好因應對策了。這病毒有個最大的弱點，那就是只要感染時間不超過一個月，吃個藥就能殺死體內所有病毒。」辛格頓說著從胸前口袋中掏出一顆小小的膠囊，裡頭隱約可看到白色粉末。「這是由某國陸軍研究機構所研發的藥物，詳情我不能說，總之你們完成任務後，只要吞下這膠囊，就不會有事。但你們可別因為有這個特效藥，就輕忽了病毒的危險性。在執行任務過程中，你們得盡量避免與目標發生肉體上的接觸，開槍時小心別讓血濺在身上。只要注意這幾點，就不用擔心。」

「如果沒有感染，吃這個藥不會有事嗎？」

「當然，沒有任何危害。」

「我明白了。」葛瑞點頭說道。

接下來不再有人發問。沉默化為一股沉重的空氣，籠罩整個空間。葉格明白包含邁爾斯在內，所有人皆已決定繼續執行任務。但葉格還是忍不住在心中咒罵那個想出這爛計畫的混帳。

「我知道你們對這計畫有很多不滿，但我得說，這只能怪那些人運氣太差。如果剛果沒有發生戰爭，那些人也不會面臨這樣的命運。我們現在能做的，只有在事態惡化前盡早解決問題。『保衛者計畫』只許成功、不許失敗，一切就全靠你們了。」辛格頓的語氣難得如此溫和。他接著說：「最後，我要補充三點。第一，殲滅『剛卡・班德』後，你們必須從屍體身上採集數種臟器及血液，帶回來當作研究材料。這個清單，我日後會給你們。」

「我得負責幹這件事？」擔任醫護兵的邁爾斯有氣無力地問。

「其他三人也要幫忙，注意別遭到感染。」辛格頓間接肯定了邁爾斯這個問題。

「毀損屍體，不會讓我們的任務曝光嗎？如果和平部隊看到那些屍體，應該會察覺那不是一般的戰鬥。」葉格說道。這雖然是個小環節，卻相當重要。

「這點不用擔心。當地的民兵組織不但會吃人肉，還會將敵人身上的器官切下來當護身符。和平部隊就算看到了，也只會當作是那些民兵的傑作。」

「原來如此。」葉格不禁咋舌。這個計畫比想像中要周全得多。

「回歸正題。我要補充的第二點，是你們必須將奈吉爾・皮亞斯所持有的筆記型電腦完好無缺地帶回來。」

四人雖不知道上頭爲何這麼交代，但沒有人提出異議。

「最後一點，也是最重要的一點。如果你們在任務執行過程中遇上了不明生物，必須優先將其擊殺。」

四人一聽，皆露出一頭霧水的表情。

原本一直保持沉默的米克似乎以爲他誤解了這句英語，問道：「什麼意思？不明生物？」

「沒錯，只要你們看見任何過去從沒見過的生物，就要迅速將之殺死。」

「你指的是病毒嗎？」

「不，病毒根本看不見，何況也稱不上是生物。我說的是貨眞價實的動物。」

「我不懂你的意思……」米克的英文不夠流利，一時不知如何解釋，葉格代爲說道：「非洲叢林裡，我們沒見過的動物恐怕有一籮筐。」

葛瑞與邁爾斯皆笑了，辛格頓卻依然相當嚴肅。

「大部分的動物都可以從外型推測其種類，譬如這是蝴蝶的一種、那是蜥蜴的一種。我說的不明生物，指的是無法從外型來判斷的特殊生物。」辛格頓說道。

「能不能說得具體一點？」

「雇主給的情報相當少。」辛格頓一臉無奈地回答。所謂的雇主，指的是委託這項任務的外國政府，而且多半就是白宮。

「我能告訴你們的，只有雇主提供的一丁點情報。首先，這生物就在剛果的叢林內，而且躲藏在『剛卡・班德』野營地裡的可能性非常高。再者，這個生物的外形是任何人都沒見過的古怪模樣。還有，這個生物目前並不凶暴，而且動作遲緩，憑你們的本事，只要一顆子彈就能確實殺死。完成這個指令後，你們必須回收生物的屍骸。」辛格頓接著說道。

「但只憑這麼一點情報……」

「我能給你們的，就只有這麼一點情報。」辛格頓強行壓下抗議的聲音。「這個生物的最大特徵，就是模樣跟其他生物完全不同。你們一看到這個生物，或許會一時驚惶失措，這時你們必須讓腦袋保持空白，別去思考那個生物到底是什麼。一看見其蹤影，立刻擊斃牠。這是『保衛者計畫』的首要攻擊目標。」

9

這天傍晚，研人暫停了實驗，以最快速度將福利社買來的泡麵吃完。接著，研人趕往東京文理大學醫學系的附屬醫院。自理科校區走了約十分鐘路程，便看見那棟十二層樓高的醫院大樓。研人此行的目的，是去找大學時期在聯誼會上遇過幾次面的吉原學長。

研人走向大樓後頭的員工出入口，向守衛說明來意，走進院內。研人向來認為醫學系的地位高於藥學系，此時一股難以壓抑的自卑感讓他不由得感到渾身不自在。

走進電梯裡時，研人想起從前參加大學入學說明會時的回憶。當時學院長以自豪的語氣對新生說：「各位如果當醫生，一輩子了不起救幾萬個病人。但身為藥學研究者，只要成功開發出新藥，各位可以拯救數百萬人。」

沒錯，只要開發出肺泡上皮細胞硬化症的治療藥物，不只目前全世界的十萬名病患能得救，就連未來患有這疾病的孩子也能受惠。研人試著以學院長這番話來鼓舞自己，但依然無法抹除殘酷現實所帶來的無力感。

反正只是死馬當活馬醫。研人如此告訴自己。避免失望的最好辦法，就是不要抱太大期待。

研人在五樓出了電梯，走向小兒科的護理站。每個護士看起來都相當忙碌，其中一人朝研人問道：「會客嗎？」

「對，但我不是來探病的，請幫我找吉原先生。」研人說道。

那護士點點頭，朝護理站後頭一群身穿白衣的人喊道：「吉原醫生。」

一個理著短髮的男人應了一聲，轉過頭來，正是吉原。研人聽說吉原在高中時每天過著劍道生活，沒想到這時已是「醫生」了。

吉原一看見研人，以他那獨特的低沉嗓音喊了一句「好久不見」。如今的吉原身穿襯衫、打著領帶，外頭披著醫生的白袍，與學生時期的形象有天壤之別。研人反觀自己身上的舊羽絨外套及牛仔褲，不由得自慚形穢。

「學長，真是抱歉。你這麼忙，我還來打擾。」

「別這麼說，我們到醫務室談吧。」吉原走出護理站，領著研人往前走。

「你是小兒科的醫生？」

「不，我現在是實習醫生，每一科都得待一段時間。小兒科並不是不好，但是太划不來了。」

「划不來？」

「辛苦跟收入不成比例。如果要開業，我寧願選擇其他科。」吉原轉頭朝小兒科區望了一眼。「你若看到小兒科醫生，講話可要客氣點，他們每個都是願意爲了造福人群而犧牲自身榮華的活菩薩。我這個人比較虛榮，沒辦法加入他們的行列。」

兩人來到電梯前，吉原切入主題：「你要問肺硬症的事，對吧？」

肺硬症，似乎是肺泡上皮細胞硬化症的簡稱。

「對。」

「很可惜，現在的醫療技術完全拿肺硬症沒轍，只能採取治標的作法，而且控制病情的效果相當有限。」

「完全沒有治療方法？」

「沒有。」吉原斬釘截鐵地說。

「連研究基礎也沒有？」

「葡萄牙有個叫傑拉德的醫生，他是世界上唯一正在研發肺硬症治療藥物的專家。」

「治療藥物？他研究到什麼程度了？」研人吃了一驚。沒想到這麼快就有意料之外的收穫。

「這方面我也不熟，你等等。」

兩人搭電梯到上一層樓，吉原走出電梯，走向掛著「醫務室」牌子的角落。走廊上許多房間並排，各自分成不同的診療科目。吉原走進「小兒科」的醫務室。那房間裡擺著數張桌子，或許是正值傍晚時分，裡頭的人並不多。吉原打開角落的置物櫃，從一個提包中抽出一疊紙，走回研人身邊。

「我找到一篇相關論文，幫你印下來了。」

「啊，謝謝學長。」研人接過論文，快速瀏覽一遍。

「看來距離臨床實驗還很遠。」研人說。

「是啊。」

任職於里斯本醫科大學的傑拉德教授，已經鎖定了「突變型ＧＰＲ７６９」的立體結構，正在依據此結構來設計能與之結合的化學物質，並研究藥理活性。這或許已是全世界最先進的臨床應用研究。

「不過，他已經進行到了Lead化合物的結構最佳化調整階段。」吉原說。

「什麼意思？」

「意思就是他已經找出適合當作藥物的候補化合物，正在嘗試調整結構，使其具有最高的藥理活性。」

這意味著葡萄牙醫生的研究進度至少超前研人數年，研人根本追趕不上。研人心想，或許自己的行爲眞的只是不知天高地厚。何況自己的研究資源只有一間位於破舊公寓裡的狹窄實驗室，根本不是傑拉德醫生的對手。要跟對方比研發速度，簡直就像是派一支少棒隊去挑戰大聯盟職業球隊。

「這麼說來，肺硬症的藥已經快問世了？」

「不，還得花上好幾年。Lead化合物眞正適合成爲藥的機率只有千分之一，就算再怎麼順利，至少還得耗費五年左右的時間。」

「還得五年，現在的肺硬症患者全都等不到了吧？」

「是啊。」吉原嘆口氣，接著說：「你跟我來。」

研人跟著吉原朝走廊深處走去，一看頭頂上的標示牌，上頭寫著「加護病房」。

「我負責的病患中，剛好就有一個肺硬症患者。」

「咦？」

眼前有扇雙開式門扉，門後就是加護病房。走廊牆壁是一大面玻璃，能夠看見裡頭一個個躺在病床上的重症患者。

「左邊那排前面數來第三個。」吉原小聲說道。

周圍的病患都是大人，唯獨那病床上的患者是個約六歲的小女孩。她全身皮膚泛紫，雙眼緊閉，顯得相當痛苦。從點滴架上所掛的藥瓶數量，便可窺知她的病情有多麼嚴重。

床邊站著一個年輕護士，及一個年約三十出頭的女性。那女性應該是小女孩的母親。雖然母親基於衛生要求而戴著口罩，但依然明顯能看出那幾乎快要崩潰的憔悴神情。

護士正拉起小女孩臉上的小型氧氣罩，擦拭嘴角邊的鮮血。研人看到這一幕，感覺腦袋彷彿遭到重擊一般，忍不住往後退一步。

「這是末期症狀。她只剩一個月可活了。」

面對這不合理且悲慘得令人不忍卒睹的殘酷現實，研人不由得為自己的無能深深感到自責。牠明白自己沒有能力拯救眼前這個孩子。父親遺留下的那間窮酸、破舊的實驗室，如今宛如成了父子同樣無能的最佳寫照。

爲了懲罰自己，研人望向病患的名牌。名牌上寫著：「小林舞花　六歲」。研人心想，這輩子他大概再也忘不掉這個名字。因爲自己的無能，這孩子即將葬送她的生命。

「我雖然愛錢，不表示我不在乎病人的死活。你是念藥學的，我希望你能盡快研發出肺硬症的特效藥。」吉原說道。

「就算再快，也不可能是一個月之內。」研人黯然說道。回想起來，父親所訂下的期限是二月二十八日，正是一個月後。

太陽一下山，氣溫驟然下降。步道旁的橫十間川上，一群冬季候鳥正浮於水面歇息。

走回研究室的一路上，研人將雙手插在羽絨外套的口袋裡，頭垂得極低，宛如一頭負傷的野獸。那瀕死小女孩的模樣，一直在他的腦海裡揮之不去。

那小女孩做錯了什麼？爲什麼得承受那樣的折磨？爲什麼她只能活到六歲？

研人也算是科學家，當然明白現實無情的道理。大自然對待每一個人，往往是隨機、殘酷且不公平的。

幫助人類對抗來自大自然的威脅，正是身爲藥學家的職責。但是，如今自己什麼也做不到。他不禁深自懊悔，自上大學以來渾渾噩噩度過的這六個年頭，可說是白活了。

虛度六年光陰也就罷了，更重要的是自己未來依然什麼也做不到。研人帶著滿懷的憂鬱，仰頭看著夜空。眼中所看到的是浩瀚的宇宙，以及來自數光年外的恆星之光。

研人明白，肺泡上皮細胞硬化症的特效藥總有一天會開發成功。但那至少是五年之後的事，而非一個月之後。他非常清楚自己的無能爲力。然而自責歸自責，他依然無法將父親留下的那些遺言完全拋諸腦後。研人依然抱著一線希望。父親雖只是三流大學教授，好歹是個科學家，受過長年的邏輯推理訓練。如果父親毫無把握，應該不會冒然花下數百萬的個人財產，準備那間專門研發藥物的實驗室。現階段能夠查明父親心中算盤的唯一線索，只有筆電裡那個名爲「ＧＩＦＴ」的軟體。但那軟體有何功用，目前依然是個謎。

研人心想，現在唯一的指望，就只剩下那個擅長電腦的韓國留學生了。土井曾答應要居中介紹，還說過會去詢問對方何時有空，不如打電話去催促他一聲。就在研人打算撥電話給土井時，忽然聽見有人在呼喚自己的名字。由於那聲音很小，研人又正想得出神，第一次並沒有聽見。直到自己的名字響起了第二次，他才停下腳步。

此時研人已走到理科校區的藥學大樓後頭。這附近一到晚上幾乎沒有半個人影，而且異常漆黑，只有遠方腳踏車放置場的日光燈透著黯淡的光芒。

研人不知是誰在呼喚自己，凝神往黑暗中望去，卻沒看見人影。從剛剛那聲音聽來，對方應該是個女人。他滿心狐疑，正準備邁開步伐時，背後傳來細碎的腳步聲。

他轉頭一看，一個身材纖瘦的中年女性正站在眼前。那個女人身穿樸素的大衣，臉上未施脂粉，散發著一種理科女性所特有的清潔感。

「你是古賀研人吧？」女人的聲音又細又柔。

研人心想，這個人多半是理學院的教職員，但怎麼陰裡陰氣的，看起來像幽靈一樣？

「對，我是古賀。」研人說道。

「有件事想跟你談談，能耽誤一點時間嗎？」

「唔……」

研人正遲疑不決，女人丟下一句「請跟我來」，轉頭便往校外走去。

「等等，請問妳找我有什麼事？」

「是關於令尊的事情。」

「我父親？」

女人點點頭，眼睛直盯著研人，說道：「是的，有件要事非得與你商量不可。」

「妳怎麼知道我是古賀誠治的兒子？」

「令尊曾拿照片給我看過。他在我面前一直稱讚你呢。」

研人一聽就知道這女人在撒謊。依父親的性格，絕不會在別人面前誇耀自己的兒子。

「請往這邊走。」女人聽見腳踏車放置場傳來學生的談笑聲，加快腳步。

「要去哪裡？」

「天氣冷，我們到車裡談。」

「車裡？」

就在研人還未搞清楚狀況之際，兩人已走出校園後門。研人往前方一看，圍牆外的狹窄車道上停著一輛箱型車。那車子停在兩座路燈中間最陰暗的位置，看起來黑壓壓的，認不出是什麼顏色。

研人下意識地停下腳步。不知爲什麼，研人有種預感，一旦上了那輛車就再也無法回到校園了。「我們在這裡談就好。」

「可是……」

「妳想談關於家父的什麼事？」研人問完這句話，紊亂的腦袋裡又想到一個最根本的問題：「請問妳是誰？」

「呃，我是……」女人的眼神飄忽不定。「我叫坂井，從前曾受令尊不少照顧。」

「貴姓是坂井？方便告訴我名字嗎？」

「友理。坂井友理。」

研人從未聽過這個名字，於是問道：「請問怎麼寫？」

像幽靈般的女人說明了「坂井友理」分別是哪四個字，接著問道：「令尊沒跟你提起過我？」

「從來沒有，請問妳想談什麼？」

坂井友理朝箱型車瞄了一眼，說道：「我聽到令尊過世的消息，著實吃了一驚……」

研人心想，這女人出現在自己面前絕不是爲了表達哀悼之意。若是弔客，應該會去厚木市的老家登門拜訪。「坂井小姐，請問妳跟家父是什麼關係？」研人問。

「我們一起進行過病毒研究。」

「在多摩理科大學裡？」

「不，我任職於不同的研究機構。」

「這麼說來，是合作研究計畫？」

「是的，令尊什麼也沒告訴你？」

研人只能點頭。父親生前行動充滿太多謎團，難以判斷這個坂井友理的話到底是眞是假。

「實驗的重要數據，是由令尊保管。我今天來找你，正是爲了這件事……」

「啊，實驗數據？」研人頓時相信了對方一大半。實驗數據對研究人員而言，確實是視之如命的東西。

「令尊有沒有交給你一台小型黑色筆記型電腦？」

研人又是一陣錯愕。坂井友理所指的，一定就是書房裡那台無法啓動的筆電。

——別將那台Ａ５的筆電交給任何人。

父親在信中曾如此警告。

「我、我不知道。」研人推了推眼鏡，想要表現出平靜的樣子，卻難掩心中的驚慌。

坂井友理看著研人的舉止，忽然呵呵一笑，說道：「你跟你父親眞像。」

研人從未預期這個陰氣森森的女人會露出笑容，不禁有些詫異。這女人裝扮樸素，沒想到笑起來竟頗爲豔麗。

「要不要到車上談？裡頭很溫暖。」友理再次相勸。

那箱型車上的窗戶全是霧面玻璃，看不清楚裡頭的模樣。研人怎麼想，都不認爲像坂井友理這樣的女人會開那樣的車子。那車子愈看愈是危險，搞不好裡頭躲著一群男人，隨時可能衝出來。

「在這裡談就行了。何況，我從沒見過什麼Ａ５大小的筆電。」

「你怎麼會知道是A5大小？我可沒這麼說過。」

研人一驚，明白自己又說錯話了。看來自己根本不是坂井友理的對手。

「不過你說得沒錯，我指的正是那台A5的筆電。看來令尊已將它交給你了。」友理斂起笑容說道。

研人害怕再次說錯話，一時不知該如何開口。

「請把它交給我。」

研人略一沉吟，決定跟對方攤牌：「筆電確實在我手裡，但家父要我別將筆電交給任何人。」

「那裡頭有著研究到一半的資料，令尊當然會這麼說。研人，我相信你也不會把實驗筆記帶出研究室吧？」

研人心想，外行人不會明白研究人員對實驗筆記的重視，看來坂井友理真的任職於研究機構。

「何況令尊會這麼說，是因為他根本沒有預料到他會突然過世。」坂井友理接著說道。

這句話又說對了。父親在那奇妙的遺書裡，並沒有預料到他會死亡。

「沒有那些資料，研究無法繼續，請你一定要還給我。」

研人問道：「家父在三鷹車站昏厥時，是什麼狀況？」

坂井友理驟然閉上嘴，微微側頭，斜眼打量研人。研人凝視著眼前這個「瘦瘦的，頭髮大概到肩膀，年約四十歲」的女人，繼續追擊：「他當時是不是很痛苦？」

「我不知道。」

「坂井小姐，當時叫救護車的人，就是妳吧？」

「不是。」坂井回答得斬釘截鐵。但研人深信，眼前這女人就是父親生前最後相處的人。

爲何她要隱藏這件事？有什麼理由讓她當時非得迅速離開現場不可？

「研人，請把筆電還給我，這也是爲了你好。」坂井友理說道。

「爲了我好？什麼意思？」

「這我不能說。」

「妳不說，我不能把筆電交給妳。」

友理陷入沉默，兩眼有些呆滯，似乎在盤算下一步要怎麼出招。研人等著對方的反應，心裡也是七上八下。沒想到友理忽然抬起頭來，淡淡說了一句：「我明白了，再見。」

坂井友理毅然決然結束對談。研人還來不及說話，她已轉身快步朝箱型車走去。

研人滿心狐疑地望著坂井友理的背影，有些拿不定主意，不知該不該叫住她多聊幾句話，探出她的底細。研人忽想到車牌號碼或許是個線索，於是朝箱型車走去，想看清楚車牌上的數字。就在這一瞬間，那箱型車的後車窗玻璃上竟隱隱約約出現一道人影。研人感覺心臟劇烈一震，整個人動彈不得。

車上果然有人。

動物的本能，讓研人嗅到了危險的氣息。坂井友理在打開駕駛座車門前，轉頭朝研人望了一眼。黑暗中，那眼神異常銳利。

研人急忙退後，躲進大學裡。看不見圍牆外的箱型車，內心的恐懼反而急遽升高。研人迅速翻身，朝藥學大樓走去。步伐愈來愈快，最後變成拔腿狂奔，一口氣衝上樓梯。來到三樓走廊上，往樓梯下方望去，似乎沒有人從後面追上來。

研人無法肯定是自己太過多心，還是逃過了一劫。

走進園田研究室一看，幾個女同學正坐在研討室裡泡茶休息，實驗室裡不時傳出副教授的說話聲及操作實驗器材的聲音。

一如往常的熟悉景象，讓研人頓時鬆了口氣。研人忽念頭一動，決定拿出手機，打電話至父親從前所屬的研究室。這時還不到七點，應該還有人留在研究室裡。

鈴聲響了兩聲，便有人接起電話。

「喂，多摩理科大學。」對方是個男人。

「請問濱崎副教授在嗎？」研人問。

「我就是。」

「你好，我是古賀誠治的兒子研人……」

「啊……」對方似乎想起了研人。當初在喪禮會場上，兩人曾有一面之緣。

研人先為喪禮一事道了謝，接著說道：「有件事想要請教濱崎老師，請問家父生前是否參加過與校外機構合作的研究計畫？」

「合作研究計畫？不，我不清楚。」

「那請問你認不認識坂井友理小姐？她是個研究人員，年紀約四十歲。」

「不，我不認識。」

坂井友理說的果然是假話。研人驟然感覺背上湧起一陣涼意。那女人到底是誰？

——從今以後，你必須抱持警覺心。你的電話、手機、電子郵件、傳眞及任何通訊手段，都會遭到監視。

研人心想，坂井友理或許正在竊聽著這通電話的內容。

「對了……古賀老師原本請了長假，我不清楚這是否跟你問的事情有關。」

「家父請了長假？請問是多長？」研人故作鎮定地問道。

「大約一個月。從明天起，到二月二十八日。可惜這長假還沒開始，令尊已經過世了。有可能跟合作研究計畫有關的，大概就只有這件事。」

父親果然是打算認眞研發肺泡上皮細胞硬化症的特效藥。按照原本計畫，他必須在二月底前完成研發，並將藥交給前來拜訪的美國人。

「我明白了。謝謝，打擾了。」

「別客氣，有任何需要幫忙之處，儘管打電話來。」濱崎說完這句話後，掛斷電話。

研人趕緊關掉手機的電源，但胸中的一股寒意依然揮之不去。走回研究室的路途中，研人苦苦思索著坂井友理這個女人的眞正身分。她向研人提出的要求只有一點，就是歸還父親留下的筆記型電腦。不是用來開發新藥的那台，而是更小、無法開機的那台。

解開這謎題的關鍵就沉睡在那台小小的黑色筆電中。在那裡頭到底記錄了什麼資料？

10

這天清晨，國防部長拉蒂默坐在經過防彈設計的高級轎車內，正發著脾氣。這陣子爲了伊拉克戰爭的戰力提升計畫，忙得焦頭爛額，偏偏又有一大堆無聊的麻煩事接踵而來。

「不過是個毒梟集團的小嘍囉，我懶得看報告，你們口頭說明吧。」拉蒂默拋掉手中的報告書，也拋掉了僅存的耐心。

坐在後座的國家情報總監霍金及中情局長荷朗德皆板著一張臉。兩人與國防部長之間的不睦，已到了無法掩飾的地步。對於國防部老是喜歡把錯推給情報體系，兩人可說是積怨已久。

「這個人不是小嘍囉，是中級幹部。他表面上的身分，是某個空殼公司的高官。這次他搭乘輕型客機，從哥倫比亞飛往美國，沒想到機師卻在途中失去意識——」荷朗德說道。

根據荷朗德的解釋，輕型客機的機師或許是因爲有某種疾病，在飛行過程中突然昏厥，於是輕型客機的高度迅速下墜，那個毒梟集團的中級幹部察覺不對勁，急忙拉住飛機的操縱舵。當時只差片刻，飛機就會墜毀在大西洋的海面上。那個中級幹部不會駕駛飛機，只能勉強讓機身維持水平飛行。輕型飛機就這麼偏離原本航線，飛了將近半個小時。等機師恢復意識之後，發現飛機正貼著海面飛行，嚇得趕緊拉抬操縱舵。就這樣，飛機重新向上攀升，成了出現在邁阿密外海四百五十公里處防空監視網內的不明機體。北美大陸各監控中心陷入恐慌，空軍緊急派機前往調查。要是搞清眞相的時間再晚個十幾分鐘，總統恐怕就得躲進白宮東館地下的緊急避難中心了。

「這只是疏忽導致的結果。」荷朗德輕描淡寫地說：「北美防空司令部已找出問題點，改善了防空體制。像這樣的疏失不會再發生第二次。」

「既然如此，就將這份報告從今天的清晨例會中刪除吧。」拉蒂默將報告推出去。

轎車在紛飛的大雪中緩緩前進。聖瑞吉大飯店的壯麗建築矗立在前方，這表示白宮已近在咫尺。拉蒂默急忙讀起下一份報告資料。

這第二份報告的內容，是關於俄羅斯的防諜措施漏洞。報告中指出，俄羅斯的軍事通訊網路具有重大破綻。現在並非冷戰時代，像這樣的報告並不能讓總統開心。但反過來想，這份報告也不會引起總統的不愉快。於是，拉蒂默決定將它留在今天的議題中。

密閉的車廂內恢復詭異的沉默。霍金及荷朗德對於眼前這個連總統例會議題都要干涉的國防部長，甚至覺得多說一句閒話都是浪費時間。

那第二份不斷強調美國在電腦情報戰上遠勝於俄羅斯的報告，讓拉蒂默有一些感觸。綜觀人類歷史，從紀元前以來，武力往往不是戰爭的致勝關鍵。在一場場戰士們之間勇猛而慘烈的戰鬥背後，總是有著一些水面下的競賽。那就是所謂的情報戰。加密技術設計者與破解者之間的智慧競賽，往往能決定戰局的優劣。第二次世界大戰中，打著自由民主主義招牌的聯合國能戰勝獨裁帝國，這也是關鍵因素之一。當時美英兩國若沒有破解敵國的加密技術，或許今天全世界已在獨裁政權的統治之下。「恩尼格瑪加密」（註一）的破解，粉碎了納粹第三帝國的野心；「紫密碼」（註二）的破解，阻止了大日本帝國的侵略。

然而這一類情報戰永遠沒有浮上水面的一天。在世人眼裡，戰爭的勝利被歸功於發明雷達技術及核子武器的科學家。正因如此，第二次世界大戰被稱為「物理學家的戰爭」。如今物換星移，過了超過半個世紀。因資訊技術的突飛猛進，電腦網路成了另一片嶄新的戰場。這場戰爭不存在於現實世界，而是發生於電磁資料之中。憑藉著高明的駭客技術，要讓一個超級強國陷入癱瘓並非夢想。從發電廠、自來水、下水道、交通號誌等都市基礎系統，到金融交易系統及軍事指揮系統，只要與網路有所連結，就可能遭受攻擊而失去機能。二十一世紀以來，美國已遭受過數次此類攻擊，也曾主動對一些預設敵國發動祕密攻勢。那是一種試探性的行動，就好像平時故意派飛機侵犯對方領空，以試探對方的空軍迎擊能力一樣。假如二十一世紀發生大規模的戰爭，有人預測那將會是一場「數學家的戰爭」。

「關於報告裡的最後一項，我們對俄羅斯的加密技術已破解了多少？」拉蒂默問道。

「這個問題或許應該去問國家安全局。」中情局長荷朗德隨口報上美國另一個情報機構的名稱。

霍金似乎認為荷朗德這回答畢竟太過失禮，說道：「目前可以肯定的是我們占較大的優勢。尤其是在公開密鑰加密技術的破解上，俄羅斯完全不是我們的對手。」

「公開密鑰加密技術？」

「那是一種網路上常見的加密技術，例如ＲＳＡ加密。」霍金說到這裡，見拉蒂默依然一頭霧水，只好繼續解釋：「以ＲＳＡ加密為例，那是一種使用質數的加密技術。所謂的質數，指的是除了1及該數字本身之外不能整除的數字，例如5或7。這類數字有個特性，那就是只看相乘結果，很難分析出相乘前的數字。」

拉蒂默皺眉問道：「什麼意思？」

「舉例來說，」霍金在心中迅速計算後說：「203這個數字，你知道是哪兩個數字相乘的結果嗎？」

「不知道。」

「答案是7與29。」

「我一直不知道原來你對數學這麼在行。」

從拉蒂默說出的讚譽之詞，往往帶著幾分譏諷意味。

「謝謝，我也是從國家安全局那邊學來的。」霍金絲毫不以爲意，繼續說：「所謂的RSA加密，就是將這個相乘之後的數字當成加密的關鍵數字，也就是密鑰。但在加密的過程中，會利用一些數學原理，讓這個數字只能用來加密，而不能用來解密。接收情報者想要解密，則必須使用相乘前的質數。因爲沒有人能靠相乘後的數字求出相乘前的質數，因此就算公開加密密鑰，也不用擔心加密文件遭到破解。」國家情報總監說到這裡，聳聳肩後接著說：「更詳細的解釋，請詢問數學專家。」

「等等，你的意思是只要知道這數字是哪些質數相乘的結果，就能解開加密？」

「沒錯。」

「既然如此，只要拿所有質數一個個測試，總會找到答案，不是嗎？」

「理論上來說確實如此，但RSA加密技術中使用的數字，是大得無法靠人力計算的數字。以現行RSA加密的安全性來看，除非使用國家安全局的龐大電腦資源，否則不可能計算出原本的質數。」

註一：恩尼格瑪加密（Enigma）爲納粹德國在第二次世界大戰中普遍使用的情報加密技術。

註二：紫密碼（Purple）爲美軍在第二次世界大戰中對日本外交部所使用的加密技術的稱呼。

「原來如此，難怪他們要求的預算也是天文數字。」拉蒂默恍然大悟。設置於國家安全局內的超級電腦不下三百台，那些人計算電腦數量的單位往往不是「台」，而是「設置面積」。

「除了硬體資源之外，更重要的是優秀的數學人才。」霍金皺眉說道：「現代加密技術雖然安全，但有著本質上的問題，那就是一旦有數學天才研究出質因數分解的突破性計算手法，網路安全將在一夕之間徹底崩潰，包含國家機密都將不再是祕密。換句話說，只要一個天才，就能掌控整個電腦網路，成爲統治世界的新霸權。」

「這種事可能發生嗎？」

「大部分專家都認爲不太可能出現質因數分解的簡單計算手法，但畢竟沒有經過數學論證，這危險性並不是零。」

高級轎車抵達賓夕法尼亞大道一六〇〇號，自西北入口進入白宮，筆直開往位於西館的總統辦公室。拉蒂默利用下車前的最後短暫時間，問了另一個話題：「對了，打鬼行動進行得如何？」

「你指的是阿富汗那案子？」

「不，剛果那案子。」

「噢。」霍金點點頭。

荷朗德向來極爲關心這項特別聯繫計畫，急忙豎起耳朵聆聽。

「還是老樣子，由那個『天才兒童』坐鎮指揮。」

「施奈德研究所那個年輕人？」

「是啊，這小子腦袋相當犀利，而且跟嘉德納博士挺合得來。」

「關於計畫進展進度，你知道多少？」

荷朗德聽到這裡不禁感嘆，整個白宮竟只有自己明白事情的嚴重性。拉蒂默身爲國防部長，卻對這項由國防部主導的特別聯繫計畫的內容毫不知情，反而詢問起霍金。

「聽說特別計畫室內的成員都調整作息，以配合剛果的時間。執行任務的人選挑得不錯，訓練成果高於預期，因此任務執行時間已經提前。」霍金說道。

「人選相當優秀？」

「他們是這麼跟我說的。」

「眞是可惜了這些人才。」拉蒂默嘆口氣，說道：「不過既然是總統的決定，我也不能說什麼。」

「我相信這決定是正確的。任務半個月之內就會結束，請靜候佳音吧。」

荷朗德察覺霍金刻意隱瞞重要情報，忍不住偷偷朝霍金瞥了一眼。國家情報總監霍金那若無其事的表情，彷彿正對荷朗德訴說著「你別多嘴」。荷朗德明白，在現任總統的執政下，誰說出讓總統不開心的訊息，誰就要倒大楣。這次的特別聯繫計畫雖然在日本的諜報作業上浮現了一些麻煩的徵兆，但目前只能睜一隻眼閉一隻眼。反正再找個時間，由那個溫和慈祥的嘉德納博士轉告總統就行了。

作戰部長辛格頓在評估四人訓練成果後，決定將「保衛者計畫」的開始時間提前一星期。四位傭兵不愧都是曾在軍隊裡受過磨練的戰士，在短短時間內便重新尋回足以在熱帶雨林中行軍十日以上的體能與耐力。

對葉格來說，任務提前執行也是求之不得的好消息。早點完成任務，就可以早點趕往里斯本探望兒子賈斯汀。

面對突如其來的出動命令，四人並不慌張，各自默默張羅出發前的準備。上頭發下各式各樣的裝備用具，如吊床、地圖、羅盤、水壺、衛星定位裝置、遠程偵察用乾糧等。至於最重要的病毒特效藥，則裝在小防潮盒裡隨身攜帶。而且爲了避免中途遺失，每個人都必須攜帶四人份的特效藥。接著，上頭又發下執行任務所需要用到的武器及彈藥。由於必須僞裝成一般平民，身上能光明正大攜帶的武器只有ＡＫ47。這種步槍在剛果是隨處可見的武器，據說花不到一美元就能買到一把。至於半自動手槍及夜視鏡，則必須藏在民生用背包裡，不能讓任何人瞧見。葉格與米克商量後，決定向上頭要求增發手榴彈及一把榴彈砲。既然有可能與武裝勢力起衝突，隊伍必須擁有最基本的火力。

在離開南非前的最後一場簡報上，四人拿到各自的證件。假護照、野生動物保護團體的識別證、黃熱病的預防接種證書，以及剛果各武裝勢力私下發行的各種通行證。

辛格頓向眾人說道：「以任務執行區域的目前戰況看來，剛果政府軍雖投入了一個大隊規模的戰力，但反政府勢力依然占上風。伊圖利地區的中央由當地民兵組織掌控，南邊及北邊的廣大土地則由烏干達及盧安達兩國的勢力統治。當你們遇上這些反政府軍時，千萬別拿錯通行證。如果搞不清楚對方屬於什麼勢力，你們就強調自己是來進行動物保護調查。那些人爲了提高國際形象，個個都擺出一副愛護動物的嘴臉。」

正如辛格頓的多次譏諷，國際社會不關心數以百萬計的人命死活，只在乎幾千頭猩猩有沒有受到虐待。

「最後，每人發給一萬美金。剛果那些公務員及軍人只要收了錢，什麼事都好商量。即使是面對那些武裝組織，塞錢也是極有效的一招。要軟求還是硬拚，你們就看狀況決定吧。」

四人各拿到兩百張五十元面額的美金紙鈔。雖是筆橫財，卻也讓背包更增加了一點重量。

「我與各位的短暫相處，就到今天結束，祝各位好運。」

葉格等人與作戰部長辛格頓禮貌性地握了手。接著，四人離開賽達保全公司。剛剛整理好的行李及武器彈藥有其特殊的運送管道，此時並未帶在身上。四人各自搭乘不同的班機，進入烏干達首都坎帕拉。

這座位於維多利亞湖（註）畔的都市，比葉格原本的預期還要現代化得多。他從未想到非洲中央地帶竟會有這種摩天大廈林立的街景。雖然地理位置正好在赤道上，但因地勢較高，並不算太炎熱。葉格極想在這座人口超過百萬的熱鬧城市裡多走走逛逛，可惜爲了避免引起注意，只能整天躲在飯店房間裡。

太陽下山後不久，衛星手機響了。但這鈴聲只響一聲便停了。葉格聽到鈴聲，將掩人耳目用的行李袋留在房間裡，空著雙手離開飯店。鬧區大街上瀰漫著一股熱氣，放眼望去盡是柴油車所排出的黑煙，熙來攘往的行人絡繹不絕。不愧是一國首都的樞紐地帶，櫛比鱗次的店家燈光將擠滿人與車的街上照得燈火通明。

路上的車輛全都靠左側行駛，這讓葉格想起烏干達曾是英國的殖民地。路上行人頻頻回頭上下打量葉格，嘴裡喊著「姆斯古、姆斯古」。所謂的「姆斯古」，斯瓦希里語裡的意思就是「白人」。葉格放眼望去，路上全是黑人，沒一個西歐人或亞洲人。受到注目的感覺讓葉格感到渾身不對勁，趕緊在某攤販後的路旁找到上頭安排好的帆布篷卡車，急忙跳上去。

一位中年非洲男人早已坐在卡車駕駛座上。這個人穿著一件舊襯衫，從袖中露出的兩條臂膀頗結實，但容貌卻像個平凡的已婚上班族。他操著一口腔調古怪的英語說道：「把鑰匙給我。」於是葉格掏出飯店鑰匙，遞給他。

「我會幫你到飯店退房。」男人說完後，發動卡車。由於路上嚴重塞車，卡車前進速度相當緩慢。男人接著又伸出右手，說道：「我叫托瑪斯。」

註：維多利亞湖（Lake Victoria）爲非洲最大的淡水湖。

葉格與男人握了手，報出假護照上的名字：「我叫吉姆士・亨德森。叫我吉姆就行了。」

「好，吉姆，這是你的晚餐。」托瑪斯拿起座位上的一個紙袋，遞給葉格。

「謝謝。」葉格打開紙袋一看，裡頭是個漢堡。紙袋上印著葉格從未聽過的速食連鎖店店名，多半是只營業於烏干達的速食店。此時葉格早已飢腸轆轆，立即拿起漢堡咬了一口。「味道不錯。」

「那很好。」托瑪斯笑著回答。

葉格心想，這個面色和善的卡車司機，多半是中情局雇用的烏干達特務。托瑪斯這名字肯定是假的，但葉格並不在意。反正費再多唇舌，對方也不會說出眞名。根據保密規則，各成員只會得知任務執行上必須知道的情報。好比眼前這個化名托瑪斯的男人，也不會知道吉姆士・亨德森是誰、到鄰國的交戰區域執行什麼任務。在閒談之中，葉格只得知了一件事，那就是托瑪斯確實是烏干達人。

「只要有良好的政治及教育，我們烏干達也可以成爲先進國家。」托瑪斯的語氣中充滿感慨。

「我看你們發展得不錯。」葉格刻意吹捧。

托瑪斯露出複雜的笑容，說道：「這幾年來，烏干達獲得不少來自剛果的礦物資源。」

葉格想起這個國家也是第一次非洲大戰的當事國，於是問道：「掠奪來的？」

「是啊。若以地下資源來看，剛果是全世界最富裕的國家。烏干達故意煽動剛果東部各民族間的仇殺行爲，再以維持治安的名義派軍占領，私下將礦物運進國內。不過……」托瑪斯一臉苦澀地說：「我希望你別把我們烏干達人都當成壞人。百姓並不想打仗，發動戰爭的是那些瘋狂的國家高層。」

「任何國家都一樣，美國又何嘗不是呢？」葉格說。

卡車花了將近一個小時才遠離擁塞的鬧區。這個都市的十字路口竟沒有紅綠燈，令葉格看得嘖嘖稱奇。卡車接著又開了數公里，進入一片住宅區。這裡的景色與剛剛有著天壤之別。因爲無電可用，整座住宅區漆黑一片，彷彿正苦苦支撐著遼闊而深邃的非洲夜空。家家戶戶的窗戶偶有零星燈火透出。葉格看著那些燈火，心想不知道住在這裡的人都過著怎樣的生活。他們是否會爲工作或家人的事而煩惱？他們是否也在每天的辛勞中追求一丁點的幸福？這些人在物質生活層面上雖與美國人天差地遠，但內心世界或許並無不同。

卡車在紅土路面上開了一陣，忽然停下來。車燈照耀下，可看見路旁站著一名男人。那是葛瑞。葉格將身體擠向駕駛座，讓同伴上車。

「你是怎麼來的？」葉格問。

葛瑞淡淡一笑，指著車窗外說道：「搭那玩意。」

葉格一看，對向車道正有一輛箱型車以極快的速度行駛而去。那是一輛七人座的小車，裡頭卻擠了幾乎兩倍的乘客。

「我還是第一次搭這種共乘制的計程車，眞是難得的體驗。」

帆布篷卡車逐漸提高速度，開了約一小時，在一處杳無人煙的原野上停下來。拉起手煞車的聲音散入非洲大陸的黑夜之中，世界歸於一片死寂。葉格走下車，愣愣地望著滿空的星辰。每一顆星星彷彿都在呢喃細語，令人忘卻周圍的寂寥。就在這一瞬間，葉格深信地球是飄浮在宇宙中的一顆行星。

托瑪斯也下了駕駛座，拿著手電筒往卡車後方走去。車斗上乍看似乎堆滿木箱，但那只是外側而已，裡頭其實有著足以讓兩個男人平躺的空間。托瑪斯移開木箱，露出藏在裡頭的邁爾斯與米克。在葉格上車前，兩人早已躲在車上。

「終於可以休息了？」

托瑪斯指著車斗內四個背包及ＡＫ47步槍，說道：「各位的行李都在這裡。」

於是四個傭兵著手穿戴裝備，好準備穿越國境。四人各自從背包中取出戰鬥背心及戰鬥腰帶穿上，並爲步槍及手槍裝上子彈，維持在隨時可以射擊的狀態。因爲夜視鏡的電力有限，只有在必要時才能使用，此時依然放在軍用迷你袋裡。

接著四人取出驅蟲藥，塗抹在皮膚、衣物及背包上。這一連串的準備工作完成後，托瑪斯又從木箱中取出小型無線電通訊器，交給四人。四個人確認頻道無誤後，將通訊器塞進肩部口袋，並將耳麥組戴在頭上。

「都準備好了嗎？」

托瑪斯見四人點頭，走回卡車後方，搬動沉重的木箱，在車斗的外側重新堆砌起兩道牆。藉由邁爾斯所持手電筒的光芒，四個男人在車斗內的左右兩邊各自倚靠木箱坐下。

托瑪斯發動引擎。邁爾斯關掉手電筒，車斗內登時一片漆黑。

葉格此時問道：「這些木箱裡放的是什麼東西？」

「一堆雜七雜八的廢物，正適合當沙袋。」邁爾斯回答。

葉格點亮自己的手電筒，照向木箱堆成的牆。木箱與木箱之間隔出四個小縫，那是所謂的槍眼，方便裡頭的人對外開槍。葉格心想，看來那個叫托瑪斯的男人也是個行家。

漫長的車程中，有時葉格會感覺到輪胎傳來的震動變輕了。葉格知道，那是因爲靠近村莊，路面變得較平整的關係。葉格試著想要入睡，卻只能在半夢半醒之間徘徊。

在午夜十二點左右卡車停下來。耳機中傳來托瑪斯的低語聲：「到烏干達國境了。」

躲在車斗內的四人皆豎起耳朵聆聽外頭的聲音。托瑪斯坐在駕駛座上，以斯瓦希里語與人交談。對方似乎是烏干達的國境衛兵。接著托瑪斯下了車，不一會兒，又重新回到車上，發動了卡車。

「出國境了，這裡是烏干達與剛果之間的緩衝地區。」托瑪斯告訴眾人。大約要再開三公里，才算正式進入剛果民主共和國。但卡車開沒幾分鐘，卻又停下來。

「前方有一名剛果士兵及兩名少年兵，皆帶著步槍。」

為了以防萬一，葉格輕輕舉起AK47步槍，維持戰鬥蹲姿。

車外有人朝駕駛座上的托瑪斯說話。那聲音又尖又細，是尚未變聲的兒童聲音。兒童不斷重複「五百美金」這句話，似乎是在索賄。托瑪斯言詞強硬地拒絕，雙方交涉一陣子，最後托瑪斯拿出一些香菸，對方才終於放行。

四人在搖晃的車內維持相同姿勢，等待通過剛果國境。沒多久卡車減慢速度，托瑪斯透過無線電向四人說道：「前方有三名士兵，皆帶著步槍。出入境管理處裡應該還有十二名士兵，不過你們別擔心，應該不會有事。」

支配這一帶的是烏干達政府援助的武裝勢力。托瑪斯是烏干達人，應該不會遭到為難。但為了保險起見，葉格還是戴上夜視鏡，並開啓電源。眼前的景色化成一片螢光綠的電子影像。葉格做了個手勢，要三人往木箱牆邊移動。

卡車完全停止。托瑪斯與車外的人簡短交談兩句話後，便離開卡車，大概是進出入境管理處辦手續去了。然而卡車旁卻有腳步聲來回走動，於是葉格將眼睛湊在木箱縫隙上，往外頭窺探。

一個黑人士兵在車外走來走去，顯然是覬覦車上的貨物。不久又出現另一名士兵，兩人開始交談。他們不知說了什麼玩笑話，兩人哈哈大笑。接著，他們跳上了車斗。

葉格以手勢指派葛瑞及米克為攻擊手，自己及邁爾斯則負責將兩個士兵的屍體拖進車斗深處。

兩個士兵搬下第一層木箱牆上的一個木箱，打開來後，他們咂了個嘴，似乎是沒看到什麼值錢的物品。葛瑞與米克皆全神貫注，握緊手中裝著滅音器的手槍。一旦第二層的木箱被搬下，兩個黑人士兵額頭上就會多一顆子彈。幸好兩個黑人士兵沒那麼貪婪，他們將木箱搬回原位，跳下車斗。對雙方來說，這都是值得慶幸之事。

不久後，托瑪斯走回來。士兵們上前索賄，托瑪斯維持一貫的強硬態度，但最後還是付了一點錢，才平安回到車上。

車內響起低沉的引擎聲。卡車重新啓程，葉格等人才坐回原本的位置。托瑪斯以無線電說道：「進入剛果了。現在雖然不是武裝勢力的活動時間，還是請各位保持警戒。」

四人經過商議，決定採取兩小時輪班制度。兩人維持警戒狀態，另外兩人睡覺。特殊任務的原則之一，就是不能錯過任何補充睡眠的機會。

然而進入剛果領土後，路面顚簸情況變得極爲嚴重，根本難以入眠。這條路是附近一帶唯一的主要幹道，卻是未經整頓的泥土路，路上坑坑疤疤，而且窄得沒辦法避開坑洞前進。帆布篷卡車開在這樣的路面上，不斷震盪、彈跳。有時遇上太大的坑洞，爲了避免輪胎卡死，托瑪斯還得先停下車子，從車斗上拿出預先準備好的長木板，鋪在坑洞上才開車通過。這是相當勞累的工作，托瑪斯卻沒發出半點怨言。

一整個晚上，卡車就這麼開開停停，終於在凌晨四點抵達目的地。卡車開始倒退，鑽進路旁一條小徑內。車斗內的四人聽見車斗帆布兩側撞斷樹枝的聲音。

「到了。」

四人聽見呼喚，各自站起來，先按摩一下腰部及腿部的僵硬肌肉，才搬開隔絕外界的木箱牆，拿著行李跳下車斗。

天還未亮，空氣中充滿濃密樹林的氣味。氣溫頗低，只穿一件長袖襯衫的四人甚至感到些許寒意。

葉格一點亮手電筒，因眼前的景色而大感驚訝。卡車所停的小徑，是一條由樹木所形成的隧道。左右兩側的樹枝圍成拱形，延伸向遠方。葉格這才驚覺，自己進入了一個文明社會的常識無法通用的世界。放眼望去，並非道路兩側有森林，而是人類這種小動物在遼闊無際的樹海裡挖出了一條微不起眼的狹窄道路。

四人解下戰鬥裝備，放回背包裡，換上攝影師用的野外背心，塞入衛星定位裝置。由於四人身上原本穿的就是棉質襯衫及工作褲，此時這麼一換裝，從外表再也看不出來四人的傭兵身分。

葉格攤開地圖，說道：「先確認目前位置。」

托瑪斯指著圖上說道：「這條南北向的大路，就是我們自國境開到這裡的那條泥土道路。這條路到此不能再繼續前進，一來是因爲路面狀況太差，二來是我們偵察到位於道路終點的曼巴薩市有民兵組織駐紮。我們目前所在位置，則是在這條自大路岔進西邊的小徑上。」

葉格一看衛星定位座標，與托瑪斯所說的完全相同。根據地圖上顯示，不遠處就有個名爲阿勒夫的村莊。因此葉格等人必須進入森林，沿著與大路平行的方向北上以避人耳目。此地距離攻擊目標「剛卡．班德」野營地約七十公里。葉格暗自估算，只要沒發生意外狀況，任務應該能在五天後結束。花兩天時間移動到目標地點，花一天時間找出「剛卡．班德」落腳的野營地，花兩天時間進行偵察，最後發動攻擊。

「根據最新情報，民兵組織與剛果政府軍在昨天進行了一場戰鬥，交戰地點在東北方一百公里遠處。政府軍傷亡人數約六十，並造成數萬居民被迫逃難。此外，還有一些聯合國和平部隊的士兵遭到反政府軍偷襲而身亡。」

按戰場上的常識來想，一百公里外的小規模戰鬥並不會對任務造成影響。但是這樣的常識，在剛果並不適用。不管是葉格所在地點還是一百公里遠外，軍隊要移動只能依賴一條貫穿森林的道路，而且沿路上每隔數公里便有一個村莊，正適合當作掠奪目標。換句話說，武裝勢力一定會沿著這條路往南進軍。葉格等人若是繼續沿著道路往北，勢必會跟武裝勢力撞個正著。如此想來，托瑪斯在此地讓四人下車，可說是相當正確的決定。

「那些軍隊不只會掠奪沿路的村莊，有時還會襲擊森林裡的聚落，你們必須提高警覺。」

葉格心想，如此說來前往「剛卡．班德」的路線，必須盡量深入叢林內才行。

「最後，這是四位特別要求的裝備。」

托瑪斯從卡車車斗上抽出四把開山刀，遞給四人。這位烏干達司機辦事相當周到，只能以無可挑剔來形容。

「托瑪斯，謝謝你的幫忙。」

「不用客氣。」

其他三人也抱著感謝的心情與托瑪斯握手。

「我要回烏干達了，祝各位好運。」托瑪斯說完話，跳上了卡車駕駛座。

載滿一箱箱廢物的帆布篷卡車一個右彎，消失在樹叢之後。卡車一離開，四周登時一片黑暗，於是葉格等人拉下額頭上的夜視鏡。接下來要做的，就是躲藏在森林裡，等待天亮後開始行軍。

四個身上背了四十公斤行李的男人互望一眼，各自點點頭，朝森林深處走去。沒有半句交談，沒有半點遲疑。

保衛者計畫的四名成員，一個緊接著一個，消失在這座落於非洲大陸中央的黑暗樹海中。

11

自從與坂井友理交談後，研人便生活在不安與緊張之中。每次使用手機或電子郵件，都有種遭到監視的感覺，就連半夜走在路上，都覺得似乎有人在背後跟蹤他。

這個週末的晚上，研人故意放慢實驗速度，調整回家時間。只要能跟負責指導的西岡學長一起離開研究室，至少在回公寓的一路上有人作伴。

「古賀！」

研人聽到女同學的呼喚，轉過頭來。

「什麼事？」

「你有訪客。」

「訪客？」

「嗯，在門口。」

從以前到現在，不曾有人到研究室來找過他。這突如其來的訪客，讓研人的心中驟然響起警訊。可惜從研人所站的實驗桌，無法看到門口的景象。「怎樣的人？」

「你去看看不就知道了？」

「是不是中年女性？」

「不，是男的。」

「男的？」研人一聽，心中反而湧起另一種不安。該不會是新的敵人吧？研人本想將平常用來當溶媒的三氯甲烷帶在身上，一見苗頭不對就掏出來將對方毒昏。但略一遲疑，他還是放棄了這個念頭。連續劇裡雖經常出現這樣的橋段，但現實中要是這麼做，很可能會把對方毒死。

研人戰戰兢兢地走向走廊，偷偷朝門口望去。站在研究室門口的，是個中等身材的男學生，穿得相當休閒，戴了副窄框眼鏡，表情相當和善，且顯得有些緊張。

研人沒意料到訪客竟是這麼不具威脅性的人物，膽子頓時大了不少。於是研人走出去，說道：「我就是古賀，請問你是……？」

「土井同學要我來找你。」男學生回答。

「土井？」研人先是一愣，旋即明白對方的身分。「啊，你是製藥物理化學研究室的……」研人放下心中的大石，嗓門也不自覺拉大些。

「是的，我叫李正勳。」

男學生的日語說得字正腔圓，研人甚至聽不出對方是韓國留學生。

「我是古賀研人，你好。」

「你在忙嗎？」正勳露出微笑。

研人一看手表，此時才晚上七點半，幸好今天是星期六，可以早點離開。

「李同學，你今晚有事嗎？」

「沒有。」

「能不能等我三十分鐘？」

「好。」

研人接著又想，兩台筆記型電腦都放在房間裡，並未帶在身上，便說道：「抱歉，你方不方便到我家來？從這裡走路大概只要十分鐘。」

「有地方停機車嗎？」

「應該沒問題，你等我一下。」研人走進研討室，撕了張其他同學放在桌上的便條紙，畫了從研究室到自己住處的地圖，走出來說道：「我家就在這棟公寓的二〇四號室，我們八點見。」

「好，我知道了。」

「那我們待會見。」

研人與李正勳道別後，急忙回到工作崗位上，以最快的速度設置了需耗時一整晚的化學反應後，匆匆離開研究室。

研人一想到自己那狹窄的房間裡竟然會有外國訪客，著實有種古怪的感覺。由於冰箱裡空空如也，他衝進即將打烊的酒販店。本來打算買些啤酒，但想到李正勳是騎機車來，只買了些果汁及零食。

他快步走在夜晚的街道上，一些國中時的回憶湧上心頭。那一年暑假，研人陪父親回甲府的老家，竟不小心跟祖父及伯父起了爭執。原因就在於古賀家代代有個傳統，那就是討厭中國及韓國人。

「支那（註）人也好，朝鮮人也好，全都不能信任。」伯父一邊喝酒一邊說得咬牙切齒。研人聽到這句話，第一個反應是驚訝。沒想到在這甲府市竟然有那麼多外國人。

「伯父，你認識不少中國人跟韓國人？」

伯父聽研人這麼一問，瞪眼說：「一個都不認識。」

研人一聽，跟著瞪大眼，說道：「一個都不認識，爲什麼會討厭他們？」

坐在一旁的祖父擺出凶惡的表情，插口說：「爺爺年輕時，曾在東京跟朝鮮人打了一架，可吃了不少苦頭。」

研人知道祖父向來個性火爆，便問道：「爺爺，你沒跟日本人打過架？」

註：「支那」是日本人在二戰前後對中國的稱呼，多帶有貶意。

「不知打過多少次了。」

「那你爲什麼不討厭日本人？」

祖父張口結舌，訥訥地說：「你在說什麼傻話？日本人怎麼可能討厭日本人？」

「這不是很奇怪嗎？同樣打過架，爲什麼你只討厭朝鮮半島的人？」

研人偷偷將祖父口中說的「朝鮮人」改成了「朝鮮半島的人」。雖然「朝鮮人」只是對朝鮮民族的稱呼，但從老一輩口中說出來，卻往往帶有歧視意味。研人明白其背後的貶意，因此故意避開這個字眼。「爺爺、伯父，說穿了你們只是毫無理由地討厭他們。」

「臭小子，你別一堆歪理。」祖父氣得破口大罵，長年鬱積在內心深處的敵意在這一瞬間完全表露無遺。

「爸，他年紀輕，你別跟他一般見識。」伯父說完，斥罵研人：「你就跟你老爸一個樣，只會耍嘴皮子。」

研人再次感到驚訝。沒想到祖父及伯父會因這點小事而對他發脾氣。在他們心中，對「支那人」及「朝鮮人」的恨意，似乎還大過對家人的親愛之情。他們一輩子住在這小小的土地上，卻擅自對外國人打起分數。他們口口聲聲「支那人」、「朝鮮人」，卻從未跟那些人往來，這表示他們對自己批評的對象根本一無所知。當時還在讀國中的研人不禁愕然，祖父及伯父明明已一把年紀了，怎麼會連這麼淺顯的道理都想不透。

過了幾年，研人更得知了一件令人不寒而慄的歷史事件，原來日本人曾發動過大規模的民族屠殺行爲。時代背景是在關東大地震發生後不久，當時流傳著「朝鮮人惡意縱火」、「朝鮮人在井裡下毒」之類的荒謬謠言，就連政府、警察機關及媒體也隨之起舞，整個社會鬧得沸沸揚揚。大量日本人遭到煽動，屠殺了數千名來自朝鮮半島的居民。這些日本人除了以槍械、日本刀及棍棒虐殺朝鮮人之外，還做出種種殘酷暴行，例如將受害者綑綁在地上，以卡車輾過其身體。

據說當時甚至有不少日本人被誤認爲是朝鮮人而慘遭殺害。後人評論這場暴動，認爲這是因爲日本曾靠武力將朝鮮半島當成殖民地，日本人害怕遭到報復，因此才會變得如此殘暴。

最讓研人感到害怕的一點，是做出這些殘酷暴行的人，竟然只是一般百姓。這意味著向來抱持種族歧視思想的祖父及伯父若當時在場，肯定也會加入虐殺者的行列。平常喜歡批評異種民族的人，只要符合某些環境條件，就會搖身一變，成爲殘酷的殺人魔。

這些人的心中到底棲息著怎樣的惡魔？那些受害者的恐懼與痛楚，到底是什麼滋味？或許身爲日本人，永遠無法知道日本人有多麼可怕。

在這一連串可怕的想像中，唯一讓研人感到安慰的一點，竟是伯父那句充滿惡意的「你就跟你老爸一個樣」。研人這才醒悟，原來自己到國中都不曾察覺存在於日本社會的歧視現象，原因竟是自己所生長的家庭環境。研人的父親誠治向來對外國的留學生抱持好感，經常喜孜孜地說出「劉同學寫了篇不錯的論文」或「金同學這次的學會發表相當成功」之類的讚美詞。而這樣的特質完全遺傳到獨生子的身上。對研人而言，在眾多與父親的相似處之中，這是唯一值得驕傲的美德。

研人一面走上公寓階梯，一面想著阪神大地震時，住日的朝鮮人與日本人之間因互相幫助而萌生的友誼。沒錯，幸好時代正在改變。只希望待會兒即將來訪的客人，不要對日本人心懷怨憤。祖先幹出缺德事，往往會禍及子孫。

研人進了門，匆匆收拾散落一地的衣服及雜物，在三坪大的狹窄屋內張羅出迎接訪客的空間。接著研人取出原本藏在床底下的兩台筆記型電腦，放在桌上。

約好的時間一到，外頭便傳來機車的引擎聲。那聲音來到公寓外便停了，研人走到狹小的陽台上往樓下的巷子望去，看見李正勳下了七百五十西西的重型機車，正在脫安全帽。研究人員之中，像李正勳這樣以重型機車爲交通工具的人相當罕見。

研人走向門口，打開門。正勳走上樓梯，看見研人，說道：「打擾了。」

「請進。」研人說。

正勳脫了鞋子，走進房內，笑咪咪地左右張望。

「抱歉，耽誤了你的時間。」

「別客氣，我突然來訪，想必給你添麻煩。」

兩人說了幾句客套話，研人讓正勳在桌旁椅子坐下，說道：「我想請你看看這兩台電腦。」

「是這個嗎？」

「對，就是那個。」研人說到這裡，忽然察覺自己與正勳的對話一板一眼得有如日語教科書裡的句子。

「李同學，你今年幾歲？」研人問。

「二十四歲。」

「我也二十四歲，如果你不介意，我們用平輩的語體說話如何？」研人忽想到正勳是外國人，急忙問道：「你知道什麼是語體嗎？」

「啊，我知道、我知道。」正勳說這句話時已換成了平輩的口吻。

研人笑著說：「以後你叫我研人就行了。」

「好，那你就叫我正勳吧。」

「沒問題。這裡的飲料你儘管喝，別客氣。」研人將剛買來的飲料一罐罐排在榻榻米上，便說起正題：「那台小筆電無法開機，你有沒有辦法查出裡頭到底存著什麼資料？」

正勳打開那台A5的筆電，按下電源開關。就跟之前一樣，畫面呈現一片藍色，絲毫沒有反應。正勳重複數次開機及強制關機後，歪著頭思索片刻，接著他取出自己的筆電及傳輸線，將兩台筆電連接在一起。研人見正勳忙得不亦樂乎，但自己對電腦不熟，只能坐在一旁乾瞪眼。

正勳忙了約半個小時，轉頭朝坐在榻榻米上的研人說：「這眞有點奇怪。」

「搞不定嗎？」

正勳點頭說道：「我本來以爲是壞了，但又不太像。」

「你的意思是，這筆電或許沒壞？」

「有這可能。」正勳說完後陷入沉思。原本溫和的眼神此時變得犀利，那正是典型的研究人員的表情。

「如果你能借我一星期，或許我能查出原因。」正勳說。

「唔……」

這次輪到研人陷入沉思。依照父親的遺言，這台筆電絕對不能落入外人手中，何況坂井友理可能隨時在監視著，如果讓正勳帶走筆電，搞不好會害他遭遇危險。

「我很想請你幫這個忙，但這筆電不是我的，我不能擅自交給別人。」

「那就沒辦法了。」

「我們休息一下吧。」研人遞了一罐飲料給他。

研人一邊閒聊，卻一邊想著另一台筆電的事。今天請正勳來的主要目的，是爲了借助他的專業知識，查明「ＧＩＦＴ」這個軟體的底細。然而對於該不該說出整件事的來龍去脈，研人有些拿不定主意。父親在遺言中交代研人必須在一個月內做出不治之症的特效藥，這到底是不是強人所難，研人頗想徵詢正勳的意見。

最後研人決定坦承一切。至少目前看來，這位韓國留學生是個頗能信任的人。

「我接下來要說的話，能不能請你別告訴任何人？」研人問。

正勳面露詫異，半晌後才微微點頭。

「是這樣的，我必須在一個月之內做出ＧＰＣＲ的結合藥物。」

「咦？一個月之內？」

「對，目前我手邊有個名叫『ＧＩＦＴ』的軟體。」

研人簡單扼要地說明父親遺留下的這個奇妙研究計畫。正勳得知研人父親剛過世不久，由衷地說了兩句「節哀順變」之類的弔慰話。除此之外，正勳一直沒有開口，只是專心聆聽研人的解釋。研人說到父親的計畫中缺漏幾項研發藥物的重要步驟，有些羞愧地說：「我父親擅長的是病毒學，他安排的這個研發計畫實在有些草率。你一定也認爲這是不可能做到的事，對吧？」

但正勳沒有立刻回答。從他的嚴肅表情可以看出，他正在專心思考。

不久後，正勳說：「讓我們排除先入爲主的觀念，單純就理論來想這件事。」

「什麼意思？」

「我想我已經明白你爸爸安排這個計畫的用意。」

「什麼？」研人驚訝地將上半身往前湊。

「要實現這個計畫，有個必要條件，那就是『ＧＩＦＴ』這個軟體的功能必須夠完美。」

「夠完美？」

正勳點點頭。「只要能正確分析受體結構，並且設計出完美的化合物，唯一的變數將只有人爲因素。」

「你說的人爲因素，指的是實際的藥物合成過程是否有瑕疵？」

「對，所以你爸爸在研究計畫中，安排了確認合成是否成功的最低限度的評估程序。」

若不考慮現實上做不做得到，只以理論來思考，正勳這番話確實言之有理。只要製藥軟體能夠計算出完美的藥物設計圖，那麼只要按部就班地進行合成，就可以做出藥來。

——你必須使用那台Ａ４的白色筆電，裡頭有研究需要用到的軟體。

父親在信中已說得明明白白。正如正勳的推論，父親這個研發計畫的最大前提，就是「ＧＩＦＴ」這個軟體必須夠完美。

「世上真的有這麼完美的軟體？」研人說。

「沒有。」正勳斬釘截鐵地說。

研人一愣。「那我們談這些理論，不是白費工夫嗎？」

「尊重父親是種美德。」正勳笑著拿起那台較大的筆電。「好了，我們來看看這個『ＧＩＦＴ』的軟體有多大本事吧。」

正勳啓動軟體，過了一會兒，螢幕上出現「突變型ＧＰＲ７６９」的電腦模擬影像，正勳發出驚呼：「這是……」

「以你的專業知識來判斷，這影像是錯的？」

「不，我從沒看過這麼逼真的影像……該怎麼形容呢……它散發出一種無形的說服力。」

正勳目不轉睛地瞪著螢幕上那貫穿細胞膜七次的受體模擬影像。半晌後，他才開始操作滑鼠，試著找出「ＧＩＦＴ」軟體的各種功能。過程中，正勳時而說出「原來如此」、「噢」之類的喃喃自語，時而發出笑聲，直到將整個軟體功能試過一遍後，他轉頭對研人說：「這太不可思議了，目前人類根本寫不出這樣的軟體。這至少超越當前的科學五十年以上。」

「你的意思是，這軟體超越了人類的智慧？」

「沒錯。首先，只要在這上頭輸入基因鹼基序列代碼，就可以得到該部位所製造蛋白質的立體結構，還可以在『De novo』的狀態下，也就是從零開始，完整設計出結合藥物的化學結構。不但如此，它甚至還能預測出結合後的結構……等等，這又是什麼？」

研人一看螢幕上的選項，上頭標示著「ＡＤＭＥＴ」，這恰巧在自己的專業領域內，於是解釋道：「ＡＤＭＥＴ是由吸收、分布、代謝、排泄、毒性這五個英文字的字母拼湊而成，是藥物進入體內後會產生哪些反應的指標。」

「原來如此，分析藥物的體內動態嗎？」正勳恍然大悟。

「這軟體連ADMET也能查得出來？」研人問。

「嗯，這軟體的機能並不稀奇，目前有很多軟體都能分析出藥物的體內動態，但這『GIFT』軟體最驚人的地方，在於它可以指定人類、老鼠等各生物種類，還有基因組的輸入欄位。若有必要，甚至還能配合個人基因差異來設計藥物。」

研人此時終於體會到這個「GIFT」軟體有多麼不可思議。

「這軟體若這麼神，以後也不必進行臨床實驗了。」

「是啊，這簡直就是製藥工程的萬能軟體。有了這玩意，研究人員要做的事只剩下實際合成及確認結果。」

研人與正勳對看一眼，笑了出來。

「好吧，接著我們來證明這軟體並沒這麼神……你有沒有什麼好主意？」正勳轉身面對筆電。他臉上異常興奮，似乎這破天荒的軟體已引起他的興趣。

「用這個如何？」研人從書架上抽出一疊紙，那正是實習醫師吉原特地為了研人而列印下來的肺泡上皮細胞硬化症研究論文。「這位葡萄牙學者發表了剛剛那受體的立體結構。」

正勳將論文瀏覽一遍，呢喃說道：「他用的是同源模擬法（註）？這頗有意思。」

正勳於是操作起筆電，螢幕上「GIFT」的畫面經過數次變換，從原本異常逼真的電腦影像，變成了由球形、蝶形等各物體組合而成的抽象圖案。將受體活性部位放大至原子層級，可清楚看到用來與配體結合的部位的構造。

「果然，這兩個結構差異很大，原子座標的數值也完全不同。」正勳說道。

「這麼說來，『GIFT』的結構果然是錯的？」

正勳沒有立即同意研人這句話，反而皺眉說：「不，就理論來想，目前只知道有三種可能性。葡萄牙學者是對的、『ＧＩＦＴ』是對的、或是兩者皆錯。」

對於正勳這種不立即下結論的嚴謹態度，研人不禁大爲折服。科學家唯一的武器正是毫無破綻的理論基礎。

「近年來，靠電腦設計藥物的領域已遇到瓶頸。就算使用最先進的軟體，也無法準確分析出每一種膜蛋白質的立體構造。我猜這葡萄牙博士公布的結構，多半也是錯的。」

正勳接著打開他自己的筆電，複製了一段基因鹼基序列情報，貼在「ＧＩＦＴ」的欄位上，說道：「這個的蛋白質立體構造是目前已知的，我們用它來比較答案吧。」

正勳按下輸入鍵，畫面上出現一排英文訊息，意思是「請連接網路」。

「爲什麼要連接網路？」正勳臉上露出狐疑之色。

研人拉來房間內的寬頻網路線，接在Ａ４的白色筆電上。系統一連上網路，「ＧＩＦＴ」的畫面立即有了變化。

「Remain Time 00：03：11」

畫面上出現一排正在倒數的數字。

「只要三分鐘？」正勳又是一愣。

三分鐘後，「ＧＩＦＴ」計算出答案。顯示在畫面上的，正是正勳所指定的蛋白質的立體結構。正勳經過核對後，表情變得異常嚴肅地說：「眞古怪，這軟體竟然眞的正確計算出這個由上百個氨基酸組成的蛋白質結構。」

研人也很驚訝。這意味著「ＧＩＦＴ」確實具有強大的功能。

註：「同源模擬法」（Homology modeling）：以電腦預測蛋白質立體結構的技術手法之一。

的。」

然而正勳對此結果依然持保留態度，說道：「但這不能證明這個軟體的功能是貨眞價實的。」

「若是假的，它怎麼能計算出蛋白質的結構？」研人問。

「剛剛它開始計算前，不是要求連上網路嗎？」

「嗯。」

「網路上有許多蛋白質資料庫，要取得這個蛋白質的結構資料並不是難事。這軟體或許只是上網找到了答案，再假裝是自己計算出來的。」

「原來如此。」研人恍然大悟。但研人轉念一想，才發現這意味著一個麻煩的問題。「這麼說來……我們根本無法判斷這個軟體的眞僞？」

「沒錯，既然正確答案只有一個，我們無法判斷這軟體到底是自行計算出答案，還是在網路上找到了答案。但假若我們要求它計算一個全世界沒有人知道的蛋白質結構，我們也沒辦法證明它的計算結果到底正不正確。」正勳說。

研人此時的心情，就好像是陷入一場高明的騙局中。但反過來想，若「GIFT」這個軟體是假的，那麼到底是誰、爲了什麼而大費周章做出這種東西？

「研人，你爸爸很會寫電腦程式？」正勳問。

「不，他對電腦程式一竅不通。」

「那他是怎麼得到這個軟體的？」

「我不清楚。」

「GIFT」的意思是「禮物」。研人愈想愈覺得這軟體有點古怪。

「其實還有另一種可能性。假如『GIFT』的功能是眞的，或許它使用了分散式計算技術。」正勳再次強調：「當然，這只是一種假設。」

「分散式計算？」

「嗯，例如尋找外星人的『SETI計畫』，用的也是這個技術。『SETI計畫』的主軸，是試圖從來自外太空的大量電磁波中，找出非自然產生的訊號。但這需要進行龐大的計算，因此他們對外募集自願者，以網路連結所有人的電腦，在每台電腦上擷取一小部分CPU資源。只要集合數十萬台電腦，就可以獲得比超級電腦還強大的運算能力。」

「我能問個不相關的問題嗎？」

「請說。」

「找到外星人了沒？」

「還沒。」

研人不禁有些失望。

「不過，他們曾有六次分析出來自銀河系中央的不明電磁波。這些電磁波的眞相目前還是個謎。爲了讓全世界的天文學者隨時能公布外星人存在的證據，他們已訂下正式的報告流程。」

「噢……」

「我們能回到原本的話題了嗎？」

「請說。」研人迅速將心思從「外星人」切換回「GIFT」軟體上。

「以計算受體與配體的結合構造來說，計算能力的高低取決於兩個重要因素，一是電腦運算執行能力，二是Algorithm的設計。」

「Algorithm是什麼意思來著……演算法？」

「沒錯，關鍵在於減少無謂的計算，以最簡單扼要的方式取得答案。」

這部分完全不是研人的專業領域，他必須全神貫注才能理解正勳的說明。

「假設這個軟體利用分散式計算的技術，這確實可以彌補其本身電腦能力的不足，但就算連結一億台電腦，也不可能精確地執行分子動力學層級的計算。」

這部分的概念研人亦能理解。正因爲不可能做到完美無瑕的計算，所以只好退而求其次，實際將藥物製作出來，記錄其構造活性相關數據，藉以找出最適合的化學結構。如今各先進國家爭先恐後開發超級電腦，正因爲在這個時代，電腦計算能力往往能與科學技術力畫上等號。

「一套化繁爲簡的Algorithm，也就是演算法，正是彌補計算能力不足的關鍵。如今全世界使用的演算法可說是五花八門，但沒有一套是完美的。使用不同的演算法，得到的計算結果也會天差地遠，這正意味著現今科技的不足。目前人類既沒有足夠的硬體計算能力，也還沒找到最完美的演算法。」

直到此時，正勳才透露他心中眞正的結論。

「你的意思是，這套『GIFT』軟體不可能是眞的？」研人問。

「依常識來判斷，沒錯。」正勳雖點頭同意，但表情仍有些遲疑。

「既然如此，還有什麼疑點讓你想不透？」

「該怎麼說呢……觸感？印象？」正勳忽然變得呑呑吐吐。

「你指的是用起來的感覺？」

「對，這軟體操作起來，讓我有種奇妙的感覺。」

「能不能說得具體點？」

「該怎麼形容呢……」正勳不停搔頭，試圖將心中的奇妙感覺以日語表達出來。「操作的過程中，我感覺它眞的像是一套萬能軟體。」

研人心想，或許只有精通各種電腦軟體的正勳，才能體會那種感覺吧。

「我相信，這套軟體的設計者一定是相當優秀的科學家。至少從表面上看來，就連分子層級或電子層級的複雜生命活動，這套軟體似乎都能做到。但世界上若眞的有這樣的軟體，不知早就拿到幾個諾貝爾獎了。」

研人也深有同感。

「明明知道不可能有這麼完美的軟體，但它設計得實在太巧妙，讓我們找不到任何破綻。」

「寫出這套軟體的人到底有什麼目的？」

「這也是個疑點。專家看了，立刻會說『不可能』；門外漢看了，不知道這軟體是幹什麼用的。」

研人聽到這裡，一驚。「或許正合適拿來騙不同領域的專家。」

「什麼意思？」

「也就是說，可以騙像我爸爸這種病毒學的專家。別人跟他說這是『製藥的萬能軟體』，或許他會相信。」

研人此時想起那個名叫坂井友理的女人。雖然目前沒有任何證據可證明她跟父親之間到底是什麼關係，但依此推想，極有可能是她帶著這套軟體，慫恿父親投入不治之症的特效藥開發計畫。若是如此，她用來吸引父親上鉤的餌，想必是新藥專利所帶來的龐大利潤。父親並不知道，坂井友理帶來的這套軟體根本是假的，她只是想騙取父親投入資金，得手後便逃之夭夭。父親所遺留的那個存有大量資金的假人頭帳戶，或許正是坂井友理爲了騙取父親的錢而設立的。

然而若這一連串推論是正確的，那麼在父親死後，坂井友理爲什麼要冒險出現在研人面前，要求研人歸還那台小型筆電？唯一解釋得通的理由，是那台小型筆電裡留有足以成爲詐欺罪證據的電子郵件或其他資料，因此坂井友理非取回不可。至於另外這台有著「ＧＩＦＴ」軟體的筆電，裡頭沒有任何足以查出坂井友理身分的證據，因此她選擇置之不理。

「我老爸眞是個蠢蛋。」研人無奈地罵道。

「我相信你爸爸一定有他的優點。」正勳溫言安撫。

但研人轉念又想，這一連串推論裡，還是有個無法解釋的疑點，那就是〈赫茲曼報告〉。在這份研究人類滅亡原因的報告中的第五節，到底是怎樣的內容？不久前研人曾拜託報社記者菅井取得這份報告，但菅井一直沒跟他聯絡。研人接著又想，除了〈赫茲曼報告〉一事之外，或許這件「新藥開發詐欺案」也該跟菅井好好商量該如何處理。如果事情鬧大，或許還得向警方求助。

「這台筆電能借我帶回去嗎？我想多玩一陣子。」正勳指著有「ＧＩＦＴ」軟體的筆電。

「嗯，沒問題。」

「謝謝。」

兩人又閒聊了約一小時，交換了手機號碼。直到接近午夜十二點時，正勳才離開。在閒談中，研人得知一些正勳的特殊經歷。原來正勳自小聰慧，在韓國念高中時曾跳級一年，十七歲時便上了大學。他能說一口流利的日語，完全只靠在學校修了日語課。不但如此，而且他在休學當兵期間在美軍基地，因此連英語也說得朗朗上口。不管是跳級制度也好、兵役制度也罷，都令研人難以想像。同樣是學生，不同的國家卻會造就出迥然不同的環境。

送走正勳之後，研人的心中依然殘留著交到志同道合好友的暢快感。他走進狹窄的浴室沖澡、刷牙，出來後躺在床上，已得到一個結論。既然「ＧＩＦＴ」對研發沒有任何幫助，父親遺留下的這個「肺泡上皮細胞硬化症特效藥」研發計畫便沒辦法實現。也只能放棄了。

研人告訴自己，做不到的事就是做不到。反正他早已習慣挫折，這沒什麼大不了。什麼拯救十萬兒童的性命，畢竟只是不知天高地厚的美夢。

但是研人的腦海裡，一直有個揮之不去的畫面。

嘴角沾滿鮮血的垂死小女孩。

小林舞花。

那女孩所住的病房，距離研人的房間只有二十分鐘路程。如今她想必依然躺在病床上，爲了無法呼吸到足夠氧氣而痛苦掙扎。但至少她現在還活著。一個月後，她將連生命也失去，永遠從這個世界上消失。

迎接死亡是她的命運。

世上沒有人能救得了她。

關掉電燈的同時，研人忍不住低聲咒罵。

躺回床上後，研人一直翻來覆去，無法睡得安穩。半夢半醒間，一些分不清是思緒還是夢境的雜亂意念在腦中浮浮沉沉。沒有人的研究室、因實驗失敗而萬分沮喪的自己、來自周圍的指責與批評、在籠子裡蠢動的白老鼠、黑暗中張開血盆大口的細胞膜上Orphan受體、不知曾在哪裡聽過的輕柔電子鈴聲……

研人全身一震，這才察覺自己不知何時已經睡著了。他將手伸向地板，拿起正在發出鈴聲的手機。

微微張開雙眼一瞧，手機螢幕上出現「無法顯示來電」字樣。此時才清晨五點，房間裡一片漆黑。研人一邊發出不耐煩的呻吟聲，一邊按下通話鍵。「喂?」

「古賀研人先生，請聽清楚以下訊息。」

「喂?你說什麼?」

同樣尖銳的聲音傳入耳中。那似乎是電腦合成的聲音，且毫無抑揚頓挫。「古賀研人先生，請聽清楚以下訊息。」

「你是誰?這個時間找我有什麼事?」

研人的口氣流露出明顯的不悅，但對方毫不理會，繼續說道：「三十分鐘內，離開你的房間。三十分鐘內，離開你的房間。不要滯留在你的房間。不要滯留在你的房間。」

電腦合成聲操著古怪的日語，將每句話都重複兩遍。研人本以爲是惡作劇電話，正要掛斷，對方竟接著說道：「小筆電不要給別人。小筆電不要給別人。」

研人一聽，登時明白對方說的是那台無法開機的Ａ５筆電。研人急忙坐起，專注地聆聽手機中持續發出的電腦合成聲。

「三十分鐘內，離開你的房間。不要滯留在你的房間。小筆電不要給別人。」電腦合成聲將前面的三句話再說了一遍，最後加了一句：「快從你的房間逃走。快從你的房間逃走。關掉你的行動電話電源。關掉你的行動電話電源。」

「喂喂？喂喂？」

研人還想發問，對方已切斷電話。

研人敲敲頭，驅走殘留的睡意，仔細回想這通電話所帶來的詭異訊息。房內明明沒那麼冷，研人卻忍不住全身顫抖，彷彿體內正吹著陣陣陰寒的冷風。

小筆電不要給別人——

三十分鐘內，離開你的房間——

快從你的房間逃走——

這顯然是一種警告。三十分鐘後，將會有人闖進這個房間，搶奪桌上的筆電。

關掉你的行動電話電源——

研人急忙關掉手機電源。但是到底該不該相信這個警告，研人無法做出決斷。有可能來搶筆電的人，只有那個名叫坂井友理的女人。但是打這通警告電話的人又是誰？那尖銳的聲音顯然是在電腦中輸入文字後，以電腦程式所發出。對方沒有理會研人的發問，可見得那些句子都是早已設定好的。

不要滯留在你的房間——

這句話的意思相當清楚，卻不是道地的日語，簡直像是外國人寫出來的句子。研人想到了韓國留學生李正勳，但旋即明白這通電話絕對不是正勳打的，因為正勳的日語非常流利，比打這電話的人高明得多。

研人起身開燈，並開啓暖氣。因睡眠不足的關係，腦袋異常沉重。研人試著安慰自己，如果敵人眞的是坂井友理，大可不必太緊張。他雖然身材瘦小，對付一個女人應該不是問題。

快從你的房間逃走——

然而從那電腦合成聲中，卻可以感受到緊迫感。對方似乎知道研人若不逃走，將造成無法挽回的後果。

研人走向廁所，才剛跨進去，忽然想到那晚的坂井友理及那輛箱型車，不由得毛骨悚然。沒錯，那箱型車內有另一道人影，可見得坂井友理並非單獨行動。

「請把筆電還給我，這也是為了你好。」坂井友理當初說這句話，言下之意已相當明顯。若不交出筆電，她就會使用暴力手段。

時間在研人的遲疑不決中一分一秒過去，不知不覺已浪費了十分鐘。他一邊咒罵自己的優柔寡斷，一邊又努力提醒自己別在這節骨眼上自怨自艾。當務之急，是決定接下來的行動。上完廁所、洗了把臉，研人終於做出決定。雖然那警告電話不見得能相信，但為了保險起見，還是應該出去避避風頭。不如到附近便利商店打發時間，等天亮後再回來吧。

研人換了衣服，將錢包、房間鑰匙及關掉電源的手機塞進口袋裡。正要走出房間時，他才想到自己因太緊張而忘了一樣最重要的東西，那就是桌上那台A5的筆電。但筆電太大，拿在手上走路不方便。於是研人脫掉身上的羽絨外套，從壁櫥裡找出一件運動大衣。那大衣的胸前有個專門設計來放地圖的口袋，塞進A5大小的筆電剛剛好。

就在這時，窗外傳來引擎聲。現在才五點二十六分，應該還有四分鐘的時間才對。研人悄悄拉開窗簾及落地窗，躡手躡腳地走到陽台往下望。外頭依然一片昏暗，但在街燈照耀下，可清楚看到樓下的狹窄單行道上停了一輛箱型車，而且位置就在自家陽台的正下方。那車子與坂井友理的車頗爲相似，但顏色不一樣。唯一可以確定的是，那輛車故意擋住這棟公寓的出入口。

就像是要擋住研人逃跑的去路似的，如果要離開這棟公寓，非得從那輛車旁穿過不可。

接著，副駕駛座的車門開啓，一個男人走出來。研人看那男人肩膀一動，知道他要往上望，急忙將頭往後縮。一時之間，他完全不知該怎麼做才好，彎著腰爬回房內，推了推幾乎快從鼻梁上滑落的眼鏡，在房間裡慌張地繞來繞去。就在這時，研人驚覺自己犯了一個重大錯誤，那就是沒有關燈，而且打開了窗簾及落地窗。這等於是告訴外頭的人，這房間裡有人在家。

外頭傳來數次開關車門的聲音，顯然對方至少來了兩、三個人。研人還在手足無措之際，那些人已上了樓，來到外頭走廊上，粗魯地按起門鈴。那門鈴聲響了一次又一次，光聽那聲音，就可以想像男人在外頭用力按壓門鈴的凶惡模樣。研人嚇得全身發抖，但知道事到如今已無法假裝不在家，只好走向門口，自門上的貓眼往外窺望。薄薄的門板外，正站著一個中年男人。那個男人身上穿著上班族風格的大衣，卻流露出一股霸氣。在他的身後還站了兩個男人，皆戴著白色口罩，完全掩蓋鼻梁以下的容貌。

研人沒有勇氣應話，只好強忍著尿意，持續窺看門外的狀況。就在這時，站在前方的男人忽然朝後方的同伴輕輕點頭示意。戴著白色口罩的男人之一取出一塊看起來像放大鏡的圓筒形物體，蓋在貓眼上。研人眼前的景象驟然扭曲，再也看不見外頭的狀況。

下一瞬間，研人已明白對方做了什麼事。那放大鏡形狀的道具可以修正貓眼鏡片的折射，讓貓眼變成可以從外頭看見屋內的模樣。換句話說，那戴著白色口罩的男人應該已看見站在門內的研人。

研人嚇得急忙往後退。門外的男人粗魯地大喊：「古賀先生！古賀研人先生！快開門！我們是警視廳的人！」

研人的腦袋一片混亂，甚至花了好些時間才理解什麼是警視廳。

「我們知道你在裡頭！快開門！」

既然是警視廳的人，當然就是警察。研人雖不明白警察爲何找上自己，卻已明顯感受到對方的舉止透著惡意。星期天一大早，故意在公寓門口大聲報出警察身分，想必是要引起周圍鄰居的注意。

研人無計可施，只好開了門鎖，拉出一道小縫，掛在門上的安全鏈條則沒取下。

「你是古賀研人先生吧？我們是警視廳派來的，敝姓門田，請開門讓我們進去。」站在前頭沒戴口罩的男人掏出一本類似身分證件的東西，舉到研人眼前。

研人緊張得口乾舌燥，問道：「你、你們要幹什麼？」

門田板起臉說道：「想問些關於你父親誠治先生的事。」

「我父親？」

「請解開鏈條讓我們進去，我會說明原委。」

一時之間，研人的心中湧起一點期待。警察找上門來，或許是爲了調查父親所陷入的新藥研發詐欺案。但他轉念又想，這些警察故意挑大清早闖來，絕對不會安什麼好心，何況三個男人皆眼神犀利，一看就知道是陰險人物。於是研人說道：「剛剛那是警察手冊嗎？請讓我再看一眼。」

門田不耐煩地咂了個嘴，翻開證件收納夾。

「警察手冊不是黑色封皮的簿子嗎？」

「那是舊式的。現在的警察都用這種證件。」

研人看著證件上記載的隸屬單位，問道：「警視廳公安部？貴單位是負責什麼的？」

門田收起證件，說道：「最近身故的古賀誠治教授，似乎驚動了外國警察，我們公安部只是協助調查而已。」

「外國警察？」研人一愣，急忙整理亂成一團的思緒，回想父親生前曾去過哪些國家。在研人的記憶裡，父親曾到美國、法國參加學會，此外還曾到非洲的薩伊共和國進行過愛滋病毒的調查研究。「外國警察，指的是哪個國家？」

「美國。」

「美國的哪個州？」

「不是州警，是聯邦調查局，也就是ＦＢＩ。」

研人又吃了一驚，問道：「ＦＢＩ？他們想調查什麼？」

「他們懷疑你父親生前拜訪美國的研究機構時，偷竊了實驗數據。」

研人一時啞口無言地看著門田。父親就算再怎麼墮落，也不是個會走上犯罪之路的人。但父親遺留下的那些不像遺言的奇妙遺言，卻又彷彿間接證明父親的犯行。研人霎時感到進退兩難，不知該如何是好。

——當你收到這封信，代表你跟你媽媽已經有五天沒見到我了。

父親信中這句話，會不會就是暗示著他將遭到警察逮捕？

「你父親既然已過世，當然不用再負什麼罪責，我們只是想釐清事實眞相。」

研人宛如墜入五里霧中，已分不清到底該相信誰。但研人告訴自己，身爲一個科學家，邏輯分析是自己唯一的武器。沒錯，應該學習昨晚正勳的精神，不要還沒搞清楚狀況就妄下結論。

父親在信裡還寫了什麼？從那些訊息可以推導出什麼結論？

——但你不用擔心，再過幾天我就會回來。

研人低下頭，故意不去看眼前的刑警。父親是清白的。沒錯，正因爲父親是清白的，所以他才有自信在數天內洗刷嫌疑，回到老婆、孩子身邊。

「你父親是不是留了一台電腦給你？」門田問。

「電腦？」研人反問後，才驚覺自己的語氣異常粗暴。眼前這些人冤枉父親，已激起他的怒火。

「對，研究用的電腦。」

——小筆電別交給任何人。

「你說我父親偷了實驗數據？你確定他偷的是實驗數據，不是程式軟體？」研人再次確認。

「對，是實驗數據沒錯。」門田一臉狐疑地回答。

「我想再問最後一個問題。你們這次來找我，是爲了調查我父親的罪嫌，而不是我的罪嫌，對不對？」研人繼續追問。

「沒錯，我們只是探訪各相關人士，想要釐清眞相。」

研人在心中迅速盤算。既然自己並非嫌疑犯，就算逃走也不必負任何罪責。

「請快開門。你房裡的所有電腦，我們都要扣押。」

研人強忍著懼意，鼓起勇氣說道：「我拒絕。」

突然門田刑警的神色一變，從外套口袋掏出一張紙，舉到研人面前。「這是法院開的搜索票。我們這是強制搜索，你沒有拒絕的權利。」

——快從你的房間逃走。

「好吧，我開門。你把腳移開，我得先關上門才能解開鏈條。」研人說道。門田聽了，便將原本抵在門縫內的鞋尖縮了回去。

研人迅速關上門扉，卻沒有解開鏈條，反而扣上了門鎖。刑警旋即在外頭用力敲打門扉，然後剛剛才扣上的門鎖竟然被轉開了。研人一愣，登時恍然大悟，原來這些刑警早已向房東要了鑰匙。研人急忙穿上運動鞋，但太過慌張，手指不聽使喚，竟綁不緊鞋帶。門扉再度開了一道縫隙，其中一位刑警手持巨大的鋼製老虎鉗，伸進門縫內想要剪斷鏈條。

研人終於穿好鞋子，急忙衝向房間另一頭，來到陽台上。背後傳來尖銳聲響，似乎是鏈條被剪斷了。研人向後一瞥，見到三名刑警已闖進房內。他明白此時不能有半點猶豫，於是按緊了胸前的筆電，翻身躍過護欄，跳向樓下那輛箱型車的車頂。陽台至車頂的高度約一公尺半，車頂向下凹陷，吸收了絕大部分的衝擊力道。

研人接著從車頂滾落至地面，他知道自己此時的模樣一定很窩囊，但沒心思去管那麼多。值得慶幸的是，他竟毫髮無傷。研人站起來，朝箱型車的車尾方向拔腿狂奔。

他轉頭一看，箱型車的駕駛座上竟還有一名刑警。那名刑警搖搖晃晃地開門走出來，以兩手抱住頭，一臉疼痛的表情。研人心想，多半是車頂凹陷時，撞傷了車內刑警的腦門。這下子，自己恐怕得背上傷害或襲警之類的罪名了。他心生恐懼，腳下卻不敢停留半分。

此時是星期日凌晨，住宅區裡沒有路人。研人跑不到一分鐘，便已上氣不接下氣，心想逃得愈遠愈好。追捕嫌犯可是刑警的拿手好戲，時間拖得愈長，對自己愈不利。

研人來到了一條四車道的大馬路上，往來車輛不多，看不到計程車。於是研人穿越馬路，鑽進小巷內，在巷子裡左彎右拐，來到另一條大馬路上，研人終於看到計程車。他揮動雙手，攔下計程車，跳進車內。往後一瞧，並沒有看到刑警追趕上來。

此時計程車面對的是兩國站的方向。研人心想，只移動到鄰站實在太危險，但錢包裡的現金不多，無法逃得太遠。依時間來看，此時電車應該已開始運行。研人說道：「請到秋葉原站。」

「好的。」計程車司機點亮方向燈，踩動油門。

研人坐在後座調勻呼吸，回想剛剛發生的一切，愈想愈覺得自己闖下了大禍。警察多半會聯絡厚木市的老家，母親一旦得知兒子成了通緝犯，肯定會嚇得六神無主吧。為了讓母親放心，等逃到安全地方後，得先打個電話回家。但他立刻想起今天凌晨那電話中的警告。

——關掉你的行動電話電源。

研人終於明白那電腦合成聲音下達這項指示的理由。只要同時有三座行動電話基地台偵測到手機所發出的電波，就可以分析出手機的座標位置。換句話說，一旦開啓手機電源，警察就會知道自己身處何處。今後若想跟任何人聯絡，只能使用公共電話。

計程車自錦糸町出發，開了三站的距離，來到秋葉原站。研人付了車資後，錢包裡只剩下兩千日幣。但那張戶名為「鈴木義信」的提款卡依然好端端地放在錢包裡，因此研人並不需為錢的問題擔心。

研人走進車站內，煩惱著該躲在哪裡。突然他想起了一個最合適的藏身地點。位於町田的那棟老舊公寓。寫著公寓地址的信，當初是藏在只有研人及父親誠治才知道的書裡，因此就算所有通訊都遭到竊聽，也不用擔心警察會知道父親早已暗中安排了一間實驗室。研人這才驚覺，原來他需要的一切資源，父親早已幫他準備好了。

研人來到自動售票機前，回頭瞥了一眼。後頭沒有人追來。接著他望向電車路線圖，記住換車的車站，買票進站。

如今唯一的選擇，就是暫時躲在町田的破公寓裡，等待〈赫茲曼報告〉這最後一條線索。

12

伊圖利森林裡的行軍生活，迎接了第二個清晨。躺在吊床裡的葉格從淺眠中醒來，他看了一眼手表。那附夜光功能的數字表，正顯示著五點三十分。葉格頗爲慶幸，自己在特種部隊裡訓練出的生理時鐘並沒有鈍化。

葉格拉開蚊帳及防潮墊，下了吊床。叢林內的空氣有些冰涼。太陽還沒升起，周圍相當陰暗，卻異常得白。葉格先是吃了一驚，仔細觀察之後，才明白是起了濃霧。

夜哨是兩小時輪班一次，此時正好輪到米克。他持著步槍，站在白茫茫的濃霧中，看起來簡直像是陣亡戰士的靈魂。他聽見聲音，轉過頭來，低聲說道：「一切正常。」

葉格點點頭，朝另兩個吊床望去。葛瑞及邁爾斯正發出細微的鼾聲。米克翻開防潮墊，將兩人喚醒。

所有人都起床後，便著手進行出發前的準備。首先收拾好吊床，拆解拿來當支柱的樹枝。衣服只有兩套，睡覺時穿乾的，行軍時必須換回潮濕的。眾人換了衣服，重新塗抹驅蟲藥，吃了滋味不佳但能提供足夠熱量的長距離偵察用口糧，吞下預防瘧疾的藥物，排泄了大小便，將地上挖來當廁所的坑洞重新埋好。

以潛行任務而言，這次的任務算是相當輕鬆。若是置身在周遭布滿敵人的區域，爲了完全消除己方所留下的痕跡，不但得將排泄物放在塑膠瓶裡帶走，而且連衛生紙也不能用。幸好這伊圖利森林是片寬達數百公里的遼闊森林，四名「保衛者計畫」隊員在這裡頭就像是大海裡的四條小魚，不必太過擔心暴露行蹤的問題。

葉格與米克拿出地圖及衛星定位裝置，確認今日的行軍路線。爲了防止突然發生戰鬥而造成隊員失散的狀況，因此四人先約定好數個會合地點。

四人背起沉重的行李，拿起武器。由米克在前開路，接著是葉格、葛瑞、邁爾斯，四人排成縱列前進。這種戰鬥警戒行軍的隊形，不管是遭遇來自正面、側面或背面的攻擊，都能夠即時反應。但熱帶雨林裡實在太暗，視野非常狹窄，因此四人刻意縮短間距。

走了大約一小時，霧氣逐漸散去。自枝葉縫隙間透入的陽光，有如陰暗叢林裡的點點燈火，引導四人走向森林深處。

彷彿永遠沒有盡頭的樹海，一點一滴地吸乾了葉格等人心中的霸氣。這片密林彷彿有股魔力，會讓進入此地的人喪失所有自信與意志力。人類的理性，在這片孤立的世界裡發揮不了任何作用。身穿衣物且以雙足步行的動物，在這裡是徹頭徹尾的不速之客。長時間走在這片包容一切生物，卻唯獨排擠人類的空間裡，心裡逐漸會產生一種類似思鄉病的焦慮感。

葉格想起從前待在特種部隊時，教官曾說過，在叢林裡要消除自己的不安與恐懼，唯一的方法就是排除每一項對自己造成威脅的要素。首先想清楚自己到底害怕的是什麼，是天候、氣溫、飢餓、迷失方向、還是帶有劇毒的小動物？一旦想清楚恐懼的來源，就以自己的專業能力將其排除。當威脅不再存在，就沒什麼好恐懼的了。

葉格試著告訴自己，這片叢林裡不存在任何能夠威脅自己的事物。事實上，這座伊圖利森林已比當年進行叢林訓練時的東南亞森林要好得多。這片森林雖然位於赤道上，但地勢較高，因此不算太炎熱。偶爾一陣涼爽的微風吹過，就能將身上的汗水完全帶走。當然，這裡也有昆蟲、毒蛇之類具威脅性的小動物，但數量不多，只要提高警覺，就沒有遭到螫咬的危險。更值得慶幸的是，這裡到處有著清澈的流水，能隨時補充水分，而且喝起來比當初在巴格達時上頭發下的礦泉水要美味得多。

何況，那些被喚作「小人族」的人類，已在這片伊圖利森林裡存活了數萬年之久。如果這裡完全不適合人類居住，那些「小人族」應該早已絕滅了。既然那些人類能存活下來，因此不必太過害怕這片森林不必太過害怕。

走在前頭的米克停下腳步，向眾人打了個手勢。葉格等人便放輕腳步，走到米克身邊。

「這是什麼？我可沒見過這種生物。」米克以AK47的槍口指著一株灌木的樹幹說道。

葉格等人一瞧，那是一條類似蚯蚓卻呈扁平狀的黑色生物，正在樹幹上蠢蠢蠕動。

「這應該是一種水蛭。雖然從沒見過，但想像得出來。」

「不用擊殺並回收屍體？」

「不用。」

葛瑞忍笑著說道：「我們快成博物學家了。」

那油油亮亮的生物異常敏捷，忽往邁爾斯身上跳去，嚇得邁爾斯連退數步。其他三人見了，都忍不住笑了。

就在這一瞬間，附近草叢裡忽然發出聲響。葉格等人迅速反應，將步槍槍口朝聲音的方向指去。出現在眾人眼前的，是一頭體型約相當於中型犬，但模樣類似鹿的動物。那動物倉皇朝森林深處飛奔而逃。眾人心想，那動物多半是原本在草叢裡睡覺，被人類的說話聲驚醒了。

葉格一看時間，差不多該休息了，於是下達指示，找了個樹木間較寬闊的地點，讓眾人放下背包休息。眾人坐在樹下，巨大的樹根正好成了最佳的靠背。

邁爾斯邊拿出水壺喝水，邊問大家：「所謂的不明生物，你們覺得到底是什麼？」

「我完全想像不出來。」葛瑞說。

「搞不好是條扁扁的蛇。」米克說。

「扁扁的蛇？爲什麼這麼說？」

「在日本，那是傳說中的生物，只要眞的找到，就有懸賞金可領。」

「或許我們應該到日本去，不應該來剛果。」

米克的故鄉日本，到底是個怎樣的國度？在葉格的想像裡，那裡有著一座座大都市，到處都是擁擠的人潮，掛滿俗氣的霓虹燈飾。但葉格知道，這些只是自己對日本的刻板印象。

邁爾斯環顧四周，確認整個森林寂靜無聲，壓低嗓子說：「這次的任務，你們不覺得很奇怪嗎？」

「很奇怪？什麼意思？」葉格問。

「你們仔細想想，這次任務的兩個目標間完全沒有任何關連。一邊是感染病毒的集團，一邊是從沒看過的不明生物。」

「我沒有什麼生物方面的專業知識，不過我猜想，那生物會不會是因感染病毒才改變了模樣？」葛瑞說。

「那是好萊塢電影的劇情。以生物學角度來看，絕對不可能。」邁爾斯斬釘截鐵地說：「所以我懷疑，我們這次任務的眞正目的，只是單純的暗殺。」

「殺死那些姆蒂族？」

「不，眞正的暗殺目標，應該是跟那些姆蒂族在一起的人類學家奈吉爾・皮亞斯。」

「我也想過這可能性，但如果只是要殺皮亞斯，大可以有其他作法，不必連那些姆蒂族也一起殺光。」葉格說道。

「會不會是爲了滅口？」

「不，既然採取夜襲方式，就不必滅口。那些姆蒂族人就算看見了，也不知道我們的來歷。」

「這麼說來，目的眞的是殺光病毒感染者？」

「我擔心的倒是任務結束後，我們必須帶回屍體的大腦、生殖器或內臟這點。」米克說道。

邁爾斯想起這個噁心的指令，也皺起眉頭。

「雇主爲何想得到那些可怕的病毒？難道這次任務的眞正目的，是取得那些病毒，好拿來研發生化兵器？」

「美國已對外聲稱絕不會開發生化兵器。」葉格試著爲老東家說好話。「不過背地裡到底有沒有做，我就不知道了。」

邁爾斯正要開口說話，突然又閉上了口。其他三人也停止動作，將所有精神集中在聽覺上。風聲中，隱約夾帶著一些草葉摩擦的聲響。沒錯，那是腳步聲，而且不只一人，至少有五人以上。但那些腳步聲並非朝著葉格等人靠近，而是繞過葉格等人的周圍，往另外一個方向而去。

四人皆拿起步槍，無聲無息地站起。米克指指自己，表示自願擔任偵察兵。葉格點頭同意。於是米克將槍口微微下移，以戰鬥姿勢緩緩前進。爲了掩護米克，葉格與邁爾斯注意觀察前方一百八十度的動靜。至於葛瑞，則負責警戒眾人的後方，以避免落入敵人聲東擊西的詭計之中。

森林裡樹木太多，視野可及的範圍相當狹小，米克謹愼小心地移動。爲了不讓米克孤立，葉格等人跟著緩緩前進，不讓米克從視線中消失。

走了一會兒，米克靠在一棵大樹邊，將樹幹當作屏障，以步槍瞄準前方。然而米克沒有開槍，反而像是鬆了口氣。他垂下槍口，朝眾人比了個手勢。

葉格等人一一走向米克身邊。米克伸手指向前方，眾人隨手指的方向望去。大約五公尺前方，有片樹木較稀疏的區域，七頭黑猩猩正在那裡緩緩移動。眾人此時近距離看見黑猩猩，才發現原來黑猩猩比想像中要大得多，立起身軀時就跟身材較矮小的人類差不多。

這些祕林裡的居民完全沒有察覺自己正遭受人類監視。走在前頭的黑猩猩輕輕一動，做出類似下達指令的動作，後頭的黑猩猩見了，皆彎著身軀緩緩朝前面的黑猩猩湊近。這簡直就像是一支訓練有素的軍隊，正準備朝敵人進行偷襲。這群黑猩猩的一舉一動皆表現出高度的智慧，讓人不禁懷疑那是打扮成黑猩猩模樣的人類。

「猩猩界的綠扁帽部隊？牠們該不會是在模仿我們吧？」葛瑞忍著笑意低聲說道。

葉格原本也笑嘻嘻地看著這群黑猩猩的軍隊。但沒多久葉格察覺更遠處的一片低矮草叢裡，還有另一群黑猩猩。那群黑猩猩約有十頭，各自坐在地上梳毛扒耳，顯得相當悠哉。

葉格察覺氣氛不太對勁，於是取出軍用望遠鏡，仔細觀察兩群黑猩猩的動向。突然黑猩猩軍隊發動突襲。七頭原本靜悄悄前進的黑猩猩，忽然發出巨大吼聲，朝草叢裡那群黑猩猩衝去。就在這一瞬間，周圍樹上的猴子們嚇得紛紛尖叫、逃竄，一時枝葉亂舞，有如天搖地動。草叢裡的黑猩猩群也急著四散奔逃，卻有一頭黑猩猩落了單。那落單的黑猩猩害怕受到傷害，嚇得縮起了身體。七頭黑猩猩豎起全身的體毛，以驚人氣勢朝那頭黑猩猩撲去。

淒厲、刺耳的嘶吼聲籠罩整個空間。數十頭陷入亢奮狀態的黑猩猩，各自扯開喉嚨高聲嘶喊。

葉格原本以爲兩群黑猩猩是爲了爭奪地盤而起衝突，但又看一會兒，發現似乎不是這麼回事。黑猩猩之間發生衝突的地點，只在那片小小的草叢裡，而且完全是七頭黑猩猩單方面的凌虐。七頭黑猩猩將來不及逃走的黑猩猩圍在中間，又抓又咬，轉眼間中間那頭黑猩猩已是遍體鱗傷。葉格不清楚黑猩猩群爲何要做出這種行爲，但有種莫名的厭惡感。眼前的景象，彷彿是對人類自相殘殺的一種諷刺。

七頭黑猩猩中的兩頭，忽然各自抓住受傷黑猩猩的一條手臂，極有默契地同時上舉，將受傷黑猩猩抬起。七頭黑猩猩的老大早已等在前方，雙手一伸，從受傷黑猩猩的手中奪走一樣東西。葉格凝神一看，黑猩猩老大搶奪的那東西，竟是一頭小黑猩猩。那小黑猩猩還非常稚弱，若以人類來比喻，恐怕還是個嬰兒。受到攻擊的黑猩猩一直縮著身軀，原來是爲了保護自己的孩子。黑猩猩老大一得到這戰利品，立刻奔到一旁的大樹邊，抓著小黑猩猩的雙腳用力揮舞，將小黑猩猩的頭往樹幹上撞去。小黑猩猩的臉扭曲，嚎啕大哭，黑猩猩老大卻毫不在意，接著竟奮力一撕，扯斷了小黑猩猩的一條手臂，塞進嘴裡大嚼。

「太殘酷了……」邁爾斯不禁感嘆。

周圍所有黑猩猩的嗜血欲望在這時衝到頂點。牠們豎起全身體毛，渾然忘我地大聲嘶吼。在這場瘋狂饗宴的中央，黑猩猩老大不停轉動一對眼珠，簡直像個狡獪的老人。牠靈巧地運用雙手，將小黑猩猩的血肉配著樹葉囫圇吞下肚。其他黑猩猩湊了過去，想要分一杯羹，但黑猩猩老大毫不理會，繼續獨享著牠的戰利品。最後，牠將小黑猩猩的頭塞進嘴裡。小黑猩猩頭上早已血肉模糊，頭蓋骨都露了出來，卻還沒有斃命。剩下的三支小小的手腳還在不斷顫抖。

原本一直沉默不語的米克，此時突然舉起ＡＫ47步槍，瞄準了黑猩猩老大。

「住手！」

葛瑞急忙制止，但米克已扣下扳機。槍聲一響，受到驚嚇的黑猩猩們旋即四下逃散。這一槍的子彈穿過小黑猩猩的腦袋，結束了牠的痛苦，接著又貫穿黑猩猩老大的喉嚨。大量鮮血飛濺在黑猩猩老大背後的草葉上。接著，一大一小的兩頭黑猩猩倒下，成了兩具屍體。

「去你的死猴子。」米克咒罵道。

邁爾斯愕然回頭，看著米克。此時邁爾斯的眼神，就像是醫生看到了一個精神病患。至於葛瑞，則是無奈地垂首搖頭嘆息。

四個傭兵的心中皆產生一種難以言喻的戰慄感。四人剛剛所目睹的，並非只是單純野生動物的同類相食。那是一種介於知性與瘋狂之間的組織性殺戮行動，也就是所謂的「戰爭」。

葉格忽然感覺到，手上的步槍竟變得異常沉重。原來人類之間的戰爭，早在尚未變成人類前便已經開始。

傷痕累累的母黑猩猩，在四個男人的注視之下，奔向孩子的屍骸。剛剛還在母親懷抱裡享受著溫暖的小黑猩猩，此時卻失去頭顱與右手，淒涼地躺在地上。母黑猩猩看著自己的孩子變成這副模樣，有什麼感觸，身爲人類的四人恐怕永遠不會知道。

「別看了，我們得立刻遠離這裡。」葉格低聲下令。如果附近潛伏著武裝勢力，剛剛那聲槍響恐怕已經被聽見了。「米克，以後別隨便開槍。」葉格說。

米克聽了，卻只是發出嘲諷般的冷笑聲。葉格一時之間怒上心頭，幾乎想撲上去對米克動粗。但葉格立即壓抑自己的憤怒情緒。一來，葉格不想對異色人種暴力相向；二來，米克開槍的動機頗令人好奇。當米克扣下扳機時，想達到的目的是什麼？結束小黑猩猩的痛苦？制裁黑猩猩老大？還是對低等動物誇示其武力，以滿足虛榮心？

「我們走吧。」邁爾斯率先邁步，葛瑞面無表情地跟在後頭。四人之中，唯獨米克故意裝出一副意氣風發的高傲模樣。葉格見了米克的態度，心裡的鄙視再度變得強烈。然而四人心中卻有著一個共同的念頭，那就是盡快將剛剛那一幕駭人景象從腦海中抹除。

四人回到放置行李的地點，葉格背起行囊，指揮三人排成縱隊。他朝米克努了努下巴，示意前進方向。

喪心病狂的日本鬼子，別給我慢吞吞的！葉格在心中如此咒罵。

伯恩斯總統手上正拿著一張照片。照片裡是個伊拉克小孩。但那小孩卻是具屍體，而且手腳殘破，死狀相當淒慘。這小孩正是在美軍針對反美武裝勢力的大規模殲滅作戰中，因遭受波及而死於非命的無辜百姓之一。

總統不悅地皺起眉頭，將照片推給一旁的副總統詹伯倫。後者見了照片，竟面不改色。

坐在會議桌另一端的國務卿布拉德，已開始煩惱該以什麼說詞才能打動眼前這兩個冷血動物。

詹伯倫不等布拉德開口，已搶先說道：「總之別計算一般平民的傷亡人數。消息要是落入媒體手中，我們等於是拿石頭砸自己的腳。」

國防部長拉蒂默也用力點頭。

布拉德緩緩移動視線，依序望向閣議室裡每位高官，企圖喚醒沉睡在暴力政權底下的最後一絲良心。「恕我直言，已經有十萬伊拉克人民因我軍的攻擊而身亡。各位認爲這樣的作法能爲我們贏得伊拉克人的支持？」

「這種程度的犧牲，早在預料之中。」詹伯倫冷冷地回應。

布拉德心想，如果是你的家人因異國軍隊的攻擊而慘死，不知你是否還能說出這句話？但布拉德沒有將心中的厭惡與輕蔑表現在臉上，反而沉住氣說道：「持續這種大規模破壞行動，只會降低我們的形象，讓敵人更加憎恨我們。我建議盡快派出援軍，致力於維持當地的治安。」

「這不在你的管轄範圍內。」詹伯倫絲毫不留情面地出言駁斥。

「軍事上的決策，不能忽略外交層面上的觀點。」布拉德說道。軍旅出身的布拉德曾出任參謀長聯席會議主席，這句話說得振振有詞。

「方針早已定下，我們不能胡亂更動。」伯恩斯亦幫詹伯倫說話。

布拉德見周圍高官個個點頭同意，不禁納悶，曾幾何時新保守主義的風氣竟已盛行到這種程度？在過去，新保守主義（註）不過是保守黨下的小小派系之一。

幕僚長艾卡斯在獲得總統同意後宣布：「本議題的討論到此結束。接下來進行最後一項議題，請與本議題無關的人士先行離席。」

國防助理部長中，唯有負責非洲問題的一人依然留在座位上，其他人皆退出閣議室。除此之外，整個房間裡只剩下幾名現今政權的核心人物，以及寥寥幾個情報體系高層主管。布拉德見無力回天，也已放棄抵抗。

「最後一項議題是什麼？」詹伯倫問。

「特別聯繫計畫，代號『涅墨西斯』。」

眾人一聽，臉上皆露出笑容。此時的氣氛，就像是在餐會上進行激烈的唇槍舌戰後，終於進入感情交流的甜點時間一樣。在場所有人中，只有國家情報總監霍金及中央情報局長荷朗德知道這項特別聯繫計畫正遭逢難題。他們故意擠出輕鬆的神情，不敢讓周圍的人察覺心中的緊張。

國家科學技術顧問梅文．嘉德納博士一走進閣議室，眾高官皆笑臉迎接。

嘉德納博士恭恭謹謹地坐下，慢條斯理地說：「首先，請容我報告現況。『涅墨西斯計畫』目前進行順利，在非洲內地執行的第一階段任務將在數天後結束。不過，近來出現了小插曲。根據國家安全局提報，日本似乎發生了一點狀況。」

「日本？這件事跟日本有什麼關係？」伯恩斯驚訝地問。

「目前詳情不明。我猜多半是一場誤會，但為了保險起見，我已指示了因應措施。」

荷朗德見總統面露狐疑，趕緊補充說道：「在日本的東京，有人試圖打探『涅墨西斯計畫』的情報。經過調查，是一個名叫古賀誠治的大學教授，以及他的兒子。古賀誠治最近病死了，但他的兒子還在持續活動中。」

「這個兒子是幹什麼的？」

「是個研究所學生，叫古賀研人。」

註：「新保守主義」（Neoconservatism）：美國保守派政治思想的分支，發展於一九七〇年代後，在外交、軍事政策上偏向強硬的主張，在共和黨政權時期對美國影響頗深。

副總統詹伯倫問道：「他研究什麼？新聞學？還是宗教學？」

「不，是藥學。至於其父親古賀誠治，則是病毒學專家。」

「這對父子怎麼會知道我們的機密計畫？」

「這點目前還在調查。中情局東京分局已在當地物色特務人員，暗中接近這名年輕人。此外，聯邦調查局也已向日本警察機構的恐怖活動防範小組尋求協助。」

霍金補充說：「不管是當地特務人員，還是日本警方，都對『涅墨西斯計畫』的內情一無所知。一切都在我們的掌控中。」

「對了，我想起來了，特別計畫室的聯絡官要我徵詢你的意見。」國防部長拉蒂默問國務卿布拉德：「如果要在日本行使非常手段，你有辦法取得日本政府的協助嗎？」

就權責上而言，國防部長才是「涅墨西斯計畫」的最高決策者。

「非常手段是什麼意思？能不能說得具體點？」布拉德說。

「我也不知道。誰曉得特別計畫室的負責人想搞什麼把戲。」拉蒂默故意裝傻。

「那個負責人，就是你們上次提到的那個年輕小子？」伯恩斯問。

「是啊，聽說那傢伙頭腦很靈光。」

「只要不是太嚴重的事，日本政府多半不敢拒絕，但我希望這非常手段能不用就不用。」國務卿布拉德在衡量過美日雙方關係後做出結論。最後一句話，則是身爲穩健派的苦口婆心。

荷朗德聽著兩人的對話，心中浮現了「墳場」的景象。所謂的「墳場」，指的是一座位於敘利亞的地下祕密拷問設施。那裡到處飄著惡臭，有著一間間跟棺材差不多大的牢房，還有各種拷問器具，以及一些專門以凌虐爲樂的拷問官。伯恩斯對外經常譴責敘利亞這種漠視人權的惡行，稱其爲「流氓國家」，但這其實只是做給國際社會看的表面功夫。私底下，他經常下令將恐怖活動的嫌犯押解至敘利亞，要求敘利亞政府代爲刑求逼供。保護戰俘人權的日內瓦公約，在伯恩斯面前形同廢紙。除了敘利亞之外，美國在埃及、摩洛哥、烏茲別克等國亦設有拷問設施。而將戰俘或嫌犯押解至這些國家的任務，稱爲「特殊移送」。負責這殘酷工作的單位，正是荷朗德所領導的中情局。

荷朗德一臉陰鬱地看著格列高利．伯恩斯。就是這個男人，讓自己的雙手被迫沾滿鮮血。身爲美國總統，這個正值壯年的白種男人擁有地球上最大的權力。不管走到任何一個演講會場，等著他的都是滿場聽眾的起立鼓掌。然而這個表面上氣質彬彬的紳士，私底下卻將無數人送進拷問設施，並殺害。

對這個惡魔般的男人而言，讓一位日本的研究生從世界上消失，可說是易如反掌。

13

研人在黑暗中醒來。本以爲天還沒亮，正想重新入眠，卻發現自己的手腳被包覆住了，無法動彈。他一愣，才想起這裡不是自己的房間，而是父親遺留的私人實驗室。

研人將雙手伸出睡袋，一看手表，此時是早上九點。或許是太過勞累的關係，這一覺睡得異常香甜。昨天，從公寓二樓跳下並甩開警察追蹤的舉動，可說是研人這輩子所做過最荒唐的一件事。後來，研人搭電車來到町田，從「鈴木義信」的戶頭裡領了些錢，買了替換的衣物，就這麼過了一天。今天是逃亡生活的第二天。

研人起床後，原本想拉開遮光窗簾，但略一遲疑，還是不敢這麼做。要是附近鄰居看見這實驗室裡的古怪模樣，搞不好會通報警察。

他開了燈，到廚房洗把臉。想起今天得做的事情可不少。

吃了昨晚買的麵包，第一件事是照顧壁櫥裡那四十隻白老鼠。然而就在研人準備清理飼養盒時，竟發現壁櫥深處有一疊英文的文件。

研人拿起最上頭那張，那是海外快遞服務的單據，上頭記載著有批貨物從葡萄牙的里斯本醫科大學送往日本東京的多摩理科大學，委託者爲「Dr. Antonio Gallardo」。

葡萄牙的安東尼．傑拉德博士。

研人想起這個人正是研究肺泡上皮細胞硬化症的世界權威，他驚訝地看其他的文件，又看到七萬六千歐元的帳單及收據，上頭記載著商品數量爲「40」，正是壁櫥內白老鼠的數量。原來那些白老鼠，竟是父親誠治花了將近一千萬日幣，向傑拉德博士購買的。

另一份文件上，註明著白老鼠種類分爲兩種，一種是正常的白老鼠，另一種則是患有肺泡上皮細胞硬化症的白老鼠。

研人望向壁櫥裡的四個飼養盒。右半邊的二十隻白老鼠看起來奄奄一息，顯然是經由人爲變更遺傳基因的發病白老鼠。

仔細一想這非常合理。父親誠治既然想要研發特效藥，當然得準備這些病鼠。如果沒有這些病鼠，就無法得知藥物進入動物體內後是否能發揮療效。

但研人不禁有些不安。把變更過遺傳基因的老鼠養在這種破公寓裡，顯然是違法行爲。變更了遺傳基因的動物，是原本不應該存在於自然界的動物，因此在繁殖與培育上必須非常謹慎小心。這一點在法律上有著嚴格的規範。

不過擔心歸擔心，畢竟沒有立即銷毀這些白老鼠的必要。只要小心照顧，別讓牠們逃走，就不會有什麼問題。何況這些變更了遺傳基因的老鼠早已命在旦夕，除非研人能成功研發出肺泡上皮細胞硬化症的特效藥，否則再過不久她們就會自然死亡。

研人默默地清理那些老鼠的飼養盒，來逃避心中死灰復燃的無力感。

接近中午時分，研人離開實驗室，前往秋葉原。他想要打幾通電話，但這些電話的號碼都存在手機裡，偏偏手機電源不能開啓。就目前狀況而言，這是必須優先處理的一個問題。

於是研人搭電車前往新宿站，再轉搭開往秋葉原方向的電車。昨天逃亡時，他是在秋葉原站搭上電車，此時警察搞不好已守在秋葉原站外。爲了保險起見，他故意在前一站下車，以徒步的方式進入秋葉原的電器街。

繞了四家店舖，研人終於找到從前曾聽讀工學系的朋友提過的一種機器。研人走進咖啡廳，挑了個角落的座位，取出這巴掌大小的方形機器。一開電源，這機器立即發揮效果。吧檯上，一個原本正在講電話的少女發出「喂？喂？」的聲音，狐疑地看著她的手機。在機器的效果範圍內，所有行動電話發出的電波都將遭到阻攔。

研人在心中默默向少女道歉，掏出自己的手機，開啓電源。畫面角落顯示著「無訊號」，可見得基地台確實無法接收到來自研人手機的電波。如此一來，就不用擔心自己的所在位置遭到鎖定。研人放心地開啓電話簿，一一抄下需要的電話號碼。

接著，他走出咖啡廳，進入一座位於大馬路旁的電話亭內。第一個撥出的號碼，是早已熟記在心的老家電話。

「喂？」

「研人？我昨天打了好幾通電話呢。你還好嗎？家裡出狀況了！」母親一聽到兒子的聲音，劈頭便說個不停。

「出狀況？什麼意思？」研人已有不好的預感。

「警察突然闖進家裡，查看你爸爸的房間及他的遺物。」

果不然警察已去過老家了。那些警察對母親的說詞，就跟昨天對研人說的一樣，是協助美國聯邦調查局查案。

「不但如此，有個警察還問我『被冰棒弄髒的書在哪裡』，你說奇不奇怪？」

研人感到背脊竄起一股涼意。

——打開那本被冰棒弄髒的書。

這是父親在寄給研人的電子郵件中的唯一指示。警察知道這件事，可見得父親說得沒錯，電子郵件已遭到監視。

——從今以後，你必須抱持警覺心。你的電話、手機、電子郵件、傳眞及任何通訊手段，都會遭到監視。

父親並沒有被害妄想症。確實有人正在監視著自己他。研人心中充滿恐懼與不安，感覺彷彿有股巨大的無形力量，幾乎要將他壓垮。

「研人，你知道警察說的是哪一本書嗎？」

「我不知道。」研人立刻回答。那本「被冰棒弄髒的書」以及裡頭的信，早已按照父親的指示銷毀了。研人不禁心想，父親到底做了什麼事？他原本推想的「新藥開發詐欺」，以及警察說的「聯邦調查局跨海查案」，似乎都不是眞相。父親生前行動的背後，似乎隱藏著一個更大的祕密。

「對了，警察還說，如果接到你的電話，就要趕緊通報。」

「通報警察？」

「對，你是不是闖了什麼禍？」

「我什麼也沒做。」研人一面說，一面焦慮地左顧右盼。如果警察從家裡電話追蹤訊號來源，搞不好已鎖定這座電話亭的位置。

「媽媽，妳別告訴警察，我打了這通電話。」

「爲什麼？」

「我忙著做實驗，不想被捲進麻煩事裡。」

「但是……」

「還有，我手機壞了，沒辦法接電話。如果有事，我會打電話回家。」

「研人……？」

母親的話還沒說完，研人便已掛下話筒。一走出電話亭，他立刻快步離開現場。通過家電量販店、遊戲軟體專賣店等店鋪門口，直走到下一個路口，才回頭瞥了一眼。電話亭的另一頭，正有一個身穿制服的警察，騎著腳踏車往電話亭的方向靠近。研人的心跳加速，害怕那警察正是前來找他的。

研人閃身進入一條小巷，再回到另一條大馬路上。回頭一看，沒有警察追來。於是他攔了一輛計程車，移動到附近最熱鬧的神保町，挑了另一座電話亭。這一次，研人撥打到學校的研究室。

接電話的是園田教授。他一聽到研人的聲音，立刻發出驚呼，接著壓低嗓子，悄聲說道：

「古賀，你到底幹了什麼事？」

「咦？什麼意思？」研人本來只是想請幾天假，聽教授這麼一說，霎時一頭霧水。

「剛剛有群警察帶著你的逮捕令找到研究室來。」

研人非常驚訝地問：「逮捕令？罪名是什麼？」

「刑警說是妨礙公務、器物毀損及過失傷害。你眞的幹了這些事嗎？」

研人暗自回想，這三點自己確實都幹過。昨天警察找上門時，他阻撓警察進入房間搜索，逃走時撞凹了警車車頂，還讓坐在駕駛座上的警察吃了一記腦門重擊。

「不，我什麼也沒做，肯定是警察弄錯了。」研人吞吞吐吐地說。

「如果你沒做，就快去自首，把問題釐清。」

「好，我會的。」研人爲了讓教授安心，只能這麼回答。「對了，教授，我想請幾天假，不曉得方不方便？」

「沒問題，你顧好自己的事要緊。」

「那些警察還說了些什麼嗎？」

「他們沒問我其他問題。不過他們約談了研究室裡所有人，問了你的交友狀況。」

「我的交友狀況？」

「我猜警察大概懷疑你躲在朋友家裡吧。」

研人心想，這下子恐怕是不能指望有朋友能伸出援手了。一旦聯絡研究室裡的朋友，對方很可能就會報警。這意味著剛剛抄下的那些電話號碼，有一大半都成了危險號碼。

「總之，你現在先到附近的警署去自首吧。」

「好。」

研人先爲自己給教授添麻煩道歉，才掛斷電話。

事態惡化的速度比原本的預期還要快得多。研人擔心研究室電話也遭到監聽，出了電話亭後快步走向地下鐵車站。

如今自己成了通緝犯。如果遭到逮捕，下場恐怕會很慘。退學是不用說的，恐怕還得坐牢。

一想到研究室此時恐怕已鬧翻天了，研人的心情便有如愁雲慘霧。不好的謠言蔓延速度是很快的。自己的地盤遭到踐踏的屈辱感與恐懼感，讓研人幾乎快掉下淚來。

研人不知接下來該去哪裡，只好坐在地下鐵的電車上，思考著今後的行動。逃亡生活畢竟不是長久之計，總有一天會被警察逮住。是否該到警察的公安部自首呢？研人思忖後，總覺得那不是明智之舉。一來得進監牢，二來這整件事透著一股不尋常的詭譎氣氛，恐怕不是自首就能了事。爲什麼美國聯邦調查局要誣賴父親犯了罪？爲什麼日本警察要想盡各種手段逮住他？在這些組織的背後似乎有一股黑暗的巨大力量，正試圖將他推入陷阱中。在舉手投降前，至少得先搞清楚事情的來龍去脈才行。

地下鐵電車抵達澀谷站，研人下了車，走上階梯，離開車站。此時研人已得到一個結論，那就是「維持現狀是目前的唯一選擇」。既然如此，接下來能做的事，就是按照原定計畫，查出〈赫茲曼報告〉的內容。

研人在澀谷的街道上找到一座電話亭，走了進去，看著之前從手機裡抄錄的號碼，撥了電話至報社記者菅井的手機。鈴聲響到第三聲，對方便接了電話。

「研人，原來是你。」

菅井的口氣相當平和。研人不禁鬆了口氣，看來警察還沒有查到菅井與自己的關係。

「我在你手機裡留的言，你聽了嗎？」菅井問。

「抱歉，我的手機壞了，沒辦法聽。」

「沒關係，那我現在告訴你。我那個在華盛頓分社的學弟，今早寫了封電子郵件給我。」

「是不是找到〈赫茲曼報告〉了？」

「不，結果相當意外。〈赫茲曼報告〉在三個月前忽然被列爲機密文件，全部遭到回收，不再提供閱覽。」

「機密文件？」

「是啊，美國基於國防安全考量，原則上不會公開可能造成問題的文件。」

美國的國防安全。對一個在日本念研究所的學生而言，這完全是存在於另一個世界的概念。但研人不禁開始懷疑，這跟自己被捲入的神祕事件或許有某種牽連。心中那股可怕的壓迫感愈來愈強烈，彷彿籠罩著全身。

——你必須一個人進行這項研究，不能把這件事告訴任何人。不過，倘若你察覺自己有危險，可以立刻放棄這項工作。

父親的遺言，似乎早已預期這一切將會發生。

「為什麼公開了這麼多年，現在才忽然將〈赫茲曼報告〉列為機密文件？」

「這我也不曉得。不過如果你很想知道內容，還有最後一個辦法，那就是我上次提過的，去找三十年前的雜誌。在當年這篇報告並不是什麼機密。」

「要上哪去找這麼久以前的雜誌？」

「去國會圖書館吧，那裡什麼雜誌都有。」

研人一聽到國會圖書館，登時感到些許不安。從前研人曾去過國會圖書館幾次，知道入館必須提交姓名、地址等個人資料。雖然圖書館不見得在警察的搜查範圍內，但畢竟太過危險。

「抱歉，沒能幫上什麼忙。還有什麼事嗎？」

「沒有……」研人說到一半，忽然想起一件事，趕緊改口說道：「對了，我想請你查一個人的身分，不曉得方不方便？」

「查一個人的身分？這得找社會組的同事幫忙。你想查什麼人？」

菅井沒有拒絕，於是研人抱著姑且一試的心態，說出了「坂井友理」這個名字，並描述了相貌及大致年紀。

「她向你要令尊留給你的筆電？有沒有什麼其他線索？」菅井問道。這件事同樣引起他的興趣。

「我猜她是個理工科系的研究人員。」研人說。

「雖然希望不大，但我會幫你查查看。不過你手機壞了，我要怎麼跟你聯絡？」

「如果不會造成你的困擾，由我跟你聯絡。」

「沒問題，歡迎你隨時來電。」

「謝謝，給你添麻煩了。」

研人鄭重道了謝，掛下話筒。接下來要做的事，就是設法從舊雜誌裡，找出刊載了〈赫茲曼報告〉內容的文章。有了明確的方向後，心情也踏實不少。

研人走進澀谷的中央街道，找了一間網咖。在狹窄的包廂內，他利用電腦上網搜尋，得知全日本最大的雜誌圖書館就在東京都內。該館藏有自明治時期以來的七十萬冊雜誌，提供給入館者閱覽。而且更重要的是，這個雜誌圖書館是民營機構。

那份關於人類滅亡的研究報告，想必就沉睡在那圖書館內的某處。研人心想，在今天天黑之前，應該就能查明父親遺留下的這場奇妙冒險的背後眞相。

14

叢林裡下起傾盆大雨。驚人的雨勢，宛如來自天上的洪水。頭頂上的樹木不斷承受著碩大雨滴的洗禮，整座森林劇烈震動，發出地震般的巨響。

此時是乾季，像這樣惡劣的天氣可說是非常罕見。但對葉格他們來說，此時正是神不知鬼不覺地接近攻擊目標的絕佳機會。大雨期間，姆蒂族人一定會留在營地裡，不會外出狩獵。他們不用擔心與姆蒂族人不期而遇，也不用擔心被聽見腳步聲，可以大膽地搜索姆蒂族人的野營地位置。

「剛卡・班德」約由四十名姆蒂族人組成，他們除了在幹線道路旁有個定居營地外，在森林裡還有八個狩獵用野營地。每隔一段時期，他們就會移動到另一個野營地生活。這些野營地的東西向綿延長度約三十五公里，葉格等人目前接近的是位於森林最深處的野營地。

四人來到距離野營地還有一公里遠的地點，挑了個枝葉茂密的位置，先掛起防潮墊擋雨，各自換上叢林用迷彩戰鬥服。防護背心上插滿備用彈匣，讓胸圍看起來膨脹不少。四人換好裝後，繼續前進約六百公尺，挑了一處草叢放下背包，將此處當成集合地點。叢林裡難辨方向，往往走了十公尺就會分不清東南西北，因此四人皆取出衛星定位裝置，記錄現在座標位置。

「我們兵分兩路，從南北兩個方向靠近。葛瑞及米克負責北邊，邁爾斯跟我負責南邊。首先要確認奈吉爾・皮亞斯的位置，第二是確認野營地裡的總人數。」葉格簡單扼要地傳達指令。四人臉上皆塗了黝黑的迷彩妝，整張臉只有眼白特別明亮。

葉格見三人一臉嚴肅地點頭，不禁鬆了口氣。自從米克殺了那兩頭黑猩猩後，團隊氣氛便有了微妙變化。四人不再表現出友善的態度，只是默默執行著自己負責的工作。葉格身爲隊長，極擔心隊員間出現明顯的內鬨狀況。幸好目前看來，事態並沒有那麼嚴重。畢竟四人都是身經百戰的軍人，明白團隊和諧的重要性。要是一時意氣用事而與其他隊員發生爭執，最後的下場可能是害死自己。葉格也暗自警惕，不要對個性孤僻的米克表現出厭惡的態度。

負責通訊的葛瑞此時開口說：「我要提醒各位一點，聯合國的和平部隊持續在監控這附近武裝勢力的無線電通訊內容，爲了避免被發現，我們必須降低無線電通話器的發訊強度。如此一來，能夠通話的距離大約只有兩百公尺，而且如果不是緊急狀況，請盡量不要使用無線電。假如各位聽到發訊雜音連響五次，就是回到這個集合地點的暗號。」

最後，身爲隊長的葉格再次提醒眾人那奇妙的指令：「記住，看到任何沒見過的生物，就要立即擊殺，並回收屍體。」

三人輕輕點頭，皆露出困擾的苦笑，葉格也笑了出來。

接下來，「保衛者計畫」的四名成員分成兩路，各自謹愼地朝姆蒂族的野營地靠近。葉格絲毫不敢小看姆蒂族的戰鬥能力，畢竟這個人種已在這叢林裡存活了幾萬年。就算是身經百戰的特種部隊，在這叢林深處恐怕也不是他們的對手。

前進了十分鐘左右，遠方出現了一處開闊的空地。查看衛星定位裝置，上頭標示的經緯度正與當初在賽達保全公司接受簡報時得到的數字相符。葉格與邁爾斯隱身在一棵巨木之後，取出雙筒望遠鏡，觀察這狩獵採集民族的野營地。

這塊被樹木包圍的廣場，比當初進行夜襲訓練的場地還小得多，直徑只有二十公尺左右。中央有些木頭長椅，四周圍繞著一些半球型小屋。整座野營地因豪雨而冒著濃濃的水氣，沒有半個人影，小屋約有半數呈坍塌狀態。

葉格與邁爾斯拔出裝有滅音器的手槍，踏著泥濘的地面，緩緩走進廣場內。葉格比了個手勢，示意邁爾斯分頭查看各小屋內的狀況。

葉格來到第一座小屋前，看清楚了小屋的構造。這些小屋的直徑約兩公尺，有著數根彎成半圓形的樹枝，樹枝的兩端深深插入地面，形成小屋的骨架。骨架之上，鋪著寬大的樹葉當屋瓦。這樣的居所，可說是原始到了極點。

葉格仔細檢查每一座小屋，除了查看有沒有人之外，也留意是否有其他生物。上頭指示的那個「從沒見過的生物」，搞不好就躲在某座小屋的角落。但葉格從頭檢查到尾，只發現了些小昆蟲。

確定整個野營地裡空無一人後，葉格朝森林招招手，示意躲在森林裡監視的葛瑞及米克前來集合。

「這裡有營火痕跡，而且很新，那些姆蒂族應該是最近才離開。我想他們現在應該在下一個野營地。」邁爾斯低聲報告。

葉格點點頭。周圍一片死寂，原本陰暗無光的廣場逐漸明亮起來。

兩人仰頭一看，原來是從早上便開始下的豪雨終於停了，烏雲正以極快的速度消褪。自進入叢林之後，這是兩人第一次看到大片的藍天。這種感覺就好像長時間沉在陰暗的海底，終於浮出水面一樣。

葛瑞與米克無聲無息地從小屋陰暗處走過來。葉格向眾人下達指令：「現在前往下一個野營地，位置在此地以東五公里。」

此時才下午兩點，在天黑前應該就能抵達。

四人先回到背包放置地點，才往下一個目標前進。這一帶已是「剛卡・班德」的狩獵活動範圍，加上不再有雨聲做掩蔽，四人皆放輕腳步，不敢發出一點聲音。

大約過了一小時，在日光曝曬下，雨水開始蒸發，地面揚起一種叢林特有的濃濃臭氣。來自樹木及腐爛土壤的味道互相交雜，整個空間籠罩在混濁而濃稠的空氣中。

四人渡過幾條因雨水而流量激增的小河。突然葉格聽見了人的說話聲。一開始，葉格以爲是自己聽錯了，但豎起耳朵聆聽，那確實不是鳥獸的鳴叫聲，而是人類的吶喊聲。葉格立刻取出衛星定位裝置，確認此地位置。距離「剛卡・班德」的下一個野營地，約還有一公里。

走在前頭的米克也聽見那聲音，轉過頭來，做出停止前進的手勢。四人維持著縱隊隊形伏低身子，採戰鬥蹲姿，觀察四面八方有無可疑動靜。空氣中持續傳來男人的呼喊聲。雖然模糊不清，但仍聽得出語言的抑揚頓挫，並非毫無意義的嘶吼。

半晌後，那聲音帶著短短的尾音戛然而止。四人又花了數分鐘觀察周圍動靜，確認沒有危險後，才聚集到葉格身邊。

「有沒有人聽出那聲音的內容？」邁爾斯低聲問道。

「聽起來像英語，但聽不出到底在說什麼。」葛瑞說道。

眾人不由得面面相覷。姆蒂族的使用語言應該是本地農耕居民的方言。這裡的公用語言還有斯瓦希里語及法語，並不是英語。四人腦中皆想到一個最糟糕的情況，那就是「剛卡・班德」已遭到反政府勢力攻擊。橫行於剛果東部的親烏干達、盧安達武裝勢力，正是以英語爲公用語言。

「那會不會是求救聲？」邁爾斯說。

「聽起來不像。那聲音只有一個人，而且沒有其他哀嚎或尖叫聲，我想不是遇襲。」葉格說道。

「說話的人到底是誰？難道是人類學家奈吉爾．皮亞斯？」

四人討論半天，卻得不出個結論，於是葉格決定採取行動。「大家放下背包，以這裡為集合地點。米克，帶著榴彈砲。」

葉格與米克一起從背包中取出ＨＫ６９式榴彈砲，並將備用的四十毫米砲用榴彈放進軍用迷你袋內。另外，葉格各發給葛瑞及邁爾斯五顆手榴彈。

眾人整裝完畢後，像剛剛一樣兵分兩路，由南北兩個方向朝一公里外的野營地逼近。

走沒多久，葉格便發現茂盛的草叢堆有草葉往左右兩側翻倒的跡象。受過叢林搜敵訓練的葉格，一看便知道那是人類走過的痕跡。葉格心想，那多半是姆蒂族人在狩獵時留下的痕跡吧。為了保險起見，他仔細觀察地面，並沒有看到任何武裝勢力行軍通過的跡象。

走了約半小時，遠處的樹叢後傳來雞鳴聲及人類的說話聲。那應該就是姆蒂族人的野營地。聲音的語氣相當悠閒，顯然姆蒂族人並沒有遭受攻擊。

葉格挑了野營地外的一棵老樹，無聲無息地爬上去。邁爾斯則留在地上，負責警戒四周。

葉格爬了約三公尺高，以雙肘抵住樹幹，從樹後探出頭，以望遠鏡觀察前方的野營地廣場。終於葉格親眼目睹了那些被喚為「小人族」的人種。

雖然距離頗遠，依然可以看得出來這些人的體格相當嬌小。若以西歐人的標準來看，這些人簡直像一群小學生。每個人身上的肌肉都頗為結實，但不知為什麼，不少人的腹部高高鼓起。或許是長年生活在日照不足的叢林裡的關係，他們的膚色不深。男人多穿著老舊的短褲，女人則纏著五顏六色的布塊。有些女人赤裸著上半身，但乳房嚴重下垂，毫無性感可言，只讓人覺得這就是人類的原始風貌。

若不論身上所穿的一點衣物，以及炊煮所使用的鍋子、菜刀等廚具，這些人的生活恐怕與數萬年前大同小異。這雖然是個予文明社會隔絕的原始集團，但若仔細觀察每個人的容貌，可以發現他們與現代人並無多大不同。有男有女，有老有少，每個人臉上流露出或天眞、或穩重、或聰慧、或輕佻、或愼重的表情。

此時距離日落還有一段時間，但森林遮蔽了大部分陽光，廣場上已相當昏暗。想必再過不久，這一帶就會完全陷入黑暗。葉格不敢耽誤時間，趕緊蒐集必要的情報。

野營地裡共有十一座小屋，每座小屋的間隔約數公尺，呈U字形排列。葉格的位置是在側面，因此看不到靠近自己的那排小屋後頭有幾個人。這些死角裡的人數，只好交給從另一頭接近的米克及葛瑞去數。

大部分成年男性都聚集在廣場中央一塊類似集會處的區域裡，共有十五名，各自坐在木頭長椅上，一邊抽著紙捲菸一邊閒聊。女人則在各小屋邊忙著準備晚餐。她們坐在地上，升起火，炊煮一種看起來像芋頭的果實。由葉格的角度，可以看到的共有五名女人。此外，還有一些小孩。男孩子有五名，全圍繞著一顆由藤蔓編織成的球，玩著足球遊戲。女孩子則有六名，有的正以花朵編織頭飾，有的在照顧嬰兒，有的在幫忙母親準備晚餐。

葉格凝神觀察這些即將死在自己槍下的小人族，試圖找出任何一點疾病的症狀。只要能找出這些人確實感染致命性病毒的證據，就可以說服自己，開槍射殺他們是避免他們死得痛苦萬分。可惜這些人每個看起來都很健康，葉格找不到任何消除罪惡感的理由。

突然望遠鏡的狹窄視野中出現了一個完全不同的人種。那是個身材極高、皮膚極白的中年男人。一張臉的下半部蓄滿濃密的落腮鬍，正是人類學家奈吉爾・皮亞斯。他從最角落的小屋走出來，跟其他姆蒂族人一樣穿著早已洗得褪色的T恤及短褲。站在其他姆蒂族人身旁，簡直像個巨人。

奈吉爾·皮亞斯的出現，證實了眼前這個野營地裡的姆蒂族就是「剛卡·班德」。從這些人身上看不到任何疾病的徵兆，或許是因爲病毒還處於潛伏期階段。殺光這些人，是爲了消滅可怕的病毒，避免人類面臨滅絕危機。葉格拋開鬱積在胸口的沉重陰影，開始思考該不該今晚就發動夜襲。就在這時，葉格察覺皮亞斯腳邊跟著一條瘦狗。葉格心想，如果那是一條看門狗，就得先設法處理掉才行。

原本逗著狗玩的皮亞斯忽然站起來，朝周邊的森林四處張望。葉格繼續監視皮亞斯的舉動，並沒有改變姿勢。這時要是急忙閃避，反而容易被發現。

皮亞斯仰頭深吸一口氣，忽以英語大喊：「我知道你們在附近！你們聽得見我的聲音！請仔細聽我說！」

站在葉格下方負責警戒的邁爾斯聽見這英語的喊叫聲，吃驚地轉頭望向野營地。這嗓音及抑揚頓挫的特徵，都與剛剛在遠處聽見的叫聲如出一轍。但令人不解的是，這人類學家皮亞斯到底在對誰說話？葉格仔細觀察野營地內小人族的動靜，但他們默默做著自己的工作，對皮亞斯的呼喊充耳不聞。

「喬納森·葉格、華倫·葛瑞、史考特·邁爾斯，以及柏原三紀彥！『保衛者計畫』的四名成員！我這些話是對你們說的！」

葉格身上的無線電通訊機傳出葛瑞的聲音：「呼叫！我這裡是『強人2』！看來機密外洩了！」

葉格按了一次發訊鍵，示意「收到」，繼續以望遠鏡觀察前方的人類學者。

「這裡根本沒有人感染病毒！『保衛者計畫』只是個騙局！美國政府要把你們全部殺

死！」

樹下的邁爾斯吃驚地抬頭望向葉格。

「葛瑞，你心裡有數！你的背叛行為已經被發現了！他們不會放過你的！」

奈吉爾．皮亞斯為何說這些話？葛瑞的背叛行為指的是什麼？葉格正急著想要釐清這些疑點，卻忽然聽見自己的名字。

「葉格，你聽好了！你的孩子能得救！賈斯汀的病是有辦法醫治的！我們已經在安排了！」

葉格霎時啞然失色，眼前一時天旋地轉。皮亞斯這番話的意思相當明確，他有辦法醫治賈斯汀的不治之症。

出乎意料的事態發展，讓葉格大為動搖，他靜靜地等了一會兒，卻沒再聽見皮亞斯的呼喊聲。奈吉爾．皮亞斯再次往周圍森林環視一圈，弓身走進高度只到他胸口的屋舍裡。

葉格與邁爾斯皆維持原姿勢，不敢移動半分。大約過了一小時，整個野營地已完全為黑夜所吞噬，葉格按下無線電通訊機的發訊鍵五次，下達撤退指令。

回到集合地點時，葛瑞及米克早已等在那裡了。米克一看到葉格及邁爾斯，低聲說道：「周邊一切正常。」

接著，眾人皆以覆蓋了半張臉的夜視鏡望向葉格。三人都保持沉默，等著隊長開口說話。

葉格一直遲疑不決，不曉得該不該命令負責通訊的葛瑞向賽達保全回報這件事。但如果奈吉爾．皮亞斯那些話是實情，又該如何是好？難道這都是白宮的陷阱？皮亞斯是否真的有辦法醫治兒子賈斯汀？

米克耐不住性子，氣呼呼地說道：「到底是誰洩漏了機密？」

「天知道呢。我們只是小嘍囉，經手這個計畫的人多得數不完。」邁爾斯說道。

「那可不見得。剛剛皮亞斯說得很清楚，葛瑞做出背叛行為。」米克說。

葛瑞轉頭望向米克，說道：「你懷疑是我洩漏機密？」

「沒錯。」米克回答。

葛瑞嗤鼻一笑，說道：「眞有想像力。」

「別裝傻了，你這個騙徒。我早已看出你根本不是海軍陸戰隊出身。快說，你到底瞞了我們什麼？」

「等等，所有人先把槍放下再談。」葉格插口說道。

三人原本並不聽從命令，葉格率先緩緩放下步槍，邁爾斯見了，也跟著放下了槍。發生口角的兩人迫於無奈，也只能照做。

「我們先整理現有情報。」葉格說道：「奈吉爾・皮亞斯知道我們的計畫，還說『保衛者計畫』只是個騙局，根本沒有人感染病毒，美國政府要把我們全部殺死。」

「他這些話搞不好才是騙局。」米克說：「爲了活命，他故意靠這些話來擾亂我們，阻撓我們執行任務。」

「但他掌握的情報相當正確，不但知道我們的本名，而且……」葉格頓了一下後說：「還知道我兒子生了病。」

「那又怎麼樣？難道你打算相信那傢伙的話，停止執行任務？」

「米克，你冷靜點，這件事可是攸關我們所有人的性命。」邁爾斯安撫道。

葉格一時心亂如麻，完全不知如何是好。奈吉爾・皮亞斯說他有辦法醫治賈斯汀的病，如此一來，這意味著賈斯汀成了掌握在皮亞斯手中的人質。

就在這時，葛瑞冷不防地說：「我想，皮亞斯說的那些話，恐怕都是眞的。」

其他三人同時轉頭往葛瑞望去。

「其他人不說，至少我確實有遭到陷害的理由。」葛瑞接著說。

「是誰想陷害你？」葉格問。

「白宮。」葛瑞見米克正要發問，舉手制止了他，轉頭朝葉格說：「這件事我只告訴你一個人。」

「好。」葉格回答。

「等等，我們也有聽的權利。」米克提出抗議。

邁爾斯按住米克的肩膀，說道：「這是軍事行動，一切得聽從隊長指示。」

米克還想出言反駁，但他看見邁爾斯的右手正放在手槍的槍袋上，不敢繼續堅持，只好悻悻然地說：「好吧，隨便你們。」

葉格拾起步槍，領著葛瑞走向樹叢後方。

兩人走了一段距離後，葛瑞開口說道：「我想你早看出來，我不是海軍陸戰隊出身的軍人。沒錯，其實我是個現役的『藍徽』。」

所謂的「藍徽」，指的是中情局特務。

「你是個特務？」

「沒錯，而且我專門負責執行見不得光的任務。」

「見不得光的任務？」

「對付伊斯蘭激進分子的任務。多半是逮捕恐怖活動的嫌犯，送往海外的祕密收容機構。然而就在前一陣子，上頭突然調我單位，要求我參與這個『保衛者計畫』，扮演監視者角色。」

「這麼說，你是上頭派來監視我們的？」

「沒錯。抱歉，我一直瞞著你們。」

「這就是皮亞斯所說的『背叛行爲』？」

葛瑞遲疑半晌後說：「不，皮亞斯說的，應該跟祕密移送任務有關。現今的伯恩斯政府，一逮到伊斯蘭激進分子就會進行拷問，而且使用的可不是浸水桶、性虐待之類半調子的方式。他們會將嫌犯偷偷送往敘利亞等第三國，由該國的拷問機構代爲執行，手段非常殘酷，從沒有人能夠生還。你相信嗎？在如今的地球上，還有很多人是被綁在鐵製的摺疊床上，活活被夾死的。」平常性情內斂低調的葛瑞，此時竟顯得頗爲激動。「這樣的作法明顯牴觸了國際法中的戰爭罪條款。於是我私下跟某個以維護人權爲宗旨的非政府組織取得聯繫，自願擔任間諜，暗中蒐集資料，爲的就是將格列高利·伯恩斯送上國際法庭。」

葉格一驚，說道：「你想讓美國總統受審？這簡直是天方夜譚。」

「我知道這根本做不到，但至少能讓伯恩斯有所警惕。一旦國際刑事法庭受理對伯恩斯的指控，至少美國不敢再對嫌犯進行拷問。」葛瑞恢復冷靜的口吻，無奈地說：「爲了捍衛國家名譽，我做了出賣國家的行爲。伯恩斯想殺我，也是合情合理。」

葉格低下頭，一面思索葛瑞這番話的可信度，一面說：「就算如此，皮亞斯是怎麼知道這件事的？」

「這我就不清楚了。」

「何況如果只是想殺你一個人，沒必要搞出這麼麻煩的騙局。」

「我猜這個『保衛者計畫』原本就有執行的必要，而且執行的成員非死不可。於是上頭順水推舟，將我編了進來。」

「我們三個有什麼非死不可的理由？」

「多半是爲了滅口吧。畢竟這個計畫將害死許多無辜的姆蒂族。」

「等等，這還是說不通。如果皮亞斯所言不假，那些姆蒂族體內根本沒有致命性病毒，上頭又爲何要殺死他們？」

瑞說。

的心。

兩人面面相覷，想不出個所以然來。

「唯一的可能性，就是『保衛者計畫』的首要攻擊目標，那個『從沒見過的生物』。」葛瑞說。

之前四人只把這件事當成有趣的玩笑話，但如今這生物宛忽然變成巨大的黑影，籠罩葉格的心。

「關於這生物，你知道些什麼？」

「我什麼也不知道。」葛瑞搖搖頭，凝視著葉格說：「能說的我全說了，信不信由你。」

葉格默默思索後，做出決定。「好，我們變更一部分計畫。你跟我來。」

兩人走回原本的地點。米克一見兩人，立即不耐煩地說：「有結論了嗎？」

「決定了。今晚我們照樣夜襲『剛卡・班德』，但目的不是殲滅所有姆蒂族，而是綁架奈吉爾・皮亞斯，直接拷問他，摸清他的底細。有人反對這個決定嗎？」

邁爾斯與米克皆點頭同意。葉格的這個決定獲得眾人的認同。

「我得向賽達保全回報發動攻擊的時間，這點該如何處理？」葛瑞問。

「先別管那個了。」

「要是遭遇反抗該怎麼辦？對方可是知道我們就在附近。」米克問。

「對方如果反抗，我們就應戰，但盡量別殺人，以槍口威脅應該就綽綽有餘了。總之迅速帶出皮亞斯，好進行問話。十五分鐘之內，我們就要決定戰術並採取行動，有沒有問題？」

所有人同時點頭，拾起腳邊的ＡＫ47步槍。

雜誌圖書館位於世田谷的住宅區內。那是一棟兩層樓的鋼骨建築，占地並不大，實在很難想像裡頭塞了七十萬藏書。

接近早上九點時，研人來到館前，發現有五個人早已站在門口等待入館。根據網路上的資訊，會來雜誌圖書館的人多半是傳播媒體界人士，這五個人多半也不例外。

時間一到，館內職員打開玻璃門。研人跟在眾人後頭走向櫃台，辦理入館手續。

「請在這裡寫下姓名及地址。」

研人略一遲疑，在入館登記卡上寫下了「田村大輔」這個假名，並胡亂掰了個假地址。嚴格來說，或許這也算犯罪吧。

研人付了五百圓入館費，走向搜尋區。在這裡，只要在專用電腦上輸入關鍵字，就能找出所有相關雜誌。研人挑了一台無人使用的電腦，坐下來，輸入「赫茲曼報告」。

電腦螢幕上頓時列出二十五條雜誌名稱。研人一看發行日期，絕大部分集中在一九七七年。菅井說得沒錯，確實是大約三十年前的雜誌。

如此簡單就找到刊載〈赫茲曼報告〉的雜誌，反讓研人感到有些錯愕。他將這些雜誌名稱寫在「閱覽申請單」上，遞給櫃台人員。

「請到二樓領取雜誌。」館員說。於是研人登上樓梯，走進閱覽室。這是個窗明几淨的空間，擺著一張張閱覽用的大書桌。剛剛一起入館的幾個人，早已在裡頭讀起雜誌。

「田村先生，請到發書櫃台取書。」

研人聽到廣播聲，愣了一下，才想起那是自己用的假名，趕緊走向櫃台。

二十五本雜誌的分量比想像中還要龐大。研人分兩次將所有雜誌搬到自己的座位上，一時不知該從哪本雜誌看起。雜誌種類五花八門，從嚴肅的政治雜誌到塞了一堆裸女照的青年雜誌都有。研人決定先從輕鬆的下手，便拿起一本名爲《平凡危機》的雜誌。

三十年前的裸女照，女人的兩腿之間都被噴上白霧。研人看得血脈賁張，嘴角忍不住微微上揚。但礙於周圍目光，他趕緊自我收斂。一翻開目次頁，便找到關於〈赫茲曼報告〉的文章。

「美國政府機密文件！從『人類滅絕研究』看全面核子戰爭的恐怖！」

這篇號稱「全力專題」的文章共有五頁，研人一字不漏地讀完。

文章裡討論的是關於發生核子戰爭後的世界狀況。據說美、蘇兩國擁有的核子武器若全部加起來，足以毀滅全人類二十餘次。這五萬多顆核子彈瞄準全世界一萬五千多個地點，不管躲在地球上任何角落都難逃一死。值得一提的是，標準戰略核彈每一發的破壞力爲兩百萬噸，相當於第二次世界大戰中地毯式轟炸所使用的一般炸彈的總量。而且由於核彈發射基地在設計上能夠承受核彈攻擊，因此就算人類在核子戰爭的初期便已死光，核彈還是會因自動報復程式而持續發射。屆時，一片死寂的地表上空將持續有數萬枚核子彈來來去去。就算少數人類躲在核彈庇護所內苟活下來，最後也會因糧食耗盡而死光。到那時，整個地球上的絕大部分動植物會因輻射塵汙染而滅絕，存活下來的生物也會在輻射塵曝曬下造成基因突變，成爲怵目驚心的怪物。

這是一篇讓人深刻體會到人類有多麼瘋狂的報告。研人不禁感慨，原來人類竟是如此愚蠢的動物。不，愚蠢的或許不是全人類，而是核武持有國的那些領導者。雖說文章中記載的核子彈數量是三十年前的數據了，但如今全世界的核武加起來，恐怕還是足夠讓全人類死好幾遍。

研人認眞讀完這篇「全力專題」後，忽想到這文章內容似乎跟父親託付給自己的藥物研發工作毫無關聯。〈赫茲曼報告〉裡應該提及數項有可能造成人類滅亡的危險因素，但這篇文章卻只將焦點放在「核武的可怕」，其他危險因素的論述卻付之闕如。

研人於是拿起第二本雜誌《ＧＯＲＯＮ》，發行日期爲一九七七年六月。

「核武嚴冬即將來臨！美國機密報告的驚人警告！」

一看標題，就知道這文章同樣將重點放在核子戰爭上。正如菅井所言，二十世紀的後半是個擔憂核武毀滅世界的時代。對這一點，研人有了深刻的體會。但是，除了這個之外呢？

研人望向堆積如山的雜誌，心想，要從這裡頭找出有用的情報，不知還得花多少時間。

回到監視「剛卡・班德」的地點，已過了六個多小時。這段時間，葉格等人一直在等待行動的最佳時機。

整座姆蒂族的狩獵營地已完全籠罩在夜晚的黑暗中。堆放在每座屋舍前方的柴火，照亮每一個在光與影之間來回穿梭的姆蒂族的臉龐。

存在於森林深處的火焰，本身便是個令人嘆爲觀止的景象。沒有一種野生動物敢靠近火焰。使用火焰，是遠離自然世界的生物才能擁有的重要象徵。在葉格等人眼中，那是一個充滿溫馨與鄉愁的畫面。

姆蒂族吃完晚餐後，各自拿出手工製作的樂器，開始享受歌舞之樂。這個原始民族的音樂天賦之高，令人不禁嘖嘖稱奇。在笛聲、鼓聲、豎琴聲的伴奏下，歌聲重重交疊，簡單而純樸的旋律編織成一片悅耳動聽的合唱。這些充滿著喜悅與歡愉的歌聲，彷彿是在這片瀰漫野性氣息的叢林中，宣示著人類這種生命體的存在。

葉格仔細觀察姆蒂族的一舉一動，想要找出任何一絲警戒之色。但這些身材矮小的人影只是縱情地高歌熱舞，完全感覺不到應敵備戰的緊張氣氛。偶然間，一群原本正在跳舞的孩童忽然指著天空，嘴裡念念有詞，不知在說些什麼。葉格沿著他們的視線方向望去，原來滿天星辰之間，正有一顆亮點由南朝北快速移動。那環繞地球飛行的人造衛星，在這群人心中不知引發了什麼幻想。

最重要的綁架目標奈吉爾・皮亞斯跟著眾人歌舞一陣後，便走進自己的小屋裡，不再出來。葉格試著以紅外線影像裝置觀察屋舍內部，但雜物實在太多，分辨不出皮亞斯的位置。

熱鬧的宴會在晚上十一點結束，女人及小孩各自回到自己的小屋，廣場中央只剩下八個男人還在閒聊。

所有姆蒂族都入眠時，已是隔天凌晨兩點。四名傭兵又守候了一小時，等待「剛卡・班德」的四十個族人全部熟睡。

在採取行動前，葉格進行一次最終戰況評估。己方擁有夜視鏡，在黑暗中戰鬥可說是取得壓倒性的優勢。野營地裡共有兩條狗，其位置也已在掌握中。何況這兩條狗皆是骨瘦如柴且死氣沉沉，幾乎不具任何威脅性。

葉格小心翼翼地下了樹，沒發出一丁點聲音。他朝負責在地面上警戒的邁爾斯輕輕點頭，接著在無線電通訊機的發訊鍵連按兩次，通知另兩名隊員開始行動。

葉格與邁爾斯自廣場南端沿著野營地外圍繞向東側，葉格停下腳步，取下掛在耳上的通訊用耳麥組。呈U字形排列的一座座原始屋舍中，正到處傳出鼾聲與呼吸聲。看來多數姆蒂族皆已進入熟睡狀態，正是下手的好時機。葉格以夜視鏡朝奈吉爾・皮亞斯所住的最後一座屋舍望去，剛好看見葛瑞及米克亦從後方逐漸接近。

葉格將AK47步槍輕輕掛入肩帶內，抽出裝上滅音器的葛拉克17式手槍。用來摀住皮亞斯嘴巴的一條毛巾，早已塞在戰鬥背心的前方口袋內。

葉格以手勢指示陣型，其他三人緩緩移動，一同轉身背對襲擊目標的屋舍，組成一道防衛牆。趴在廣場另一側的狗睡得很沉，一動也不動。

正面交鋒的時刻終於到來。

葉格先緩步走到屋舍側面，凝神傾聽。裡頭沒有鼾聲，或許皮亞斯還未入睡。不過這樣的情況早在預料之中，反正自己手上有槍，不怕對方不乖乖就範。

葉格伏低身子，握緊手中的槍，以敏捷而俐落的動作繞到屋舍正前方。屋舍沒有門板，透過夜視鏡的電子影像，可將屋內情況看得一清二楚。葉格不費吹灰之力，便找到襲擊目標。滿臉鬍子的皮亞斯，正坐在前方泥土裸露的地面上，目不轉睛地看著葉格。但葉格沒有絲毫懼意，以槍口對準皮亞斯的眉心，低喊一聲「不准動」，輕輕踏入屋內。然而就在這時，葉格嚇得全身動彈不得。

隔著夜視鏡，葉格看到了一個詭異的物體。沒錯，那是一隻從未見過的生物，正倚靠在皮亞斯的懷裡。他不由得全身發麻，一股寒意自後頸油然而生。

——這生物的最大特徵，就是模樣跟其他生物完全不同。

眼前的未知生物，正凝視著他。那個生物有著光滑的皮膚及短小的四肢，體型跟人類小孩極為類似，但頭部卻跟人類完全不同。

——你們一看到這生物，或許會一時驚惶失措。

那生物的軀體雖然近似人類幼兒，但腦袋卻大得異常。寬大的前頭部向外突出，呈圓弧狀，額頭以下至下顎的部分卻急遽縮小，使整顆頭呈現倒三角形的模樣。若以體型來看，相當於人類三歲小孩的大小，但臉上的五官卻更加稚嫩。整體而言，就像一個頭蓋骨尚未硬化的畸形新生兒頭部，連在一個三歲小孩的身體上。

——這時你們必須讓腦袋保持空白，別去思考那生物到底是什麼。

然而這生物的臉上五官，還有一個跟人類幼兒完全不同的特徵，那就是一對幾乎延伸到兩側太陽穴的巨大眼睛。牠揚起雙眸，凝視著葉格，眼神中流露出明晰的意識及知性。在那對銳利的目光背後到底有什麼？是警戒、好奇、狂暴，還是邪念？葉格面對這個無法理解的生物，感受到前所未有的恐懼。牠長得像人，但絕不是人。

——一看見其蹤影，立刻擊斃牠。

葉格一恢復理智，立即以槍口對準那生物，問道：「這是什麼鬼東西？」

好不容易擊退香豔裸照的誘惑，研人翻到第十八本雜誌，終於找到他想要的文章。

《季刊　現代政治》的一九七七年夏季號。那是一本又薄又小的雜誌，一翻開頁面，便可看到名為「美國智庫研究」的斗大專題題目。

「以下刊載由施奈德研究所提出的〈赫茲曼報告〉全文」——研人一看見內文裡的這句話，立刻在圖書館的鐵椅上坐直身子，滿心期待地繼續讀下去。

後頭又是個標題。〈針對人類滅絕原因的研究及對政策的建議〉，這似乎是〈赫茲曼報告〉的正式名稱。作者為「施奈德研究所主任研究員約瑟夫・赫茲曼博士」。

簡短的序文中，說明此篇報告的宗旨及前提：

「本報告不考慮人類在天文學或地質學時間單位後的滅絕原因。例如五十億年後太陽燃燒殆盡造成的地球毀滅、或是數十萬年後因人體內Y染色體消失而無法延續種族等。」

研人輕輕點頭，繼續往下讀。

「1宇宙規模的災害」

第一節論述的是關於隕石撞擊地球的危險性，以及其後可能發生的連鎖災害。研人不禁感到有些意外，因為在三十年前，這問題應該還被認定在科學與科幻之間的曖昧位置上，沒有真正受到重視。然而赫茲曼博士卻在報告中大聲疾呼「這是未來隨時可能發生且不容小覷的嚴重問題」，想要喚醒世人的警覺。赫茲曼博士更在報告中指出，「根據近年來的地質學調查，隕石撞擊地球的頻率遠超過科學界過去的估計」。

赫茲曼博士這番警告，真可謂是先見之明。最近幾年，世界各國終於開始重視這個問題，紛紛觀察起地球附近星體的動態。曾有數次，甚至觀察到足以毀滅一整座大都市的巨大彗星與地球擦身而過。

「2地球規模的環境變動」

第二節所討論的內容是「地球磁場南北逆轉現象」，這是研人從未聽過的學說。根據研究，地球從前曾發生過數次南北極逆轉現象，甚至有人主張這就是恐龍滅亡的主因。乍看之下，這件事似乎相當遙遠，應該可以歸類爲序文中所說的「地質學時間單位後的滅絕原因」，但事實上並非如此。赫茲曼在報告中警告，「過去兩百年來，地球磁場有急速弱化的跡象。照這樣下去，地球磁場恐怕會在一千年後完全消失，並開始逆轉。問題是在磁場開始逆轉前，地球將處於不受磁場保護的狀態，屆時包含太陽風在內的各種有害宇宙射線將侵入地表，對人類及其他所有生物帶來滅絕危機」。

研人讀到這裡，忍不住祈禱三十世紀的科學家已能解決這個問題——加油，一千年後的子孫，你們一定做得到的。

「3核子戰爭」

第三節是整篇報告中占最多篇幅的一節。赫茲曼在報告中警告，不管是區域性核子戰爭、全面性核子戰爭，甚至是核彈誤射意外，最後的結果都將導致人類滅亡。報告中並解釋，「任何國家一旦發動核子攻擊，原本勉強維持平衡的抗衡勢力將徹底瓦解，接踵而來的報復性核子攻擊將產生連鎖反應」。報告中還進一步預測，「就算是區域性核子戰爭，覆蓋地球表面的輻射塵同樣會對生態系造成致命傷害，且一氧化氮濃度上升現象會破壞臭氧層，讓全體人類陷入存亡危機。此外，食物資源遭到毀滅性破壞，會帶來嚴重饑荒，進而引發下一場戰爭。屆時，第三次世界大戰將成爲不可避免的趨勢，此戰爭勢必成爲終結人類的最後一場大戰」。

由此論述可知，約瑟夫・赫茲曼博士堅決反對使用核子武器。這樣的立場或許是源自於科學家對發明核子武器的自責吧。

「4疾病：病毒威脅及生化兵器」

這一節所談的正是父親誠治的研究領域。研人看到這裡，不禁有些錯愕。當初父親的筆記本上寫的是「Heisman Report #5」，也就是〈赫茲曼報告〉的第五節，沒想到此時才讀到第四節，便已出現與病毒有關的內容。

「人類因自然界所產生的疾病而滅絕的可能性可說是微乎其微。過去黑死病、西班牙流感等傳染病皆對人類社會造成極大危害，但人類並沒有因此滅絕。目前我們尚無法得知人類如何能以有限的基因數量，對應各種各類的抗原，但可以肯定的是，遺傳的多樣性讓我們的體內蘊藏了對抗任何病原體的潛力。」

研人讀到這裡，想起這個謎已由日本科學家（註）解開，該科學家還因此得了諾貝爾獎。

「病毒再怎麼凶惡，也一定會出現戰勝病毒的免疫個體。過去二十萬年來，從未出現過足以讓人類滅絕的病毒。這一點從依然存活的我們便可得到印證。

然而當前最需要擔心的，是出現直接攻擊人類免疫系統的病毒。」

研人看到這裡，忍不住將上半身往眼前的雜誌湊。文章中所說的病毒如今確實出現了，那就是後天免疫缺乏症候群，也就是愛滋病。

「一九六九年六月，國防部研究開發局副局長在一場會議上聲稱：『我們將在五至十年內研發出免疫系統無法治癒的病原性微生物。』若這樣的生化兵器被使用在戰亂地區，或是從實驗機構外洩，造成蔓延感染，人類將面臨嚴重的存亡危機。」

研人一驚，急忙思索關於愛滋病的知識。如果沒記錯，愛滋病這種傳染病在美國獲得證實，是一九八〇年代前期的事。假若美國國防部當年真的按照計畫進行生化兵器的研發，其聲稱的「免疫系統無法治癒的病原性微生物」應該會在七〇年代誕生。若再考慮愛滋病的潛伏期，美國生物兵器的研發與愛滋病的出現在時間點上可說是完全一致。

難道愛滋病是美國研發的生化兵器？

研人此時又想到另一個支持這個推論的理由。十年前，父親誠治曾到愛滋病蔓延嚴重的非洲薩伊共和國進行傳染病調查研究。那次出國是由文部省提供補助，目的在調查愛滋病在非洲少數民族「小人族」之間的傳染情況。但是父親才剛進入薩伊，該國便發生內戰，父親嚇得趕緊逃回日本。

身爲病毒學家的父親、〈赫茲曼報告〉、美國聯邦調查局的神祕搜索行動——將這些要素串聯起來，似乎可以找到一個合理的答案，那就是父親誠治掌握愛滋病毒是生化兵器的證據，而美國政府企圖湮滅這項證據。

然而研人向後一仰，將身體靠在椅背上，凝視著天花板，重新思考。一下子就認定幕後黑手是美國政府，恐怕並不理性。目前有許多專家都在研究愛滋病毒，而大部分專家都認爲此病毒起源於非洲。何況父親誠治去了一趟薩伊共和國（後來因政變而更名爲剛果民主共和國），可不是空手而歸。他當年採集小人族中的姆蒂族的血液樣本，經過化驗後，發現這些非洲民族不但沒有感染愛滋病，甚至沒有感染其他任何一種病毒。至少就此行而言，父親誠治根本沒有找到愛滋病毒被當成生化兵器使用的證據。

這個推論乍看之下雖合情合理，但顯然不是眞相。研人從口袋中掏出皺巴巴的手帕，擦了擦眼鏡。

終於進入第五節。要是在這一節中依然毫無斬獲，研人便沒有任何可以繼續追查下去的線索。如此一來，這場連美國聯邦調查局都得罪的驚天大冒險或許也將畫下句點。一想到自己到警察局自首的窩囊模樣，他便感到萬分沮喪。但他暫時拋開這些念頭，將視線移回《季刊　現代政治》上。第五節的標題，就在頁面的左半邊。

「5人類的進化

有學者主張生物進化只會以基因單點突變的方式來進行，但我不這麼認爲。經由分析化石

註：此處指的應是於一九八七年獲得諾貝爾獎的日本人利根川進。

資料，我們可以發現生物進化同時具備漸進式及斷層式這兩種特徵。換句話說，在進化這種改變物種型態的神祕機制中，漸進及斷層這兩個方向是同時進行的。生物除了在漫長的時間中會逐漸改變外，有時也會在短時間之內突然產生巨大變化。而此主張的最佳例證，就是我們靈長類。

巴黎大學教授喬治・奧利維爾（註）曾在其著書《人類與進化》中，以體質人類學的角度論述關於人類進化的各種現象。他曾說過：『未來的人類將在不久後的某一天突然出現。』事實上，人類與黑猩猩在六百萬年前還是相同的動物，但這六百萬年來，人類從直立猿人、原人、尼安德特人到智人，進化的速度顯然快速許多。人類的下一階段進化，或許就發生在明天。

再次進化的人類，大腦新皮質將變得更肥大，並擁有遠超過現今人類的智慧。針對其智慧，奧利維爾曾如此想像：『理解四次元概念，能在一瞬間掌握複雜結構，擁有第六感，具備道德意識的無限發展型態，擁有我們的悟性所無法體會的精神特質。』

像這樣的新人類，較有可能出現在隔絕於文明社會之外的原始聚落。像這樣的地區，由於居住者較少，個體等級的基因突變容易在集團之中獲得延續。

由於一般人類與新人類這兩種生物在生態地位上完全相同，因此一旦新人類誕生，他們一定會企圖消滅我們這些一般人類。唯有排除一般人類，他們才能保障其生存空間。何況在他們眼裡，我們是一天到晚同類相殘，且擁有足以破壞地球環境能力的危險低等動物。在智慧與道德上居於劣勢的生物，總是難逃遭到消滅的命運。

新人類誕生後的不久，我們這些一般人類就會完全從地球上消失，就像從前的北京原人、尼安德特人一樣——」

註：喬治・奧利維爾（Georges Olivier，一九一二〜），法國著名人類學家。

第二章　涅墨西斯

1

亞瑟・盧本斯在接受幼稚園入園測驗後，園長告訴其雙親：「我們測不出令公子的智商。」盧本斯的父親在馬里蘭州經營一家小規模的連鎖餐廳，母親則是家庭主婦，兩人聽得出園長話中所說的「測不出」是褒非貶，當然是樂不可支。

十歲後，盧本斯的智商終於進入測定值的範圍內，但即使如此，依然維持在常態分布曲線的最尾端。根據圖表分析，擁有盧本斯這種智商的孩童，一萬人之中只有一個。換句話說，就算將全美國所有智商跟他相等或高過他的孩童全部找來，也坐不滿一座棒球場。

然而相較於周遭大人的高度期待，盧本斯卻在很小時便已看清自己的能力極限。不到十五歲時，盧本斯已體認到自己有一個缺點，那就是缺乏獨創性。自己頂多只能將前人創出的學說發揚光大，卻無法做出革命性的突破。綜觀人類歷史，對建立高度文明有所貢獻的總是天才腦中的靈光一閃。很遺憾，盧本斯明白自己的腦袋裡沒有接收那種靈光的天線。

因爲這個緣故，盧本斯雖然十四歲就進了喬治城大學，但他自願選擇走下「神童」寶座，把自己定位爲「良才」。盧本斯對金錢及權力都沒興趣，卻有著強烈的求知欲。在學校裡，他幾乎修遍所有能修的課。其中最讓他感興趣的科目是科學史。從誕生於西元前六世紀的自然哲學，到二十世紀的理論物理學，人類在這過程中如何一點一滴累積知識，探討這個問題讓他獲得無上的快樂。每當盧本斯以科學角度來回顧人類歷史時，總是對歐洲曾長期處於黑暗時代而深感遺憾。若沒有這段知識停滯不前的時代，人類應早在十九世紀便已登陸月球了。

盧本斯的學生生活，在成績上的表現可圈可點，但其他方面卻是一塌糊塗。盧本斯年紀既輕，腦袋又好，加上一頭金髮及俊美的五官，讓他成爲其他年長學生的眼中釘。每當那些年長的同學對盧本斯惡作劇時，他們的眼中總是流露出強烈的敵意。最讓盧本斯感到難以忍受的，是那些人老是喜歡拿盧本斯還是處男一事開玩笑。在那些以虛偽笑容包裝的惡意玩笑背後，隱藏的是難以掩飾的嫉妒心。久而久之，盧本斯明白了一個道理。智能愈差的男人，愈需要在性方面追求自信。每當盧本斯與女同學出現親密舉動，男同學的惡作劇就會變本加厲。那些愚蠢男人的醜陋模樣，總是讓盧本斯聯想到為了討雌性歡心而頂著頭上的大角互相撞來撞去的野獸。

從那之後，盧本斯成了一個殘酷的觀察者。只要假裝沒有察覺對方的惡意，擺出一副傻呼呼的模樣，對方就會食髓知味，更肆無忌憚地表現出心中的獸性。那些男人會以行動證明自己只是頭愚蠢的野獸，而且絕對不會知道自己早已成為觀察的對象。

在盧本斯的眼中，社會生活裡一切競爭的原動力，其實都來自於兩個欲望，那就是食欲及性欲。為了吃得更多、儲存得更多、或是獲得更有魅力的異性，每個人都在想盡千方百計貶低、陷害他人。獸性愈強的人，愈懂得利用恫嚇、詭計等各種手段，讓自己成為組織的老大。在資本主義的包庇下，所謂的自由競爭，其實只是一套將暴力轉換成經濟活動力的巧妙系統。勉強能與資本主義中的獸欲抗衡的力量，只有法律的箝制力，以及「福祉國家」這個理想目標。總而言之，人是虛偽的動物，擅長利用智慧來掩飾、隱蔽或正當化自己心中的原始欲望。

進入大學的第六年，盧本斯以二十歲的年紀便靠著數學基礎理論研究取得哲學博士學位。在這段期間，他並實際嘗到女人肉體的甜美與溫柔。畢業後，他搬離長年居住的喬治城，進入洛斯阿拉莫斯國家研究室（註）擔任博士後研究員。後來，他迷上了「複雜系統理論」這個新興領域，為了深入研究，又轉調到聖塔菲研究所。在咖啡店裡，他偶然認識一位心理學家。兩人的交

註：洛斯阿拉莫斯國家研究室（Los Alamos National Laboratory）及聖塔菲研究所（Santa Fe Institute）皆是美國相當著名的研究機構，例如二戰中投向日本的兩顆原子彈便是由洛斯阿拉莫斯國家研究室研發。

談可算是爲盧本斯確立未來的人生發展方向。而這段對話原本談的是美軍在戰場上開槍機率的研究。

「你知道第二次世界大戰中，美國士兵在近距離遭遇敵人時，有多大機率會開槍？」

「七成左右？」由於只是閒談，盧本斯並未深思。

「不，只有兩成。」

心理學家見盧本斯臉上露出驚訝與懷疑，接著說道：「剩下的八成，都是以補充彈藥之類的藉口，來逃避殺人。就算是在遭遇日本軍隊的自殺式攻擊時，這個機率也沒有改變。這表示在前線士兵的心中，殺死敵人的內心煎熬比自己被殺的恐懼還難以承受。」

「聽你這麼說，我有點意外。我本來以爲人類是更野蠻的動物。」

「有趣的還在後頭呢。」心理學家露出戲謔的笑容。「軍隊高層得知這個調查結果，當然相當緊張。對指揮官而言，士兵太有道德感可不是件好事。因此他們開始研究士兵的心理，設法想要提高士兵的開槍機率。他們的這項努力在越戰中獲得成果。越戰中的美軍士兵開槍機率，攀升到百分之九十五。」

「他們是怎麼做到的？」

「說起來沒什麼大不了，他們只是將射擊訓練的圓形標靶改成人形，並讓標靶會像眞人一樣自動彈起，還有依成績來施予輕微的獎勵或懲處而已。」

「操作制約（註一）？」

「對，就像讓老鼠學會拉拉柄來取得食物一樣。但是……」心理學家說到這裡，臉色微微一沉。「這種『看到敵人就開槍』的反射式訓練法，有個極嚴重的缺陷，那就是士兵在開槍瞬間雖然不再有心理障礙，但殺死敵人後卻會在心裡留下嚴重陰影。因爲這個緣故，很多從越戰生還的老兵都有創傷後壓力症（註二）。」

「等等，既然人類這麼排斥殺人行爲，爲何戰爭從不曾在世界上消失？何況美國僅靠兩成的開槍機率，如何能在二戰中獲得勝利？」盧本斯提出疑問。

「第一，有些男人即使殺了人也完全不在乎，這種『天生的殺人魔』在所有士兵中約占百分之二。嚴格來說，這也算是精神疾病，但這些人回歸到一般社會後，大多數能變回普通百姓。換句話說，他們只有在戰場上才會出現『殺人後毫不自責或後悔』的現象，可說是最理想的士兵。」

「但僅靠百分之二的士兵，怎麼可能打勝仗？」

「第二，要將剩下的百分之九十八也變成殺人魔，其實並不難。訣竅就在於對權威的絕對服從，以及對團隊的一體感，這可以剝奪士兵的主觀思考能力。另外還有一個重點，那就是拉長與敵人之間的距離。」

「拉長距離？」

「沒錯。所謂的距離，包含心理的距離，及實質上的距離。」

心理學家的解釋是這樣的。舉例來說，假如敵人與自己在人種、語言、宗教或政治信念上有所不同，內心的距離就會較遠，殺起來也會比較容易。各民族之間的內心距離，即使在和平時期也是存在的。大多人認爲自己所屬的民族優於其他民族，像這種人一遇到戰爭，馬上就會搖身一變，成爲殺人魔。這種人絕非少數，大家仔細回想，多半都可以在生活周遭的熟人中找出一、兩個這樣的人。接著軍方高層只要再強調敵人都是道德淪喪的人渣敗類，殘忍的殺戮行爲馬上就

註一：操作制約（Operant conditioning）爲經由某種刺激來改變行爲的理論，由著名心理學家愛德華・桑代克（Edward Thorndike，一八七四～一九四九）所提出。

註二：創傷後壓力症（PTSD）指人在遭遇重大壓力後內心所產生的後遺症，爲一種精神疾病。

變成正義的聖戰。不分戰爭時期或和平時期，絕大多數人從小便受到這種洗腦教育的潛移默化。而這種洗腦教育的第一步，就是爲敵人取「日本鬼子」、「越南豬」之類的蔑稱。

「至於實質上的距離，則得靠軍事科技來拉遠。」心理學家接著又解釋。

即使是在前線戰場上不敢扣扳機的士兵，只要讓他在看不見敵人的位置上執行任務，他就能心狠手辣。例如讓他擔任迫擊砲或艦砲射手，或是讓他駕駛轟炸機。近距離殺死眼前的一名敵人，會留下一輩子無法治癒的心靈創傷，但開飛機炸死幾百人，卻不會在心中留下任何陰影。

「有學者認爲人類跟其他動物最大的不同，就是人類擁有想像力。但是當人類在使用高科技兵器的時候，想像力將徹底麻痺。開轟炸機的人，多半不會去想像底下那哀聲四起、死屍如山的慘狀。像這樣的矛盾即使在一般百姓間也是很常見的心理現象，而非只發生在軍人身上，我想你應該能夠體會。」

盧本斯點頭同意。人們總是對曾以刺刀殺過人的老兵冷眼相待，卻會將擊落十架敵方戰機的駕駛員當成英雄。

「殺戮兵器的開發重點，就是如何拉開距離，以及如何更有效率地製造出大量犧牲者。在這樣的概念下，殺人的方式從空手變成使用刀械，再從刀械變成槍砲或轟炸機，最後演變成裝著核子彈頭的洲際飛彈。何況在我們美國，軍事產業可是支撐國家經濟命脈的重要產業之一，政府當然不希望戰爭從世界上消失。」

盧本斯在接觸這類研究之後，察覺現代戰爭有個共同的特徵，那就是下達開戰命令的殘酷掌權者，多半置身在內心及實質兩方面皆距離敵人最遠的地方。在白宮出席晚宴的美國總統，身上絕不會沾到敵人的鮮血，也不曾聽到隊友慘死前的哀號聲。正因爲處在這種即使殺了人也不會造成精神負擔的環境下，與生俱來的殘酷性格才會變本加厲。不論是軍隊組織或軍事科技，都是朝著這個方向發展，無怪乎現代戰爭中的屠戮行爲有愈來愈激烈的趨勢。戰爭中的最高決策者在下達大規模轟炸命令時，根本感受不到任何良心的苛責。

然而這番推論又帶來一個新的問題，那就是下令開戰的國家最高掌權者，到底性格有多殘酷？那隱藏在社交式微笑底下的人格，到底是個普通人，還是個暴虐的瘋子？

在這個問題上，盧本斯的看法偏向後者。一個擁有強烈權勢欲望，能夠在無數次政治鬥爭中脫穎而出的人物，一定有遠超過他人的好戰性格。但從另一角度來想，在民主國家中，像這樣的領袖是基於民意而選出的。換句話說，領袖的人格正是反映了群眾的人格。在這樣的前提下，戰爭心理學或許跟掌權者心理學可以畫上等號。而這意味著，想要理解人類爲何會發生戰爭，就得先理解下達開戰命令者的精神病理狀態。

盧本斯待在聖塔菲研究所的期間，除了鑽研複雜適應系統（註一）理論外，閒暇之餘便以研究這些心理學議題爲樂。後來盧本斯調回洛斯阿拉莫斯國家研究室，但是對掌權者戰爭心理學的研究熱情卻絲毫未減。他在極短的時間內學會了精神病理學與臨床心理學的知識，並參考病史學（註二）的手法，試著對當時出馬角逐美國總統的兩名候選人進行人格分析。根據他的分析結果，格列高利・伯恩斯若當選美國總統，引發戰爭的機率將大幅攀升。半年後，伯恩斯真的當選美國總統。從那一刻起，盧本斯研判人類的歷史將逐漸進入黑暗時期。爲了近距離目睹這歷史洪流的演變，加上年近三十，總不能過一輩子研究生活，於是盧本斯決定走出學問的象牙塔，進入更加詭譎叵測的茫茫人海之中。

註一：「複雜系統」（complex system）、「複雜適應系統」（complex adaptive system）皆是討論關於各種難以預知結果的系統（如經濟、社會動態、氣象等）的理論。

註二：病史學（pathography）是以精神醫學、心理學等觀點來分析歷史上特定人物生涯活動的學問。

一開始，他靠著洛斯阿拉莫斯國家研究室裡同事間的人脈，尋找白宮附近的就職機會。憑著盧本斯的頭腦，要進入任何政府機關都不是難事。就在盧本斯煩惱著不知該進陸軍情報部還是國防高等研究計畫署的時候，他得知了一個名不見經傳的智庫，那就是位於華盛頓特區的「施奈德研究所」。美國在第二次世界大戰後，設立了不少智庫，施奈德研究所也是其中之一。各智庫負責的領域皆不同，有的負責經濟，有的負責外交，有的負責軍事戰略，而施奈德研究所負責的則是媒體戰略。表面上，施奈德研究所是間民營的宣傳公司，但其最大的客戶是中情局及國防部。相較於蘭德公司（註一）等美國著名智庫，施奈德研究所可說是沒沒無聞，但這是該研究所在行事風格上刻意保持低調之故。

施奈德研究所一向秉持著不偏保守派或自由派的中立態度，因此與歷代政權皆維持著良好關係。盧本斯認爲這正是最適合自己的工作環境，於是投遞履歷，並通過面試。

上班地點在波多馬克河畔一棟外表毫不起眼的六層樓建築內。盧本斯被授予「研究員」頭銜，並擁有自己的專用辦公室。主管告訴盧本斯，只要完成上頭交代的各種雜事，空閒時間想做什麼研究都可以。盧本斯後來才知道，這其實是所謂的試用期。這段期間內，盧本斯接受了好幾次測謊及心理測驗。聯邦調查局甚至派員實際走訪盧本斯曾住過的地方，進行徹底的身家調查。一年後，上頭確認盧本斯沒有面臨財務危機、沒有外國籍的親人、不曾參與任何反政府活動、沒有前科，亦沒有特殊性癖好，於是發給盧本斯ＴＳ—ＳＣＩ等級的機密安全資格，將他的頭銜提升爲「分析官」，並派他參與一場由國防部主導的諜報任務。從那時開始，盧本斯突然變得異常忙碌。

這項機密任務，說穿了是場心理戰，但對象不是敵國，而是本國國民。當時伯恩斯政府正打算要對伊拉克發動戰爭，因此必須提高民眾的開戰意識。上頭選出大約八十名對國防部絕對服從的退伍軍官，要他們以軍事評論家的身分滲透至各媒體，基於「個人意見」發表贊成攻打伊拉克的言論。在媒體的渲染之下，改變人心可說是再簡單不過的事。電視上各評論家口沫橫飛地描述伊拉克的威脅性，伯恩斯總統的民意支持率也跟著節節攀升。

然而就在這個時期，中情局派出三十名伊拉克裔美國人到伊拉克當間諜，竟然掌握該國已放棄廣範圍殺傷兵器開發計畫的決定性證據。在過去，世人認定伊拉克試圖研發核彈的唯一證據，是一份尼日共和國輸出鈾原料至伊拉克的文件。但這份文件如今也被證明是僞造的。文件中所說的那些鈾原料，早已被歐洲諸國及日本的企業買走，甚至連往後數年的產量也被預訂光了。然而伯恩斯政府毫不理會這些報告，一意孤行地對伊拉克開戰。

盧本斯在工作之餘，總是站在觀察者角度來看待政府的一舉一動。從一開始，盧本斯便知道這是一場侵略戰爭，目的是爲了奪取石油資源。雖然手段卑劣，但站在國家利益來看，並不是什麼奇怪的事。盧本斯所關心的，並不是「國家」、「軍產複合體」（註二）這類抽象概念，而是活生生的人。所謂國家的人格，說穿了其實就是掌權者的人格。

盧本斯察覺，在主導戰爭的美國政府高層之中，有人正靠著戰爭而中飽私囊。那個人就是副總統詹伯倫。此人從前在擔任國防部長時，大力推動軍隊業務的民營化，政權更迭下台後，立即搖身一變，成了民營軍事企業的董事長，坐擁龐大利益。伯恩斯掌握政權後，詹伯倫再次回到權力中樞，成了副總統，這時他一方面大力鼓吹攻打伊拉克，一方面竟已打起伊拉克的戰後重建工作這塊大肥肉的主意。戰爭結束後，伊拉克國內的各種基礎建設修復工作，幾乎全由詹伯倫所

註一：蘭德公司（RAND Corporation）是美國相當著名的研究機構，在系統分析、航空科技、人工智能等各領域皆有傑出貢獻。

註二：「軍產複合體」（Military-industrial complex）指的是軍事工業、軍隊及政府組織爲了相互利益而緊密勾結的現象。這種現象會造成許多弊端，例如先壟斷軍需市場，再故意引發戰爭來獲取暴利。

經營的能源企業一手包辦。這段期間，詹伯倫的個人資產增加了數千萬美金。政府高層裡，多的是這種打著「新保守主義」招牌，私底下卻大撈油水的政治家。就連現任國防部長拉蒂默，也與軍需產業有緊密的掛鉤。

對盧本斯而言，最無法理解的是總統伯恩斯這個人。從伯恩斯的言行中，可以看出他對伊拉克獨裁政權的深惡痛絕。但是這股非置對方於死地的憎恨，到底是怎麼來的？伯恩斯的這些行動絕非只是爲了謀求國家利益或討好軍產複合體，其背後想必有著連伯恩斯自己也未察覺的潛意識動機。盧本斯在蒐集各種媒體所公布關於伯恩斯的一生經歷後，建立一個假設，那就是伯恩斯從小生活在專制的父權家庭中，而伊拉克獨裁政權在他心中正是父親的形象，因此非將之推翻不可。然而手邊能用的資料實在太少，盧本斯自知這個假設的可信度不高。何況若這假設沒有錯，這意味著伊拉克國內的十萬傷亡，竟然僅僅起因於一對父子之間的不睦，這是多麼可怕的結論。在這樣的前提下，就算伯恩斯打倒了伊拉克獨裁政權，他能得到的也只有空虛與落寞。因爲伊拉克根本不是他眞正的敵人。他所殺死的，只是他的內心深處所創造出的虛構幻象而已。

美國與伊拉克終於還是開戰了。就在伊拉克國內還殺得喊聲震天時，伯恩斯竟已宣布戰爭獲得勝利。許多覬覦利益的國家，旋即以「協助戰後重建」的美名，將其勢力伸入伊拉克國內。由於戰爭在名義上已經結束，士兵不能再有傷亡，因此各國只好雇用民營軍事企業的傭兵來保護自己的軍隊。如此可笑的景象不斷在伊拉克國內上演。各國只要表現出誓死追隨美國領導的態度，就能在掠奪來的油田資源上分一杯羹。每個國家的領導高層都早已被不公義的國家利益所蒙了心，拿著敵國根本不存在的核武開發計畫來誆騙自己的國民。至於那些國民其實也只是假裝受到誆騙而已。說穿了，所有人都是間接殺死伊拉克人民的兇手。在這齣鬧劇背後，各國能源企業得到的是龐大利潤，各國市民得到的是更舒適便利的生活，前線士兵得到的卻是肉體與心靈上的嚴重創傷。

那些美國政府的掌權人士，總有一天得爲發起這場史上罕見的愚蠢戰爭而付出代價。當他們的人生走向終點，他們所信仰的神一定會將他們打入地獄。

就在伊拉克的戰後處理問題正陷入僵局的時期，盧本斯再次獲得升遷，成了「上級分析官」。但此時盧本斯已萌生去意。他認爲在這施奈德研究所已無法學到新的事物。接下來讓他感興趣的是美國的振興力。美國人不是傻子，遲早會對伯恩斯政府的愚行徹底絕望。下屆總統大選，有可能出現史上第一位非裔總統，甚至是女性總統。只要進入聲勢最高的候選人的競選總部工作，就可以站在更近的距離，觀察總統寶座爭奪者心中的人性與獸性。

然而就在這時，盧本斯接到來自研究所內另一單位的會議通知。開會的地點是一間經過高度防諜處理的會議室。在那裡等待著他的，是專門負責與中情局、國家安全局等情報體系聯絡的公關部部長。

「你先看看這份報告。」部長遞出一份文件。標題爲「針對人類滅絕原因的研究及對政策的建議」，作者是「施奈德研究所主任研究員約瑟夫・赫茲曼博士」。盧本斯一看，大爲訝異。赫茲曼博士不但是理論物理學大師，亦是精通各學科領域的博學泰斗，尤其是在科學史方面，更是名聲響亮。盧本斯早將赫茲曼的好幾本著作讀得滾瓜爛熟，卻一直不知道赫茲曼在三十年前亦是施奈德研究所的一員。

盧本斯津津有味地讀完〈赫茲曼報告〉，不禁對這篇報告中流露的厭戰思想大感欽佩。三十年前可是冷戰最嚴重的時期，赫茲曼敢提出這樣的報告，可說是膽識過人。盧本斯對赫茲曼的尊敬又增添了幾分。

「針對這篇報告，你有什麼想法？」公關部部長問道。

「非常發人省思的一篇報告。」盧本斯回答得簡單扼要。

部長點點頭，又遞出數篇文件。「你再看看這個。這封發自剛果民主共和國的電子郵件，引起國家安全局底下非洲情勢監控單位的注意。寄信者爲奈吉爾・皮亞斯，是位人類學家，收信者則是與他進行相同研究的朋友。我希望你針對此信的內容進行詳細分析及評估，在一星期後提出報告。我們最想知道的一點，是這信中內容的可信度。現實生活中有沒有可能發生這種事情？會不會只是一場誤會？」

「我能問兩個問題嗎？」

「說吧。」

「這個工作爲何交給我？國家安全局或中央情報局不是也有分析官嗎？」

部長淺淺一笑。「這個工作他們處理不來，只有你做得到。〈赫茲曼報告〉裡的警告重新受到重視，我們研究所當然也跟著浮上檯面。」

盧本斯點點頭，提出第二個疑問：「關於奈吉爾・皮亞斯這號人物，有沒有什麼能當參考的情報？」

「需要的話，你可以讀讀這個。」部長從資料夾裡取出一份報告。

盧本斯一看，那原來是一份中情局所做的身家調查。奈吉爾・皮亞斯，白人男性，今年四十七歲。雖尊爲大企業「皮亞斯海運」董事長的長子，但喜愛鑽研學問，將企業經營權讓給了弟弟，在二十七歲取得人類學博士學位。其後爲了進行調查而往來世界各地，於四十一歲獲聘爲羅琳大學人類學系教授。

皮亞斯寫過一系列關於姆蒂族的論文，但學界對這些論文的評價頗低，更有人明白表示：「當成遊記來讀是很有趣，但毫無學術價值。」事實上，皮亞斯能獲得教授一職，靠的也是皮亞斯財團在背後贊助龐大研究資金。針對皮亞斯的性格，中情局的報告做出如此評論：「精神狀態極爲健康。雖置身學界之中，但競爭心及功名心極淡，做研究完全只是基於興趣。」由此可知，這個人淡泊名利，與政治家可說是恰恰相反。

報告裡附了一張照片。盧本斯將照片裡皮亞斯那滿臉鬍子、皮膚曬得黝黑的模樣深深記在腦海裡，才轉頭讀起皮亞斯寄出的那封電子郵件。列印著內容的紙上，蓋著「最高機密」章。盧本斯滿心以爲這信裡大概提到了某種致命性的病毒，但一讀之下，頓時啞然失色。

「親愛的狄尼斯

我想你應該知道，我因爲相信剛果政府與反政府勢力之間的停戰協定，已回到伊圖利森林。我在這裡不但與姆蒂族的好朋友們久別重逢，而且還目睹了一件驚人的事情。以下我要對你說出這件事，但我希望你把它當成祕密，不要洩漏給任何人。我寫這封信給你，只是爲了留下證據，證明我是世界上第一個察覺人類即將步入嶄新歷史的人。

我一進入剛卡・班德的野營地，便看見一種我從未見過的生物。我不知道該怎麼形容我當時的第一印象。那生物有著類似人類幼兒的軀體及四肢，但那顆腦袋，尤其是眼睛，卻跟人類完全不同。我們的大腦裡，似乎天生就有分辨眼前的生物與自己是否爲同類的能力。我一看見那長得像人卻又不是人的生物，腦袋登時一團混亂，感覺有無數疑問在腦海中盤旋，全身像凍結般動彈不得。

過了許久，我逐漸恢復理性的思緒。我的第一個想法是我看到一個畸形兒。很抱歉，我用了這樣的字眼，但我沒有其他選擇。原來那生物是一對姆蒂族夫妻在三年前生下的孩子。但經過我的持續觀察，這孩子的肉體機能毫無任何問題，與其他畸形兒並不相似。不但如此，而且這孩子還有著超越他這個年紀所應有的高度智慧。

於是我花了數個月，來測試這孩子的智商到底有多高。其結果只能用令人咋舌來形容。詳細狀況等我回國再談，這裡我只舉幾個簡單的例子。

我試著教他英語，沒想到他在兩個星期之內便讀寫都學會了。現在他甚至可以用英語跟我討論政治、經濟之類的深奧話題。但有一個問題，那就是他雖然已三歲，但咽喉遲遲未發育，因此無法說話，我跟他只能靠筆記型電腦的鍵盤打字來溝通。

在各項智能領域之中，他在數學抽象思考能力上的表現尤爲突出。最讓我驚訝的是，質因數分解對他來說非常簡單。我以電腦計算出一個四十位數的合數，他只花五秒鐘就可以分解成兩組質數。這意味著一件事，那就是這個區區三歲的小孩，竟已洞窺數學眞理，發現了沒人知道的質數背後奧祕。美國政府要是知道這個姆蒂族孩子能解開最高強度的ＲＳＡ加密，一定會相當震驚吧。尤其是國防部，恐怕會嚇得人仰馬翻。別說是質因數分解，就算是證明黎曼假設（註二），恐怕也不是夢想。

你看到這裡，應該已猜到我想說什麼了吧？以解剖學的角度來看，這孩子有著異常發達的前頭部，以及幼態延續（註二）的特徵，亦可以佐證這孩子極有可能是因大腦新皮質突變而成爲另一種新的人類。換句話說，人類的進化已發生在這孩子身上。至於到底是ＤＮＡ的哪個部分發生突變，以及有沒有辦法與其他人類交配，這些問題得帶到文明社會才有辦法釐清。

附帶一提，這孩子的父親是非常平凡的姆蒂族，母親雖已病死，但據說生前也沒有任何異常之處。我調查過周圍其他班德，沒有找到任何跟這孩子類似的個體。由此可以推論，應該是剛卡・班德內的孩子雙親其中一方的生殖細胞發生了突變。

剛果東部再度開戰，在局勢穩定之前，我沒辦法離開伊圖利森林。政府軍跟反政府軍一樣心狠手辣，我每天活在不知何時會遭受襲擊的恐懼中。只要一找到機會，我會盡快將這孩子帶出剛果的。

電腦跟衛星手機似乎有些故障，或許今後無法再寫信給你，請不用爲我擔心。等我逃到安全地點，我會再跟你聯絡。請容我再強調一次，以上這些話千萬別告訴任何人。

期待與你重逢的日子。

奈吉爾・皮亞斯」

讀完這封電子郵件後，盧本斯努力不讓興奮之情顯現在臉上。在這個職場，感情太豐富被視爲是一種缺陷。「一星期後，我會提出報告。」盧本斯簡單說完這句話，便離開會議室。

美國國家安全局是全世界最大的諜報機構，規模甚至大過中央情報局。其諜報能力，再次讓盧本斯開了眼界。據傳美國國家安全局與其他四大盎格魯撒克遜（註三）人種國家組成世界規模的監控系統「梯陣」（註四），舉凡家用電話、手機、傳眞機、電子郵件等任何通訊方式都逃不出其監控的魔掌。然而這些監控得來的訊息實在太過龐大，畢竟無法以人力一一審核，得先靠電腦程式自動篩選出有可能危害國家安全的字眼。皮亞斯博士這封信會被國家安全局鎖定，應該就是「詞句篩選系統」偵測到信中內容包含太多可疑字眼，例如「反政府勢力」、「質因數分

註一：黎曼假設（Riemann hypothesis）是關於黎曼ζ函數ζ(s)的零點分布的假設，由數學家波恩哈德・黎曼（Bernhard Riemann，一八二六～一八六六）所提出，至今尚無人能加以印證。

註二：「幼態延續」（Neoteny）指的是生物在進入成年期後依然保有幼年期特徵的現象，此現象經常發生在進化過程中，例如雞不會飛、人類幾乎沒有體毛且頭部特別大等，都被認爲是保留了祖先動物的幼年期特徵。

註三：盎格魯撒克遜（Anglo-Saxons）原爲來自英國大不列顛東、南部地區的人種名稱，如今泛指英國、美國、加拿大等血統相近的白人國家或其國民。

註四：梯陣系統（Echelon，或音譯爲愛休倫系統）是傳說中以美國爲中心的情報監控網路，參與國家爲英、美、加、澳、紐等五國。

解」、「最高強度」、「RSA加密」、「美國政府」、「國防部」、「開戰」等等。

國家安全局會如此重視皮亞斯博士這封信，顯然是因爲信中提到那個姆蒂族小孩擁有質因數分解的能力。那孩子假如眞的有這種能力，現代加密技術在他面前將如同兒戲。對美國來說，這確實是威脅國家安全的重大問題。

然而在盧本斯看來，這問題的本質更爲嚴重，質因數分解其實只是旁枝末節。一旦眞的出現智能超越人類的生物，目前尚勉強能維持均衡的世界秩序恐怕將徹底崩潰，其結果只能以不堪設想來形容。

自讀了信的那天起，盧本斯便把自己關在母校喬治城大學的圖書館內。他明白，此刻最重要的一件事，就是徹底查明人類的進化是否有可能像信中所說的那樣在短時間內發生。

一百五十年前，達爾文與華萊士幾乎在同一時期推導出「物競天擇說」。自此之後，這個假說一直是生物進化理論的核心思想。簡言之，生物的生命形態會因突變而不時產生變化，不利於生存的變化會帶來滅亡，對生存有所幫助的變化則會帶來生機，並留下後代子孫。如此世代累積，在積少成多之下，物種的變化就會愈來愈大。當初達爾文與華萊士在世的時代，別說是DNA，就連孟德爾的遺傳學說都還沒問世。兩人僅靠觀察自然界現象，就能得到這樣的結論，可說是具有驚人的洞察力。然而從另一角度來看，正因爲當時遺傳學說尚未問世，所以達爾文等人的進化論有其不足之處。該理論只涉及發生突變後的結果，卻未探討突變本身的發生機制。換句話說，該理論無法解釋進化現象的所有環節。

近代隨著分子生物學的發展，科學家在進化現象上有了更深的理解。生物的遺傳訊息，會因照射輻射線等外在要素，或是製造生殖細胞時DNA複製失誤而產生變化。人類的基因組中，共有三十億對鹼基。這些位於DNA上的鹼基，平均每兩年會有一個被替換爲另一種不同的鹼基。然而這些隨機發生的突變多半對生存不會造成影響，且是否會在種族間流傳下去完全得碰運氣。

這幾十年來，分子生物學的研究屢次有了重大突破，原本受學界肯定的一些理論也不斷遭到推翻。例如，有研究指出基因的變化並非只發生在單一鹼基的突變性替換上。在生物進化的歷史中，有時一組基因會被複製或移位，有時甚至整組DNA會被複製成兩倍。這種鹼基序列的動態變化，正是生物進化的原動力。除此之外，在上個世紀的末期，更有學者發現一個驚人事實，那就是即使DNA沒有改變，生物的生命形態還是可能發生變化。其原因就在於甲基、乙醯基這一類原子團，具有促進或抑制基因發揮功能的效果。而且這一類化學修飾作用會準確地遺傳給後代子孫，因此一旦發生變化，就可能延續下去。

盧本斯愈是了解DNA突變機制，愈是認爲生物的進化恐怕不如過去人們所想的那麼緩慢，亦即並非只能以「地質學上的時間單位」來衡量。就如同〈赫茲曼報告〉中所說的，「生物除了在漫長的時間中會逐漸改變外，有時也會在短時間之內突然產生巨大變化」。

接著，盧本斯嘗試將焦點鎖定在人類的進化上。六百萬年前，某種靈長類動物的後代分成兩種體系，一邊進化成現在的黑猩猩，另一邊進化成人類。但不可思議的是，黑猩猩與六百萬年前的靈長類祖先沒有太大差異，人類卻有了天壤之別。若從「拉米達地猿」（Ardipithecus ramidus）起算，到所謂的「智人」（註），也就是現代人類爲止，過程中至少出現過二十種不同的型態。而且這些型態並非一路通到底，而是形成錯綜複雜的分支系譜。換句話說，遠古時代的地球上，往往同時存在著數種不同類型的人屬動物。例如五萬年前自非洲大陸遷徙至全世界的現代人種，一定遇上過原人或尼安德特人。爲何人類的進化會比黑猩猩快這麼多？針對這個疑問，

註：「智人」（Homo sapiens）爲人類的學名，是目前世界上唯一存活的人屬動物。

科學家已逐漸找到答案。

科學家在掌管人類腦部機能的基因群中，找到一些進化速度明顯變快的基因。尤其是位於「第一號人類加速區域（HAR1）」內的基因，此現象更是顯著。這個區域內的基因負責掌管大腦皮質的形成，自從出現在生物體內後，在三億多年的漫長進化歲月裡，只有兩個鹼基發生替換現象。反觀人類的基因，在短短六百萬年的進化過程中，這個區域裡共有十八個鹼基發生替換現象。換句話說，在所有物種當中，只有人亞科的動物進入智能高速成長的進化模式。

緊接著，盧本斯又找到一些關於FOXP2基因的研究報告。FOXP2是掌管語言的基因，人類跟黑猩猩都有此基因，而且差異非常小，但人類與黑猩猩在語言能力上卻有天壤之別。其原因就在於，FOXP2是一種「轉錄因子」，它能夠促進六十一個基因發揮效果，且能抑制其他五十五個基因。換句話說，只要改變一個基因，就會有上百個基因跟著受到影響。而這個基因的突變結果，讓人類獲得高度的語言能力。

鑑於人類的DNA上有著促進進化的「加速區域」，且即使只是一丁點變化，也會帶來極大的影響力，可以明白皮亞斯博士信中提到的事恐怕並非無稽之談。不但如此，而且就在盧本斯即將著手撰寫評估報告書的前一刻，他又找到一份關鍵性的研究報告。現存人類早在二十萬年前便已出現在地球上，而且過了十九萬年的極度原始生活，爲什麼到後來才急速發展出高度文明社會？針對這個問題，有學者已在人類的基因中找到一些解答。一個名爲ASPM的基因，自從六千年前出現在人類的DNA內後，便改變了人類的大腦結構。其後，即使是地理位置相距甚遠的人類，也逐漸獲得相同的機能。這種相隔兩地卻獲得相同能力的進化現象，稱爲「趨同進化」（Convergency）。自這段時期後，人類文明便迅速蓬勃發展。如果這個假設是正確的，那表示現存人類早已歷經過小規模的大腦進化。換句話說，討論「人類是否有可能突然進化」變得毫無意義，因爲這是早已實際發生過的事情。

盧本斯離開圖書館，回到位於喬治城郊區的住處，坐在電腦前，一氣呵成地寫完評估報告書。他在結論上的用字遣詞顯得格外慎重。

「針對皮亞斯博士信中提到的姆蒂族孩童，目前無法斷定其是否爲新種生物。嚴格來說，那只能算是頭部組織發生畸形變化的人類。但是若這個畸形變化是起因於鹼基序列的突變，且不但沒有造成危害，反而增進了智力，那麼稱之爲『進化後的人類』或『新種生物』或許亦無不妥。」

盧本斯在規定期限內將評估報告書遞交給公關部部長，卻馬上接到下一件工作。

「你這份報告會被納入總統日報的資料中。我猜上頭多半會要你提出因應方案，你最好現在就開始準備。」公關部部長說。

「因應方案？」

「簡單來說，就是怎麼處置這個生物。」

盧本斯心想，這又是個天大的難題。如何處置那個生物？公關部部長這句話，絕非站在生物學觀點，而是著眼於如何維持國家安全不受威脅。有可能的選擇不外乎三種，也就是「放任」、「捕捉」或「誅殺」。但盧本斯想來想去，不論採取哪個方法，都無法完美地解決問題。

盧本斯只好再度回到圖書館，蒐集必要的資訊。根本的問題還未解決，那就是那個姆蒂族孩童的基因爲何會發生突變？其雙親的生殖細胞到底是怎麼了？

查完所有相關資料後，盧本斯挑出三個足以當作參考依據的學說，並一一檢討其可能性。

第一項學說，是來自ＤＮＡ核體結構（Nucleosome）的研究成果。有學者指出，青鱂魚的鹼基替換現象具有週期性。形狀呈現雙重螺旋的ＤＮＡ，在細胞內並非維持筆直的長條狀，而是纏繞在一種名爲「組織蛋白」（Histone）的球型蛋白質上。但是ＤＮＡ相當長，而組織蛋白卻很小，因此一條DNA會同時纏繞許多顆組織蛋白，形成規則排列的狀態。而青鱂魚的鹼基替換現象，會呼應DNA纏繞組織蛋白的間隔性，發生的位置總是恰好相隔兩百鹼基。若將這概念套用在人類的進化上，或許可以得到一種假設，那就是DNA上的無數鹼基中，有些區域較容易發生替換現象，而人亞科動物體內掌管大腦機能的基因，剛好就位於這些區域。這些區域的鹼基經常發生隨機替換的狀況，但是絕大部分替換後的受精卵會因基因情報錯誤而造成自然流產。這次剛果叢林裡的姆蒂族生出一個大腦成功進化的孩子，完全只是偶然中的偶然。如果這個假設成立，那表示進化現象只發生在單一個體上，「剛卡・班德」裡其他族人的生殖細胞並沒有發生相同突變。換句話說，因應方案只須思考如何處置這對親子，而不必將其他族人納入考量之中。

第二項學說，則與「通古斯大爆炸」有關。一九〇八年，西伯利亞內陸的通古斯地區發生神祕的大爆炸事件，一團巨大的火球在空中炸裂，震倒了八千萬棵樹木，就連住在距離爆炸中心點六十公里遠的居民也慘遭波及。該次爆炸的威力約相當於一千五百萬噸的黃色炸藥，單以能量來看，就如同一千顆廣島型原子彈同時爆發。到底是什麼造成這場驚人的爆炸事件，目前還是個謎，但有學者主張是彗星或小行星衝入地球大氣圈，在半空中炸開來。這場爆炸事件引起盧本斯關注的理由，在於爆炸發生後，周圍植物出現異常現象。有的成長速度增加爲三倍，有的長成奇形怪狀，這顯然是基因上出現問題。若讓植物暴露在輻射中，確實也會出現這一類現象。然而奇妙的是，鑑定人員在那附近一帶偵測不出任何輻射能反應，而且該地植物的異常現象發生機率，遠超過一般受到輻射汙染的植物。

盧本斯在得知這個資訊後，爲了印證心中的疑惑，特地透過公關部部長，向國家偵察局申調軍事偵察衛星的資料。根據該資料顯示，偵察衛星拍攝到隕石在大氣圈內爆炸的頻率並不算低，每年大約會有七次。這些爆炸的規模雖然比不上「通古斯大爆炸」，但也有兩萬噸黃色炸藥的威力，相當於一顆長崎型原子彈。假設這種天體現象會誘發基因突變，而且確實曾發生在姆蒂族所居住的伊圖利森林的上空，那麼該地區的所有居民恐怕都會受到影響。然而在盧本斯向國家偵察局再三確認後，得知過去二十年內，剛果民主共和國的上空並沒有發生任何類似的爆炸事件。國家偵察局的局員並表示，像這一類的天體現象，多半是發生在沒有人看見的海洋上空。盧本斯聽了之後，決定排除這個假設的可能性。

最後一項學說，則是所謂的「病毒進化論」。三項學說之中，這是對因應方案的方向影響最大的一項。雖然「病毒進化論」只是關於生物進化的眾多假說之一，但其中包含令盧本斯不敢忽視的概念。病毒本身並無繁殖能力，只能利用感染其他生物細胞的方式來繁殖。其作法是將自己的DNA置入寄生細胞的DNA裡面，使其複製出自己的同類。然而假如因某種緣故，病毒在置入DNA於細胞內後停止了活動，如此一來，寄生細胞便會保有病毒的鹼基序列。而這樣的變化會在細胞分裂時遺傳給後代細胞，造成基因改變的現象。另外還有一種情況，那就是病毒在繁殖時，將宿主的基因的一部分納入體內。如此一來，假如這些病毒又感染了其他生物，並在該生物體內停止活動，那麼舊宿主的基因就會進入新宿主的DNA之中。如果這現象是發生在生殖細胞上，該生殖細胞變成了受精卵，且後來增加的鹼基序列確實發揮了機能，那就形成所謂的進化。假如這「病毒進化論」是成立的，生物進化確實會經由病毒感染而發生，那麼進化現象恐怕不會只是單一個案。

若將這學說套用在這次的事件上，可以得到這樣的結論：剛果叢林內出現新種病毒，姆蒂族因遭受感染而發生進化現象。

爲了確認那些姆蒂族是否遭受病毒感染，盧本斯試著搜尋相關的傳染病調查報告。一查之下，發現有個名叫古賀誠治的日本病毒學家，曾到剛果進行過愛滋病毒的感染狀況調查，而且「剛卡・班德」的四十名姆蒂族正包含在調查對象之中。盧本斯心想，或許這個古賀博士早已檢查出一種能夠讓人類進化的新種病毒，只是他沒有察覺。

盧本斯抱著學術上的興趣，立即調閱這篇以日語寫成的論文，並交由國家安全局翻譯。然而一讀之下，有兩點讓盧本斯大感失望。第一，皮亞斯博士信中提到的那姆蒂族孩童是在三年前出生，但古賀博士的病毒感染調查卻是在十年前做的。第二，根據古賀博士的病毒感染調查，「剛卡・班德」的四十名姆蒂族並沒有感染任何病毒。

由於新種病毒有可能是在古賀博士進行調查後才誕生，所以盧本斯在構思因應方案時，還是保留了「進化並非只發生在單一個體上」這個可能性。

累人的資料蒐集工作終於有了回報，結論讓盧本斯鬆了口氣。既然今後還是有可能出現因病毒感染而進化的「新人類」，那麼除非將「剛卡・班德」的所有族人殺光，否則無法徹底排除威脅。但就算美國政府再怎麼凶悍，總不可能做出這種殘虐的行爲。換句話說，「誅殺」這個最糟糕的選項是可以不用考慮了。

剩下的「放任」及「捕捉」，該選擇哪一邊呢？無庸置疑，前者是絕對不可能採用的。那位姆蒂族孩童假如眞的具有破解最高強度加密的驚人智慧，爲了避免落入預設敵國的手中，絕對不能放任不管。

唯一能選的，只剩下「捕捉」一途。但採取這個作法還是無法保證百分之百安全。〈赫茲曼報告〉中提到，新人類將「擁有我們的悟性所無法體會的精神特質」。對方若發現人類有捕捉意圖，將會如何應對，沒有人能夠預測。爲了確保事態不更加惡化，若非絕對必要，應該避免與其正面爲敵。

因此第一階段，應該是先進行調查。以特種部隊護送一批專家進入剛果，確認皮亞斯信中內容的眞實性。

假若信中所言確是事實，那麼就進入第二階段，將「『剛卡・班德』的所有族人及參與任務的所有成員」全部隔離。連參與任務的人也必須隔離，是因爲這些人有可能在執行任務的過程中已遭受感染。只要捏造一些理由，例如當地出現伊波拉病毒或其他致命性病毒蔓延情事，就可以冠冕堂皇地進行這項措施。

第三階段，則是對所有隔離者進行生化檢查，以證明是否有所謂能誘發進化的病毒。假如眞的有，其後的因應措施則交由高層基於政治考量來下決斷。政治家們遇到這種情況，多半是會下令研發治療藥物，徹底剷除進化的威脅吧。相反地，假如沒有檢查出任何病毒，所有遭隔離的人都會獲得釋放。

至於那個大腦已發生突變的三歲幼兒，應與其父親一同授予美國公民權，由政府保障其在美國的生活，並進行最低限度的監控。盧本斯在這份方案計畫書中，一直是以保障人權爲最大前提。若非萬不得已，絕不動用監禁之類的暴力手段。若能在那已進化的孩童心中建立「一般人類是友非敵」的印象，便能將其過人智慧運用在美國的發展上。

然而盧本斯辛苦擬好的這份方案計畫書，竟在提出的隔天便遭到駁回。

「高層認爲你這個作法太消極了。任何足以威脅美國的事物都必須盡早摘除。」公關部部長在施奈德研究所的會議室裡對盧本斯說。

「摘除？」盧本斯旋即恍然大悟，也就是「誅殺」的意思。

「而且你這計畫在經費上及可行性上都有嚴重瑕疵。美國目前光是應付中東的兩場戰爭就已經焦頭爛額，哪有能力派員至剛果的戰亂地區將四十名姆蒂族隔離？」

「這件事可以靠民事手段來解決，不必採取軍事行動。只要喊出撲滅可怕病毒的口號，就可以站在人道支援的立場來執行這項任務。我相信剛果任何一個武裝勢力，應該都不敢與美國爲敵。」

「亞瑟，你聽我說……」部長溫言安撫盧本斯，「難道你還沒看透現今政府的本質嗎？你就算在這裡說服了我，又有什麼意義？上頭只會把我們打入冷宮，另外找一個更聽話的研究機構。」

盧本斯聽了，不禁對自己的幼稚大感羞愧。沒錯，這是很簡單的道理，而自己竟然沒有想通。美國政府高層向來擅長剔除反對聲音，只留下追隨者。乍看之下似乎很民主，骨子裡其實是個獨裁政權。伯恩斯下令發動那場屠戮伊拉克人民的戰爭，靠的不也是這種手法嗎？

「而且上頭否決你這份計畫案，並非認爲你這計畫不可行，而是單純的偏好問題。現在的政府是典型的牛仔性格，不喜歡溫吞的手段。在他們那些人的觀念裡，既然有人能破解最高強度的加密，那就在預設敵國發現前趁早摘除，就這麼簡單。」

「但就算殺了那個姆蒂族孩童，還是無法根絕潛在威脅。若進化是因病毒造成，『剛卡・班德』裡或許還會出現另一個進化的小孩。」

「這一點上頭當然也考慮到了。」

盧本斯一驚，瞪大雙眼看著坐在會議桌對面的公關部部長。盧本斯原本以爲自己對伯恩斯政府的精神病理已分析得相當透徹，但如今看來，他還是太低估那些人的邪惡心性。雖然置身在防諜措施完善的會議室裡，盧本斯還是不自覺地壓低聲音，說道：「你的意思，是要將奈吉爾・皮亞斯及『剛卡・班德』的所有人屠殺殆盡？」

部長皺著眉頭說：「亞瑟，你若想在這華盛頓活得平安，得小心你的用字遣詞。不是『屠殺』，而是『摘除』。既然有可能感染病毒，這四十一人都得摘除。當然，還得加上執行任務的成員。」

「軍方不會同意這種作法的。能執行這任務的軍人，一定是特種部隊裡的菁英分子，國家花了這麼多稅金來培育他們，若連他們也一起『摘除』，不是太可惜了嗎？」盧本斯急著找出反對的理由。他很驚訝地發覺到原來自己有如此強烈的道德意識。

「你放心，只要雇用民營軍事企業的傭兵，就沒有這個問題。何況這想法一旦付諸執行，將成爲一場由白宮主導的暗殺行動，找外頭的人來做當然會比較保險。」

盧本斯心想，這可不是什麼單純的暗殺，而是一場種族滅絕行動。被鎖定爲目標的孩童，是該種族目前存在於世界上的唯一個體。只要他死了，種族就滅絕了。「如果病毒蔓延範圍已擴散至『剛卡．班德』以外的區域，又該如何是好？難道要連附近居民也一併摘除嗎？」

「等事情眞的發生了再說吧。總之，你得在明天前提出一份新的計畫案。」部長說完後，起身走出會議室。來到門口時，又轉身說：「關心別人前，先顧好你自己！亞瑟！」

盧本斯試著將這句話解釋爲一句忠告，而不是威脅。

這天太陽還沒下山，盧本斯便離開了研究所，沿著M大街走回住處。在整個華盛頓特區裡，這是最能讓盧本斯放鬆心情的一條街道。兩旁盡是物美價廉的小巧店家，整條街道洋溢著一股熱情活力，宛如想要留住那即將消逝的夏日豔陽。雖然每個人的心中都存在著獸性，但盧本斯眼中所看到的，卻是一群群收斂起那些野蠻欲望的善良市民。盧本斯心想，這才是美國人眞正的天性。伯恩斯政府的那些卑劣行徑，對美國是一種羞辱。

來到一排通往展望大街的陡峻階梯上，盧本斯停下腳步，陷入沉思。殺死已進化的人類，或許是個不得不爲之惡。人類無法控制比自己高等的動物，就像黑猩猩無法控制人類一樣。若不將其殺死，未來極有可能對人類社會造成威脅。然而其他四十多人卻是無辜受累，若不設法挽救他們的性命，自己將會背上大屠殺的罪名。

乾脆辭職算了？不，就算他辭職，伯恩斯還是會找另一個人來策動屠殺計畫，這麼做無法改變事態發展。目前最重要的，是盡量將犧牲者降至最低，而能做到這一點的人只有他。

如果能夠設法警告位於剛果的奈吉爾．皮亞斯，事情當然好辦得多。但自己能與皮亞斯聯繫的唯一手段，只有傳送電子郵件至皮亞斯的衛星手機。然而「梯陣系統」肯定會馬上攔截這封信，並查出發信者的身分。

——關心別人前，先顧好你自己！亞瑟！

盧本斯忽然感到背脊一陣發涼。此時的心情，就好像是不知不覺遭到黑幫組織控制，被迫執行一場謀殺任務。事實上，白宮跟黑幫組織也沒什麼差別。裡頭的人永遠在處理麻煩事，殺人對他們來說只是家常便飯。

經過反覆思索後，盧本斯終於拿定主意。

他回到自己在喬治城大學附近所租的宅邸，關在小書房裡，擬起新的計畫案。

首先盧本斯決定沿用「阻止致命性病毒蔓延」這個點子。爲了說服任務執行者下手進行屠殺，這個謊言還是必要的。他將這場用來欺騙執行者「一切都是爲了拯救人類」的陷阱任務，取名爲「保衛者計畫」。

但在任務說明上，盧本斯採用與過去完全不同的撰寫方式。他故意寫上許多專業術語及深奧的概念，而且不加以解釋。不僅如此，他還在字裡行間刻意強調這個任務相當困難，失敗的可能性極高。

盧本斯這麼做的用意，在於讓高層產生「這個任務的負責人必須謹慎挑選」的想法。他在暗示高層，要順利達成這個機密任務，指揮者必須具備政治、軍事素養及生物學等各學術領域的豐富知識，不但如此，而且還必須是個一旦出了紕漏，上頭可以快刀斬亂麻而不會造成麻煩的人物。像這種人肯定不多。除了施奈德研究所的年輕分析官，也就是自己之外，上頭大概找不到第二個合適人選。

這是個關鍵性的賭注。自伊拉克戰爭前，智庫便是軍產複合體的重要環節之一。政府高層經常指示任職於各研究機構的非官方人士組成「特別計畫室」，對伊拉克戰爭進行指導。因此，上頭命令盧本斯實際參與這場機密任務的可能性相當高。

盧本斯在午夜完成這份計畫案。其中兩個代號名稱，盧本斯一直到最後一刻才補上。第一個代號是那被列爲暗殺目標的三歲幼童，盧本斯將他取名爲「努斯」。這個字源自希臘語「NOUS」，意思是「高層次的智慧」。耶穌會著名思想家德日進（註一）所提倡的生物進化論中，第三階段的「精神圈」（Noosphere）便是由此希臘語演變而來。第二個代號，則是這場暗殺「努斯」的任務本身，盧本斯將之命名爲「涅墨西斯計畫」（Nemesis）。涅墨西斯是希臘神話中象徵天譴的女神，傳說中那顆被學者認爲是造成恐龍滅亡主因的巨大隕石（註二），也是取這個名字。

一個月後，「涅墨西斯計畫」獲得總統批准，以特別聯繫計畫層級正式開始運作。指揮中心設置於國防部五角大廈內。五角大廈有許多條走廊，排列成放射狀，指揮中心就位在第三號走廊的地底下。指揮中心的門口掛著一塊牌子，上頭寫著「特別計畫室第二課」。要進入這個區域，除了必須出示保全徽章及識別證外，還得通過許多道人體特徵辨識系統。白宮任命盧本斯爲計畫室負責人，授予他進出此區域的資格。

到此爲止，一切都在盧本斯的掌控中。此時他已擁有足夠的權力，在那四名傭兵殺害那些姆蒂族前，下令變更任務內容。他已決定無論如何要捍衛這四十條人命，而自己所擁有的唯一武器，便是過人一等的智慧。

註一：德日進（一八八一～一九五五）爲法國人，原名爲Pierre Teilhard de Chardin，身兼傳教士、思想家、古生物學家等多種身分，德日進爲其中文名字。

註二：此處「巨大隕石」指的應是科學家認爲可能存在的太陽伴星「涅墨西斯星」。根據該學說，此太陽伴星每隔兩千六百萬年便會帶動彗星群撞擊地球，造成地表生物大量滅絕。

指揮中心內共有十一名成員，由負責非洲問題的國防部副助理祕書擔任監督官。除了監督官及一名軍事顧問、一名科學顧問外，就屬室長盧本斯的權限最大。在盧本斯底下，有一名來自國防情報局的直屬部下，以及六名來自中情局諜報本部的支援人員。這些人就像傳令兵，負責將盧本斯的要求傳達給各部門。

最讓盧本斯感到欣喜的一點，是梅文．嘉德納博士擔任計畫室的科學顧問。嘉德納博士在量子力學、物理化學、分子生物學等各相關領域上皆有卓越功績，尤其是在分子生物學上的傑出貢獻，更曾獲頒國家科學獎。如此大有來頭的人物，擔任此計畫室的科學顧問可說是當之無愧。而且嘉德納博士性格溫和謙沖，具有緩和內部氣氛的效果。至於身穿軍服的軍事顧問葛蘭．史托克上校，則來自美國特種作戰司令部，看起來就是個極不好相處的人物。兩個顧問的對話往往是雞同鴨講，讓其他成員聽了不禁莞爾。

在計畫即將正式開始運作的前不久，盧本斯私下拜訪了嘉德納博士。今後既然是同事，爲了合作順利，當然得先釐清對方的想法。

「博士，你也贊成誅殺『努斯』嗎？」盧本斯開門見山地問。

嘉德納博士慢條斯理地答道：「除此之外，沒有其他選擇。那三歲孩子長大之後，要是成功研發出常溫核融合技術，世界的勢力均衡會在一夕之間瓦解。不，這不只是能源的問題。包含兵器開發在內的一切科技、醫療以及經濟，恐怕全會落入他的掌控之中。到那時，全世界的財富與權力將集中在他一人身上。」

科學顧問嘉德納博士的想法與盧本斯大同小異，兩人都對出現在剛果的新生物絲毫不敢抱持小覷心態。智慧就是力量。人類眞正該恐懼的，不是核彈的破壞力或最先進的科學技術，而是創造出這一切的智慧。

「我只能遺憾地承認，人類不是寬容的動物。」嘉德納博士接著說，「我們無法容許世上有種生物比我們還聰明。不過，你若要問我的個人意見，其實我很想與『努斯』見上一面。」

盧本斯亦深有同感。「博士，你認為『努斯』長大後，將有怎樣的外貌？」

「若按照幼態延續的理論，應該會長得跟一般人類的孩童很像。嬰兒時期的相貌或許會跟人類差很多，但隨著年紀漸長，應該會愈來愈接近一般幼童。」

「原來如此。」

有專家認為，現今人類的外貌，也是始祖類人猿的幼態延續。若比較黑猩猩的嬰兒頭顱及人類的成人頭顱，會發現兩者幾乎一模一樣。何況「努斯」有非洲小人族血統，一旦成人後，極可能跟一般人類小孩毫無差別。

「對了，我認為這個任務的成敗關鍵，就在於——」盧本斯說道。

「『努斯』現階段的智能有多高，對吧？」

「沒錯。從奈吉爾・皮亞斯的信中描述來判斷，『努斯』的腦容積增大現象似乎只發生在大腦新皮質，不過……」

「我們對大腦的環境適應強度（註）的研究還嚴重不足。」嘉德納博士嘆口氣後說：「『努斯』的前頭部是不是特別發達？」

「沒錯。」

「根據研究，人類的高度精神活動全集中在前頭葉上。我想我們最好別小看了『努斯』的能耐。」

「你的意思是說，我們應該以最高標準來假設『努斯』的智能？」

「這麼做比較保險。」

註：「環境適應強度」（Robustness）在此指的是生物靠著進化來適應環境變化的能力。

經過這一番談論，盧本斯決定將「黑猩猩與人類」的智能差距直接套用在「人類與努斯」上。若依此標準來判斷，如今才三歲的努斯，已擁有成年人類的智能。

「看來『努斯』會是個難纏的勁敵。」嘉德納博士笑著說。他那表情彷彿是找到一個下西洋棋的好敵手。

計畫正式開始運作後，盧本斯下的第一道指令，便是封鎖資訊。他發文給資訊安全監督局，將國立公文書館裡保存的〈赫茲曼報告〉列為機密文件，接著向國家安全局提出要求，利用網路技術，讓網路上的任何搜尋引擎都找不到提及〈赫茲曼報告〉的資訊。

一開始，「涅墨西斯計畫」進行得頗為順利。但過了一陣子，開始出現一些不尋常的狀況。最明顯的例子，就是關於實際派往剛果叢林裡執行任務的人選問題。

在特別計畫室裡握有最高權力的國防部副助理祕書哈里・艾瑞奇，忽然對盧本斯提出一項來自白宮的要求：「讓中情局幹員華倫・葛瑞參與這項任務，由他負責監督其他成員。」

盧本斯驚訝地問：「你的意思是讓官方人員加入『保衛者計畫』？」

「沒錯。」

「這麼做有何意義？」

艾瑞奇板著臉回答：「這是上頭的指示。」

基於保密原則，盧本斯無法得知其背後理由。但很明顯地，伯恩斯政府想致華倫・葛瑞於死地。

至於剩下三名人選，則由艾瑞奇居中牽線，從民營軍事企業的傭兵中挑出適任者。然而這些正在伊拉克執行任務的適任者，卻一個個遭遇敵襲而喪命，人選名單也跟著一改再改。最終的三名人選，一個來自陸軍特種部隊，一個來自傘兵救援部隊，一個是待過法國外籍部隊的日本人，成了個大雜燴隊伍。雖然這些人都擁有執行此任務的能力，但盧本斯並不滿意。最讓盧本斯感到擔憂的，是綠扁帽部隊出身的喬納森・葉格。根據資料記載，葉格有個罹患重病的獨生子，正面臨生死存亡的關頭。一旦親人遭遇不幸，人類就會產生自我毀滅衝動。何況這是一場相當艱辛的任務，盧本斯很擔心葉格在任務執行過程中會做出自暴自棄的舉動。

葉格有個罹病獨子這個問題，原本只是盧本斯的隱憂，但過了不久，竟從這件事上發展出令人意想不到的事態。國家安全局向盧本斯提出一份報告，指出日本國內有人以「Heisman Report」爲關鍵字上網搜尋。盧本斯一看國家安全局鎖定的人物姓名，大感錯愕。

「古賀誠治」。

這個人正是當年到非洲爲姆蒂族進行病毒感染調查的日本學者。他爲什麼要上網搜尋〈赫茲曼報告〉？「涅墨西斯計畫」的宗旨正是基於〈赫茲曼報告〉的警告，誅殺古賀博士曾接觸過的那四十名「剛卡・班德」組成分子。如今古賀博士這個舉動絕非只是單純的偶然。

這件事背後，或許意味著機密計畫的內容已經外洩。盧本斯隨即下令持續追蹤調查，不久後，又得知一件驚人的消息。古賀博士是在一九九六年前往非洲的薩伊共和國，而那個時期，奈吉爾・皮亞斯剛好也待在姆蒂族的營地裡。換句話說，這兩人認識的可能性非常高。然而其後因薩伊爆發內戰的關係，兩人各自歸國。從那時到今日，沒有任何證據可以證明兩人依然維持交流。

自得知這背景後，中央情報局及國家安全局皆將古賀誠治列爲觀察對象。國家安全局嚴密監控古賀博士一切對外通訊的內容，卻一直掌握不到決定性的證據。就在這時，盧本斯又收到一個棘手的情報。國家安全局告知盧本斯，剛果東部與日本之間不斷有經過加密的電子郵件往來傳遞。

「我們查不出發信者與收信者，也解讀不出郵件內容。」負責聯絡的國家安全局官員向盧本斯說道。

「你們能鎖定這些電子郵件，卻查不出收、發者是誰？」盧本斯問。

「沒錯，這些電子郵件使用的是以特殊網路傳輸協定建立的封閉式通訊網路。」

「但既然是網路，總需要IP位址吧？向日本的網路業者詢問，不就可以知道網路申請者的身分嗎？」

「這我們也試過了。但是申辦網路的那個人早已被列爲失蹤人口。」

「這又是怎麼回事？」

「在日本專門負責反恐行動的警視廳公安部外事三課向我們回報，該申辦人背負龐大債務，早已失蹤超過十年以上。很可能是有人向他購買戶籍，用來申辦網路服務。在詐騙犯罪中，像這樣利用人頭戶籍來犯案是很常見的手法。」

該官員接著敘述，根據網路申辦契約書上的記載，申辦者的居住地址在東京北部某區的廉價出租公寓內，但警察到現場一看，那房間早已無人居住。一查租賃契約，租下那房間的人就是申辦網路服務的那個人，早已不知去向。

「那剛果這邊呢？衛星通訊服務的申辦人是誰？」

「一樣是那個失蹤的日本人。」

盧本斯心想，這些加密郵件的眞正收發者，多半就是古賀誠治及奈吉爾．皮亞斯。但是他們這麼做，到底有什麼目的？

「憑你們國家安全局的本事，也無法解讀這些加密郵件？」盧本斯問。

「沒錯，這些郵件使用的加密技術極有可能不是RSA或AES，而是OTP。」

盧本斯登時恍然大悟。所謂的OTP，是一種依照預先設定好的亂數列，將文件內容逐字加密的技術。以數學角度來看，這種加密方式具有不可能被破解的優點。然而此加密技術並沒有普及，理由就在於收發文件的雙方必須事先共同擁有一套龐大的亂數列，這點就實務上而言實在太過麻煩。目前世界上僅有少數通訊系統使用ＯＴＰ加密技術，其中包含美、俄兩國總統之間的熱線電話。往來於剛果與日本之間的那些郵件，假如也是使用這種加密技術，這表示收發者雙方的電腦裡早已安裝好這套加密系統，而且硬碟裡已存著用來加密及解密的相同亂數列。外人若想解讀該加密文件，唯一的方法只能設法取得任何一方電腦裡的亂數列檔案。

「你們有沒有辦法以駭客技術侵入他們的電腦？」

「我們也試過了，但沒有成功。」

盧本斯又是一驚。沒想到世界上竟然有國家安全局無法入侵的電腦。

聯絡官員接著說道：「因此我們想要在『保衛者計畫』裡追加一項指令，那就是取回皮亞斯的電腦。只要有裡頭的亂數碼，我們就能解讀往來信件的內容。」

「沒問題。」盧本斯爽快地答應了。反正自己打算對「保衛者計畫」臨時喊停，加不加這道指令根本毫無影響。

然而對於試圖掌控全局的盧本斯而言，這些插曲畢竟象徵著無法預測的變數。盧本斯不禁懷疑，這一切都是智慧超越常人的「努斯」在背後搞鬼。但事實眞相爲何，目前尚無法求證。敵人的伎倆雖然高明，但還不到驚世駭俗的地步，只要是具備相關知識的人類，就可能策畫得出來。

「回到原本的話題，你認爲我們該不該透過聯邦調查局向日本警察施壓，要求網路業者停止對該ＩＰ的網路服務？」聯絡官員問。

盧本斯心想，變數若不趁早移除，將來恐怕會對計畫造成影響，便說道：「好，就這麼做吧。」

然而數天後，盧本斯接到一個新的消息。就在網路業者中斷該失蹤者的網路ＩＰ位址後沒多久，日本與剛果之間的加密郵件往來竟然死灰復燃。一查之下，原來對方換了另一個ＩＰ位址。盧本斯這才察覺自己犯了極嚴重的錯誤。箝制ＩＰ根本無法阻撓敵人之間的訊息往來，反而會讓敵人產生戒心。

「要不要再來一次？」

「算了吧，試多少次都一樣。你們還是繼續監控，設法解讀信件內容。」

「了解。」

身處剛果、日本兩地的敵人，到底在打什麼算盤？爲了揪出這些敵人的狐狸尾巴，盧本斯除了在電腦情報戰上繼續努力外，也開始在對人諜報活動上下功夫。爲了徹底查清病毒學家古賀誠治這號人物的底細，他向美國駐日大使館內的中情局東京分局下達指示，要求該分局在當地物色合適的特務人員。中情局於是先查出一些與古賀誠治有所往來的人物，交由國家安全局進行全程監控，挑出一個私生活裡有著外遇問題的人物。在大把鈔票及外遇證據的威脅利誘之下，那個人終於屈服，答應擔任中情局的特務，到古賀誠治的身旁打探消息。鑑於其工作性質與科學有關，中情局給他的代號爲「科學家」。

但就在「科學家」開始行動後不久，古賀誠治便因胸部大動脈瘤破裂而死亡。其死因確實爲病死，毫無懷疑餘地。如此一來，剩下的工作便只是取回古賀誠治的電腦。在那電腦裡一定有與皮亞斯通信往來用的亂數碼。

然而就在這時，梯陣系統竟再次偵測到了有人試圖以「Heisman Report」在網路上搜尋。而這個人竟然是古賀誠治的兒子，目前就讀大學研究所的古賀研人。不僅如此，更令人匪夷所思的是，古賀研人竟又在網路上尋找肺泡上皮細胞硬化症此不治之症的資料。喬納森．葉格的兒子所罹患正是這種的遺傳性疾病。

由這些跡象看來，日本與剛果之間的聯繫活動，似乎從已死的古賀誠治交棒到了古賀研人手上。不久後，國家安全局又掌握了一封在古賀誠治死後透過自動發信系統寄給古賀研人的電子郵件。在這封被歸納爲「γ」的機密文件上，寫著這麼一行字：

「打開那本被冰棒弄髒的書。」

根據推測，應該是古賀誠治在IP位址之一遭到封鎖後，擔心自己可能遭警察拘捕，因此才做了這樣的安排。古賀誠治眞正想要告知兒子的訊息，隱藏在一本只有他們父子才知道的書中。古賀誠治這麼大費周章，當然是因爲他知道任何電子儀器所傳送的訊息都已遭到祕密監視。這樣的加密手法雖然不登大雅之堂，卻相當有效。

然而最令盧本斯感到不解的，是兒子古賀研人所採取的行動。假如他知道自己已遭到監視，怎麼會傻傻地在網路上輸入關鍵字？爲了釐清眞相，盧本斯命令「科學家」嘗試與古賀研人接觸。不久後「科學家」回報，古賀研人似乎對其父親生前作爲一無所知。

盧本斯相信了這項情報，改將焦點放在古賀誠治所遺留的電腦上。沒想到這個決定，竟又是一次重大失策。日本警察前往古賀研人的住處扣押電腦，竟有人事先打電話至研人的手機，對研人發出警告。這通電話裡的聲音是電腦合成的人工聲音，但令盧本斯大感意外的是，發訊來源竟是美國紐約的公共電話。這意味著一件事，那就是這幫人在美國亦有同夥。最後古賀研人逃離日本警察的掌控，行蹤成謎。

事情演變到這個地步，盧本斯終於確信「涅墨西斯計畫」的內情已經外洩。有個成員遍及剛果、美國、日本三地的神祕集團，正試圖干擾「涅墨西斯計畫」的執行。但令盧本斯不解的是，這些人爲什麼要這麼做？難道是想拯救奈吉爾．皮亞斯或「努斯」的性命嗎？但他們有什麼辦法能阻擋四名傭兵的攻勢？一群手上只有原始狩獵武器的姆蒂族，要怎麼對抗四個特種部隊出身且擁有強大火力的傭兵？就算他們僥倖逃出了野營地，但伊圖利附近一帶到處是恣意燒殺擄掠的武裝勢力，他們要怎麼保住自己的性命？

就在盧本斯忙著處理日本這邊的問題時，非洲大陸那一頭的「保衛者計畫」倒是進展得相當順利。四名計畫執行者已完成訓練，潛入剛果東部的戰亂地區，正朝「剛卡・班德」接近中。

經過審慎研判，盧本斯認爲雖然計畫機密外洩，但不致影響大局。「努斯」的暗殺行動應該能夠成功。接下來，只要在其他目標遭到殺害前緊急變更指令就行了。

美國東岸時間晚上九點，非洲中部時間凌晨三點。

「保衛者計畫」進入最後階段。

盧本斯與六名部下一同待在特別計畫室裡，緊盯著牆上的幕屏。畫面上映出的是位於剛果上空的軍事衛星所拍攝的影像。由於是自正上方以超高倍鏡頭拍攝，畫面裡的「剛卡・班德」野營地毫無立體感可言，簡直像幅單色調的平面圖。透過紅外線熱能感應裝置，畫面上每個物體因其溫度的不同而呈現出各種濃淡層次。

十一座屋舍呈U字形排列。其中幾座屋舍因屋頂樹葉較薄，能看到睡在裡頭的人。因體溫的關係，人體呈現清晰的白色。

這最高機密的畫面，看在盧本斯眼裡卻頗爲滑稽。四名「保衛者計畫」成員同時出現在畫面上，野營地的南北兩邊各有兩人，已好幾個小時沒有改變位置，似乎正在窺探姆蒂族人的動靜。這讓盧本斯有種錯覺，彷彿自己正在看一群專心玩著捉迷藏的小孩。

四名傭兵尚未展開攻擊，盧本斯趁著這段空檔，重新思索關於機密外洩的問題。

有人從紐約打電話向古賀研人提出警告，這或許意味著己方陣營裡有間諜。然而這個人是誰？他爲什麼能知道特別聯繫計畫的詳細內情？盧本斯試著過濾自美國總統以下所有經手此案的官員，但想了又想，還是找不出這號人物。剩下的唯一可能情況，就是敵人入侵了美國的機密通訊網路。

然而這若是事實，其背後隱含著一個更巨大的威脅。

那就是「努斯」已成功破解了現代加密技術。

在與嘉德納博士對談後，盧本斯將「努斯」的智能假設為一般成人的程度。但從皮亞斯的信中內容看來，「努斯」至少在質因數分解上早已超越人類的能力所及。他若徹底發揮其數學天賦，恐怕除了RSA加密技術外，其他根據單向函數原理設計的加密技術也難不倒他。不僅如此，而且他與皮亞斯雖身處非洲大陸中央的叢林深處，但皮亞斯手邊有一台電腦，上網不成問題。

最前排辦公桌上的機密外線電話忽然響起。這是來自南非賽達保全公司的定時聯絡。國防情報局幹員伊弗里接完電話，轉頭朝坐在最後一排的盧本斯說道：「賽達保全沒有收到發動攻擊的暗號。」

盧本斯心想，喬納森・葉格等四名傭兵多半是打算專心觀察一個晚上，等明晚才發動攻擊吧。對盧本斯來說，這是絕佳的好機會。於是，盧本斯印出早已準備在電腦裡的一份文件。這份文件正是古賀誠治當年在確認「剛卡・班德」的四十名姆蒂族沒有感染任何病毒後，所撰寫的學術報告。但是上頭的調查日期，已遭到盧本斯竄改。盧本斯列印出這份文件後，帶著它走向監督官艾瑞奇的桌前。

「我們或許應該變更計畫。」盧本斯說。

艾瑞奇原本正在收拾東西準備回家，聽盧本斯這麼說，登時愣住了。

「這是一篇『努斯』出生後的傳染病調查報告，它能證明那些姆蒂族並沒有感染任何病毒。」

艾瑞奇接過論文看了兩眼，不禁皺起眉頭。他雖身為國防部副助理祕書，卻看不懂這篇採用西式墨點法（註）所做的病毒檢驗報告。

註：「西式墨點法」（Western blot）是一種生物學上常用的特定蛋白質檢測手法。

「這代表什麼意思，你直接說吧。」艾瑞奇說道。

艾瑞奇的反應正如盧本斯的預期。如此一來，就不會有人發現這篇報告其實經過竄改。盧本斯暗自鬆了口氣，說道：「這代表基因突變只是單一個案，而非群體現象。換句話說，我們沒有必要除去『剛卡・班德』的姆蒂族、奈吉爾・皮亞斯，以及『保衛者計畫』的執行成員。」

「你的意思是說，我們必須對付的只是『努斯』跟他的父親？」

「沒錯。」

艾瑞奇皺著眉頭陷入沉思。那副嘴臉正是個典型的狡獪政治家。半晌後，他攬著盧本斯的肩膀走到角落，說道：「能夠少殺一些人，我也很開心。但我們能赦免的，只有『努斯』跟他的父親以外的三十八名姆蒂族。爲了避免機密外洩，皮亞斯及那四個傭兵還是非死不可。」

「但那些傭兵都擁有美國所核發的機密安全資格……」

「你別跟我討價還價，這件事沒有商量餘地。『努斯』跟他的父親、奈吉爾・皮亞斯、四個傭兵，這七人必須按照計畫除去。」艾瑞奇毫不退讓。

盧本斯不明白上頭爲何非得除去那四名傭兵不可，但已隱隱猜到，問題多半出在華倫・葛瑞這個人身上。到頭來，還是有七個人救不了。盧本斯甚至不知道，自己該爲參與這場謀殺計畫而自責，還是該爲救了三十八條人命而欣慰。盧本斯只知道一點，那就是艾瑞奇及自己能如此冷靜做出這些決定，全是因爲不必親自動手殺人。

艾瑞奇似乎想要化解緊張氣氛，笑著說道：「快去告訴傭兵，不必殺光那些姆蒂族吧。」

盧本斯獲得監督官的正式許可，沿著辦公桌之間的通道走向伊弗里。

「亞瑟！」

盧本斯急忙轉過頭，見到部下之一舉起手，正指著牆上的幕屏。往螢幕上的衛星畫面望去，原來「保衛者計畫」的四名成員展開行動了。但他們並非撤退，而是蹲低身子，緩緩朝野營地靠近。

一開始，盧本斯以為這只是偵察行動的環節之一。但轉念一想，若是偵察，不應該四人同時移動。難道他們想要發動攻擊嗎？但是看他們的隊形，卻又不太像是要攻擊。在眾人的注視之下，畫面中的四名傭兵自南北兩個方向朝最角落的一座屋舍靠近。

盧本斯看到這時已察覺事有蹊蹺，迅速下令：「聯絡賽達保全，再次確認是否收到發動攻擊的暗號！不論賽達保全如何回覆，立即通知『強人2』中止行動！」

盧本斯萬分焦急。臨時變更指令的計謀眼看快成功了，傭兵卻突然失控，自己的努力恐怕將付諸流水。

「遵命！」伊弗里應了，拿起話筒。

位於非洲大陸上的四名傭兵的一舉一動，全被衛星上的攝影鏡頭拍得清清楚楚，同步傳回位於美國的特別計畫室內。從畫面上可以看得出來，一道看起來像是葉格的人影放下步槍，掏出手槍。接著，其他三名傭兵在屋舍前方排成防衛陣形。由於這座屋舍的屋頂上所鋪的樹葉太厚，紅外線感應裝置無法透視裡頭的景象。

伊弗里放下話筒，高聲喊道：「『強人2』失去聯絡！」

「什麼？」盧本斯吃了一驚。

就在這個瞬間，葉格以俐落的動作自屋舍的側面移動到正面，將槍口對準屋內。

盧本斯驚愕得說不出話，愣愣地看著衛星影像。要是傭兵們展開攻擊，自己只能眼睜睜地看著四十名「剛卡．班德」族人遭到屠殺。

然而下一秒，畫面上的人影竟完全停止動作。明明是動畫影像，看起來卻像靜止畫面。

盧本斯略一思索，已明白畫面裡發生了什麼事。

喬納森．葉格遇上了那個不應該存在於世界上的知性生物。

沒錯，「努斯」此時就在他的眼前。

2

「請保持冷靜，我們不會反抗。」

奈吉爾・皮亞斯懷抱著外形詭異的生物，一字一字說得緩慢而清晰。

葉格舉著手槍，身體有如僵化般動彈不得。那隻怎麼看都不像人類的生物，正與葉格四目相交。叢林裡的晚風無聲無息地輕撫過葉格的頸子。

「能不能請你先看看右邊那台電腦？」

葉格迅速移動視線。泥土地裸露的屋內地面角落，擺著一台處於開機狀態的筆記型電腦。葉格只瞥了一眼，便已明白那螢幕上顯示的畫面是什麼。那是來自軍事偵察衛星的監視影像。這座屋舍內外的幾個人，全被拍得一清二楚。

「五角大廈一直在監視著你們。請假裝什麼事都沒有發生，趕快回森林裡。」

葉格將視線移回眼前那駭人的生物上。那形狀古怪的腦袋上，一對碩大的眼睛正閃爍著異樣的神采，簡直像是傳說中棲息於森林裡的妖怪「哥布林」（註）。

「再過兩分鐘，監視衛星就會離開此地上空，無法繼續攝影。到時候我會去找你們。」

葉格背後忽傳來米克壓低嗓子的催促聲：「別拖拖拉拉的！快點動手！」

「相信我！兩分鐘後你們就會看到證據！」皮亞斯說道。

「證據？什麼證據？」

「五角大廈打算殺害你們的證據。所有『保衛者計畫』成員全都難逃一死。」

就在葉格遲疑不決時，米克忽然衝進來。葉格一見米克舉起手中的槍，反射性地將米克的槍口往上撥。裝設滅音器的槍身發出低沉的擊發聲響，令整座以植物蓋成的屋舍隨之隱隱震動。子彈越過皮亞斯與孩童的頭上，擊破了屋頂，射入叢林中。

葉格無法判斷米克是故意開槍想射殺眼前「從未見過的生物」，還是因他的一撥而造成手槍走火。但不論理由爲何，如今都不是爭執的時候。「把槍藏好，別露出來！」葉格按著米克的手腕說道。

「什麼？」

「衛星正在監視著我們，槍口的溫度會被偵測出來。」

「但是……」米克正要答話，忽聽到一陣哭聲，錯愕得閉上了嘴。

葉格也吃了一驚，以夜視鏡望向前方那有著人形卻又不像人類的生物。

那孩子竟然哭了。槍聲似乎讓他受到驚嚇，他縮在皮亞斯的懷裡，兩眼不停流下淚水。葉格心想，這東西雖然外貌古怪，但搞不好只是個普通的孩子。哭聲同時削弱了葉格的霸氣，讓葉格再也凶不起來。他冷靜評估局勢，認爲既然皮亞斯主動投降，就沒必要強行帶走他。

「撤退！」葉格朝同伴下達指示後，轉頭對皮亞斯說：「我們在南方三十公尺處等你，只要你有任何可疑舉動，我們就會開槍。」

滿臉鬍鬚的皮亞斯點點頭。

接著葉格以倒退的方式緩緩退出這座半圓形屋舍。米克將擊發過的手槍塞進皮帶裡，再以戰鬥背心罩住。葛瑞與邁爾斯各自舉著步槍，一面維持警戒姿勢，一面跟著葉格緩緩撤離。

四人自廣場另一側走進森林裡，挑了個上空完全被茂密枝葉覆蓋的地點。只要待在這裡，就不用擔心被偵察衛星拍到。接著葉格向葛瑞下達指示：「回報個假訊息給賽達保全，就說我們

註：「哥布林」（goblin）是普遍流傳於歐洲的一種傳說中的生物，特徵是模樣醜陋而心地邪惡。

嘗試搜尋『從未見過的生物』，但沒有任何發現。」

「好。」

「對了，再補上一句『預定於二十四小時後展開天使行動』。」

所謂的「天使行動」，正是展開攻擊的暗號。

葛瑞放下背包，取出軍用電腦，寫起電子郵件。

「你們在裡頭到底看到了什麼？」邁爾斯問。

「從未見過的生物。」

邁爾斯嚇了一跳，急忙又問：「你親眼見到了？那是怎樣的生物？是爬蟲類嗎？」

葉格正不知如何回答，一旁的米克插口說道：「那玩意肯定是外星人。」

「什麼？」

此時野營地的屋舍裡忽射出一道光芒。四人一看，原來是皮亞斯走出來。皮亞斯一手握著手電筒，另一手抱著那長相奇怪的孩童。米克舉起AK47步槍，擺出射擊姿勢。

「就是那玩意。」葉格對邁爾斯說。但距離太遠，從夜視鏡中看來，那孩子只像是個普通的人類小孩。

在四人的注視下，皮亞斯將孩童放進隔壁屋舍，接著輕吹了聲口哨。一條躺在廣場另一端的瘦狗站起來，奔至皮亞斯腳邊。皮亞斯帶著瘦狗，依約來到四人面前。

「為什麼把狗帶來？」米克警戒地問。

「為了做實驗。好了，讓我們繼續剛剛沒說完的話吧。」皮亞斯說。

「等等。」葉格打斷皮亞斯的話，說道：「你坐下，先回答我們的問題。」

皮亞斯依序朝四名手持槍械的男人看了一眼，乖乖屈膝坐在地上。

「剛剛那個像怪物一樣的孩子是怎麼回事？」

皮亞斯以嚴肅的學者口吻說道：「那是個腦部發生突變的小孩。但基因突變沒爲他帶來肉體障礙，反而讓他獲得比我們更優秀的頭腦。」

「比我們更優秀？」

「比地球上所有人類都優秀。白宮雇用你們來殺他，正是因爲害怕他的智慧。憑他的能力，要破解世界上任何加密技術都是輕而易舉，就連軍方的加密文件也不例外。」

「等等，你說突變讓他的頭腦變優秀了？」邁爾斯說。

「沒錯。」

「這可不是一般的遺傳疾病，你的意思是他進化了？」

「沒錯，你們看到的正是一個進化的人類。」

邁爾斯露出難以置信的神情。但他只是搖搖頭，沒有出言反駁。

葉格對皮亞斯這番說詞亦無法嗤之以鼻，因爲種種跡象都顯示皮亞斯並沒有說謊。

「剛剛那衛星影像，你是怎麼弄到手的？」

「那孩子利用我的電腦入侵了美國的軍方網路。」

「這不可能！」葛瑞插口說道：「要入侵軍方網路，可是難上加難的事情。」

「只要是人類寫出來的程式，那孩子都能找到破綻。」

「就算你們能入侵網路，但訊息應該都經過加密……」葛瑞一愣，驚愕地問道：「難道連加密技術也被你們破解了？」

「沒錯，那孩子想出了一套足以解開任何單向函數的演算程序。我能事先知道你們的任務內容，也是因爲入侵了美國的機密計畫網路。」

「若美國是爲了這個緣故而想殺那孩子，爲何連我們也得死？」葉格問道。對四人而言，這是最重要的問題。

「問題就在於發生基因突變的原因。『保衛者計畫』的立案者懷疑有種病毒能讓感染者生下腦部基因異常的子孫，而你們既然踏進了這塊土地，就有可能感染病毒。」

葉格聽到「生下基因異常的子孫」這個字眼，不禁皺起眉頭。這件事早已在自己身上發生過。

「但我向各位保證，這種病毒根本不存在。當然，『保衛者計畫』中提到的那個致命性病毒也不存在，那計畫只是個幌子。眞正的代號是『涅墨西斯計畫』，殺死你們四人也是計畫之一。」

「你剛剛說過，可以拿出我們將遭到殺害的證據，那又是指什麼？」

皮亞斯點點頭，似乎早已等著這一刻。「上頭是不是發給你們一種藥，聲稱可以消滅體內的病毒，叫你們在辦完事後記得服下？」

葉格心想，賽達保全的確發了白色膠囊，看來皮亞斯這個人確實對計畫內容瞭如指掌。

「請把那個藥拿出來。」

葉格、葛瑞、米克正猶豫該不該照做，邁爾斯卻已迅速抽出身上的防潮盒。每人身上的防潮盒裡都有著四人份的膠囊。

皮亞斯接過一顆膠囊。「我現在要取出小刀，請別開槍。」他說完這句話後，掏出一把軍用小刀，切開膠囊的尾端。眾人一看，透明的膠囊裡竟然還有膠囊，總共包了四層。在最裡頭的小膠囊裡，塞著少許白色粉末。

「包這麼多層，是爲了減慢消化速度。」皮亞斯一邊解釋，一邊從口袋中取出一片燻肉。他將白色粉末灑在燻肉上，拋給站在一旁的狗。那隻狗張口大嚼，將燻肉吞進肚中。突然狗的雙眼失去光采，嘴角流下鮮血，緩緩倒在地上。

「你們要是吃了藥，也是這個下場。」

轉眼間那條狗竟已變成一具屍體，連掙扎都沒有。四位傭兵感受到這膠囊背後所隱含的強烈殺意，皆嚇得說不出話來。

「氰化物？」邁爾斯問。

「沒錯，這一個膠囊的分量，就夠你們死十次了。」

葉格抬起頭，望向中情局特務葛瑞。葛瑞那夜視鏡底下的嘴角微微上揚，說道：「看來白宮眞的恨透了我。」

從葛瑞這個發言，便聽得出來他已完全相信皮亞斯的話。至於葉格，在目睹如此明確的證據後，也已無法再對祖國抱持信賴。假如按照原定計畫行動，只有死路一條。「美國才是我們眞正的敵人？」

「沒錯。」葛瑞無奈地點頭說道。

葉格沉默片刻，突然湧起一股遭到背叛的怒火。「但我們可是美國人。」

「從今天開始不是了。」

「等等，你們相信這男人說的鬼話？」米克說道。

「你若不信，可以吞一顆膠囊試試看。」

米克低頭瞥了一眼狗的屍體，沒再說話。

問題尚未全部釐清，葉格轉頭朝皮亞斯問道：「你告訴我們這些，有什麼目的？」

「請讓我帶著那孩子加入你們，一起逃離非洲大陸。」

四位傭兵面面相覷，都明白這件事有多麼難上加難。

「難道你有什麼好策略嗎？」

「有是有，但無法保證百分之百成功。白宮還好應付，麻煩的是徘徊在這一帶的武裝勢力。就連那孩子，也無法預測那些武裝勢力的動向。」

「等等！」米克再次插口說道：「就算上頭眞的要殺我們，如果要逃命，帶著這老伯跟古怪小孩反而礙事。」

皮亞斯看都不看日本人一眼，看著葉格說：「你若丟下我們，賈斯汀就沒救了。」

眾人將視線集中在隊長葉格身上。葉格雖不滿兒子的性命被拿來當作談判籌碼，還是心平氣和地說：「你眞的有辦法救我兒子？」

「沒錯，我有個朋友正在研發肺泡上皮細胞硬化症的特效藥，一個月內應該就能完成。賈斯汀只要吃了那個藥，就可以恢復健康。」

葉格心想，如果皮亞斯所言不虛，或許賈斯汀在垂死關頭前還有一線生機。反正如果拒絕，賈斯汀絕對沒有活命機會，除了死馬當活馬醫之外並無其他選擇。然而此時最大的問題，在於自己一行人有沒有辦法成功逃離這塊險地。就如同皮亞斯剛剛說的，敵人可不是只有白宮而已。光是占據這伊圖利地區的各武裝勢力，總兵力加起來至少超過七萬。己方只憑四名傭兵要突破重圍，可說是難如登天。

「而且。」皮亞斯轉頭對米克說：「我跟那孩子能預測五角大廈的行動，對你們絕對是有幫助的。跟我合作，你們並不會吃虧。」

幾個男人沉默了一陣子，叢林裡一片寂靜。每個人都在爲攸關生死的決定而猶豫不決。

葉格提出最後一個問題：「你有沒有辦法躲過『梯陣系統』的監控，與國外取得聯繫？」

「可以是可以，但有些限制，不是隨時隨地都做得到。」

「我想確認賈斯汀的病情。」

「若是這件事，每隔幾天應該就能聯繫一次。」

「好。」葉格下定決心，向其他三人說道：「我決定有條件地接受皮亞斯的提議。」

「有條件？」皮亞斯愕然問道。

「沒錯。我帶著你們一起行動，只限於我兒子還活著的期間。假如我兒子病死了，而你們又礙手礙腳，我會丟下你們不管。」

皮亞斯似乎沒料到葉格會提出這樣的條件，臉色一沉，但他馬上振作起精神，信誓旦旦地說道：「沒問題，我接受這條件。反正你兒子絕對會得救。」

因爲皮亞斯這句話，葉格登時對他產生好感。你兒子絕對會得救——自己與莉迪亞盼望了五年的一句話，竟然從這個人類學家的口中說出來。

此時的葉格終於獲得眞正能讓自己奮勇作戰的理由。不再是爲了祖國、政治思想或金錢，而是爲了將自己的兒子從鬼門關裡救出來。他對其他三人說：「我這個決定沒有強制性。你們想怎麼做，可以自己選擇。」

「我跟你們一起走。」葛瑞想也不想地說道。

「我也是。」邁爾斯說。

一直沉默不語的日本人米克，最後也像西方人一樣聳聳肩，說道：「集體行動比較安全。」

葉格點點頭，歡迎三人的加入。接著他朝皮亞斯問道：「那孩子有名字嗎？」

「他叫亞齊里。」

「好，現在我們該往哪裡走？」

「這將會是一場漫長的旅行。我們的最終目標，是位於地球另一側的日本。」

研人離開雜誌圖書館後，沿著道路標示找到一間公立圖書館，走進去。〈赫茲曼報告〉沒有爲父親生前的神祕行動提供任何解答，但研人還是在茫然中找到一絲方向。那種感覺就好像在濃霧中，隱約看到自己所追求之物的輪廓。

研人沿著公立圖書館內的狹窄通道走到「人類學區」，挑了幾本書，走回閱覽室。關於〈赫茲曼報告〉第五節所提到的人類進化，研人不懂任何相關知識，只好來這裡惡補一下。

讀了一些入門書後，研人已將六百萬年前人類與黑猩猩分化後的人類進化史塞入腦中。這六百萬年來，地球上出現過各式各樣不同種類的「人類」，誕生與滅亡的戲碼重複上演。目前生活在地球上的現代人類，誕生於二十萬年前，當時原人、尼安德特人等皆尙未絕種。

以印尼的弗洛勒斯島爲例，大約一萬兩千年前，該島上還存活著一種身高約一公尺、腦容量只有現代人類三分之一的原人。這種原人被命名爲「弗洛勒斯原人」，他們已擁有某種程度的智慧，懂得使用火，並學會利用石器來狩獵。然而令研人感到吃驚的是，該島自數萬年前便有現代人類定居的跡象。換句話說，這兩種不同的「人類」曾在那狹小的島嶼上共同存活數萬年之久。雖然沒有任何證據可證明這兩種「人類」在日常生活上有過接觸，但如今弗洛勒斯島的居民之間依然流傳著「洞窟裡住著小矮人」的傳說。而這些身材較矮小的弗洛勒斯原人，後來卻因某種原因而滅絕了。

弗洛勒斯原人也好，尼安德特人或北京原人也罷，這些滅種的人類在滅種的前一刻，必定有個最後存活的個體。這個殘存者擁有意識，擁有感情，也擁有理解當前狀況的能力。當他（或她）有天察覺自己在世上已無任何同伴時，將會是多麼孤獨？不但沒有家人、朋友，而且甚至找不到任何一個跟自己相同的生物，那是一種多麼強烈的寂寞與絕望感？研人光是想像，便忍不住爲之鼻酸。

只要〈赫茲曼報告〉中指出的危險有任何一項成眞，現代人類也將會面臨相同的命運。研人將書放回書架上，走出圖書館，不斷思考〈赫茲曼報告〉中第五節的內容。人類還會繼續進化，這個推論應該是可以成立的。目前生物學上沒有任何證據能證明現代人類是人類進化的終點。

研人走在世田谷的街道上，從口袋掏出〈赫茲曼報告〉的影本。報告中指出，進化的人類將「擁有遠超過現今人類的智慧」。而針對其智慧的具體描述，報告中是這麼寫的：「理解四次元概念，能在一瞬間掌握複雜結構，擁有第六感，具備道德意識的無限發展型態，擁有我們的悟性所無法體會的精神特質」。

最讓研人感到在意的，是「能在一瞬間掌握複雜結構」這句話。對科學家來說，這可是夢寐以求的能力。以肺泡上皮細胞硬化症患者的症狀爲例，在一個細胞內，存在著數千種類似的訊號傳達機制。這大量的化學反應之間還會互相影響，形成極爲複雜的網絡。以人類的智慧，光是要理解區區一個細胞內部的所有活動，都不可能辦得到。

想到這裡，研人驟然停下腳步，後頭的路人差點撞上他。他愣愣地站在車站前商店街的正中央，傳入耳中的喧鬧聲卻彷彿愈來愈遙遠。

——以人類的智慧不可能辦得到。

這句話勾起研人的回憶。當時李正勳不也說過類似的話嗎？

——目前人類根本寫不出這樣的軟體。

如果是進化過後的人類，是否就有可能寫出那套能夠正確分析蛋白質立體結構、設計結合物質、甚至連藥物的體內動態也能預測的萬能製藥軟體？

——至少從表面上看來，就連分子層級或電子層級的複雜生命活動，似乎也難不倒這套軟體。

如果「ＧＩＦＴ」這套軟體並非只是做做樣子，而是眞的徹底解開複雜生命活動的機制，這是否意味著〈赫茲曼報告〉中所說的進化後的人類，已經出現在地球上了？

研人低下頭，推了推眼鏡，根據這個假設繼續推想。如果世界上眞的出現超越人類智慧的生物，美國等當前強國會採取什麼行動呢？在智慧上處於劣勢的人類，不可能控制該生物。如果想利用該生物的智慧來謀求己方的福祉，最後的下場很可能是反而遭到支配。如此想來，最安全的作法大概就是趁早將其殺死吧。

那麼，已進化的「新人類」又會採取什麼行動呢？〈赫茲曼報告〉指出，「新人類一定會企圖消滅我們這些一般人類」。然而研人對這樣的觀點持保留態度。一來，對方既然「擁有我們的悟性所無法體會的精神特質」，憑人類的愚劣頭腦要去預測對方的想法，顯然只是白費功夫。二來，目前研人手上能證明「新人類」存在的線索，只有那個名爲「GIFT」的軟體。而那套萬能製藥軟體正如其名，對人類而言是個最大的「贈禮」（GIFT）。換句話說，「新人類」不但沒有試圖消滅一般人類，反而送上足以讓人類免受一切病痛折磨的福音。「新人類」的這個舉動，或許正暗示著他不打算與一般人類爲敵。

研人想到這裡，又將思緒拉回原點，試著重新整理這整件事的來龍去脈。父親在世時，極有可能透過某種直接或間接的管道，與「新人類」有所接觸，並獲得「GIFT」這套軟體。美國政府發現了這件事，因此開始從中作梗。這麼想來，一切的疑點似乎都說得通了。但是要證明這個推論，就必須掌握「新人類」確實存在的證據。

經過慎重的邏輯推演後，研人得到一個結論。那就是只要利用「GIFT」這套軟體成功開發出肺泡上皮細胞硬化症的特效藥，便足以間接證明「新人類」的存在。因爲以當前的人類科技而言，是不可能寫出那種軟體的。

但是研人知道，只憑自己的能力無法完成這件事。無論如何，得獲得那聰明的韓國留學生李正勳的幫助才行。但是要怎麼跟他取得聯絡呢？研人沉吟半晌後，忽然察覺自己的運氣其實還不錯。

「古賀，原來是你。有什麼事嗎？」

研人聽電話中土井的語氣相當悠哉，不禁湧起一抹期待。

「我看來電顯示是『公共電話』，正好奇是誰打來呢。」土井接著說。

「我手機壞了，只好用公共電話撥給你。我問你，你有沒有聽到什麼奇怪的風聲？」

「奇怪的風聲？什麼意思？」

「沒關係，不明白最好。」

看來土井還不知道自己已遭到警察通緝，這表示警察還未掌握自己與其他研究室學生之間的交友關係。既然如此，李正勳是土井介紹的，應該更可以放心才對。

「啊，我明白了，你指的是那件事吧？」土井突然說道。

「哪、哪件事？」研人心中一驚。

「上次那個文科女生。」

他指的是河合麻里菜。

「不，你猜錯了。」

「你請我吃頓午餐，我幫你約她出來。」

雖然很感謝他的好意，但通緝犯不太有時間跟女生約會。「不用。」

「你嫌貴？那一罐咖啡也行。」

「不是那問題，我現在很忙。好了，我得掛了。」

「等等，你打給我就爲了問這幾句話？」

「是啊。」研人知道對方已是一頭霧水，趕緊補充道：「你別跟任何人提起我這通電話的事，有機會我會跟你解釋原因。」

「我懂了。」土井以一點也不懂的語氣說道。「如果你回心轉意，想請我吃午餐了，隨時可以打來。」

「沒問題。」

研人放下話筒，將河合麻里菜的倩影從腦中拋開，低頭望向手中便條紙上的電話號碼。撥出電話時，內心不由得七上八下，幸好話筒中傳來自己所期待的聲音。

「喂，我是李正勳。」

「我是古賀研人。」

對方聽到研人的聲音，「啊」的一聲喊了出來。研人暗叫不妙，接著卻聽見正勳興奮地說：「我剛剛錄的語音留言，你聽了嗎？」

「不，我沒聽。發生什麼事了嗎？」

「『GIFT』！我驗證了那個軟體的功能！」

「結果如何？」

正勳猶豫片刻，支支吾吾地說道：「或許你會笑我，但我認爲那軟體是眞貨。」

雖是早已預料到的答案，研人還是不禁感到驚訝。他讓心情恢復平靜後，才問道：「你是怎麼驗證的？」

「我們研究室目前正跟某藥廠進行共同研發，我將新藥物的化學結構輸入『GIFT』裡，得到的答案竟然完全正確，連副作用也沒錯。你想想，我們這項研發從不曾對外發表，『GIFT』一定是自己計算出結果的，這不就像是我們做實驗印證了這軟體的眞實性嗎？」

「你試了一種化合物？」

「不，我試了兩種Lead化合物及十多種衍生物，所有結構活性相關係數都在誤差範圍之內，這絕對不可能是巧合。」

「正勳。」研人勉強壓抑下激動的心情。「你今晚有沒有空？」

「今晚六點能離開研究室。」

「能不能請你到町田來一趟？抱歉，距離可能有點遠。」

「町田在哪裡？」

「東京都的另一頭。」

「沒問題，我可以騎機車去。」

「還有一點，請你提防被人跟蹤。」

「跟蹤是什麼？」

「就是有人跟在你後頭……」研人說到這裡，忽想到若不將事情的危險性先說清楚，對正勳實在不公平，便說道：「抱歉，我得先提醒你，這件事可能會害你惹上麻煩。」

「怎樣的麻煩？」

「最壞的情況是你會被警察逮捕，有可能無法繼續留在日本。」

電話另一頭的正勳啞口無言般地沉默。

「如果你願意冒這個風險，我很希望你來一趟。」

過了半晌後，正勳說：「這是最壞的情況？」

「對。」

「那最好的情況呢？」

「世界上有十萬個小孩能得救。」

「沒問題。」正勳恢復開朗的語氣。「我一定到。」

3

盧本斯坐在特別計畫室內的小會議室裡。在上司抵達前，他想先將過去的資料重新瀏覽一遍。

第一份資料是國家安全局提供的古賀研人的通訊紀錄。根據紀錄上顯示，古賀研人曾連上一個蛋白質資料庫網站，以「突變型GPR769」進行BLAST搜尋。其後，他打電話給一個名叫吉原的人物，與其相約見面，目的在於取得關於肺泡上皮細胞硬化症的知識。經過中情局調查，吉原是大學附屬醫院裡的實習醫生。

下一份資料是關於發自紐約某公共電話的警告訊息。這通電話裡的聲音乃是以人工方式合成，而且經過國家安全局的深入調查，更發現這人工聲音所說出的句子並非道地的日語。雖然意思能通，但在日本人聽來會覺得有些彆扭。國家安全局的語言專家一查，立刻便找出箇中原因。只要使用市面上販售的英日翻譯軟體，輸入英文之後，就會得到相同的日語詞句。這意味著撥出電話的人不會說日語，他爲了對古賀研人發出警告，只能使用電腦所翻譯的簡單句子。但問題是，這個人是何方神聖？他爲什麼能得知「涅墨西斯計畫」的內幕？

最後一份資料是伊拉克境內遇襲身故的傭兵名單。這裡頭竟有十五名傭兵曾被列爲「保衛者計畫」執行者的候補人選。由於這些人一個個死亡，只好不斷由後面的人選往上遞補。喬納森・葉格、柏原三紀彥、史考特・邁爾斯皆是這麼遞補上來的，唯獨華倫・葛瑞是例外。

當時白宮非常重視這個問題。爲何伊拉克的武裝勢力可以埋伏在傭兵的移動路線上，精確地發動突襲？他們怎麼會知道這些傭兵所執行的機密任務內容？難道美軍的機密通訊網遭到入侵及破解？

盧本斯想到這裡，忽聯想到另一起發生在伊拉克的傭兵攻擊事件。四名傭兵在伊拉克某偏遠都市的大街上遭遇近距離伏擊，這些傭兵雖都是特種部隊出身，還是身中數十槍而慘死。事發之後，現場民眾竟高聲唱起〈偉大的眞主〉，徹底顯露出對美國的憎恨。事實上，傭兵在伊拉克擁有治外法權，即使殺害無辜市民也不用背負刑責。如此欺人太甚的規定，更是加深伊拉克人對美國的恨意。這四名傭兵的屍體有的被踢到身首分離，有的被吊在主要幹道的高架橋上。

美國得知此事後，亦毫不留情地還以顏色。美伊聯軍組成八千兵力，對這座由反美勢力所占據的偏遠都市發動總攻擊。這場戰鬥在大街上打得如火如荼，美軍僅僅爲了報復四名傭兵遭到殺害，竟屠殺了一千八百名伊拉克士兵與民眾。不僅如此，而且美軍在戰鬥中大量使用貧化鈾彈（註），造成此地區遭受輻射能汙染，癌症患者及畸形兒的病例因而急遽攀升。人類雖自認爲是地球上最聰明的生物，做出來的卻盡是這一類蠢事。

「發生什麼事了？」

背後傳來溫和沉穩的聲音。盧本斯回頭一看，嘉德納博士正站在門口。由於是深夜緊急集合，嘉德納博士穿得相當休閒，並沒有打領帶。

盧本斯沉住氣，等科學顧問嘉德納博士在會議桌的對面坐下後，才開口說：「我們是不是過於小看『努斯』的智慧？」

嘉德納一聽到這句話，便明白計畫遇上非同小可的緊急狀況，原本柔和的雙眸也變得凝重。「這一點不能否認。目前我們手上沒有任何參考依據，只能依一般常識來推斷。」

「這麼說來，『努斯』的智慧有可能已超越一般人類？」

嘉德納點頭說：「或許在某些領域上會特別突出吧，例如質因數分解的能力。」

「除此之外呢？」

「讓我們回歸到〈赫茲曼報告〉來思考吧。」嘉德納將雙手交握在腦後，仰頭看著天花板說道：「那報告裡引用了一長串對新人類智慧的想像，但其中『理解四次元概念』及『擁有第六

註：貧化鈾彈是以貧化鈾爲原料製成的子彈。貧化鈾是核能發電後產生的核廢料，由於密度較鐵大，因此製成子彈後比一般子彈更具有穿透力。

感』這兩點，我認爲只是危言聳聽而已。就算是新人類，要理解四次元以上的空間概念，也只能依賴數學式的抽象思考。至於第六感，那更是屬於神祕主義的領域，根本不應該從一個科學家的嘴裡說出來。」

盧本斯也深表同意。

「接下來是『具備道德意識的無限發展型態』。要是有生物具備這樣的能力，那已經可以跟神畫上等號了，這也不是我們科學家應該討論的議題。」

這一點盧本斯也深表認同。

「眞正值得探討的只有兩點，首先是『擁有我們的悟性所無法體會的精神特質』。我們身爲一般人類，無法理解『努斯』的思考及情感也是理所當然的事。一旦大腦的形狀改變，精神及思考模式也會跟著改變。你想想，連那些腦梁比我們粗的生物都可以把我們搞得心神不寧了，更何況是新人類。」

盧本斯不禁笑了出來。「腦梁（註）較粗的生物」指的是女人。

「至於最後一點……」嘉德納將上半身往前湊，說道：「可就是棘手的問題了。」

盧本斯聽科學顧問一語道出自己的想法，不禁大感暢快。

「你指的是『能在一瞬間掌握複雜結構』？」

「沒錯，這短短一句話裡，其實包含很多要素。二十世紀後期，科學家正面臨著對還原主義的懷疑及對混沌理論的迷惘。他們推測未來進化後的人類將擁有這樣的能力，其實也是一種發自內心的期待。對了，這不正是你最擅長的領域嗎？」

「我在聖塔菲研究所做的是關於複雜適應系統理論的研究。當然，也大致明白複雜系統理論。」

「我倒想請教你，如果『努斯』眞的具備『能在一瞬間掌握複雜結構』的能力，具體來說他能做到怎樣的事情？」

「任何無法預測的現象，也就是所謂的混沌現象，對他來說都將變得可以預測。這也意味著，現今的複雜系統理論將完全遭到顛覆。」盧本斯一面解釋，一面再次深刻體會到這新人類的能力是多麼驚世駭俗。「如此一來，不管是自然現象、心理現象或社會現象，都可以建構出一套高精確度的模擬系統。具體來說，我們對生命現象的理解將有革命性的突破。不僅如此，諸如經濟動向、地震、甚至是長期的天候變化，都不再是無法捉摸的事情。」

「你的意思是說，『努斯』能算出十年後的今天會是什麼天氣？」

「是的。」

「我再問你一個重要的問題。假如『努斯』眞的具有這樣的能力，我們能理解他的這些思考邏輯嗎？好比說，假設『努斯』寫了一本關於預知氣象的解說手冊，我們看得懂嗎？」

盧本斯沒料到嘉德納會問出如此犀利的問題，但還是毫不遲疑地回答：「我想大概看不懂吧。既然『努斯』的智慧遠超越人類，人類當然不可能理解他的思考邏輯。」

「我也這麼認爲。亞瑟，我想你說得沒錯。」嘉德納淡淡一笑。

原本熱烈討論的兩人突然安靜下來。從科學顧問嘉德納的微笑中，盧本斯同時看到無力感與解放感。承認人屬動物在智慧上繼續進化的可能性，亦意味著承認現今人類智慧的不足。不，人類所不足的不只是智慧。〈赫茲曼報告〉中所提及的新人類特質，正代表現今人類的各種缺陷。我們不但沒有辦法「在一瞬間掌握複雜結構」，也缺乏「道德意識的無限發展型態」。這是生物的習性，無法僅憑理性來解決。高呼世界和平的人，永遠都是在食欲及性欲上獲得滿足的

註：腦梁的正式名稱爲「胼胝體」，是人類腦中一長條狀區塊，由於連結左右大腦，故又名腦梁。有研究指出，女性的腦梁比男性的腦梁要略大一些。

人。一旦陷入飢餓狀態，原本壓抑的獸性就會顯露無遺。「寡則必爭」，中國的思想家在西元前三世紀便已用這句話道破人類的本質。

在未來的漫長人類歷史中，人們將逐漸淡忘和平的重要性。綜觀人類歷史，世界上總有某個角落正在發生人與人之間的紛爭。若要終止這一類野蠻行徑，唯一的辦法就是讓我們全部滅亡，把希望託付給下一階段的人類。

然而此時盧本斯的腦海裡忽然浮現一個疑問。「努斯」眞的比人類具有道德意識嗎？又或者，他比人類更加殘暴？面對智能較低的劣種人類，他會寬宏地允許我們存活，還是會將我們全部消滅？不論答案爲何，唯一可以確定的是，就算他允許人類存活，也會徹底支配人類的一切行動。他會對人類進行管理，讓人類維持一定的數量，就像現今人類對待瀕臨絕種動物一樣。

房裡響起敲門聲，監督官艾瑞奇與軍事顧問史托克上校一同走進來。艾瑞奇身上穿的是休閒的高領毛衣，史托克依然身著軍服。

「我已經把大致情況跟上校說明過了。」艾瑞奇說道。

「你們發現計畫執行者做出可疑舉動？」史托克上校問道。

「是的。」

「特種部隊隊員皆經過嚴格戰鬥訓練，懂得依現場局勢來臨機應變。我想他們的行動一定有其理由，我們不必太大驚小怪。」史托克說。

盧本斯猶豫了一下，決定暫時先不道破心中的驚人推論。「負責分析衛星影像的中情局分析官應該快到了，等他一到，各位就能清楚地了解狀況。」

艾瑞奇點點頭。「我們一定要依據客觀證據來採取行動，不能亂了陣腳。往來於剛果及日本之間的加密信件裡到底藏著什麼祕密，我們目前還查不出個所以然來。假如那些人的用意是企圖阻撓『涅墨西斯計畫』，那麼四名執行者很可能遇上某種麻煩了。」

史托克朝盧本斯問道：「日本那一邊查出什麼頭緒了嗎？」

「我們研判古賀研人正躲藏在一處名叫町田的地區裡，從明天開始將會派人在車站監視。但我們在日本能利用的『資源』相當有限，其他方面的調查幾乎沒有什麼進展。」

「我們能用的『資源』有多少？」

「十名全天候待命的日本警察。但是這樣的人數，光是監視古賀的老家、學校等慣常出沒地點，就已經分身乏術了。除此之外，只剩下中情局東京分局的諜報主任及他所挑選的日本特務。」

「你說的日本特務，就是那個代號『科學家』的人？」嘉德納忽開口問道。

「是的。」

「這個人是怎樣的人？跟古賀研人是什麼關係？」

盧本斯與軍事顧問對看了一眼。「這是中情局的負責範圍，詳情我不清楚。」

「就目前狀況來看，或許我們得做好最壞的打算。假如局勢陷入無法收拾的狀況，我們必須立刻採取緊急措施。」艾瑞奇說。

「採取緊急措施？具體來說，是要怎麼做？」嘉德納問。

「將四名計畫執行者、奈吉爾・皮亞斯、古賀研人這些人全列入恐怖分子名單，要求各國治安單位全力加以逮捕，之後將進行『特殊移送』。」

「特殊移送是什麼意思？」

「那只是旁支末節，博士不必太在意。」艾瑞奇含糊應道。

「這就是你們所謂的『非常手段』，對吧？」嘉德納說。

面對一臉純真、好奇的嘉德納，艾瑞奇擺出官腔：「這是依據NSD—77號、PDD—62號等總統國策方針所施行的行政措施。方針的內容皆屬機密，只要總統簽署核可，中情局就會採取行動。嘉德納博士，這樣你明白了嗎？」

艾瑞奇說了這麼一長串，其實幾乎等於沒說。其言下之意自然是「別再過問這檔事」。嘉德納也很識相，應了一句「我明白了」，沒再繼續追問。

對盧本斯而言，古賀研人可說是整個計畫中最大的失算。沒想到區區一個大學研究所學生，竟然可以在警察的追捕下潛藏這麼久。要是古賀研人早點出面到公安部接受盤問，本來其懲處大可從輕發落。但如今演變成這個局面，艾瑞奇似乎已決定要採取強硬手段了。艾瑞奇這個人就跟其他任職於華盛頓特區的官僚一樣，極度害怕自己的經歷上出現汙點。這個人滿腦子所想的，只是如何迎合伯恩斯政府的喜好。此刻古賀研人要是遭捕，恐怕將會被送往那些專門幫美國拷問犯人的國家，這輩子再也沒辦法回到家人身邊。如果可以的話，盧本斯極想救古賀研人一命，可惜日本諜報行動的指揮大權握在艾瑞奇手上。

「日本那邊就先不談了，但剛果的緊急措施又是如何？」嘉德納問。

「一旦計畫執行者做出可疑舉動，就利用駐紮在那叢林地帶附近的武裝勢力，將他們連同奈吉爾．皮亞斯一併殲滅。」

嘉德納瞪大雙眼，問道：「那些剛果的流氓混混怎麼肯聽我們指揮？」

「只要利用進出當地的武器商人傳話，就說美國開出高額懸賞金，要獵殺潛藏在伊圖利森林裡的五個白人恐怖分子。如此一來，幾萬個見錢眼開的士兵，就會替我們料理那些人。」

「但假如真的存在某種誘發進化的病毒，這幾萬人不是也會感染嗎？」

「這點不用擔心。盧本斯找到一篇報告，證明根本沒有病毒。」

盧本斯暗地叫苦。當初僞造文書是爲了救葉格等人的命，沒想到如今反而害了他們。

就在這時桌上電話響起，部下接起電話後，向盧本斯提出入室請求。

「請他進來。」盧本斯說道。

來自中情局的「涅墨西斯計畫」成員狄亞斯帶著另一人走進會議室。

「他是負責影像分析的法蘭克・休伊特。」

那是個高高瘦瘦的男人，手上捧著一台筆記型電腦。他規規矩矩地向眾人打招呼，將筆電接上投影機。簡報用的幕屏上旋即出現影像。

「這是不久前剛果上空的偵察衛星拍攝到的影像。」

監督官及兩名顧問皆盯著影像看。由於是黑白畫面，看不出是白天還是黑夜。畫面上，一座座小屋排列成U字形，「保衛者計畫」的幾名成員正逐漸走向最角落的一座。

「這座小屋應該就是奈吉爾・皮亞斯的住處。」

「何以見得？」盧本斯問。

休伊特將畫面上的一個區塊放大，說道：「屋舍的後方有一塊呈幾何形狀的物體，這是太陽能發電裝置的集光板。」

「原來如此。」盧本斯說道。叢林裡沒有電力，皮亞斯得靠太陽能發電才能使用電腦。

接著狄亞斯拿起光筆，指向畫面上的四道人影，一一說道：「背著醫療背包的是邁爾斯，帶著通訊裝置的是葛瑞。剩下的兩人之中，手臂較長的是葉格。」

盧本斯朝軍事顧問史托克問道：「上校，依你的判斷，他們在做什麼？」

史托克皺起雙眉，一臉納悶地說：「看起來不像是暗殺行動，而是綁架行動。」

葉格在三名同伴的圍繞保護下，將上半身探進屋舍裡。接下來有頗長一段時間，畫面上毫無動靜。大約經過十多秒後，柏原將步槍換成手槍，走到葉格身邊。兩人的身體突然劇烈擺動，不知在做什麼。由於兩人的身體有一半被屋頂擋住了，從畫面上看不清楚現場狀況。

「請注意這裡。」休伊特倒轉影像，重複播放剛剛那一幕。「想知道這兩人做了什麼事，線索就在畫面的角落。」

休伊特接著將畫面拉到屋舍後方的樹叢中，擴大其中一棵樹的影像。經過徹底放大的畫面，變成了一塊塊濃淡不同的灰色方塊。「剛剛那一幕，現在我們用慢動作再播放一遍。」休伊特說。

灰色方塊之一原本為深灰色，忽然變成淺灰色，接著又慢慢變回深灰色。

「從這畫面上可以看得出來，樹幹上一小塊區域的溫度在一瞬間迅速上升。當然，這不是自然現象，而是有某種灼熱的飛行物體射進樹幹之中。」

「這代表什麼意思，直接說結論吧。」艾瑞奇催促道。

「從兩人的動作來研判，應該是柏原開了槍，葉格出手妨礙，子彈因而射偏了。我們沒辦法正確計算出彈道，不過以角度來看，應該是上方三十度角左右。接著，柏原在離開屋舍時，並沒有將槍放回槍袋裡，而是藏了起來。由此研判，他們應該知道紅外線偵察衛星正在監視著他們。」

史托克吃了一驚，說道：「他們怎麼可能會知道？」

艾瑞奇也一臉納悶地望向號稱智慧過人的計畫立案者盧本斯。

聽了以上這段簡報，盧本斯已確信事態進入最糟糕的狀況。衛星影像遭到竊取，這意味著美國的國防安全正遭受嚴重威脅。不僅如此，更可怕的是美國政府如今完全落入陷阱中。原來推動這場祕密計畫的幕後黑手不是這個特別計畫室，而是「努斯」自己。盧本斯命令狄亞斯及休伊特退出會議室，一個人以雙手拄著腦袋，陷入漫長的沉思。

「涅墨西斯計畫」的產生，起因於奈吉爾・皮亞斯寄出的一封電子郵件。然而他在寄出這封電子郵件時，恐怕早已知道會被「梯陣系統」鎖定。他這麼做的目的，在測試當白宮得知地球上出現進化人種時，會採取什麼行動。近來剛果內地到處駐紮著武裝勢力，皮亞斯及「努斯」被困在伊圖利森林裡無法脫身，他們原本應該很期待美國政府會出面保護他們吧。

然而伯恩斯政府所做出的裁決，卻是「誅殺」。如此一來，皮亞斯及「努斯」要逃出剛果，唯一的作法只剩下取得武力支援。但他們無法依正常管道雇用傭兵，因爲民營軍事企業的一切活動都受五角大廈控管。於是他們想到一個點子，那就是說服「保衛者計畫」的四名殺手陣前倒戈。

要說服華倫·葛瑞背叛美國，是件相當容易的事。他應該也猜到白宮想殺他，若想活命只能當個叛徒。

至於剩下的三人，一定也是基於某些條件而被「努斯」看上的。所有不符合條件的候補人選，都在伊拉克遭到殺害。要做到這點很簡單，只要入侵美國的機密情報網，將機密情報提供給伊斯蘭激進組織就行了。就這樣，人選不斷向上遞補，終於挑上了葉格、邁爾斯及柏原。

目前盧本斯還不明白「努斯」選擇前傘兵救援部隊隊員邁爾斯、日籍傭兵柏原這兩人的理由。不過，選擇前綠扁帽隊員葉格的理由則相當明顯。只要將日本的古賀研人所做出的舉動納入考量，答案便呼之欲出。「努斯」一定是告訴葉格，罹患肺泡上皮細胞硬化症的兒子有辦法得救，但條件是葉格必須背叛美國。

除了位於剛果的皮亞斯之外，「努斯」在日本及美國亦有協助者。已過世的古賀誠治，一定是在當年前往薩伊進行傳染病調查時結識了皮亞斯，受到拉攏而成爲其同伴。古賀誠治雖然死了，但研發特效藥的工作已由兒子古賀研人接手進行。但是，「努斯」是否眞的能指導古賀研人，製造出肺泡上皮細胞硬化症的特效藥，這點頗令人懷疑。雖然「努斯」擁有過人智力，但畢竟時間太短，不管用什麼手法應該都來不及。

艾瑞奇此時再也耐不住性子，問道：「你在想什麼？」

盧本斯猶豫了一下，一時無法判斷哪些話該說、哪些話不該說。雖然很想盡量降低犧牲人數，但如今四名傭兵已加入「努斯」陣營，假如刻意保護這些傭兵的性命，可能將導致「努斯」

也跟著存活下來。「努斯」若沒死，不只是美國，恐怕全世界都將陷入滅亡危機。

至少就現階段來看，「努斯」已擁有盜取美國機密情報的智慧。更糟糕的是，他不僅不具有「道德意識的無限發展型態」，而且早已殺了不少人。光是死在其巧妙手法之下的「保衛者計畫」候選人，就有十五人。這樣一個三歲小孩，眞的不會成爲人類的噩夢嗎？

「很遺憾，我們不能忽視執行者的這些可疑舉動。」史托克上校亦打破沉默說道：「搞不好，他們已經發現『保衛者計畫』的最終結果了。既然如此，我們必須發動緊急措施。」

盧本斯心想，這或許正是讓那些傭兵決心背叛的最大理由。當他們發現上頭發下來的防感染藥劑其實是毒藥時，想不背叛也不行了。

「我同意。」嘉德納博士說道。

「再加上我，就有三人同意了。」艾瑞奇望向盧本斯，說道：「你應該不會反對吧？」

盧本斯心想此時不必急著反對，還是先觀望一下情況再說。「我也同意。」

「好，那麼從現在開始，本計畫進入緊急措施程序。」

盧本斯預測，這場「涅墨西斯計畫」已成爲人類與新人類之間的決戰。

但是面對新人類的智能優勢，人類有勝算嗎？

森林裡的黎明有一股寒意。

晨霧籠罩著「剛卡・班德」的野營地。一座座屋舍裡不時傳出說話聲，但此時還未有人走出屋舍。以樹葉搭成的屋頂不斷冒出縷縷輕煙，顯然屋裡的人正在烤火取暖。

「保衛者計畫」的四名成員在天未亮前便動身前往森林裡取回背包，算起來昨晚只睡了非常短的時間。睡眠不足加上擔憂孩子的病情，讓葉格感到全身陣陣發涼。自上次與莉迪亞通話到今天，已過了一個星期。

四人在野營地外挑了棵枝葉茂盛的大樹，將行李集中擱在樹底下。葛瑞一邊放下行李，一邊說道：「『保衛者計畫』這名字取得眞貼切，現在我們可成了名副其實的『保衛者』，負責保護那個人類學家及名叫亞齊里的小孩。」

還有我的兒子。葉格在心裡補上一句。

邁爾斯喜孜孜地說道：「好想早點見到亞齊里。」

「你見了一定會失望，那小鬼長得很噁心。」米克冷冷地說。

葉格以略帶嘲笑的語氣說道：「米克，你討厭小孩？」

「那玩意連人類都不算，哪是什麼小孩。」

「我指的是人類的小孩。」

米克上下打量葉格，似乎在揣摩葉格問這句話的用意。「我討厭任何弱小的東西。尤其是那些挨了打也不敢還手的傢伙，我看了就想吐。」

「你難道沒有這樣的童年？」

一瞬間，米克的雙眸流露出一股強烈的恨意。但他旋即擺出一如往常的冷笑，說道：「別拿我相提並論，我長大後可是徹徹底底報仇了。」

葉格此時彷彿看見了一道潛藏在米克內心世界的黑影。就是這道黑影支配著這個日本人的一舉一動。爲了不當一個打不還手、罵不還口的弱者，他不惜施打類固醇來增強肌肉，並大老遠跑到外國來磨練戰鬥技術。如此極端的作法，或許反映出他有一個悲慘的童年。

濃霧中傳來朝他們走來的腳步聲。一個高大的男人身影逐漸朝四人靠近，然而四名傭兵的目光，卻完全被跟在高大男人身邊的那小小人影給吸引住。那正是亞齊里。他此時全身上下只穿著一條以碎布縫合成的內褲，四人可以清楚地看到他的身體模樣。自頸部以下，亞齊里跟一般三歲小孩毫無不同。然而他的頭上卻有著碩大而沉重的前額，以及一對完全不像人眼的眼睛。此時他雖然是剛睡醒，但昨晚讓葉格嚇得動彈不得的雙眸依然放射出銳利的目光。在皮亞斯的牽引下，他搖頭晃腦地朝四人走來。那個模樣簡直像是電影裡的怪物，少了一股眞實感。

「好可愛。」邁爾斯說道。

其他三人驚訝地看著邁爾斯說：「你在開玩笑吧？」

「我沒有開玩笑。你們不覺得他的眼睛跟貓很像嗎？」

這麼說來，那對眼睛確實跟貓有三分相似，但葉格一點也不覺得可愛。不知道爲什麼，每當葉格看到亞齊里時，都會感受到一股彷彿是看著神聖宗教繪畫的壓迫感。那種被迫產生敬畏心的感覺，讓葉格渾身不自在。「我比較喜歡狗。」葉格說。

「那對彷彿要看穿人心的眼睛，的確跟貓很像。但外表像貓，骨子裡搞不好是隻老虎。」葛瑞說。

「我賭是老虎。」米克低聲說道：「這小孩很危險，我們還是快點幹掉他比較妥當。」

「你可別亂來。」葉格趕緊提醒。

「早安。」皮亞斯來到四人面前，輕鬆地打招呼。「我向各位介紹，他就是亞齊里。」四人皆彎下腰打量亞齊里。亞齊里睜著一對大眼睛凝視四人，表情相當嚴肅。皮亞斯一一說出四人的名字，但亞齊里的表情絲毫沒有放鬆。

「這孩子懂英語嗎？」葛瑞問。

「懂是懂，但他的咽喉發育太慢，還沒辦法說話，只能靠打字來傳達訊息。」皮亞斯拿起原本夾在腋下的筆電說。

生活在這種原始的叢林祕境裡，竟然使用筆電來溝通，聽起來實在有些滑稽。葉格試著向亞齊里搭話：「亞齊里，剛剛皮亞斯說的是眞的嗎？」

亞齊里點點頭，四個男人一同發出驚嘆聲。看來他眞的聽得懂。

葛瑞接著又問：「你能破解加密文件？」

亞齊里再度點頭。

「你是怎麼做到的？」

亞齊里仰望皮亞斯，擺擺手。皮亞斯拿起筆電，將鍵盤遞到他面前。他舉起嬌小的手掌，以兩根指頭敲打鍵盤，打出：「說了你們也無法理解。」

葛瑞不禁苦笑，說道：「看來我們完全被看扁了。」

葉格看著亞齊里敲打鍵盤的模樣，不禁起了疑竇。就算他夠聰明，但手指動作如此緩慢，眞的有辦法寫出入侵軍事通訊網站的駭客程式嗎？葉格試著問：「你有辦法治療肺泡上皮細胞硬化症？」

亞齊里點點頭。

「怎麼治？」

亞齊里在鍵盤上打出：「寫出一套製藥軟體，用該軟體設計藥物，實際進行合成。」

「那製藥軟體是誰寫的？」

「我寫的。」

葉格暗忖，這有沒有可能是個騙局？這孩子所打的這些句子，會不會都是事先訓練好的？

「我想進行最後一項確認，可以嗎？」葛瑞得到葉格的同意後，繼續說：「我想試試看皮亞斯到底有沒有騙我們。」

「你想幹什麼？」皮亞斯問。

「把這裡所有人集合起來。」

「爲什麼要這麼做？」

「你如果想得到我們保護，就照我的話去做，別問這麼多。」

皮亞斯心不甘情不願地轉頭面對野營地，以當地方言喊了一句話。小屋裡的族人原本就站在門口探頭探腦，此時全都走出來。

葉格等人走到野營地中央的廣場，集合這些姆蒂族人。這四十名身高只到傭兵們胸口的族人若無其事地靠過來，臉上各自露出靦腆的笑容，看起來一點也不緊張。

邁爾斯聽見到處有人喊出「卡里布」這句話，雖然聽不懂，但猜測大概是問候用的句子，於是跟著喊道：「卡里布！」沒想到眾人一聽，全都笑了。

「『卡里布』的意思是『歡迎你』。如果要說『你好』，就說『哈巴里』。」皮亞斯說。

四名傭兵皆跟著說了一遍。姆蒂族人聽了，表情更加歡愉，紛紛以「哈巴里」回應。

「我跟大家說過，你們是來幫助我們的。」皮亞斯說。

葛瑞環顧眾姆蒂族人，緩緩說起話。聽那語音應該是斯瓦希里語。葉格心想，葛瑞是中情局的特務，四人之中就屬他最早被列爲「保衛者計畫」的成員。或許從很早之前，他就開始學習剛果的語言了。

葛瑞說的這句話，意思似乎是「有沒有人懂斯瓦希里語」，眾人聽了，有超過一半的人都舉起了手。葛瑞接著又問了幾個問題，最後他朝一個姆蒂族男人招招手，把他叫到葉格等人面前來。那姆蒂族男人的年紀約三十歲，臉上的神情顯得有些鬱鬱不樂。他身穿老舊的T恤及短褲，身高約一百四十公分，在姆蒂族之中屬於中等身材。

「他說他叫艾西默，是亞齊里的父親。」

葉格聽了，忍不住仔細打量這個矮小的男人。但他除了身材比西方人小得多之外，跟一般人類毫無不同。

「你能不能幫我問問他，亞齊里有沒有兄弟姊妹？」邁爾斯忽說道。

葛瑞點點頭，朝艾西默說起斯瓦希里語。艾西默一邊說，一邊激動地揮舞雙手，表情相當悲傷。葛瑞的斯瓦希里語還不夠好，聽不太懂艾西默的意思，花了不少時間才弄明白，向大家說道：「他說亞齊里沒有兄弟姊妹。當初艾西默的第一任妻子在懷孕期間生了病，艾西默拜託一個『姆斯古』的醫生幫忙醫治，那醫生將他妻子帶往很遠的醫院，但妻子沒有再回來，聽說是在醫院裡病死了。對了，『姆斯古』是白人的意思。」

艾西默指著米克，嘴裡念著「姆斯古、姆斯古」。看來在這些姆蒂族眼裡，亞洲人跟白人沒什麼兩樣。

葛瑞接著說道：「後來，艾西默的弟弟被毒蛇咬死了，於是艾西默娶了弟弟的妻子。這第二任妻子，就是亞齊里的母親。但這位女性在產下亞齊里時，也因出血過多而去世了。」

如此說來，艾西默臉上的憂鬱，想必是來自於對殘酷原始生活的無奈。醫療的不足，令艾西默失去了前後兩任妻子、一個弟弟、以及一個尚未出生的孩子。

「艾西默後來沒再娶妻，亞齊里是他唯一的孩子。」

米克冷笑地說：「有個不正常的老爸，還眞是麻煩事。」

邁爾斯說道：「兩任妻子的死，或許都是胎兒的關係。這麼看來，腦部突變的原因出在父親身上的可能性相當高。簡單來說，艾西默的生殖細胞出現異常，遺傳給了兒子。」

「不，這是非常重要的關鍵。如果亞齊里的突變眞的來自父親的遺傳，那不只是亞齊里，連父親也有危險。美國不希望他再生下異常的孩子，一定會設法將他殺死。」

皮亞斯說道：「這點不用擔心。我們走了之後，『剛卡・班德』這個集團就會解散，四十名族人會各自散入其他『班德』之中。這些人沒有身分資料，外人根本查不出亞齊里的父親是誰。」

艾西默此時忽激動地大喊：「古里耶、亞可尼！」

葛瑞經過反覆詢問，終於明白艾西默想表達的意思，向大家說道：「艾西默說他的妻子在懷孕時吃了不該吃的動物，亞齊里才會長成那個樣子。」

「這不可能。」邁爾斯一臉認眞地說。

葛瑞又抬起頭來，以斯瓦希里語朝族人說話。有人將他這段話翻譯成當地方言，眾族人聽了全都朝葛瑞靠攏，你一言我一語地說起話來。葉格見族人個個說得口沫橫飛，卻一句話也聽不懂。

葛瑞聽完每個人的話後，向同伴們說道：「我剛剛問他們關於亞齊里的事。他們每個人都說，亞齊里不管是在外表跟行爲上都不是普通人。」

「有沒有什麼具體的例子？」葉格問。

「他們說，亞齊里學話學得特別快。除了族人們使用的金普堤語之外，他還學會了斯瓦希里語，以及分類上屬於斯瓦希里方言的金格旺語。除此之外，他還在族人們爲了躲避雨季而遷徙到農耕居民的村落旁居住時，學會了算數。多虧了他，族人賣肉給農耕的彼拉族人時，再也不會受騙上當了。」

「只是這種程度，聰明點的小孩也做得到。」

「更奇妙的是……」葛瑞一臉納悶地說：「他們說亞齊里擁有操縱樹葉的神力。」

「操縱樹葉？什麼意思？」

「我也不知道。」

「不如問本人吧。」邁爾斯蹲在亞齊里面前，說道：「剛剛那些話，你都聽到了？」

亞齊里點點頭。

「你能操縱樹葉？能不能讓我們開開眼界？」

亞齊里臉上原本睜得圓滾滾的一對眼睛忽瞇成了縫，小小的嘴角擠出皺紋。葉格心想，這孩子大概正在笑吧。那喜孜孜的態度，跟一般的調皮孩子並無不同。

亞齊里以手指在地上畫出一個小圓，接著拾起一片落葉，站起來。他高高舉起手中的落葉，緩緩繞起圈子，看起來似乎在計算著什麼。忽然間他放開手指。那落葉在空中一邊翻騰一邊落下，最後恰好落入地上的小圓之中。

剛開始時，葉格等人並不覺得這有什麼了不起，略一思索後，才醒悟這是多麼不可思議的現象。邁爾斯試著撿起一枚落葉，像亞齊里一樣輕輕放開，那落葉在難以預測的微風中翩翩飛舞，最後落在距離小圓足足有一公尺遠的地上。

「你是怎麼做到的？」邁爾斯問亞齊里。

亞齊里以鍵盤打字回答：「我能預測樹葉的動向。」

「怎麼個預測法？」

「我無法說明。」

這回答無法解除眾人的疑惑，但眾人已確信亞齊里擁有一般人所沒有的能力。沒錯，人類能把火箭送上月球，卻無法預測自一公尺高處落下的樹葉會飄到哪裡去。

「各位，我們該動身了。五分鐘後，偵察衛星就會來到上空。」皮亞斯看著筆電說道。

幾個傭兵不由得面面相覷。

「除了相信，我們別無選擇。要是照計畫吞下那膠囊，我們已經變成屍體了。」葛瑞說。其他三人各自點頭，邁步往森林中走去。

皮亞斯依然待在廣場上，向族人們說話。他或許是要族人當作什麼事都沒發生，大家聽完後各自回到自己的屋舍前，開始生火、準備早餐。

不久後，「保衛者計畫」的四名成員、皮亞斯、艾西默及亞齊里父子等人在偵察衛星照不到的森林裡會合。

「我們吃完早餐就出發。」皮亞斯說道：「請拿出地圖讓我看看。」

葛瑞取出地圖，在眾人面前攤開。

「我先說明逃脫計畫的梗概。敵人的『涅墨西斯計畫』安排得相當縝密而周詳，但在緊急狀況的應變處理上，範圍僅局限在剛果民主共和國內。換句話說，只要越過國境，我們就自由了。這意味著我們必須設法突破敵人的防線，敵人也會用盡各種手段全力阻止。」

一行人目前的位置在剛果的東側，距離烏干達國境僅一百三十公里遠，只要四天就可以抵達。然而國境沿線上有超過二十團的武裝勢力到處橫行，想突破並沒那麼簡單。若以足球來比喻，就如同底線前五碼的激烈攻防戰。

葉格問道：「我們走什麼路線到國境？」

「路線有三條，我們得依狀況來選擇最合適的一條。」

皮亞斯指著地圖說明起這三條路線。第一條，經由東邊的布尼亞村進入烏干達；第二條，經由東南邊的貝尼村進入烏干達；第三條，自南邊的戈馬市附近進入盧安達。不論走哪條路線，最終目標都是剛果東側的國境，因爲如果要往西走，廣大無際的國土將成爲一行人最大的阻礙。

「你們有什麼看法？」皮亞斯問。

葉格說道：「我贊成往東走，但有個問題，那就是我們只剩下五天份的糧食。雖說我們可以狩獵，不至於餓死，但這會耗掉大部分時間，嚴重拖延前進速度。」

「你不用擔心，只要沒出意外狀況，各移動路線上都有補給物資及交通工具在等著我們。」皮亞斯說。

「噢，準備得眞是周到。」葛瑞露出欽佩之色，但他接著說道：「但就算排除糧食問題，我認爲我們還是得盡快脫離國境才好。時間拖得愈久，五角大廈能用來對付我們的花樣就愈多。要是不速戰速決，敵人的攻勢一定會愈來愈猛烈。」

「既然如此，我們就採行最短路線，往正東方走。在布尼亞村前面的哥曼達村，我已安排好了車子。以道路狀況來看，這比走東南方的路線更節省時間。但是在抵達哥曼達村前，我們只能步行。」

此地距離哥曼達村約一百公里，大概得走三天。葉格向葛瑞說道：「通知賽達保全，就說邁爾斯得了瘧疾，『天使行動』得延後執行。」

「好。」葛瑞回答。

若依「保衛者計畫」的原定行程，距離最終期限應該還有五天的緩衝時間。只要事情進展順利，當五角大廈察覺不對勁時，一行人應該早已通過剛果國境。

「我們一動身，所有人都關掉衛星定位系統的電源。那玩意要是開著，五角大廈會察覺我們離開了崗位。」

米克立刻提出反駁：「在這沒有明顯目標物的叢林裡，要怎麼確認位置？難道要靠羅盤跟步測走一百公里？」

「別擔心，艾西默會帶我們走。」皮亞斯說。

「艾西默？」

亞齊里的父親艾西默見眾人全望向他，露出羞赧的笑容。

「那不是找死嗎？這傢伙身上連羅盤也沒有。」

「你可別小看了他。若論在森林裡求生的本事，你跟他差得遠了。」皮亞斯信心十足地說。

「此時只要有望回家就謝天謝地了，你還抱怨什麼？」邁爾斯數落了米克後，轉頭問皮亞斯：「你曾說過，最終目的地是日本，但離開剛果後，我們要怎麼到日本去？」

「這也有好幾個方案，此時說明還太早。總之我們現在必須盡全力衝過國境，這是最大的難關。」

「好吧。」

葉格看了一眼手表，下達指示：「我們六點整出發，所有人必須在這時間之前吃完早餐。對了，別忘記頭頂上隨時有偵察衛星在看著。」

一行人正要解散，忽響起了電子鈴聲。皮亞斯一聽到這聲音，立刻從腰包裡取出一台小型黑色筆電。這筆電爲A5尺寸，連接著皮亞斯的衛星手機，與亞齊里用來打字的筆電並非同一台。

皮亞斯看著螢幕，表情愈來愈凝重。

「電子郵件?誰寄來的?」葉格問。

「我不能說。」

「你在國外有同伴?」

「有個情報提供者，但我不能說出他的名字。」

「這信裡說了什麼?」

「敵人比我們預料的要精明得多，我們的行動已被看穿。」皮亞斯闔上筆電，朝眾人說：「『涅墨西斯計畫』進入緊急程序，我們所有人都已被列入恐怖分子名單中。美國政府還懸賞了一千萬美金，要這附近的武裝勢力殺死我們。」

四位「保衛者計畫」成員相當鎮定，並未露出慌張的神情。

「既然如此，我們改走南邊的路線如何?」邁爾斯說。

「不。」葛瑞搖頭說道：「南邊也有武裝勢力，我們要是往南，下場一定是遭到前後夾攻。」

葉格攤開地圖，說道：「東邊的國境有上百公里長，敵人就算有數萬人，一定不可能守得毫無空隙。我們還是依照原定計畫，朝東邊前進。」

「這裡是櫃台廣播。顧客鈴木義信先生，請您移駕至七樓服務櫃台，謝謝您的合作。」

不斷鑽入耳中的廣播聲，令研人感到有些厭煩。此時的研人，正在新宿某超大型書店內物色自己所需要的專業書籍。等今晚李正勳一到，肺泡上皮細胞硬化症的特效藥開發就要正式開工。由於不能使用學校圖書館，只好趁這時候趕緊收購關於研發新藥的專業文獻。

「顧客鈴木義信先生——」

專業書籍多半又厚又重且價格昂貴，但研人並不在乎。反正有那張戶名爲「鈴木義信」的提款卡，完全不用擔心錢的問題。

「顧客鈴木義信先生，若您聽見廣播，請您移駕至七樓服務櫃台。」

研人一驚，抬起頭來。

鈴木義信先生？

雖說姓鈴木的人很多，但連名字也相同的人可就少之又少了。研人心想，這個店內廣播難道是在呼喚自己嗎？

但是對方是誰？

研人的第一個想法，是警察設下了陷阱。但正當研人慌張地想奪路逃走時，念頭一轉，忽又覺得不對。首先，警察不可能知道自己持有這張「鈴木義信」的提款卡。要是警察知道的話，應該早就凍結了戶頭才對。再者，既然在店內廣播，表示對方知道自己正在店裡買書。如果這是警察的陷阱，爲什麼他們不直接衝上來逮人？

研人壓抑下恐懼心，努力讓自己保持冷靜的思緒。自從讀了父親的訊息後發生的這一連串事情，背後都有著縝密的規畫。對方既然知道「鈴木義信」這名字，表示對方是個深知父親計畫內情的人。

研人接著又想，這個人會不會是來幫助他的？當初警察找上門來時，打電話來警告他的，會不會就是這個人？關於那通警告電話，除了內容可疑之外，還有另一個重大疑點。那就是當手機響起時，螢幕上顯示的不是「隱藏號碼」，而是「無法顯示來電」。這意味著這通電話很可能是自外國打來的。如果對方是外國人，那日語說得古怪似乎也很合理。會不會就是這位外國人已來到日本，想要與他取得聯繫？

無論如何，對方至少不會是警察。於是研人將原本塞回書架上的書重新抽出來。對方以店內廣播的方式來聯絡，或許正是爲了讓他感到安心。

店內雖然寬廣，但擺滿書架，無法自遠處窺探櫃台的狀況。研人只好走出「藥學區」，裝出一副若無其事的樣子，朝櫃台靠近。自最近的書架後探頭往櫃台一瞧，那裡只有一名女店員，周圍沒有其他顧客。

身穿制服的店員瞥了一眼手表，再次對著麥克風說道：「這裡是櫃台廣播。顧客鈴木義信先生、鈴木義信先生——」

研人鼓起勇氣朝櫃台走去。

「我就是鈴木。」

櫃台女店員抬起頭來說：「啊，鈴木先生，您終於來了。請問您是不是掉了東西？」

「掉了東西？」

「就是這個。」女店員取出一支手機，說道：「抱歉，我們爲了確認失主，看了手機裡的個人檔案。不過請放心，其他資料我們都沒有看。」

女店員一邊說，一邊操縱手機，將螢幕舉到研人面前。研人一看，「個人檔案」裡確實記錄著這支手機的號碼、郵件信箱及鈴木義信這個名字。

「謝謝妳，請問是掉在哪裡？」研人不斷提醒自己絕對不能露出馬腳。

「『有機化學區』的書架前面。」

「是哪位客人送過來的？」

「不，是我們店員自己發現的。」

「它掉在地板上？」

「是的。」

「眞是非常感謝。」

研人伸手想接過手機，女店員卻說：「對不起，爲了證實您的身分，能不能請您出示證件？」

「證件？」研人一愣，故作鎭定地說道：「呃，我手邊只有提款卡。」

「提款卡也行。」

於是研人從錢包中取出那張戶名爲「鈴木義信」的提款卡。

女店員看了一眼，帶著微笑說了聲「謝謝您」，將手機交給研人。

研人走到隔壁櫃台，將手上的書結了帳，朝電梯走去。此時研人已冷汗直流，一心只想要趕快離開這棟大樓，找個地方好好研究這支手機。對方到底是誰？爲什麼要以如此大費周章的方式將手機交給他？他正思考著這些時，那隻手機突然發出尖銳的鈴聲，讓他嚇得差點整個人跳起來。

一看螢幕，上頭顯示著「芭比」。那是研人小時候所養的狗的名字。對方使用這個名字，應該是一種「是友非敵」的暗示吧。研人離開電梯旁，跑到一個人都沒有的樓梯間，才接起電話。

「喂？」

「你是研人吧？」對方似乎使用了改變音頻的機器，聲音低沉得簡直像是發自地心深處。

「我現在要說的話非常重要，你一定要仔細聽好。」

研人強忍著想要質問對方身分的心情，靜靜地聽著。對方的日語說得相當流利，應該不是外國人。如此說來，自己至少有兩個協助者，一個是日本人，一個是外國人。

「首先，這支手機不會被竊聽，你可以安心使用。」

對方知道手機已落入研人手中，看來研人取得手機的過程全被對方看得一清二楚。這意味著對方此時一定也在這棟大樓內。研人自樓梯間探出頭來，朝書店內望去，但沒看到任何手上拿著手機的客人。

「但在通話對象的選擇上一定要十分小心，絕對不能撥給家人或朋友，否則會遭到逆向追蹤。」

「若是這樣，我拿著手機有什麼意義？」

「最大的意義，就是我隨時能與你聯絡。」

「你是站在我這邊的？」

「當然。」聲音中流露的關心之情，即使經過變音還是聽得出來。

「你叫什麼名字？」

「芭比。」對方的語氣中帶著笑意。

「能不能回答我一個問題？」

「這得看是什麼問題。」

研人以手摀住手機，壓低嗓子問：「〈赫茲曼報告〉第五節裡提到的事，是不是真的發生了？」

「太好了，你這麼聰明，讓我放心不少。你已經讀過那篇報告了？」

「是。」

「以上就是我的回答。」

研人心想，這意思應該是自己說對了。

「從今天開始，這支手機必須維持隨時可以接通的狀態，絕對不能關機。就算是睡覺時也一樣，知道嗎？」

「我知道了。」

「還有，當你離開町田的實驗室到其他地方時，千萬別搭電車。從明天開始，町田車站的剪票口會有刑警盯哨。」

研人一聽，背脊登時竄起一股涼意。不知不覺中，警察的搜查範圍竟已離自己愈來愈近。到底是什麼暴露了自己的行蹤？研人略一思索，忽想到一個可能性，那就是儲值卡的使用紀錄。他搭電車時，總是使用鐵道公司發行的晶片儲值卡，很可能就是因爲這樣才讓警察掌握了他的行蹤。他暗自提醒自己，從今之後做任何事一定要更加謹慎小心才行。

「不能搭電車，我要拿什麼代步？」

「搭計程車比較安全。你身上的錢，我相信還很夠用才對。還有，除了町田車站之外，你的租屋處、大學校園、大學附屬醫院及老家這四個地方，絕對不能靠近。這些地方早已有刑警在守著。目前負責追捕你的刑警共有十名。以上，你都了解了嗎？」

「了解了。」

「過一陣子，我會教你如何使用那台小型筆電。」

「小型筆電？你指的是無法開機的那台黑色筆電嗎？」

研人話還沒問完，對方已掛斷電話。研人開啓手機的通訊錄一看，上頭只記錄了「芭比」這個人的號碼。試著撥打該號碼，卻發現對方已經關機。雖說「芭比」極有可能就在書店裡，但自己不認得對方的臉，根本無從找起。關於那台無法開機的Ａ５筆電，看來只能等下次才能問個明白了。

忽然間，研人又想到一個疑問。爲什麼對方要使用改變聲音的機器？難道對方是自己認識的人，怕聲音被聽出來嗎？

研人走下樓梯，來到新宿的街頭上。身邊不過多了一支手機，心裡竟覺得踏實許多。彷彿自己與世界終於恢復了聯繫，不再是孤獨一人。

研人走在大馬路上，想到有通電話一直沒打，於是從口袋中掏出寫著電話號碼的便條紙。一瞬間，「芭比」的警告閃過腦海。打電話給那個報社記者，眞的安全嗎？警察眞的還沒查到那報社記者身上嗎？研人想了又想，雖然覺得多半是自己杞人憂天，但眼見路旁就有公共電話，爲了保險起見，還是決定不使用這支手機。

投入硬幣，按下號碼。報社記者菅井過去總是立刻就接起電話，但今天卻有些反常，直到第十響才接通。

「喂？」

「喂，我是古賀。」

「啊，研人，原來是你。」

「菅井先生，你在哪裡？」

電話另一頭隱約傳來喧鬧聲。

「我人在外面，不過還是可以講電話。你是不是要問我，上次那女研究員的事？」

「對，關於坂井友理這個人，你是否查到了什麼？」

「東京都的醫師會名冊裡有個同名同姓的人物，年齡也差不多，但我不確定她是否就是你說的那個人。」

「她是個醫生？」

研人試著回想當初在陰暗的大學校園裡遇上的那個坂井友理。她長得相當平凡，臉上幾乎沒有化妝，卻散發出一股獨特的清潔感。若說她是醫生，似乎也很符合形象。

「當時的電話簿裡刊登著她跟她父親共同經營的診所的廣告。」

「怎樣的診所？」

「婦產科。」

這答案令研人感到有些意外。若是內科或心肺科，或許還能跟肺泡上皮細胞硬化症扯上些關係。

「只要到那診所去，就能找到她本人吧？」研人問。

「不，那是八年前的醫師會名冊了。後來她退出醫師會，診所也關門了。」

「這又是爲什麼？」

「我也不知道，這我會再查查看，搞不好能查到她跟令尊是怎麼認識的。」

「菅井先生，謝謝你幫我這麼多忙。」

報社記者的熱心幫助令研人心中燃起不少希望。

「何必這麼客氣。」菅井一笑，又說了幾句客套話後，便掛了電話。

研人離開電話亭，朝新宿車站的方向邁步，反覆思索著有沒有其他辦法可以查出坂井友理這個人的底細。早知如此，當初在大學裡遇上時，應該抄下那輛箱型車的車牌號碼才對。

就在這時，手機發出鈴聲。

研人停下腳步，掏出手機一看，不禁一震。螢幕上標示的是「無法顯示來電」字樣，似乎是一通來自外國的電話。研人心想，搞不好是上次打警告電話的那個外國人打來的，於是趕緊奔進小巷子裡，按下通話鍵。

「Hello？」

電話另一頭的人竟說起英語。聽聲音是個女性，研人的腦中不禁浮現金髮美女的形象。

「哈、哈囉？」研人戰戰兢兢地回答。

對方忽然像機關槍一樣劈哩啪啦說個不停，研人連一句話都聽不懂。唯一明白的一點，是這位女性似乎極爲驚惶。

研人努力將腦袋變換成英語模式，勉強擠出一句最常用的英語句子：「能不能請妳說慢一點？」

對方的聲音驟然止歇，片刻後，才傳來：「你是誰？」

「我？我叫古賀研人。」

「古賀研人？你在哪裡？這通電話到底是打到哪裡去了？」

研人一時之間不明白對方這句話的意思，說道：「抱歉，我不知道妳在說什麼。」

「我自己也搞不清楚現在是什麼狀況……」女性似乎逐漸恢復冷靜，接著說道：「研人，是這樣的，剛剛有個陌生人打電話給我，告訴我這個電話號碼，叫我打電話向你說明我兒子的病情。那個人說，只要我這麼做，你就能拯救我兒子。」

「我能拯救妳兒子？」

「對，難道他騙了我？」

過陣子會有一個美國人來找你——父親信中的這句話忽然像拼圖的一塊碎片，從研人的記憶深處彈出。

「我能請教妳的名字嗎？」

「莉迪亞・葉格。」

「葉格小姐，」研人謹愼地念出捲舌音。「請問妳是美國人嗎？」

「對，但我現在人在里斯本。」

里斯本？研究肺泡上皮細胞硬化症的世界級權威不就住在那裡嗎？

「妳是為了治兒子的病才到里斯本？」

「對、對！」莉迪亞聽到這句話，似乎認為兒子治癒有望，聲音再度變得激動。

「妳認識一位名叫古賀誠治的日本人嗎？」

「不，我不認識。」

「妳的丈夫認識嗎？」

「你說喬？我不清楚他認不認識這個日本人。他現在到國外工作去了，沒辦法聯絡。」

「妳丈夫的工作是什麼？是病毒學家之類的嗎？」

「不……」莉迪亞遲疑了一下，說出了Private Military Company及Private Contractor這兩個英文字眼。

研人反覆問了幾遍，還是搞不懂那是什麼工作，只知道跟軍事有關。

「你知道我們的事？你認識喬納森．葉格及我，還有我們的兒子賈斯汀？」莉迪亞反問。

研人將賈斯汀．葉格這名字深深記在心中。繼小林舞花之後，這是第二個自己必須拯救的小孩。

「不，我不認識你們，但我父親的朋友多半認識。要妳打這通電話的那個人，妳知道他是誰嗎？」

「是個年紀滿大的男人，操美東口音，我想應該是位美國人。」

研人心想，這個人跟打警告電話的人多半是同一個人。

「你已經搞清楚是怎麼回事了？」

「是的。」研人回答。

「那麼，請問你有辦法救我的小孩嗎？」

「我正在研發一種新藥。」研人在說出這句話的瞬間，肩膀上感受到一股沉重無比的重量。這個藥要是研發失敗，勢必會使電話另一頭的女性墜入絕望深淵。

「你的藥眞的救得了賈斯汀嗎？」莉迪亞的聲音中充滿沮喪。「賈斯汀目前狀況非常糟。醫生說以數値來看，已進入最後關頭，搞不好活不到下個月。」

研人聽到這句話，感覺胸口彷彿遭到重擊。就跟小林舞花一樣，賈斯汀．葉格的性命也只剩下不到一個月。他若沒有依照父親的遺言在二月二十八日前完成新藥，將有兩個小孩會從世界上消失。

「我懇求你，設法救救我兒子。」

莉迪亞的口氣一點也不虛弱，反而流露出一股堅強。因爲她不是在博取同情，而是在勇敢對抗纏著兒子不放的病魔。研人與莉迪亞說話，竟想起了自己的母親。母愛的力量是人類共同擁有的良善面，足以跨越任何語言、宗教或人種。研人告訴自己，無論如何也得幫助這位遠在異國的勇敢母親。

「葉格小姐，」研人仰起頭，偷偷吸一口氣，說出自己這輩子最驚心動魄的賭注：「我向妳保證，妳兒子一定會得救。」

4

盧本斯正坐在自家客廳的沙發上。立燈所放射出的光芒照亮他的身影。

此時爲美國東岸時間凌晨兩點，非洲中部時間上午八點。

他本來是想回家補眠，但棘手的問題堆積如山，根本無法入睡。種種尙待解決的問題條列在手中的便條紙上。

盧本斯感到迷惘。既不想讓自己提出的計畫害死任何人，卻又不敢放任「努斯」繼續存活。但盧本斯相當清楚，目前的當務之急是重新奪回「涅墨西斯計畫」的主導權。唯有掌握敵人的動靜，才能決定接下來的方針。如果沒猜錯的話，「努斯」現在一定在傭兵們的守護下企圖逃出剛果。盧本斯低頭望向便條紙上羅列的項目：

「皮亞斯等人會從何處逃出剛果？」

這是當前最急迫的關鍵問題。非洲大陸實在太大，以中情局的人力不可能盯緊每個角落。換句話說，一旦皮亞斯等人逃出剛果，要掌握其行蹤恐怕將變得難上加難。不過，幸好己方擁有一個優勢，那就是剛果國內的交通狀況。剛果的國土面積比整個西歐還大，交通建設卻貧乏得可憐。除了一條橫貫東西的主要幹道外，交通工具就只剩下運行於剛果河上的船，以及飛機。皮亞斯等人當然知道，這些交通要點都會遭到嚴密監視。既然如此，他們只能選擇徒步穿過東邊的國界。以地理形勢來看，軍事顧問史托克向當地的反政府勢力尋求幫助，可說是極為正確的決定。光是伊圖利森林的東側，就聚集了至少二十個武裝集團。想要阻止皮亞斯等人逃出剛果，恐怕就只能仰賴這些惡名昭彰集團的作戰本事。

「皮亞斯等人會從何處逃出非洲大陸？」

一群外國人在非洲不管走到哪裡，都相當引人注目。因此皮亞斯等人若成功逃出剛果，應該不會選擇長期躲藏在非洲大陸。那麼，他們會從哪裡逃出非洲大陸？盧本斯決定先跳過這問題，望向第三點。

「四名傭兵的選擇條件為何？」

「努斯」為了挑選護衛自己的傭兵，設計殺害多名「保衛者計畫」候補人選。要研判他的逃亡計畫，或許可以從這些傭兵的選擇條件來下手。之前盧本斯已思考過，葉格及葛瑞被選上的原因，在於這兩人都有陣前倒戈的充分理由。但剩下的兩個人呢？柏原跟邁爾斯又是為什麼被

「努斯」選上？

盧本斯抽出資料夾內的報告，一一確認這兩人的選拔過程。

柏原三紀彥原本爲第四順位，前三人都在伊拉克遭遇殺害。這三人都跟柏原一樣擁有跳傘技術，實戰經驗也很豐富，唯一不同的項目只有「使用語言」。柏原是日本人，這幾個候補人選中只有他會說日語。盧本斯讀到這裡，忽想起古賀誠治那篇以日文撰寫的研究報告。科學研究領域裡的公用語言是英語，以日語寫研究報告算是頗罕見的特例。由此可知，古賀博士應該不太會說英語。如此說來，柏原被選上的理由，是否在於「努斯」希望藉由他與日本的古賀誠治交換訊息？然而古賀誠治現已死亡，日本方面的訊息接收者變成其兒子古賀研人。根據國防情報局的調查，古賀研人的英語說得還不差。如此想來，假若前面的推測是成立的，而古賀誠治卻突然身故，這意味著柏原三紀彥對「努斯」來說已無存在價值。

盧本斯接著又想，既然協助者古賀父子是日本人，皮亞斯等人的最終目的地會不會就是日本？這點雖然沒有足夠佐證，但可能性不低。於是盧本斯在便條紙上寫下「日本」，並在後頭畫了個問號。

關於這個日本人柏原，資料上還記載著一段不尋常的個人經歷。十年前，柏原的父親遭不明人士毆打致死，母親也身受重傷。然而母親雖見到兇手，卻不肯指認，導致案情遲遲無法偵破，成了一件懸案。此事發生後不久，柏原就遠赴法國，加入外籍部隊。盧本斯心想，這背後多半有什麼不爲人知的隱情，但從報告書上的簡短內容無法看出端倪。何況這件事多半不會對「涅墨西斯計畫」造成影響，因此盧本斯也就不再深究。

下一份資料是關於史考特·邁爾斯。此人爲傘兵救援部隊出身，原本是「保衛者計畫」的第五順位，前四名候補人選同樣死於伊拉克。邁爾斯與這四人的不同點，顯然是在於其擁有專業的醫療及戰鬥搜索救難技術。若照常理來推斷，「努斯」挑上他的理由應該是爲了應付突發的特殊狀況。但除此之外，盧本斯又在邁爾斯的個人經歷中發現一項其他四人所沒有的技術，那就是駕駛飛機。由此看來，「努斯」搞不好打算搭飛機逃出非洲。

就在這時，客廳裡響起電子鈴聲打斷盧本斯的思緒。盧本斯不滿地嘆口氣，拿起手機。來電者是特別計畫室成員之一的國防情報局幹員。

「抱歉，你睡了嗎？」

「沒關係，事情查得怎麼樣了？」

「我已依照指示，將皮亞斯海運企業所有船隻的航班行程都查清楚了。一個月內會航往非洲的船隻只有兩艘，停靠港口分別是埃及的亞歷山卓及肯亞的蒙巴薩。」

「阿拉伯半島呢？」

「有些定期航行的油輪，但下次的航班都在兩個月之後。」

「好，開往埃及、肯亞的兩艘船之中，有沒有哪一艘的目的地是遠東方向？」

「停靠肯亞那艘接下來會航向印度，但之後就會調頭回美國。」

盧本斯心想，皮亞斯一行人在穿越國境後只要繼續往東，馬上就會抵達肯亞的港口。他們是不是打算搭船到印度，再由印度前往日本？

「指示中情局好好盯緊這兩艘船，尤其是肯亞那艘。」

「是。」

「對了，皮亞斯海運企業有沒有飛機？」

「有一架專供高階主管使用的噴射客機，但目前看來並沒有飛往非洲的跡象。我們已將這飛機列入監視目標。」

「你確定嗎？有沒有查過相關企業？」

「包含有所往來的下游企業在內，全都查清楚了。」

「好，你再幫我查查，皮亞斯海運企業的所有相關人士，最近有沒有人購買或承租飛機……」

盧本斯還沒說完，對方已回答：「這也查清楚了，目前沒有相關情事。」

「好，我知道了，謝謝。」

如此看來，皮亞斯等人搭飛機離開非洲的可能性應該不大。撇去飛機之後，能離開非洲的方式就只剩下船運。換句話說，只要封鎖海路，就能將他們關在非洲。盧本斯掛下電話，將視線移回便條紙上。

「如何防止情報外洩？」

「努斯」可以入侵美國的機密情報網，這一點已經可以肯定了。不僅如此，而且基於保密原則，盧本斯對許多事皆無權過問。例如國家安全局的「梯陣系統」或國內的機密通訊網到底是使用怎樣的架構，盧本斯根本無從得知。在這樣的情況下，幾乎沒有任何方法可以阻止情報外洩。而且盧本斯明白美國的情報網絡相當複雜，不同區域各有不同的管轄機關，以自己的職權不可能進行統一控管。這個問題若不解決，「涅墨西斯計畫」的緊急措施將毫無隱密性可言。

目前唯一可行的因應對策，就是放出假情報來擾亂敵人。這種作法雖無法完全解決問題，但總好過什麼都不做。

就在這時，手機再度響起。這次來電的是負責與聯邦調查局聯繫的法蘭克・巴頓。「發生緊急狀況，請立刻回特別計畫室。」

「你現在在哪裡？」盧本斯問。外頭正下著雪，盧本斯實在不想出門。

「聯邦調查局本部。」

「能不能到我家來談？」

「抱歉，我們必須在防諜措施完善的房間才能談這件事。」

盧本斯一聽，不禁有些詫異。到底發生什麼天大的事？

「那施奈德研究所的會議室如何？那裡離你我都近。」盧本斯說。

「好吧。」

盧本斯懶洋洋地站起來，拿起桌上的奧迪汽車鑰匙。

二十分鐘後，盧本斯與巴頓在施奈德研究所的會議室碰頭。當初盧本斯就是在這間沒有窗戶的會議室裡，讀了奈吉爾・皮亞斯寄出的電子郵件。

「發生了一件很嚴重的事，這件事我還沒告訴任何人。」巴頓從公事箱裡取出一個牛皮紙袋，說道：「這件事是關於那個自紐約的公共電話打給古賀研人的警告訊息。」

盧本斯不禁身體往前傾。「你到底查到了什麼？」

「那個公共電話亭位在人潮擁擠的百老匯街道上。電話撥出時間爲星期六下午四點，日本時間是清晨五點。當天下午四點十分，距離電話亭約兩個街口遠的某間藥局的店內監視器，竟然拍到了『涅墨西斯計畫』成員從路上經過。」

盧本斯反射性地說道：「是艾瑞奇嗎？」

巴頓沒有回答，默默地從牛皮紙袋裡取出幾張照片，遞給盧本斯。那正是監視器所拍到的照片。監視器面對店門口，有個年過半百的男人從玻璃窗外走過。

「原本的照片很模糊，聯邦調查局設法提高解析度。」

盧本斯一看，立刻便明白這個男人的身分。剛開始雖然有些吃驚，但仔細一想，卻又覺得這樣的結果是早該料到的。

巴頓靜靜等著盧本斯下達指示。

「他可能只是剛好走過。光靠這張照片，無法下判斷。」盧本斯說。

「既然如此，就交給密碼都市去辦吧。」巴頓回答。

美國的國家安全局是世界上最大的諜報機構，由於規模太大，其位於馬里蘭州的總部形成一座都市。這座都市不會出現在任何地圖上，因此被稱為「密碼都市」（Crypt City）。那裡有超過五十棟大廈，及多達六萬人以上的職員及相關人士。其主要任務，在於監控全世界的往來訊息、解讀加密文件、謀取任何對美國有幫助的情報。當然，開發各種新技術並在電腦情報戰上打倒對手，也是其拿手好戲。

「這世界上沒有他們查不出來的事。」巴頓補充說道。

這天夜裡，研人接到李正勳的電話，來到大馬路上迎接。正勳下了機車，跟著研人走回研人父親所遺留下的祕密實驗室。由於公寓前那條小巷實在太窄、太暗，正勳原本並未察覺裡頭有房子。何況那公寓門口連盞燈也沒有，一到晚上便伸手不見五指，若不是研人出來迎接，根本無從找起。

正勳摸黑將機車停在樓梯旁，跟著研人走進二〇二號室。一看見房裡那些研究器材，正勳不禁瞠目結舌，好一會兒後才說：「研人，自從認識你之後，我已經被嚇到好幾次了。」

「更嚇人的還在後頭。」

研人接著對正勳解釋起自己目前所掌握的來龍去脈。

正勳聽完後，露出半信半疑的表情。但那神奇的製藥軟體就在手中，令他無法將研人這番話當成玩笑。他沉吟片刻後說：「對於人類進化的可能性，我不敢隨便下判斷。但依目前人類的醫藥技術，確實還沒辦法醫治肺泡上皮細胞硬化症。因此就像你所說的，要證明這件事，最好的方法就是以那個軟體製作出特效藥。」

研人聽到正勳贊成自己的想法，不禁鬆了一口氣。「對了，正勳，你上次說你曾在美軍基地當兵？」

「嗯，在一個叫龍山的地方。」

「那對於竊聽，你有什麼看法？會不會只是我想太多？」

「我也不敢肯定，但以技術而言，這確實是做得到的事情。美、英等國共同成立的『梯陣系統』可以監控全世界任何訊息，單看亞洲這邊，日本的三澤基地就有個收訊天線，印尼上空還有一個巨大的收訊衛星。除此之外，海底電纜也全在他們的掌控中，要找到安全的通訊方法恐怕相當困難。」

研人聽了，一時啞口無言。原來自己一直活得渾渾噩噩，從未察覺這世界竟是如此可怕。一般百姓就像被關在小小的牢籠裡，受著極少數人的支配。倘若生活安全無虞，或許還無所謂，但那些支配者可不是神，而是只要一個不高興就可能動殺念的平凡人類。一旦惹火他們，將遭到無情獵殺，就像現在的研人一樣。然而最令研人驚訝的，是美國政府竟然會率先做出這種踐踏人權的行徑。他們平常高呼的「通信隱私權」，原來只是嘴巴上說說？

「『梯陣系統』亦可以用來盜取企業機密，因此曾在歐盟會議上遭到抨擊，但搞了半天，還是沒有人知道該系統的內情。」

「眞可怕。美國號稱民主國家，做事卻是典型的雙重標準。」研人憤憤不平地說。

「我也這麼認爲。不過這不是美國的問題，而是全人類的問題。不管是法律、經濟或任何領域，只要是人類建立起來的東西，沒有一樣是完美的。就像一套漏洞百出的電腦軟體，除了不斷更新版本外，沒有其他辦法。人類這種動物的學名是『**Homo sapiens**』，意思是『有智慧的人屬動物』。假如這是個正確的稱呼，那麼一百年後，人類的世界應該會變得更美好。」

「我也很希望如此，但問題是我已受到『梯陣系統』監視，等不了一百年。到底該不該連累你，我到現在還是拿不定主意。」

「你不用煩惱，因爲我已經被連累了。」正勳露出一如往常的溫和笑容。「而且若能拯救生病的孩子，我很樂意幫忙。」

研人聽正勳說得輕描淡寫，頓時心情輕鬆不少。

「來吧，開工了。」正勳拿起榻榻米上的背包，取出裝有「GIFT」軟體的筆電。

研人在桌上清出一塊地方，正勳將筆電放在桌上，開啓電源。螢幕上出現「突變型GPR769」的模擬影像。受體在細胞膜上緩緩蠕動，看起來簡直像擁有生命一樣。

「『GIFT』這軟體所採用的基本製藥概念跟其他製藥軟體並沒有什麼不同。」正勳以學者的嚴肅口吻說道：「就像你看到的，這個軟體已分析出受體的結構。下一步，就是找出能完全相容於這個凹槽的化學物質。」

「那就是我們要研發的特效藥？」

「沒錯。決定藥物化學結構的方法有兩種，一種是從零的狀態開始，設計出全新的化合物，這種手法叫『De novo』；另一種則是從既存的化合物中挑選活性較高的，這種手法叫『Virtual screening』。」

「哪種比較合適？」

「先從『De novo』試試看吧。不過，設計出來的化合物可能難以實際合成，這我無法判斷，得仰賴你的專業知識。」

「沒問題。」

兩人像上次一樣將網路線接上筆電。正勳坐在筆電前，說道：「這軟體還有個厲害之處，那就是只要輸入期望得到的結果，其他條件它都會自動判斷。」

「全自動？」

「沒錯。」正勳喜孜孜地說：「藥物的活性強度，就設為百分之百吧。」

正勳移動滑鼠，點了畫面上某個輸入框，將手移到鍵盤上，快速打起了字。畫面不斷改變，一下子出現受體的模擬帶狀圖，一下子又出現由一大堆數字及英文字母排列而成的原子座標一覽表。

「只要指定有可能結合的部位，剩下的『ＧＩＦＴ』都會自己計算。」正勳一邊說一邊打字，最後在Enter鍵上一敲，喊道：「來吧！設計出我們要的特效藥吧！」

畫面上出現一排倒數的時間：「Remain Time 01：41：13」

「只要一小時四十分？真是太神奇了！」

正勳興奮得手舞足蹈。研人看他那副眉開眼笑的表情，不禁有些羨慕。自己要是能對研究抱持這麼大的熱情，人生肯定會截然不同吧。看著正勳的笑容，研人忽想起從前父親那神祕的微笑。當父親說出「我沒辦法不做研究」這句話時，那幸福洋溢的神情，就跟此時的正勳一模一樣。研人心想，父親生前一定也像正勳一樣，熱中於研究而不可自拔吧。但到底是什麼深深吸引著父親？至少在研人眼裡看來，父親的研究生活實在稱不上充實。

「你肚子餓不餓？」正勳問。

「餓了。我們去吃飯吧。」

兩人利用這等待時間，前往位於公寓附近的拉麵店。一路上，研人不時左顧右盼，觀察是否有刑警跟蹤。

兩人各自點了中華套餐，吃完後，還是繼續待在店裡閒聊。由於那間拉麵店晚上不打烊，兩人不用擔心遭到驅趕。聊著聊著，說到接下來的製藥流程。等到「ＧＩＦＴ」設計出化合物後，第一階段便算大功告成了。接下來就是實際的藥物合成、受體結合實驗、以及利用白老鼠進行簡單的藥理實驗。

「我那房間裡的化學藥劑種類恐怕不夠，得想辦法找到購買門路才行。」研人說。

「不能跟化學藥材商買嗎？」

「以個人名義購買，一定會遭到拒絕。」

「別擔心，我到學校問問看。只要拜託其他研究室的朋友，多半有辦法弄到手。」

「那就拜託你了。等合成作業結束後，接下來是不是要培養細胞，及拿白老鼠做實驗？實際的作法，你有概念嗎？」

「我對臨床方面所知不多，得趁這段期間惡補一下才行。若有不懂的，我就去問土井，他應該會教我。」

研人的腦海裡浮現了土井的臉。自己能與正勳認識，正是多虧土井的介紹。那個人雖然性格輕浮，但在研究上可是一點也不馬虎，相信會成為可靠的助力。

決定接下來的行動方針後，由於還有一些時間，研人趁這個機會說出一直藏在心裡的疑問：「正勳，我跟你相處，感覺非常自然，沒有因你是外國人而產生排斥感。在你看來，韓國人跟日本人到底有什麼不同？」

「唔……」正勳低頭沉吟。

「不用客氣，什麼都可以老實說出來。」

「我認為有一個地方不同。」正勳抬起頭來說：「我們韓國人有種美國人、中國人或日本人都沒有的感情。在韓語中，我們稱之為『情』。」

「『情』？」

「對，感情的『情』。」

「日語中不也有『情』這個字嗎？」

「不，我們這個『情』跟日語裡的『情』不一樣。這有點難解釋……」

研人產生強烈的好奇心，說道：「你仔細想想，有沒有辦法說明？」

「若要勉強說明的話，那是一種結合人與人之間的強大力量。在我們韓國人的觀念裡，人與人只要發生過接觸，不管喜不喜歡對方，都會因『情』而產生聯繫。」

「類似友好或博愛的概念？」

「不，沒那麼高尚。『情』有時候是很麻煩的東西，因爲跟再討厭的人也會產生『情』。換句話說，我們沒有辦法百分之百對一個人視而不見。絕大部分的韓國電影及連續劇，其實都是以這『情』爲主題。」

「咦？眞的嗎？」研人不禁吃了一驚。他曾看過幾部韓國電影，卻完全沒有察覺到這個概念。不同的人看同一部作品，得到的感受竟會完全不同。

「不但如此，而且『情』也會發生在人跟物品之間……我這麼解釋，你能明白嗎？」

「不明白。」研人努力思索「情」這個概念，卻依然一頭霧水。

「我想也是。」正勳笑著說：「『情』這個字的意思，只有懂『情』的人才能明白。若無法體會那是什麼，就算說再多也沒用，語言不就是這麼回事嗎？」

研人心想，科學領域裡的專業術語不也是這樣嗎？每個人的世界觀不同，能理解的範圍也不同。對一個不懂的人，有時就算說破了嘴也是白費力氣。

「不過，我感覺得出來，人與人之間的距離，韓國人要比日本人近一些。」研人說。

「嗯，或許吧。」

研人心想，正勳的個性能如此善良、溫和，或許正是「情」所帶來的影響。

正勳瞥了一眼手表，說道：「好了，『ＧＩＦＴ』應該計算完成了。」

研人一邊站起來，一邊心想希望自己有一天也能成爲懂「情」的人。

兩人結帳完走出店外，保持警戒地走回那有如鬼屋般的漆黑公寓。

Ａ４尺寸的筆電液晶螢幕正在桌上放射出朦朦光芒。研人點亮房內電燈，跟著正勳朝螢幕望去。沒想到映入眼簾的，竟是四個英文字母：「Ｎｏｎｅ」。

「沒有？這怎麼可能！」正動大聲尖叫。

「你問我，我也不知道。」

「等等，這不可能……」

正動急忙坐在筆電前，敲打起鍵盤。畫面上出現一個化合物的結構圖。那是個頗為單純的化合物，有著一個帶苯環及雜環的母鏈，配上簡單的官能基。

「『GIFT』其實已算出答案，但這個化合物對受體只有百分之三的活性，沒辦法成為藥物。」正動說。

「意思是要我們以這個化合物進行結構最佳化調整？」

「不，若是這個意思，它不應該顯示『None』。何況我們採用的是『De novo』的方式，應該可以算出更合適的化合物才對。」正動沉吟片刻，說道：「還是放棄『De novo』，以『Virtual screening』的方式來試試看吧。」

正動再次操作起「GIFT」。按下Enter鍵後，畫面上顯示計算時間為九小時二十分鐘。

「這已經算很快了。一般像這類電腦計算，至少要花數個月以上。」正動笑了笑後說：「明天早上結果出爐，能不能打電話通知我？」

「好。」

「我明天晚上會再過來。」

研人一看手表，此時已接近十一點。一想到正動還有自己的研究要忙，便感到過意不去。

「正動，眞的很謝謝你。」

「別這麼說，我是自己感興趣才加入的。」韓國來的優等生再度露出親切的笑容。

正動與研人道別後便離開了。窗外的機車引擎聲逐漸遠去，靜謐的公寓房間頓時變得更加冷清。研人心想，雖然很感謝正動的熱心相助，但總不能什麼事情都靠他。一想到接下來要做的事還堆積如山，研人努力振作起精神。這一晚，研人熬夜閱讀專業書籍，直到天快亮時才鑽進睡袋裡小寢片刻。

這一覺似乎作了個夢，但研人醒來時已不記得夢的內容。手表忽發出鬧鈴聲，告知研人「GIFT」的計算結束時間已到。

研人一看手表，此時是早上八點。

由於窗上掛著厚實窗簾，房間裡跟昨夜入眠時一樣漆黑。研人爬出睡袋，等不及打開電燈，便走向筆電螢幕。「GIFT」到底算出什麼結果呢？希望是個活性高一點的化合物……

研人滿懷期待地望向螢幕，卻再度見到「None」這四個英文字母。

5

艾西默父子及皮亞斯等人即將離開狩獵野營地之際，所有姆蒂族人不分男女老幼皆哭得呼天搶地，彷彿世界末日即將到來般。

葉格一開始還帶著同情守在一旁，但見族人哭得沒完沒了，只好無奈地催促眾人趕快出發。

啓程的第一天裡，皮亞斯談起這件事，對葉格做了一番解釋。那些族人會那麼難過，其實是有原因的。一來，亞齊里是在這「剛卡・班德」出生，爲了讓五角大廈找不到攻擊目標，這個集團必須解散，各自到移居到其他「班德」。艾西默父子的離開，正意味著眾族人各自離散的時刻終於到來。二來，亞齊里的年紀還太小，卻得深入叢林險境，族人都很爲他擔心。即使是對這群狩獵採集民族而言，叢林一樣是個充滿危險的神祕世界。原本依族內規矩，小孩子是嚴禁進入森林的。

一行人移動時，傭兵們會排成菱形，讓皮亞斯懷抱亞齊里走在中間。走在最前頭的是嚮導艾西默及擔任先鋒的米克。

皮亞斯的背包裡除了食物及衣物之外，還塞了數台筆電、太陽能充電器及大量的衛星手機。葛瑞猜想，他帶那麼多衛星手機的用意，應該在於確保與國外聯絡的管道暢通無礙。一旦任何一組手機號碼被「梯陣系統」鎖定，通話遭到截斷，可以立刻換一支手機來用。除了這個沉重的背包之外，皮亞斯還將亞齊里以布裹住，斜背在懷裡。這個人類學家原本便體格瘦弱，此時身上又多了這麼多東西，走起路來自然比傭兵們慢上許多。

亞齊里雖與族人訣別，卻沒有露出絲毫悲傷表情。這個孩子在叢林裡總是左顧右盼，眼中閃爍著異樣的神采。在葉格眼裡，那副神態簡直像肚子裡滿懷心機的狡獪老人。

然而更讓葉格在意的，是走在前頭的艾西默。以一個嚮導而言，艾西默表現得非常稱職。他的步伐相當有自信，沒有絲毫迷惘。但他不時會摘下樹葉，摺成箭頭標誌放在地上，葉格擔心那些樹葉搞不好會暴露己方的行跡。而且更麻煩的是，每當休息時間，他就會躺在兒子身邊，抽起大麻紙菸。

「他們有自己的一套規則。」皮亞斯安撫葉格道：「那種樹葉標誌在這森林裡到處都是，不用擔心暴露行蹤。至於抽大麻，則是爲了在狩獵時增強聽力。他們跟一般人不同，大麻不會讓他們變得精神恍惚。」

「但問題可不只這些。」

葉格接著抱怨，艾西默身上帶著一團以寬大樹葉包住的火種。一旦頭頂上的枝葉不夠茂密，那高溫的火種很可能就會被偵察衛星發現。但皮亞斯卻堅稱火種是他們這一族的生活必需品，無論如何都不能取走。

「爲什麼不給他打火機？」

葉格提出這個建議，皮亞斯卻不肯接納，只是說道：「你不用擔心，偵察衛星的一舉一動，都在我的掌控之中。」

葉格雖對皮亞斯的頑固態度感到不安，卻也無計可施。何況艾西默臉上總是帶著懦弱、和善的笑容，葉格也不好意思對他發脾氣。

由於速度太慢，第一天在天黑前只走了三十公里。夜裡，傭兵以兩小時爲間隔輪班站哨。葉格趁著站哨時，仔細觀察睡在父親身邊的亞齊里。或許是閉上雙眼的關係，亞齊里看起來沒有白天那麼詭異。

然而最讓葉格感到驚奇的一點，是四名傭兵看了亞齊里後的反應竟迴然不同。或許亞齊里雖擁有超越人類理解的高度智慧，但性格方面卻還未成形，此時就像個人類嬰兒，還沒有善惡之分吧。如此說來，邁爾斯跟米克對亞齊里的印象完全相反，或許只是反映了他們自己的內心世界。葉格會做出這樣的推測，根據的是從前在美軍執勤時所得到的經驗。每當特種部隊到外國執行任務，總是會有士兵對外國那些語言、膚色與己方不同的人種表現出歧視態度。而且愈是平日抱持自卑感的人，這種現象愈是明顯。葉格因而猜想，四名傭兵對亞齊里的觀感大相逕庭，或許也是類似的現象。

看著亞齊里那安詳的睡相，葉格的心中忽然湧起當年喜獲麟兒時的心情。葉格不禁暗自祈禱，希望亞齊里永遠不要走上岔路。就算亞齊里跟人類已非相同物種，但畢竟他跟人類一樣，擁有智慧及人格。既然如此，希望他的人格能永遠堅強、正直。一旦他變成幼稚的好戰分子，就像一拿起武器就以爲天下無敵的自己一樣，那麼正如同米克所言，他將成爲極度危險的生物。可惜他畢竟是出自人類的胎內，這種可能性恐怕相當高。

天一亮，眾人再度開始前進。每隔一小時，會有一小段休息時間。葉格趁著休息時間問皮亞斯：「那些姆蒂族之間會不會戰爭？」

「從不。」皮亞立刻回答：「根據我的調查，這五十年來他們只發生過一次爭執。某個『班德』裡起了內鬨，最後分裂成兩個『班德』，就這樣而已。」

「這麼說來，他們是天生的和平主義者？」

「他們只是比我們聰明，知道與自己人鬥爭會讓整個團體陷入危險。因此只要有人無法適應團體，或是夫妻吵架太嚴重，當事人就會遷往其他『班德』，避免繼續爭執下去。」

「難道他們從不曾爲了食物而吵架？」

「不可能。」皮亞斯回答得斬釘截鐵。「每個『班德』的狩獵範圍都劃分得很清楚，而且獵得的食物會平均分配給每個人。不過你可別誤會，這跟我們現代社會所說的共產主義不同，他們的分配方式高明得多。除了擊殺獵物的人之外，在一旁幫忙的人及在野營地留守的人也都可以分到一份。他們分配食物的規則相當複雜，但保證絕對公平。立下功勞的人可以獲得報償，卻又不會出現獨占資源的狀況。」

葉格聽皮亞斯對那些姆蒂族讚不絕口，說道：「看來你很崇拜他們。」

「是啊。對了，『姆蒂族』的『姆蒂』，意思就是『人』。」

陰暗的叢林裡，這個滿面虬髯的學者首次對傭兵敞開心防。趁休息時間，他不時與葉格攀談。

「葉格，你聽過『皮亞斯海運』這家企業嗎？」

「當然。」

「我正是那皮亞斯家族的長子。」

葉格大爲驚訝。眼前這個置身原始叢林、衣衫襤褸且營養失調的糟老伯，怎麼看都不像是個富家少爺。

「你很有錢？」

「這麼說好了，我不缺研究資金。」皮亞斯間接肯定了這個問題。

「那你爲何不繼承家業？」

「我年輕時是有這個打算，攻讀人類學原本只是興趣而已。但我後來體會到自己並不是大企業經營者的料。那個世界太骯髒了，我待不下去。」皮亞斯的臉上同時顯露出厭惡感與挫敗感。「愈是膚淺的人，愈會被錢吸引。銀行家跟投資公司的人，只會跟有錢人握手。人家說律師就像水蛭，但他們吸的不是血，而是錢。我不想一天到晚見到那些人的貪婪嘴臉，只好躲進研究的世界裡。在這裡，我可以自由自在地研究那些我喜歡的人。」

不知何時來到一旁聽著兩人對話的葛瑞，此時忽然看了一眼手表，說道：「抱歉，我得打斷你們聊天的興頭，出發時間到了。」

葉格站起來，以略帶取笑的語氣說：「你眞應該生在姆蒂族的部落裡，而不是什麼大企業家庭。」

皮亞斯淡淡一笑，說出令葉格感到意外的回答：「不，我不這麼認爲。我跟那些只會耍嘴皮子的自然愛好家不一樣。我有使用電腦的習慣，而且一旦生了病，我會求助最先進的醫療技術。換句話說，我無法完全離開科學萬能的文明世界。有人說原始社會是遭現代人遺忘的桃源仙境，在我看來那根本是一句屁話。這是個只要得了盲腸炎就會沒命的世界，要我一輩子住在這裡，我可做不到。」皮亞斯的眼中忽流露出悲憐與讚嘆，接著說：「但那些小人族，靠著肉體的進化及同伴之間的同舟共濟，已在這殘酷的環境裡存活了幾萬年之久。你不認爲這實在是很偉大的事嗎？」

「我同意。」葉格率直地點點頭，並衷心期望亞齊里確實繼承其祖先愛好和平的血液。

一行人走了約十分鐘，眼前的景色豁然開朗。前方不再有樹海，取而代之的是一段極狹窄的泥岸，以及泥岸後方那遼闊的伊圖利河。這條河的寬度至少有上百公尺，水流豐沛且相當湍急，河面呈現混濁的茶褐色。眾人往對岸望去，河岸同樣相當狹窄，其後方又是宛如城牆般的茂密樹叢。若由空中俯瞰，這條伊圖利河就宛如是蟠踞在森林之中的粗大血管。

艾西默害羞地朝眾人招手，接著伸手指向岸邊。那裡有一艘以巨木鑿成的獨木舟，以及數根船槳。

葉格不禁對艾西默的嚮導能力大感佩服。爲了避免遭遇敵人，一行人的前進路線刻意遠離姆蒂族的生活圈，深入叢林中。對艾西默而言，這一帶應該相當陌生才對。然而他卻可以在不使用地圖及羅盤的情況下，帶領眾人找到放置獨木舟的位置。在這毫無明顯目標物的叢林裡，他到底是怎麼認路的？即使是待過特種部隊的葉格，亦無法摸清楚這些姆蒂族的看家本領。

「我得提醒大家兩件事。」皮亞斯朝眾傭兵說道：「第一，這條河裡有鱷魚，常有本地人被生吞下肚，大家一定要萬分小心。第二，渡河後再走一陣子，就會抵達農耕居民的村落，我們在那裡搞不好會遭遇武裝勢力。」

「好，我們渡河。」葉格說道。四個傭兵在離開「剛卡・班德」時，便已換上了戰鬥裝備。

由於眾人身上皆有行李，那獨木舟一次只能搭乘四個人，眾人分兩次才全部抵達對岸。過了河之後，走了大約十公里，森林的模樣明顯有了變化。再走一會兒，樹叢後頭已隱約可看到農田。此時的位置應該已靠近某座位於道路旁的農耕居民村落。

葉格指示眾人停步，取出地圖細看。道路就在不遠處，而在那條泥土道路的沿線上，每隔數公里便有一個村落。由地圖上看來，眼前這座村落應該是「阿曼貝雷村」。道路的兩側散落著一棟棟矮小的土屋。此地離目的地哥曼達村，直線距離尚有約六十公里。

「有沒有辦法查到衛星現在的位置？」葉格問。

皮亞斯從腰包中取出小型筆電，看了一會兒後說：「四十分鐘後將抵達上空。」

「好，我們繞過這個村的外圍，從兩村的中間悄悄穿過，到道路的另一側去。」

「等天黑再行動不是比較安全嗎？」

「現在還沒中午，我不想浪費太多時間。」

一行人以最快速度決定了路線，重新排成菱形隊伍，在森林深處繼續前進。

然而就在一行人繞到阿曼貝雷村的背後時，艾西默忽然一臉慌張地轉頭望向皮亞斯。走在艾西默身旁的米克一臉狐疑地看了艾西默一眼，但下一瞬間，米克也露出驚愕的表情，轉頭望向正前方。接著米克揮手指示眾人停步，並將手放在耳邊，示意他聽到了可疑的聲音。

葉格跟著豎起耳朵仔細聆聽。自道路的北邊，隱約傳來鼓聲。

皮亞斯聽了一會兒，低聲說道：「糟糕！有團民兵組織往這邊來了！」

「你怎麼知道？」

「那鼓聲是彼拉族人所使用的『傳話鼓』，靠著模擬說話的抑揚頓挫，可以傳達相當複雜的訊息至遠方。」

「那民兵組織的規模有多大？」

「不清楚，我只知道這些傢伙的手段相當凶狠，到處殘殺異族居民。但是他們的活動範圍原本應該在更北方才對……」

傭兵們不由得面面相覷。

「大概是來殺我們的吧。」米克說。

「或許吧。」葛瑞跟著點頭。

鼓聲傳入阿曼貝雷村內，整個村子到處響起嘶喊聲。不少居民從小土屋中奔出，一邊喊叫一邊慌張地兜起圈子。

葉格從背包中取出小型無線電通訊機的耳麥組，掛在頭上，吩咐皮亞斯：「帶著艾西默及亞齊里躲到樹後，趴著不要動。」

長相詭異的孩子亞齊里似乎已明白狀況，緊緊摟住父親的腰際，眼神中帶著懼意。

「我們不快逃嗎？」

「不，我們躲在這裡，等民兵組織通過。」葉格見皮亞斯露出不以爲然的表情，接著說：「相信我，這比胡亂逃走要安全得多。」

皮亞斯神色緊張地點點頭，帶著艾西默父子躲到一棵大樹的後方。邁爾斯留下來負責守護三人安全，葉格、米克及葛瑞則各自解除槍械的保險裝置，朝森林邊界靠近。三人的前方已不再是森林地帶，而是經過開墾的土地。約兩百公尺外，就是村子裡的一座座屋舍。葉格取出軍用望遠鏡觀察，看到許多自附近奔回村裡的居民，臉上皆帶著驚懼的神情。

快逃！再慢就沒命了！葉格在心裡吶喊著。

忽然間，不知何處傳來音樂聲。那音樂聲融合非洲民族音樂及搖滾樂的特色，曲風激昂而熱情，卻與此時的緊張氣氛顯得格格不入。葉格沿著音樂傳來的方向往北方望去，看見三輛中型卡車正揚著滿天塵土，以驚人的速度駛來。第一輛卡車的車斗上，裝設一架重型機槍。三輛卡車上皆載滿黑人士兵，每個士兵身上所穿的野戰服都不太一樣，顯然是掠奪來的。

葛瑞迅速計算敵兵人數，說道：「四十三人。」

米克接著說：「重機槍一、輕機槍三，另有大量ＡＫ47步槍、手槍、開山刀、柴刀、斧頭、長矛。」

村人們原本聚集在一起，此時一哄而散，尖叫著四下逃竄。幾個人逃得太慢，被武裝車隊撞個正著。

所有村人紛紛朝著周圍的森林裡奔逃。其中一對夫妻，帶著三個孩子朝葉格等人躲藏的方向奔來。然而這個方向在抵達森林前是一大片毫無遮蔽物的農田，以逃命而言是最糟糕的選擇。

民兵們一跳下卡車，二話不說便火力全開，朝這一家人的背後射擊。飛濺的血沫登時染紅蔚藍的天空。雙親及孩子一個個仆地倒下。他們的尖叫聲在中彈的瞬間變成駭人的嘶吼聲。那是任何瀕臨死亡的動物都會發出的聲音，其中甚至感受不到一絲人類的絕望情緒。

「邁爾斯！」葉格以無線電下達指示：「叫皮亞斯他們摀住耳朵！」

「收到。」

唯一毫髮無傷的男孩子站在田中嚎啕大哭。他的親兄妹倒在他的腳邊，正痛苦地蠕動身體。男孩的年紀大約八、九歲，與賈斯汀差不多大。下一瞬間，無情的彈雨再次襲來，撕裂男孩的頭顱，奪走他的生命。

「葉格！」耳機中傳來邁爾斯的聲音：「皮亞斯問你有沒有辦法救那些村民？」

「沒辦法。」葉格強忍著吐意回答：「戰力差了十倍，我們贏不了。」

此時葉格身旁的葛瑞忽然低聲咒罵：「該死，你看看他們脖子上掛的東西！」

每個民兵的脖子上都掛著裝飾品。但那不是普通的裝飾品，而是人類的耳朵或陰莖。有的掛在身上，有的則套在步槍上。葉格忽然回憶起，據說當年打越戰時，不少美軍也幹過類似的事情。

五分鐘前還一片安祥和睦的阿曼貝雷村，此時卻化成戰爭的舞台。這是一場赤裸裸的醜陋戰爭。其外表甚至沒有政治衝突、宗教對立之類的虛偽包裝。民兵們衝入異族人種的屋子裡，搶奪一切食物、燃料及生活物資。沒死的村人們全被集中在道路旁的廣場上。在所有人的注視下，民兵們開始強姦女人。他們發洩性欲的對象，甚至包含幼童及老人。

又過一會兒，民兵們似乎覺得不過癮，開始玩起更殘酷的遊戲。他們拿起刺刀，插進女人的陰道裡。當他們在虐殺那些自己剛剛強姦的女人時，兩腿之間的陰莖依然呈挺立的狀態。這樣的行徑，就跟當年南京大屠殺時日本軍隊對中國婦女做出的暴行如出一轍。葉格畢竟受過嚴格軍事訓練，並沒有因看見這悲慘的一幕而精神崩潰。從前在接受訓練的期間，葉格已被迫觀看過不少俄軍殘殺俘虜的影片。然而葉格沒有把握，如果這一幕發生在更近的位置，自己是否還能維持冷靜。葉格唯一可以肯定的是，自己這輩子恐怕無法將那些畫面從記憶中抹去。

當男人將心中的暴力欲望發揮得淋漓盡致時，不分任何人種，幹出來的行徑都大同小異。以武力壓制異族人種並加以瘋狂屠殺，是爲了印證民族之間的優劣。這些民兵虐殺、肢解村人的暴行，同樣發生在過去任何人種、民族的任何一次大屠殺上。人類沒辦法在世界上創造出天堂，但搞出些地獄卻是綽綽有餘。

此時此地若有個新聞記者，他或許會將這血腥的一幕寫成一篇文章。當他在撰寫時，他明白這些文字將喚醒讀者心中一些對和平的渴望，以及一些追求驚悚、嗜血好獵的變態欲望。這些低俗娛樂的發送者與接受者都會高呼世界和平，並在心裡否認自己與那些殺人魔其實是相同生物。

阿曼貝雷村的大人終於死得一個也不剩。接著民兵命令那些親眼目睹雙親遭到屠戮的孩童全站在一起，他們從中挑出幾個十多歲的女孩，要她們爬上卡車。這些女孩多半是成爲民兵們的性奴隸。一個男孩趁民兵不注意，轉身拔腿就跑，卻很不幸地被地上的頭顱絆了一跤。一個民兵衝過去，手中柴刀一揮下，男孩的額頭登時裂爲兩半。其他孩子驚恐地看著朋友的腦漿灑滿了一地。他們很清楚接下來就輪到自己了。其他民兵此時舉起手中的槍械及兵刃，緩緩朝孩子們靠近。

葉格的忍耐終於在此時到達了極限。他已準備不顧一切，對這群野蠻的禽獸大開殺戒。首先，他瞄準了一個看起來像是指揮官的男人。

「住手，葉格，別害死我們所有人。」米克低聲說道。

葉格看著日本人，幾乎想將胃裡的東西全吐到他臉上。

「你的槍只是拿來打猴子的嗎？」

「你說什麼？」

「米克是對的。」葛瑞恨恨不已地低聲說道：「我也很想救那些孩子，但我們眞的無能爲力。」

葉格壓抑下滿腔的殺意，轉頭望向森林深處。葉格說服自己，在那樹後還有著自己必須盡全力保護的人。但就在這時，葉格竟看到了一對大眼睛。那是亞齊里，他自邁爾斯的腳邊探出頭，正以那神祕而深邃的雙眸朝葉格的方向望來。但他不是在看著葉格，而是在看著更遠方的村落。在那裡，民兵們已開始屠殺剩下的孩童。

葉格的心裡霎時湧起一股寒意。無論如何，絕對不能讓亞齊里看見這一切。當然，葉格不希望亞齊里的心靈遭到扭曲。但那不是葉格心中最大的恐懼。最讓葉格感到害怕的是立場的對調。亞齊里看著人類自相殘殺，不就跟當初自己看著黑猩猩殺害幼子一樣嗎？這異於人類的智慧動物將會知道，人類是一種雖然擁有道德觀念，卻很容易屈服於獸性的劣等生物。

「邁爾斯！」葉格不想讓亞齊里對人類產生鄙視，急忙對著無線電說道：「亞齊里在看！」

邁爾斯察覺亞齊里正探出上半身，急忙將他拉回樹後。就在此時，皮亞斯卻從樹後爬出來，朝葉格等人不住招手。葉格正納悶不曉得該做何反應，卻見到皮亞斯焦急地奪下邁爾斯頭上的耳麥組，對著上頭的麥克風說道：「快回來！衛星拍到你們了！」

「什麼？」葉格一看手表，此時距離偵察衛星來到上空，應該還有二十分鐘才對。他一邊注意著民兵們的動靜，一邊小心翼翼回到森林內。皮亞斯轉過小型筆電的螢幕，遞到葉格眼前。螢幕上的衛星畫面，範圍籠罩整個阿曼貝雷村。在那畫面的角落，可清楚地看到伏在地上觀察村內情況的葛瑞及米克。

葉格急忙以無線電將兩人喚回，接著朝皮亞斯質問：「衛星爲何來得這麼快？」

「我被敵人的假情報騙了。現在我們得快逃，在對方發現前離開這裡。」

「要往哪裡逃？」回到眾人身邊的葛瑞說道：「你有沒有辦法擴大衛星影像的範圍？我想知道這附近的狀況。」

皮亞斯操縱電腦，縮小畫面上的比例尺，讓影像範圍擴大至周邊十公里。以阿曼貝雷村爲中心，街道的南北兩端各有無數小點。擴大那些區域一看，竟然都是配備重型火器的車輛。這些軍隊顯然與屠殺阿曼貝雷村的民兵組織並非同一派人馬。

「該死，敵人增加了！如今我們得同時應付三個武裝集團！」

葉格不禁皺起眉頭。那三組武裝集團逐漸聚集在東側，完全擋住葉格等人的去路。

「喂！你們看！」米克忽然喊道。

其他三人忙拿起望遠鏡，朝村內望去。孩子們並未全部死光，但民兵們卻停下動作，不再繼續屠殺。那看起來像指揮官的男人正將上半身探進停在一旁的卡車裡，對著無線電說話。驀然間，那男人抬起頭，朝葉格等人所躲藏的方向望來。

「糟糕！一定是有人將衛星拍到的影像內容告訴他！」葛瑞說道。

多半是五角大廈透過武器商人，將葉格等人的位置告知民兵組織的指揮官。

那指揮官朝手下說了句話，手下之一立刻跳上卡車車斗，以重型機關槍往葉格等人的方向掃射。四個傭兵無聲無息地奔向附近的大樹，各自尋找掩蔽物。彈雨自左側逐漸靠近，射斷沿路上無數灌木枝葉。

「別慌張，靜靜躲在那裡！」葉格朝嚇得六神無主的皮亞斯喊道。

周圍的枝葉被子彈打得滿天飛舞，亞齊里乖乖地窩在父親的手臂內，一動也不動。

傭兵們等到彈雨通過眾人頭上後，立刻護著皮亞斯及艾西默父子，緩緩退向森林深處。忽然間，村裡的民兵們發出震天的喊聲，各自拿著槍械奔進田裡。或許是葉格等人在移動時踏倒野草，行跡已遭民兵們察覺。

「快跑！」葉格壓低嗓子喊道：「照原路退回去！」

皮亞斯及艾西默父子也在邁爾斯的守護下拔腿狂奔。

葛瑞與米克開啟步槍的連發模式，對著民兵們掃射。由於田裡沒有掩蔽物，約有十名民兵中彈倒地，其他民兵也嚇得一時不敢再前進。

葉格瞄準民兵組織的指揮官，扣下扳機。子彈射出的瞬間，擊斃敵人的快感已自右手傳到大腦。彈道雖略微偏低了些，還是擊中敵人的肉體。那指揮官身上的迷彩服驟然扭曲，鮮紅的色塊迅速擴散。速度超越音速的七點六二毫米子彈，貫穿指揮官的下腹部。一個生殖器及膀胱都被打爛的人類，不可能還能存活。原本正不停發號施令的指揮官在一瞬間閉上了嘴，下一秒已坐倒在地上。

這是葉格從軍以來，第一次在肉眼可及的近距離下殺死敵人。但此時葉格心中沒有一絲一毫愧疚，反而充塞著興奮與暢快。讓那些殘虐的禽獸嘗嘗報應的滋味！殺！把這些畜牲殺得一個也不剩！葉格接著又射殺了四名愣在一旁的民兵，才轉身撤退。

晚上七點。

突然手機響起，研人從血液氣體分析的專業書籍中抬起頭。一看時間，李正勳差不多該到了。研人心想，或許是正勳臨時有事會晚到，所以打電話來通知吧。沒想到將手機從充電器上取下一看，液晶螢幕上顯示的竟是「芭比」。

「喂？」研人急忙按下通話鍵。

「立刻拿出那台無法開機的筆電。」另一頭傳來的同樣是經過變造的低沉聲音。

那台A5尺寸的黑色筆電終於要派上用場了。此時研人的興奮心情，就好像是長年深藏心底的一個謎終於將得到解答。

「我現在教你使用它，動作快。」

不知為什麼對方似乎相當焦急。研人從堆滿實驗器材的桌子角落取來筆電，打開螢幕。

「你房間裡有條寬頻網路線，你知道在哪裡嗎？」

「知道。」上次正勳來時，就已經使用過網路了。

「將網路線接上筆電，按下開機鍵。」

研人照著做，但一會兒後，螢幕上同樣出現藍色畫面。

「一樣是當機狀態。」

「那筆電沒有當機。畫面上有個輸入密碼的欄位。」

「畫面上什麼都沒有。」

「有，只是背景、欄位及輸入的文字都是相同顏色，所以你看不到。」

研人恍然大悟，難怪每次開機都只看到藍色畫面。這個神祕兮兮的筆電，原來使用的是如此單純的障眼法。

「那筆電已接上網路了吧？我現在說出密碼，你要正確輸入，絕對不能出錯。」

「芭比」說出的密碼是「genushitosei」，全是小寫的英文字。研人無法判斷這到底是完全隨機的字串，還是帶有某種規則性。

「輸入完後，按下Enter鍵。」

但畫面依然毫無變化。

「接下來還得輸入第二串密碼。」

第二串密碼是「uimakaitagotou」，又是串意義不明的英文字母。

輸入完後按下Enter鍵，畫面突然播放起影像。宛如有另外一個世界，突然出現在筆電那小小的螢幕中。但影像的解析度不高，而且搖晃得很嚴重，根本看不出畫面拍到的到底是什麼。喇叭不斷傳出衣服摩擦聲及劇烈的喘氣聲，從這些聲音聽來，現場的狀況似乎非常混亂。

「螢幕上出現什麼？」手機裡的低沉聲音問。

「一些影像，但看不太清楚，只知道是有人在森林裡奔跑。」

「你現在看到的，是一場戰爭的即時影像。」

「戰爭？」

「沒錯，地點是剛果民主共和國。」

研人聽到這個父親曾因要做研究調查而去過的國家名，頓時有些摸不著頭緒。自己遇到的這一連串神祕事件，難道都跟位於非洲大陸中央的剛果民主共和國有關？

「同時按下Ctrl及X鍵，可以切換畫面。」

研人照著指示做了。戰爭的即時影像消失，取而代之的是靜止的黑白空中鳥瞰圖。研人本以爲那是一張照片，但仔細一看，才察覺那也是動畫影像。類似這樣的衛星影像，確實曾在電視新聞上看過。但喇叭傳出的聲音卻沒有跟著改變，依然是「戰爭」的即時聲音。

「芭比」接著又教導研人放大、縮小畫面的方法，最後說道：「畫面裡的人若問你問題，你就對著筆電回答。這些訊息都會經過加密才傳送，不用擔心遭到監聽。」

「等一下，這到底是怎麼回事？」

「這是一場拯救進化人類的計畫。他們的命運全掌握在你手中。」

「什麼？」

就在研人張口結舌，說不出話來時，對方已掛斷電話。

研人張大了口，愣愣地看著螢幕上的衛星影像。一會兒後，研人漸漸看出這應該是從上空拍攝森林的影像。畫面上那一大片濃淡不均的黑色區塊原來不是海面，而是茂密的叢林。在那一大片黑色區塊裡頭，有時會冒出幾個白點。擴大畫面一看，每個白點都是小得像米粒一樣的人影。因爲人體的溫度較高，所以顏色比周圍的森林白得多。

研人心想，剛剛那「戰爭」的即時影像裡出現的人影，應該就是這些人吧。研人試著將畫面切換回即時影像，但畫面一樣劇烈震動，根本看不清楚。拿著攝影機的人，此時似乎正使盡全力拔腿奔跑。突然間，畫面中閃出一個手持步槍的壯碩白人，朝著鏡頭以英文怒吼：「你在搞什麼鬼？」

一時之間，研人以爲那白人在對自己說話。但繼續看下去，有另一道聲音回應：「再等等，還沒連上線！」緊接著，畫面上冒出一顆巨大的頭。那是個臉上蓄滿鬍子的男人，頭上戴著通訊用的耳麥組。研人心想，應該就是這個人把攝影機拿在手裡吧。

「你是古賀研人？」男人緊盯著鏡頭，彷彿可以看到坐在筆電前的研人。

「是的。」一頭霧水的研人以英語回答。

「這是視訊通話，你看得到我，我也看得到你。」男人一邊說話，一邊氣喘吁吁地奔跑，不時從畫面上消失。

研人抬頭朝螢幕上方望去，察覺攝影鏡頭正發出亮光。這意味著對方也可以看見自己及房間裡的模樣。

「你是誰？」研人問。

「我叫奈吉爾・皮亞斯，是你父親的朋友。」

「我父親的朋友？」研人凝視著畫面問道。奈吉爾・皮亞斯的雙眼一次也沒眨，眼神中透著強烈的恐懼，顯然正陷入極度恐慌中。

「別跑了！」畫面外傳來剛剛那持槍白人的聲音，畫面接著便不再抖動。「現在到底是什麼狀況？」白人的粗獷聲音中流露出極度的焦躁。

皮亞斯迅速朝研人說道：「快將畫面切換成衛星影像。我們沒時間看畫面，得靠你來傳達！」

於是研人照著「芭比」所教的方式切換畫面。奈吉爾・皮亞斯的臉消失，衛星影像再次出現。但聲音的來源依然沒有改變。

「我們應該在畫面的中央。在我們周圍有沒有其他白點？」

「一下出現，一下又消失。」

「告訴我方向跟距離。」

研人看不慣畫面上的比例尺，努力研究半晌後說：「東北方一公里……東南方九百公尺……呃，東方剛剛還冒出過別的點。」

「總共有三組？」皮亞斯吃了一驚，急忙又問下一個問題。但他的聲音抖得太嚴重，說的又是英語，研人聽不懂他在問什麼。

「你說什麼？」研人反覆問了幾次，喇叭忽傳出另一人的聲音，這個人說的竟是道地的日語。

「你剛剛說東邊冒出過別的點，那是多久之前的事？距離多遠？」

這個人的口氣相當粗暴，研人雖然納悶，但還是以母語回答：「大約兩分鐘之前。距離是……呃，差不多五百公尺吧。」

「什麼差不多！告訴我正確數字！」

研人也不禁有些發火，回答：「我不知道啦！」

「蠢材！」從未見過面的日本人竟毫不客氣地破口大罵，「現在還看得到那個白點嗎？」

「看不到，大概是躲到樹下去了。」

「有什麼狀況立刻告知！」日本人下完這道命令後便沒再出聲，說話者又變回講英語的皮亞斯。

「研人，你跟莉迪亞・葉格通過電話了？」

「是的。」對方忽然換話題，研人已被搞得一頭霧水。

「她兒子賈斯汀還活著嗎？」

「還活著。」研人正說出這句話，忽察覺房內似乎有人，慌忙抬頭一瞧，才發現原來是正勳站在門口。正勳沒敲門就進來，是因爲研人曾指示他這麼做。他面帶微笑，露出好奇的表情，似乎很想知道研人到底在做什麼。

「你等我一下，別過來。」研人急忙制止正勳走進房內。

「你房間裡有其他人？」皮亞斯驚訝地問。

「沒有，只有我一人。」研人一直顧忌著父親遺言中那句「不能把這件事告訴任何人」，因此不敢說出實話。

「好，請你繼續用英語描述畫面上的狀況。」

「我明白了。」

「剛剛那些點是不是正朝畫面中央靠近？」

研人將視線移回螢幕，但整個畫面上只剩下樹木的黑影，已沒有任何白點。「全都躲到樹下去了，我看不到。」

喇叭中傳出無奈與焦躁的低吼聲。

「若出現白點，立刻告訴我。」皮亞斯說完這句話，轉頭朝葉格喊道：「賈斯汀還活著！」

葉格正全神貫注地觀察森林後方是否有武裝勢力追趕上來，一聽這句話，登時愣了一下，說道：「你在跟誰通電話？」

「我們在日本的援軍。」

怎麼又是日本人！葉格不禁在心中咒罵。日本那個國家肯定都是些像米克那樣的王八蛋。

「問到敵人的動向了嗎？」

皮亞斯一臉蒼白地搖頭回答：「全躲在樹下。」

「安靜點！」負責警戒東方的米克說道：「剛剛那些民兵一定在追蹤我們的足跡，大概不久就會追上了。」

如今敵人已增加爲三隊人馬。沿道路北上及南下的兩個組織也已進入森林，加入圍剿葉格等人的行列。

「好吧，我們往西南方撤退。」葉格說道。

皮亞斯將這指示告知擔任嚮導的艾西默，艾西默卻低聲回了句話。皮亞斯聽完後，皺著眉頭向眾人低聲說道：「等等，艾西默說他已經掌握敵人位置，現在還是別移動爲妙。」

「什麼？」

傭兵們不約而同地望向那身材有如小孩的森林居民。此時他以單膝跪在地上，一動也不動，態度跟平常完全不同。他的臉上不再有平常那股憂鬱的神色，反而散發出一種宛如擁有森林神祕力量的氛圍。他的雙目半開半闔，腦袋像雷達天線一樣緩緩左右搖擺。葉格心想，這應該是他提高聽覺的方式吧。

艾西默忽伸出手，指向東北、東、東南三個方向，並朝皮亞斯低聲說句話。

「他說東邊的敵人最近，距離差不多是平常使用的獵網範圍……」皮亞斯慢慢將身體貼向地面，肩膀不住顫抖。「那意思就是……兩百公尺之內。」

所有人一聽，也急忙壓低身體，將步槍槍口指向東方的茂密樹叢。

「葉格！」

葉格聽見邁爾斯低聲呼喚自己，轉頭望去，看見亞齊里正不停拉扯著邁爾斯的野戰服下襬。

「亞齊里好像也有話想說。」

一旁的皮亞斯立即將小型筆電遞到亞齊里面前。亞齊里打完了字，葉格取來一看，竟然是：

「立刻將手榴彈擲往東南東方六十公尺處。」

葉格一看，立刻便明白亞齊里的用意。沒想到一個三歲小孩竟能想出這種聲東擊西的戰術，實在令人咋舌。

「這個戰術眞的能成功嗎？」

年僅三歲的軍師點點頭。

「你確定嗎？會不會反而暴露我們的行蹤？」葉格再次確認。亞齊里的臉上依然充滿自信。那對尙帶稚氣的雙眸中，竟流露出一種連葉格也不禁爲之震懾的殘酷神采。葉格不由得擔心，對人類的憎恨已在亞齊里的心中迅速萌芽。

亞齊里又在鍵盤上輸入：「投擲地點變更爲五十公尺，快點行動。」

葉格心想，聲東擊西總比正面交鋒要好得多，於是提起步槍，無聲無息地奔進森林深處。其他三個傭兵則各自舉起步槍，站在後方爲葉格進行掩護。此時葉格已聽見民兵們的腳步聲。看來敵人的距離已不到一百公尺。

葉格從戰鬥背心上取下手榴彈，拉開保險栓，擲向亞齊里所指定的地點。手榴彈在空中畫出拋物線，所有人立刻伏倒在地上。那手榴彈剛好落在一片腐土上，沒發出半點聲響。經過數秒鐘的寂靜後，手榴彈驟然炸開，放射出無數金屬碎片，將周圍的樹木震得劇烈搖擺。幾乎就在同一時間，葉格的十點鐘方向，也就是左斜前方揚起無數槍響。近在咫尺的民兵們果然開始朝手榴彈爆炸的方向瘋狂開槍射擊。樹叢受到彈雨的洗禮，斷枝殘葉如雨點般簌簌飄落。下一秒，右斜前方竟也傳來陣陣槍響。看來那顆手榴彈剛好在兩派人馬中間爆炸，成功吸引了兩派人馬互相開槍掃擊。

亞齊里竟然只憑少許的零星情報，便精確地預測出兩組敵人的動態。葉格退回眾人所在的位置，不禁對亞齊里的智慧感到咋舌。此時槍聲震天，不用擔心被聽見聲音，一行人立即動身，往西南方向撤退。

眾人使勁全力奔跑，皮亞斯向眾人表示，「日本的援軍」說位於東北方的第三派人馬也正朝己方靠近中。但一行人爲了不讓衛星偵測出位置，故意專挑頭頂上枝葉茂盛的地方前進，其結果是「日本的援軍」也已無法得知一行人的所在位置。無法掌握自己人的正確經緯度，當然也就無法報出敵人的距離與方位。

此時唯一能仰賴的，只剩下艾西默的嚮導能力。一輩子活在森林裡的這個姆蒂族人，準確地帶領眾人自上午走過的路線往後撤退，一路上並不忘回收地面上的樹葉標誌。眾人奔跑了超過一小時，終於回到伊圖利河的河岸邊。

葉格滿心以爲只要渡了河，敵人就無法追擊了，然而往一百公尺外的對岸一看，原本應該放在這一岸的獨木舟，竟跑到對岸去了。想來是葉格等人離去後，有本地人利用獨木舟渡了河。

葉格趕緊透過皮亞斯向艾西默詢問：「附近有沒有其他獨木舟？」

皮亞斯以英語翻譯了艾西默的回答：「上游及下游都有，但非常遠，走路得花很多時間。」

「我知道此地位置了。」葛瑞攤開地圖，指著上頭說道：「我們現在在這裡。」前方的河流曲線與地圖上所畫的一致。

「有沒有辦法問出敵人現在在哪裡?」葛瑞問。

皮亞斯對著耳機上的麥克風說了幾句話，轉頭指著地圖說道：「三分鐘前，追兵在這個位置。」

那地點距離此地約兩公里，而且就在眾人剛剛通過的路線上。

「他們懂得追蹤我們的足跡，抵達這裡不用花二十分鐘。」米克說道。

幾名傭兵不由得面面相覷。葉格忽感覺到有道視線正看著自己。沒錯，亞齊里以他那雙大眼睛，默默地觀察人類這種動物的生態習性。於是葉格解下身上的沉重裝備，說道：「我到對岸把獨木舟划過來。」

皮亞斯錯愕地瞪大眼，說道：「你想游過去?你忘了我曾說過，那裡頭有鱷魚嗎?」

「既然如此，就幫我祈禱吧。」

葉格幾乎卸下所有裝備，唯獨將插著手槍的槍袋留在身上。他走向泥濘的河岸，看著波濤洶湧的河面。由於河水太過混濁，看不到水中的狀況。

葉格鼓起勇氣，將腳上穿的登山靴踏進水中。那河水半熱不冷，溫度比想像中要高一些。邁爾斯此時忽然說道：「等等，這麼做或許會安全點。大家全趴下。」

邁爾斯掏出手榴彈，擲向十公尺外的河水中。手榴彈直到落入了水面下才爆炸，瞬間水面高高隆起，釋放出閃光及低沉的悶響。片刻後，爆炸點的周圍河面又出現許多較小的隆起，竟是多達十隻以上的鱷魚。大約有半數的鱷魚扭動其巨大的身軀，以爬蟲類特有的靈巧動作無聲無息地爬上岸。傭兵們立刻舉起步槍，將皮亞斯及艾西默父子圍在中間。葉格深深感激邁爾斯的機靈，縱身跳入河中。

葉格以自由式不斷將混濁的河水往後撥，但河水的流速比想像中還快得多，只要稍有鬆懈，整個人立刻會被推向下游。就在葉格死命地在什麼也看不見的水裡划動四肢時，忽然感覺到肚子似乎碰觸到了東西。雖然是隔著衣服，還是感覺得出來那是一種生物。葉格試著告訴自己那是魚，而不是鱷魚。爲了保持冷靜，葉格要自己別胡思亂想，只是專心地往前游。沒錯，無論如何一定要游到對岸。如此一來，亞齊里才會知道世界上也有這種爲了拯救同伴而不惜冒生命危險的人類。

來到河面的中央時，葉格已感覺身體宛如灌滿了水般地沉重。不可思議的是，葉格漸漸有種錯覺，彷彿面對這肉體的痛苦，就是面對這輩子所遭遇的種種人生之苦。雙親的離異、無奈的軍旅生活、罹患不治之症的愛子。混濁而強大的水勢，就像是這種種人生中的沉重壓力。葉格一邊吐著氣，一邊在水中呢喃自語：儘管來吧，我一定會克服這個難關的。我一定要渡過這條河，不是爲了別人，而是爲了我自己的兒子。

如果可以的話，葉格極希望看著自己的不是亞齊里，而是兒子賈斯汀。葉格希望讓兒子看到，父親正冒著溺死的危險試圖挽救他的生命。

葉格仰起身體，將頭探出水面拚命呼吸。抹去臉上的泥水，往遠處一看，離岸邊已剩下不到二十公尺的距離。葉格一咬牙，使盡最後的力氣往前游。不一會兒，雙手雙腳終於碰到淺灘裡的爛泥。葉格一邊喘息，一邊掙扎著往岸上爬。放眼望去，此地離放置獨木舟的位置已頗遠。這時是分秒必爭，必須盡快將獨木舟划至對岸才行。

就在葉格踩著水裡的爛泥往上走時，眼前的水面竟驟然張開了血盆大口。原來是一隻巨大的鱷魚，張大那宛如狩獵用陷阱夾一般的下顎，以雷霆萬鈞的氣勢朝葉格撲來。葉格迅速拔出手槍，對著鱷魚的頭部連開數槍。前五發子彈已撕裂了敵人的神經，那巨鱷的軀體頓時不受腦部控制，胡亂地翻轉、彈跳，激起不少水花。葉格接著又開五槍，結束巨鱷的生命。

鮮血不斷自巨鱷的堅硬表皮汩汩流出。葉格俯視這隻再也無法動彈的龐然大物，說道：

「你太小看人類了。」

在皮亞斯的要求下，研人只能一直盯著衛星影像，因而對這場「剛果戰爭」的後續發展毫不知情。喇叭雖不時傳來說話聲，但全被低沉的雜音掩蓋，聽不清楚內容。

最後一次通訊的二十分鐘後，研人忽聽見男人們的歡呼聲。那聲音中流露出的興奮情緒，讓研人明白事態應已好轉。切換影像一看，畫面前方是那面容削瘦、滿臉鬍子的皮亞斯，背景則是條巨大的河流。

「研人，你做得很好，通話暫時到此結束。」位於剛果叢林內的皮亞斯朝研人說出這句話後，又透過耳機上的麥克風對另一人說道：「切斷研人的連線。」

研人這才明白，這場通話一直受到第三者的監視。而那第三者多半就是「芭比」。小型筆電自動關機，結束這場來自剛果的即時戰況影像。

「你在做什麼？」正勳問。他一直很機靈地躲在桌邊，沒讓筆電的攝影機拍到。

「我也搞不太清楚。」

「剛剛那應該是眞正的衛星影像。」正勳說道。他曾在美軍基地當兵，多半是見過類似的東西。「研人，我漸漸相信你說的是眞的了。」

「原來你還沒完全相信？」

「在做出特效藥之前，沒有證據能讓我完全相信。」

研人心想，確實是如此沒錯。接著研人挺直腰桿，試著將思緒從剛果的戰爭拉回眼前的製藥難題上，但剛剛發生的事依然在腦中盤旋。自稱是父親友人的奈吉爾・皮亞斯、拯救進化人類的計畫、發生在剛果的戰爭——種種訊息逐漸拼湊出整件事的輪廓。目前可知參與此計畫的人物共有四名，分別是父親誠治、皮亞斯、自外國打警告電話的神祕人物，以及自稱「芭比」的日本人。而這四人之中，掌控大局的似乎是「芭比」。但研人想破了頭，還是想不出這號人物會是誰。

另外，研人在得知小型筆電的功用後，已明白坂井友理的企圖。那天晚上她出現在學校裡，試圖取走小型筆電，目的應該是爲了阻礙日本與剛果之間的通訊聯繫。

「算出什麼結果了？」

正勳的這句話終於讓研人回過神來。那種感覺就好像自己的靈魂從遙遠的非洲大陸，飛回這位於町田的破公寓房間般。研人打開A４筆電，推到正勳面前說道：「『Virtual screening』也沒有找到合適的化合物結構。」

正勳盯著螢幕上顯示的「Ｎｏｎｅ」，呢喃說道：「這太奇怪了……」

研人亦有同樣的想法。這個軟體應該是從數百萬種已知的化合物中尋找適合與突變受體結合的物質，卻連一個有可能成爲藥物的候補化合物都找不到，實在有些匪夷所思。

「會不會這軟體根本是假的？」研人說。

「相信『ＧＩＦＴ』這個軟體，是我們的最大前提。如果懷疑它，那我們除了放棄之外沒有其他選擇。」

正勳說完，轉頭面對筆電，執行了與上回相同的指令。

「好奇怪，活性較低的化合物倒是找到一些。」

「既然活性不是零，表示這些物質還是能與受體結合？」

「嗯，但活性全都在百分之一以下。」

「既然是『Virtual screening』，這不是很正常嗎？這作法的基本方針，不是要變換已知化合物的側鏈，設法提高活性？」

「若是如此，爲何『ＧＩＦＴ』給我們的答案是『Ｎｏｎｅ』？」正勳一面說，一面將畫面變換成受體的電腦模擬影像。「這是模擬結合狀況的影像。候補化合物之一，結合在這個位置。」

畫面以透視的方式呈現出細細長長的「突變型GPR769」貫穿細胞膜的模樣。半透明的結合部位中有另一團小化合物。正勳試著改變化合物的種類，將活性太低的那幾個物質輪流塞入結合部中。每當正勳變換一次，受體的形狀便微微扭曲且拉得更長，插入細胞膜內的末端也輕輕搖擺。

「啊！」正勳輕呼一聲，轉頭朝研人說：「我明白了！這整個受體的立體結構都發生了變化，而非只是結合部位。」

「什麼意思？」

正勳一邊擺動雙手一邊解釋道：「在正常情況下，一旦配體與受體結合成功，受體就會向內收縮，牽動尾端部位，誘使其他種類的蛋白質開始發揮效果。但是這個受體因基因突變的關係，有一個氨基酸被換掉了，結果不但導致結合部位變形，整個受體的結構也產生了變化。因此不管使用任何化合物與它結合，它都無法做出原本的收縮動作。」

研人恍然大悟，說道：「你的意思是說，這個受體是處於無法動彈的狀態？」

正勳點頭說道：「沒錯，這就是肺泡上皮細胞硬化症無法研發出特效藥的最大原因。這個『突變型GPR769』的祕密，世界上肯定還沒有人知道，現在終於被我們解開了。」

正勳愈說愈興奮，研人卻很憂鬱，他環顧父親安排下的這間窮酸、簡陋的實驗室，無奈地說道：「若是這樣，我們不就做不出藥了？」

正勳沒有回答，兩眼怔怔地看著前方，陷入沉思。

「看來只能放棄了。既然任何化合物都無法讓受體正常收縮，要做出特效藥根本是不可能的事情。」研人想像著那受體動彈不得的模樣。

正勳抬起頭，遲疑片刻後，溫柔地說：「研人，我能說句話嗎？」

「咦？」

「科學的歷史，正是由一群從不說『不可能』的人寫出來的。」

正勳這句溫柔的斥責深深撼動了研人的心。

「只有我們能救那些生病的孩子。就算不可能，我們也得努力看看。」

小林舞花與賈斯汀・葉格。研人想起這兩個急待自己拯救的孩子，重新燃起了勇氣。「你說得對，我們不能輕言放棄。」

正勳露出微笑。

兩人不約而同地仰起頭，凝視著天花板上的木紋。這有如仰望星空的姿勢，意味著兩人的頭腦正高速運轉著。若有人看見兩人這副模樣，一定會以爲他們在發呆吧。然而他們現在所做的事，正是科學家最重要的工作。

大約半小時後，正勳忽然站起來，在實驗桌與牆壁之間的狹窄空間繞來繞去。他嘴裡碎碎念著各種專業術語，有時說的是韓語，有時又冒出日語。研人則是抱著頭趴在桌上，不停抖腳，偶爾走到流理台以冷水洗臉。兩人絞盡腦汁，爲的就是對付那全長不過十萬分之一毫米的受體。

「我總覺得我們一定漏了某個重要的環節。」正勳凝視著養在壁櫥上半層裡的白老鼠，咕噥道：「不知道爲什麼，我有種奇怪的感覺。」

「奇怪的感覺？能不能說得具體點？」

「我也說不上來，就好像碰到了一面隱形的牆，沒辦法前進。」

研人心想，這或許就是所謂智慧的極限吧。

「還是我們放棄製藥，從基因治療來下手？」

「那成功的可能性更低，而且太花時間。」

正勳點頭同意，唉聲嘆氣地說：「有什麼辦法能拋棄刻板印象，從全新的觀點出發？」

研人聽到「觀點」這個字眼，心中忽然有種奇妙感觸。自從開始研發特效藥後，有個人一直躲在暗處，觀察著自己的一舉一動。沒錯，那就是「GIFT」的創造者，那個擁有高度智慧的進化人類。

「我們還是只能從化學製藥來下手，這個基本方向絕對不會錯。」研人說。

「何以見得？」

「自從我父親過世後，我所遇到的所有事情都經過縝密的安排。既然那幕後指使者將『GIFT』交到我的手裡，顯然化學製藥絕對是條走得通的路。」

「『GIFT』！」正勳忽然尖聲大叫，那語氣簡直像是一直沒想到有這個軟體。「沒錯，解決問題的關鍵就是『GIFT』！既然它具有其他製藥軟體無法比擬的強大功能，我們何不好好利用？對，讓我好好想想……」

正勳將手掌貼在額頭上，皺起眉頭。他一直維持這個姿勢，一動也不動。一時之間，這螢光燈照耀下的狹窄房間，甚至這整棟公寓，都寂靜得彷彿不存在任何生命。

正勳的視線焦距逐漸固定在遠處的某個點上。從那渾然忘我的神情可以看得出來，他所注視的是一種尚未存在於世界上的東西。研人心想，任何面對艱鉅問題的科學家，在找出答案的剎那，大概都會露出像這樣的表情吧。

「Allosteric！這是個沒有人嘗試過的作法，但我相信要治療那個病，就只能靠它了！」正勳在說出這句話時，激動得雙頰上浮現無數雞皮疙瘩。

研人曾聽過Allosteric這個單字，意思是「不同的部位」。事實上，整個受體結構中，能與化合物結合的部位並非只有中央的凹槽。即使是外側，也有許多帶有各種化學或物理性質的分子，能與特定的化合物結合。而一旦發生這種「異位結合」現象，整個受體的形狀也會跟著產生變化。研人想到這裡，亦明白了正勳的想法。

「你的意思是說，利用化合物與受體的外側結合，來改變受體的整體結構？」

正動點點頭後說：「既然受體無法發揮正常作用，這是我們的最後一個辦法。『ＧＩＦＴ』這個軟體，只要輸入希望得到的結果，它就能自動設計出合適的化合物。既然如此，我們就指定兩個結合部位。第一個是『異位結合』，負責矯正受體的形狀；第二個是正常結合，讓受體產生作用。」

「這麼說來，我們得製造出兩種化合物？」

「沒錯，這應該可以稱爲『異位併用藥』。世界上任何藥廠都沒嘗試過這種作法，只有『ＧＩＦＴ』才能做得到。」

研人不禁懷疑，在這麼短的時間裡，眞的有辦法做出兩種全新的藥物嗎？但「不可能」這句話剛到嘴邊，研人又將它吞回去。研人決定要向正動看齊，改掉輕言放棄的壞習慣。

正動坐回椅子上，操作起「ＧＩＦＴ」，將條件設定爲「讓突變的受體恢復功能」，按下Enter鍵，畫面上出現：「Remain Time 42：15：34」。

這次的計算要花近兩天的時間。

「我不知道『異位結合』該指定在哪個位置，只好隨便選個範圍。如果不成功，只能重來了。」

「要是花太多時間在計算上，我們哪有時間合成？」研人還是忍不住說了喪氣話。

「這是一場賭注。」正動一臉嚴肅地說。

此時研人的心情就像是在走鋼索，一旦稍有失足，就會跌入萬丈深淵。回想起來，自從當初跳下陽台後，他就已經站在鋼索上了。而最慘的是，每當他前進一步，鋼索就會跟著變長，根本看不到終點。

6

愛蓮一如往常站在門口送丈夫出門上班。然而丈夫的一句話卻讓愛蓮茫然若失，一時之間不知該如何是好。

「我或許會消失一陣子。不過妳別擔心，我過幾天就會回來。」結縭近四十年的丈夫梅文在臨走前忽然對愛蓮這麼說。

愛蓮皺起眉頭，不明白梅文這句話是什麼意思。梅文給愛蓮一個吻後，轉身走向車庫。愛蓮心想，梅文多半又在開玩笑吧。回想起來，梅文這陣子經常開類似的玩笑。例如當愛蓮問起梅文，爲何自半年前起工作時間變得這麼不規律時，得到的答案竟是「我在幫政府工作」。這種只有在諜戰電影裡才會出現的台詞，讓愛蓮忍不住笑出來。當然，愛蓮知道丈夫在幫政府工作。丈夫不但在幫政府工作，而且還有個令全家人都感到榮耀的職銜。但是問來問去，梅文還是沒有透露最近變得忙碌的理由。

梅文，你最近到底在忙些什麼？

福特轎車在繽紛細雪中緩緩駛出車道。坐在駕駛座上的梅文，臨走前給愛蓮一個溫柔的笑容。愛蓮愣愣地站在門口，忽想起那件奇妙的往事。去年夏末，家裡收到一個包裹，裡頭是一台小型筆記型電腦。玩機械向來是丈夫梅文的唯一興趣，愛蓮原本以爲丈夫又在網路上買了一台筆電，但梅文卻露出一頭霧水的表情，似乎不清楚這東西的來歷。梅文拿著筆電看了兩眼，帶著它走進書房。

從那天起，梅文簡直像變了一個人。梅文的個性原本就沉默寡言，大半時間都在獨自思考事情，但自從有了那筆電後，他的臉上多了不少爽朗笑容。那笑容之燦爛，彷彿他終於從人生苦難中獲得解脫。愛蓮當然曾試著詢問那台筆電的事，然而得到的回答卻是「說了妳也不會明白」。梅文擁有過人的智慧，這句話向來是他的口頭禪。其實愛蓮眞正關心的不是那筆電，而是丈夫的心中是否藏著什麼不能對她說的祕密。但愛蓮沒再追問下去，因爲梅文那毫無心機的笑容，已讓愛蓮明白一切只是自己杞人憂天。

那筆電的放置位置相當奇妙。不知爲什麼，梅文竟將它放在廚房抽屜裡。如今，愛蓮心中的不安令她有股想要開啓那筆電來瞧瞧的衝動。但相較於擅長機械的梅文，愛蓮卻是個機械白癡。她知道要偷看筆電的內容而不留下任何痕跡，對她而言可說是難如登天。

梅文的車子打了方向燈，彎過遠方的十字路口。愛蓮正想轉身回到溫暖的屋內，忽看到路旁有輛黑色大箱型車發動了引擎。那車子發動的時間與丈夫的車子消失在轉角的時間完全一致，簡直像是早已等著這一刻。但那車子並非跟在丈夫的車子後頭，反而是朝家門口駛來。愛蓮看著那黑色車子不斷靠近，想起了丈夫曾說過一句古怪的玩笑話。

「如果有不認識的男人想闖進家裡……」梅文當時一邊將筆電放進廚房抽屜裡，一邊說道：「妳得趕緊先料理了這台筆電。」

「料理？什麼意思？」愛蓮反問。

「放進微波爐裡，啓動開關。」

黑色箱型車緩緩駛近，在前院外停下來。愛蓮心中的不安逐漸變成恐懼。當愛蓮看到那車上走下四個不認識的男人時，更是害怕得雙腿發軟。那四個男人身穿清一色的黑色西裝，臉上戴著墨鏡。沒想到這種驚悚電影裡常見的黑衣人裝扮，竟然會出現在現實生活中。

「早安。」

走在前頭的男人低聲打了招呼，但語氣極爲冰冷。愛蓮拚命移動僵硬的雙腿，緩緩退入門內。

「打擾了，妳是嘉德納夫人嗎？」

男人們明知道愛蓮已嚇得不知所措，竟依然毫無顧忌地湊到門邊來。

「是的。」愛蓮回答。

「敝姓莫雷，是聯邦調查局的特別探員。」男人之一掏出證件，另一人迅速接著說道：

「很抱歉，請讓我們進屋裡看一看。」

愛蓮此時終於可以肯定，這就是丈夫所說的狀況。

「請問有什麼事？」愛蓮努力不讓聲音顫抖。

「是關於尊夫的事。」

「我丈夫？你們可知道，他是美國總統的科學顧問？」

「當然，我們知道這裡是梅文．嘉德納博士的府上，不然我們也不會來叨擾。」

此時愛蓮滿腦子所想的已不是質問這些男人的來意，而是如何才能完成丈夫所要求的事情。這四十年來，丈夫梅文對她可說是千依百順，此刻說什麼也要報答他這份感情。

「我有法院的搜索票，詳情請容我們進屋內談。若妳不反對，我們要進去了。」

愛蓮以關門的動作代替了回答。男人們來不及反應，鼻梁差點被門板撞個正著。愛蓮這個動作做得太匆忙，甚至來不及看看莫雷探員臉上的表情有什麼變化。一上完門鎖，愛蓮立刻奔向廚房。不知是不是錯覺，前門及後門竟同時傳出劇烈的撞門聲。愛蓮沒有心思去想那是不是自己聽錯了，甚至連鞋子脫落了也不在乎，不管三七二十一地衝進廚房裡，打開流理台下的抽屜，取出那台小型筆電，按照丈夫的指示放進微波爐裡，用力轉下定時旋鈕。就在這一瞬間，微波爐裡的筆電噴出大量電流及火花。愛蓮害怕微波爐會整個爆炸，正想轉身逃開，沒想到旁邊竟伸出一隻粗壯的手臂，將定時旋鈕轉回至「關」的位置。

愛蓮大驚失色，轉頭一看，狹小的廚房裡不知何時竟已擠進八個男人。愛蓮甚至感覺自己快要被壓扁了。

「請不要妨礙我們。妳這麼做，只會讓尊夫的立場更加不利。」莫雷探員說道。

「梅文做了什麼？他惹惱了總統？」愛蓮問。

「我們掌握了一些證據，懷疑他洩漏國家機密。」

「他會被逮捕？」

莫雷停頓了一下，點頭說道：「是的，他現在應該已經被捕了。」

「但他過幾天就會回來了。」

「噢？」身為執法人員的莫雷，對愛蓮這句話產生興趣。「妳如何能肯定？」

「他今天出門前說的。」愛蓮的語氣中充滿對丈夫的信賴。「我丈夫說的話，從來沒有出錯過。你們可別小看了國家科學獎的得主。」

將會面地點選在地圖室，算是給言語投機的心腹助手最後一絲體諒。這房間少了總統辦公室或閣議室那種肅殺之氣，談起話來較不會有拘束感。

伯恩斯通過白宮一樓走廊，來到地圖室。科學技術顧問嘉德納早已在裡頭等著。嘉德納博士坐在暖爐前的齊本德爾（註）式安樂椅上，手上並未戴著手銬。即將被送往聯邦調查局總部的他，卻沒有任何的緊張或徬徨，反而散發出一股高貴氣質，與這個法國洛可可風格的地圖室可說是互相輝映，儼然像是這裡的主人。伯恩斯大感不解，這個人即將從尊榮的人生舞台墜入萬劫不復的深淵，為何還能表現得如此悠閒自在？

註：齊本德爾（Thomas Chippendale，一七一八～一七七九）為英國著名工匠，其製作的家具兼具法國洛可可及中國風格。

伯恩斯要特勤局幹員在門外等候，獨自進入地圖室，在嘉德納博士的斜對面坐下來。他翹起二郎腿，輕輕嘆了一口氣後緩緩說：「博士，請問這是怎麼回事？」

「我也是一頭霧水。總統先生，能不能請你告訴我發生了什麼事？」嘉德納的語氣與往常一樣平和。

「我接到報告，你涉嫌洩漏『涅墨西斯計畫』的內部機密。」

「我將受到審判嗎？」

「照目前情況看來，是的。」伯恩斯刻意擺出憂心忡忡的表情。他希望讓嘉德納感受到自己的破格禮遇。光是總統親自賜與辯解的機會，便已是個罕見的特例。

「我唯一想得到有可能的原因，就是我在星期六傍晚曾到百老匯散步。但這不能證明任何事情。我相信就算上了法庭，我還是能獲判無罪。」

「不，狀況恐怕比你想的還要糟。」伯恩斯遲疑了一下，沒再繼續說下去。在另一個由總統簽核的特別聯繫計畫案中，國家安全局早已與民營通訊業者私下達成協議，可以在未經法院許可之下，神不知鬼不覺地監控全美一切通訊內容。伯恩斯心想，如今國家安全局應該早已掌握嘉德納洩密的證據了。

「總統先生的意思是說，他們用了某種我不知道的方法，找到了證據？」

伯恩斯正想以含糊的字眼間接肯定這個問題，沒想到嘉德納竟不等伯恩斯開口，接著又說：「總統先生，你堅持認爲他們手上有證據？」

伯恩斯聽嘉德納語氣強硬，完全不像平日的說話風格，反而起了疑竇。嘉德納這態度不像是一般嫌疑犯在罪行曝光後的抵死不認，反而像是在提出一種警告。伯恩斯一臉狐疑地看著眼前這位溫文儒雅的紳士，謹慎地選擇自己說出的每一個字：「博士，看來你不相信？」

嘉德納竟笑容滿面地說：「總統先生，能不能耽誤你一點時間，陪我聊聊我的個人與趣？」

伯恩斯看了一眼手表。總統的行程是相當緊湊的。負責解釋國務院〈人權白皮書〉的官員，早已在另一個房間裡等候，準備與伯恩斯討論該以怎樣的字眼批評中國及北韓漠視人權的問題。但伯恩斯不敢對國家科學技術顧問的警告性發言置之不理。「好吧，給你五分鐘。」

「我這個人從小就喜歡玩機械。」嘉德納說：「現在我最大的興趣，就是購買電腦零件，回家自己組裝電腦。上週我也趁放假時，到一家電器材行買了ＣＰＵ、硬碟等零件。這些都是店裡的新品，是我隨機挑選出來的。」

「隨機挑選？」伯恩斯不禁將嘉德納使用的這古怪字眼重複說了一遍。

「沒錯，隨機挑選。我回到家中，組好電腦，灌了作業系統，並安裝預先儲存在隨身碟裡的最新系統更新檔。除此之外，我還安裝了防毒軟體，掃過毒，沒發現任何病毒。這很正常，因爲這些零件都是新的，從未連上網路。」嘉德納此時刻意舉起食指，吸引伯恩斯的注意。「接下來是重點，我找來一個從前以其他電腦製作的文書檔，將它存入這台新電腦中。這個文書檔裡，都是些市售翻譯軟體翻譯出來的簡短日語句子。當時我急著想要跟某個日本人聯絡，迫於無奈只好使用那些彆扭的日語。後來我才知道那日本人會說英語，我這些苦心都白費了。」

伯恩斯心想，他怎麼又突然自白起犯罪事實？但伯恩斯沒有開口，只是不動聲色地聽著。

「最後，我將電腦接上路由器，並安裝了網路監控系統。但連上網路後，我沒有瀏覽任何網頁，也沒有收發電子郵件，只是就這麼放著。過一會兒後，我切斷了連線。但是沒想到，奇妙的事情發生了。電腦裡頭那個寫著日語句子的文書檔，竟然自己透過連線傳出去，落入某些人的手裡。我檢查過網路監控系統，這段期間沒有遭受任何利用系統漏洞的網路駭客攻擊。」

嘉德納抬起頭，觀察著總統的表情。伯恩斯對電腦不熟，聽不懂嘉德納這段話的用意。但「沒有收發電子郵件」這句話，卻吸引了伯恩斯的注意。既然嘉德納沒有寄出電子郵件，那國家安全局所掌握的證據是怎麼得來的？

「從我以上這段話，可以歸納出幾個重點。第一，電腦是新的，裡頭存著一個可能會引發一點爭議的文書檔。第二，這台電腦雖連上網路，但沒有接觸任何網站，沒有收發信件，亦沒有受到利用系統漏洞的駭客攻擊。第三，他們聲稱從我的電腦裡找到了證據。以上三點，就技術層面來看，可以得到一個結論，那就是在那個普及全球的美國製作業系統裡，原本就存在著專供美國諜報機構利用的後門。」

伯恩斯靠著來自本能的警戒心，成功地停止全身肌肉的動作。他的臉上依然維持著一貫的嚴肅表情，眉毛連動也沒動一下，完全消除了足以洞察內心感受的一切肢體現象。

「如果上了法院，我會將以上這段話再說一次，同時播放我組裝、操作電腦的錄影畫面。」

伯恩斯無法判斷嘉德納這套說詞就技術面上是否成立。嘉德納那氣定神閒的態度，或許只是一種虛張聲勢的手法。於是伯恩斯謹慎地羅列所有危險要素，放在天秤兩端衡量輕重。雖說只要採取不對外公開的軍事審判，就可以讓嘉德納剛剛那些說詞毫無用武之地，但要讓這個人就此一輩子不見天日，恐怕也不容易。相較之下，假如只是將嘉德納屏除在「涅墨西斯計畫」及政權中樞之外，反而可以更簡單地解決這個問題。

「大概是某個環節出現一些誤會，我相信沒有任何證據可以讓博士遭到逮捕。」伯恩斯說。

「總統先生，我能相信你這句話嗎？」

「當然，我會要司法部長陪同辦理撤銷控告的手續。在這件事情上，我保證博士不會被追究任何責任。」

嘉德納博士依然露出不信任的眼神，因此伯恩斯站起來，走到門外向幕僚長艾卡斯說道：

「製作一份撤銷控告的契約。」艾卡斯及一旁的聯邦調查局搜查官全露出目瞪口呆的表情。伯恩斯關上門，回到暖爐邊，說道：「博士很快就能獲得釋放，回家好好休息了。」

「謝謝你的體貼，這麼一來內人也能少擔點心。」國家科學獎得主的臉上洋溢著溫柔的微笑。

「不過，我得解除你的顧問職銜，這點請你諒解。」

「我明白。」

如此一來，交易便算正式成立。伯恩斯重新翹起腿，讓心情恢復平靜。心中雖然有股完全被對方牽著鼻子走的怒火，但更強烈的卻是無奈與感慨。「博士，接下來能換你聽聽我的閒話嗎？」

嘉德納博士臉上露出一抹警戒之色，點頭說道：「當然。」

「以下我這段話全是一種假設的。」伯恩斯在強調此點後說：「假設有個科學家，在歷經嚴格的身家調查後，進入政府機關擔任要職。這個人的年紀大約六十多歲，靠著溫厚謙讓的性格及輝煌的成績，不管走到哪裡都受到眾人敬重。他雖然官職顯赫，但生活樸實，沒有過度的虛榮心與金錢欲，而且對家人照顧有加，可說是典型的模範市民。但這麼優秀的一位人才，竟然做出背叛國家的行爲。既不是利欲薰心，也不是有什麼把柄落在他人手上。那麼你想想，他爲什麼要冒這麼大的風險，做出這種行徑？」

伯恩斯說這些話完全只是爲了滿足好奇心，並非有什麼特殊的意圖。

「一定是得到了天大的好處吧。」嘉德納回答。

「但根據調查結果，他從未接受過美食、美酒或異性的款待，沒有獲得任何特權或地位，財產亦絲毫沒有增加。這麼說來，他到底得到了什麼好處？」

「總統先生，看來你對我們科學家眞是一點也不了解。所謂的科學家，其實是最貪婪的人種。」

嘉德納目不轉睛地看著伯恩斯。伯恩斯察覺嘉德納的神情漸漸起了變化。

「每個科學家都有個本能欲望，那就是求知欲。與一般人的食欲或性欲相比，這股欲望的強大程度甚至有過之而無不及。我們可以說從一出生，便是爲了求知而活。」年長的科學家嘉德納說到這裡，眼神中竟流露出膚淺、野蠻與飢渴。此時的他已拋開溫厚樸實的面具，展現出最眞實的人類本性。而且他與那些沉溺於金錢遊戲的老狐狸不同，他不懂得利用各種狡猾的僞裝來掩飾自己。此時浮現在這老科學家臉上的，是最露骨、最赤裸的貪婪神情。

「我們渴望一窺隱藏在質數背後的眞理，以及闡述宇宙全貌的理論、生命誕生的奧祕……不，其實我最想知道的，是人類的本質。『智人』這種人屬動物的腦袋裡，是否隱藏著足以揭開宇宙神祕面紗的智慧？宇宙對人類而言是否是個永遠解不開的謎？人類在對抗大自然的智慧競賽中，是否有凱旋得勝的一天？」

「博士，你的意思是說，你已得到這些問題的答案？」

「是的。有一天，我收到了一台小型筆電。我利用那筆電與某人通訊，對方把我想知道的一切全告訴了我。一開始，我以爲對方在開我玩笑。但對方有著令我讚嘆不已的智慧，那就像是『獅子的爪痕』（註一），不由得我不信。我終於明白，某些物理學者提倡的『強人擇理論』（註二），只是過於自大的產物。能夠正確理解宇宙的主體並非我們人類，在我們之後，還有更高等的物種。」

「你那通訊對象難道是……『努斯』？」伯恩斯說出那自己下令誅殺的生物的代號。

嘉德納沒有回答這個問題，反而說道：「總統先生，請讓我完成身爲科學技術顧問的最後一項工作。大約五十年前，杜魯門總統問了愛因斯坦這麼一個問題：『假如外星人來到地球，我們該如何應對？』當時愛因斯坦的回答是：『絕對不能發動攻擊。』人類若挑釁智慧遠高於己的生物，肯定是沒有好下場的。」

伯恩斯開始懷疑自己太過輕視那出現在非洲大陸中央的新種生物，但他反而挺起胸膛，以高高在上的視線俯視嘉德納。這是當他感到不安時的一貫作風。

「博士，你的意思是說，『涅墨西斯計畫』是個錯誤？」

「沒錯。誅殺誕生於地球上的新種智慧生物，這絕對是個錯誤的決定。我認爲應該立刻終止『涅墨西斯計畫』。」

這是伯恩斯自就任總統之後，第一次有人敢如此當面批評他政策失當。伯恩斯冷冷地說道：「這麼說來，博士，你爲了救『努斯』，不惜背叛了國家？」

嘉德納搖頭嘆息。流露在那眼神中的是面對猜忌及冷酷的徹底絕望。

「我不是爲了救『努斯』，我是爲了救這個國家。不，應該說是全人類。一旦人類對『努斯』發動攻擊，對方爲了延續種族，一定會全力反擊。到時候，人類將被逼上絕境。」

「你的意思是人類會滅絕？」

「這得看『努斯』有多殘忍。」

伯恩斯爲了緩和嚴肅的氣氛，故作輕鬆地說：「如果他跟我們一樣有道德感，那就沒什麼好擔心的了。」

註一：「獅子的爪痕」一詞的典故出自瑞士數學家約翰・白努利（Johann Bernoulli，一六六七～一七四八）。有一天，牛頓寄了一封匿名信給他，內容是關於變分法的數學問題解答。約翰看了內容後感慨地說：「我一看這獅子的爪痕，就知道是出於牛頓之手。」

註二：「強人擇理論」（Strong anthropic principle）由理論物理學家布蘭登・卡特（Brandon Carter，一九四二～）等人所提出，內容大致爲：宇宙因人類的理解而存在。

嘉德納凝視著伯恩斯，眼神中露出一抹鄙視之色。但這股情緒只是一閃即逝，下一瞬間，他又恢復原本愁眉不展的神情。「當初我原本預期，進化後的新人類不會立刻消滅我們所有舊人類。因爲他需要時間來繼承舊人類長久累積下來的知識及技術；而且若他還能與舊人類交配，那麼爲了繁衍種族，他必須要保留交配對象。但是『涅墨西斯計畫』卻將事態引入更大的危機之中。你想想，當這個擁有智慧的生物察覺舊人類想殺他，會有什麼反應？」

「我不知道。」

「很簡單，只要替換成一般小孩來設想就行了。對小孩而言，家庭就相當於整個世界。假如當小孩察覺，家庭裡有人不斷在虐待他，他會有什麼反應？一個脆弱而稚嫩的靈魂，卻置身在充滿暴力的環境之中，而且找不到人可以保護自己，這會帶來什麼結果？」

博士所描述的情景，深深刺入伯恩斯心中。當伯恩斯還是個孩子時，父親正如同巨人一般強大而可怕。但伯恩斯想到這裡，潛意識中突然湧起一股無法遏制的怒火。

「你的意思是說，那樣的環境養育不出正常人格的小孩？如此可笑的偏見，實在不應該出自一個科學家的嘴裡。」伯恩斯說。

「我現在是站在風險評估的觀點來看待這個問題。沒錯，即使在那樣的環境長大，還是有很多人能加以克服，成爲身心健全的市民。其中甚至有些人可以將內心的怒火化爲原動力，在社會上獲得成功。但你不能否認，若這股對外界的怒火配上與生俱來的暴力傾向，可能將成爲殘酷暴行的動機。那些拿著步槍到公司胡亂掃射的人，正是最好的例子。這種人心中將會抱持自我毀滅的衝動，一心只想毀滅自己，以及整個世界。如今『涅墨西斯計畫』正逐漸將恐懼、不安與憤怒灌輸至『努斯』的心中，並瓦解他的自尊心，令他開始認爲自己受到全世界人類憎恨。假如『涅墨西斯計畫』繼續執行下去，『努斯』雖擁有高度智慧，靈魂恐怕將難逃誤入歧途的命運。」老科學家大義凜然地望著美國總統，一字一字地說：「這世界上最應該恐懼的不是智慧或武力，而是操控這些智慧與武力的人格。」

盧本斯坐上奧迪汽車，四十分鐘後來到位於馬里蘭州喬治・米德基地內的國家安全局總部。他將車子停在號稱能收容一萬七千輛汽車的巨大停車場裡，抬頭仰望總部業務大樓。這棟外牆貼滿黑色玻璃的大樓，可說是「密碼都市」的代表性建築。其黑色玻璃材質及內側的防護層不但能杜絕一切外來的監視，還能防止內部的電波或音波擴散至建築物外。

盧本斯走進來賓登記中心，通過嚴格的身分確認，取得一枚「重要訪客」徽章。早已等在遠處的一個矮胖男人快步走上前來，說道：「你是盧本斯先生吧？我是W組的羅根。」

W組是國家安全局計畫執行本部底下的組織，正式名稱爲「全球規模問題暨兵器系統局」。羅根的胸前戴著一枚藍色識別證，那意味著他有資格調閱最高機密文件。他開啓一道旋轉門的鎖，說了聲「請進」，領著盧本斯走進第一業務大樓。走廊上到處貼滿「小心防諜」之類的標語。

「沒想到會發生這種事。」羅根邊走邊說道。

盧本斯心想，他指的是嘉德納博士那件事吧。看來世上眞的沒有國家安全局不知道的事情。

「關於撤銷告訴的理由，你知道些什麼？」盧本斯問。

「唯獨這一點，我們也是一頭霧水。」

盧本斯心想，嘉德納博士多半是察覺行跡即將敗露，因此使出某種殺手鐧吧。但他到底做了什麼，卻沒有任何人知道。由於嘉德納在接受偵訊前便獲得釋放，其內情恐怕將永遠成爲不解之謎。目前已無從得知他自何時開始與「努斯」通訊，以及他到底洩漏哪些情報給「努斯」。但除了這些實務上的瓶頸之外，更讓盧本斯感到震驚的卻是嘉德納博士背叛「涅墨西斯計畫」這件事本身的意義。原來在嘉德納博士一直認定這個計畫是個錯誤。

羅根走到一扇門前，敲門後開門入內。裡頭有張會議桌，周圍坐著三位職員。這三人的年紀，最年輕的大約二十多歲，最老的大約四十多歲。所有人脖子上都掛著藍色識別證，卻沒有一人是西裝打扮。大家自我介紹完後，立刻進入主題。

首先開口的是自稱杰根斯的年長職員，他向盧本斯說：「那台扣押自梅文．嘉德納家中的小型筆電，是台灣製的商品，去年夏天在東京的電器行賣出，購買者不明。」

「裡頭有些什麼資料？」盧本斯問。

「硬碟因電磁波而受創嚴重。」

「無法修復嗎？我主要想知道的是裡頭的通訊紀錄。」

「那一類資料應該都已毀損了。」

盧本斯不禁大感失望。嘉德納博士與「努斯」到底交換了哪些訊息，恐怕永遠沒有水落石出的一天。

「不過，在物理研究中心的努力下，救回了大約十五MB的殘破資料。」

「喔？裡頭是怎樣的內容？」

「根據這些資料，我們查出一些有趣的事。」杰根斯說完這句話，將發言權交給一旁的部下。

年約三十歲、自稱杜甘的男人說：「這十五MB的殘破資料中，有大約三MB是作業系統的程式碼。但這些程式碼與目前世上任何作業系統都不相同。」

「這個意思是……？」

「那台筆電使用的是自製的作業系統。我們猜測對方製作了一套全新的系統，用以阻擋來自外界的入侵。當初我們無法入侵剛果與日本之間往來通訊的電腦，多半是因爲這個緣故。」

「找不到系統漏洞？」

「沒錯，那是一套設計得相當嚴謹的系統。我們猜想，那台小型筆電大概是他們專門拿來通訊用的工具。」

竊取來的通訊內容全經過加密，想要入侵敵人的電腦卻又無法成功。盧本斯不禁好奇，這全世界最大的諜報機構還能想出什麼應對的招式？

「這麼說來，除了透過網路業者切斷連線外，沒有其他辦法？」盧本斯問。

「這個作法當然可行，但對方若持有其他ＩＰ位址，就會變成打地鼠遊戲。」

沒錯，這一點已在現實中得到印證。

「除此之外，還有什麼辦法？」

杰根斯露出若有深意的笑容，說道：「關鍵就在於剩下的十二ＭＢ資料。這部分交給費雪來說明。」

聽到上司的話後，戴著厚重眼鏡、二十多歲的年輕人說；「這片光碟裡存的，就是從那台筆電中救出的十二ＭＢ資料。」

費雪將一枚ＣＤ－ＲＯＭ放在桌上。那枚光碟的背面印著機密分類代碼「ＶＲＫ」。

「這代碼的意思是『只限內部使用』。」費雪以神經質的語氣說明。他看起來像個學生，似乎是數學專家。「你要看看內容嗎？不過就算看了，也沒多大意義。」

「內容是什麼？」

「亂數列。」

「咦？」盧本斯忍不住驚呼一聲。

「應該說是疑似亂數列。裡頭或許有某種規則，但我們找不出來。」

這眞可說是天外之喜。盧本斯看著那光碟，就像是收到比想像中還要棒的聖誕禮物。「這麼說來，這應該就是加密系統的密鑰？」

「沒錯，對方應該就是使用這些亂數列來爲文件加密、解密。我們拿到這個亂數列後，立刻試著用它來爲之前那些電子郵件解密。」

「解出了什麼內容？」

「目前毫無斬獲。」

盧本斯聽了並不感到失望，至少他理解了國家安全局接下來的策略。「你們打算用它來解讀未來的通信內容？」

「沒錯，我們打算守株待兔，放任日本與剛果之間的通信，故意不加阻擋，或許有一天能解出敵人藏身地點等有用的情報。」杰根斯說。

十二ＭＢ的資料若換算成文字碼，分量相當於數十本書。盧本斯不禁有所期待，原本局面糟到不能再糟的「涅墨西斯計畫」，如今似乎有了轉機。

「好，我會採納這個建議。謝謝諸位的協助。」

「不客氣。」杰根斯再度露出微笑。「另外再告訴你一個重要情報。昨天清晨六點左右，日本與剛果之間的加密資料傳輸量忽然大增，遠超越過去的傳輸量。」

盧本斯算了一下時差，當時正是剛果東部三個武裝組織追殺「努斯」一行人的時間。

「這麼說來，敵人發號施令的中樞是在日本？」

「我們也這麼推測。敵人在日本或許有個首腦級人物，持續對位於剛果的奈吉爾・皮亞斯下達指示。」

盧本斯心想，「努斯」拯救計畫的司令官，會不會就是位於日本的古賀研人？雖然根據來自中情局的情報，在日本除了古賀研人外，似乎還有一名神祕人物，但目前掌握不到確切證據。盧本斯此時忽想起最近一直掛在心上的疑問。「我能再請教各位一個問題嗎？」

「請說。」

「超級電腦目前研發到什麼程度？」

「『藍色基因』（註）已研發成功。美日之間的超級電腦開發競賽，終於由我們獲得勝利。」杜甘說。

「聽說研發那台超級電腦，爲的是分析蛋白質的三次元化學結構？」

「當初是有這種打算。只要能正確分析蛋白質的化學結構，所有醫藥專利都會變成我們的囊中物，這可以讓美國擁有遠遠超越其他國家的研發水準。」杜甘聳聳肩後，接著說：「可惜生命的機制比我們原本所預期的還要複雜得多，就算有了『藍色基因』也沒用。」

「這麼說來，現階段不可能精確計算出受體的化學結構？」

「沒錯，目前超級電腦的硬體能力還是差得太遠，除非在演算技術方面有重大突破，但短時間之內大概是不可能吧。我看至少要再等個二、三十年。」

盧本斯心想，古賀研人研發肺泡上皮細胞硬化症的特效藥，一定是有十成的把握。而他所仰賴的多半就是「努斯」的智慧。最有力的佐證，就是那份來自日本警察機構的報告書。根據該報告書內容，當刑警前往古賀研人的住處進行搜索時，古賀研人問了刑警這麼一個問題：「你確定我父親偷的是實驗數據，不是程式軟體？」

從古賀研人問這句話可以得知，古賀誠治一定留下了某種程式軟體給兒子。而這個軟體多半就是製藥用的電腦支援程式。但假如以「努斯」的智慧所開發出的藥物眞的能醫治現代醫學無能爲力的不治之症，這表示自己過去還是太小看了「努斯」。年僅三歲的「努斯」，竟然就已擁有遠超越人類極限的智慧。

但這種事眞的可能嗎？盧本斯除了對高深莫測的「努斯」感到恐懼外，卻又有一股說不上

註：「藍色基因」（Blue Gene）是由美國ＩＢＭ公司所研發的超級電腦的系列名稱。

來的疑慮。那種感覺就好像是自己疏漏了一個極爲嚴重的問題。但那個問題到底是什麼，卻怎麼想也想不出來。

「你怎麼了？」杜甘見盧本斯沉默不語，說道：「如果還有其他問題，儘管提出來。」

「請稍等我片刻，我得整理一下思緒。」盧本斯雖帶著笑容，卻拚了命想要找出那個令自己不安的關鍵。

發作在幼童身上的不治之症、研發特效藥……這些環節之前已檢討過很多次了。「努斯」試圖研發特效藥，是爲了說服傭兵喬納森・葉格陣前倒戈。但盧本斯進一步思索，卻起了一個疑竇。研發不治之症的特效藥，這對「努斯」來說應該也不是件簡單的事才對。爲什麼「努斯」不使用更簡單的方法？例如利用金錢來收買傭兵，不是更省事嗎？難道「努斯」研發不治之症的特效藥，還有其他理由嗎？思考到一半時，他的心中浮現了一個念頭，這個想法幾乎讓他的心臟停止跳動。

「抱歉……」盧本斯站起來，努力不讓驚惶顯露在臉上。盧本斯問了廁所的位置，開門來到空無一人的走廊上，朝廁所走去。

走進廁所後，盧本斯愣愣地站在馬桶旁，面對著心中這突如其來的道德難題。

一旦古賀研人因「涅墨西斯計畫」的緊急措施而遭逮捕，特效藥的研發就會中斷，其結果等於間接奪走那些罹病兒童的性命。全世界罹患肺泡上皮細胞硬化症的兒童約有十萬人，相當於伯恩斯政府在伊拉克戰爭中殺害的人數。

盧本斯彷彿聽見心中有個聲音在問他：你打算怎麼做？如今「努斯」手上等於有著十萬名人質。而且「努斯」獲得這十萬名人質的方法，在道德層面上完全沒有瑕疵。不僅如此，「努斯」還反過來測試盧本斯的良心：阻撓古賀研人的行動就是殺害爲病所苦的兒童，你眞的忍心這麼做？

自出生以來，從沒有任何人的智慧能令盧本斯如此心驚膽跳。盧本斯無論如何絞盡腦汁思索策略，「努斯」還是有辦法發出更猛烈的回擊。而且最令盧本斯感到驚恐的是，「努斯」手上的棋子，都是在「涅墨西斯計畫」開始運作前便已布下的。強大的焦慮與自卑感，讓盧本斯的想法變得愈來愈極端。

一定要殺死「努斯」才行。若放任這可怕的生物不管，實在是太危險了。

位於剛果的喬納森・葉格是否已察覺，他守護兒子的動物本能，已成了「努斯」利用的工具？

盧本斯走出隔間，在洗臉台前洗把臉。待神智恢復冷靜後，盧本斯開始思考自己該採取什麼對策。在日本捉拿古賀研人的行動，自己無權過問。監督官艾瑞奇是個典型的腐敗官僚，就算要求他停止捉拿古賀研人，他也一定會拒絕。跟害死十萬名小孩比起來，艾瑞奇更害怕的是得罪總統伯恩斯。他就跟那些贊成攻打伊拉克的內閣成員一樣，只要能鞏固自己的地位與權利，死多少人都無所謂。

既然如此，要拯救那些罹病的孩子，只剩下一個辦法，那就是盡快達成「涅墨西斯計畫」的最終目的。只要「努斯」這個威脅美國安全的生物一死，上頭或許會不再追究區區一個日本研究所學生的罪責。

盧本斯一走進會議室，看見杰根斯手上正持著話筒。那是數位式加密電話，能夠即時傳送加密過的聲音訊息。「找你的。」杰根斯說。

「謝謝。」盧本斯接過話筒。來電者是國防情報局幹員伊弗里。

「我聯絡不上艾瑞奇先生，請問他是否跟你一起行動？」

這是最原始的加密技術。只要事前以口頭方式傳達各種暗號所代表的意義，就算聲音遭到「努斯」一干人竊聽，也不用擔心祕密外洩。

「沒有，我不知道他在哪裡。」盧本斯回答。

「該不會是看電影去了吧？」伊弗里輕鬆地說。

如今「涅墨西斯計畫」的緊急措施即將進入第二階段程序。伊弗里若說「看電影去了」，就是已順利完成準備工作；若說「去了博物館」，則是發生意外狀況。

「我手上有個必須給監督官簽核的案子，請問該怎麼辦才好？」伊弗里接著說。這句話是請求盧本斯下達執行指令。

「若不是緊急的案子，就直接執行吧。」

「好的，我明白了。」伊弗里說完便掛斷電話。

在這簡短的交談後，第二次殲敵計畫正式發動。接獲作戰命令的，將會是駐留在肯亞的美國空軍。由於事前聯絡工作並不使用以往的通訊系統，因此被「努斯」一行人察覺的可能性極低。照理來說，「努斯」、人類學家及那幾個傭兵應該躲不過這波攻勢。

盧本斯的腦海裡浮現了一群男人的屍首橫七豎八地倒在叢林裡的景象。憑著一股意志力，盧本斯提醒自己絕對不能遺忘了愧疚之心。一旦對殺人的工作感到麻木，自己與格列高利・伯恩斯將是一丘之貉。但盧本斯旋即又放棄這樣的想法。盧本斯決定任自己麻木不仁。因爲盧本斯察覺，不管再怎麼強迫自己自責，那都只是自我安慰的鴕鳥心態。盧本斯轉爲說服自己，這一切都是爲了拯救那十萬名羅病兒童。那些孩子之中當然包含了賈斯汀・葉格。這意味著喬納森・葉格將以他的犧牲換取兒子的命。

7

「皮亞斯，快醒醒！」

清晨五點，負責站哨的葉格將蜷曲著身子睡在一堆落葉上的皮亞斯搖醒。皮亞斯發出細微的呻吟，睜開雙眼。包含亞齊里在內，其他人都還沉睡在夢鄉中。

「幹什麼？」皮亞斯不悅地說。

「你聽，有鼓聲。」葉格壓低嗓子說。

皮亞斯轉頭望向一片昏暗的東方。低沉的打擊樂器聲不斷撼動著黎明前的空氣。

「聽得出意思嗎？」

皮亞斯凝神傾聽半晌，搖頭說：「太遠了，聽不清楚。」

昨天一行人在千鈞一髮之際逃過武裝勢力的追殺，卻也被迫退入伊圖利森林的深處。如今就算是最近的村落，也至少超過十五公里的距離。

「武裝勢力開始移動了？」

皮亞斯沒有回答，自顧自地以水壺的水洗把臉，從背包中取出筆電。就在此時，睡在一旁的亞齊里也坐起來。黑暗中那對炯炯有神的大眼睛，令葉格不禁感到渾身不舒服。

皮亞斯開啓筆電，發現了個新訊息。那是封來自「日本援軍」的電子郵件。

「有沒有什麼新情報？」

「目前沒有，只有封給亞齊里的信。」

「給亞齊里的信？」

皮亞斯將筆電放在亞齊里面前。亞齊里自行戴上耳機，全神貫注地盯著螢幕。

即使是葉格，亦看得出亞齊里此時的心情相當雀躍。那副神情簡直就像是緊盯著兒童節目的小孩般。葉格好奇地瞄了螢幕一眼，沒想到畫面上竟然都是字。而且那些字稀奇古怪的，顯然不是英語。

「這是什麼？」

「他在學習語言。」

葉格問亞齊里，回答的卻是皮亞斯。

「這是哪一國語言？中文？」

「日語的一種。」

葉格見頭戴耳機的亞齊里不時輕輕點頭，看來耳機裡正在進行聲音的教學。

「那上頭寫了些什麼？」

「我也不懂日語，大概是『阿里阿豆』跟『沙喲娜啦』之類的吧。」皮亞斯站起身，再次聆聽了一會兒鼓聲後說：「我有不好的預感，我看我們還是早點出發爲妙。」

「我也這麼想。」

於是兩人分頭將其他人喚醒。一群男人進入叢林已過一星期，每個人身上都散發著臭味。

葉格將剛起床的米克叫來，指著亞齊里正看得入神的螢幕說：「這是日語？」

米克看了兩眼，說道：「應該是。」

「上頭寫了什麼？」

「我不知道。」

「你不知道？你不識字？」

米克狠狠瞪了葉格一眼，說道：「內容是關於科學或數學什麼的，但太難了，我看不懂。而且這些句子寫得有點古怪。」

「連一句都翻譯不出來？」

「沒辦法，全都是專業術語。」米克看著亞齊里，流露出一臉厭惡的表情。「這小鬼的腦袋到底是什麼做的？」

「你們別打擾亞齊里用功。」皮亞斯將兩個大男人拉離三歲小孩的身邊。

眾人迅速洗了臉、吃過早飯，圍繞在地圖邊討論起接下來的行動方針。本來預定往東走，但東方傳來鼓聲，只好放棄前往哥曼達村這條路線，改爲朝東南方的貝尼村前進。

「我能在貝尼村附近的飛機起降坪安排一架載滿物資的小飛機。」皮亞斯說道。

眾人著手消除夜宿的痕跡，整裝準備出發。這段期間裡鼓聲一直沒有停過，不禁令葉格心浮氣躁。村莊之間傳達這麼長的訊息，肯定是發生了什麼不得了的大事。但聽了半天，卻沒有傳來槍聲或砲聲。

所有人背起背包，皮亞斯向艾西默說明前進路線。就在這時，原本一直盯著筆電的亞齊里突然站起來，朝皮亞斯揮手。

「有最新情報？」皮亞斯望向螢幕，表情愈來愈沉重。

「得到什麼消息？」葛瑞問。

「『涅墨西斯計畫』的緊急措施進入第二階段，這次是大規模的搜捕行動。」皮亞斯取出地圖，向眾人說明道：「共有五個武裝勢力自道路往西邊的森林進軍，總兵力約四千。」

敵人的行進路線，剛好通過葉格等人目前所在位置的北方。

「這是個好機會。附近敵人都加入了這個行動，南面一定疏於防備，我們可以順利逃到貝尼村。」

皮亞斯卻用力搖頭，說道：「你錯了，這可不是什麼好機會。敵人朝著姆蒂族的野營地方向進軍，一定是打算將所有姆蒂族的『班德』全找過一遍。」

幾個傭兵不由得面面相覷。當初在簡報中聽到的那段話重新浮上心頭：本地民兵有獵食小人族的習俗。

「這個行動將導致種族屠殺。」皮亞斯黯然地說：「本地的姆蒂族可能會因此絕種。」

艾西默似乎察覺眾人神色有異，拉高嗓子不停問東問西。亞齊里默默凝視著心慌意亂的父親，竟沒有表現出絲毫反應。皮亞斯迫於無奈，只好一五一十地告訴艾西默。

「現在該如何是好？」葛瑞沮喪地說。

「只能當作不知道。」米克想也不想地回答：「敵人有四千兵力，我們打不贏。」

「你想見死不救？」邁爾斯壓低嗓子說。「艾西默跟亞齊里的族人馬上就要遭到屠殺了！」

「你在說什麼傻話？你忘了昨天阿曼貝雷村裡發生的事嗎？見死不救這種事，我們早就幹過一次了。」米克吐了口痰，譏笑道：「別再裝好人了。」

「你說什麼？王八蛋！」邁爾斯正想朝米克撲去，忽聽見一陣尖銳的喊聲，頓時愣住。轉頭一看，艾西默正揮舞著雙手，激動地朝眾人說話。

「他說他想回族人們的身邊。」皮亞斯說。

「不行，回去只有死路一條。」葉格說。

皮亞斯於心不忍地說：「我們眞的沒辦法救那些姆蒂族嗎？」

葉格評估了雙方戰力及相對位置，說道：「逃走是我們的唯一選擇。想要救亞齊里，就只能捨棄其他姆蒂族。」

「等等！」葛瑞忽然開口說：「大家冷靜點，我想到一個法子，可以救艾西默的族人。」

「怎麼做？」

「開啓我們的衛星定位系統。」

其他傭兵登時明白葛瑞的用意，但沒人開口說話。葛瑞向還摸不著頭緒的皮亞斯解釋道：「一開啓衛星定位系統，賽達保全就會知道我們的位置。這個情報會透過五角大廈，傳達給北方那些武裝勢力。如此一來，他們就會捨棄姆蒂族的野營地，轉而往南前進。」

皮亞斯恍然大悟，接著更明白這是多麼危險的策略。他憂心忡忡地說：「但這麼做，會導致那四千大軍全朝我們殺來。」

「沒錯。」

葉格看著地圖，計算了一下敵我距離，說道：「最近的敵人還在十公里外，或許我們逃得掉。」

「大家認爲如何？」葛瑞問。

「就這麼做吧。」邁爾斯不等米克開口，搶先朝米克說道：「你若反對，就一個人逃命吧。」

米克只是微微冷笑，什麼話也沒說。

葛瑞放下背包，捨棄裡頭所有衛星通訊機械，只留下小型無線通訊機，並拿了皮亞斯身上的一部分機械放進自己的背包裡，好減輕皮亞斯的負擔。接著他取出衛星定位裝置，朝眾人說：「開機十秒，馬上動身出發。接下來我們得與敵人賽跑才行了。對了，我會念出座標數字，麻煩幫我記下來。」

邁爾斯取出防水便條紙及鉛筆，說道：「沒問題。」

葛瑞開啓電源，讀出迷你螢幕上的經緯度數字。邁爾斯忙著動筆，葉格也取出地圖，在上頭標上此地的位置。此時南非賽達保全裡的職員，想必也正忙著與五角大廈聯絡吧。

「好，出發。」

葛瑞關掉衛星定位裝置的電源，四名傭兵組成菱形隊伍，朝東南方開始邁進。此刻是分秒必爭，得在天黑之前盡量拉開與敵人之間的距離才行。葉格負責護衛右側面，放眼望去毫無異狀。沒想到突然間，葉格的身後竟然爆出轟然巨響。這場爆炸毫無預兆，完全沒有砲彈劃空而來的呼嘯聲。突如其來的衝擊波自背後貫透葉格的全身，葉格的身軀在熱浪與勁風中猛然向前飛出。

幸好葉格一頭栽進了前方的一條小河裡，雖然臉上有些擦傷，但沒有失去意識。葉格用力拍打太陽穴，試圖恢復因爆炸聲而麻痺的聽覺。接著他站起來轉頭一看，剛剛一行人所站位置的後方約五十公尺處，地上竟多了個大坑，周圍灌木全呈放射狀倒下。

葉格立刻臥倒，抓著手中的步槍擺出臥射姿勢。但放眼望去，卻看不到敵人在哪裡。接著葉格抬頭一看，驚覺上方斷了不少樹枝，瞬間背脊竄起一股涼意。敵人原來躲在天上。剛剛那場爆炸，是武裝無人偵察機「掠奪者」自六百公尺上空發射的「地獄火反戰車飛彈」。該偵察機是遙控操作的兵器，駕駛者現在應該在地球另一端的美國內華達州空軍基地裡，手上拿著類似遊樂器把手的控制器。

就在這一瞬間，葉格登時醒悟，原來這是個陷阱。敵人的「掠奪者」偵察機早已在空中待命，等著葉格一行人開啓衛星定位裝置。

倒在地上的傭兵們一個個站起來，有的發出呻吟，有的低聲咒罵。

「亞齊里！亞齊里！」

艾西默因走在隊伍前端，受創程度最輕。他扯開喉嚨呼喚著兒子的名字。剛剛皮亞斯遭爆炸震倒時，原本抱在懷裡的亞齊里脫手飛出。亞齊里以屁股著地，摔在一堆落葉上，縱聲大哭。

「你們去看看皮亞斯！小心無人偵察機！」

葉格朝另三名傭兵大吼，迅速拋下身上的背包，朝亞齊里拔腿疾奔。此時亞齊里所在位置頭頂上沒有枝葉，完全暴露在天空下。只要一被「掠奪者」的紅外線攝影機捕捉到，下一波「地獄火」將會精確地打在這三歲幼兒身上。

葉格伸出雙臂抱起亞齊里，繞到一棵大樹後方。就在這一瞬間，再度爆出轟然巨響，飛彈準確地打在亞齊里剛剛所在的位置上。由於飛彈的落下速度超越音速，因此在擊中前不會聽到任何聲響。雖然大樹的樹幹爲葉格及亞齊里抵擋住了熱風及火焰，但強大的衝擊波還是讓葉格感覺全身內臟像翻過來般難受。

「『掠奪者』只有兩枚『地獄火』！敵人沒辦法再攻擊，我們只要提防監視就行了！」邁爾斯躲在樹後大喊。

此時葉格正忙著安撫哭個不停亞齊里。就像以前安撫賈斯汀一樣，自背後以雙手抱住，將那小小的身體放在膝蓋上輕輕搖晃。雙手所感受到的體溫與柔軟肌膚，與當年的賈斯汀一模一樣。葉格撫摸著亞齊里的頭，終於明白了一件事。沒錯，這孩子跟賈斯汀並沒什麼不同。他本來應該是個正常的孩子，卻因爲基因上的一點錯誤，而成了美國政府追殺的對象。這個孩子沒做錯任何事，他不應該得到這樣的報應。

「亞齊里！亞齊里！」艾西默一邊呼喊，一邊奔來。其他受了傷的傭兵及皮亞斯也拖著踉蹌步伐來到葉格身邊。

葉格將依然在啜泣的亞齊里交給艾西默，見邁爾斯的嘴角流出鮮血，問道：「你還好吧？」

「沒事，只是破皮而已。」

由於爆炸造成嚴重耳鳴，兩人只能扯開喉嚨大聲說話。邁爾斯放下醫護背包，開始檢查同伴的傷勢。亞齊里、艾西默、米克三人身上並無嚴重外傷，鼓膜也沒有破裂。至於短暫昏厥的皮亞斯，則跟葉格一樣，身上有不少瘀血及擦傷，但並無大礙。唯一傷得較嚴重的，是當時走在隊伍最後面的葛瑞。他的雙腿腿腹遭到無數金屬碎片刺傷，滿是鮮血。幸好背包保護了他的背部，沒有造成致命傷害，可說是不幸中的大幸。

「骨頭沒有斷，主要血管也沒有破裂。」邁爾斯一邊急救一邊說：「只要止住血就沒事了。」

「你還能走嗎？」葉格問。葛瑞點點頭。

皮亞斯心慌意亂地取出通訊用的小型筆電，打開電源，確認機器沒壞後，才大大吁出一口氣。這台筆電就像是一行人的護身符，要是失去了它，所有人都難逃一死。

「等葛瑞的急救措施結束後，我們立刻離開這裡。」

葉格這句話才剛說完，米克忽朝皮亞斯喊道：

「等等，這到底是怎麼回事？你不是說過，五角大廈的動靜全在你的掌握之中嗎？」

面對米克的咄咄逼人，皮亞斯不耐煩地朝米克瞥了一眼，說：「情報蒐集跟處理沒辦法面面俱到，這次是上了敵人的當。」

「你在開玩笑嗎？我看你其實什麼也不知道吧？要是繼續相信你，大家只會死得更慘！」

「混蛋，你給我閉嘴！」

皮亞斯忽然激動地大吼，連正在接受包紮的葛瑞也嚇了一跳。

「我已經盡我最大的努力了！你這種蠢蛋憑什麼罵我！」

「你說什麼？王八羔子，你再說一遍看看！」

米克的英語並不流利，罵起髒話來卻是花樣百出。兩人愈罵愈凶，場面幾乎失控。

「別吵了！」葉格自後方拉住米克，將兩人分開。但兩人的謾罵沒再持續下去，原本氣得暴跳如雷的皮亞斯竟突然臉色一變，嚎啕大哭起來。自阿曼貝雷村的大屠殺之後，眾人數度面臨生死關頭，終於讓皮亞斯的精神陷入崩潰邊緣。葉格搭著皮亞斯的肩膀，將他帶離眾人身邊。

「對不起……」皮亞斯語帶哽咽地說：「我知道我的精神狀態不太穩定。」

「這件事是你提議的，你有責任堅持到最後。要是你無法保持正常的精神狀況，我們所有人都會跟著遭殃。」

皮亞斯點點頭，呢喃地說：「戰爭比我想像得還要可怕。」

艾西默此時抱著孩子走過來，憂心忡忡地仰望皮亞斯，說了兩、三句話。葉格雖聽不懂姆蒂族的語言，但聽得出來艾西默是在安慰朋友。艾西默對皮亞斯說完話，卻又朝葉格說個不停。

皮亞斯此時已恢復冷靜，在一旁翻譯道：「他說『謝謝你救了我兒子』。」

「不客氣。」葉格露出微笑，心情也輕鬆不少。

艾西默也露出微笑，又朝皮亞斯說起話。這次艾西默的語氣像是在懇求一件事情。皮亞斯默默聽著，臉上露出遲疑。

「他說什麼？」

「他說他想帶亞齊里回到族人身邊。」

絕不能答應這個請求。亞齊里要是回到野營地，會害所有姆蒂族跟著遭到屠殺。但葉格並沒有責怪艾西默提出這個愚蠢的要求，反而很同情這位身材矮小的父親。艾西默與兒子之間的生離死別，已是無可避免的命運。「你告訴他，要是讓兒子回到野營地，所有族人都會有危險。」

艾西默聽到這回答後，臉上流露出近乎絕望的淒涼。他垂下頭，似乎在猶豫什麼，接著他鼓起勇氣，說了一句話。

「他說既然如此，他打算一個人回到族人身邊。」

葉格很能體會艾西默心中的兩難。他雖然想待在兒子身邊，卻又不忍拋下那些互相扶持了一輩子的同伴。

到底該不該答應，葉格一時拿不定主意。沒有艾西默的嚮導，一行人還有辦法走出這個叢林嗎？葉格想了一下，問皮亞斯：「有沒有什麼新情報？」

皮亞斯操作起筆電，看著螢幕說：「根據聯合國和平部隊的情報，北方那些武裝勢力已開始朝我們進軍。透過無線電聯繫，他們全知道我們的衛星定位座標。」

葉格拿出地圖一看，此地往南走便是橫貫東西的伊比那河。而貝尼村位於東南方，因此只要以伊比那河為指標，即使沒有艾西默的嚮導，應該也可以順利抵達貝尼村。唯一麻煩的只是敵人派出「掠奪者」參戰，讓局勢變得更加險惡。伊比那河的河面頗寬，一行人在渡河時，從空中可看得一清二楚。假如「掠奪者」趁那時機發射「地獄火」，一行人將葬身水底。但如果不渡河，北方的大軍步步進逼，最後一行人還是會死在岸邊。

站在艾西默的立場來思考，不論他在何時結束嚮導工作，最後他還是會獨自回到族人身邊。既然如此，早點讓他離開，反而能增加他存活的機會。

「告訴艾西默，他想走就走吧。但要從西邊繞遠路回去，免得被敵人發現。」

皮亞斯以金普堤語將這句話轉告艾西默。艾西默不停地向兩人道謝。葉格回到眾人身邊，向大家說明情況，並留了一點道別的時間。

除了葛瑞及邁爾斯之外，就連那一直臭著臉的米克也對艾西默表達感謝之意。四名傭兵並沒有忘記，正是這位矮小的姆蒂族幫助眾人脫離險境。

艾西默一一與每個人握手。最後輪到皮亞斯時，他彎下身子，給艾西默一個擁抱。這兩人出生的環境可說是人類社會的兩個極端，彼此間卻培養出深厚的友誼。

艾西默的臉上一直帶著靦腆的笑容，但是當他將懷裡的兒子交給皮亞斯時，終於發出短促而尖銳的哽咽聲。那發自內心深處的聲音中帶著無限的悲慟。

亞齊里伸出手，似乎想將父親拉回來。艾西默在哭泣中轉身離開，但走了兩、三步，又轉頭望向亞齊里。父子間的深情有如一條看不見的繩索，將兩人緊緊綁在一起。

就在這時，守在一旁的傭兵們忽聽見一道細微的聲音。大家全驚訝地望向亞齊里。從未說過一句話的亞齊里，竟然在皮亞斯的懷裡拚命動著雙唇，似乎想要對父親說話。

……艾帕……

那不是單純的胡言亂語。亞齊里努力翻動著稚拙的雙唇，重複著同樣的聲音。

「艾帕……艾帕……」

皮亞斯愕然望著亞齊里，好一會兒後，才難過地搖搖頭，朝傭兵們低聲說：「『艾帕』的意思就是『父親』。亞齊里正在呼喚他的父親。」

葉格的腦中浮現自己的兒子躺在里斯本醫院病床上的景象。或許賈斯汀也正忍受著無法呼吸的痛苦，重複呼喚著相同意思的詞句。

「你告訴艾西默，我們一定會保護亞齊里。叫艾西默要好好保重身體，期待未來父子重逢的那一天。」葉格壓抑著情緒說。

皮亞斯將這句話轉告艾西默，艾西默連說了好幾聲「謝謝」，給兒子一個緊緊的擁抱後，轉頭拔腿奔跑。亞齊里哭個不停，傭兵們一個個輪流上前撫摸他的頭。

艾西默的身影愈來愈小，終於消失在樹木之間。幾個男人心中都有一種感覺，彷彿失去的是一直在守護著眾人平安的森林精靈。但如今沒有時間讓眾人沉浸在感傷中。一個小時內，武裝勢力就會追上了。葉格見葛瑞的傷已完成包紮，便催促道：「我們立刻出發。」

葛瑞站起身時，撿起了地上一團以寬大樹葉包住的東西，說道：「他遺落了這個。」那以樹葉包裹之物，正是艾西默一直帶在身上的火種。

「這是姆蒂族的生命之火。」皮亞斯說道：「我跟姆蒂族生活了這麼長一段時間，卻一直有個疑問，那就是我從來沒有見過他們以這一類火種以外的方式生火。或許在這火種裡面悶燒的火苗，經由他們代代的傳承，已在這森林裡燃燒了數萬年之久。」

如今艾西默即將回到那群隨身帶著溫暖火苗的同伴身邊。葉格不禁暗自祈禱，希望這群姆蒂族的生命之火能世世代代燃燒下去，永遠不要有熄滅的一天。

8

研人忍受著飢餓，窩在三坪大的私人實驗室裡。桌上那兩台父親遺留的電腦，正各自運作著。

A4尺寸的白色筆電裡，「GIFT」持續倒數中，將在明晚計算出新化合物的結構。

至於黑色筆電則是正與剛果連線中。就跟上次一樣，「芭比」來電要求研人將衛星影像上的情報傳達給奈吉爾・皮亞斯。但最重要的衛星影像卻每隔約十五分鐘就中斷一次，要等好一陣子後才會再度出現畫面，研人傳達的情報也被迫變得斷斷續續。拍攝影像的似乎不是靜止衛星，而是繞著地球旋轉的軌道衛星，且不只一架。哪一架來到剛果上空，就使用該衛星的影像。每架衛星的攝影鏡頭都不相同，有的是一般的攝影畫面，有的是紅外線熱感應畫面，有的則是跟前兩者都不相同的奇妙黑白畫面。

每當畫面上出現一大片黑色樹海，研人總是緊盯著畫面，不敢放過任何一點新動靜的跡象。但森林實在太茂密，根本看不見裡頭的狀況。

「沒有自低空位置拍的偵察影像嗎？」位於非洲的皮亞斯問。

「沒有。」研人回答。所有影像都是拍攝自極高的地球上空。

自這段交談後，皮亞斯一直沒有開口說話。不久後，偵察影像也消失了，但手機卻響了。研人拿起手機一看，上頭出現「無法顯示來電」字樣。研人知道這是來自里斯本的定時聯絡，一邊感嘆自己竟因這個計畫而與全世界產生交集，一邊按下通話鍵。

「這是今天的數值。」莉迪亞・葉格沉重地說。

莉迪亞報出的是賈斯汀的動脈血液檢查結果。只要檢查動脈血液，就可以明白肺臟目前的健康狀況。研人拿起筆，抄下其中三個最重要的數值。

「你那邊的狀況如何？」莉迪亞問。

目前還在等待「ＧＩＦＴ」計算出結果，研人除了「正在研發中」之外，想不出更好的回答。

「期待你的好消息。」莉迪亞說完便掛了電話。

研人根據數值中的血氧分壓及酸鹼值，對照書上的解離曲線，計算出血氧濃度。這個數值代表血液中含有多少程度的氧氣。肺泡上皮細胞硬化症在進入末期後，肺泡會開始出血，造成血氧濃度急速下降，最後導致死亡。此下降速度相當穩定，因此只要記錄數值的變化，就可以正確地計算出病患還剩下多長壽命。以賈斯汀・葉格的數值來看，他只剩下十七天可活。在日本時間的三月三日若沒有服下特效藥，將必死無疑。

研人的父親生前曾指示他在二月底前完成藥物研發，可見父親早已精確地預測出賈斯汀的死亡時間。研人心想，或許這個背後亦有那個超高智慧生物的幫助吧。

然而研人還擔心另一名病患，那就是小林舞花。研人很想知道那女孩目前的檢查數值，但大學附屬醫院一直有刑警盯著，沒辦法與實習醫生吉原搭上線。目前除了祈禱那女孩能撐到藥物研發完成，別無他法。

通訊用的Ａ５筆電忽然發出短促的鈴聲，吸引研人的目光。一看螢幕，原來是收到一封新郵件。郵件裡附了一個文書檔。於是研人通知位於地球另一端的皮亞斯，自己收到最新的情報。

走在叢林內的皮亞斯上氣不接下氣地說：「請幫我念出內容。」

文書檔內容都是英語。研人一邊念，一邊在腦中翻譯成日語。那似乎是無線電通聯紀錄，裡面有著「在飛彈的彈著點沒有發現屍體」之類的對話。

「我明白了。謝謝你，研人。」

「這是哪來的情報？」研人問。

「和平部隊監聽到的敵方通訊。」自稱是父親老友的美國人回答。

接下來又進入待命狀態。研人將文書檔儲存後，愣愣地看著螢幕，忽然想到一件事：這台筆電既然能收發電子郵件，會不會儲存著過去的通訊紀錄？

父親到底是在什麼時機、因什麼理由而蹚入這渾水，目前還是個謎。要找出答案，或許可以從這台筆電下手。於是研人摸索起這台筆電的各項機能。由於這筆電使用的是從未見過的作業系統，他小心翼翼地一步一步測試，終於成功開啓了硬碟裡的檔案夾。那檔案夾裡有著多得數不清的文書檔，每個檔案的名稱都是英文。由於檔案實在太多，研人一時之間不知該從何處下手。沒多久，研人研究出搜尋功能，他將父親的全名以英文拼音的方式鍵入搜尋欄位來搜尋。

瞬間程式搜尋出數個文書檔。研人一一點開來看，發現每個檔案的內容都是記錄父親的生平經歷。不僅如此，而且這些檔案的開頭，都有著「Defense Inteligence Agency」字樣。研人不知道這段字是什麼意思，拿起手邊的電子字典一查，上頭的解釋是「國防部國防情報局（DIA）」，看來似乎是某種諜報機構。

爲何這台筆電裡會存有諜報機構的檔案？研人原本感到莫名其妙，但思索片刻後，已想出合理的解釋。一定是「芭比」以駭客手法入侵美國政府的通訊網，竊取了這些諜報機構的檔案。跟盜取軍事偵察衛星影像比起來，那恐怕比吃飯還容易。

研人再往下看，看到父親以日語寫成的學術論文。那是一篇關於小人族中的姆蒂族感染病毒狀況的調查報告，國防情報局人員並在上頭加註了：「同一時期，奈吉爾·皮亞斯博士亦爲了進行人類學的田野調查而滯留該地」。研人心想果然沒錯，父親與皮爾斯是在一九九六年於薩伊共和國認識的。該國後來更名爲剛果民主共和國。

這個檔案的最後，還列出當時滯留該地的其他外國人姓名。研人隨意瀏覽，發現除了父親之外，還有另一個日本人。仔細一看姓名，研人不禁驚呼一聲。

「Dr. Yuri Sakai」。

這正是坂井友理的英文拼音。原來那個相貌平凡的女人，當年同一時期也待在薩伊共和國的東部。在那遙遠的國度裡，父親與坂井友理是否有過什麼交集？研人有種不好的預感。母親懷疑父親有外遇，難道眞的被她說中了。

接著研人在搜尋欄裡輸入這位神祕女人的姓名，按下搜尋鍵。程式只找到一個符合條件的文書檔，他點開一看，裡頭竟然有張坂井友理的照片。

研人睜大雙眼，瞪著照片中的女人。那是一張證件照，多半是來自護照之類的證件。女人的年紀約三十出頭，看來比當初在夜晚的大學裡遇到的她年輕些，但那未施脂粉的嬌小臉型可說是如出一轍。沒有錯，她就是坂井友理。

檔案開頭有著「Central Inteligence Agency」字樣，這是美國的中央情報局。研人繼續往下讀，原來這是一份坂井友理的個人經歷調查報告。

「坂井友理　醫學博士

一九六四年一月九日　出生於東京都目黑區

一九八九年　畢業於城眞大學醫學系

一九九一年　任職於她父親經營的私人醫院『坂井診所』」

以上這些情報報社記者菅井皆已提過。但接下來的部分是研人不知道的。

「一九九五年　加入國際醫療救援團體『世界救護醫師團（非營利組織）』

一九九六年　以該團體成員身分前往薩伊共和國東部，但因爆發內戰而返回日本

一九九八年　父親死亡後，『坂井診所』結束經營

其後，熱中於爲貧困民眾提供免費醫療援助

其他情報：在日本國內無犯罪紀錄

無經濟困境

納稅紀錄如下表

家族登記資料如下表」

研人看到最後一項「家族登記資料」，不明白那是什麼，將畫面往下捲動，出現一張掃描圖像。那是一張以日語寫成的證件，研人仔細一看，原來是常見的戶籍謄本。上頭標註英語說明文字，但懂日語的研人當然不需要這些說明。研人最想知道的是坂井友理的現在居住地址，可惜戶籍謄本上沒有這項資訊，只有戶籍地、雙親姓名等。研人一欄一欄看下去，赫然發現一項驚人的事實。

根據戶籍謄本上記載，坂井友理在「平成八年十一月四日」產下一名女嬰。小孩姓名欄位上填著「惠麻」兩字，但父親欄位及坂井友理的婚姻欄位卻是空白。這意味著坂井友理是在未婚且父不詳的情況下，生下女兒惠麻。研人將日本的年號換算成西元年。惠麻出生於平成八年，也就是一九九六年，那不正是父親誠治與坂井友理前往薩伊的那一年嗎？

研人忍不住發出哀嚎。父親外遇的鐵證，竟然以這種最糟的方式出現在自己的眼前。那個叫惠麻的女孩，跟自己是同父異母的兄妹。父親過世前，每次三更半夜才回家，都會對母親說：「熟人的小孩得了上學恐懼症，我去充當那小孩的家庭教師。」如今回想起來，父親一定是去陪伴他在外頭生的女兒。研人又想起另一個足以成爲佐證的可怕回憶。遇到坂井友理的那個夜晚，停在路旁的那輛箱型車裡不是有個人影嗎？那個人會不會就是她的女兒？

研人繼續瀏覽資料夾裡的檔案，心裡抱著一線希望，想要找出足以否定以上推論的證據。但除了剛剛那個檔案之外，已沒有任何與坂井友理有關的資料。

他離開桌邊，在狹窄的房內繞起圈子。此時他忽然想到，報社記者菅井應該還在持續調查坂井友理的來歷，不知到底查到多少。但就算菅井查到坂井友理是父親的外遇對象，多半也不會告訴他。這就跟他不打算將這件事告訴母親的心情是一樣的。

研人搔搔頭，取出手帕擦了沾滿汙垢的眼鏡，重新回到筆電前。這個憾動古賀家的驚人內幕，同時解答了研人心中的一些疑問。爲什麼中情局要調查坂井友理？爲什麼坂井友理想從他手中奪走這台筆電？假若是中情局掌握坂井友理的把柄，並要脅她這麼做，一切就說得通了。如今坂井友理一定還在東京四處尋找，想要查出自己的藏身地點吧。

研人帶著滿心的不安，在搜尋欄裡鍵入了第三個名字。

「Kento Koga」

古賀研人。一按下Enter鍵，畫面上出現了一些內含自己姓名的文書檔。第一個檔案是國防情報局的報告書。研人點開一看，登時不寒而慄，裡頭竟有一張自己遭到偷拍的照片。這照片顯然是以望遠鏡頭拍攝，背景是大學校園，當時自己正在跟河合麻里菜說話。研人心想，原來從那時開始，他便已遭到美國諜報機關監視。

報告書所列出的個人經歷極爲詳盡且正確，裡頭還有一份日本警方提供的交友關係列表。研人一一審視上頭所列的人名，確定菅井及李正勳不包含在其中，才略鬆了一口氣。看來美國政府還沒察覺自己有這兩位強力幫手，以後可以安心跟他們聯絡。

此外還有日本警方與中情局針對「町田地區重點搜查」問題的往來聯絡紀錄。中情局要求日本警方「對每一戶進行地毯式搜查」，但日本警視廳公安部以「考量町田市的人口密度，十名員警在人力上嚴重不足」爲由而拒絕。看來這間私人實驗室在短時間之內是安全的。

最後一個檔案，是中情局對「特殊任務組準軍事部」下達的指令書。裡頭寫著：「已將古賀研人列入恐怖分子名單。一旦日本警方依照罪犯引渡協定將古賀研人交與我方，立刻進行特殊『rendition』至敘利亞。」

研人看得一頭霧水。特別是「rendition」這個單字，研人不明白其意思，查了電子字典，唯一符合上下文的解釋是：「（逃犯的）移送」。

研人雖不明白自己爲何會被移送到敘利亞，仍感到毛骨悚然。看來他一旦被捕，可不是坐牢就能了事。他會被移送至國外，而且或許再也無法回日本了。

突然他想起父親的遺言：「你必須一個人進行這項研究，不能把這件事告訴任何人。不過，倘若你察覺自己有危險，可以立刻放棄這項工作。」

研人的雙手開始顫抖，下腹部產生強烈的尿意。自己明明只是想救那些生病的孩子，怎麼會淪落到這個地步？但如今就算想抽身，也已經太遲了。就算停止研發新藥，也無法讓美國諜報機關及日本警察停止追捕他。

研人重新開啓剛剛的第一個文書檔。自己與河合麻里菜同時出現在那張偷拍的照片裡。研人看著河合麻里菜的燦爛笑容，彷彿聽到她在對自己說：「再加把勁！」研人說服自己，不管明天會有什麼遭遇，今天也只能盡好自己的本分。

手機鈴聲讓研人回過神來。他一接通，手機裡便傳出「芭比」那經過變造的低沉聲音：「沒叫你看的東西別亂看。」

研人吃了一驚，說道：「你一直在監控這台筆電的使用狀況？」

「沒錯。」

研人才剛聽到這句話，竟看到筆電的畫面自己動了。硬碟裡那些文書檔竟一個接著一個消失了。看來「芭比」能使用他手邊的電腦，對這台小型筆電進行操控。他只想要留下那張有河合麻里菜的照片，但也全被刪除掉了。

「有什麼重要事情，我會主動告訴你。平常你只要專心做好你的分內工作就行了。」

「我能問個問題嗎？」

「你想問什麼？」

「我如果落網，會被殺嗎？」研人努力不讓聲音顫抖。

「沒錯，而且死前還會遭到拷問。」

研人想像著指甲被拔掉的感覺，不由得渾身發麻。

「但你只要照我的話去做，就不用擔心。如果你不想死，就別擅自行動。」

研人明白除了相信「芭比」之外，自己沒有第二條路可走。他也不可能在這間又窄又破的公寓躲一輩子。「我知道了。」

「衛星影像來了，快跟皮亞斯聯絡。」「芭比」掛斷電話。

研人只好回到自己的工作崗位上。螢幕裡同樣是自高空拍攝的黑白叢林畫面，但多了一條東西方向的大河。

喇叭中傳來皮亞斯異常疲倦的聲音：「我們現在抵達伊比那河畔。我們的東南方應該有座名叫貝尼的大村子。」

研人一看衛星畫面，廣大的叢林彷彿被巨人捏下了一角，有塊灰色的區域。那應該就是貝尼村吧。皮亞斯等人的位置在貝尼村的西北方，距離約三十公里。

「應該有條馬路自貝尼村往北延伸，在那馬路上有沒有什麼動靜？」皮亞斯問。

研人擴大影像，仔細凝視。那馬路上似乎有著一長排車隊，周圍還有不少手持步槍的人影。

「有軍隊。」研人說。

「人數多少？」

「太多了，數不清。」

皮亞斯沉默片刻，說道：「算了，你等等，我自己看。」

樹木的後方傳來伊比那河的水聲。在這不見日光的陰暗叢林裡，葉格等人陷入進退兩難的窘境。只要渡過河，就能一鼓作氣往南方逃走，但渡河的過程中極可能遭受武裝無人偵察機攻擊。

「不行，東邊的兵力大約一千，完全被封住了。」皮亞斯將視線從筆電螢幕上抬起，說道：「我們若去貝尼村，會被逮個正著。」

米克一邊警戒著來自北方的敵人，一邊說：「看來除了渡河，沒有其他辦法。」

「有沒有什麼辦法能幹掉『掠奪者』？」葉格問。

「『日本援軍』正在想辦法，但因指揮系統與『涅墨西斯計畫』不同，得花不少時間。」

葉格看著地圖，很清楚無論走哪個方向都是死路一條。北邊及東邊聚集大量武裝集團，南邊有「掠奪者」在虎視眈眈，西邊則同樣被蜿蜒蛇行的伊比那河擋住去路。葉格苦苦思索，卻想不出什麼良策。就在這時，坐在地上的亞齊里正好與葉格視線相交。

「你有沒有什麼好點子？」葉格問亞齊里。亞齊里卻板起臉，沒有任何反應。一次又一次的死亡威脅及父親的離去，似乎已讓這模樣古怪的孩子封閉了心靈。

就在這時，皮亞斯看著螢幕說：「日本方面下達了最新指示。前往貝尼附近飛機起降坪的計畫取消，我們得持續往南前進。南邊有一名事先安排好的接應人員，他在接獲命令後會往北前進。我們得與那個人會合，經由魯丘市逃往國外。」

葉格一看地圖，這是逃往烏干達的路線。當初說的三條路線，如今已放棄兩條。剩下的這一條是眾人最後的希望。「但眼前的問題要怎麼處理？難道我們要就這麼渡河？」

「我們在這裡等到明天早上，就能安全渡河。」

「什麼意思？」

「意思就是不用再害怕『掠奪者』自空中攻擊。」

幾個傭兵皆露出懷疑的神情。「這不可能，除非有地對空飛彈，否則我們對付不了『掠奪者』。」邁爾斯代表眾人說道。

「我們得相信『日本的援軍』。」皮亞斯自信滿滿地說完後，卻又愁眉苦臉地說：「但後頭還有更麻煩的問題。渡了河之後，盤踞在南邊的叛軍恐怕會往北進軍。要怎麼逃過他們的攻擊，可說是最後一個大難關。」

「南邊的叛軍，指的是『聖主抵抗軍』（註）？」

「沒錯。」

「聖主抵抗軍」是這附近規模最大且最殘暴的武裝勢力，據傳已強姦及殘殺數十萬各地居民。

「看來我們是活不成了。誰可以告訴我，在這該死的叢林裡要怎麼寫遺書？」米克說。

沒有人回答米克這個問題。前途多災多難，誰都不想把精力浪費在跟米克鬥嘴上。

會議結束後，皮亞斯對葉格說：「你過來一下。我得趁現在介紹一個人給你認識。」

一時之間，葉格以為他在開玩笑。在這叢林深處，他要從哪裡找個人來介紹？

「你看著螢幕。」

葉格依言朝小型筆電的螢幕望去。皮亞斯按個按鍵，畫面由衛星影像變成一個亞洲少年的臉部特寫。

「研人！」皮亞斯對著耳麥組上的麥克風說：「我想介紹一個人給你認識！」

註：「聖主抵抗軍」（Lord's Resistance Army）是實際存在於烏干達等地的一支反政府軍隊，成立於一九八七年，因任由士兵殘殺平民及綁架小孩而遭國際社會嚴重譴責。

畫面中那戴著窄框眼鏡的少年轉過頭來。少年相當削瘦，一副弱不禁風的樣子。

「他是誰？『日本的援軍』難道就是這個小孩？」

「不，他是肺泡上皮細胞硬化症的特效藥研發人員。」

「你說什麼？」葉格心中湧起強烈的不安。「你把這件事交給一個高中生去做？」

「不，他已經二十四歲了，在東京的大學讀研究所。他的名字叫古賀研人。」

葉格露出不敢置信的神情，愣愣地望著螢幕裡號稱能救自己兒子的少年。

畫面上突然出現一個虎背熊腰的美國人，研人不由得全身緊繃。那位美國人的臉上傷痕累累，野戰服底下的雙肩肌肉高高隆起，簡直像是兩片鎧甲。回想起來，之前跟皮亞斯通訊時，這美國士兵亦曾出現在畫面內。他有著凹陷的眼窩，雙眼卻射出精光，默默凝視著研人。

「這位是喬納森・葉格先生，他是賈斯汀的父親。」在畫面外的皮亞斯說。

研人又是一驚。原來這個人就是那位罹病孩童的父親。皮亞斯說完話，將耳麥組戴在葉格頭上。

「你是研人？」葉格以極低沉的聲音問。

研人連忙點頭。

「你眞的在研發新藥？」

「是的。」

葉格從頭到尾都板著一張撲克面孔。研人很明白葉格完全不信任他。

「關於賈斯汀的狀況，你知道多少？」

「我剛剛才跟夫人通過電話。」

「和莉迪亞？那賈斯汀現在狀況如何？把你知道的都說出來，不要有所隱瞞。」

研人遲疑片刻，決定老實告知他賈斯汀的病情。「由檢查數值來看，只剩下十七天的壽命。」

好一陣子，葉格垂下頭。但那堅毅的表情沒有絲毫改變。「你的藥眞的來得及嗎？」

研人差點脫口說出「大概」這句話，但那種感覺就像是，如果他回答得沒自信，葉格的鐵拳恐怕會從螢幕裡揮出打他，於是他慌忙改口：「一定來得及。」

葉格一聽，終於露出放心的神情。那確實是身爲父親的表情。經過這番對談，研人的心中又有一個疑問獲得解答。

——過一陣子會有一個美國人來找你。

「你會來日本嗎？」

「原本是有這個打算，但是……」葉格壓低聲音說：「這邊局勢很危險，別說是到日本，我恐怕再也沒辦法跟家人見面。你懂我的意思嗎？」

「我明白。」研人回答。那意味著葉格已有葬身非洲的覺悟。

「如果我有什麼萬一，請你轉告我的老婆和小孩，就說我爲了救賈斯汀已盡最大努力。」

研人愣愣地凝視著這個滿臉鮮血及污泥的士兵。雖然他不太清楚內情，但可以確信的是這位父親爲了救兒子的命而出生入死。這從未體驗過的震撼，讓研人不由得脫口問出一個最直截了當的問題：「你愛你兒子嗎？」這句話若用日語說，會讓研人很難爲情，但用英語說，卻變得極爲自然。

「當然。」葉格詫異地問：「你爲何這麼問？你父親一定也深愛著你，不是嗎？」

「我不知道。」

「你不知道？什麼意思？」

研人一時語塞，葉格接著又問：「你沒有父親？」

「他剛過世。」研人在說出這句話的同時，不禁詛咒起自己的遭遇。若不是父親驟然病逝，他也不會因心情煩躁而做出那麼多大膽行徑，落得現在這個下場。

「我很遺憾。」葉格安慰研人：「我的人生也曾因雙親離婚而一團糟，但我熬過來了。」

研人很想回一句「我不像你那麼堅強」，卻沒有說出口。

「我也曾懷疑過我父親不愛我。但有了小孩後，我才知道世上沒有不愛小孩、不想保護小孩的父親。」葉格說完後露出訕笑，接著說：「不過還比不上母親。」

研人想起葉格那堅強的妻子——莉迪亞。在研人的想像中，葉格擁有一個非常完美的家庭。

「總之，我希望孩子能得救，請你趕緊研發新藥，我會很感激你。」葉格說完，將耳麥組還給皮亞斯。

滿臉虬髯的人類學家回到畫面中。研人說道：「我能問個問題嗎？」

皮亞斯看了一眼手表，說：「可以，但別太久。影像通訊會在短時間內消耗掉大量加密用亂數列。」

「是關於我父親古賀誠治的事。他爲什麼會加入你們的計畫？」

「九年前，我在剛果這國家認識了他。因爲這個緣分，我邀他參與計畫。」

「我父親也想拯救進化人類？」

「就結果來看是這樣的，但他原本只是基於學術上的興趣。當他得知必須研發新藥時，立刻答應了。他當然很清楚參與這個計畫的風險。你父親很想救那些生病的孩子。」

「你說的都是眞的嗎？」研人實在不敢相信父親是如此滿腔熱血的人。

皮亞斯點點頭。「研人，你似乎不太了解你父親。古賀博士在病毒學上沒有太突出的貢獻，這點一直是他的遺憾。正因這個遺憾，他才投入研發新藥這個領域。對科學家來說，貢獻社會是一種使命。」

研人不禁壞心眼地想——說穿了他不過是自卑感作祟而已。

「當他察覺自己可能會遭到逮捕時，他決定讓你接手他的工作。你是他兒子，他相信你一定能勝任這件事。就讀藥學系的你，一直是你父親心中的驕傲。」

可是研人還是抱持懷疑。皮亞斯繼續說：「你父親是個腳踏實地的科學家。努力研發藥物的你，就是最好的證據。你的這份研究熱誠正是遺傳自你父親。」

但研人還是無法對父親產生尊敬之意。再也按耐不住的研人，終於脫口問：「你認識一位名叫坂井友理的女人嗎？」

皮亞斯的表情一變，眼神中露出警戒。

「認識。」

「她九年前也去過剛果，對不對？她跟我父親是什麼關係？」

「關於坂井友理這個人，你還是什麼都不知道比較好。千萬別接近她，否則你會有危險。」

「爲什麼？既然是關於我父親的事，我有知道的權利。」

研人毫不死心地頻頻追問，皮亞斯卻打斷研人的話，說：「終止影像通訊的時間到了，你回去研發藥物吧。有任何新狀況，我會聯絡你。」

小型筆電突然關機。這顯然是「芭比」下達的指令。房裡變得一片死寂，研人感覺自己好像成了世界上唯一存活的生命。但他已漸漸體會，這股寂寥早已暗藏於他的心中。自從父親在三鷹的醫院撒手人寰後，他就一直有種宛如遭到世界遺棄的錯覺。

漆黑的螢幕上，映照出一張與父親有三分相似的臉孔。研人告訴自己，故事還沒結束。父親遺留的另一台筆電，如今還在計算著新藥的化學結構。

研人彷彿聽見父親的聲音。父親在說，現在是換你守護別人的時候了。你要捍衛那十萬兒童的生命，而科學是你手中唯一的武器。

但研人還是不明白，留下這遺志而離開人世的父親，到底是怎樣的人？

9

安迪．羅克維爾有個不爲人知的興趣。這個興趣是從高中時期開始，但身爲學生手頭不寬裕，大學又忙於學業，多年來只能將就於入門級的設備。直到他任職於沙加緬度市的銀行，有了穩定收入後，他才不惜投下巨資，在公寓房間的角落爲自己的興趣購置整套齊全配備。

最高性能的電腦、三台大螢幕、操縱桿、方向舵以及臨場感十足的高級喇叭。爲了這些東西，安迪花了超過一萬美金。因擔心被當成怪人，安迪不曾對同事提起自己這個興趣。只要一有空閒時間，他就會坐在自製的駕駛座上，操縱著虛擬飛機翱翔於世界各地的天空。

短短一年裡，安迪已駕駛過絕大部分的飛機。不管是一戰時期的複葉式飛機，還是最新式的巨無霸噴射客機，安迪都可以駕馭自如。其中最令安迪感到興奮的，是駕駛最先進的噴射戰鬥機，與敵方飛機進行空中纏鬥。安迪所駕駛的虛擬F16戰機，不知擊墜了多少俄國戰機。市售遊戲的模擬技術年年突飛猛進，那多重螢幕中的模擬世界眞的能帶來一種藍天已被他征服的錯覺。

就在安迪幾乎玩膩所有空中模擬遊戲的某一天，他收到一封電子郵件。發信者是某個安迪曾買過節流閥控制桿的購物網站。

「網路遊戲的新革命！超眞實空中模擬遊戲隆重登場！」

信裡這段宣傳文字引起安迪的興趣。安迪立刻連上遊戲網站，想要看看到底是款怎樣的遊戲。他最想知道的是遊戲裡操縱的是哪種飛機。但這個網站竟刻意隱瞞飛機種類，反倒提供一份操作手冊。他開啓操作手冊一讀，上頭有一章是「主要武器操作方式」，才知道這款遊戲裡駕駛的是某種戰鬥機。再繼續讀，更進一步明白這遊戲模擬的是駕駛飛機自空中對地面上的恐怖分子進行轟炸的任務。然而這款遊戲的最大特色在於起飛時間有嚴格的限制，不能說飛就飛。網站上更強調，到目前已有八千多位玩家挑戰過模擬任務，但沒有一個人成功。

安迪躍躍欲試，想要證明只有自己才能完成那個任務。他立刻加入遊戲會員，取得帳號與密碼。系統告知安迪，將於明天執行任務。

隔天是星期六，下午一點，安迪興匆匆地坐上駕駛座。一登入遊戲，三台螢幕上便出現向著遠方延伸的飛機跑道。這模擬飛機駕駛艙的景象卻是黑白畫面，且畫質極爲粗糙，顯然遊戲在電腦繪圖上處理得相當偷工減料。安迪不禁大感失望，心想這算哪門子「超眞實」？不僅如此，而且安迪連動都沒動，規定的時刻一到，飛機竟然自己起飛升空了。

安迪有種受騙的感覺，本想要立即結束遊戲，但猶豫了一下，決定玩一會兒看看。這款遊戲的畫質雖然很差，但飛機離地時的飄浮感卻模擬得相當眞實。突然三台螢幕中，左右兩台螢幕分別出現不同的畫面。左邊螢幕上出現一個指示：「在高度達到一萬英呎時切換爲手動操作」；右邊螢幕則變成由飛機底部鳥瞰地面的景象。由於畫質頗差且顏色只有黑白兩色，只能勉強看出地面應該是沙漠或熱帶草原。

左邊的螢幕又出現下一個指示：「進入手動操作後立即降低高度，維持在五百英呎以下」。

安迪此時已漸漸對這款網路遊戲產生期待。它搞不好眞的是款「超眞實」的遊戲。

機體持續上升，終於達到一萬英呎。安迪回想昨晚已讀熟的操作手冊，將飛機切換爲手動操作。接著又依照指示，盯緊畫面上的高度計，讓機體迅速下降。視覺訊息及來自操縱桿的回饋反應，在安迪的大腦中創造出模擬感受。經驗豐富的安迪已明白這是一架螺旋槳式飛機，但機體異常輕盈，且對地速度極慢，時速只有約九十節，也就是一百六十五公里左右。

安迪一邊操縱飛機，維持著宛如在閃避雷達追蹤般的超低空飛行，一邊興奮地想「中大獎了！」。這架飛機肯定是武裝無人偵察機「掠奪者」。到目前爲止，尚未有任何模擬遊戲模擬過這款遙控飛機。前方及鳥瞰地面的粗糙影像，模擬的是飛機上的紅外線鏡頭所拍攝的影像。

安迪全神貫注地操縱飛機。冒著墜毀的風險，緊貼著沙漠地表飛行。大約一小時後，系統下達新指示，要求讓飛機急速攀升至七千英呎的高空。於是安迪將操縱桿往後拉，讓機首向上揚升。回到水平飛行後，安迪故意搖晃機體或調整節流閥，試著讓自己熟悉這架無人飛機的操縱感。兩個小時後，安迪已能自由自在地操縱這架飛機，彷彿機體已成肉體的一部分。

系統再度下達指示，要求將高度降低至兩千英呎。安迪便將操縱桿往前推，讓機首朝著眼下的山巒傾斜。越過山巔後，景色驟然一變，原本的遼闊沙漠裡出現現代化的都市。中心地帶有許多高樓大廈，周圍並環繞著一棟棟低矮的建築。安迪看不出來這到底是哪個國家的都市景色，但他猜想，大概是中東或非洲吧。

就在飛機抵達都市上空時，右側的螢幕上出現一排行進中的車隊。那車隊共有十六輛車，正開在高速公路上。

左側的螢幕上則出現極簡短的指令：

「攻擊第六輛轎車。」

從起飛到現在已過三個多小時，終於出現攻擊目標。安迪操縱機體尾隨在車陣後頭，並同時操作起攻擊系統。若是眞正的「掠奪者」，除了機師之外應該還有一個負責發射飛彈的操作手，但安迪心想，這畢竟是遊戲，只好由自己包辦。

安迪將左手從節流閥操縱桿移至鍵盤，迅速設定目標。右側螢幕出現一個白色十字，固定在車陣前方數來的第六輛車上。那長長的車隊此時忽然開始加速，但白色十字早已緊緊鎖定目標。安迪接著在畫面上拉出一個方框，將那輛黑色轎車包在框內。就這樣，雷射導引飛彈的發射設定便算大功告成。

安迪將右手食指輕輕放在操縱桿的發射鈕上。手指只要往下扣壓數公厘，「地獄火反戰車飛彈」就會將那輛車炸成碎片。

成功只差臨門一腳，勝利已經是唾手可得。安迪不禁洋洋得意，果然只有自己才能完成這個任務。就在扣下手指的那瞬間，安迪忽然浮現一個念頭。這個景色怎麼愈看愈像美國。

結束在亞利桑那州鳳凰城的演講後，副總統詹伯倫搭上護衛車隊的第六輛車，前往天港國際機場。

這場針對人權問題的演講雖然不盡理想，但詹伯倫並不在意，反正這不是此行的眞正目的。昨天夜裡，詹伯倫已在飯店內私下密會某個來自德州的能源企業董事長。詹伯倫在當上副總統前，曾是該能源企業的執行長，此次密談的目的在於確認企業經營狀況。

伊拉克戰爭才剛傳出消息，這家企業的股價便已應聲上揚。在伯恩斯宣布戰勝且著手進行伊拉克重建計畫後，這家企業承包了一切基礎建設，股價更是持續創下新高。這一陣子，該企業又傳出可望獲得巨額政府擔保融資的消息，且承包來自國防部的一件總金額達七十億美金的大型委託案，經常利益預估將比去年超過八成。對詹伯倫而言，這眞是天大的喜事，因爲這意味著來自該企業的政治獻金一定也會跟著水漲船高。

詹伯倫置身於軍產複合體的中樞位置，一直有個感慨，那就是「支配」原來是如此簡單的事。要支配一個國家，只需要一樣工具，那就是「恐懼」。掌權者想靠戰爭賺錢，只要在國民面前將其他國家形容得有如妖魔蛇蠍。而且只要祭出「國家機密」這擋箭牌，甚至不用公布任何證據，媒體就會爭相報導及渲染。這麼一來，國防預算在稅金收入中所占的比例就會暴增，軍需企業經營者的利潤也會跟著連翻好幾倍。這種深植民心的恐懼甚至會跨越國界，誘使其他國家也跟著增加軍事預算。國與國之間的關係將趨於過度緊張，變得杯弓蛇影、疑神疑鬼。一個擦槍走火，甚至會引發眞正的戰爭。而戰爭一開打，獲取龐大利益的當然又是某些特定人士。

當年艾森豪總統早已預見這事態的嚴重性，在卸任前的最後一場演講上試圖向民眾說明「軍產複合體」有多麼可怕。但他這番警告並未獲得重視。只要各國那些大發戰爭財的企業存在著一天，戰爭就永遠不可能從世界上消失。

詹伯倫從沉思中回過神來，抬頭望向窗外。厚達五吋的防彈玻璃，讓窗外景色變得有些朦朦朧朧。詹伯倫察覺景色正以飛快的速度向後流逝，這意味著這輛具有裝甲保護的轎車正在加速行駛。雖然車速加快，但車內隔音效果太好，依然維持一片寂靜。詹伯倫向坐在副駕駛座的特勤局幹員問道：「爲何開這麼快？」由於前後座之間有道隔板，這句話得透過麥克風才能傳達。

擴音器傳來幹員的回答：「請不用擔心，我們只是覺得早點到機場比較保險。」

「發生什麼事了？」

就在這時，設置於後座側邊的加密電話機響起。詹伯倫伸手制止坐在一旁的護衛官，自行接起電話。

「我接到來自國土安全部的消息，」來電的是留守在白宮的祕書官。「克里奇空軍基地一架訓練飛行中的『掠奪者』戰機忽然下落不明。」

詹伯倫仍一頭霧水。「你說什麼？」

「這架無人戰機自基地起飛後就失控下墜，但調查人員找遍事發地點，卻沒找到戰機的殘骸。」

找不到殘骸？這還不簡單，擴大搜索範圍不就得了？詹伯倫說：「你爲什麼要打電話跟我說這種事情？」

「一來這架戰機上配備著實彈，二來剛剛雷達捕捉到有架小型飛機自內華達州穿越州境，進入亞利桑那州。」

克里奇空軍基地位於拉斯維加斯附近，距離此地鳳凰城不到三百英哩。詹伯倫下意識地抬起頭，望著車內的天花板。

「但該空域有民營企業的輕型客機提出航行申請，雷達捕捉到的極可能是這架輕型客機，而不是『掠奪者』。」

「沒試著聯絡機師嗎？」

「管制塔嘗試呼叫，但對方沒有回應。」

詹伯倫開始有些不安。「掠奪者」的機體極小且高度極高，可以神不知鬼不覺地飛到自己的頭頂上。

「但不管怎麼說，『掠奪者』應該不可能落入他人的掌控吧？」

詹伯倫這句話才剛問完，眼前突然出現一樣東西。那是一枚自空中刺入車內的反戰車飛彈。身體幾乎與飛彈貼在一起的詹伯倫還來不及思考這景象有什麼不對，全身已在大爆炸中裂成碎塊。詹伯倫才剛覺得眼前一黑，生命便已徹底終結。來自地獄的業火燒盡周圍一切事物，大量飛濺的血液在轉瞬間化為氣體。就在這時，又一枚飛彈自高空落下，讓原本早已離開軀體的頭顱霎時更是支離破碎，只剩下鼻梁以上的部分還勉強維持著形狀。那燒得焦黑的半顆腦袋飛上半空中，落下時撞在後方第三輛車的防彈玻璃上，最後滾落路面。

靠著戰爭中飽私囊的政客，以自己的血與肉證明了美製殺戮兵器的優秀性能。

盧本斯駕著租來的汽車，以超過速限的速度奔馳在印第安納州南部的鄉村小徑上。放眼望去，只看得見老舊電線桿、枯樹、及寥寥可數的幾棟民宅。窗外景色的上半部盡是陰霾的天空。

自收到副總統詹伯倫遇害的消息後，整個華盛頓特區可說陷入人仰馬翻的混亂狀態。總統伯恩斯立即躲入位於白宮地下室的緊急指揮中心，第一家庭也被送往特勤局相關設施接受嚴密保護。爲了搞清楚到底發生什麼事，所有人都忙得像無頭蒼蠅，負責國家安全相關事務的政府機構全亂了陣腳。眞相還未釐清，有些受伯恩斯政府的新保守主義徹底洗腦的政客，竟已喊出「對伊斯蘭激進派潛藏地區發射報復核彈」的口號。

一開始盧本斯也以爲這起恐怖攻擊是伊斯蘭激進派所爲，但當盧本斯得知政府對全世界各基地的武裝無人偵察機下達禁飛指令時，盧本斯登時明白兇手的眞正身分。在非洲大陸的中央，本來只能等死的「努斯」一行人，因這道禁飛指令而平安渡過伊比那河，脫離鬼門關。

盧本斯將車停在路旁，透過後視鏡，看著後方的來車一輛輛越過自己的車子。確定沒有跟蹤車輛後，盧本斯取出地圖，研究起目的地的位置。

自「涅墨西斯計畫」啓動後，在美國有兩個人遭到有關當局嚴密監控。一個叫狄尼斯・西費，是個文化人類學家。當初奈吉爾・皮亞斯那封告知「發現進化人類」的電子郵件，就是寄給這個人。但此人罹患嚴重肝病，正在接受療養。不管是國家安全局或中央情報局，調查後的結論都是「這名年邁的文化人類學家沒有任何可疑之處」。

盧本斯此行的目的，正是拜訪另一名受監視者。盧本斯知道此舉相當危險，但這時已是刻不容緩，沒有其他選擇。在嘉德納博士遭解除科學顧問職務後，除了此行的拜訪對象外，盧本斯已想不出其他能徵詢意見的人。

沿著一條狹窄的單線道開了一會兒後，前方出現三三兩兩的房屋。其中一棟環繞著落葉樹的白色兩層樓木造建築，正是那個人的住處。盧本斯將車停在路旁，一邊朝門口走去，一邊假裝若無其事地環顧四周，實在看不出中央情報局的監視小組到底躲在哪裡。

盧本斯敲了門，沒想到裡頭的人連問也沒問，就將門打開了。盧本斯看著門內的矮小老人，問道：「請問你是約瑟夫・赫茲曼博士嗎？」

「沒錯。」老人的聲音低沉且沙啞。

這名老人正是三十年前撰寫〈赫茲曼報告〉的約瑟夫・赫茲曼。如今他年逾古稀，早已退出第一線的研究。他身穿老舊棉衫，外頭罩一件毛織長袍，一頭白髮理成極短的平頭，驚愕的眼神中竟散發出戾氣。這拒人於千里之外的眼神，不知是來自於對奧妙宇宙的洞悉，還是來自於對爭名求利的厭倦。

「能見到你，眞是讓我感到榮幸。」盧本斯故意不自我介紹，舉起手中一本《科學史概論》，說道：「我從學生時期就是你的忠實讀者，最近聽說你住在這裡，想來討個簽名。」

盧本斯翻開封面，將印著書名的標題頁推到赫茲曼博士眼前。上頭以膠帶貼著國防部發行的證件。赫茲曼冷冷地瞧了一眼，依然面不改色。

「能讓我進屋聊一聊嗎？不會占用你太多時間……」

「進來吧。」博士說道。

「謝謝。」

屋內鋪著木頭地板，前方有座樓梯，右邊是餐廳及廚房，左邊是整齊乾淨的客廳。客廳擺著一些相框，裡頭多是祖孫三代的家族大合照。盧本斯忽想到剛剛在屋外沒有看見車子，這或許意味著赫茲曼夫人此時並不在家。

「有什麼事，說吧。」赫茲曼還沒坐下便開口問。

盧本斯站在客廳中央，打量所有窗戶位置，並觀察窗外景色。監視小組所使用的雷射竊聽器可以自遠處偵測窗戶玻璃的震動，再依此震動分析出屋內的聲音。此時此刻，兩人的對話一定被聽得一清二楚。此行的首要前提是確保赫茲曼博士的安全。

「我叫亞瑟・盧本斯，現在任職於五角大廈，之前曾是施奈德研究所的上級分析官。事實上，除了要簽名之外，還有幾件事想跟你談談。」

盧本斯一邊說，一邊取出預先藏在書內的卡片，偷偷遞給赫茲曼。卡片上寫著：

「你正受到美國政府的監視與監聽。請你拒絕我接下來的所有請求。」

盧本斯等赫茲曼看完卡片，才繼續說：「關於你所寫的〈赫茲曼報告〉，我想針對細節聽聽你的意見。」

「我人生中最大的污點，就是曾跟華盛頓那些混蛋往來。當年那些事我不願再去回憶。」

赫茲曼說得恨恨不已，一點也不像是演戲。盧本斯不禁暗自祈禱這不是赫茲曼的眞心話。

「只問兩、三個問題就好，請你務必配合。」

「我沒有什麼可以跟你說的。」

「只占用你五分鐘的時間。」

「我拒絕。」

「好吧，看來我是不速之客，還是早點離開爲妙。」

藉由這段對話，可以讓美國政府相信赫茲曼對「涅墨西斯計畫」一無所知。盧本斯接著卸下僞裝，誠心誠意地說：「我剛剛在門口說的那些話都是眞的，並沒有半分虛假。在我念大學時，博士的書眞的是我的啓蒙老師。如果你不介意，能不能請你至少幫我簽個名？」

盧本斯將書及第二張卡片遞給赫茲曼。卡片上寫著：

「爲了避免遭到竊聽，請你帶我到封閉的空間，例如浴室之類。」

「好吧，你人都來了，我送你幾本書。跟我去書房。」

「謝謝。」

盧本斯跟在老人身後，走向廚房深處。那裡有扇門，通往後院增建的小屋。一進小屋，放眼望去全是書。不只是牆邊，連房間中央也擺著一座座書架。盧本斯目睹這數以千計的藏書，對赫茲曼的博學多識更是欽佩不已。

赫茲曼反手關上門，點亮燈，說道：「窗戶全被書架擋住了，應該很安全吧？不過這裡沒有椅子也沒有暖氣，你得多忍耐點。」

「沒關係。」盧本斯在昏暗的燈泡下面對仰慕已久赫茲曼博士，心情上就像是遇到搖滾巨星的十多歲少年。「如此大費周章，是爲了不讓博士惹上麻煩，請見諒。」

「他們憑什麼監視我？這年頭向法院申請監視，難道不用提出證據？」赫茲曼不悅地說。

「他們根本沒向法院申請。這就是格列高利．伯恩斯的施政風格。」

「那跟蘇聯或北韓有何不同？眞是愚昧又悲哀的總統。」赫茲曼憤憤不平地說：「庫爾特・哥德爾的指控，果然得到印證。」

「哥德爾？」盧本斯一愣，旋即恍然大悟。赫茲曼說的是科學史上的一段小插曲。

哥德爾是位奧地利的天才邏輯學家，曾因證明自然數論的不完備性而轟動數學界。當年納粹德國占領奧地利時，他潛逃到美國。但在美國，他想取得公民權，必須通過審查官的面試。哥德爾向來講求做事嚴謹，他決定在接受面試前先把美國憲法讀得滾瓜爛熟。但他一讀之下，赫然發現美國憲法有著邏輯上的重大矛盾。這套憲法名義上標榜自由民主主義，其實骨子裡可以合法創造出獨裁者。當哥德爾接受面試時，他對著審查官毫不隱諱地說出這個看法。幸好哥德爾的好友愛因斯坦願意當他的保證人，且事前早已跟審查官溝通過，因此哥德爾最後還是順利地獲得美國公民權。

這原本只是埋藏在科學史裡的一段小小笑話，但如今物換星移，到了二十一世紀，笑話竟已不再是笑話。現實生活中的美國確實出現一個自以爲凌駕一切法規的獨裁者。原本以司法部長爲首的各法律顧問應該要肩負起審核總統命令是否合法的責任，但如今這監督的機能已完全喪失。在如今的伯恩斯政府內，法律顧問的職責成了曲解法律條文來符合總統的心意。他們聲稱

「總統身為三軍統帥，為行使職權得以不受法律約束」，這不是獨裁政治是什麼？

盧本斯認為美國與伊斯蘭激進組織之間的戰爭，美國早已輸得一敗塗地。因為美國原本秉持的自由思想，此刻早已蕩然無存。但盧本斯不禁產生疑問，為何掌權者愈是想要守護自由民主主義，愈是會走上極權主義之路？難道在國家體制之中，自由畢竟只是個幻想？

「對了，關於我剛剛說的事……」

盧本斯正想進入主題，赫茲曼已搶先說道：「我遭到監視的理由就是那篇報告？」

「是的。」

「第五節提到的威脅成眞了，對吧？」

「是的。」盧本斯再度驚服於赫茲曼的睿智。

「發生在哪裡？我猜絕不是亞馬遜。若不是東南亞，就是非洲。」

「你為何認為不會發生在亞馬遜？」

「就我所知，亞馬遜的少數民族有著誅殺畸形兒的傳統。就算出現新種人類，也會遭到殺害。」

盧本斯心中不由得一震。沒錯，在人類漫長的二十萬年歷史中，醫學開始發達只是近一百年來的事。在那之前，任何文化圈應該都有殺死相貌不同於一般人的畸形嬰兒的習俗。這樣的行為可說是一種人為淘汰。在那些遭到殺害的嬰兒中，或許有著進化的人類。換句話說，人類排除異己的天性，反而阻撓了人類的進化。

既然如此，為何「努斯」能在姆蒂族之中存活下來？盧本斯並不清楚，姆蒂族的社會文化是否有著允許畸形嬰兒存活的包容力。

「博士，你說對了，發生地點在非洲的剛果民主共和國。那是個小人族的孩子，今年才三歲。目前白宮正在執行一項祕密計畫，但出現內情外洩狀況，博士因此遭到監視。」

盧本斯接著將「涅墨西斯計畫」的內容梗概簡單扼要地說了一遍。赫茲曼默默傾聽，在頭頂燈光的照耀下，他簡直像個偉大哲學家的雕像。當赫茲曼聽到年僅三歲的姆蒂族小孩被冠上「努斯」這個代號時，不禁笑了出來，直呼這個名字取得眞好。

聽完盧本斯的說明後，赫茲曼說：「關於進化的原因，你有什麼看法？」

「我推測可能是『轉錄因子』發生突變現象，或許還包含其他基因的一些中立性的突變。但以現在的科學水準，就算我們有辦法分析『努斯』的所有基因，恐怕還是無法理解突變的基因是在什麼機制下創造出進化的大腦。如果又牽扯到表觀遺傳學的問題，那就更複雜了。」

赫茲曼頻頻點頭，催促地說：「繼續說下去。」聽完盧本斯的一連串解釋後，赫茲曼又露出尖酸刻薄的表情。「一個三歲小孩竟然把這個超級強國搞得天翻地覆，眞是大快人心。」

「今天我登門拜訪，主要是想請問博士，有沒有什麼好建議？」

「沒有。」赫茲曼不屑地說：「我唯一的遺憾，是見不到伯恩斯愁眉苦臉的表情。」

「博士，看來你對現在的政府頗爲厭惡？」盧本斯盡量以溫和的語氣說。

「我厭惡的不是現在的政府，而是所有掌權者。雖說這是必須存在的罪惡，但那些傢伙已經逾越了限度。說得更明白點，我討厭所有人類。」

「爲什麼？」盧本斯在問出這句話的同時，竟察覺自己也有同樣的想法。

「一切生物中，只有智人會大量屠殺同類，這幾乎可說是智人這種動物的定義。所謂的人性，其實就是殘暴性。據我推測，從前存在於地球上的其他人屬動物，例如原人或尼安德特人，就是被智人殺光才滅種的。」

「你的意思是說，我們能在生物競爭中存活下來，靠的不是智慧，而是殘暴性？」

「沒錯，尼安德特人的腦容量可是比我們還大。而且有一點你不能否認，那就是智人不可能與其他人屬動物和平共存。」

盧本斯心想，或許赫茲曼這個結論下得太武斷，但目前自遺跡中挖掘出的尼安德特人遺骨，確實有遭受暴力傷害或受到烹煮的痕跡，這是不爭的事實。在四萬年前的歐洲大陸，只有兩種動物擁有烹煮獵物的智慧，一種是尼安德特人，另一種就是智人。

赫茲曼接著說：「概觀人類歷史，我認為這個推論相當合理。歐洲人來到南、北美大陸時，帶來了戰爭及疾病，害死九成的原住民，絕大部分土著民族都在當時滅絕。還有，非洲黑人從古到今有上千萬人被迫淪為奴隸，若是計算被殺死的，人數恐怕還是這個的數倍。智人對同種人類都這麼殘酷，更何況是對待其他人屬動物？」

赫茲曼這番話，讓盧本斯想到剛果民主共和國的黑暗歷史。剛果這個國家所承受過的災厄，可不是只有人民被捕捉為奴這麼簡單。從前的殖民地時代，剛果曾是比利時國王利奧波德二世的私人土地。大量反抗暴政的原住民遭砍斷手腕，甚至是失去生命。到了後期，比利時的種族歧視更是變本加厲。有些人為了蒐集手腕當收藏品，連老人與小孩也不放過，據說當時遭殘殺的原住民超過一千萬人。有學者認為非洲到了二十世紀還沒辦法像其他大陸一樣蓬勃發展，正是因為在奴隸貿易及高壓殖民政策下失去太多人力資源。

「對智人來說，只要不是相同人種，就不是同類。智人會將自己依膚色、國籍、宗教、甚至是社會族群、家庭來分類，只有在這狹窄範圍裡的才是同類，除此之外都是危險的異類生物。當然，這不是基於理性判斷，而是一種生物學上的習性。智人的腦袋裡，與生俱來就有著分辨、排除異己物種的能力，而我認為這就是殘暴性的最佳佐證。」

盧本斯明白赫茲曼的主張，說道：「博士認為此習性有助於生存，因此智人存活下來；至於其他不懂得警戒異類的人屬動物，則全被殺光了？」

「當然，這就跟不懂得閃避毒蛇就容易被毒蛇咬死是一樣的道理。因為存活下來的都是害怕毒蛇的物種，所以我們在本能上會對蛇感到恐懼。」

「但我們不也擁有渴望和平的理性智慧嗎？」

「高喊世界和平的人，不見得能跟鄰居和平相處。」赫茲曼冷笑道：「所謂的戰爭，其實就是變相的同類相食現象。人類因爲擁有智慧，所以懂得以政治、宗教、理念、愛國心等狗屁理由來掩飾同類相食的本性。說穿了，人類的欲望跟其他禽獸沒什麼不同。人類爲了爭奪領土而打仗，跟黑猩猩對侵犯地盤的敵人拳打腳踢，有什麼不一樣？」

「但有些人會做出利人不利己的善事，不是嗎？對於這一點，博士有何看法？」盧本斯問出這句話時，腦中浮現的是國防情報局的報告書裡所附的那張古賀研人的照片。那副弱不禁風的模樣，一看就知道肯定不受異性歡迎。一個相貌平凡的年輕人，爲何願意冒生命危險研發新藥？

「我不否認人類有著良善的一面。但正因爲善行違反人類的本性，所以才被當成是種美德。如果這是生物學上理所當然的習性，那還有什麼好讚揚的？以國家的角度來看，尊重外國人的生命可說是基本的善行，但現在很多國家都做不到。這就是人類，不是嗎？」

盧本斯明白以自己的口才恐怕難以扭轉深植在赫茲曼心中的性惡論。當年赫茲曼搞不好是抱著一絲期待，才寫出那篇大談人類滅絕的報告。

「很抱歉，我不會幫助你們五角大廈。出現了新種人類，可說是件好事。現在的人類是充滿悲哀的智慧生物，花了二十萬年的時間竟然還是學不會和平相處。只有手持殺戮兵器互相威脅，才能與鄰人共存。人類的倫理到此已發展到極限。把地球交給另一個物種來掌管，或許才是明智之舉。」

「博士。」盧本斯的口氣在不知不覺中變成哀求，此刻事態已嚴重到讓他束手無策，無論如何必須借重赫茲曼的睿智。「我今天來訪，除了剛剛提過的理由外，其實還有個重要原因。如果你不介意，能再耽誤你一點時間嗎？」

「你就算說破了嘴，也不能改變我的決定。」

「副總統詹伯倫遭暗殺身亡，此消息今晚應該就會正式公布。」

赫茲曼揚起單邊眉毛，顯然是大吃一驚。

盧本斯接著又將「掠奪者」遭到不明人士控制，以及「努斯」一行人目前在剛果面臨的狀況全敘述一遍，接著又說：「以下這件事是最高機密，請你千萬別告訴任何人。國家安全局追蹤入侵空軍通訊網的兇手，馬上便掌握敵人身分。操縱『掠奪者』殺了副總統的是……」

「伊斯蘭激進派？」

「不，是中國人民解放軍，負責電腦情報戰的總參謀本部第四部。」

赫茲曼的雙眼失去焦點。

「但參與『涅墨西斯計畫』的成員都知道，眞正的兇手是『努斯』，只是苦無證據。現在美國政府已認定中國利用網路發動恐怖攻擊，假若美中爆發軍事衝突，將捲入號稱『不穩定之弧』（註）的亞洲諸國，以及俄羅斯、歐洲、阿拉伯諸國、以色列等，形成世界大戰。」

「但這麼一來……」赫茲曼沒再說下去，默默凝視著盧本斯。

「沒錯，核彈的發射鈕，可是握在伯恩斯的手中。」

書庫裡陷入沉默。盧本斯不禁在心中咒罵，人類社會的和平爲何如此脆弱？爲什麼人類要互相殘殺？爲什麼非得活在恐懼中不可？自人類誕生以來，這股不安已持續二十萬年之久。人類唯一的敵人，就是人類自己。

「照這樣下去，〈赫茲曼報告〉中的第三節內容恐怕也將成眞。就算只是小規模使用核武，只要射出第一發，最終人類還是得走上滅亡的命運。」

赫茲曼沉吟半晌後，抬頭說：「好吧，看來我只能配合。你想問什麼問題，儘管問吧。」

盧本斯道了謝，立刻問：「請問『涅墨西斯計畫』的成功機率有多大？」

「零。跟進化後的超智慧人類對決，我們沒有勝算。」

「以當前局面來看，我們該怎麼做才對？」

「揣摩『努斯』的意圖。」

「揣摩意圖？對手可是擁有『我們的悟性所無法體會的精神特質』，我們要如何揣摩？」

「不，『努斯』很清楚人類的思考能力到什麼程度，他會用我們能理解的方式提出問題。這就是『努斯』與人類之間的溝通方式。」

盧本斯回想這陣子與「努斯」交手的過程，察覺確實是如此。自己在想什麼，努斯總是早已事先猜到。

「既然沒有勝算，我們只能揣摩『努斯』的意圖，選擇正確的敗北方式。『努斯』給我們的選項只有兩個，只要選擇正確的一邊，人類就不會滅亡。」赫茲曼接著說。

盧本斯將手掌放在額頭上，絞盡腦汁地想要理解赫茲曼這番話的意思。這是他自出生以來第一次嘗到思考速度趕不上他人的痛苦。「對不起，我不太能理解。請問這句話是什麼意思？」

「你還沒看出來嗎？『努斯』殺死副總統，可不是單純爲了洩憤。他藉由奪取無人戰機控制權這件事，對我們宣示他所採取的策略。」

「『努斯』的策略？」

「你想想我們跟『努斯』之間的強弱關係吧。假如有個對手，以人類的智慧竟無法與之匹敵，那會是什麼？」

「神。」盧本斯說出所想得到的唯一答案。

「沒錯，人類與『努斯』的關係，就像是人與神的關係。『努斯』反擊人類的方式，總是

註：「不穩定之弧」（arc of instability）指的是自巴爾幹半島經東南亞至朝鮮半島的弧狀區域。由於紛爭較多，被視爲是極易引發戰爭的區域。

超越人類的想像。因此『努斯』採取的策略就是『神的策略』。一開始對人類釋出善意，假如人類反抗，就予以嚴懲；但只要人類順服，就恢復和善的面貌，絕對不會記恨。聖經裡所描寫的神，不正是用這種方式馴服人類嗎？」

盧本斯聽得啞口無言。赫茲曼指出的這個策略，正與「囚人困境」（註）遊戲中，經電腦模擬所得出的最佳策略「以牙還牙」可說是不謀而合。

「雖然狡獪，卻無惡意，是嗎？」盧本斯問。

赫茲曼淡淡一笑，接著板起臉說：「人類第一回合就發動攻擊，對方當然也開始反擊。假如人類持續攻擊，對方的反擊力道也會愈來愈強，最後人類只能步上滅亡一途。但只要人類不再攻擊，轉為釋出善意，雖然難逃遭到支配的命運，但至少能得到原諒。既然贏不了，俯首稱臣是我們唯一的活路。」

「這麼說來，我們必須立刻終止『涅墨西斯計畫』？」

「沒錯。只要停止攻擊，『努斯』也會馬上停止反擊，並且以某種方法阻止核子大戰發生。因為如果地球環境遭破壞，『努斯』也活不下去。」

盧本斯聽到這裡，想到了一個過去從沒想過的疑問，並且為這個疑問找到了答案。「努斯」明明有奪取「掠奪者」控制權的能力，為何不單純控制剛果上空的「掠奪者」，反而跑去殺死副總統，讓美國自己下達「掠奪者」禁飛命令？這大繞圈子的行動背後，原來有著這樣的用意。

「如果我們這時殺死『努斯』，全世界將有引發核子戰爭的危險。」

「沒錯，『努斯』殺死詹伯倫，並推到中國頭上，正是算準了這一點。如今我們為了自保，不但不能殺死『努斯』，反而還要設法保護他的安全。」

盧本斯不禁感嘆，自己再次被那三歲小孩的驚人智慧整得毫無招架之力。

「假如繼續追殺『努斯』，事態將更加惡化。下一次，『努斯』恐怕會殺死中國高官，推到美國頭上。但我們沒有資格譴責『努斯』作法殘酷。人類要是遭受黑猩猩攻擊，同樣也會還以顏色，這跟道德無關。」

盧本斯將人類與「努斯」的敵對關係想像成黑猩猩與人類，頓時不寒而慄。當黑猩猩被人類以獵槍打死時，甚至不會明白自己的身體爲何會流血。

「總之，結論就是人類必須立刻保護『努斯』的性命。我能告訴你的就這麼多了，你滿意了嗎？」

「謝謝你的寶貴意見，讓我受益良多。」盧本斯不禁爲自己曾決意誅殺「努斯」而深以爲恥。

赫茲曼伸出了手，說道：「把書拿過來。上頭要是沒我的簽名，你會遭到懷疑。」

盧本斯不禁感激赫茲曼的思慮周延，將手中的《科學史概論》及筆遞出去。赫茲曼捲起左

註：「囚人困境」是著名益智遊戲，規則如下：

「警察分別審問兩名囚犯A與B，各自開出相同條件：

1.若兩人都保持緘默，則兩人都判刑兩年。

2.若一人背叛（認罪）而另一人緘默，背叛者無罪開釋，緘默者判刑十年。

3.若兩人都背叛（認罪），則兩人都判刑五年。

請問在這樣的條件下，囚犯A（或B）該如何選擇才對自己最有利？」

此遊戲經過分析後，可得以下結果：

1.假若此遊戲只玩一次，則選擇「背叛」最有利。

2.假若此遊戲重複玩很多次，且囚犯會記得前面的結果，則採用「以牙還牙」策略最有利，也就是第一次保持緘默，第二次之後選擇對方上一次的選擇。

袖，接過書本。就在這時，盧本斯看見赫茲曼的左手腕內側有塊褪了色的刺青。突如其來的震撼，讓盧本斯差點喊出了聲音。「A１７１２」——這是當年納粹德國的奧斯威辛集中營所使用的刺青編號。

納粹德國殺了六百萬人，只因爲這些人有猶太血統。這可說是人類史上最殘酷的屠殺之一。盧本斯這才恍然大悟，原來赫茲曼博士是那人間煉獄的倖存者。以年齡來看，博士被關入集中營時應該還只是個十多歲的少年。盧本斯回想剛剛在客廳看到的那些相片，似乎沒有一張是舊的。這是否意味著赫茲曼已失去從前的所有家人？

赫茲曼在冷戰時期任職於美國政府的智庫，卻高呼反戰思想，實在是個敢說敢言的科學家。正是這絕世出塵的智者讓盧本斯體會到科學的魅力。盧本斯不禁偷偷望向那正在爲自己的書簽名的手。那隻手是否曾在同伴一一倒下的恐懼中過著強制勞動的日子？上頭是否還殘留著母親最後的觸感？

想到這裡，盧本斯的心中突然湧起深深的感激。感激赫茲曼對殘酷命運的頑強抵抗，感謝他守住生命直到今日。盧本斯好想讓這個討厭人類的孤僻猶太人明白，這裡有個人打從心底仰慕、敬愛著他。

「拿去吧。」

赫茲曼想將書還給盧本斯，但一看見盧本斯的表情，不禁愣住了。盧本斯眨眨眼睛，將快要潰堤的淚水壓回眼窩裡。赫茲曼朝自己的左手腕瞥了一眼，似乎察覺了盧本斯的心情。他翻翻那本沾滿手垢的書，發現裡頭畫滿線條後說：「看來你眞的很喜歡我的書。謝謝，我很開心。」

「不，該道謝的是我。博士不只造福家人，智慧結晶更是造福後世子孫。」

赫茲曼點點頭，神情之間的戾氣逐漸消失，口氣也變得宛如是在與好友對話。「現在地球上的六十五億人口，一百年後恐怕就會死光。既然如此，又何必急著自相殘殺？」

「因為不懂克制貪婪本性的人太多？」

赫茲曼笑了。「什麼都可以學，就是別學歷史。那些被美化為英雄的人物，說穿了都是些權欲薰心、殺人如麻的愚蠢之輩。」

「我明白了。」

「最後，關於你們那計畫，我還想補充一點。」

「請說。」

「你遺漏了一個重大問題。」

盧本斯一愣，旋即皺起眉頭。除了眼前的難題之外，難道還有問題是自己沒發現的？

「不過你放心，這個問題就算置之不理，對大局也不會有影響。你就當作是我出的一道題目，工作之餘可以想一想。」

盧本斯重新審視整個「涅墨西斯計畫」的細節，卻想不出這「題目」的答案。

「能不能給個提示？」

「好，提示就是為什麼『努斯』要研發不治之症的特效藥？」

盧本斯心想，關於這個問題，自己剛剛在說明中已提及過了。「努斯」這麼做有兩個目的，第一是令葉格為了救兒子而背叛美國；第二是將那些罹病孩童當成人質，令美國政府不敢對古賀研人輕舉妄動。

「除了我剛剛說的理由外，難道還有其他理由？」

「沒錯，對『努斯』來說，只有研發特效藥，才是最合適的作法。」

「最合適的作法？你的意思是說，『努斯』還考量了其他問題？」

赫茲曼點點頭，露出若有深意的笑容。「你在指揮計畫的過程中，是否曾產生懷疑？就好像心裡有個疙瘩，卻說不上來那是什麼？」

經赫茲曼這麼一說，盧本斯驚覺自己確實一直有這種感覺。就好像試著要回憶兩天前作的夢卻想不起來一樣，有團東西明明存在於心裡，卻無法描繪出正確的形狀。

赫茲曼以天真而戲謔的眼神望著盧本斯，那神情就像是個故意出難題刁難學生的大學教授。

「這算是我給你的回家作業。對了，我再給你一個提示，你依然太小看敵人的智慧。希望你凡事三思而行，順利度過這個難關。」

10

「GIFT」的計算終於進入最後讀秒階段。

「五十九秒！」正勳喊道。特效藥的化學結構終於即將出爐。

研人凝視著筆電的液晶螢幕不禁感到恐懼。假如「GIFT」算出的答案是「None」，這場拯救羅病兒童的壯舉將以失敗收場。相反地，假如「GIFT」算出某種化學式，接下來的程序將改由研人掌握主導權。自己到底能不能勝任如此重責，他實在毫無把握。

最後三十秒。研人故意輕輕呼吸，讓每次的呼吸量維持在平常的一半以下。沒過多久，胸口便已萬分痛苦。這就是肺泡換氣不足的感覺。羅患肺泡上皮細胞硬化症的孩子，必須在絕望中忍受這種痛苦長達數年的時間。小林舞花的身影浮上心頭，身為藥學家的使命感再度熊熊燃燒。只有自己的特效藥能戰勝死亡病魔，拯救那孩子的性命。

「倒數十秒！」

正勳的聲音讓研人慌忙將視線移回「GIFT」的畫面上。

「五、四、三、二、一……」研人跟著一起數。當數到「零」的瞬間，兩人不約而同地將頭往螢幕湊去。

一個全新的視窗占滿整個畫面。

「有了！」正勳高呼。

視窗裡正是化合物的列表。「GIFT」所找到的答案數量，遠超過正勳與研人的預期，光是活性百分之百的化合物就有二十多種。表中還有個體內動態的欄位，點擊進入後，便會出現吸收、排泄、毒性等各項目的詳細預測值，甚至還附了禁止併用藥物一覽表。

「簡直像在作夢……」正勳興奮地盯著螢幕，一一檢討各化合物的特徵。全部看完後，正勳說道：「每個化合物都符合成爲藥物的條件，但有一點讓我有些在意，例如這個……」

正勳點選了一個化合物，開啓詳細畫面，指著「代謝」這一項。「因每個人體內製造代謝酵素的基因不同，導致這個化合物的藥效會因人而異。換句話說，這個化合物進入某些人體內後，絕大部分會被肝臟代謝掉，導致抵達肺部的劑量不足。」

「你的意思是說，只有具備某些特定基因的人，才適合使用這個化合物？」

「沒錯，除此之外，還有些化合物也有點問題，例如在某些特定人體內會產生腎毒性。」

研人心想，既然無法取得賈斯汀・葉格與小林舞花的基因資料，最好避免選擇這種只適用於某些人的化合物。

「沒有適用於所有人的化合物嗎？」研人問。

「保證百分之百安全的，有這八種。點這裡就會出現化學結構式，你幫我看看，哪個合成起來比較簡單。」

「好。」

終於輪到自己表現的機會。研人深吸一口氣，坐在正勳讓出來的椅子上，仔細凝視眼前那個超越人類智慧的製藥軟體。只要點選列表上的號碼，就會出現兩種化學結構式，一種是改變受體形狀的「異位結合藥物」，另一種是進入凹槽引發作用的「配體藥物」。各化合物皆是由碳、氫、氧、氮等多種元素所組成，有的排成六角環狀，有的呈鋸齒狀。這些形狀便意味著藥物的化學結構。

研人盯著畫面上的化學式，開始在腦中進行「逆向合成」。藥物合成的作法，是先以現有藥劑進行某種反應，將獲得的化合物再進行其他反應，如此反覆操作多次，最後才能得到眞正想要的目標化合物。而所謂的「逆向合成」，就是根據已知的目標化合物往前一步一步逆推，一直推到現有藥劑爲止。如此一來，就可以整理出要合成該目標化合物，需要用到哪些化學藥劑，以及需要進行哪些反應。

「ＧＩＦＴ」列出的候選名單中，只要是有著不對稱結構的化合物，研人全部不予考慮。這是因爲這一類結構的化合物在合成過程中會產生鏡像異構物，也就是所謂的「鏡子國的牛奶」。若要避免此弊端，合成作業會變得相當麻煩，倒不如從一開始就排除在外。接著，研人尋找各化學式中有沒有哪個部位容易產生胺化、氧化、還原之類的簡單反應。除此之外，還要考量酮有沒有辦法還原、有沒有包含鹵素等他類原子的碳氫化合物、各反應收率高低等，可說是問題重重。研人雖參考手邊那些上次買來的專業書籍，還是沒辦法釐清所有疑點。

「參考資料不夠，要是能用學校的電腦連上資料庫就好了……」研人說。

「你看這個合用嗎？」正勳從「ＧＩＦＴ」的選單中啓動「Database」這項機能。畫面一變，出現的正是研人需要的化學資料庫網站。

「但我們沒有帳號及密碼。」

「『ＧＩＦＴ』似乎是以特殊方式進入網站，不需要帳號就可以使用。」

研人也不想追究「ＧＩＦＴ」是怎麼做到這點的，反正跟其他功能比起來只是雕蟲小技。

這資料庫內存有一億種化合物及超過兩千萬種已知化學反應的資料。研人立刻使用專門書寫化學式的文書軟體，在資料庫內輸入心中設想的化學反應。但找了半天，還是安排不出可行的合成程序。一次又一次地碰壁後，不安逐漸湧上心頭。他不禁心想，自己只是個研究所二年級的學生，要獨力合成新藥是否心有餘而力不足？但如今剩下的時間極爲有限，已不能再稍有耽擱。十六天之內若不完成兩種新藥，努力都將化爲泡影。

由於時間緊迫，研人只好放棄碰壁的化合物，繼續檢討下一組化合物。但一個一個往下看，竟然每一個都有著令研人束手無策的難題。在強烈無力感的煎熬中，終於只剩下最後一組化合物。他一邊後悔自己不夠用功，一邊點開這第八組化合物的化學結構式。

「配體藥物」的化學結構式有著兩個苯環及一個雜環，配上硫、氮、氨基等，組成細長狀結構。其中三個環狀結構，應該就是與「突變型ＧＰＲ７６９」進行特異結合的官能基。至於「異位結合藥物」，同樣也有三個環，只是組成方式及結構並不相同。

研人在看到這兩個化學結構式的瞬間，視線便再也離不開畫面。雖然沒有確切根據，但他直覺到這兩個化合物應該做得出來。於是他將腦中想到的化學式一一列出，並詳加確認每一個所需要的化學反應。

「這個或許可行。」研人思索好一會兒後說出結論。雖然合成程序還未十分清楚，但兩種化合物應該都可以從現有藥劑進行大約七次反應後產生。至於最重要的合成時間，研人亦研判應該可以趕在最後期限前完成。

「啊，第八個嗎？」正勳喜孜孜地說：「以體內動態的預測值來看，那個也是最佳選擇，生體利用率可是高達百分之九十八。」

正勳以身爲研究人員的嚴肅表情，向研人詳加解釋起血液濃度半衰期之類的相關知識。根據這些知識，研人研判完成的藥物應採用口服方式，而非注射方式。一天服用一次，藥量爲成人每次十毫克，小孩每次五毫克。在服用後的三十分鐘之內，藥效就會發作。

「這種藥的毒性高不高？」

「非常低，而且沒有致癌性或畸變性。以長期毒性來看，比阿斯匹靈還安全。但這藥除了『突變型ＧＰＲ７６９』外，還會與其他十二種結構類似的受體結合。」

除了目標受體之外，其他蛋白質也會受到影響，這就是所謂的副作用。

「不過，活性百分比都只有個位數，因此『ＧＩＦＴ』認定這藥是安全的。」

「這意思是副作用非常小？」

「可以這麼說。」

這簡直是天底下最完美的藥物。但條件太過理想，反而讓研人有些害怕。

「如何，就決定用這第八個試試看了？」正勳問。

正當研人猶豫不決時，腦中忽浮現研發過無數新藥的園田教授曾對學生說過的一句話──

「有些藥的研發過程可說是理想又順利，簡直就像是製藥之神事先安排好的。」

園田教授的這句經驗談帶給研人極大的信心。他心想，或許眞的有所謂的製藥之神，想要藉由藥學家的手，拯救全世界受病痛煎熬的眾生吧。

「好，就選它了。」研人說。

「就這麼決定。」正勳用力點頭。「對了，要幫這藥取什麼名字？」

「這個嘛……」研人歪著頭看向畫面上的化學結構式。若要使用正式的化合物命名法，肯定會變得又臭又長。「配體藥物叫『ＧＩＦＴ１』，異位結合藥物叫『ＧＩＦＴ２』如何？」

「好，這就是我們送給孩子的『禮物』。」正勳笑著說。

由於必須同時合成兩種藥物，因此化學藥劑及器材都不夠。於是兩人說好，等天一亮，立刻分頭設法蒐集。

正勳見自己負責的部分已順利結束，一臉疲倦地問：「我能睡一下嗎？」

「當然可以。」研人一看時間，此時已過凌晨三點。

正動鑽進實驗桌下，以背包爲枕，蓋著皮夾克沉沉睡去。

研人摘下眼鏡，以袖口擦掉臉上的油脂。突然他往小型筆電望去，想起昨天與剛果之間的最後一場通話。

那個叫喬納森·葉格的士兵，不知此時此刻在做什麼？

對研人而言，這台A5尺寸筆電就像是通往非現實世界的窗口。這幾天，他買了數份報紙來看，卻找不到剛果民主共和國正在戰爭的新聞。如果非洲眞的發生如此大規模的戰爭，爲何日本的新聞媒體竟不聞不問？非洲跟日本之間相隔半個地球之遙，因此就算非洲發生戰爭，只要新聞媒體沒報出，對日本人而言就跟沒發生一樣。明明生存於這個世界，卻對世界的事一無所知。

研人不禁在心中祈禱，但願喬納森·葉格能活下來。要是賈斯汀戰勝病魔後，卻發現父親已經死了，那將會是多麼淒涼的人倫悲劇。

葉格睜開雙眼。黑暗中有個細微聲音在呼喚自己。葉格在防潮墊上坐起，一時竟想不起那說話的聲音是誰。長期累積的疲勞不但讓身體變得沉重，連思考能力也變遲鈍。

「快醒醒，我掌握到最新狀況。」

「最新狀況？」

葉格的神智終於逐漸恢復清醒，過去二十四小時的記憶也重新湧上心頭。「掠奪者」不再出現，一行人平安渡過伊比那河，在叢林裡往南走了一天一夜。皮亞斯沒有說明「掠奪者」爲何消聲匿跡，傭兵們也沒有追問。此時眾人關心的是另一個近在咫尺的可怕威脅。原本鎮守在南方國家公園附近的聖主抵抗軍已開始往北進軍，完全擋住一行人的去路。

現在時刻爲凌晨兩點三十分。葉格向負責夜哨的邁爾斯確認周圍毫無異狀後，才回頭問皮亞斯：「你知道了什麼？」

「你瞧瞧這個。」

一片漆黑的原始叢林裡，筆電的液晶螢幕在地上釋放出淡淡的光芒。亞齊里在一旁蜷曲著小小的身子，正睡得香甜。葉格心想，邁爾斯說得沒錯，亞齊里睡著時眞的就像一隻小貓。爲了不驚醒亞齊里，葉格小心翼翼地移動到筆電前。

「我終於接收到偵察衛星的訊號，這是十五分鐘前的影像。」

葉格看向螢幕，登時睡意全消。畫面中竟然有著無數代表人體熱源的白點，人數不下數萬。

「這些白點並非全部都是敵人。散布在東北方的是本地居民，因南北兩方同時有武裝勢力來襲，如今全成了難民。」

「他們逃進森林裡？」

「沒錯。」皮亞斯指著畫面說：「北方的敵人現在距離我們有三十公里以上，可以完全不用在意。問題是南邊的聖主抵抗軍，距離我們已經非常近。」

皮亞斯來回指著圖上貫穿南北的大路，以及一條自大路向西延伸的小徑，說道：「如今他們分散兵力，守住了這兩條路，每條路上的防守線都有十公里以上。」

葉格不禁咂嘴。敵人的兵勢竟比預期的還要強大。兩條防守線呈反L形，剛好將葉格一行人的此時所在位置夾在中間，完全擋住東方及南方的去路。等天色一亮，敵兵恐怕將浩浩蕩蕩地殺進森林裡來。

「他們爲何這麼勞師動眾，想要殺死我們？」

「只要殺了我們，不但能賺進大把鈔票，還能拍美國的馬屁。」

「看來事態非常糟糕。」

「不，這反而是好事。」皮亞斯興奮地說：「聖主抵抗軍是美國獵殺我們的最後一道關卡，只要過了這關，後頭就再也沒有武裝勢力了，我們可以平安離開國境。」

「有那麼簡單嗎？」

「你放心，一切都安排好了。」皮亞斯將手指往下移，越過聖主抵抗軍的防守線，指著其南方說道：「南方四十公里處，有座名叫布丹波的城市。在那裡，早已有一輛載滿補給物資的車子在等著我們。只要聯絡接應的司機，他會在三十分鐘之內將車開到這裡。今天中午之前，我們一定可以搭上這輛車，進入烏干達。」

「那司機是個怎樣的人？」

「我臨時找來的烏干達年輕人，原本的工作是導遊。」

「聽起來眞可靠。」葉格對皮亞斯的計畫已逐漸失去信心。「好吧，問題還是在於聖主抵抗軍的包圍網。這裡的兵力恐怕有一個師團以上，人數高達一萬五千至兩萬左右，我們要怎麼突破？」

「從敵人的正中央突破。」皮亞斯迅速操作電腦，開啓一篇文章，說道：「你看，這是『日本的援軍』竊取到的聯合國和平部隊作戰計畫綱要。」

「和平部隊？」葉格錯愕地迅速瀏覽那篇文章。內容敘述的是和平部隊將對聖主抵抗軍發動奇襲，時間爲今日清晨六點。「聯合國的部隊竟然會做這種事……？」

「在剛果什麼事都可能發生。和平部隊這麼做，是爲了進行報復。大約十天前，和平部隊遭受聖主抵抗軍伏擊，死了九名士兵。」

「和平部隊的主力是巴基斯坦軍？」

「沒錯。」

和平部隊連性虐女性難民這種事都幹得出來，爲報私仇而主動出擊似乎也不是什麼奇事。

葉格點亮手電筒，小心翼翼地遮住光芒，攤開地圖。和平部隊預定攻擊的位置剛好是L字的中央，也就是大路與小徑的交會處。一旦那些以巴基斯坦軍爲主的和平部隊成功截斷聖主抵抗軍的軍勢，等於是爲葉格等人開了一道逃往南方的大門。

葉格再次詳讀和平部隊的作戰計畫綱要。和平部隊這場偷襲是一擊而退的閃電作戰，目的不在於與聖主抵抗軍拚個你死我活，只是一種「往後別惹我們」的警告。整場偷襲行動從頭到尾只有短短的十五分鐘。

「看來這是我們唯一的活路。」葉格無奈地說：「但我們的速度必須夠快。趁現在天還沒亮，我們得快移動到突破點的附近。」

邁爾斯聽了兩人的對話後，叫醒葛瑞與米克。

兩人聽完葉格的說明，剛開始都覺得這麼做實在太過冒險。但經過一番討論後，眾人得成共識。這確實是唯一死裡逃生的機會。假如要繞過敵人的防守線，實在太花時間，很有可能被北方的敵人追上。不僅如此，而且糧食只夠再吃兩餐，無論如何得在今天之內獲得補給物資。

既然決定趁混亂之際強行突破包圍，一行人開啓電力所剩無幾的夜視鏡，以最快速度整裝出發。由於大部分糧食都吃光了，身上裝備只剩下二十公斤左右。

葉格見亞齊里還在睡覺，問道：「不趁現在讓他吃點東西嗎？」

「不，讓他睡吧。」皮亞斯說完，在胸前綁了一塊布，將亞齊里包入布內。

「戰鬥一旦開始，你要記得摀住他的耳朵跟眼睛。」葉格說。

此地距離目標地點約八公里。眾人走在天未亮的漆黑森林裡，一開始使用遮住大部分光線的手電筒，後半段路程則使用夜視鏡。

清晨五點，叢林裡開始泛出淡淡的光芒。一行人停止前進，由葛瑞及米克擔任偵察兵，到前方探察敵情。約半小時後，兩人平安歸來。

「大路上都是聖主抵抗軍的士兵。」

「有沒有可能從中間的縫隙偷偷溜過去？」皮亞斯問。

「不可能，哨兵排得非常密。」

葛瑞指著地圖說：「我們目前的正確位置在這裡。如果要從兩條路的岔口衝過去，得再往東南方移動一點距離。」

「我們得離敵人多近？」邁爾斯問。

葉格在考量過諸般風險後回答：「四百公尺。」

「這可是近得不能再近了。」

「四百公尺已進入步槍的射程範圍，開戰後大家得小心流彈。」

四名傭兵排成一列橫隊，護著後方的皮亞斯與亞齊里往東南方移動。由於樹木太密集，視野距離不到二十公尺。明明已近道路，叢林景色卻沒有絲毫改變。

「所有人在這裡待命，我跟米克到前面去觀察狀況。一旦時機成熟，我會用無線電通知大家。」葉格說。

「等等，無線電必須在兩百公尺內才能收到訊號，我們得再前進一點。」葛瑞說。

眾人迫於無奈，只好繼續往敵人靠近。最後選擇一處巨木叢聚的位置當躲藏地點，由葉格與米克繼續往敵人接近。

左手邊是與兩人前進方向平行的大路，前方則是橫跨左右的小徑。這兩條都是在叢林裡開拓出的原始道路，路旁便是緊密的樹牆。躲在森林深處當然什麼也看不見，兩人只好逼近到距離小徑二十公尺的地點。此地距離大路與小徑的岔口大約一百公尺。

葉格躲在大樹後，探出上半身往小徑望去。那是一條只能容一輛車通過的泥土道路，路上排滿聖主抵抗軍的士兵運輸車。車上的士兵們才剛起床不久，有的在抽菸，有的在準備早餐。每個士兵都身穿相同款式的野戰服、頭戴扁帽，不像其他民兵組織那麼雜亂無章。

米克輕輕放下背包，取出克萊莫反步兵地雷、C4炸藥及引爆裝置。他分別指向四個點，示意要在這些地方安裝炸藥，葉格點頭同意。

爲了看得更遠，葉格爬到五公尺高的樹上，讓自己的高度超過大部分較低矮的樹木。往遠方望去，可以清楚地看到大路與小徑的岔口。葉格取出望遠鏡仔細觀察，看到俄製戰車、裝甲車、以及無數手持武器的士兵。那些武器不外乎是迫擊砲、火箭筒、重機關槍、AK47步槍等「窮人的武器」。中國、舊共產諸國及西方諸國基於各種理由，將大量此類武器送入剛果，造成此地殺人工具比生活工具還多的古怪現象。

距離和平部隊發動突襲的時間只剩下十分鐘。葉格將步槍換成手槍，裝上滅音器，掩護正在裝設炸藥的米克。

葉格在心中如此告訴自己：我絕不能死在這種地方。

葉格相信，這輩子受過的種種苦難，全是爲了讓自己有能力度過眼前這個難關。

盧本斯在晚上十點三十分收到白宮的緊急召喚。

「總統先生要親自聽你說明『涅墨西斯計畫』的現況。」艾瑞奇說。

盧本斯立即離開特別計畫室。

自從與赫茲曼博士談過後，盧本斯透過各方管道表達希望會見總統的訴求。如今終於有機會與總統見上一面，但盧本斯明白此時開心還太早。剛果最強悍可怕的武裝組織「聖主抵抗軍」已布下包圍網，這次「努斯」肯定是難逃一死，「涅墨西斯計畫」的最終目標已達成在即。

雖然夜已深，但國防部五角大廈內依然人聲鼎沸。盧本斯在一樓走廊上，與帶了一大群隨從的國防部長拉蒂默擦身而過。拉蒂默的步伐相當匆促，朝著國家軍事指揮中心而去。國家軍事指揮中心是統籌整個五角大廈的中樞，倘若總統下令發射核彈，那裡更會是第一個收到命令的單位。

副總統詹伯倫一死，美軍立刻將戒備等級提升到第三級。所有軍事通訊都必須使用暗號，以防遭敵國竊聽。假如負責電腦情報戰的單位也有相同等級區分的話，這時多半早已發布象徵全面開戰的第一級。

盧本斯走進停車場，坐上自己的奧迪，驅車前往首都的核心地區。一路上，盧本斯思考著總統在這個時間召喚自己的背後意義。白宮連日召開國安會議，從外交及軍事兩方面討論對付中國的策略。總統願意在百忙之中抽空接見他，可見得白宮已逐漸提高對「涅墨西斯計畫」的關心程度。盧本斯不禁心想，這是否意味著政府中樞裡有人跟他一樣，明白暗殺副總統的不是中國，而是誕生於剛果的新種智慧生物？這個暗中協助的人會是誰？他有沒有足夠的影響力，能夠說服總統終止「涅墨西斯計畫」？

盧本斯抵達白宮後，接受嚴格的身分確認及金屬探測器檢查，才終於獲得進入西館的許可，通過一道由兩名海軍陸戰隊隊員守衛的門，進入一間大約只能容納十人的小房間。這裡的裝潢完全不像是公共空間，像是位於富裕豪宅一角的小休憩室。

門旁擺著一張桌子，桌後坐著一名祕書。盧本斯向祕書報上姓名，原本坐在牆邊沙發上的另一人站起來說：「你就是盧本斯？」

盧本斯轉頭一看，吃了一驚。這個人身穿西裝，有著一頭銀髮，嘴上蓄著鬍子，正是中情局局長荷朗德。盧本斯恍然大悟，原來他就是暗中幫助自己的「同志」。

「能夠見到你是我的榮幸，長官。」

盧本斯自我介紹後，與眼前這諜報機構首腦握了手，兩人一同坐在紅色沙發上。

「我們時間不多，直接進入正題吧。」荷朗德朝祕書瞥了一眼，在盧本斯的耳畔低聲問道：「那計畫現在到底是什麼狀況？」

「緊急措施已進入最後程序。」盧本斯說，望向牆上掛鐘。此時是晚上十一點，非洲中部時間為清晨五點。今晚會見總統，可說是最後的機會。「當地最大規模的武裝勢力已完成包圍網，將於兩小時後開始進軍。」

「目標有可能存活嗎？」

「不可能。」

荷朗德點點頭，忽露出責備的眼神。「對了，聽說你去見了赫茲曼博士？」

「是的。」盧本斯老實承認。中情局掌握自己的行蹤，可說是預料中的事。

「博士說了什麼？」

「什麼都沒說。」

「好吧。」

盧本斯見荷朗德沒有懷疑他，更加深信這個人是友非敵。

「既然赫茲曼博士不肯給予建議，我想聽聽你個人的看法。詹伯倫不幸喪生，你認為兇手在剛果，而不是在中國？」

「是的。」

「換句話說，此刻的緊張情勢是『努斯』在背後操弄？」

「是的。」

「你認為『涅墨西斯計畫』是否有變更的必要？」

「有。我的結論是我們必須立即停止追殺『努斯』，並且加以保護。」

荷朗德一點也不驚訝，似乎早已預期盧本斯會這麼回答。「但我們不知道他們的正確位置，要怎麼保護？」

「我們可以立刻將駐留在吉布地共和國的『資源』送入剛果。奈吉爾・皮亞斯經常使用衛星手機，只要派出情報支援部隊，就可以靠偵測電波找出其位置。另外再派出兩小隊的陸軍三角洲部隊，就可以救出目標。」

「這跟派出無人戰機可不一樣。光是申請通過鄰國領空，就得花上數天的時間。更何況那裡是第一次非洲大戰的開戰區域，我們不能隨便採取軍事行動。」

「那就退而求其次，立刻將那些傭兵從恐怖分子名單中剔除，並告知當地武裝勢力，就算殺了他們也拿不到一毛錢。這件事沒有執行上的困難，必須盡快處理。」

荷朗德依然面有難色，沒有回話。

盧本斯將聲音壓得更低，說道：「長官，這計畫雖是我提出的，但執行上卻有著連我也不知道的內幕。好比那個華倫・葛瑞，爲何我們非殺他不可？」

「他是個賣國賊。」中情局長無奈地說：「他暗中蒐集『特殊移送』的證據，想將總統送上國際法庭。」

盧本斯一聽，內心大受衝擊。原來這就是「涅墨西斯計畫」背後的另一層目的。盧本斯不禁感嘆華倫・葛瑞的不自量力，卻也敬佩他的勇氣。

荷朗德正想繼續說話時，後頭一扇門開了，幕僚長艾卡斯走出來說道：「兩位請隨我來，總統先生已在辦公室裡等著。」

兩人一同站起。盧本斯低聲對荷朗德說：「若不盡快採取行動，事態將一發不可收拾。」

「我知道，我們當初太小看來自剛果的威脅。」荷朗德以急促的口吻說：「但如今要變更計畫，恐怕並不容易。」

盧本斯不禁暗自搖頭嘆息。照這麼說來，在華倫・葛瑞死亡之前，「涅墨西斯計畫」恐怕會一直持續下去。但這計畫一日不終止，世界將陷入愈來愈危險的局面。

兩人跟著艾卡斯在狹窄的長廊上走了一會兒，來到盡頭處。這裡的牆角有張椅子，上頭坐著一個彪形大漢。這位男人的左手腕銬著一副手銬，而手銬的另一端則銬在男人腳邊的公事箱上。盧本斯一見，不禁打了個寒噤。那公事箱正是「核彈足球」。為了讓伯恩斯隨時能發射核子彈，總是有一名經過嚴格挑選的軍人帶著這玩意隨侍在側。

艾卡斯在門上敲了敲。盧本斯站在一旁，不禁回憶起一路走來的漫長歷程。自從在聖塔菲研究所對掌權者的精神病理結構產生興趣後，經過幾番輾轉波折，如今自己終於得到與最重要研究對象見面的機會。盧本斯明白，即將出現在自己眼前的，是一個可能存在於任何時代的殺戮之王，更是一個手中握著核彈發射鈕、下令以貧化鈾彈攻擊敵國的狂人。

幕僚長開了門，橢圓形辦公室內的景象映入盧本斯的眼中。總統伯恩斯就坐在辦公桌後，正看向盧本斯。伯恩斯身穿靛藍色西裝，繫著同色系領帶，身材相當結實，顯然是每日維持肌肉訓練的成果。那副威風凜凜的外貌確實符合他身為最高掌權者的身分，但那獨特的眼神卻顯露出其內在的野蠻與多疑。

「他是『涅墨西斯計畫』的負責人亞瑟．盧本斯。」

伯恩斯聽了荷朗德的介紹，走到房間中央。盧本斯心裡不禁湧起懼意。但他很清楚，盲從於權威是人類的天性，而自己若無法戰勝這個天性，將無法看穿對手的眞正面貌。

總統伯恩斯不悅地瞄了盧本斯一眼，問中情局長：「如果你們是來報告計畫順利完成，我會很開心。現在計畫到底進展得如何？」

「計畫應該可以順利完成，但是……」

「你的意思是說，我們可以順利除去來自剛果的威脅？」

「是的。」

「那不是很好嗎？」

伯恩斯揮手示意兩人就座，自己也在沙發上坐下。從那遲鈍的動作能看出他已相當疲憊。

「爲何要挑這麼忙的節骨眼，跟我談這個優先度較低的計畫？難道是發生了什麼其他問題？」

「今晚耽誤總統先生的寶貴時間，是因爲我們發現一個問題，那就是無人戰機遭不明人士控制，或許跟『涅墨西斯計畫』有關。」

一瞬間，伯恩斯臉上閃過一抹緊張。對談才剛開始，這樣的表情變化實在有些突兀。在盧本斯看來，那個眼神簡直就像是擔心遭到父親責罵的孩子。盧本斯不禁納悶，總統到底在恐懼什麼？

「什麼意思？難不成你們要告訴我，眞兇是那個三歲小孩『努斯』？」

「有這個可能。」

「你們憑什麼下這種判斷？」

「在悲劇發生後，我們立刻就掌握兇手是中國的證據。這讓我想起一件事，從前美軍中央司令部的網路系統亦曾遭不明人士控制，當時我們到最後還是查不出兇手是誰。我相信以中國的電腦情報戰能力，要做到這點並不難。」

「眞是荒謬，你不相信這件事是中國幹的，卻相信是一個小人族的三歲孩童幹的？」伯恩斯脫口說出這句話後，又解釋道：「我提到『小人族』，是因爲他們的生活環境較原始，沒有歧視的意思。」

「但假如這三歲孩童眞的獲得了〈赫茲曼報告〉中提及的能力……」

「那篇報告根本不足採信。」

伯恩斯的情況顯得有些激動。盧本斯見他雙眼邊緣略微泛紅，明白剛剛出現在他心中的恐懼，此時已轉化爲強大的攻擊衝動。

荷朗德依然維持沉著冷靜的態度，苦口婆心地說服總統變更「涅墨西斯計畫」。盧本斯默默站在一旁，專心地揣摩伯恩斯的心情變化。要成功說服總統，就必須先搞清楚他恐懼、仇視的對象是什麼。盧本斯首先想到的可能性，是種族歧視。任何假借政治思想之名而行發洩暴力衝動之實的假右翼分子，例如那些新納粹主義或白人至上主義的信奉者，都有一個共通的心性，那就是扭曲的自尊心。這些人因成長過程中遇到某些問題，造成他們無法直接認同自己，只能藉由認同自己所屬的整個集團，來間接增加自己的信心。但這一類假右翼分子眞正關心的其實只有自己，因此他們會將攻擊矛頭指向任何提出不同見解的同伴，而這些人原本應該是他們完全認同的集團成員。信奉新保守主義的伯恩斯就跟這類人一樣，有著無條件認同自己所屬集團的特性。但令盧本斯感到不解的是，伯恩斯剛剛爲何會表現出那麼強烈的怒意？對美國的政治家而言，遭指控種族歧視是非常嚴重的一件事。伯恩斯假如是個種族歧視思想強烈到難以自制的人，在漫長的政治運動中不可能掩飾得天衣無縫。換句話說，伯恩斯是個種族歧視主義者的可能性相當低。也許伯恩斯心裡或多或少抱持著一些歧視想法，但他平時必定擁有壓抑這些想法的理性。

中情局長荷朗德正說得口沫橫飛，伯恩斯卻不耐煩地打斷他的話：「我還是無法相信一個小孩能對美國造成如此大的危害。地球上智慧最高的生物，應該是我們人類。」

「但總統先生這個想法，已與本計畫的主旨互相矛盾。假如那新種生物無法對人類造成威脅，我們爲何要發動『涅墨西斯計畫』？」

「我核可這個計畫，只是考量到加密技術遭到破解的風險，沒有其他理由。我相信那個孩子只是在數學方面有過人的天賦而已。」

「既然如此，我們大可以利用那孩子的天賦，爲美國帶來利益。只要我們擁有『努斯』，就能破解全世界任何加密技術。何況……」荷朗德遲疑片刻後接著說：「我們要救的只是『努斯』，並不包含那四個傭兵及人類學家。」

荷朗德在最後這句話裡，已做出最大的讓步，但伯恩斯卻冷冷地說：「不，不需要變更計畫。」

任何乍看之下相當理性的政治決策，其實都受到掌權者人格的強烈影響。伯恩斯那冥頑不化的態度，已讓盧本斯漸漸看出一點端倪。伯恩斯堅決非殺「努斯」不可，一定是基於個人信念。這股信念到底是什麼?答案恐怕只有一個。沒錯，伯恩斯在從政前曾是個酒精中毒者，是信仰的力量讓他從頹廢中重新振作。盧本斯想通這一點後，已明白懇求伯恩斯饒赦「努斯」肯定是個行不通的作法。

「你叫亞瑟？」伯恩斯轉頭望向盧本斯。

「是的。」

「亞瑟，我對你相當失望。連一個小孩都對付不了，是否意味著你太過無能？」

「跟『努斯』比起來，所有人類都是無能的。」

盧本斯感覺得出來，自己脫口說出的這句挑釁言詞，已讓身旁的荷朗德繃緊神經。總統似乎也吃了一驚，愣愣地看著盧本斯。

「請給我一點時間，解釋我們面對的到底是怎樣的敵人。」盧本斯恢復恭謹的口氣。

接下來，盧本斯將赫茲曼的分析原原本本地對總統說了，只是沒有提及赫茲曼的名字。盧本斯明知道這段分析中隱藏著惹惱伯恩斯的要素，卻故意不加修飾。果不其然，伯恩斯一聽到「『努斯』採用的是神的策略」這句話，登時激動地說：

「夠了，別在我面前說這種蠢話。」

伯恩斯還想繼續斥責，一旁的荷朗德已搶先罵道：「你這比喻太不恰當，難道不能使用更單純的政治措詞嗎？」

「恕我失言。」盧本斯道了歉。「我這比喻或許不恰當，但是……」

「盧本斯的意思是，只要我們停止攻擊，危機也將自然解除。」荷朗德以沉穩的口氣接了盧本斯的話。這顯然是在暗示盧本斯別再胡亂開口。

伯恩斯再也不看盧本斯，視線完全移到荷朗德身上。盧本斯趁這個機會，仔細觀察眼前這位貴為總統的男人。伯恩斯是個眾人公認的虔誠基督徒，每當針對伊拉克戰爭的議題開會討論時，他總是會安排禱告的時間。然而每當伯恩斯感覺自己承受來自天上的光芒時，腳下自然而然也會出現名為「誅滅異教徒」的陰影。不過，伯恩斯這種心態並不算異常。幻想天上有個全知全能的神，並將一切異教徒都當成敵人，這是人類這種動物常見的習性。除了膚色及語言之外，信仰也是辨別敵我的工具之一。不僅如此，而且信仰還有一種極有用的機能，那就是不管殺害多少人，只要說一句「我向神懺悔」，就可以當一切都沒發生過。

盧本斯已漸漸掌握總統伯恩斯的內心世界。對伯恩斯而言，進化後的人類就跟異教徒沒什麼兩樣。

「不用再談下去了。」伯恩斯不等荷朗德說完，已站起來。顯然他的忍耐已到達極限。「我認為你們把敵人想得太誇張了。像這種危言聳聽的話以後別在我面前提起。當初美國對伊拉克開戰，不也是因為你們的建議嗎？你倒是說說看，伊拉克的核子武器在哪裡？」

盧本斯從總統這句話裡觀察到「罪惡感」及「推卸責任」這兩種心理狀態。伯恩斯平日在公眾面前將攻打伊拉克的正當性說得天花亂墜，看來只是身為總統不得已才表現出的演技。

中情局長遭總統這麼一數落，登時啞口無言。

「但我可沒說攻打伊拉克是錯誤決定。至少我們打垮了欺壓百姓的獨裁者，讓伊拉克人獲得自由。」伯恩斯一邊走回辦公桌，一邊為自己辯護。這種堅不認錯的傲慢態度，正是罪惡感深植心中的最佳鐵證。

盧本斯不禁暗自感嘆，美國這個國家已變得太過巨大。由一個人統御全國，肩上的擔子實在太過沉重。伯恩斯在嘗到無上權力的滋味後，禁不起恣意呼風喚雨的誘惑，終於指使底下的人做出種種暴行。但目睹自己所引起的一樁樁慘劇，伯恩斯卻又感受到強烈的良心苛責，只好藉由信仰來獲得心靈上的救贖。

對伯恩斯而言，一旦承認世界上出現更加進化的人類，就等於承認現存人類並不是神依自己的形象所創造出的生命。然而一旦失去神的寵愛，伯恩斯該向誰懇求赦免自己的罪？屆時，伯恩斯的靈魂將永遠背負殺害伊拉克十萬條人命的罪業。不僅如此，伯恩斯面對那眞相不明的新種智慧生物，就好像是面對著自己。不管是權力也好、智慧也罷，任何過於強大的力量終將會掙脫持有者的掌控，以暴力的方式呈現其面貌。這一點伯恩斯可說是有切身的體會。正因爲這樣的想法，伯恩斯對新種智慧生物感到極度恐懼。那自以爲是神的新生物所發出的天上一擊，輕而易舉地讓副總統詹伯倫從世界上消失。伯恩斯心知肚明，若不先下手爲強，下一個遭到制裁的肯定就是自己。

盧本斯目不轉睛地看著眼前的最高掌權者。

格列高利．伯恩斯。一個花了一輩子時間與父親對抗的男人。一個在經商失敗後酗酒成性，最後靠神的助力東山再起的男人。一個無法愛敵人的基督教徒。

格列高利．伯恩斯。一個年過半百的平凡人類。

「我們換個話題吧。」伯恩斯一邊整理著桌上文件一邊說：「請亞瑟先出去，我想跟你單獨談談關於梅森的事。」

「噢，梅森那件事嗎？」荷朗德回應。

梅森是眾議院政黨領袖，已獲提名爲副總統繼任人選。

「你先到外面等我。」荷朗德向盧本斯說。

「請容我在此致上最高的歉意。總統先生，我只是一心想解救美國的危機，若有失言請多見諒。」盧本斯恭謹地說。

「快把剛果的問題解決吧。」伯恩斯不耐地揮揮手。

盧本斯退出辦公室，來到長廊上。「清白的美國人」依然端坐在椅子上，「核彈足球」仍擱在他的腳邊。盧本斯穿過長廊，回到入口處。

盧本斯坐在沙發上，重重吁了口氣，將頭埋進兩手中。到昨天爲止，盧本斯一直認爲政治領導者的霸氣是遏止戰爭的必要條件。就算製造出再多核子彈，假如沒有一個「有膽量按下發射鈕」的人，還是無法對外國構成威脅。但親眼見到美國三軍統帥後，盧本斯才明白一件事，那就是伯恩斯只是個平凡的普通人。不僅是普通人，而且幾乎可說是人類這種生物的典型範本。這意味著不管是任何人，只要站上足夠的地位，就有可能按下核彈發射鈕。換句話說，只要領導者缺乏足夠的想像力，不在乎自己的指令將間接害死多少人，就有可能爆發眞正的戰爭。

盧本斯回顧他自聖塔菲研究所以來的種種歷練，印象最深刻的畢竟還是赫茲曼博士那番精闢言論。

過去二十萬年來，人類的自相殘殺從不曾停止。爲了自我防衛，人類各自組成國家。人類永遠在害怕著外來集團的侵略，終日生活在疑神疑鬼與近似被害妄想症的狀態下。這種異常的心理狀態存在於全體人類的心中，反而成了「正常現象」。沒錯，這就是人類的正常狀態。而且這世界永遠沒有完全和平的一天，那是因爲人類總是藉由自己的內心感受來印證他人的危險性。爲了奪取食物、資源或領土，人類是一種不惜傷害他人的生物。每個人類都會認爲既然自己是這樣，敵人當然也是這樣。於是人與人之間便互相懼怕，進而互相攻擊。更麻煩的是，當人類做出屠殺他人的暴力行徑後，還可以拿「國家」或「宗教」當免罪符。反正只要非我族類，就是異端分子，就是敵人。

人類能對自己的惡劣心性視若無睹，是因爲沒有其他生物擁有足夠智慧能批判人類的惡行。畢竟在人類心中，誅殺異教徒是連神也贊同的事。但自從「努斯」出現後，狀況變得不一樣了。這出現在非洲大陸的新種生物，擁有譴責同類相殘行徑的智慧。面對這比人類更接近神的生命，人類該如何宣示自己的尊嚴？唯一的作法，恐怕只有壓抑心中的獸性，表現出和平共存的能力。

但是，人類做得到這一點嗎？

「盧本斯。」

盧本斯抬頭一看，中情局長荷朗德站在自己面前。荷朗德一臉苦澀地說：「你到底是怎麼搞的？你剛剛那些話，把事情全搞砸了。」

「對不起。」

「我們剛剛還討論到如何處分你。」

「我會被開除嗎？」盧本斯已做好最壞的打算。

「不，你的職銜還是照舊。」

盧本斯一愣，旋即明白此決定背後的理由。對他們而言，自己還有利用價値。倘若計畫失敗，他們需要一個人來頂罪。

「但一切指揮權將轉移到艾瑞奇手上，你只能在指揮中心裡乖乖坐著。」

「我明白了。」

荷朗德說完話，快步走向白宮西館的出口。

來到候車處，刺骨的寒風驟然撲上臉頰。中情局長的座車早已等在一旁，但荷朗德沒有上車。他拉著盧本斯遠離特勤局護衛官，低聲說：

「盧本斯，你這計畫是由國防部主導，我本來無權干涉。所以接下來我對你說的話，並不是命令，你明白我的意思嗎？」

「我明白。」

荷朗德謹愼地往左右看兩眼，確認沒有旁人後才說：「請救『努斯』。」

盧本斯默默凝視著眼前的諜報機構首腦。

「憑艾瑞奇那個人的斤兩，這計畫他肯定推動不來，最後還是只能找你幫忙。到時候，我希望你能設法保護『努斯』。」

「是，長官。」盧本斯挺直腰桿說道。

荷朗德說完後，轉身走向座車。

盧本斯一看手表，此時是非洲中部時間的清晨六點。位於地球另一端的「努斯」，此刻正面臨最大的危險，但他卻束手無策，只能期待喬納森・葉格等四名傭兵能奮勇對抗剛果最大的武裝組織。

這場即將展開的戰爭，規模雖然不大，卻有足以改變世界命運的歷史性意義。在這場戰爭中，「努斯」將見識到人性中最醜陋的一面。

電子手表顯示爲清晨六點。和平部隊發動突襲的時刻已到。

躲在樹上的葉格全神貫注地觀察前方動靜，卻看不到任何開戰的徵兆。樹下的米克同樣一動也不動，近距離注視著聖主抵抗軍的部隊。

「還沒開始嗎？」無線電傳來葛瑞的聲音。葉格在無線電通訊機的發訊鍵上連按兩次，示意「保持待命狀態」。沒想到才剛按完，大路方向突然響起巨大爆炸聲。葉格拿起望遠鏡一看，一輛炸毀的戰車正冒出濃濃黑煙，周圍的聖主抵抗軍士兵皆伸手指向南方，大聲呼喝。看來終於開打了。葉格將視線移回二十公尺前方的小徑上。原本守在路上的士兵全跳上運輸車，各自拿起武器。

大路方向不時傳來斷斷續續的槍聲及一陣陣爆炸聲。裝甲車輛一輛又一輛遭到來自遠方的飛彈擊中。空中到處是士兵們的手腕、大腿、軀體、碎肉及鮮紅的血霧。緊接著，遠方忽傳來尖銳的破空之聲，下一個瞬間，無數迫擊砲砲彈從天而降。

米克望向頭頂上的葉格，以眼神詢問「是否該採取行動」。葉格見前方的士兵依然維持著戰鬥隊形，無奈地搖搖頭。看來這些士兵也受過相當程度的訓練，此時貿然衝出絕不是明智之舉。

三分鐘後，駐紮於大路上的主要部隊才逐漸亂了陣腳。一架黑色的AH－1「眼鏡蛇」直升機通過部隊上空，以格林機槍朝地面掃射。一顆顆曳光彈精確地射進隊伍裡，將士兵們的身體撕成碎片。巴基斯坦軍這場報復攻擊，簡直完全把聯合國和平部隊的交戰守則拋到九霄雲外。不一會兒，遠處又來了一架「眼鏡蛇」。兩架戰鬥直升機懸浮在空中，朝著小徑上的敵人發動攻擊。

葉格以低沉但中氣十足的聲音朝無線電說道：「出發！」

「收到！」葛瑞自兩百公尺後方發出回應。

「眼鏡蛇」的雙翼射出TOW反戰車飛彈，將小徑上的士兵轟得潰不成軍。其中一發的彈著點離葉格太近，葉格被震得差點從樹上摔下來。小徑上的士兵雖試圖反擊，但步槍根本拿戰鬥直升機沒轍。「眼鏡蛇」的格林機槍所發出的彈雨不斷進逼，士兵們只好往森林的方向逃竄。

葉格趕緊朝米克比了一個手勢。就在這一瞬間，排列成扇形的四發炸彈同時炸裂，將逃向森林的士兵全部轟散。接著葉格與米克舉起裝著滅音器的手槍，將還存活的士兵一一擊斃。如此一來，左右二十公尺範圍之內沒有敵兵，聖主抵抗軍的防守線登時開了一個大口。

葉格以最快的速度爬下樹，葛瑞等人也同時趕到。懷抱亞齊里的皮亞斯已張著大口拚命喘氣。亞齊里似乎已經醒了，卻像隻小貓一樣緊緊閉著雙眼。

低空攻擊敵人的戰鬥直升機在轟隆聲中調頭離去，強大的風壓揚起漫天紅土。葉格見此時塵沙掩蓋視線，正是絕佳機會，大喊：「衝！」

四名傭兵舉起步槍，分兩路衝出小徑。以兩人為一組，各自對付左右兩側的敵兵。皮亞斯抱緊了亞齊里，從中間狂奔而過。在短短的五秒鐘裡，葛瑞及邁爾斯擊斃四名來襲敵兵，米克則跳上士兵輸送車，將火箭筒、狙擊槍等武器塞進背包裡。接著四名傭兵橫越小徑，追趕上皮亞斯，在森林裡全力奔馳。

不少敵兵早已逃進森林裡，四名傭兵一旦遇上敵兵，便以步槍或榴彈砲將其擊殺。混亂中，葉格的肩膀被來自後方的子彈削掉了一大塊肉。對戰場上的士兵來說，這算不上什麼大傷。葉格甚至感覺不到痛楚，轉頭以三顆子彈擊斃了開槍的敵兵。

皮亞斯及亞齊里在四名傭兵的環繞保護下，一直是毫髮無傷。眾人使盡全力朝南方奔跑一陣子後，察覺到槍響聲愈來愈遠。傭兵們才剛以為成功脫離聖主抵抗軍的威脅，卻聽皮亞斯氣喘吁吁地說道：「根據十分鐘前的衛星影像，前方有支大約兩百人的孤立部隊。」

「聖主抵抗軍？」葉格大聲詢問。

「沒錯！」

或許是巴基斯坦軍沒發現這支遠離主力的前線部隊。

「距離多遠？」

「五百公尺。」

皮亞斯才剛說完，前方已傳來ＡＫ47的槍響。葉格不禁咒罵一聲。要是繼續前進，將會與那支部隊撞個正著。

「載著補給物資的車子到底在哪裡？」

「正沿著大路朝這裡開來，但在和平部隊離去前，車子只能在兩公里外等候。」

到底該繼續前進還是繞路，葉格一時拿不定主意。敵兵有兩百名，那已超過一個中隊的人數。要是這兩百人在森林裡分散搜索，己方無論怎麼繞路都不可能躲得掉。既然如此，或許只能集中火力強行突破。

就在葉格遲疑不決時，前方出現了一座村落。在茂密樹木的環繞下，中央有個圓形廣場，周圍有些簡陋的土屋。除此之外，還有一棟特別引人注目的大型紅磚建築。

「那是什麼？」

「天主教教堂。」

那教堂看起來很適合用來抵禦敵人。葉格環顧四周，沒看到任何村民，想來村民們早已逃難去了。

「好，我們進教堂裡。」

「什麼？」葛瑞吃驚地說：「要是被發現，可就逃不了了。」

「你錯了，我們不是要躲起來，而是要朝敵人攻擊，將他們從森林裡引出來。只要巴基斯坦軍發現這支部隊，一定會分兵過來對付。」

葛瑞恍然大悟，看了一眼手表，說道：「距離和平部隊偷襲行動結束，只剩下七分鐘，我們得盡快行動。」

葉格與米克擔任先鋒，朝教堂奔去。那教堂蓋得方方正正，就像塊大紅磚。雖然是平房，但屋頂幾乎有兩層樓高。葉格緊貼著牆壁，自窗戶往內窺探，但玻璃上沾滿灰塵，什麼也看不到。兩人只好沿著牆壁繼續前進，來到木製的大門前。門上吊著一塊汽車鋼圈，簡直像是某種咒術，不知是做什麼用的。

兩人互相使個眼色，同時踹開門板衝入教堂內，迅速以步槍瞄準上下左右四個方位。但下一瞬間，巨大的驚嚇令葉格忍不住往後退一步。原來教堂裡有許多人，但這些人的身體都已經腐爛。沒錯，那是一具具面目全非的屍體，裡頭甚至不乏嬰兒與老人。大量蒼蠅在屋內四下亂竄，簡直像是一大片黑霧。濃濃的屍臭宛如一股巨大的推力，將兩人逼出門外。

「好臭！」米克皺著眉說。

葉格一邊喘氣一邊恨恨不已地罵道：「巴基斯坦軍應該將那群人渣殺個精光！沒必要手下留情！」

「裡頭這麼臭，根本沒辦法待。」米克像潛水夫一樣深吸一口氣，衝進教堂裡，將牆邊一座梯子搬至門外，說道：「不如上屋頂去吧！」

葉格點頭同意，轉身朝葛瑞等人招手。敵兵潛藏的森林中依然陸陸續續傳出槍響。眾人爬上梯子，來到教堂屋頂上。三百六十度的視野登時豁然開朗。放眼望去，叢林有如覆蓋地表的黑色海面。朝東方遠眺，可看見頂著冰雪的魯文佐里山脈。轉頭望向北方，巴基斯坦軍的直升機還在進行攻擊。在他們的偷襲行動結束前，一定要將他們引來這裡才行。

葉格他們都上屋頂後，便抽起梯子，以避免敵兵靠梯子爬上屋頂。接著，葉格分配守備位置。皮亞斯負責監視北方，其他四個傭兵則將砲火集中於南面的敵人。位於左右兩端的葛瑞及邁爾斯，還要抽空警戒東面及西面的狀況。由於一旦開戰，恐怕會因槍聲太吵而聽不見指令，所以傭兵們都戴著無線電的耳機。

約一百公尺外的廣場對面森林裡，此時忽出現數道槍擊的閃光。槍響聲中，竟夾雜著女人的慘叫聲。原來這支孤立的聖主抵抗軍部隊並非正在與巴基斯坦的地面部隊交戰，而是在屠殺他們綁架的村民。那些村民親眼目睹他們的獸行，因此他們急著在和平部隊抵達前殺之滅口。

葉格怒不可遏，暗自發誓要讓這群禽獸嘗到報應。

四個傭兵將步槍架在屋頂邊緣，各自開始朝森林裡的敵人射擊。但考量到可能還有村民存活著，因此眾人故意壓低彈著點。以連發模式打完第一個彈匣裡的三十發子彈後，陰暗的樹叢間開始出現幢幢敵影。顯然敵人已察覺到有人在攻擊他們。

「從現在開始，盡量節省子彈，撐到和平部隊抵達！」葉格下了開戰前的最後一道指令。

傭兵們換了彈匣，重新瞄準前方。晦暗無光的森林深處冒出的朦朧敵影愈來愈多，宛如是隨風搖曳的稻穗。下一秒，聲勢浩大的敵兵群自林中蜂湧而出。

葉格瞄準跑在最前頭的敵兵，卻沒有扣下扳機。映入眼簾的，是不該存在於人世的地獄景象。那些胡亂扣著手中步槍扳機的敵兵，竟全是十歲左右的男孩。他們一邊高聲大叫，一邊朝葉格等人衝殺而來。

歐尼加的人生，在半年前的某個晴朗日子便徹底改變。

在那之前，歐尼加只是個普通的孩子，住在道路旁某個小村子裡。他有懶惰的父親、勤勞的母親，以及年紀跟他相差不多的哥哥及妹妹。一早起來，他會跟其他孩子一起去打水，打完水後就去上小學，或是跟著母親下田工作、跟村裡的朋友遊玩，度過一天的時光。歐尼加最期待的事，就是每兩個星期到遠方的市集購物，以及晚餐偶爾能吃到雞肉。雖然一家人住在地面泥土裸露的狹小土屋裡，但只要遇到晚餐較豐盛的日子，歐尼加總會與哥哥阿卡克、妹妹阿媞諾一起笑逐顏開，共同分享美食。

惡魔到來的那一天，歐尼加正在家門前與哥哥阿卡克踢球。阿媞諾則坐在門口，一邊唱歌，一邊看著兩個哥哥玩耍。忽然間，可怕的尖叫聲掩蓋阿媞諾的歌聲。那發自村子角落的女人尖叫聲，跟平日常聽見的夫妻吵架聲截然不同，那聲音充滿驚惶與恐懼，讓人聽了毛骨悚然。

歐尼加與哥哥一起走到大路上，想瞧瞧到底發生什麼事。只見一輛載滿士兵的卡車自遠處駛來，到達每一戶人家的門口時都會暫停片刻，讓車上三名士兵下車。

「爸爸！媽媽！」阿卡克大聲呼喚雙親。

正在屋子後頭的田裡工作的母親，以及正在午睡的父親，全驚惶失措地奔來。就在這時，卡車停在歐尼加的面前，三個手裡拿著槍的士兵跳下車。

父親大喊一聲「快逃」，旋即抱起身旁的阿媞諾。但士兵之一舉起步槍往父親胸口一頂，槍上的刺刀已刺入阿媞諾的身體。

站在一旁的歐尼加，一時以爲自己正在作噩夢。阿媞諾只是唱唱歌而已，什麼壞事都沒做，爲什麼得受到這種處罰……？

妹妹阿媞諾登時斃命，垂著頭一動也不動。父親抱著女兒的屍身，表現出的卻不是悲傷，而是痛苦的呻吟。因爲貫穿阿媞諾身體的刺刀，同時插入父親的胸口。父親以雙手揪住傷口，倒在地上打滾。

身材最高大的士兵走向嚇得癱倒在地的母親，說了一句：「我們要帶走妳兒子。」母親的下顎不停打顫，什麼話也說不出口。另一個士兵將一把刀子遞給哥哥阿卡克，說道：「強姦你老媽，然後用這刀子割下她的腦袋。」阿卡克嚇得睜大雙眼，急忙搖頭拒絕。第三個士兵早已等在一旁，朝阿卡克揮下手中的斧頭。

歐尼加趕緊低下頭，緊緊閉上眼睛。但哥哥的慘叫聲及肉體遭到肢解的聲音還是鑽入他的耳裡。

歐尼加開始啜泣。但下一秒，歐尼加察覺自己手上多了一把沉重的刀子。惡魔在他的耳畔輕聲說道：「強姦你老媽，割下她的腦袋。不然你的下場就跟你哥哥一樣。」

眼前的景象都因淚水而扭曲。歐尼加望向哥哥，只看見身體，卻找不到頭顱。他告訴自己，我不想死。轉頭望向母親，她已嚇得臉色發紫。

「上吧。」惡魔脫下歐尼加的褲子，撫弄那小小的生殖器。

歐尼加不想死，於是服從命令。在一切結束之前，母親的淚水從沒有停過。

自那一刻開始，歐尼加明白他已不是從前的自己。那種感覺就像是從另一個完全不同的世界，冷眼旁觀自己所身處的世界。歐尼加站在卡車上，看著車輪揚起的塵土，以及在地上翻滾、哀嚎的父親。歐尼加知道，自己這輩子再也不能回到這個地方。

歐尼加跟著同村的十名小孩，一同被送進訓練營。這時歐尼加才明白，自己將成爲士兵，被迫上戰場殺人。所謂的訓練營，不過是在草原上搭起幾座簡陋的帳篷。被擄來的孩子多達數百人，由於沒得洗澡，到處散發陣陣惡臭。

訓練過程中只要稍有失誤，就是死路一條。有的孩子只不過是摔一跤，就被毆打到沒了呼吸。還有另一個孩子，被指揮官從頭頂上倒燈油，放火活活燒死。每個孩子在臨死前都會發出有如野獸般的嘶吼聲。歐尼加不想死，因此從步槍的分解清潔到衝鋒訓練，全都咬著牙苦撐下來。三個月後，歐尼加被要求參與實戰。所謂的實戰，就是跟在大人身旁，襲擊與自己的故鄉大同小異的村落，幫忙搶奪糧食、燃料及女人。當初綁架歐尼加的那個指揮官，有個綽號叫「血腥將軍」。他將生擒來的村人綁在木樁上，命令孩子以刺刀刺死，聲稱這樣可以訓練膽識。在這場訓練中，歐尼加殺了好幾個人。

羅卡尼是歐尼加的好朋友。每個殺了人的夜晚，他總是會悄悄對歐尼加說：「只要再忍耐一陣子，美國就會來救我們。」

「美國？」

「沒錯，美國的軍隊會來懲罰那些壞人。除了美國之外，還有新聞記者。你聽過『筆桿子比槍桿子還厲害』這句話嗎？」

歐尼加搖搖頭。

「意思是說新聞記者比軍隊還厲害，他們一定會用筆桿子的力量來救我們。」

但美國的軍隊一直沒出現，筆桿子也沒有比槍桿子還厲害。羅卡尼終於沉不住氣，在某天夜裡試圖逃跑，卻被逮住了。指揮官要求歐尼加以棍棒打死逃兵，歐尼加依著命令，敲爛好友的腦袋。此時的歐尼加已無法信賴或關愛任何人。在歐尼加的心中一切都無所謂了。所謂的戰爭，不過就是這麼一回事。

兩天前，指揮官下令殺死某村落教堂裡的所有村人。歐尼加在下手時，甚至沒有半點猶豫。指揮官接著又要求孩子兵切開村人的屍體，吃下心臟或肝臟。至於村裡的年輕女人則被帶進森林裡，成爲指揮官發洩性欲的玩物。但就在今天早上，事態突然有了變化。部隊遭到來自遠方的砲火轟炸，不久後還出現戰鬥直升機。指揮官在收拾完廣場上的帳篷後退入森林，接著又下令殺死那些擄來的年輕女人。那五個指揮官看起來相當緊張，令歐尼加感到有些狐疑。他忽然想到，或許是美國的軍隊來了。但他明白，假如美國的軍隊眞的來了，自己大概會被當成壞人殺死。因爲此時此刻，他正朝著痛哭求饒的女人們開槍。

「組成衝鋒隊形！」血腥將軍忽然大喊。

此時歐尼加才察覺，自己的隊伍正在遭受攻擊。離廣場較近的同伴一一中槍倒地。歐尼加轉頭望向子彈來襲的方向，看見教堂屋頂上有幾個人正在開槍。

所有孩子皆舉起步槍，裝上彈匣，朝著那紅磚建築排成衝鋒隊形。

血腥將軍伸手一揮，大喊：「衝！」

「攻擊那個教堂，把上頭的人殺光！」

兩百個孩子同時發出吶喊，朝著廣場另一頭的教堂奔跑。歐尼加跟著其他幾個孩子跑在隊伍最前面，沒有絲毫恐懼。反正不過是多殺幾個人，沒什麼大不了。歐尼加一邊跑，一邊朝著教堂屋頂開槍。不知從哪一刻起，他再也聞不到火藥的甜美味道。風中飄來的泥土香氣，撬開了心中深鎖的回憶，讓歐尼加想起故鄉，以及原本怎麼也想不起來的家人。

泥土香氣不知不覺化成母親的溫柔體香。歐尼加感覺自己彷彿被母親抱在懷裡。置身在母親柔軟而溫暖的懷抱中，一個疑問浮上了他的心頭。媽媽是否在生我的氣？被我強暴後殺死的媽媽，如今是否依然愛著我？

歐尼加忍不住哭了。淚水自眼眶溢出，灑向身後。

爲何我得是個人？

假如我是鳥或野獸，我就可以跟爸爸媽媽、兄弟姊妹相依爲命，永遠過著快樂的生活。

敵人開始反擊。躲在教堂屋頂上的男人們正以連發模式進行掃射。歐尼加聽見左側傳來一陣陣頭顱被子彈打碎的聲音，而且那聲音正以猛烈的速度逼近自己。歐尼加以眼角餘光望向身旁，看見同伴們一個個中彈身亡。他明白接下來就輪到自己了。

不斷噴出火光的槍口，終於對準了歐尼加。下一瞬間，頭骨碎裂的歐尼加已什麼也看不到、什麼也感受不到。

米克不斷朝孩子兵掃射。跑在前頭的孩子一個個倒在血泊中，不少後頭的孩子被屍體一絆，也跟著摔倒了。

「停止射擊！」葉格大吼。

「要來就來吧！混帳東西！」米克不聽命令，繼續瘋狂掃射。直到射完一整個彈匣，米克才停止射擊，朝身旁傭兵們大喊一聲：「上彈匣！」原本攻勢受挫的孩子兵見不再有子彈射來，再次越過同伴的屍體衝殺而來。葛瑞與邁爾斯逼不得已，只好在米克上彈匣的空檔開槍掩護。但兩人並非瞄準孩子，而是瞄準孩子們前方的地面。孩子見無數子彈宛如在前方地面上畫出了一道封鎖線，也不敢再進逼。

「所有人停止射擊！」葉格大喊一聲，拔掉手榴彈的保險栓，投向孩子的前方。孩子們嚇得全撲倒在地，接著便是一陣大爆炸。其實葉格早已算準爆炸範圍，就算孩子們站得直挺挺不動，也不會被炸傷。

年紀較輕的孩子已開始尖叫、哭泣。無數悲悽的嘶喊聲迴盪在原本靜謐的廣場上。葉格難過得心如刀割，由衷祈禱這些孩子趕快撤退。自看到這些孩子後，葉格便知道自己犯下大錯。原來巴基斯坦軍不是沒察覺這支部隊，而是故意饒過這群孩子兵。換句話說，他們絕不會分兵往這裡攻擊。而這也意味著四名傭兵與孩子兵之間的對戰將一直持續下去，直到有一方被完全殲滅爲止。

不知道是不是祈禱發揮效果，原本趴在地上的幾個孩子突然彈起，轉身往森林裡奔逃。葉格以爲其他孩子也會跟著撤退，沒想到這期盼卻沒有成眞。因爲森林中忽然射出幾發曳光彈，殺死了那幾個陣前逃亡的孩子。葉格目睹這令人髮指的一幕，忍不住一陣反胃。

前進也是死，後退也是死。孩子們全豁出性命朝教堂衝來，宛如成了當年日本的神風特攻隊。他們的腦中不存在任何戰術，有的只是無盡的絕望。在毫無掩蔽物的廣場上，這群孩子就像是一具具會動的標靶。但他們雖是孩子，手上的步槍可不是玩具。上百支步槍同時發射，在火力上完全壓制了四個傭兵。傭兵們躲在屋頂上，感覺得出屋頂邊緣的土墩已被數以百計的子彈削得愈來愈薄。就在這時，一個站在最後頭的孩子竟停下腳步，舉起手中的反戰車火箭筒。

「注意火箭！」邁爾斯一邊大喊，一邊轉頭狂奔。火箭彈筆直飛來，擊中教堂左側牆壁。整座建築劇烈震動，邁爾斯腳下的一大片屋頂隨著無數磚塊碎片向下崩落。邁爾斯急忙攀住屋頂破洞邊緣，才沒有跟著墜入教堂內。可怕的屍臭味自那破洞湧出，邁爾斯咬牙忍耐，翻身回到屋頂上，以匍匐前進的方式來到葉格身旁。

「快想個辦法！這樣下去會全滅！」邁爾斯一臉蒼白地喊道。

另一頭的米克竟舉起他不久前奪來的火箭筒，回敬廣場上的孩子們。爆炸的火光中，數不清的孩子頭顱及內臟碎塊向四面八方飛濺。

「停止射擊！停止射擊！」葉格拉著米克大吼。

米克甩開葉格的手，拿起ＡＫ47步槍繼續朝孩子射擊，喊著：「一群天殺的小鬼！全都去死吧！」

米克的聲音中竟帶著三分歡愉。為了逃避死亡的恐懼，大腦會分泌大量的腦內啡激素，讓人陷入「戰鬥亢奮狀態」。米克此時一邊以歧視字眼辱罵黑人孩童，一邊殺得欲罷不能，顯然已成為殺戮快感的俘虜。

葉格感覺胃袋裡有股灼熱的液體不斷翻騰。眼下的孩子兵已奔跑到廣場中央，但將近一半已死在米克的槍下。

就在這時，孩子兵發射第二枚火箭彈，再次擊中教堂的左前方。整個屋頂劇烈搖晃，要是再吃一發，整棟教堂大概就會坍塌。

米克放下步槍，舉起榴彈砲。

「米克，住手！」

「閉嘴！這是戰爭！」米克一面說，一面扣下扳機。榴彈在前頭幾個孩子的腳邊爆發，一次炸死了七名孩童。

葉格終於明白，到了這個地步，開槍是唯一選擇。即使要背負永世的罪愆，還是非開槍不可。

「沒錯，這是戰爭！」葉格舉起手槍，朝著米克的太陽穴扣下扳機。九毫米的子彈沒有貫穿米克的頭顱，而是在頭蓋骨內來回震盪，完全摧毀米克的大腦。原本維持跪立姿勢的米克，在失去生命的瞬間往前撲倒，太陽穴及鼻孔汩汩流出黑色血液。

邁爾斯及葛瑞皆啞然失色地看著同伴的屍體。奇妙的觸感依然殘留在葉格那扣下扳機的右手上。那種感覺就好像是徒手接住了米克的腦漿。

「葛瑞，以恫嚇射擊阻擋孩子們前進，使用手榴彈也沒關係！邁爾斯，你負責發射榴彈砲！」葉格迅速下達指令。

邁爾斯接過榴彈砲，一臉狐疑地望著葉格。

「瞄準森林後方，將躲在裡頭的指揮官逼出來！」葉格說。

「明白了！」

邁爾斯調整射角，發射出四十毫米榴彈。葉格則取出不久前奪來的ＳＶＤ狙擊步槍，將眼睛湊向光學瞄準鏡，先朝森林入口的樹幹上試射一槍，藉由觀察彈著點來調整瞄準鏡的誤差。

在這段時間裡，殘存的孩子兵依然不斷朝教堂逼近。每個孩子的雙眸都閃爍著妖異的光芒。葉格明白，那意味著他們承受太多一般人難以想像的暴力與絕望。在葉格眼裡，這些孩子就像是一群無可挽救的麻木靈魂。

幾個孩子開始丟起手榴彈。雖然丟不到屋頂上，但一次又一次的爆炸讓原本就搖搖欲墜的教堂牆壁變得更加脆弱。

葛瑞一面拚命抵禦，一面大喊：「快一點！我無法阻擋他們！」

邁爾斯將彈著點自森林深處逐漸移往近處，但射了好幾發，還是逼不出藏匿於黑暗中的指揮官。

那群孩子似乎察覺這些傭兵沒有傷害之意，逐漸提高速度。此時他們距離教堂只剩下三十公尺。忽然間，葉格看見一個孩子自成堆的屍體中挖出了火箭筒。要是再吃一發火箭，己方勢必會全滅。葉格迫於無奈，只好先瞄準那孩子。要是那孩子真的舉起火箭筒，只好在他腿上開一槍。

就在這時，葉格忽感覺到身旁有人的氣息。一時之間，葉格以爲是米克活過來了，驚駭地抬頭一看，出現在眼前的卻原來是亞齊里。這相貌詭異的孩童不知何時來到自己身旁，正目不轉睛地向下望。而且亞齊里臉上的神色不太對勁，彷彿跟廣場上那些孩子一樣充滿殺意。

葉格維持著臥射姿勢，大喊：「快趴下！」

但亞齊里充耳不聞，他跪在米克的屍體旁邊，從米克的背包裡取出一樣東西。葉格仔細一瞧，原來是當初上頭發給每個人當備用資金的一萬美金鈔票。亞齊里以嬌小的手撕開封帶，將那兩百張五十元面額的美金鈔票往屋頂下方撒去。

無數紙片在風中飛舞，緩緩自教堂屋頂往廣場方向飄落。廣場上的孩子們一時之間不明白那是什麼，全嚇得縮起身子。然而當他們察覺那是一張張高額紙鈔後，全拋下武器，如發了狂般爭相搶奪。有些孩子爲了爭奪同一枚紙鈔，甚至打起架。亞齊里自屋頂上俯視，微微露出冷笑。那笑容彷彿意味著對貪婪人類的輕蔑。

「葉格！」

葉格聽到邁爾斯的呼喚，立刻將眼睛移回瞄準鏡上。那幾個命令孩子們往教堂衝殺的指揮官，終於忍受不了一次又一次的轟炸，逃到森林邊緣。人數共有五人，頭上皆戴著扁帽。其中一人滿身是血，多半已被榴彈炸傷。

葉格沒有片刻遲疑，立即扣下狙擊槍的扳機。第一人的腦袋以脖子爲支點，猛然向後折彎。在這個人的身體還沒倒下前，葉格發出的子彈已擊中第二人的腦門。葉格不禁心想，一槍結束生命，實在是便宜了這些傢伙。如果可以的話，葉格極想以更殘酷的方式，讓這些披著人皮的惡魔嘗嘗報應的滋味。

剩下的三人察覺有狙擊手在覬覦他們的性命，慌忙轉身想逃回森林深處。葉格接著又射死兩人，但子彈卻在這時用罄。就在那渾身是血的男人快要逃進樹叢之間的那一剎那，邁爾斯射出的榴彈精確地落在他的腳邊。爆炸聲中，數百片金屬碎片撕爛男人的軀體。當男人倒下時，全身已是稀爛的狀態。

葉格將頭探出屋頂，朝著廣場大喊：「指揮官已經死了！你們快逃吧！」

孩子兵全停下動作，仰頭看著葉格。

葛瑞也將葉格的話翻譯成斯瓦希里語，朝著孩子們呼喝。

孩子們回過神來，有些立刻拾起步槍朝上射擊。葉格與葛瑞忙縮回頭，嘴裡持續大喊：

「沒有指揮官了！你們不會再被殺了！快逃吧！」

底下的槍聲愈來愈稀疏，最後終於完全止歇。葉格舉起信號用迷你鏡，從鏡中觀察廣場上的狀況。孩子們回頭看見指揮官們的屍體，各自對望一眼，交談幾句話，便一哄而散。

不過一眨眼之間，廣場上的孩子們已走得一個也不剩，武器全拋在地上沒有帶走。

葉格確認周圍已無敵兵後，喊了一聲「收隊」。站直身子的瞬間，一陣天旋地轉。

亞齊里愣愣地看著米克的屍體，接著抬頭望著葉格，臉上竟浮現詭譎的微笑。葉格此時已無力承受任何精神負擔，刻意不去思考亞齊里那笑容的背後意義。皮亞斯自北面奔來，葉格默默抱起亞齊里，塞到皮亞斯懷裡。

幾個傭兵拿起米克的背包，取出所有證件，並瓜分食物跟彈藥。

「你別想太多，這是戰爭。」葛瑞俯視著米克的遺體，安慰葉格道：「一場天殺的荒唐戰爭。」

邁爾斯點頭同意。

葉格感激兩人的鼓舞，但什麼話都沒說，只是想著關於米克這個人。柏原三紀彥，一個死在自己槍下的日本人。一個隻身踏上戰場、連一張家人或朋友的照片都沒帶的男人。他或許有個充滿仇恨的人生。或許在他的人生中從不曾感受過來自任何人的關愛。

「我們走吧。」邁爾斯率先跨出步伐。

一行人以梯子自教堂北側下了屋頂。

「我已跟接應人員取得聯絡。和平部隊撤退回基地了，他正開著車子往這裡來，應該就快到了。」皮亞斯說。

「他開什麼車子?」葉格問。

「豐田的Land Cruiser。我們到前方一百公尺的大路上去等吧。」

於是傭兵們以葉格及葛瑞當前鋒，邁爾斯殿後，護著中央的皮亞斯及亞齊里往東前進。葉格見了教堂前廣場上那近百具孩童屍體，忍不住停下腳步，狂吐起來。

葛瑞見葉格沒跟上，回頭喊了聲「我們快走吧」，同時加快腳步。但下一瞬間，葛瑞彷彿撞上看不見的龐然大物般，突然不再前進。接著他捧著右腹，雙膝跪倒在地，整個人往前撲倒。

葉格急忙臥倒在自己的嘔吐物上，以剛剛的槍響判斷敵人方位，對著無線電喊道：「三點鐘方向有狙擊手！」

該方向正是堆滿孩童屍體的廣場。葉格舉起步槍一瞄，卻只看到一個坐在成堆屍體內的男孩。那男孩露出有如溺水者般的表情，顯然已是奄奄一息。受了槍擊的葛瑞則趴倒在地上，發出痛苦的呻吟。

「葛瑞，撐著點！邁爾斯馬上就來了！」葉格一邊喊，一邊望著廣場上的男孩。

那男孩似乎是火箭彈下的犧牲者，已失去左手及左眼，右手高舉著步槍，神色中流露出的卻是失去意識前的恍惚。他正以最後一絲力氣不停扣著扳機，但根本沒有瞄準任何目標。是什麼讓我非得跟這男孩殺得你死我活不可？葉格不禁如此思忖。

葉格不再理會那斷斷續續的槍聲，奔到葛瑞身邊，將葛瑞拖到附近民屋的牆角。

「該死，好痛！」葛瑞喘著氣說。

葉格取下葛瑞身上裝備，解開戰鬥背心。傷口位於肋骨右側，不斷冒出鮮血。那是肝臟的位置。子彈沒有貫穿葛瑞的身體，反而將所有運動能量耗費在破壞內臟上。

葛瑞臉色蒼白，呼吸也愈來愈淺。葉格急忙將背包墊在他的腳下，以防止他休克昏厥。

「他媽的，我竟然被一個孩子打中。」葛瑞啞著嗓子說。

「別擔心，傷勢不嚴重！撐著點！」

葉格想為葛瑞止血，但一按傷口，葛瑞竟痛得蜷起身子。葉格一邊從醫護箱中取出嗎啡鎮痛劑及注射針頭，一邊轉頭尋找邁爾斯的身影。邁爾斯剛剛為了尋找掩護而躲到教堂後頭，如今才護著皮亞斯及亞齊里往這裡奔來。

「早知會死在這裡，我應該多做一點善事。」葛瑞以疲軟無力的聲音說道。

「有這樣的想法，已證明你是個好人。」

「不，你錯了……我將很多人送到國外遭受酷刑……敘利亞、烏茲別克……」

「你也是逼不得已。」葉格打斷葛瑞的話：「何況憑你的本事，要在這叢林裡獨自逃生應該不難。我知道你跟著我，只是為了幫助我救兒子。」

葛瑞沒有回話。他閉上雙眼，停止了呼吸，臉上帶著安詳的表情。

葉格在葛瑞的頸動脈上一摸，察覺沒了心跳，急忙施予心臟按摩。但葉格明白，葛瑞已無活命的希望。只希望他的靈魂還沒走遠，聽見自己剛剛說的最後一句話。

邁爾斯來到葛瑞身邊，檢查了脈搏、呼吸及瞳孔狀態。他一臉沉痛地朝持續做心臟按摩的葉格搖搖頭，說道：「不用做了。」

「天啊……」皮亞斯發出悲嘆。

「那開槍的孩子呢？」葉格問。

「倒在地上不動，多半是死了。」邁爾斯說。

兩人低頭默禱，好一陣子沒再說話。接著兩人打開葛瑞的背包，找出偽造護照等證件。背包的側邊口袋裡，有一張年紀跟葛瑞差不多的女性照片，還有一枚看起來像遺書的信封。那信封上寫著「給茱蒂」，還有一串維吉尼亞州北部的地址。葉格將這些東西慎重地放進褲子口袋裡。

「我們不埋葬他嗎？若不是他的策略，姆蒂族恐怕已死光了。」皮亞斯說。最安全的作法，當然是立刻脫離這塊危險的區域。但葉格不忍心讓葛瑞曝屍野地，何況此時一片寂靜，附近一帶已沒有任何人聲。

「我們埋了他吧。三人一起動手，花不了多少時間。」邁爾斯說。

葉格點點頭，與邁爾斯合力將遺體拖進附近森林裡。眾人以摺疊鏟挖了個坑，將葛瑞的遺體放入坑中。葉格並在地圖上標示埋葬地點。

在掩上泥土前，邁爾斯及皮亞斯皆垂下頭，默念幾句祈禱文。然而葉格卻察覺，身旁有一人沒有顯露出悲傷的神情，那就是亞齊里。被皮亞斯抱在懷裡的亞齊里，臉上帶著興致盎然的好奇，彷彿只是在觀摩一場初次參與的宗教儀式。

難道對這孩子而言，這只不過是個學習的機會？難道在這孩子眼中，遺體跟一般的物質沒兩樣？葉格想到這裡，忍不住捏起亞齊里的嬌小下巴。手指傳來的觸感，跟普通的人類小孩毫無不同。亞齊里望著葉格，眼神中流露出懼意。葉格將亞齊里的臉轉向葛瑞的遺體，說道：

「亞齊里，你聽好了，我不懂你在想什麼，或許你正認為人類是愚蠢的動物。但是你絕對不能忘了眼前這個人，他是為了你而犧牲最寶貴的生命。」

亞齊里的雙眼泛出淚光。那模樣讓葉格想起從前兒子遭自己責罵時的表情。但葉格認為這是最好的機會教育，接著說：「從今以後，你必須背負華倫．葛瑞的生命，跟他一樣當個好人。你聽清楚了嗎？」

亞齊里輕輕點頭。當然，或許他並非眞心同意，而只是想停止葉格的暴力行為。

「很好。」葉格放開手。亞齊里似乎還心有餘悸，葉格摸摸他那顆大頭以示安撫，接著朝另兩人說：「我們離開這個國家吧。」

原本六人的團隊，如今一下子減到剩下四人。埋葬了葛瑞後，四人以最後一絲的精神與體力在森林中前進。和平部隊已撤回南方基地，聖主抵抗軍及村民也早已走得精光，放眼望去一個人也沒有。眾人在幽靜的森林內走了一會兒，忽來到一條小河邊。耀眼的晨光自枝葉縫隙間灑下，一大群蝴蝶翩翩起舞，有如萬紫千紅的無數花朵。

葉格不禁覺得，這世界原本是美麗的，可惜多了人類這種害獸。

在離開森林前，皮亞斯取出筆電，確認一行人未受到偵察衛星監視後說：「一切安全。」

一行人來到泥土大路上。停在南邊的一輛大型休旅車發動引擎，朝他們駛近，車款正是豐田Land Cruiser。葉格雖不斷提醒自己提高警覺，但還是有種終於逃出生天的鬆懈感。

那輛大型休旅車停在眾人面前，開車的黑人青年問道：「哪一位是英國人羅傑？」

「我就是。你是薩尼？」皮亞斯說。

「對。」

「很高興見到你，薩尼。」

「我也是。」薩尼開朗地答道。但他一見到兩個身穿戰鬥裝備的傭兵，臉色登時變得僵硬，再看到皮亞斯懷裡的小孩，更是瞪大了雙眼。

「這孩子生了病，詳情我慢慢跟你說。」皮亞斯說：「對了，我們要的補給物資都買齊了嗎？」

「當然。」薩尼恢復開朗的語氣，跳下車子，打開後車蓋。裡頭塞滿了一箱箱食物及衣服。

幾個男人先搬了一大箱礦泉水，回森林裡將身體沖洗乾淨，迅速刮去鬍子，穿上不會引人注目的一般服裝。亞齊里則戴上幼兒用的帽子，拉下帽簷，遮住異於常人的額頭與雙眼。

皮亞斯接著發給每人一張記者證及新的偽造身分證，離開國境前的準備工作便算告一段落。

「我們將經由魯丘市，進入烏干達。」皮亞斯說。

「之後呢？我們要怎麼離開非洲？」邁爾斯問。

「原本有數個方案，但我們的戰力起了變化，這些舊方案都不管用了，只能等『日本的援軍』想出新方案。」

所謂戰力起了變化，指的當然是死了兩個同伴。

爲了保險起見，眾人決定在穿越國境時，除了薩尼以外的四人全都下車，以步行的方式繞過檢查哨口。商議妥當後，一行人便上了車，由邁爾斯開車，葉格坐在副駕駛座，其他三人坐在後座。

葉格看著窗外不斷向後流逝的伊圖利森林景色，不由自主地以右手在褲子上摩擦。槍殺米克時產生的那股宛如親手接下腦漿的奇妙觸感，此時依然揮之不去。

葉格不禁懷疑，自己在這個國家的所作所爲，是否是正確的？他是否跟其他武裝勢力一樣，只是爲了私利而殘殺敵人，最後甚至連同伴也不放過？如今回想起來，當初若不是米克在教堂屋頂上殺了那些孩子，他們恐怕早已死光了。米克在臨死之前，喊了一句「這是戰爭」。像他那樣爲了保衛自我生命而戰，是否才是正確的作法？他解救了眾人的性命，葉格卻將骯髒的污名推到他頭上，這是否是種忘恩負義的行徑？

葉格開始後悔當初不該憎恨、槍殺米克，最後甚至對米克的遺體棄之不理。他知道這股罪惡感將永遠壓在心頭，不禁流下淚。生命爲何如此脆弱？人類爲何如此可怖？善念爲何如此無力？自己爲何連判斷善惡的智慧都沒有？強烈的焦慮與悲悽哽咽。

「葉格，別哭了。大家心裡都不好受。」邁爾斯以顫抖的聲音說。

葉格拭去淚水，重新擔起警戒前方的重責大任。就在這時，後座卻也傳來啜泣聲。是皮亞斯哭了。他的精神狀態早已處於崩潰邊緣，如今終於脫離險境，想必是再也無法壓抑了。不知是否受到保護者的影響，亞齊里竟也哭了。碩大的淚滴不斷自那有如貓眼的雙眸中滾滾流出。那或許是他擁有人類情感的最佳證明。葉格對這異類生物的恐懼不知不覺又少了些。

唯獨薩尼露出一頭霧水的表情，問道：「你們沒事吧？」

這滑稽的狀況，讓坐在前座的兩名傭兵不約而同地笑了。

第三章　逃離非洲

1

研人躲在看不見陽光的房間裡，廢寢忘食地研發新藥，已逐漸分不清白天與黑夜。

自開始合成作業後，已過了一星期。這段期間「芭比」再也沒有來電，與剛果之間當然也斷了音訊。這或許是好事，可以專心於合成藥物。但這天研人鑽進睡袋裡想小憩片刻時，忽然感到些許不安。喬納森・葉格及奈吉爾・皮亞斯會不會已經死在非洲大陸了？抑或，沒消息就是最好的消息？

到昨天爲止，藥物合成作業一直進行得非常順利。「GIFT1」與「GIFT2」皆已自現有藥劑經過三次反應，變成化學結構完全不同的過渡物質。每次反應結束，研人便會對生成的化合物進行萃取及純化，交給大學裡的正勳。藥學系大樓地下室裡有著核磁共振分析器、X光結構解析器等專業儀器，可以用來鑑定化合物是否符合原本預期。由於郵寄太花時間，因此每次都是委託機車快遞，在錦糸町的大學及町田的實驗室之間來回遞送化合物。

昨晚所進行的合成作業，可說是整個過程中的最大難關。在所有「GIFT1」的合成反應中，就只有這個反應無法從現有文獻論文中找到資料，研人只好自行決定藥劑及反應條件。賈斯汀・葉格的生命只剩下不到十天，假如出錯的話，將沒有再來一次的機會。研人事先已花好幾天的時間，詳讀許多關於化學反應機制的專業書籍，才終於決定出看似可行的反應計畫並付諸實行。當研人將化合物及觸媒倒入燒瓶中時，手腕不由得微微顫抖。經過十二個小時的反應時間後，他在今天下午萃取出生成物，交給機車快遞的送貨員。如今他能做的事，只剩下等待結果出爐。

研人在幾乎占據整個狹窄房間的大實驗桌旁來回走動，爲下一場合成反應預先做準備。此刻他的心情，竟有著一種難以言喻的亢奮感。藉由這個從未有人做過的反應，他認為自己終於真正踏入有機合成的世界。這一場新藥合成，除了得感謝那些諾貝爾獎得主的偉大功績之外，還多虧無數沒沒無聞的化學家所一點一滴建立起來的厚實基礎。自己這次所嘗試的新反應，跟前人的貢獻相比，或許只能以微不足道來形容。但即使如此，或許有一天，將有某個藥物研發人員會利用到這個反應。光是想到這一點，研人便雀躍不已。

研人聽到公寓外傳來的機車引擎聲，抬起頭。看來是正勳到了。接著聽見奔上樓梯的腳步聲，他去門口迎接朋友。

開門一看，果然是正勳。正勳連鞋也沒脫，劈頭便說「鑑定結果出爐了」，從背包裡抽出一疊列印紙。由於不能使用傳真機，只好全靠人力傳遞。

研人回到房內，審視手中的三份數據資料。這三種鑑定結果，分別是質譜分析、紅外光譜分析及核磁共振分析。

乍看之下，第一份鑑定物質似乎就是心目中預期的化合物。不僅分子量、質量、原子組成都符合預期，而且從紅外光譜分析數據來看，官能基也沒有錯。

研人提醒自己別魯莽做出判斷，繼續讀起核磁共振分析的數據圖。橫軸上的直線往上彈跳數次，形成數個高點。這線形非常完美，可見得純化相當成功，裡頭沒有任何雜質。藉由苯環及氫的分布狀況，可以研判出這個化合物的化學式。他自問，這個研判過程是否正確？任何人看見這張數據圖，腦中是否都會想到相同的化學式？經過再三確認後，研人握緊拳頭，大喊一聲：

「成功了！」

「太好了！」正勳拍手歡呼。

「剩下三個反應，藥就完成了！」

正勳眉開眼笑地從背包裡取出漢堡及各種營養食品，說道：「這就算是我送的賀禮吧。」

研人欣然收下這些食物。這陣子每天吃麵包及泡麵度日，早就想換換口味了。但他沒有立即打開漢堡的包裝紙，反而讀起副生成物的鑑定結果。結果研人發現副生成物違背原本的預期，竟出現完全不一樣的物質。換句話說，當初燒瓶裡曾發生過意料之外的副反應。

研人忽想起園田教授曾說過這麼一句話：「別疏忽副反應。」大部分人都會將注意力放在主反應上，因而忽略了其背後所發生的細微變化。從前在研究室裡，常有學生拿反應結果報告向園田教授交差，園田教授看得興奮不已，學生卻被搞得一頭霧水。研人終於明白，園田教授一定是看到他沒有預料到的反應，因而感到好奇與興奮吧。對研人而言，能夠感受到與恩師相同的興奮，也是往有機合成的世界再次踏出一步的證據。

「你看起來好像很開心，不先來塡飽肚子嗎？」正勳笑著說。

「你先吃吧，我想先處理下一道反應。」研人走回實驗桌。

「有沒有我能幫忙的？」

「好，那你幫我測量血氧濃度。」

「ＯＫ。」

正勳拿起實驗動物用的血氧濃度計走向壁櫥，忽然喊了一聲：「研人。」

研人抬起頭，正勳指著飼養盒裡一隻倒地不動的白老鼠說道：「死了一隻。」

死亡的白老鼠，是經由人爲變更遺傳基因的病鼠之一，耳牌上的編號是「４－０５」。研人翻開實驗筆記，查看每六小時記錄一次的動脈血氧濃度表。據表上數據顯示，「４－０５」確實是病症最嚴重的一隻。

爲了不產生感情，研人故意不替這些白老鼠取名字。但即使如此，白老鼠的死亡還是令他心情沉重。他一面暗暗道歉，一面在圖表的尾端寫上「Dead」。

「我把這個帶去學校。」正勳皺著臉捏起盒裡的屍體。他的研究領域不必進行動物實驗，因此對處理白老鼠極不拿手。「只要抽出基因，放進CHO（註）細胞裡，就可以製造出受體結合實驗用的細胞。」

一旦病源基因在細胞內開始運作，細胞膜上就會出現「突變型GPR769」受體蛋白質。

「你連這個也會？」

「不，我一定做不來，我打算去拜託土井。不過你放心，我不會報出你的名字。」

「土井那個人，你只要在學校餐廳請他吃頓飯，他什麼都會答應你。」研人笑著說。

「對了，研人，我在擔心一件事。」

「什麼事？」

「我們要救的孩子是小林舞花及賈斯汀・葉格，一個在大學附屬醫院裡，一個在里斯本的醫院裡，對吧？」

「嗯。」研人一直非常擔憂小林舞花的病情，但沒有管道取得小林舞花的檢查數值，甚至連她是否還活著都無法確定。由於她住的是加護病房，就算派正勳前往也無法進入。

「我有些擔心賈斯汀。我查過了，從日本寄藥到葡萄牙，最快也得兩天。」正勳說道。

「兩天？」

研人這才驚覺自己一直沒注意到這個嚴重的問題。若按照原本計畫，美國人喬納森・葉格應該會來日本跟自己拿藥，屆時只要將藥交給他就可以。但如今剛果方面完全無消無息，葉格搞不好已經死在非洲了。假如藥在賈斯汀的生命即將結束的前一刻才完成，卻又得以郵寄的方式遞

註：CHO細胞的正式名稱為中國倉鼠卵巢（Chinese hamster ovary）細胞，在生物科技業界經常被利用來當作經由基因改造產生特定蛋白質的工具。

送，當藥抵達里斯本時賈斯汀恐怕已經死了。

「這麼說來，得提前兩天完成？」

正勳點頭說道：「所以我們只剩下七天的時間。」

研人想到後續的化學反應時間及受體結合實驗、白老鼠藥理實驗，頓時面無血色。

「我們得想辦法加快速度才行。」

「我訂了一台高速層析器，明天就會送到。那玩意能大幅縮短時間。」研人依然抱著一絲希望。那台機器雖是中古貨，還是花了他一百五十萬圓。

「縮短多久？」

「總共約十八小時。」

「那還是差了三十小時。」

兩人面面相覷，各自默默思考對策。

「真的沒有辦法，只好省略所有後續實驗，藥一完成就寄出。」研人說。

「連最低限度的檢查也不做？那我們如何證明『ＧＩＦＴ』是正確的？」

「話是這麼說沒錯，但假如藥沒趕上……」研人說到一半，沒再說下去。

白老鼠的屍體還擱置在實驗桌的角落。要是來不及將藥送達里斯本，賈斯汀將步上與這隻白老鼠相同的命運。

自從剛果民主共和國東部布丹波市以北二十公里處發生戰鬥後，「努斯」一行人便從「涅墨西斯計畫」的監控網中消聲匿跡。

十天前的這場戰鬥，他們到底採取什麼行動？

在指揮中心裡，盧本斯坐在自己的座位上，讀著來自「聯合國剛果民主共和國觀察團」

（註）的最終報告書。

「我們在慘遭大屠殺的曼喬亞村裡，共發現了一百四十九具遺體。其中四十八具爲當地居民，九十五具爲遭綁架的烏干達北部兒童，五具爲聖主抵抗軍的士兵，還有一具是亞洲男性。這唯一的亞洲人身上沒有護照之類證件，因此無法確認身分。奇妙的是，所有遺體中只有這具遺體是死在教堂的屋頂上。而且經過勘驗，死因是近距離的頭部槍擊。我軍另外還發現了十二名受傷兒童，這些兒童皆聲稱曾與躲在屋頂上的數名敵人交戰。這名亞洲男性的所屬團體到底是基於何種目的而來到此地，目前我們尚無任何線索——」

報告書裡附了一張遺體照片。盧本斯一看照片，便確定這名亞洲人就是柏原三紀彥。終於有人因自己策畫的「涅墨西斯計畫」而死於非命。

盧本斯放下報告書，神色茫然地環顧特別計畫室。目前要做的第一件事，是整理紊亂的思緒。

這名日本傭兵爲什麼會死？假如勘驗結果無誤，他極可能是被同伴射殺的。而且是刻意殺害，並非失手誤殺。柏原三紀彥爲何會死在同伴手裡？難道是他犯了什麼重大疏失，導致同伴陷入危機？

盧本斯心想，不論理由爲何，總之這個人的死與自己脫不了關係。還有，假如葉格等人是爲了自衛才殺害那些孩子兵，那這筆帳或許也得算在自己頭上。雖然自己只是「涅墨西斯計畫」裡的一根小螺絲釘，但若將一切殺人罪名全推到總統伯恩斯身上，似乎也說不過去。

不過以現況來看，至少「努斯」一行人已躲過最大的危機。曼喬亞村的戰鬥結束後，位於

註：「聯合國剛果民主共和國觀察團」（Mission de l'Organisation des Nations Unies en République démocratique du Congo，簡稱MONUC）爲聯合國派往剛果監視各勢力是否確實停戰的和平部隊。

剛果上空的偵察衛星拍攝到一輛大型休旅車自現場駛離。這輛車在進入擁有二十萬人口的布丹波市後，偵察衛星便再也無法掌握其行蹤。接下來的十天，美國政府完全束手無策。

盧本斯不禁暗自祈禱這樣的狀況一直維持下去。只要什麼都做不了，過一陣子「涅墨西斯計畫」就會無疾而終。

「亞瑟！」艾瑞奇忽大喊一聲，朝盧本斯的桌子走來。他的領帶鬆鬆垮垮，一臉疲倦。自從「努斯」一行人逃出「涅墨西斯計畫」的封鎖網後，艾瑞奇便一手掌握計畫室全權。但正如中情局長的預言，艾瑞奇一天到晚跑來向盧本斯尋求建議。

「那些傢伙到底躲到哪裡去了，能不能說說你的看法？」

「烏干達跟盧安達的邊境關卡都沒有那些人到過的蹤跡，我也無從判斷。」盧本斯說道。如果可以的話，盧本斯極想把艾瑞奇引到錯誤的方向上，讓「努斯」一行人順利逃脫。可惜手上毫無線索，連這一點都做不到。

「但以常理來想，他們一定已逃出剛果了吧？既然如此，他們應該會往北方或東方才對。」艾瑞奇對這一點似乎頗有自信。

「何以見得？」

艾瑞奇指著幕屏上的非洲大陸地圖，說道：「北邊的埃及及東邊的肯亞都有『皮亞斯海運』的船可以接應，這是他們唯一的希望。如果他們去了其他國家，要逃出非洲大陸就沒那麼簡單了。」

「但是亞歷山卓港及蒙巴薩港都已受到中情局全面監視，『努斯』應該也知道這一點，不太可能自投羅網。」

「除了這兩個港，他們還能往哪裡逃？如今他們都被列入恐怖分子名單，絕對無法通過非洲任何一處國際機場或港口的檢查。」

盧本斯心想，艾瑞奇這論點亦有其道理。何況葉格等人還帶了一個麻煩的包袱，那就是「努斯」。即使他們能弄到僞造護照並喬裝打扮，卻無法將「努斯」藏得天衣無縫。就算他們能靠特殊管道包下一架專用飛機，上機前還是得檢查隨身行李。假如將三歲小孩藏在行李內，肯定會立刻被發現。

「你說，他們有沒有可能在非洲的某處安排好了長期潛伏用的巢穴？」

艾瑞奇剛問完，桌上的外線用機密電話便響起。盧本斯接起電話一聽，來電者是國家安全局的羅根。

「有件情報，雖然還不能百分之百肯定，不過還是讓你知道一下比較好。原本沉寂一陣子的剛果與日本之間加密通訊，有恢復的跡象。」羅根說道。

「眞的嗎？」

「是的，我們掌握來自衛星手機的高強度加密訊息，根據收發電波的衛星位置來判斷，我們的監視目標已離開剛果，進入辛巴威。」

「辛巴威？」盧本斯望向非洲大陸地圖。辛巴威緊鄰南非共和國，距離剛果已相當遙遠。

「你的意思是說，他們逃到非洲大陸的南端？」

「沒錯。」

盧本斯不禁懷疑起羅根這情報的可信度。「努斯」一行人去哪裡都有可能，就是不可能逃往南邊。因爲在那呈倒三角形的非洲南端，他們沒有任何方法可以離開非洲。

「我們會試著以之前取得的亂數列來解密通訊內容，一旦有任何進展，我會立刻通知你。」

「那就拜託你了。」盧本斯雖這麼說，卻暗自祈禱這些人可別解出什麼關於躲藏地點的線索。

掛下電話後，盧本斯向艾瑞奇說了這件事。艾瑞奇登時精神一振，說道：「這些傢伙太小看國家安全局了。這下子他們全成了甕中鱉，我會立刻要求中情局將全部『資源』送進非洲南部。」

本來岌岌可危的「涅墨西斯計畫」，如今重新恢復活力。在「努斯」斷氣之前，這場暗殺行動恐怕永遠不會停止。

成功逃出剛果後，葉格、邁爾斯及薩尼三人採行二十四小時三班制，輪流開車八小時、監視八小時、休息八小時。

皮亞斯指示眾人不斷往南前進。葉格本以爲會從印度洋離開非洲，因此對皮亞斯這個指示略感意外。葉格詢問詳細計畫內容，皮亞斯卻語帶保留，似乎是不想被局外人薩尼聽見。不過以長途旅行的結件者而言，薩尼可說是最佳人選。他那風趣的說話方式，總是能爲車內的沉悶氣氛增添一點活力。

一行人不分晝夜地持續南下，中午時原本應該在頭頂正上方的太陽，一天天逐漸往北方的地平線靠近。這讓一行人深刻感受到，地球眞的是圓的。隨著日復一日驅車奔馳在一成不變的熱帶草原上，伊圖利森林不知不覺已消失在遙遠的後方。當初明明在那森林裡受盡折磨，如今相隔千里，反讓葉格感到有些寂寥。有人說，非洲大陸有著一種令造訪者不捨離去的魔力，或許葉格也是中了這種「非洲之毒」吧。

一行人的車子穿過一座座村落，越過一條條夜晚的漆黑山道，從坦尚尼亞進入尚比亞，再從尚比亞進入辛巴威，不斷朝著非洲最南端前進。曾有兩次，一行人在晚上遭遇武裝強盜。但以兩個傭兵的本事，對付強盜可說是不費吹灰之力。只要拿起AK47以連發模式朝強盜們的腳邊隨便掃射，強盜們就會嚇得抱頭鼠竄。有些逃得太慢，腿上當然就挨子彈了。

一路上，車內的氣氛總是死氣沉沉。但讓眾人心情憂鬱的原因，不是偶爾找上門來的糊塗盜匪，也不是長途跋涉的疲勞累積，而是亞齊里。這個模樣奇特的孩子，近來出現夜泣的症狀，晚上總是無法安穩入眠。每當睡著不久，亞齊里就會開始冒汗，且發出陣陣呻吟，彷彿正作著孤獨而可怕的噩夢。每隔數小時，亞齊里更會在淚水中驚醒。皮亞斯若醒著，他會將亞齊里抱入懷裡，哄他再度入睡。倘若皮亞斯睡得正熟，這工作就落到天性善良的薩尼頭上。眾人原本懷疑亞齊里可能得了瘧疾，但經過邁爾斯的詳細檢查，亞齊里的身體非常健康，顯然問題是出在精神層面上。

葉格此時的心情，就像是當初兒子剛進入長期臥病生活時一樣。葉格對於亞齊里未來的精神發展不禁憂心忡忡。就算亞齊里能安全逃到日本，但他在日本並沒有家人。隨著年齡漸長，亞齊里的智力或許會持續成長，但心靈恐怕會逐漸墮落。

一行人來到辛巴威與南非共和國的邊境附近，停下車子。薩尼開車進入南非，其他人則徒步越過國界。然而與之前幾次經驗不同的是，要偷偷進入南非一點也不難。南非正值高度經濟發展期，需要大量廉價勞工，因此對辛巴威來的移民可說是來者不拒。架設在國界線上的電流鐵網根本沒有通電，而且到處都是破洞。一行人在晚上戴上夜視鏡，想要偷偷穿越國界時，放眼望去竟到處都是手電筒的亮光。那些都是想要進南非找工作餬口的辛巴威人。

葉格等人進入南非後，在灌木草叢間走了一陣子，便與開車的薩尼會合，重新搭上車子。接下來，一行人再度驅車奔馳，一口氣開了五百公里，來到約翰尼斯堡的郊外。早晨的清冽空氣中，人口高達數百萬的巨大都市傲踞眼下。男人們下了車，遠眺廣大平原上的無數高樓大廈，不由得百感交集。此時眾人的心情就好像是從遠古時代穿越時空，回到了文明社會。

「薩尼，我們該向你道別了。」皮亞斯遞給烏干達年輕人一疊南非紙幣，說道：「這附近就有公車站，到機場搭飛機回家去吧。」

「嗯。」薩尼的臉上露出大冒險終於結束的安心與惋惜。

在葉格及邁爾斯眼裡，這名黑人青年簡直是將大家救出地獄的天使。

「當你回到家時，尾款應該已匯進銀行帳戶裡。」

薩尼眼睛一亮，說道：「眞是太謝謝你了，讓我不用再當工人，可以專心學習電腦。」

「工人？你不是個導遊嗎？」

薩尼一慌，說道：「對不起，我一直沒說，其實工人才是我的本行。」

「無所謂，反正你做得很好。」皮亞斯笑著說：「這件事請你千萬要保密。還有，最好也別讓人察覺你成了富翁。」

「好的。」

葉格與邁爾斯輪流跟薩尼握手。

「謝謝你，薩尼。」

「好好保重。」

「各位，祝你們一路平安。」

薩尼拿著裝有替換衣物的袋子下了車，最後摸摸亞齊里的頭，說道：「你可要當個乖孩子。」

亞齊里抽抽噎噎地哭了起來，似乎相當捨不得與薩尼分開。葉格心想，這可是個好現象。烏干達工人踏著輕快的步伐走向公車站。一路上，他數度回頭，露出開懷的笑容。葉格自後照鏡看著薩尼的背影，心想自己有多久沒見到像這樣幸福的人了？

少了薩尼，車上頓時變得沉悶許多。皮亞斯開口說道：「我們在剛果耗費太多時間。若按照原本計畫，我們此時早已到日本了。」

「好吧，接下來我們該怎麼做？」坐在副駕駛座上的邁爾斯問。

「總之先開車吧。」坐在後座的皮亞斯說道：「穿過約翰尼斯堡市區，上十二號公路，繼續往西南方向前進。」

葉格一面發動車子一面問道：「那方向有安全的機場或海港？」

「不，所有能離開非洲的交通設施，全遭到嚴密監視。」

「那我們該怎麼辦？暫時在非洲躲一陣子？」

「邁爾斯，你會開飛機，對吧？」

「嗯，加入傘兵救援部隊前，我曾開過運輸機。」空軍出身的邁爾斯說道。

「這一次，你得開商用噴射機。」

邁爾斯正拿起寶特瓶喝水，一聽到皮亞斯這句話，登時嗆得不停咳嗽。「噴射機？你要一個只開過螺旋槳式運輸機的人，去開噴射機？」

「我會事先給你操縱手冊。噴射機的型號是波音737─700ER，大小跟運輸機差不多。」

「那是怎樣的飛機？」葉格問。

「只能容納一百多人的小型噴射機，上頭增設燃料槽，續航能力相當可觀。」邁爾斯一面回答，一面暗自評估自己是否能勝任這工作。過了半晌，邁爾斯對皮亞斯說：「若不要求舒適性，或許我勉強應付得來。但是……我們哪來的噴射機？去租一架？」

「不，去搶一架。」皮亞斯不等兩人發話，繼續說：「接下來我要說的這個計畫，你們聽了或許會覺得有執行上的困難，但這已是『日本的援軍』在考量我們目前戰力後，所想出成功率最高的方案。」

「但是……」葉格還是忍不住問道：「我們要上哪個機場搶飛機？連登機前檢查都過不了，要怎麼搶？」

「不用擔心，我們的目標是這國內唯一不受中情局監視的機場。」

「有這樣的機場？」

「就在你們當初接受訓練的賽達保全公司內。」

葉格一聽，登時恍然大悟。賽達保全的武器庫後頭確實有座飛機跑道。

「所以我們得回開普敦？」

「沒錯。我們要搶奪的目標，就是中情局用來偷運武器彈藥進南非的噴射機。」

「等等，就算我們成功搶到了飛機，但接下來又該怎麼辦？不管我們降落在哪裡，特種部隊一定會立刻衝進機內，把我們逮個正著。」邁爾斯說。

「只要不被發現，就不用擔心這點。我們找個地方把機上人員關起來，開走空飛機，不讓任何人發出劫機通知。」

「問題可沒那麼簡單。一旦飛機偏離預定航路，立刻就會被發現。難道我們起飛後，要照中情局設定好的航路飛行？」

「這架飛機預定將飛往巴西，我們先照著航路飛行，但在太平洋上空調頭轉往邁阿密。」

「邁阿密？那跟日本不是相反方向嗎？我們回美國做什麼？何況偏離航道的飛機一旦進入美國領空，馬上就會被擊落。」

邁爾斯跟著說道：「何況就算是700ER，應該也飛不到邁阿密吧？」

「不，飛得到。飛機製造廠在公布飛機性能時，對續航距離會折算百分之二十。憑商用700ER的續航能力，飛到一萬兩千公里外的邁阿密不是問題。」

「這鬼主意又是『日本的援軍』想出來的？」葉格語帶嘲諷地問。

「沒錯。」

「那傢伙腦袋沒問題吧？就算燃料夠，商用機要怎麼逃過戰鬥機的攻擊？」

皮亞斯信誓旦旦地說：「這已經是最保險、變數最少的計畫。但這計畫要成功，時間的計算相當重要。你們別問東問西，先聽我說完詳情。」

「好，你說吧。」

皮亞斯自後座將身體往前湊，向兩人說明潛入賽達保全公司後的整套縝密計畫。

2

賈斯汀・葉格的生命只剩下兩天。

這幾天來，研人除了不眠不休地進行合成作業外，還抱著一絲希望，定時接聽來自莉迪亞・葉格的電話。但賈斯汀的檢查數值極不理想，顯然最先進的治標療法已對賈斯汀的末期症狀發揮不了效果。正如同原本的預期，賈斯汀的病情持續惡化，完全沒有緩和的跡象。只要賈斯汀多活一天，就能來得及將藥寄到里斯本，可惜天不從人願。

三月一日凌晨一點，研人以絕望的心情迎接正勳。

「這些是核磁共振分析、質譜分析及紅外光譜分析的鑑定數據……」正勳將分析儀器的列印資料交給研人時，察覺研人悶悶不樂，忍不住問道：「你怎麼了？」

研人一看鑑定結果，上頭的數據完全符合預期，於是一邊著手進行最後一項合成反應，一邊說道：「研發計畫很成功，完全符合預定進度……換句話說，我們還是差了三十小時。」

「還是來不及？」正勳的神色一暗。

研人無奈地點頭。

「ＧＩＦＴ1和ＧＩＦＴ2都來不及？」

「『ＧＩＦＴ2』可以提前完成，但『ＧＩＦＴ1』來不及。接下來將進行的最後一項反應，得耗費二十四個小時。今天傍晚前得寄出的藥，完成時卻已是深夜了。何況接下來還要進行純化及結構鑑定，怎麼想都不可能來得及，賈斯汀・葉格恐怕是沒救了。」

正勳也不禁跟著哀聲嘆息。兩人不再說話，堆滿實驗器材的狹窄房間裡一片安靜。

研人默默進行合成反應的準備工作，懊悔萬分。要是當初看到父親的信後立即動手研發，多半就能保住賈斯汀・葉格的性命。如今演變到這個地步，只能將希望放在小林舞花身上了。就算救不了兩人，至少也要救其中一人。研人想到這裡，不經意地朝正勳瞥了一眼。沒想到正勳那深藏在眼鏡後頭的雙眸，再度閃爍著身為研究人員的光芒。

「藥物完成的正確時間是幾點？」正勳問。

「加上結構鑑定的時間，應該是三月二日的中午十二點。」

「嗯，我想應該來得及。」

「來得及？」

「研人，你有護照嗎？」

「沒有。」

正勳聽了，毅然決然地說：「好，那就由我跑一趟。」

「什麼意思？」研人聽得一頭霧水。

「由我帶著完成的藥，親自飛往里斯本。」

研人愣愣地看著好友。

正勳取出自己的筆電，接上網路線，進入航空公司網站。

「看，我們難過得太早了。從成田機場出發，經巴黎轉機，到里斯本只要十八小時。換句話說，我只要搭上三月二日晚上十點的這班飛機，就來得及將藥送達。」

研人急忙算了一下，說道：「如此一來，特效藥將在日本時間的三月三日下午四點抵達里斯本？」

「沒錯。」

「不但來得及，而且還有時間以細胞及白老鼠進行實驗。」研人說道。從藥物完成到正勳出發前往機場，還有大約七個小時的空檔。

「沒錯，賈斯汀・葉格可以在最後一刻得救。」

「太好了！」研人大聲歡呼，與正勳一起手舞足蹈。正勳立下的功勞如今又添了一樁。

「你能不能幫我把飛機抵達時間轉告賈斯汀的母親？」

「沒問題。我幫你出旅費，你坐頭等艙去吧，可以縮短入境時間。」

正勳笑著說：「眞是ＶＩＰ待遇。」

研人放下了心中大石，喜孜孜地開始做「ＧＩＦＴ１」的最後一道合成反應。一台名爲電磁攪拌機的小型儀器，開始攪拌起燒瓶內的液體。肉眼看不見的數種化合物正在燒瓶內互相激盪，逐漸轉化爲治療肺泡上皮細胞硬化症的特效藥。

研人看著溶液中央的漩渦，不禁陷入沉思。

到了明晚，這一切就會結束。

走了這麼久的鋼索，如今終於看到終點。

研人熬夜進行合成作業，終於在清晨完成了「ＧＩＦＴ２」，委託正勳帶往大學鑑定。小睡片刻後，正勳捎來好消息。光譜分析結果證明「ＧＩＦＴ２」已確實完成。

「異位結合藥物」的製作到此便算告一段落，只剩下「ＧＩＦＴ１」還在持續進行著合成反應。在今日深夜反應結束之前，除了等待之外已無事可做。

研人倦懶地躺在榻榻米上，凝視著天花板。父親託付的這項研發計畫將在明天結束。但是結束之後，自己將何去何從？難道要一輩子遭通緝，過著東躲西藏的日子？研人想針對這點探探「芭比」的口風，偏偏「芭比」一直沒有來電。

迷惘一陣子後，研人忽然想到，除了研發藥物之外，自己還有一件事可做。要解開父親生前行徑之謎，或許現在正是最後的機會。

研人決定放手一搏。在出門前，他從網路上查到一個地址。從町田到地址上的澀谷區千馱谷，單程只要一個小時的時間。如果順利的話，此行將能查出一些關於坂井友理的情報。

研人穿上大衣，走出大門。好幾天沒看到太陽，讓他不禁有些頭暈目眩。研人下了公寓樓梯，走在寒冬的街道上，忽想到町田車站的剪票口或許依然有刑警在盯哨。往身後瞄了幾眼，後頭一個人都沒有。

研人故意走向車站的相反方向，來到國道旁的人行道上。一邊等計程車，一邊拿出手機，撥了報社記者菅井的號碼。此時還沒到中午，研人有些擔心打不通，沒想到菅井立刻接了電話。

「喂？」

「你好，我是古賀。」

父親的舊友似乎吃了一驚，說道：「研人？我一直聯絡不上你，正在擔心呢。」

「對不起，隔了這麼久才聯絡。關於坂井友理這個人，有沒有查到什麼新消息？」

「什麼都沒有。」

「好吧，我明白了。」研人並不特別失望。反正自己此行或許就能掌握一些線索。

「研人，你現在在哪裡？」

「我現在？呃……」

研人有些拿不定主意，不曉得該不該說出町田這個地名。沒想到還沒答話，菅井反而急著說道：「沒關係，你不用回答。最近我想見個面，不曉得你有沒有空？」

這又是個難以回答的問題。研人只好說道：「最近可能沒辦法，我過兩、三天再跟你約時間好嗎？」

「好吧。」菅井說到這裡，忽然一改語氣，壓低嗓子說：「研人，立刻離開那裡！」

「什麼？」研人被菅井的嚴厲口氣嚇了一跳。

「你不能待在那裡，立刻離開！」

「什麼意思？」研人正想問個清楚，眼前剛好有輛空計程車駛近。

「詳情等見面再談，你盡快跟我聯絡。」

「好，我知道了。」研人一頭霧水地攔下計程車。

「先這樣吧。」菅井匆匆掛了電話。

研人一頭霧水，上了計程車後，向司機說：「麻煩載我到澀谷區千駄谷。」

「千駄谷的哪裡？」司機問。

「『世界救護醫師團』的辦事處。」研人報出剛剛抄下的地址。

「我明白了，那地方在能樂堂附近。要不要走高速公路？」

「好。」

「這時間高速公路應該很空。」司機一邊說一邊發動車子。

研人仰靠在座位上，愣愣地看著窗外景色，思考著剛剛那通電話。菅井叫自己趕快離開，是不是在暗示著「快逃」？研人不安地轉頭往後車窗望去，但沒看到任何人追趕在後。

菅井那麼說的用意到底是什麼？他身爲報社記者，消息一定很靈通，難道他已得知自己正遭到警察通緝？但即使如此，「立刻離開那裡」這個指示還是說不通。研人擔心菅井的手機已遭到監控，趕緊關閉手機電源。

坐在開著暖氣的車內胡思亂想了一會兒，忽然產生一股睡意。研人決定別想那麼多，先小睡片刻再說。但就在即將睡著的前一刻，一個想法浮上心頭，令研人驀然張開雙眼。

菅井會不會就是「芭比」？

「芭比」在電話中使用變聲裝置，顯然是不希望讓研人聽出聲音。研人心想，自己認識的人之中，有可能知道父親生前做了哪些事的，就只有菅井一人而已。

但這推論還是有不合理之處。假如菅井剛剛那麼說，是因爲事先得知警察的行動，爲什麼他不先以「芭比」的聲音打電話來？

想著想著，計程車已進入千駄谷鬧區，寶貴的睡眠時間就這麼浪費了。計程車在錯綜複雜的道路內繞了一陣，終於抵達目的地。那是一棟六層樓的建築，混雜在低樓層的辦公大樓之間。

研人下了車，望向門口的樓層介紹。五樓的位置上有塊標示牌，上頭寫著「五〇一非營利法人世界救護醫師團」。研人確定自己沒找錯，便走向電梯。這棟建築的內部裝潢完全以實用爲考量，除了地上鋪著地毯之外，幾乎與大學內的藥學系大樓沒什麼差別。

研人在五樓走出電梯，通過點著螢光燈的走廊，來到五〇一號的門前。透過門上的毛玻璃，可看見裡頭有人正在走動。由於找不到門鈴，研人只好在門板上敲兩下，打開了門。

「哪一位？」

研人還沒說話，櫃台內的女辦事員已開口問。女辦事員正從椅子上站起，兩手捧著一疊文件。

「敝姓古賀……想請教一件事。」

那女辦事員的年紀約三十出頭。她面無表情地說：「什麼事？」

「貴單位是不是有位坂井友理醫生？」

「坂井友理？這位醫生掛名敝單位，是什麼時候的事？」

「九年前。她曾去過薩伊，也就是現在的剛果民主共和國。」

「這個嘛……你等等。」女辦事員捧著文件走向辦公室深處。

世界救護醫師團的辦公室裡大約有十張辦公桌，以及一套以屏風圍起的沙發桌椅。此外還有一扇門，門後似乎是小會議室。女辦事員走向最內側的辦公桌，朝一個年約五十歲的男職員說了兩句話。兩人一面交頭接耳，一面不住打量研人。研人一顆心七上八下，只希望自己沒有遭到懷疑。

男職員起身朝研人走來。這個人身材臃腫、頭頂微禿，但頗具威儀，身上的西裝似乎也是高級貨。

「你是古賀先生？」男人聲音頗為低沉，正符合他的身材。

「是的，我叫古賀研人。」

「古賀研人先生，敝姓安藤，是這裡的辦公室主任。」男人遞出名片。

研人不懂收受名片的正確禮節，只能恭謹地以雙手接下。在名片上安藤的頭銜除了辦公室主任外，還是個醫學博士。

「你想詢問關於坂井友理醫生的事？」

「是的，家父九年前也去了薩伊，聽說受了坂井醫生不少照顧。」

安藤一聽，臉上登時堆滿笑容，說道：「你是古賀誠治老師的公子？」

研人吃了一驚，問道：「你認識家父？」

「是啊，當年我也去了薩伊。那國家後來發生內戰，可把我們整慘了。」

研人不禁暗自竊喜。安藤得知自己的身分後，不但沒有產生戒心，反而笑盈盈地表現出歡迎之意。

「你跟令尊長得眞像。」

「謝謝。」研人無奈地說。

「我們坐下來談吧。」安藤領著研人走向沙發，親自爲研人泡了熱咖啡。「你想問關於坂井醫生的什麼事？」

「如果方便的話，請告訴我她的聯絡方式。」

「這個嘛……」安藤一臉嚴肅地說：「回國後過了幾年，我們就與坂井醫生失去聯絡。她退出了醫師會，所以連我們也不清楚她的住址及電話號碼。」

「原來如此……」研人雖未問出坂井友理的線索，卻已找到下一個追查方向。這個坐在桌子對面的壯年醫生，正是當年身在薩伊的活證人。

「爲何你想知道坂井醫生的聯絡方式？這是令尊的意思嗎？」

「不，家父前陣子過世了。」

「咦？」安藤吃了一驚，好一會兒後才說道：「以古賀老師的年紀，怎麼會……他是如何過世的？」

「解離性大動脈瘤。」

安藤嘆了口氣，輕輕點頭，以沉痛的口氣說：「眞是痛失英才。」

「我想將這消息告知坂井醫生，順便請教那趟薩伊之行的詳情。對家父來說，那似乎是相當重要的回憶。」

「九年前那件事，確實令人印象深刻。」安藤似乎是想緩和沉重氣氛，臉上微微露出笑容。「薩伊這個國家位於非洲大陸的正中央。我們以該國東部的貝尼村爲據點，走訪道路沿線上的各村莊以及森林裡的各聚落，爲缺乏醫療資源的當地提供醫療服務。就在我們正想要設立幾間小診所的時候，卻爆發了內戰。」

「聽說家父是去調查小人族的愛滋病感染狀況，他一直與你們一起行動嗎？」

「不，他只有最後一星期才與我們在一起。」

研人聽到這令人意外的答案，趕緊問道：「在那之前，你們從未見過面？」

「是啊。小人族之中，有個民族叫姆蒂族，古賀先生一直在採集那些族人的血液樣本。後來他遇上有人生病，才來找我們。」

安藤的證詞與研人原本設想的情節可說是天差地遠。照理來說，父親絕不可能在最後一星期才與坂井友理認識。「後來你們立刻就回國了？」

安藤點頭說道：「是啊，我還記得那天是十一月三日，是我們日本的文化紀念日。我們一群人從戰亂的國家逃回日本，才深深感受到和平有多麼可貴。」

研人聽到「十一月三日」這個日期，更是思緒一團亂。根據坂井友理的戶籍謄本記載，「惠麻」的生日是一九九六年十一月四日。換句話說，坂井友理是在從薩伊回到日本的隔天，就生下了這個父不詳的女兒。研人決定就這點探探安藤的口風，便說道：「聽說坂井醫生在歸國後立刻臨盆，是真的嗎？」

「臨盆？」安藤一愣。

「是啊，家父說她生了一位千金。」

「沒那回事。」安藤笑著說：「我們那一群人不是醫生就是護士，如果她懷孕，我們一定看得出來。」

「可是家父真的這麼跟我說。」研人緊咬著這一點不放。父親跟坂井友理是否產生婚外情，且生下自己的同父異母妹妹，這件事無論如何得問個水落石出不可。

「啊，我懂了。」安藤舉起了手，說道：「一定是你搞錯了，懷孕的是另一位女性。」

「另一位女性？」

「說來奇怪，前幾天才有位報社記者來問過我類似的問題……」安藤一臉狐疑地說道。這是自兩人見面以來，安藤第一次露出這樣的表情。

「報社記者？請問是哪家報社？」研人皺眉問道。

「東亞報社。」

「該不會是菅井先生吧……」

「對，就是他。他自稱是東亞報社科學組的記者。你認識這個人？」

「他是家父的朋友。」研人的心裡不禁湧起一陣寒意。爲什麼菅井剛剛在電話裡沒提到這件事？難道他挖出什麼關於父親的驚人祕密，因此不敢告知身爲兒子的研人？

研人一時心中驚疑不定，安藤卻反而露出恍然大悟的神情，說道：「原來如此，那就說得通了。那位菅井先生一定是從令尊那裡得知關於坂井醫生的事。」

研人心想，這絕不可能。在自己說出坂井友理這名字之前，菅井根本不知道有這號人物。

「菅井先生爲何來訪？」研人問。

「他說想寫一篇人物報導。」

「關於坂井友理醫生的人物報導？」

「是啊，聽說坂井醫生退出醫師會後，就搬到貧民區裡，爲那些靠打臨時工維生的人看診。菅井先生說這位女醫生這麼有愛心，一定要寫出來讓世人知道。他問得很深入，一直問到當年去薩伊那件事。」

研人心想，菅井只是想調查坂井友理的來歷，寫人物報導云云大概只是藉口而已。

「菅井先生也不知道坂井醫生的聯絡方式？」研人問。

「嗯，他說很想採訪本人，可惜聯絡不上。」

「安藤先生，那你跟他說了些什麼？」

「剛剛我不是說過，有另一位懷孕的女性嗎？這件事我在菅井先生面前故意含糊帶過，不過你既然是古賀老師的公子，我就跟你說說詳情吧。這一直是個祕密，說來讓人心痛，也請你別告訴任何人。」

「好的。」研人頷首回應，身體不自覺地向前傾。

「當初在薩伊，古賀老師來找我們的時候，身旁還帶了一位美國人。那位先生是專門研究小人族的人類學家。」

「奈吉爾・皮亞斯？」研人心想這個人果然和父親認識。

「沒錯，那位留了滿臉鬍子、看起來很溫柔的先生。他們說姆蒂族的野營地裡有人生病，希望我們去醫治。我們去了一看，在那簡陋屋子裡有一位名叫安嘉娜的孕婦，看起來很痛苦。這位女性的體型就跟其他姆蒂族一樣，看起來像個小孩子。當時負責看診的就是主攻婦產科的坂井醫生。」安藤啜了一口咖啡，接著說：「診察結果，安嘉娜得的是嚴重的妊娠型高血壓症候群。以附近醫院的設備，根本無法醫治。我們正打算將她移送到尼肯德市的大醫院，沒想到卻爆發內戰，我們被迫立即離開那個國家。但我們一走，誰來醫治安嘉娜？要是放置不管，她跟懷裡的胎兒都是必死無疑。偏偏當時主要道路已遭阻斷，我們連送她到尼肯德市的大醫院都沒辦法。」

「後來你們怎麼做？」

「以下這些話請你千萬別告訴外人，好嗎？」安藤低聲說道。

「好的。」

「在薩伊，小人族根本沒有人權。我們商量之後，決定賄賂官員，爲安嘉娜弄來一本假護照，將她帶回日本醫治。」

研人不禁感到詫異，父親竟然會參與如此冒險的事情。父親當年回國後對這趟旅行三緘其口，或許正是因爲做了偷渡病人這種違法的事。

「但我們花了太多時間才弄到護照，導致回國行程晚了一天。」安藤懊悔不已地說道：「我們回國後，立即將安嘉娜送進坂井醫生的診所裡，可惜依然回天乏術，母子都去世了。」

研人聽到這悲慘的結局，也不禁心生同情。但下一瞬間，重大的疑問浮上研人的心頭。既然帶回日本的小人族孕婦及胎兒都死了，坂井友理也沒有懷孕，那戶籍謄本上記載的那個名叫「惠麻」的女兒，又是怎麼來的？

「安嘉娜一定寧願死在有家人陪伴的叢林裡吧。但當時面對一個垂死的病患，我們又不能見死不救。」安藤感慨萬千地說道：「人世無常，沒人能預先知道怎麼做才是對的。總而言之，那趟薩伊之旅便是在這不幸的事件中劃下句點。令尊沒跟你提起詳情，多半也是因爲心中抱著遺憾吧。」

研人又跟安藤談了將近一小時，但再也問不出什麼新的線索。

離開大樓後，研人朝千駄谷車站的方向緩步而行。剛剛獲得的這些新情報，反而將原本的推測都打亂了。他先到車站附近的餐廳，吃了一頓久違的像樣午餐後，再次搭上計程車。

研人在車上想得入神，隨口指示司機將車停在當初出發時攔下計程車的國道邊。但研人旋即想起菅井的警告，急忙改口說道：「再前進一點，轉進左邊到那條巷子裡。」

新藥完成在即，凡事小心一點總是沒錯。下車後，研人故意站著不動，確定沒有車子停在附近後，才一邊謹慎地左顧右盼，一邊走回公寓。路途上毫無異常，完全沒有遭到跟蹤或埋伏的跡象。

研人鬆了一口氣，登上公寓樓梯。沒想到就在這時，公寓後頭竟無聲無息地閃出一道人影。研人嚇得差點心臟麻痺，一時不知如何是好，只能愣愣地站著不動。

「先生，你是來拜訪住戶的嗎？」男人朝研人問道。

那男人身上穿著休閒的居家服，披了一件長大衣。

「呃……是……」研人含糊應答。

「這麼說來，你認識住二樓的山口先生？」

研人心想，那房間大概是以「山口」的名義租下的吧。「嗯，認識……」

「我是這裡的房東。」

「房東先生？」研人仔細打量眼前這個男人。男人的年紀相當大，若是警察的話應該早就退休了。

「附近鄰居跟我抱怨，說我的公寓有奇怪的臭味，我正猜想是不是山口先生的房間發出來的。」

研人一聽就知道，所謂的臭味指的一定是化學反應的異味。房間裡沒有專用的抽風櫃，只以一條粗大的管子連接通風扇來排氣。

「我想應該不是吧。那是什麼味道？」

「他們說每天都不太一樣，我也搞不清楚。」

「我來過好幾次了，山口先生的房間一點味道都沒有。」

研人忐忑不安，極害怕房東要求檢查房間。幸好房東相信了研人，說道：「好吧，我知道了。看來是從一樓那間發出來的吧。」

研人如釋重負，轉身正想上樓，忽想到一件事，急忙回頭問道：「這棟公寓除了二〇二號室之外，還有其他房間有人住？」

「是啊，就是一樓最裡頭那間。這裡再過不久就要拆了，所以房租便宜。」

沒想到父親留下的這個祕密基地，竟然還住著從來不曾露面的神祕人物。研人不禁背脊發涼，感覺好像是一直遭到監視。那住在一樓的房客，跟這一連串事件到底有沒有關聯……？

「請問一下，那位一樓房客是怎樣的人？」

「怎樣的人？」

「呃……是不是五十歲左右，看起來像個新聞記者？」

「新聞記者？」房東一臉錯愕地說道：「不，那房客姓島田，是個四十歲左右的女人。」

「女人……」研人呢喃念了兩遍，忽然一驚，試著描述出浮現在腦海的那個女人的相貌：「是不是個身材苗條、頭髮大概到肩膀、沒化妝的女人？」

「對，就是她。」房東點點頭，狐疑地問道：「你問這個做什麼？」

「沒什麼……」研人強自鎮定，隨口編造個理由：「我上次見到她，還以爲這女人在附近逗留，是想做什麼壞事。」

「你放心吧，她是這裡的房客，不是什麼壞人。」房東哈哈大笑，最後丟下一句「我先走了」，轉身在狹窄的私人巷道上愈走愈遠。

研人看著年邁房東的背影逐漸消失在街角，花了一段時間才讓紊亂的思緒恢復冷靜。研人轉身面對公寓，但沒有踏上樓梯，反而踮起腳尖，走進一樓走廊。走廊上並排著三道門，由於旁邊就是圍牆，因此雖是大白天，依然顯得有些陰暗。

研人來到最深處的一〇三號室，鼓起勇氣敲了敲門。

毫無回應。

薄薄的門板內，沒有半點聲息。

研人往左右看了兩眼，確定附近沒有人後，伸手握住門把。輕輕一扭，門竟然開了。

「有人在嗎？」研人問了一聲，還是沒得到回應。略一遲疑後，研人決定脫下鞋子，走進屋內。門口沒有其他鞋子，看來這裡的房客已出門了。

一〇三號室的內部格局跟進行製藥研發的二〇二號室完全相同，門邊有廚房及廁所，後頭是個三坪大的房間。瓦斯爐上放著一個平底鍋，看來這裡確實有人居住。

研人戰戰兢兢地往前走，拉開分隔內外的紙拉門。房間裡有些簡單的家具，桌上擺著電視，牆上掛著空衣架。壁櫥裡有兩組棉被，看來這裡住著兩個人，這點讓研人感到頗爲意外。但整個房間內的擺設簡陋得像是廉價旅舍，完全沒有住家的感覺，只像是個臨時的暫居之所。

爲何這房間看起來如此冷清？研人想了半晌，終於恍然大悟。最大的理由就在於這房間內連一件衣服都沒有，甚至沒有衣物收納盒之類的家具。不僅如此，而且也沒有提袋或旅行袋。研人想到的第一個可能性，是房客出門旅行去了。但若是出門旅行，怎會沒將大門上鎖？與其說是旅行，更像是倉皇逃亡。

研人在房間內四下張望，想要找出一些線索。驀然間，電話機吸引住研人的視線。那電話機的話筒部分經過改造，發話端上頭蓋著一塊奇怪的機器。

研人取下那機器仔細觀察。上頭有個小小的按鈕，多半是電源開關。研人按下開關，等了片刻之後，對著機器說了一聲「喂」。聲音透過機器，從另一端的擴音器傳出來時，竟變得極爲低沉，簡直像是發自地底深處。這正是早已在電話中聽過好幾次的「芭比」的聲音。

研人當場僵住了，拿著機器愣愣地站著不動。

一個研人曾聽過聲音且可能知道父親生前行徑的人物——原來竟是坂井友理！

但這個答案能解開所有疑點嗎？這一連串來龍去脈全都說得通嗎？

研人首先想到的問題，是當初儲存在小型筆電裡的那些關於坂井友理的報告書。倘若坂井友理眞的是「芭比」，那麼中央情報局調查這個女醫生的生平經歷，原來不是因爲她是自己人，而是因爲她是重要監視目標？但是坂井友理爲何會被中央情報局盯上？九年前曾前往薩伊的日籍醫生，除了她之外應該還有很多人才對，爲何單單只有她遭到懷疑？唯一想得到的理由，只有一個，那就是研人在不知不覺中洩漏了情報。沒錯，他將她的名字告知了報社記者菅井，才害她遭到中情局鎖定。

明白這一點後，研人一時感覺天旋地轉，彷彿腦袋遭到重擊。強烈的焦慮頓時湧上心頭。

原來中情局的爪牙不是坂井友理，而是那個報社科學組的記者菅井。

一旦被捕，就是死路一條——

研人努力說服自己保持冷靜，慢慢回想自己與菅井之間的每一句對話。在那些對話中，他到底洩漏哪些祕密？關於這祕密實驗室的事，以及李正勳的事，應該從沒提過才對……研人想到這裡，忽又浮現一重大疑點。剛剛菅井在電話裡爲何叫他「趕快離開」？那句話背後又有什麼含意？

經過推敲之後，研人得到了一個結論。菅井或許只是協助中情局打探情報，卻沒有加害之意。他察覺中情局企圖利用其電話逆向追蹤出研人的手機位置，明白研人的處境相當危險，因此才出言警告研人快逃。研人想到這裡，多少感到有些欣慰。但即使菅井有心幫助，他的處境依然是萬分危險。

除了洩漏祕密給菅井之外，他是否還曾做過什麼招致危險的糊塗舉動？研人試著回想這陣子以來每件事情的每個細節。驀然間，幾條線索碰在一起，引出一個可能性。

上學恐懼症、家庭教師、見不得光的神祕小孩……

「不會吧……」研人僵住了，宛如成了一座雕像。

一直守在指揮中心內的盧本斯，在接近午夜十二點時連續收到兩項情報。

第一項是來自中情局的情報。這陣子以來消聲匿跡的古賀研人，終於暴露行蹤。中情局追蹤到古賀研人的手機電波，發訊位置就在早已列爲潛伏地區的町田車站北方不遠處。根據這項新情報，中情局研判古賀研人的藏身處就在手機發訊位置的半徑三百公尺之內。

負責實際追捕行動的日本警視廳，立刻將該範圍列爲重點地區，正展開徹底搜查。盧本斯聽到這消息後，不禁焦急萬分。古賀研人的新藥研發，不知進展如何。這弱不禁風的日本科學家，可說是拯救十萬孩童性命的唯一希望。

幸好在中情局的報告中，包含一段令盧本斯精神爲之一振的文字——「日本特務『科學家』察覺我們試圖追蹤古賀研人的下落，已出現不服從命令的狀況。今後『科學家』或許可能協助古賀研人逃亡，我們正在研擬因應對策。」

盧本斯暗自祈禱這「科學家」能反咬飼主一口，轉而助古賀研人一臂之力。

第二項情報，則來自國家安全局的羅根。盧本斯一看報告內容，不禁愕然失色。國家安全局竟已成功解讀出往來於日本及非洲之間的加密通訊文件。

盧本斯一讀完報告，立刻奔出指揮中心，跳上奧迪汽車，趕往位於喬治・米德陸軍基地的國家安全局。「努斯」跟日本之間到底利用衛星通訊傳遞什麼訊息，如今終於將揭開其神祕面紗。盧本斯暗自下定決心，如果其內容包含「努斯」一行人當前行蹤的線索，無論如何一定要設法壓下來。

此時雖已是深夜，但盧本斯一抵達國家安全局本部，羅根還是親自出來迎接。就跟上次一樣，盧本斯辦完通關手續後，被帶往一間會議室。房間裡共有三人，其中一人是上次見過的數學家費雪，另兩人則是從未見過的人。

「這位是研究語言學的肯尼斯・丹佛博士。」羅根比著戴黑框眼鏡的中年男人說道。

盧本斯與丹佛握手打了招呼。這語言學家的手掌比想像中要強而有力得多。羅根接著又比向另一名亞洲中年男人，說道：「這位則是研究日語及日本相關問題的石田塔克先生。」

石田的英語是標準的美東口音，談吐之間流露出極高的涵養。盧本斯心想，這個人多半是在美國土生土長的日裔人士吧。國家安全局眞不愧是全世界最大的諜報機關，竟能網羅這麼多優秀的人才。

盧本斯等眾人就座後，立刻問道：「你們解讀出些什麼內容？」

費雪以他一貫的神經質口吻答道：「從梅文・嘉德納的筆電中取得的亂數列，終於派上用場。但這亂數列共分爲三個片段，因此解讀出來的內容也分爲三部分，以下這是第一部分。」

費雪將一疊列印紙遞給盧本斯。盧本斯接過一看，那竟然是一張張以麥卡托投影法（註）所繪製的地圖，範圍涵蓋非洲至南北美大陸。除了地圖之外，還有大量數據資料。

「那些地圖是北大西洋的海底地形圖及海流圖，包含海水溫度及潮流的觀測資料。」

盧本斯一張張看，地圖上的北赤道暖流自非洲大陸西岸往西前進，在北美大陸附近更名爲墨西哥灣暖流，方向轉爲北東，最後回歸原點，在整個北大西洋形成一個循環。地圖上並使用從藍到紅的漸層色，來表示海水的溫度變化。

「今年的海水溫度似乎比往年高一些。」費雪說道。

「這應該是網路上的公開資料吧？」

「沒錯，我們已找到該網站，確認這些資料是彙整自世界各國公布的觀測數據。」

「這份資料從日本傳送到非洲？」盧本斯問道。爲什麼「努斯」會需要這些北赤道暖流的資料？難道他們朝非洲大陸南方前進只是個幌子，眞正的意圖是自赤道附近的港口逃離非洲？但如此說來，難道他們的目的地不是日本，而是北美大陸？

「我們並不清楚敵人取得這些資料到底是做何用途。至於剩下的兩個部分，一個是聲音檔，另一個是文字檔。以下我先播放聲音檔的內容。」

費雪將一片CD－ROM放進筆電裡。

羅根趁著尙未播放前補充說道：「這是小孩子的聲音。根據我們的分析，說話者應該是個五歲左右的小女孩。」

盧本斯一愣，說道：「是小孩子的聲音？不是中年女人的聲音？」

「沒錯。」

費雪按下鍵盤，喇叭果然傳出小女孩的說話聲。盧本斯聽了一會兒，狐疑地問道：「這是哪一國語言？」

「某種類似日語的語言。」石田回答。

「類似日語？什麼意思？」

「腔調跟日本的東京標準腔一模一樣，但即使是日本人，也聽不懂內容。」

「爲什麼？」

「文法跟一般日語不同，而且不斷提及一些任何字典上都找不到的單字。不過我們手邊剛好有參考資料可用來分析這聲音內容，那就是我們同時解讀出來的文字檔。」石田說完，將最後一份資料遞給盧本斯。

盧本斯看了一眼，上頭全是自己不認識的文字符號，問道：「這也是日語？」

「是的，那小女孩的聲音就是讀出這個文字檔的內容，有點像是在教人讀書識字。至於這些意義不明的內容，在詳細說明前，我想先簡單介紹一下日語這個語言的特性。」

「請說。」

「我會盡量長話短說，不會耽誤太久時間。」石田先說明後，才繼續說：「日本人一直沒有發明自己的文字，因此在西元三世紀之前，都算是史前時代。到了五世紀左右，日本人才開始使用中國文字來書寫。初期由於日本人的抽象思考能力尚未發達，因此許多抽象概念也是來自中國，這也造成如今日語中有將近一半的單字是中國詞彙，例如這個……」石田在便條紙上寫下

註：「麥卡托投影法」又稱「正軸等角圓柱投影法」，是繪製地圖的常用方法之一，由於可正確顯示任意兩點的相互方位，因此航海圖或航空路線圖多以此法繪製而成。

「平」、「和」（註）這兩個中國文字，說道：「每個中國文字都有其獨立的意思，且互相搭配後，又會衍生出新的概念。以這個例子而言，前面這個字的意思是『沒有凹凸』、『穩定』或『什麼事都沒有發生』；後面這個字的意思是『把兩個數字加在一起』、『兩樣東西互相融合』或『協調的狀態』。當這兩個字結合在一起時，代表的是我們英語所說的『Peace』的概念。」

盧本斯心想，這或許意味著東方人與西方人有著截然不同的思考模式。無關乎孰優孰劣，而是本質上的差異。

「中國文字有多少種類？」盧本斯問。

「超過十萬種。」石田輕描淡寫地說：「不過，現在日本常用的中國文字只有兩、三千種。」

「中國人及日本人得把這些字全部記下來？」

「是啊。」石田笑著點頭說：「你或許認爲這很荒唐，但事實上中國文字是有優點的。中國文字能夠傳達複雜的視覺訊息，因此進入大腦後，能夠比英語之類的表音文字更快找到相搭配的含意。換句話說，中國文字的可讀性比較高，這意味著中國人能在較短時間之內讀完大量資訊。最好的例子，就是看外國電影時。中國人看外國電影，較少發生讀不完字幕的狀況。長時間的辛苦學習，換來了快速吸收資訊的能力……抱歉，離題了。」

石田將話題轉回那份經過解讀的文字稿，指著上頭的「先論系」、「後論系」、「暫決解」等這些單字。對沒學過中、日語的盧本斯而言，這些字就跟奇妙的圖畫沒兩樣。

「這些意義不明的單字，應該是靠中國文字的結合特性而創造出來的新概念。小女孩所讀的那些讓人聽不懂的發音，就是這些單字。」

「有沒有辦法將這些單字翻譯成英語？」

「就如同我剛剛說的，每個中國文字都有其獨立的意思，只要加以類推，勉強可以猜出整個單字的大致意義。但是在翻譯的過程中，我們遇上了重大的難題。」石田一邊說，一邊遞出翻譯成英語的文章。

盧本斯努力試著想要理解這些英語的意思，但看了半天，依然是一知半解。

「0,0先論系（依先前的理論或主張所建立的系統？）1 x 1 y sunani後論系（依後來的理論或主張所建立的系統？）2 x 1 y分別爲時間係數3 x 1 y sunani 1 x 2 y眞値的機率變動2 x 5 y突現對應zanani眞値與適切性可爲線性或非線性。出現於混沌及混沌『窗』之暫決解（暫時決定的解答？）若欲爲決定解，須經由超游知（無法翻譯）判斷——」

「這是什麼?眞値的機率變動?什麼意思?」盧本斯緊盯著文章問道。雖然看不懂內容，卻又感覺好像言之有物。

「我從沒聽過類似的理論系統。」數學家費雪說道。

「這裡頭提到的『超游知』，沒辦法以類推的方式猜出大致意思嗎?」盧本斯朝石田問道。

「若綜合這三個中國文字，意思是『超越不受固定的智慧或知識的判斷主體』，但這句話本身的意思就讓人一頭霧水。除非是原本就能理解『超游知』概念的人，否則不可能明白這個單字的含意。」

盧本斯只好試著根據自己理解的零碎訊息，勉強加以解釋：「這文章談的會不會是一種依循於複雜系統的『複雜邏輯』?就像量子論所衍生出的量子邏輯一樣……」

「但我們連這『複雜邏輯』到底屬於哪種公理化系統都不知道。」費雪回答。

「我能說說自己的看法嗎?」原本一直保持沉默的語言學家丹佛說道：「我在剛看到這篇

註：中文裡的「和平」，日文漢字表記爲「平和」，順序顛倒過來。

文章時，本來認爲這只是隨便亂寫的東西。但我試著不去管文章的意思，改將重點放在文法上，我發現這篇文章很可能是一種擁有全新文法概念的人工語言。」

「你的意思是說，這篇文章是基於某種特殊文法規則所寫出來的？」

「沒錯，這與誕生於我們的大腦之中的自然語言相比，在文法上可說是截然不同。我在研究這篇文章的過程中，察覺了一件事，那就是我們一般使用的語言都具有一次元的性質。不管是文字或聲音，都是沿著單一時間軸往前推進。但是這篇文章卻好像是在散布於平面上的各種概念與命題之間自由來回，建構起整體的訊息。文章中隨處可見的 x 及 y，正意味著平面上的座標位置。只是我們無法理解，平面上各位置有什麼意義或規則。不僅如此，而且到了文章後半段，竟然還出現了 z 座標，這意味著語言本身竟然可以分出許多階層。若我們能學會這文法的使用方式，或許能解決所有悖論（註一）所帶來的迷思。」

盧本斯聽了丹佛這奇妙的推論，皺著眉頭說道：「但是……那小女孩不是將這段文章念出來了嗎？」

「是的。」

「既然念得出來，表示這人工語言可以用說話的方式來傳達。問題是這文法如此複雜，怎麼可能運用在實際說話上？」

「你說得沒錯，以我們的大腦不可能使用這個語言來交談。」

「我們的大腦？」

丹佛隨口說出的這一句話，宛如一把大錘重擊在盧本斯的心口。赫茲曼博士當初說的那句話，驟然在盧本斯的腦海中迴盪。

——你遺漏了一個重大問題。

「假如我們使用這語言來交談，一定會變得有如雞同鴨講。要使用這語言來溝通，有一個前提條件，那就是必須記住散布在三次元空間的所有概念與命題的位置。對了，除了文法之外，我還想提一點——」丹佛完全沒注意到盧本斯早已魂飛天外，繼續以筆指了英語翻譯文章中的兩個單字，說道：「『sunani』及『zanani』這兩個單字，應該不是日語吧?」

石田點頭說道：「沒錯，原文中這兩個單字是以平假名寫成，但日語裡根本沒有這樣的字眼。平假名是日本人發明的表音文字，跟帶有獨立意義的中國文字不同，所以我們無法推測其意思。」

「從機能性來看，這兩個單字應該是連接詞（註二）。但就如同石田先生所說的，由於無法推測其意義，所以我們的理解僅局限於語法學的範圍。」

坐在丹佛身旁的費雪忽嗤嗤一笑，說道：「這聽起來很合理。連接詞的種類增加，就如同邏輯常元（註三）增加。語言改變了，邏輯當然也會跟著改變。從這一點便能知道，使用這種語言的人有著與一般人迥然不同的思考模式。」

「要不然就是個經過精心設計的惡作劇。」丹佛說道。跟年輕數學家費雪比起來，丹佛的想法要老成持重得多。

註一：悖論（paradox）：或稱詭論，指經由一些看似爲眞的前提所推導出的荒唐結論，例如「從砂堆中取走幾粒砂，剩下的還是砂堆。由此可知，重複許多次後，就算原地只剩下一粒砂，還是可以稱之爲砂堆」。

註二：連接詞（又稱連詞）指用來連接詞句或段落的詞，如中文的「和」、「跟」、「但是」、「因爲」等等。詞與詞（或句子）之間的邏輯關係，會因連接詞的不同而產生變化。

註三：邏輯常元（logical constant）指的是邏輯學中使用的各種符號，如「T（眞）」、「F（僞）」、「∨（或）」、「=（等同於）」等等，用以表示各種邏輯關係。

「羅根先生，我想再跟你確認一次。這些資料是從日本送往非洲，而不是從非洲送往日本？」盧本斯強自鎮定，不讓聲音顫抖。

「沒錯。」

盧本斯心中感受到的強大衝擊，逐漸因求知本能而轉化爲驚喜。沒想到赫茲曼博士所出的「回家作業」，竟有如此駭人的答案。

進化的人類不只一人。

接著盧本斯又想起那份由「科學家」提交給中情局的報告。在那些取得自某國際醫療救援團體東京辦事處的訊息中，正隱藏證明此答案眞實性的關鍵線索。

「石田先生。」

「請說。」石田抬起頭。

「你對日本國內法規及社會狀況了解多少？」

「多少有些涉獵。」石田謙虛地回答。

「日本是不是有種名爲『戶籍』的家族登記檔案？」

「是的。」

「這個『戶籍』有沒有可能違法買賣？」

「當然，這是組織犯罪中常見的手法。只要使用別人的戶籍，就不用擔心自己的身分曝光。」

「要怎麼樣才能買到戶籍？」

「日本有些地區聚集大量遊民及靠打臨時工維生的窮人，只要到那些地方去找，總會有人願意爲了錢而出賣戶籍。」

「只要取得戶籍，就能以他人名義申請網路服務、開設銀行帳戶及承租不動產？」

「是的。」

「一般人的戶籍又是怎麼產生的？」

「孩子一出生，就必須向市公所申報。」

「申報戶籍，需要哪些資料？」

「婦產科醫生開的出生證明及出生申報單。」

「假如孕婦與醫生有親屬關係，例如醫生是孕婦的父親，這份出生證明還是有效嗎？」

「就法律上而言沒有任何問題。」

「好，我想再請教另一件事。請問日本在難民收容上採取什麼態度？」

石田仰頭思索片刻，說道：「日本曾有半個世紀是由保守政黨支配，因此在接納外國人這件事上作風相當消極。日本核可的入境難民人數不到美國的百分之一，可說是非常不人道。」

「你的意思是說，要讓日本政府承認某個外國人是難民並加以收容，是件非常困難的事？」

「沒錯，甚至有人批評日本針對國際難民採取『鎖國政策』。」

盧本斯刻意放慢說話速度，舉了一個實際的例子：「假設有一名孕婦，從發生內戰的國家逃到了日本。孕婦在生下一名女嬰後就死了，但這時有另一名日本女性願意照顧這名女嬰。請問這位日本女性該怎麼做，才能確保女嬰平安長大？」

石田面對這突如其來的難題，沉思半晌後說：「最好的作法當然是申請認定女嬰為難民，但在日本提出這種申請，遭到強制遣返回國的機率相當大。假如女嬰的父親依然留在祖國，那就更危險了。就算日本女性收個這女嬰為養女，一樣行不通，因為申請程序上必須告知女嬰親生母親的身分，如此一來又會被迫退回難民認定的窘境。」石田說到這裡，想起盧本斯剛剛問過的問題，笑著說道：「這位日本女性的父親是婦產科醫生？」

「沒錯。」

「只要能保護女嬰，就算犯法也在所不惜？」

「當然。」

「既然如此，有個最簡單的作法。首先，開一份死亡證明書，上頭寫明孕婦在分娩前便去世。如此一來，原本將成爲難民的女嬰就根本不存在。接著，請日本女性的父親開一份出生證明，把這女嬰當成是日本女性生下的孩子，向市公所提出戶籍申請。」

「即使日本女性沒有結婚，還是可以申請成功嗎？」

「可以，只要空下父親欄位不塡就行了。反正女嬰親生母親已死，不用擔心遭人告發僞造戶籍。」

盧本斯心滿意足地點點頭。「Q. E. D.」（註），問題已得證。

語言要成爲溝通的道具，雙方對該語言的理解是必要條件。既然這一般人看不懂的語言在網路上遞送，可見得能理解這語言的人至少有兩名以上。

奈吉爾．皮亞斯一定早已猜到「剛卡．班德」之中很可能誕生進化後的新人類。因爲第一名新人類，早已在九年前出生於日本。

姆蒂族裡的一名孕婦，在薩伊發生內戰時被送到日本。這名孕婦在生下女嬰後就死了，身爲主治醫師的坂井友理爲了保護女嬰，不惜違法虛報戶籍，將女嬰當成自己的女兒，並取名爲「惠麻」。女嬰的頭部一定有先天上的畸形現象，而這或許更讓坂井友理感到同情。然而這名被當成畸形兒的女嬰惠麻，隨著年齡漸長，竟展現出驚人的智力。於是坂井友理聯絡人類學家皮亞斯，兩人一同爲惠麻進行智力鑑定，最後確信惠麻是不同於現存物種的新人類。兩人猜想第二名新人類亦將誕生於剛果，於是安排好計畫，想將這位後來誕生的新人類救出內戰不斷的剛果，帶到日本來照顧。不，主導這計畫的，或許是第一名新人類坂井惠麻。物種必須繁殖才能代代延續，惠麻只是單一個體，因此她亟需一個交配對象。

——對「努斯」來說，只有研發特效藥，才是最合適的作法。

赫茲曼博士竟然僅以寥寥可數的幾項線索，就看穿眞相。惠麻與努斯是同父異母的姊弟，近親交合的結果有可能讓後代遺傳來自父母雙方的相同疾病基因，最終面臨與葉格夫妻相同的悲慘下場。惠麻指示古賀誠治及其子古賀研人研發特效藥，正是爲了將來必須對抗遺傳疾病而做準備。

盧本斯暗自一算，坂井惠麻此刻已八歲又四個月大。「涅墨西斯計畫」的敵手原來不是生活在原始森林裡的三歲幼童，而是藏身於先進國家、有機會接觸各種資訊且年滿八歲的新人類。

——我再給你一個提示，你依然太小看了敵人的智慧。

進化後的新人類若僅三歲便與一般成年人的智能相當，坂井惠麻的智能肯定更加驚人，遠遠凌駕於一般人類之上。

盧本斯如今已確信「涅墨西斯計畫」終將以失敗收場。光看這些解密的文件資料，便知道敵人的思考能力早已超越現存唯一人屬動物「智人」。在那個八歲小女孩眼中所看見的世界，已超出人類的想像極限。

遠在非洲大陸的「努斯」，受到這人類難以望其項背的高度智慧保護，只要身邊的協助者不犯下致命錯誤，最後肯定能抵達日本。

但盧本斯想到這裡，不禁爲古賀研人擔心。這位研究所學生跟坂井友理之間一定有某種聯繫管道。一旦他遭日本警方逮捕，恐怕會連累坂井友理。

註：「Q. E. D.」是數學及哲學領域中的術語，爲拉丁文「Quod Erat Demonstrandum」的縮寫，意思是「這個問題已獲得證實」。

研人回到自己的房間，發現門口地板上有支新的手機及一張便條紙。房門明明上了鎖，眞不曉得這些東西是怎麼放進來的。便條紙上寫著「立刻處理掉之前的手機」。

研人接著拿起手機，螢幕上顯示著好幾通未接來電，但答錄機系統裡卻沒有留言。

研人脫掉鞋子，走向正在進行最後一項反應的「ＧＩＦＴ１」。就在這時，新手機發出鈴聲。他一按下通話鍵，聽到的又是那宛如來自地底的低沉聲音。

「立刻離開那房間。」

「爲什麼？」研人問。

「你不該打電話給那個報社記者。對方已藉由那通電話，鎖定你的位置。現在有五名刑警挨家挨戶地搜尋附近公寓，遲早會找上門來。」

研人感覺一股涼意竄上了背脊。要是房東剛剛提到的惡臭抱怨事件傳入刑警耳裡，這裡一定馬上會被列爲優先搜尋目標。

「但是藥還沒完成……」研人以顫抖的聲音說道。

「我這是爲了你好。」

「這意思是我得放棄研發計畫？」

「沒錯。」

「難道沒有其他辦法嗎？例如帶著器材遷移到其他地方……」研人說到一半，自己也明白這絕對行不通。需要用到的器材實在太多，就算有辦法弄到車子來載，光是進進出出地搬運器材，就會引來注意。

「情況危急，沒時間讓你想這些。記住，逃走的機會只有一次。逗留在外頭的時間愈長，被發現的危險性就愈大。你一出公寓後，就快步朝著東方走，攔一輛計程車，指示開往都心。下一個藏身地點，我會另行通知。」

研人一看手表，距離「GIFT1」的反應完成時間還有十小時。後面的萃取、純化及鑑定化學結構，則得花上八小時。

「再給我一天時間，我就能完成特效藥。」

「時限已經到了，快點逃走。」

研人想起那滿嘴鮮血的小林舞花。除了他之外，世上沒有人能救那孩子。

「我若逃走，那孩子會沒命。」

「你不逃，你自己會沒命。」

「這種想要拯救孩子的心情，我相信妳能體會，坂井友理小姐。」

研人雖看不到對方，但透過聲音，依然可以感覺到對方受到極大的驚嚇。

「當初妳跟我要筆電，是不希望將我捲入這危險的事情中，對吧？」

對方沒有回應。

「但我還是蹚了這渾水。我帶著父親遺留的筆電，來到這個房間。事到如今，我已沒有退路了。在完成新藥研發之前，我絕不會罷手。」研人說完，切斷通話。

等了好一會兒，對方沒有再打來。研人走向實驗桌，看著電磁攪拌機上的燒瓶，陷入沉思。

那些刑警一定是以當初打電話給菅井時的地點為中心，沿著國道周邊逐漸擴大搜索範圍。但是從該地點到這棟公寓之間，還有不少公寓式住宅。只憑五個刑警，要查完這所有公寓，應該得花上一天的時間。

研人對天國的父親默禱。

爸爸，請保佑你兒子。

讓我拯救十萬個孩童，完成你的遺志。

對了，我當初不該懷疑你，這點我道歉。

研人默念出最後這一句時，不禁露出微笑。

3

葉格及邁爾斯在進入開普敦前買齊所有必要裝備。除了電池之類的消耗品及各種工具外，還添購黑色毛衣及工作褲來代替原本的戰鬥服裝。皮亞斯未隨身攜帶印表機，只好挑間路上經過的網咖，列印出各種需要用到的資料，交給兩個傭兵。

一行人等到黃昏，開著車子來到賽達保全公司附近。涵蓋整個丘陵地帶的廣大私有土地，在夕陽中清晰地映入眾人的眼簾。在鐵絲及鐵網片的守護下，外觀宛如度假飯店的總部大樓居中佇立，後頭就是飛機的起降跑道。

一行人先在車內對計畫進行最終確認。「日本的援軍」所送來的資料中，包含賽達保全公司的建築設計圖、監視器死角示意圖、警衛配置地點及人數、各房間電子鎖的解鎖密碼等必要情報。除此之外，還有一份給邁爾斯看的波音737—700ER操縱手冊。由於那本手冊實在太厚，邁爾斯只挑出必須用到的部分，例如機師座位附近所有儀表、開關的位置等，全背下來。

討論完計畫後，葉格不經意地瞥向後座，發現亞齊里正拿著一疊紙看得津津有味。

「你在看什麼？」

亞齊里沒有理會葉格，但似乎不是刻意漠視，而是看得太入神。那眼角上翻的一對貓眼，正以飛快的速度讀著紙上的訊息。

「他在看北大西洋的海流圖。」皮亞斯代替亞齊里回答。

「我們搭的是飛機，跟海流有什麼關係？」

「這是我們最後的錦囊妙計。」皮亞斯說道。但他的神情並非自信滿滿，反而顯得有些心虛。「老實說，這計畫的某些環節連我也是一頭霧水。但除了相信『日本的援軍』，我們沒有第二條路。對了……」皮亞斯忽取出平常用來讓亞齊里表達意見的小型筆電，說道：「我在這裡頭安裝了朗讀程式，以後亞齊里打出的訊息，能夠以聲音的方式讓大家聽見。」

「那一定很有意思。」葉格回答。

眾人取出罐頭，吃了在這非洲大陸上的最後一餐，接著便將車子開往賽達保全公司的後方。

九點四十分，葉格等到定時巡邏的警備車輛通過後，將車子從樹後開出來，橫越道路，停在鐵網旁。為了不被發現，葉格沒有開啓大燈。那排鐵網高達四公尺，上頭掛了一塊畫著黃色骷髏的牌子，示意鐵網上通著一萬伏特的高壓電流。

葉格下了車，戴上橡膠手套，坐在鐵網旁邊，以塑膠工具小心翼翼地將鐵網往上翻。對曾經待過特種部隊的葉格而言，這種入侵手法只能算是雕蟲小技。邁爾斯早已守在一旁，等鐵網與地面的空隙夠大時，立即將一大片塑膠板塞入其中。

葉格接著仰躺在地面上，將身體擠進地面與塑膠板之間。就這樣，葉格安全地進入賽達保全公司的私有土地內。他立刻起身，奔向位於鐵網內側的電源控制盒。那是個金屬製的盒子，高度大約到腰際，盒蓋上扣了個簡陋的環頭鎖。葉格以工具剪斷鎖，打開盒蓋，首先關掉警報器開關，接著切斷警衛室的通訊纜線，最後才關閉鐵網電源。

邁爾斯掏出一把小刀，擲向鐵網，確定沒通電後，才領著皮亞斯、亞齊里鑽入網內。侵入行動便算告一段落。

一行人立刻進行計畫的第二階段，以蛇行的方式避開監視器，來到總部大樓的後門口。久違的賽達保全公司沒讓葉格感到緊張，反而感到些許懷念。

此時爲十點五分，比預定時間早了五分鐘。眼前是混凝土建造的武器庫，武器庫的後方那一大片籠罩在橙色燈光中的廣場就是飛機跑道。

一行人無聲無息地躲在暗處，等待著下一個行動機會。不一會兒，夜空的極遠處隱約亮起飛機的紅色防衝撞警示燈，緊接著便聽見噴射引擎的轟隆聲。中情局底下空殼公司所持有的波音７３７型噴射機，終於在夜色中現身。機影緩緩下降，以極小的角度平順地滑入跑道上。

一行人等到噪音夠大時，一同奔向武器庫。葉格在門口邊的數字盤上輸入密碼，打開武器庫的沉重大門。葉格與邁爾斯率先衝進去，放下手中的ＡＫ47，換了Ｍ４卡賓槍，並裝上滅音器。葉格接著拿起一把手槍，上了彈匣後交給皮亞斯。然後所有人都穿上防彈背心。由於沒有三歲小孩合用的防彈背心，皮亞斯只好將亞齊里背在背上，以自己的肉體充當防彈盾牌。

身上裝備穿戴完畢後，三人找來推車，將欲搬進機內的器材一一挑出，全放在推車上。安全帽、防風鏡、小型氧氣桶、方型降落傘，每一樣都是ＨＡＨＯ（註）式跳傘所不可或缺的裝備。由於皮亞斯及亞齊里不會跳傘，因此兩個傭兵在跳傘時必須各自懷抱一人。爲此，三人又挑選合適的連結帶及扣環。

來自飛機跑道的噴射引擎噪音增至最大後，頓時變得安靜無聲。顯然波音噴射機已平安降落地面。

計畫進入第三階段，葉格走到武器庫的門口，探頭觀察外面的狀況。就在這時，出了個計畫中不曾預料到的小意外。一個身材高大的男人自總部大樓的後門走出來，正是作戰部長辛格頓。葉格一見到辛格頓，靈機一動，登時想到了個簡化計畫步驟的好主意。葉格以手勢告知邁爾斯「出現敵人」，並要求邁爾斯跟在自己身後接應。接著，葉格躡手躡腳地走出武器庫。

辛格頓朝飛機跑道走去，似乎是準備跟中情局派來的幹員打招呼。葉格自後方悄悄靠近，以手槍瞄準後腦杓，故意扣下擊鎚讓辛格頓聽見，並說了一句：「不准動。」

辛格頓全身微微一震，高舉雙手問道：「你是誰？」

「你的老朋友。」

「光聽聲音我聽不出來。我能回頭嗎？」

「請便。」

辛格頓緩緩轉身，看見葉格及邁爾斯正以槍口指著自己，錯愕地說：「你們不是在執行『保衛者計畫』嗎？怎麼會跑到這裡來？」

「另外兩人已經死了。」

「什麼？」辛格頓的臉上顯露出些許同情。「感染了病毒？」

葉格一見辛格頓這個反應，便確信此人對那計畫的內幕一無所知，敵意頓時消失，但對他仍不抱好感。

「計畫還在執行中。從現在開始，你得聽我的命令行事。」

「這是怎麼回事？難道是五角大廈命令你們這麼做？」

「你愛怎麼想都可以。總之我要你做什麼，你就得做什麼。」

辛格頓露出彷彿終於明白這不是惡作劇的表情，說道：「要是我拒絕呢？」

「我勸你別想反抗，你應該很清楚我們是怎樣的人。」

手無寸鐵的辛格頓輪流朝兩個傭兵看了一眼，無奈地點頭說：「好吧，我要怎麼做才能保住性命？」

註：HAHO為「High altitude high opening」的縮寫，指的是自高空跳下且於高高度開傘的跳傘方式。

「進武器庫去。」葉格下令。

十分鐘後，辛格頓走出武器庫，獨自一人走向飛機跑道。

全長三十公尺的小型噴射客機正停在倉庫前的格線內，宛如在展示著其雙翼的優美曲線。

九名工作人員在飛機旁繞來繞去，有的忙著搬貨，有的正在加油。

辛格頓走向站在登機梯下的五個美國人，說道：「歡迎來到賽達保全公司，我是作戰部長麥克・辛格頓。」

負責送來武器彈藥的五個中情局幹員一一與辛格頓握手並自我介紹。

「各位別急著離開，我在餐廳裡準備一些簡單的餐點。」

「沒問題。」副機師露出親熱的笑容。

辛格頓見機上的貨櫃已全部搬至地面，便朝工作人員喊道：「所有人都過來。」

幾個身穿工作服的男人全聚集在辛格頓面前。辛格頓指著其中兩人說道：「武器庫裡有架堆了些貨物的推車，你們去推出來，搬進客艙裡。」

「是。」兩人應了一聲，轉身走向武器庫。

波音噴射機的機師一臉納悶地問：「你要搬什麼到機上？」

「我剛剛接到指示，有些東西得請你們帶回去。」

「來自朗里（註）的指示？」

「沒錯。」

幹員之一從外套口袋掏出手機，似乎是想打回美國確認。辛格頓的背上冷汗直流，急忙說道：「抱歉，請不要打電話。」

「為什麼？」幹員狐疑地問道。

「因爲這個。」辛格頓拉開襯衫，露出貼在胸口上的小型無線麥克風、遙控引爆裝置及C4高性能炸藥。「包含我在內，這裡所有人都成了武裝組織的人質。敵人正躲在遠處，以狙擊槍瞄準這裡。」

中情局幹員紛紛往跑道另一側望去，但倉庫附近的燈光太亮，什麼也看不到。

「敵人聽得見聲音，我們的一舉一動都在他們的掌握之中。各位，請照我的話去做。首先，將你們身上所有武器及通訊器材全放在地上。」

就在這時，幹員之一忽然轉身企圖逃走。但他才剛跨步，一道破空之聲驟然響起，子彈已貫入了他的右肩。他怒吼一聲，滾倒在地上，以手掌按住傷口。

「敵人都是經過專業訓練的高手。只要不抵抗，就沒有性命之憂，請大家好好配合。」辛格頓說。

在場的所有男人迫於無奈，只好乖乖就範。辛格頓命令眾人跪在地上，對每個人搜身，接著爲眾人戴上眼罩及封口的布條，並以塑膠手銬將眾人的雙手反綁在身後。只有負責加油的工作人員沒有遭綁，辛格頓命令他繼續將油槽加滿。

就在這時，前往武器庫搬貨的兩個工作人員推著推車走回來。他們見停機坪上的狀況不太對勁，登時愣了一下。但一看到辛格頓身上的炸藥，他們旋即明白發生什麼事。辛格頓要他們立刻將東西搬上飛機，兩人什麼都沒問，默默地聽話照做。搬完後，辛格頓要兩人收起登機梯，但不要關閉機門。一切結束後，兩人也加入人質的行列。

加油的過程將近一小時，這段時間裡沒有任何意外狀況。

註：朗里（Langley）爲維吉尼亞州的區名，鄰近首都華盛頓。由於中央情報局的總部位於朗里，因此「朗里」一詞有時也被用來暗指中央情報局。

位於主翼下方的加油車在加完了油後駛離機體，接著負責加油的人員立刻遭到辛格頓綑綁。葉格以瞄準器的望遠鏡頭確認辛格頓已完成指示後，起身將狙擊槍換成M4卡賓槍，從飛機跑道的另一頭走過來。

辛格頓是現場唯一依然站著的人。

「你滿意了嗎？」辛格頓壓低嗓子問道。聲音中流露著疲累、無奈及尚不至於激怒對手的敵意。

「你做得很好。」葉格以塑膠手銬將辛格頓的雙手反綁在背後。

邁爾斯、皮亞斯及亞齊里各自從不同的方向走過來。邁爾斯在確認所有人都已無法掙脫後，放下醫護背包，爲肩上挨了一槍的幹員進行緊急治療。

「這點小傷死不了，不用擔心。」邁爾斯說。

幹員嘴上摀著布，無法開口說話，只能以喉嚨發出嗚嗚聲。邁爾斯聽不懂他在說什麼，但顯然不是「謝謝」。

接著邁爾斯跳上停在倉庫內的卡車，發動引擎，要所有人質全坐上車斗後，將卡車開往位於總部大樓後頭的訓練場。葉格將所有人的雙腿緊緊綑綁後，關進人質拯救訓練用的模擬屋舍內。

「這裡下次進行訓練是什麼時候？」葉格問辛格頓。

「後天。」

兩天後，進行人質拯救訓練的傭兵們將在這裡赫然發現眞正的人質。

「那你們只好在這裡熬到後天了。」葉格爲辛格頓套上眼罩及封口布條，轉身離開房間。

守在走廊上的皮亞斯看了一眼手表，說道：「一切順利，我們可以離開非洲了。」

一行人坐上卡車，回到倉庫邊。

夜已深。葉格仔細觀察奪來的噴射機，那雪白的機體上沒有任何航空公司的標誌，只印著「N313P」，應該是機體登記編號。

邁爾斯抽去飛機輪胎下的阻擋板，走到葉格身邊，說道：「來幫我個忙。」

兩人走進倉庫，搬出一排伸縮式長梯，架在機體前方的機門邊。從地面到機門，高度約有十公尺。邁爾斯率先登上梯子，葉格及背著亞齊里的皮亞斯跟在後頭。

機內一片漆黑。邁爾斯點亮手電筒，往客艙照去。這架噴射機的內部已改裝成商務用途，跟一般客機不同。整個客艙分成前後兩個會議室，且座位不是設在窗戶旁邊，而是圍繞著正中央的大會議桌。

一行人推倒梯子，接著想關上機門，但摸索半天竟無法成功。就在眾人你一言我一語地討論著機門結構時，黑暗中傳出一個電腦合成聲音：「將門轉至與機體平行後往外推。」

眾人一愣，旋即明白是亞齊里以筆電下達指示。照著這個方法一試，厚重的機門果然順利關上。

「你真行。」邁爾斯摸摸亞齊里的頭，轉身走進駕駛艙。

來自外頭的微弱光芒，隱約照出駕駛座周圍的各種裝置及儀表。

「這還是我第一次坐機師席。」邁爾斯在左邊的座位坐下，將座位往前平移。「葉格，你能不能坐在旁邊幫忙？」

「我可不知道該怎麼做。」

「別擔心，只是要你幫忙拿手電筒照亮這些儀表。」

葉格坐在副機師席上，取出手電筒，照向各種電子儀表。

邁爾斯取出一張自製的步驟表，呢喃念著「燃料閘」、「輔助動力開關」等字眼，依序開啓各項裝置。不一會兒，機內亮起燈，液晶螢幕及各種儀表也開始綻放出不同顏色的光芒。

邁爾斯重複進行兩次相同的步驟，成功啓動兩架噴射引擎。強而有力的引擎咆哮聲，迴盪在整個駕駛艙內。

「太好了！成功了！」

邁爾斯興奮地大聲歡呼，葉格卻憂心忡忡地說：「能不能等上了天空再來高興？」

一旁的皮亞斯抱著亞齊里坐在駕駛艙的後方座位上，說道：「我們出發吧。雖然比預定起飛時間早了點，應該沒什麼關係。」

「請各位旅客繫好安全帶，本機即將起飛。」邁爾斯擺出機師的口氣。

邁爾斯握住動力推柄，微微往前一推，引擎聲音頓時拔高，機體也開始緩緩前進。

葉格見邁爾斯沒有抓著前方的操縱舵，吃了一驚。但仔細觀察邁爾斯的動作，原來機體在地面上滑行時，是以駕駛座左側的另一個方向盤來控制方向。邁爾斯畢竟是生手，飛機在調轉道上歪七扭八地往前進。從調轉道要進入起飛跑道之前，須轉一個大彎，這對趕鴨子上架的邁爾斯而言可說是個大難關。一個不小心，輪胎可能就會陷在道外。邁爾斯小心翼翼地重複著前進與停止，終於成功將機體送入起飛跑道。

調整好方向後，機體不再前進。往窗外望去，起飛跑道的兩排燈光向著遠方延伸而出。

「設定無線電頻道、調整襟翼角度、輸入雷達識別器訊息……」邁爾斯在完成最終檢查後，朝葉格說道：「等飛機平安起飛後，請幫我拉這個拉柄，收起底部輪胎。」

「我不用做其他事嗎？」葉格努力挖出腦袋裡少得可憐的飛機駕駛知識。「例如報出離地前速度什麼的……」

「你報了也沒用，因爲我根本不知道正確的離地前速度。」

「你再說一次？」

邁爾斯露出僵硬的笑容，說道：「好吧，不然這樣好了。你看著速度表，到達一百九十節就喊一聲『VR』。」

「你眞的會開嗎？」

「相信我。」

邁爾斯以左手握住操縱舵，右手將動力推柄推至九十度。引擎轉速瞬間上升，原本低沉的引擎聲頓時變成震耳欲聾的轟隆聲。

「準備好了嗎？」邁爾斯大喊。

「ＯＫ。」

「開啓自動節流閥系統！解除制動器！」

邁爾斯按了幾個開關，動力推柄自行揚升到最大出力位置，機體驟然往前加速衝刺。葉格整個人被強大的壓力按倒在椅背上，還來不及反應，又驚覺機體竟然逐漸往左偏移，不禁發毛。速度愈來愈快，幾乎到了無法停止的地步。

邁爾斯的雙眼連眨也沒眨，緊盯著跑道的中央線，以腳踏板微微調整前進方向。噴射機一邊以最大動力向前衝刺，一邊左右搖擺。葉格緊盯著速度計，速度遲遲不到一百九十節，但往窗外一瞄，跑道盡頭已近在眼前。要是再不離地，飛機會撞進樹叢裡。

「邁爾斯！」

就在葉格扯開喉嚨吶喊的瞬間，邁爾斯將操縱舵向後一拉，機首猛然上揚。但角度顯然不夠大，跑道終於完全消失在機體下方，取而代之的是急速接近的外圍鐵網。

葉格的腦袋裡浮現「死」這個字。突然葉格感覺下腹部涼颼颼的，彷彿開了一個大洞。那是機體離地所產生的飄浮感。波音噴射機劃過鐵網上方，掠過樹梢，進入廣大的夜空之中。

好一陣子，兩人沒發出半點聲音。葉格使盡力氣，勉強以僵硬的手臂將拉柄往上扳，收起輪胎。腳底下傳來前輪與主腳架進入機體內的聲音，儀表板上一個紅燈應聲而熄。

「哈囉？」原本驚恐不定的邁爾斯忽然回過神來，開始說話。葉格一愣，旋即明白他是在與負責航管的雷達管制官交談。飛機飛行在大西洋上空的這段時間，將一直處於雷達的監視之下。

結束了與管制官的簡短交談後，邁爾斯向葉格說：「一切順利，對方沒有發現飛機已被我們劫了。再過一陣子，就可以切換成自動駕駛。」

「幹得好，邁爾斯。」葉格稱讚道。雖然表現只有六十分，但至少平安上了天空。「何時抵達目標地點？」

「十四個小時後。再過半天，一切就結束了。」

葉格點點頭，放鬆全身力氣，躺在椅背上。往窗外望去，眼下是流光爍爍的開普敦夜景，遠方則是一望無際的黑色海面。原本以爲不可能逃脫的遼闊大陸，如今正逐漸往後方流逝。

離開非洲的時刻終於來臨。突然葉格彷彿感覺到有一股強大的力量，正將自己往回拉。這座數百萬年來見證無數次人類進化的大陸，彷彿伸出巨大的魔手，想將葉格拉回腹中。那可怕的無形力量，正如同葉格受到詛咒的命運。然而葉格並不打算屈服。

葉格看著手表。賈斯汀此刻還沒有死。這場父子並肩作戰的戰爭，還未劃下句點。爲了在十四小時後獲得最終勝利，葉格重新審視接下來的計畫是否有疏漏之處。

4

研人對時間的感覺已完全麻痺了。他瞥了一眼手表，此時已是凌晨一點。這種三更半夜，刑警應該無法繼續搜索。至少在接下來的幾個小時，這棟公寓應該是安全的。

藉由薄層層析法，研人確認合成反應已經結束。雖然比預定時間晚了一點，但至少是順利完成了。「ＧＩＦＴ１」的合成作業，到此便算告一段落。

研人拿起電磁攪拌機上的燒瓶，愣愣地看著裡頭的無色液體。如果研發計畫沒有出錯，這裡面應該含有能夠讓「突變型ＧＰＲ７６９」發揮正常功能的化合物。

爲了將這個化合物從混合溶液中抽取出來，研人做每個步驟都格外謹愼小心。首先必須抽出其中的有機物，接著以濃縮萃取的方式除去有機溶媒。他運用自己所學到的一切知識與技術，全力對付這世界上尙無人有幸目睹的奇蹟之藥。

天亮後不久，後續作業終於進入純化階段。垂直的細長玻璃管內，三種不同極性的物質徹底分離成三個層次，即使以肉眼也能看得一清二楚。

接著研人將各層物質移入茄型燒瓶內，以迴轉蒸餾機進行蒸餾。由於各化合物都是溶於有機溶媒的狀態，因此必須將這個溶媒除去，才能得到無雜質的純淨化合物。爲保險起見，他接著又以眞空幫浦將溶媒徹底清除乾淨。

經過這一連串程序，終於得到目標化成物。殘留在三個燒瓶裡的物質皆是泡狀的非晶體，只是不知「ＧＩＦＴ１」是哪一個。

此刻沒時間讓研人陶醉在感動中。他一完成作業，立刻拿起手機。此時還不到九點，但對方立刻接起電話。

「喂？」

「抱歉，吵醒你了？」

「不，我早就起床了，在等你的電話。完成了嗎？」正勳問。

「完成了。」

「太好了。」正勳精神一振。「接下來就是結構鑑定了。」

「生成物共有三種，全是非晶體，用核磁共振就可以鑑定。我立刻送到大學，你方便收嗎？」

「沒問題，我早已預約好共同儀器室了。」

「除了鑑定物之外，我還會放進一張便條紙，在上頭寫明『ＧＩＦＴ1』的化學結構式，你能不能請共同儀器室的伯母幫忙看看？」

所謂的「共同儀器室的伯母」，指的是負責管理儀器的女職員。她是光譜分析的專家，有過人的眼力，不管是多麼複雜的化合物，只要看一眼數據圖就能說出鑑定物的化學結構。憑她的本事，要看出哪個鑑定物是「ＧＩＦＴ1」肯定不是問題。

「你請她幫忙看，就不用將鑑定結果送回來給我，這樣可以節省時間。」

「沒問題。對了，機票已經訂好了。」

正勳將於今晚啓程前往里斯本。

「終於到了最後關頭。」研人說。

「再加把勁，可別在最後出了錯。」

研人點點頭，接著將新手機的號碼告知正勳，說道：「以後請你打這個號碼。」

「發生什麼事了嗎？你那邊還好吧？」正勳問。

「還好。」除了這個回答之外，研人也不知該說些什麼。「對了，關於如何將藥交給你，我們傍晚再來討論。」

「我明白了。」

研人掛下電話，立即動手包裝鑑定物，好委託機車快遞送往大學。在貼上鑑定物代號標籤時，研人特別謹慎小心，提醒自己絕對不能出錯。

目前看來，拯救賈斯汀．葉格的性命應該已不成問題。唯一令研人擔心的是另一名拯救對象小林舞花。研人甚至不知道，她現在是否還躺在醫院病床上，抑或已敗給病魔。

正勳說過的那些話，如今成了研人心中最大的鼓舞。不到最後關頭，絕不輕言放棄。

美國東部時間晚上十一點。盧本斯才剛走出五角大廈，進入停車場，便接到電話。

「請你立刻回來。」留守在指揮中心內的屬下伊弗里說道：「我們剛掌握『努斯』的最新消息，他們似乎已離開非洲了。」

「什麼？他們是搭船離開的嗎？」

「不，是飛機。他們搶奪『空專公司』的飛機。」

空專公司是中央情報局底下用來執行機密任務的空殼公司。盧本斯聽得一頭霧水，立即奔回五角大廈的地下一樓。

他通過身體特徵辨識，一進入指揮中心，伊弗里立刻迎上前來迅速說道：「喬納森・葉格等人奪取中情局偷渡武器彈藥至非洲用的飛機。」

「他們是從哪個機場出發的？」

「不，是賽達保全公司的專用跑道。」

盧本斯恍然大悟，不禁大感欽佩。民營軍事企業也能起降飛機，這確實是個盲點。

「四個小時前，賽達保全公司的警衛看飛機跑道的燈一直沒關，因此起了疑心。經過搜索後，找到了遭監禁的機上人員。如今管制雷達正在監視著飛機的一舉一動。」

「飛機往哪個方向飛？亞洲的方向？」

「不，飛機正在大西洋上，往西北方飛行。」

盧本斯又是一陣錯愕。往西北方？難道他們的目的地是北美大陸？

「他們的航路完全符合『空專公司』原本提出的飛航計畫。照這樣飛下去，目的地將是勒西腓。」

「勒西腓？」

「巴西東側突出於太平洋的一座都市。他們會不會是想僞裝成中情局人員，偷偷潛入巴西？」

盧本斯心想，「努斯」的計畫絕不會如此單純。但只要不說破，把大家的注意力引到這條線上，「努斯」成功逃脫的機率將大幅增加。就在這時，艾瑞奇也打了一通電話進指揮中心。電話中，艾瑞奇的語氣相當急躁不安。盧本斯不禁暗自竊笑，艾瑞奇身爲「涅墨西斯計畫」的監督官，此時一定很擔心自己前途不保吧。

「事情我已聽說了。立刻通告中情局，將巴西的『資源』全集中到勒西腓的葛拉雷普斯機場。」

「需不需要聯絡巴西政府？」

「沒那必要。扯進國務院那些人，事情會更麻煩，倒不如由中情局私下解決。」

「我明白了。」

「先這樣吧，我馬上到。」艾瑞奇在掛上電話前還罵了一句：「眞是一群麻煩的混帳！」

整個指揮中心一下子變得忙碌不堪。除了部屬之外，連軍事顧問史托克上校也已來到現場。盧本斯正想過去打個招呼，沒想到機密電話再度響起，而且這次來電者竟是荷朗德。盧本斯一聽是中情局長親自來電，不禁有些期待。

「盧本斯，用平輩語氣說話，別讓人察覺你在與高官對談。」荷朗德劈頭便這麼說。

「好，我知道了。」盧本斯登時會意。

「『賽達』那邊的詳細狀況，你聽說了嗎？」

「還沒。」

「我剛剛跟一個叫辛格頓的男人通電話，他說華倫．葛瑞已經死了。」

「死了？」

「沒錯，這似乎是葉格說出來的情報。」

盧本斯不禁感慨，死在自己手裡的性命又多了一條。那位勇於告發美國總統的男人竟然壯志未酬，已成了「涅墨西斯計畫」的犧牲者。盧本斯心想，此時他心中的自責，或許正與葛瑞決心背叛美國時的心情一樣。

「這個背叛者一死，我們要終止計畫就簡單多了。」荷朗德的口氣中流露出的卻是興奮。盧本斯明白，荷朗德眞正開心的不是拯救「努斯」有望，而是不用再擔心中情局執行的那些「特殊移送」被公諸於世。

對於荷朗德這種泯滅良心的態度，盧本斯不禁怒火中燒。但盧本斯明白，此時荷朗德是不可或缺的重要助力。雖然「涅墨西斯計畫」已達成其背後目的，但要終止計畫依然困難重重。那個比荷朗德還要厚顏無恥、無法無天，卻坐擁全世界最高權力的暴君，絕對不會輕易饒過「努斯」。

「我想聽聽你的意見。」荷朗德說：「如果我把幹員全派往葛拉雷普斯機場，你認爲『努斯』逃得掉嗎？」

「人數最好別太多，只要故意露出破綻，應該沒有問題。」盧本斯說道。爲保險起見，葉格一行人極可能不會進入巴西這點也不能讓中情局長知道。

「好，我明白了。」

「目前美國採取的對策只有這樣嗎？」盧本斯反問。

「是啊，飛機此刻在大西洋正中央，以戰鬥機的續航力根本飛不了那麼遠。何況那架波音噴射機平常還負責監視毒梟運毒，因此裝有軍用雷達。我們如果派出空中預警機，反而會打草驚蛇，倒不如等它抵達勒西腓再來處理。」

「請告訴我那飛機的續航距離，好當個參考。」

「一萬一千多公里，差一點就可以飛到邁阿密了。」

盧本斯聽到美國地名，心中忽閃過一絲不安。

「再請教一個問題，那飛機有何禦敵配備？」

「什麼都沒有。除了雷達之外，其他都跟一般商務噴射機一樣。要是遭受戰鬥機攻擊，將毫無招架之力。所以最好別驚動巴西政府。」

盧本斯一聽，更是摸不透「努斯」到底在打什麼算盤。要是在快接近勒西腓時才調頭改變方向，巴西空軍一定會出動攔截。一旦陷入這個局面，不管逃到哪裡都一樣。鄰近諸國也會紛紛派出空軍圍剿，「努斯」的飛機只能在公海上左右逃竄，最後耗盡燃料。倘若逃入美國領土，那更是死路一條。美國要在自己的領空內轟下一架波音噴射機，可說是不費吹灰之力。

「雷達有沒有發現什麼？」坐在機師席上的邁爾斯問。

「沒有任何不明機影。」葉格看著駕駛艙後方的儀表說道。

自離開開普敦，已過六小時。高度一萬一千公尺的天空上，閃爍著無數星辰，彷彿宇宙空間近在咫尺。皮亞斯懷抱著亞齊里，坐在副機師席上。亞齊里伸出手指，對著滿天繁星不停比劃，宛如是個正在觀測天體的學者。

「忙碌的時刻快到了。」皮亞斯看一眼手表，問道：「燃料還夠用嗎？」

「消耗速度慢得不可思議。」邁爾斯說。

「這全得感謝向西流動的高速氣流。我們所走的路線正是氣流最強的區域。」

此時飛機其實已微微偏離航道，只是幅度極小，因此沒有遭到懷疑。「日本的援軍」不時會寄來電子郵件，告知自動駕駛系統的變更數值。每當接到郵件，一行人便會對自動駕駛系統進行修正。皮亞斯爲這神祕的日本援軍取了個代號叫「EMA」（註），據說在姆蒂族的語言裡，這是「母親」的意思。

「那位EMA是氣象預測專家？」

「EMA是預測任何事情的專家。」皮亞斯一笑，轉頭朝葉格問道：「準備好了嗎？」

「好了，大家都跟我來。」

所有人都站起來。飛機由自動駕駛系統所控制，即使駕駛艙裡空無一人，也不會有影響。

四人進入客艙，穿戴起跳傘裝備。首先，三個大人全穿上防寒用的跳傘專用衣。接著，葉格與邁爾斯互相協助對方套上降落傘包。最後，所有人都穿戴上全套氧氣供應系統。由於沒有專用的雙人跳傘道具，一行人只能以連結帶來勉強湊合著用。邁爾斯以胸前的V型環及安全扣環扣住皮亞斯身上的連結帶，將兩人的身體緊緊固定在一起。

亞齊里的頭特別大，只要在成人用的安全帽裡塞點東西，就剛好合用。至於防風鏡及氧氣罩，尺寸也沒有問題。但麻煩的是亞齊里的身體太小，沒有合適的連結帶。葉格只好將亞齊里放進背包裡，將背包吊在大腿之間。

「看來跳傘裝備沒有問題。」皮亞斯滿意地說道：「差不多該改變航路了。要是離巴西太近，恐怕會驚動巴西的空軍。」

一行人脫下跳傘裝備，回到駕駛艙。

邁爾斯坐在機師席上，握住操縱舵，說道：「我能問個問題嗎？」

「什麼問題？」

「改變航路後，眞的要往北前進？要是進入美國的防空識別區域，美國一定會派出戰鬥機

註：「EMA」音同日語中的「惠麻」。

攻擊我們。」

「只有這個飛行路線才能符合所有條件。」

「但要是被擊墜，還能有什麼戲唱？」

「ＥＭＡ說沒問題，就是沒問題。」

「可別以爲只要待在公海上就很安全。美國空軍的攻擊範圍是『防空識別區內』，即使沒進入美國領空，戰鬥機還是會開火。」

「這一點我也想不透，但ＥＭＡ說『不用怕遭到攻擊，只要專心控制航線就行了』。我們的職責是在正確時間抵達正確位置，只要這點沒出差錯，我相信我們不會有事的。」皮亞斯說。

邁爾斯聽了，望了一眼坐在副機師席的葉格。

「到了這個地步，我們只能相信ＥＭＡ。」葉格說。

「我是不知道ＥＭＡ有什麼廣大神通能對付戰鬥機，但也只能如此了。」邁爾斯重新握緊操縱舵。

皮亞斯帶著亞齊里走到後座坐下，說道：「我們準備好了！」

於是邁爾斯將操縱舵往前推倒。噴射機的機首猛然下傾，機體自一萬一千公尺的高空向著海面俯衝而下。

凌晨一點，遭劫飛機的機影從管制雷達上消失。就在這一瞬間，華盛頓特區的機密通訊網路傳輸量霎時爆增數倍。

不到一個小時之內，負責國家安全保障的相關閣員全聚集在白宮地下的戰情室。

5

在接到正勳的聯絡之前，研人一直處於魂不守舍的狀態。「GIFT1」的合成是否成功？使用老鼠及CHO細胞進行實驗，能不能獲得滿意的結果？警察何時會找上門來？該擔心的事情太多，心裡七上八下。

此時要是外出購買食物，極可能會被警察逮個正著，因此研人只能飢腸轆轆地躲在房裡。眞的餓到不行了，就以砂糖充飢。在這種緊要關頭，絕不能斷了大腦所需要的熱量。

在不安、飢餓與疲倦的煎熬下，研人強忍到中午，終於接到正勳的來電。

「成功了！生成物裡有『GIFT1』！」正勳在電話中大喊。

研人一聽，登時睡意全失，急忙說道：「告訴我標籤代號！」

「G1—7B！」

桌上的三個燒瓶，各自貼著「7A」、「7B」、「7C」的標籤。研人拿起中央的「7B」燒瓶，不由得感慨萬千。夢寐以求的「GIFT1」，此刻就在自己的眼前。

「研人，幹得好！」正勳稱讚道。其實正勳才是新藥研發的最大功臣，他的口氣卻彷彿這一切都是研人的功勞。

「別這麼說，這全多虧你的幫忙。」研人笑著說道：「對了，你拜託土井製作的細胞，何時能完成？」

「還得花一點時間。大概四點，就能送到你那裡。」

「我知道了。」研人開始安排最後的程序。今晚正勳就要出發前往里斯本了。「對了，你打算幾點離開大學？」

「十點的飛機，只要七點出發，八點到成田機場就行了。」

「好，那我們七點約在大學附屬醫院的門口見，我會把完成的藥帶去。」

「沒問題。」

研人一掛下電話，頓時忙碌不已。首先得將「GIFT1」及「GIFT2」轉化為鹽酸鹽，使其具有水溶性，接著調整濃度，對白老鼠進行經口給藥。

四個飼養盒裡的白老鼠，有二十隻是正常個體，另十九隻則患有肺泡上皮細胞硬化症。研人分別從兩邊挑出十隻，依照製藥軟體「GIFT」的指示劑量進行給藥。實際的作法是將白老鼠放在手掌上，以前端裝了長膠管的針筒伸入白老鼠嘴內，將藥直接注入胃中。由於事前已練習過好幾次，研人在給藥上沒有耗費太多時間。

下一步，則是檢查動脈血氧濃度。只要將測量儀器的前端抵在白老鼠的耳朵上，就可以查出血液中含有多少氧氣。病鼠的這項數值若開始上升，便表示藥物已發揮效果。

研人不禁有些擔心，這種程度的藥理實驗畢竟不夠嚴謹。但如今火燒眉毛，根本沒時間測定代謝、毒素等體內動態，只能相信「GIFT」的計算結果。

正如同「GIFT」的預期，給藥的三十分鐘後已出現效果。未給藥病鼠的數值依然持續下降，給藥病鼠的數值卻似乎有停止下降的趨勢。研人提醒自己保持冷靜，不能太過魯莽地做出結論。每隔三十分鐘，研人便檢查數值一次。其他時間，他則忙著記錄實驗筆記，以及將準備送往里斯本的藥物裝箱。

兩小時後，兩組白老鼠的數值變化已出現明顯落差。三小時後，研人開始期待給藥病鼠的數值將轉為上升。四小時後，這個期待已化為現實。給藥病鼠群的肺已開始恢復機能。肺泡獲得換氣的能力，開始將氧氣送入全身。

直到剛剛還奄奄一息的病鼠，此時竟可以掙扎著站起，走到給水器旁喝水。研人看得目瞪口呆，幾乎不敢相信自己的眼睛。這「異位併用藥」的效果強大到令人難以置信的地步。他甚至懷疑，自己是不是因睡眠不足而看見幻覺。

就在研人仔細審視實驗筆記上的數值圖表，以確定檢查沒有疏失時，門口忽傳來猛烈的敲門聲。

研人嚇得差點驚聲尖叫。

警察終於找上門來了！

是警察！

就在研人心慌意亂之際，門外的人喊了一句：「機車快遞！」他一聽，登時像洩了氣的皮球全身無力。原來不是警察，是土井製作的基因改造細胞送到了。

研人走到門口，打開門。站在門外的人確實是送貨員，不是喬裝打扮的刑警。研人收下包裹，關上門，將門確實上鎖後轉身回到房內。

那包裹只是個小小的瓦楞紙箱。打開一看，裡頭有四支塑膠燒瓶、幾樣經過滅菌處理的工具、以及一張寫明實驗步驟的紙。那紙上將受體結合實驗的步驟寫得非常詳盡而周到，以字跡來看應是土井寫下的。

燒瓶裡裝的正是置入病鼠基因的ＣＨＯ細胞。細胞膜上存在著導致肺泡上皮細胞硬化症的病源受體「突變型ＧＰＲ７６９」，而且這受體經過特殊藥劑的螢光標識處理，一旦發揮正常作用就會釋放出藍色光芒。換句話說，只要能以「ＧＩＦＴ１」及「ＧＩＦＴ２」讓這受體發出藍光，新藥研發便算大功告成了。

研人仔細詳讀實驗步驟，見上頭提到「盤式分析儀」這個儀器，不禁大吃一驚。目前自己手邊可沒有這種專業儀器。但繼續讀下去，研人才鬆了口氣。上頭寫著：「如果只是要確認是否發光，以肉眼即可辨識。」

進行這場實驗可以說是與時間賽跑。由於這早已超出研人平日的研究領域，每一個步驟都得先摸索半天。光是將細胞移入培養皿，就已忙得滿頭大汗。爲了不出錯，研人每一個動作都特別謹愼小心，因此整個準備作業花了將近一小時才完成。

培養皿是種扁平的玻璃圓盤。研人將基因改造細胞灑入盤中後，再以滴管吸取「ＧＩＦＴ」溶液，輕輕滴入盤內。

盤內的細胞沒有任何變化。事實上，「Ｇ蛋白偶聯受體」要出現活性反應，短則十分鐘，長則要花上一整天。不過，若剛剛以白老鼠進行的實驗沒有出錯，應該在三十分鐘之內就會出現反應。

三十分鐘過去了，培養皿還是沒有出現藍光。研人心中的不安與焦慮逐漸攀升。是不是自己哪裡做錯了？抑或「ＧＩＦＴ」根本無法與受體結合？

研人暫時離開桌邊，轉頭再次檢查白老鼠的數值。給藥病鼠的動脈血氧濃度還在持續上升。既然在白老鼠身上有效，爲什麼在培養皿上看不到效果？

研人回頭看著培養皿，忽想到一個可能性。會不會是房間太亮而細胞所放出的光芒太微弱，因此無法以肉眼看見？研人關掉電燈，摸黑回到實驗桌旁。仔細一瞧，那小小的培養皿裡正閃爍著無數藍光。研人霎時心中一震，全身寒毛直豎。

受體出現活性反應了！

研人瞠目結舌地看著培養皿。藍光的數量還在持續增加，這意味著不斷有新的受體與「ＧＩＦＴ」成功結合。

就在這一瞬間，研人確信自己研發出史上從未有人研發成功過的新藥。世界雖大，但除了他之外，尚無人目睹過「突變型ＧＰＲ７６９」出現活性反應的景象。奧妙的宇宙只在自己面前揭開其神祕面紗。

研人感動得全身發麻，奇妙的陶醉感在腦中迅速擴散。或許人類的大腦裡原本就存在著回饋求知欲望的機制。這飄飄欲仙的快感，讓研人的臉上自然而然地浮現笑容。這個笑容背後所代表的不是單純的開心或雀躍，而是一種人生中從未體驗過的滋味。當研人的父親說出「我沒辦法不做研究」時，臉上洋溢的也是這樣的笑容。

研人終於體會到這就是科學的魅力。因爲這股魅力，讓父親雖然一輩子做不出什麼傲人成績，卻依然每日沉迷於研究中而樂此不疲。任何一點只有自己才知道的小發現，都可以讓大腦獲得陶醉與幸福。

研人忍不住癱坐在椅子上。除了強烈的幸福感外，心中卻也湧生恐懼。科學的迷人之處，亦是其可怕之處。科學家發明原子彈，正是因爲沉溺在快感中而無法自拔。當他們廢寢忘食地研發原子彈時，腦中想的絕不是要殺死成千上萬的人。令他們獲得無上快感的理由，是愛因斯坦的理論終於化爲現實，以及人類即將掌握過去難以想像的強大能量。挑戰未知境界所帶來的陶醉感，對人類社會而言既是仙丹也是毒藥。

研人起身開燈，穿上大衣，準備離開這個房間。要交給賈斯汀．葉格及小林舞花的藥物早已分裝完畢，各自的藥量足可維持半年。

就在這時，門口再度傳來敲門聲。

研人停下手邊動作，豎起耳朵傾聽門外的聲音。

半晌後，薄薄的門板上再度發出敲擊聲。研人故意保持沉默，想要假裝不在家，但外頭的人卻不停敲門，一點也沒有打算離去的跡象。研人心想，只要看電表的轉動速度，就可以知道房裡有沒有人在用電，假裝不在家這一招恐怕是行不通的。

但研人不再像之前那麼害怕，胸中反而燃燒著一股熊熊怒火。好不容易才成功研發出特效藥，絕不能在此時功虧一簣。研人將藥、實驗筆記、手機及小型筆電等物全塞進背包裡，才走到門口問道：「誰？」

「我是警察，想耽誤幾分鐘，詢問一點事情。」門外的人說道。

「好，我馬上開門。」

研人先穿好鞋子，才解開門鎖，打開門。

站在門外的是個身材削瘦的男人。他一見到研人，神色忽然大變，說道：「你就是古賀研人吧？」

研人迅速別過頭，停止呼吸，將手中試管內液體朝刑警身上潑去。

「嗚！」刑警痛苦呻吟，旋即彎下腰，不停嘔吐。這個液體是研人事先準備好的護身法寶，雖然毒性極低，卻會釋放出強烈的惡臭。只要衣服沾上一滴，就會臭到沒辦法搭電車。而且更麻煩的是，就算洗澡也無法除去這股異味。研人心想，這位刑警明天非得請假不可了。

刑警跪倒在門口不斷狂吐，研人從刑警身旁閃過，全力衝下樓梯。此時天色已黑，研人一看手表，已是晚上六點。

沒問題，一定來得及。研人一邊尋找計程車，一邊如此告訴自己。從正動抵達機場到飛機起飛，還有兩小時的緩衝時間。現在立刻趕到大學附屬醫院，一定來得及。飢餓與疲勞讓研人兩腿發軟，但研人還是使盡吃奶的力氣，拔腿向前奔跑。

一定要趕上！

賈斯汀．葉格及小林舞花都不能死！

波音737噴射機維持著超低空飛行。只要稍有不慎，馬上就會墜毀。

高度計上顯示的數字為三百三十英呎，但坐在副機師席的葉格卻有機體正在水面上滑行的錯覺。原本一片漆黑的海面逐漸映照出曙光。時隱時現的白色浪頭宛如在宣告黑夜已結束。

邁爾斯一臉嚴肅地握著操縱舵。由於飛機高度太低，整個駕駛艙內迴盪著警示聲。邁爾斯高聲問道：「現在到哪裡了？」

「邁阿密東南方約四百五十公里處。」皮亞斯回答。接著他看著小型筆電，告知來自日本的指示：「一分二十五秒後拉高，轉向東北東。正確的方位等拉高後另行告知。」

「在這裡拉高？」

一旦拉高高度，將再度被管制雷達發現。

「為什麼不再往東五十公里？故意在防空識別區域內被發現，簡直是自殺！美國馬上會派出F15戰機來攻擊我們！」

「一切都在EMA的掌控之中，你照做就對了。葉格，你記住自動駕駛裝置的使用方式了嗎？」

「沒問題。」

自動駕駛裝置位於儀表板的上方，上頭有些小轉盤及按鈕可以設定高度及機首方位，可說是相當方便的系統。

「接下來的所有行動都是以秒為計算單位。只要我們不出錯，就不用擔心被擊墜。」皮亞斯望著膝蓋上的筆電，說道：「二十秒後拉高高度。將速度提升至四百三十節，以十五度的仰角攀升，達到三萬三千英呎後恢復水平飛行。」

「明白了。」邁爾斯說。

皮亞斯開始倒數。在數到零的時候，邁爾斯將操縱舵往後一拉，原本緊貼著海面的機體開始朝著蔚藍的天空攀爬而上。

失去蹤影的波音噴射機再度出現在雷達上。「涅墨西斯計畫」指揮中心的每個人都發出驚呼聲。以續航力來看，該機應該早就耗盡燃料而墜毀了。

盧本斯坐在指揮中心裡，凝視著前方的幕屏。上頭有著兩個畫面，一邊是來自北美防空司令部的電腦模擬影像，另一邊是連結白宮的視訊會議影像。電腦模擬影像上出現的是佛羅里達半島的地圖，並以三角符號標示出正飛行於大西洋上空的波音噴射機的位置及前進方向。

這架出現於邁阿密東南方約四百五十公里處的機影，眞的是中情局遭劫的噴射機嗎？白宮地下一樓的戰情室內，參謀長聯席會議主席針對此點徵詢空軍上將的意見。

「絕對不會有錯。」空軍上將不假思索地回答。「一分鐘之內，我們的飛機就會出發。」

「這次通訊網路沒有異常吧？」參謀長聯席會議主席問道。空軍曾有武裝無人偵察機「掠奪者」遭敵人控制的不名譽紀錄，令他不得不再三確認。

「不用擔心。這次出動的是『猛禽』，不是無人飛機。」

盧本斯默默看著事態發展，逐漸感到不安。一聽到四架F22「猛禽」戰鬥機已自佛羅里達州艾格蘭空軍基地起飛，更是忐忑不安。波音噴射機上沒有任何禦敵的配備，一遇上F22肯定是死路一條。

突然盧本斯皺起眉頭。不知道為什麼，總覺得不太對勁。

邁阿密東南方四百五十公里……

波音噴射機出現在這個位置上，似乎有著特別的意義。盧本斯細細回想，終於想起一件事。不久前那毒梟集團中級幹部所引起的騷動，正是發生在那個地方。那位中級幹部是哥倫比亞人，他當時搭乘私人飛機，打算進入美國，卻因機師昏厥而導致飛機差點墜毀。中級幹部趕緊拉住操縱舵，持續低空飛行好一陣子，才終於讓飛機重新向上攀升。在低空飛行的過程中，機體完全從美國防空雷達網上消失，等到重新出現在雷達網上時，已成了「不明機影」。而這場騷動的發生地點，正是邁阿密東南方四百五十公里處。

盧本斯逐漸醒悟，這一切都是「努斯」陣營的計謀。在那場騷動過後，北美防空司令部為了補強防空漏洞而安排種種措施，其中包含在該區域內部署F22戰機。這些措施的細節，當初都已透過軍事通訊網路傳達至各相關部門。憑「努斯」及位於日本的「惠麻」的網路入侵本領，應該早已掌握這些消息。當有不明機體出現在領空內時，美國空軍會採取什麼反應，全在那對姊弟的預料中。換句話說，那四架F22戰機其實是被引誘出去的。

「遭劫飛機改變了方向！」有人喊道。盧本斯一聽，急忙抬起頭。

電腦模擬畫面上的三角符號原本向著北方，如今轉向東北東。盧本斯一看，又糊塗了。為何波音噴射機會遠離佛羅里達半島，轉而往海上飛去？如果這麼飛下去，等在他們前方的將是從前在大航海時代造成無數船難的惡魔海域——馬尾藻海。在這片海域上，唯一能降落的陸地就只有百慕達島。但假如他們降落在這小島上，肯定是無處可逃。換句話說，「努斯」等人的命運只有三種，一是遭戰機擊落，二是在島上等死，三是因燃料耗盡而墜毀在大西洋上。

「威脅正在逐漸遠離。」參謀長聯席會議主席朝三軍統帥問道：「假如該機逃出防空識別區域，該如何處置？」

「繼續追下去。」伯恩斯說完，對著視訊會議的畫面說道：「你們沒意見吧？」

「當然，總統先生。」計畫監督官艾瑞奇以顫抖的聲音回答。對艾瑞奇來說，這一切簡直像是場噩夢。「涅墨西斯計畫」完全失控，意味著前途一片黑暗。

盧本斯仔細凝視著視訊畫面，想要看看荷朗德此時有何反應。每個與會者皆有一個小畫面，中情局長荷朗德也不例外。但那畫面太小，分辨不出臉上的細微變化。就在這時，有個男人奔到荷朗德後方，遞了一張小紙片。

荷朗德戴上老花眼鏡，看著紙片。忽然他整個人像凍結般，好一陣子沒做出任何動作。半晌後，他才無力地搖搖頭，對總統伯恩斯說：「我收到最新消息，美國正在遭受攻擊。」

「什麼？」伯恩斯皺起眉頭。

「阿拉斯加州、威斯康辛州、密西根州、緬因州的所有火力發電廠遭受網路攻擊，已中斷電力供應。此外尚有三十五座核能發電廠的控制系統出現問題，無法繼續運轉。」

戰情室與計畫指揮中心陷入一片沉默。每個人都故作鎮定，不讓驚惶出現在臉上。

「要是不盡快修復，恐怕將造成數萬至數十萬民眾凍死。對了……」荷朗德遲疑一會兒後說：「遭受網路攻擊的時間，與戰機起飛的時間相同。」

盧本斯恍然大悟，原來這就是對方的最後王牌。進化後的人類為了維護種族存續，反擊當然也是毫不留情。「惠廝」顯然打算不計一切後果，阻止戰機發射飛彈。

研人所搭乘的計程車自錦糸町交流道下了高速公路。再過不久，就會抵達大學附屬醫院。雖然比約定時間晚了十五分鐘，但正勳是騎機車到成田機場，不用擔心塞車的問題。只要立刻將藥交給正勳，絕不會趕不上飛機。

就在研人向司機說明前往醫院的路徑後，手機忽然響起。一看螢幕，是正勳打來的。研人心中閃過一抹不安，接起電話。

「喂？」

「研人，你現在在哪裡？」

「已經快到了，再等我三分鐘。」

「等等，你先別過來。」正勳壓低聲音，似乎在害怕什麼。

「什麼？」

「我現在正在醫院門口，有輛車一直停在外面道路上，裡頭的人似乎在監視這裡。」

研人頓時醒悟，那輛車裡的人很可能是刑警。除了老家及研究室之外，大學附屬醫院確實也在警方的監視清單內。研人急忙按住通話口，對計程車司機說：「抱歉，請靠邊停車。」

「是。」司機依照吩咐變換車道，將車停在路旁。

研人對著手機問道：「那車子一直沒開走？」

「是啊。」正勳回答：「怎麼辦？要不要改約其他地方見面？」

「你等等，我想一下。」

研人心想，就算刑警守在醫院門口，自己還是非進醫院不可。若不進醫院，就無法將藥交給小林舞花。讓正勳代替自己進醫院或許是較安全的作法，但正勳在醫院裡沒有熟人，對方絕對不會相信一個陌生韓國留學生所說的話。既然如此，還是必須由他親自跑一趟。但到底有沒有必要冒這個危險？如果小林舞花已經死了，這麼做不是白費力氣嗎？

研人如此告訴自己：不，那孩子一定還活著。爲了救那孩子的性命，他付出那麼多努力，絕對不能在這種時候放棄希望。

「司機先生，我想改下車地點。請在下下個路口右轉，載我到醫院後門。」

「第二個紅綠燈右轉？」司機打了方向燈，重新催動油門。

「正勳，我打算從後門進去，你幫我注意前門那輛車的動靜。」研人說。

「好。」

「手機別關機，隨時保持聯絡。」

研人從背包中取出耳麥組，接在手機上。如此一來，就不用將手機拿在手裡。

計程車在大馬路上右轉，鑽進一條小巷。車燈照耀下，遠端已可看見大學附屬醫院的圍牆。研人探頭張望，確認路旁沒有可疑車輛或刑警。

計程車停在後門口，研人匆匆付了車資，下了計程車。

「你那邊有沒有什麼動靜？」研人問。

「一切正常。」正勳在電話中回答。

研人一邊暗自祈禱小林舞花還活著，一邊走進醫院圍牆內，朝服務窗口的守衛說：「我要送東西給小兒科的吉原醫生。」

「你是哪位？」守衛問。

「東京文理大學藥學系的土井。」研人報上假名。就在這一瞬間，研人的心臟驀然劇烈一震。窗口玻璃上映照出了一個似曾相識的男人身影。研人還記得，這個男人姓門田，正是當初帶著搜索狀闖進公寓的刑警。仔細一瞧，原來圍牆內側的停車場角落停著一輛黑色車子。門田下了車，正快步朝這裡走來。

「請進。」守衛說。

研人進了醫院大樓，原本朝著電梯急奔，但忽然想到，搭電梯可是自殺行為。門田只要看電梯停在哪一樓，就能知道自己的所在樓層。

就在這時，耳機中傳來正勳的聲音：「研人！車裡的男人忽然下了車，跑進醫院裡了！」

「這邊也有刑警，我可能已經被發現了。」研人一邊說，一邊奔向旁邊的樓梯間。

「現在該怎麼辦？」

「你在那裡等一下，我到六樓加護病房送完藥，會設法逃出去。」

「好，我知道了。」

「我先掛電話了。」

研人關閉手機電源，奔上樓梯。抵達六樓後，推開一扇鐵門，眼前便是加護病房的長廊。刑警們找到這一樓來，不知會花多少時間。走廊盡頭有扇雙開門，從門上窗戶可看到門後的電梯間。此時電梯間一個人都沒有，暫時應該是安全的。

研人走到加護病房前，一邊祈禱小林舞花依然活著，一邊隔著牆上玻璃往內探望。加護病房左側的一張病床邊聚集不少人，除了身穿白袍的醫生及護士外，還有看起來應該是病患雙親的一對夫妻。

那母親正頻頻拭淚，其他人也一臉悲傷地垂下頭。研人大感焦急，但病床被人牆擋住，看不到床上的人。研人試著改變位置，才從人牆的縫隙間看到床上的模樣。躺在病床上的果然是小林舞花。就跟上次見到時一樣，她的臉上戴著氧氣罩，手上連著點滴的管線。研人看出那小小的胸口依然在上下起伏，才鬆了口氣。小林舞花還活著。躺在病床上的那副身體還擁有生命。

研人往左右看了兩眼，確認刑警還沒來到這個樓層後，拚命朝站在病床邊的吉原招手。吉原原本正與前輩醫師說話，看見研人在病房外揮手，一臉納悶地走出來。

吉原穿過自動門，解下口罩，神色不悅地問：「這種節骨眼把我叫出來，有什麼事？」

「那孩子的狀況怎麼樣？」

吉原沮喪地搖頭說道：「撐不到明天早上。我們已經向家屬說明過了。」

研人一聽，登時精神大振。特效藥終於趕上了。只要三十分鐘，「ＧＩＦＴ」就能發揮效果。

「你來幹嘛？難道是來探望小林舞花？」

「不，我帶來了肺硬症的特效藥。」

「什麼？」吉原皺起眉頭。

研人從背包中取出一個裝了許多塑膠容器的袋子，說道：「這是半年份的藥。以口服的方式，一天服用一次。快，現在就讓那孩子服下吧。」

「這個藥是哪裡來的？」吉原一臉嚴肅地問道。

「這是中藥配方，已經確認過安全性了。」研人臨時撒了個謊。

「你別想騙我。對於這種病，我可是清楚得很，目前根本沒有能夠治療肺硬症的中藥。」

「你相信我，我已經用白老鼠實驗過了。」研人壓抑住想要大吼的心情，耐著性子說明：「這個藥具有即效性，只要現在讓那孩子服下，就能救她一命。你只要看了動脈血氧的數值，就會相信我說得沒錯。」

「但你沒做過臨床實驗吧？院內的風紀委員會，絕對不會允許給病人服這種來路不明的藥。」

「去他的風紀委員會！」研人激動地大喊。

吉原皺起眉頭，說道：「喂，你精神狀況沒問題吧？隨隨便便拿個藥來，就想讓病人服下？」

「難道你寧願眼睜睜地看著那孩子死掉嗎？」

就在這時，走廊深處傳來電梯開門聲。研人心中一驚，轉頭往門後的電梯間望去。從電梯裡走出來的是兩個護士。研人鬆了口氣，回過頭來對吉原說：「我已用基因改造鼠確認過這個藥對肺泡換氣能力的效果了。只要三十分鐘，動脈血氧濃度就會開始回升。求求你，快讓那孩子服下藥吧！」

「但要是病理解剖時被看出我用了奇怪的藥……」

「不會有病理解剖！那孩子不會變成屍體！只要吃了這個藥，絕對不會死！」

遠處再度傳來電梯開門聲。研人轉頭一看，電梯裡走出一個身穿西裝的男人，正是公安部刑警門田。門田左右張望，顯然是在尋找他。

「該死！」研人不禁罵道。看來不走不行了。要是被抓到，就無法將賈斯汀的藥交給正勳了。研人故意背對著電梯，朝吉原說道：「要見死不救，還是用這個藥賭一把，你自己決定吧！求求你，別讓舞花死得這麼沒價值！」

研人說完後，將藥塞進吉原手裡，快步走向樓梯間。只要立刻從樓梯下樓，或許就能逃過追捕。

「喂，等等！」吉原喊道。研人一顆心噗通亂跳，根本不敢轉頭。那種感覺就好像是遭到妖魔鬼怪追趕，他再也顧不得保持低調，開始拔腿狂奔。來到走廊盡頭，推開通往樓梯間的鐵門。然而就在研人朝樓下奔去時，聽到樓下傳來奔跑上樓的腳步聲。那腳步聲相當沉重，且穿的是皮鞋，他一聽便想到是原本守在正門口的另一個刑警。

面對這腹背受敵的窘境，研人只能轉身往樓上奔逃。但除了樓梯跟電梯之外，並沒有第三種方式可以離開醫院。刑警只要持續進逼，他遲早會被逮到。

絕望感逐漸在研人的心中擴散。他兩階當一階地死命地在樓梯上狂奔，來到了七樓。就在這時，醫院外竟傳來強而有力的機車引擎催油聲。研人打開七樓窗戶向下望，在夜間照明燈的映照下，正勳正跨坐在機車上，抬頭望向醫院大樓。

正勳一看到研人，右手立刻放開油門，做出接電話的手勢。研人急忙開啓手機電源。電源一開，立刻響起來電鈴聲。研人接起電話，耳機中傳來正勳的聲音：「你不要緊吧？」

「我不要緊。」研人撒謊說。正勳不是個會捨棄朋友的人，一旦知道研人處境危急，恐怕會衝上來搭救。「我從這裡把藥扔下去，你拿了藥趕快去成田機場！」

「好！」

研人取出裝著新藥的袋子，瞄準正勳的位置，將袋子擲出窗外。正勳高舉左手，穩穩地接住那從天而降的白色袋子。

「正勳，快走！」

「賈斯汀一定會得救！」正勳拉下安全帽的擋風罩，催動油門，朝著後門狂飆而去。

研人站在窗邊，看著正勳的重型機車穿過後門，明白自己或許再也沒機會見到這位好朋友了。

機車引擎聲逐漸遠去，來自樓下的腳步聲卻愈來愈近。研人推開鐵門，進入七樓走廊，一邊奔跑一邊尋找合適的藏身地點。經過廁所旁的雜物堆放處時，他看見一座放置拖把等打掃用具的鐵櫃。那鐵櫃非常小，一般人一定擠不進去，但對身材矮小的研人而言，卻是絕佳的躲藏地點。

研人鑽進鐵櫃裡。鐵櫃內放著水桶、抹布、掃帚等雜物，瀰漫著一股霉味。他環抱雙膝，蜷曲著身子。此時除了祈禱之外，已沒有其他事情可以做。

實習醫生吉原看見古賀研人像逃命般轉眼間便跑得不見蹤影後，走向垃圾桶，想將手上的藥丟掉。但突然研人剛剛說的那句話浮上心頭。

——難道你寧願眼睜睜地看著那孩子死掉嗎？

肺泡上皮細胞硬化症是絕症。這種連最新醫療技術都束手無策的疾病，難道這些小容器裡的無色透明液體能醫治得了？

但研人那疲憊、憔悴的臉色，讓吉原難以釋懷。回想起大學時代，每次聚會時，古賀研人總是孤獨地坐在角落。吉原知道，古賀研人是個性木訥、言談無趣的老實人。像這樣一個內向的男人，今天忽然雙目含淚，拚了命懇求他讓病人服下這藥，難道只會是一場玩笑？

如果什麼都不做，小林舞花是必死無疑。二十四小時後假若她還活在世上，那肯定是發生奇蹟了。吉原愣愣地看著手上的藥。難道這個藥真的可以帶來奇蹟嗎？

不如死馬當活馬醫吧。吉原心中逐漸產生這樣的念頭，但是這種行為明顯違反院內的風紀規則。

就在這時，自動門忽然開啓，主治醫師、護士及小林舞花的父親自加護病房內走出來。那父親的年紀約三十五歲，神色極為憔悴。他來到門外，對盡了全力的主治醫師低頭道謝。

至於母親，則依然留在加護病房裡，凝視著雙唇發紫的女兒。吉原看著那母親的雙眸，不禁驚嘆，原來一個人的眼睛可以流下這麼多的淚水。那母親低頭不語，或許正在心裡向最心愛的女兒道別。

吉原等主治醫師回醫務室後，對小林舞花的父親說：「小林先生，我們能談一談嗎？」

「請說。」小林舞花的父親疲弱無力地應了一聲，隨吉原走到放置著長椅的牆角。

「我要說的這件事，請你別告訴任何人。」吉原壓低聲音，不讓其他人聽見。

「咦？」小林皺起眉頭。

「請先答應我，絕對不會告訴別人。」

小林雖一臉狐疑，還是回答：「好吧，我明白了。」

吉原將手中的袋子舉到小林的面前，說道：「這個中藥或許能醫治肺硬症。」

「什麼？有這種中藥？」早已失望過無數次的小林臉上，再次出現一絲希望。

「但我們尚未證實這中藥的安全性。站在醫院立場，我們不能讓舞花服用這藥，因此我不能光明正大地將藥交給你。」

「那該怎麼辦才好？爲何明明有藥卻不能用？」小林憤憤不平地說。此時的他已無法再承受更多煎熬。

「唯一的辦法就是立刻辦理出院手續。只要舞花不是本院病患，就不用遵守院內規定。辦完出院手續後，即使你在病房裡讓她服藥，也沒關係。」

小林舞花的父親驚訝得一時說不出話來。

「這個藥服下後得過三十分鐘才會出現效果。事不宜遲，趕快趁舞花還活著時讓她服下！」

6

佛羅里達半島外海，高度一萬一千公尺的空中。旭日將整個天空染成一片神祕的色彩。水平線以上有從靛青色到橙黃色的豔麗漸層顏色，但下方的海面依然是深邃的黑色。

景致雖美，坐在副機師席上的葉格卻無心欣賞。自從燃料計亮起警示燈後，已不知過了多久。油槽裡的燃料早已消耗掉超過九成。

機師席後方傳來電腦合成聲音：「方向變更爲〇九三，高度變更爲一千五百英呎。」

亞齊里以笨拙的動作敲打鍵盤，發出指令。

「又是緊急下降？」邁爾斯說道。

「快照做！我說過，時間不能有半點誤差！」皮亞斯說。

葉格依照指令，將數値輸入自動駕駛系統。操縱舵自動偏移，波音噴射機一面向右旋轉一面降低高度。最後機首面向東方，懸浮在海平面上的半顆太陽映入眾人眼中。

葉格看見那火紅的太陽，忽想起一件事。一般靠偵測引擎熱度來確認敵機位置的紅外線導引飛彈，在面對太陽時會因陽光過於強烈而失去偵測能力。位於日本的「EMA」或許正是打算利用這一點，來防止「努斯」一行人的飛機遭飛彈擊中。

「還沒抵達目標位置？」邁爾斯問。

「還沒。」皮亞斯回答。

「燃料只剩下不到三千磅，二十分鐘之內會墜毀。」

「別擔心，一切都在計算之中。再過不久，就要抵達馬尾藻海了。」

「雷達有沒有偵測到戰鬥機？」

「沒有任何機影。」

「怎麼可能……美國空軍絕不會放過一架進入防空識別圈內的不明機體。」邁爾斯站起來。由於飛機正在下墜，他一邊搖搖擺擺地維持平衡，一邊走向雷達。

葉格見邁爾斯彎著腰緊盯著雷達看，問道：「看出什麼了？」

「什麼都沒有。」

葉格鬆了口氣，卻看見邁爾斯依然神色緊張，不禁納悶地問：「怎麼了？」

「雷達沒有反應可不是好消息，反而是天大的壞消息。這表示美國派出的不是F15，而是『猛禽』。」

「F22？」葉格亦曾聽過這種戰機的名頭。

「沒錯。」

F22「猛禽」（Raptor）是最新式的隱形戰機，具有讓雷達偵測不到的能力。在對抗他種戰機的演習戰鬥中，此機曾創下一四四勝零敗的驚人紀錄。這號稱史上最強的可怕戰機，恐怕早已神不知鬼不覺地來到波音商務噴射機的背後。

「這種戰機只有在發射飛彈的那一瞬間，才會被雷達偵測到。其空對空飛彈的速度高達四馬赫，當我們發現敵機蹤影時，已經來不及閃躲了。」邁爾斯說。

自佛羅里達州艾格蘭空軍基地緊急起飛的四架F22戰機，正以一．八馬赫的速度朝著馬尾藻海前進。北大西洋上晴空萬里，連一朵雲也沒有。太陽已離開海平面，放眼望去盡是蔚藍。

隊長葛蘭姆上尉認爲這是一項相當光榮的任務。近來恐怖攻擊頻傳，加上哥倫比亞人入侵領空事件，以及副總統遭暗殺事件，美軍戒備等級已提升到第三級。原本尚在測試階段的最新隱形戰機「猛禽」，暗中被編入第三十三戰術戰鬥聯隊。這次的緊急出動是F22的首次實戰任務。

聽說目標是一架遭劫的波音７３７—７００ＥＲ。根據來自指揮中心的雷達影像，可清楚看出敵機正飛在前方一百二十公里的高空，且不斷細微地改變著前進方向。

葛蘭姆發現敵機釋放出極強的雷達電波，不禁感到有些意外。顯然敵機配備有軍用雷達系統，並非一般客機。或許軍方派出具有完全隱形能力的「猛禽」，正是因爲如此。但葛蘭姆心想，敵機就算擁有強大的索敵能力，畢竟只是毫無武裝的商用噴射機，派「猛禽」去對付實在有些小題大作。

那架波音噴射機左彎右拐一陣子後，忽然急速下降。以隊長機爲首的四架Ｆ22維持著橫排隊形，跟著依序降低了高度。這次的任務與過去的緊急出動任務頗不相同，飛行距離非常長，早已超出防空識別範圍。

葛蘭姆不禁擔心起燃料的殘量。在這公海之上，不知還得再追多遠。要是繼續維持這一追一趕的狀態，恐怕還沒追上敵機，Ｆ22就得打道回府了。就在這一瞬間，葛蘭姆忽然明白上頭的用意。

再過三分鐘，敵機就會進入中距離空對空飛彈的射程範圍。

上頭根本不打算讓Ｆ22完全追上敵機。在敵機尚未進入肉眼可及範圍之前，上頭恐怕就會下達攻擊命令。不會有事前的無線電通訊，亦不會有警告射擊。

「內華達州、加利福尼亞州、科羅拉多州、紐約州的電廠也受害了。」視訊會議的畫面上，荷朗德再度報出便條紙上的內容：「不僅如此，還有胡佛水壩控制系統、德州石油管線系統及所有金融網路系統都出現異常狀況。」

敵人對美國發動的網路攻擊愈來愈猛烈。目前已有三十州的電廠失去控制，整個美國的北半邊已退回無電可用的原始時代。

盧本斯試算了一下，要是這個狀況維持到早上，光是工業生產、金融系統及各種經濟活動無法正常運作，至少將造成超過數千億美金的經濟損失。不僅如此，嚴寒的天候、交通癱瘓及暴動所造成的人民傷亡，恐怕更是難以估計。

這場新舊人類的戰爭發展到這地步，已成了一場「試膽遊戲」。兩邊各自開著車子朝對方猛衝，哪邊先轉方向盤，哪邊就是輸家。想要在這場遊戲中獲勝，就必須抱著不怕死的精神，咬緊牙關往前衝。但若對手也抱著相同想法，下場將是同歸於盡。

盧本斯明白，「惠廝」絕不可能先轉方向盤。因爲只有在這場遊戲中獲勝，新人類這個種族才有可能延續其命脈。

「中國！這一定是中國幹的好事！我們應該立即展開報復！」國防部長拉蒂默在戰情室裡大聲嚷嚷。

「國家安全局還在調查原因。在確定敵人身分前，我們千萬不能操之過急……」

國家情報總監霍金這句話還沒說完，幕屏上的影像忽然扭了一下，指揮中心的電燈也熄滅了數秒的時間。雖然電燈馬上又亮了，但白宮裡的閣員及「涅墨西斯計畫」指揮中心裡的所有成員早已嚇得目瞪口呆，半晌發不出一點聲音。剛剛那現象意味著首府華盛頓也已遭到斷電，白宮及五角大廈是靠著輔助電力才恢復機能。

坐在戰情室裡的總統伯恩斯忽開口說：「我想徵詢中央情報局局長的意見。到現在，你還是堅持你的看法嗎？」

「請問總統指的是哪一點？」荷朗德面對總統的詰問，回答得泰然自若。

「我的意思是，你是否依然認爲這是那三歲孩童搞的鬼。」

「只有一個辦法可以確認。」荷朗德說道：「那就是立刻終止『涅墨西斯計畫』。馬上停止一切行動，並通告各相關部門。而且得確實執行，不能只是做做樣子。如果敵人眞的是『努斯』，一定會馬上掌握消息，並立即停止網路攻擊。」

伯恩斯沉默不語。

「這麼做不花半毛錢，且對我們來說毫無損失。」荷朗德接著說。

「到底該怎麼做？」空軍上將忽開口說：「再磨蹭下去，敵人會超出Ｆ22的續航距離。若要摧毀敵機，現在是唯一的機會。一旦敵機進入飛彈射程，就要立刻發動攻擊。」

「敵人朝著正東方，也就是面對著太陽飛行。你們用的飛彈沒問題嗎？」拉蒂默問。

「Ｆ22上配備的飛彈是ＡＩＭ120，這是雷達導引式飛彈，不會受太陽光的干擾。只要發射出去，百分之百能擊中敵機。」

「但是在公海上發動攻擊，恐怕會引來各國非議……」荷朗德說道。

拉蒂默不等荷朗德說完，已搶著說道：「附近沒有民航機，不用擔心被看見。何況擊毀一架中情局的飛機，有誰會來抗議？」

荷朗德依然不死心，繼續勸說：「各位，我們根本沒必要發射飛彈。那架噴射機的燃料已見底了，肯定飛不到百慕達島，就會墜毀在海上。」

「總統先生，請下決定，到底要不要擊墜敵機？」參謀長聯席會議主席朝三軍統帥問道。

盧本斯靜靜地聽著，殷切期盼伯恩斯能做出理性的判斷。試膽遊戲的最佳結束方式，是一方持續前進，而另一方調頭閃避。在這遊戲中，輸並不可恥。只有眞正抱持理性的人，才能在這遊戲中選擇成爲輸家。如今這個遊戲，可說是上天給予格列高利．伯恩斯的最後一場考驗。伯恩斯身爲人類社會裡的最高掌權者，是否能在這緊要關頭做出正確的決定？

「我再問你一次。」原本保持沉默的伯恩斯朝荷朗德說道：「你認爲網路攻擊的幕後黑手，是那小人族的孩童？」

「是的。」荷朗德斬釘截鐵地回答。

「好，我要讓他後悔攻擊美國。」伯恩斯冷冷地說完這句話，朝空軍上將下令：「立刻將那架遭劫的中情局飛機打下來。」

「是，總統先生。」空軍上將回答。

就在這一瞬間，盧本斯明白自己見證了歷史的轉捩點。剛才那一幕正印證了人類社會有多麼脆弱。政治決策者心中的一絲瘋狂念頭，便足以奪走數億條人命。在不久後的將來，核子戰爭肯定也將因一個暴君的決策而化為現實。

到了這個地步，「努斯」恐怕已是必死無疑了。但盧本斯除了焦慮之外，胸中還有一股狂暴的怒火在翻騰。

殺吧！

盧本斯在心中朝著那智慧遠遠凌駕人類的「惠廂」吶喊。

殺吧！化身為天譴女神「涅墨西斯」，讓這些自大的低等動物得到應有的報應吧！

駕駛艙的多功能螢幕上出現了「擊墜目標」指令。葛蘭姆上尉開啟無線電，朝排列在側的友機通告這個指令。

葛蘭姆一看來自指揮中心的雷達影像，原本低空飛行的敵機忽然拔升，且轉為往北飛行。然而商務機畢竟是商務機，再怎麼閃躲也躲不過空對空飛彈的攻擊。

葛蘭姆按下「主武器」按鈕。機艙底部的武器倉閘門打開了，ＡＩＭ120飛彈從中滑出。這最先進的飛彈，可說是集人類偉大智慧與殺意的結晶。飛行速度高達四馬赫，且飛彈本身內藏雷達，能夠在一分鐘內精確地擊中四十公里外的目標。人類從二十萬年前便手持岩石或木棒互相殘殺，如今物換星移，行為沒有改變，武器倒是進化了不少。

葛蘭姆開啟雷達系統，鎖定攻擊目標。由於Ｆ22本身亦發出雷達電波，因此無法再躲避敵機雷達的偵測。然而當敵人察覺「猛禽」出現在雷達上時，一切已太遲了。一架波音商務噴射機，絕對躲不過時速四馬赫的飛彈。

頭頂上方的螢幕上出現「發射」字樣。葛蘭姆將食指放在操縱舵的發射鈕上，喊了一句飛彈發射暗號「狐三」（註），扣下按鈕。

轟隆聲響中，空對空飛彈帶著火焰脫離母機，筆直沿著海面向前飛去。就在葛蘭姆志得意滿地認為任何獵物都逃不了「猛禽」的追捕時，眼前出現了不可思議的景象。飛彈飛到大約兩公里前方，忽有一片紅光將飛彈完全籠罩，接著飛彈便失去蹤影。

剎那間，葛蘭姆完全無法理解到底發生了什麼事。一看雷達畫面，飛彈確實已經消失。葛蘭姆心想或許是導引系統發生故障，正想以無線電指示友機發出第二擊，沒想到脫口而出的卻是驚吼聲。機體竟驟然失去控制，朝著海面墜落。葛蘭姆立即下了判斷，拉起位於腳邊的逃生拉柄。沒想到座位竟文風不動，並沒有帶著他彈出機外。緊接著機體後方傳來爆炸聲，葛蘭姆與機體同時在空中慘遭撕裂。

雷達上出現原本不曾存在的機影。葉格一看，登時寒毛直豎。沒想到敵人已離他們如此之近。這樣的距離已在空對空飛彈的射程之內。機體雖緊急攀升，但商務機根本不具備甩掉噴射戰鬥機的飛行能力。

「四十公里後方出現敵機！」葉格大喊。

手握操縱舵的邁爾斯回頭問道：「雷達偵測到敵機反應？」

「沒錯。」

「我們被鎖定了！飛彈馬上會朝我們而來！」邁爾斯焦急地左顧右盼。

「別慌張！」皮亞斯對兩人說，但他的聲音也帶著恐懼。「一切按計畫！別改變飛行方向！」

邁爾斯繼續抓緊操縱舵，問葉格：「雷達上只出現一架敵機？」

葉格一看雷達，上頭出現第二個光點，正以凌駕於之前光點的速度朝己方靠近。

「出現第二架敵機，正朝我們飛來！速度非常快！」

「那不是飛機，是飛彈！我們該怎麼閃避？」

「若是紅外線導引飛彈，可以靠太陽光……」

「不！」邁爾斯搶著說道：「能從這種距離發射，一定是雷達導引飛彈！我們肯定會被擊中！」

「等等，敵機消失了！」葉格忽然大喊。雷達畫面上所有敵機驟然消失得無影無蹤。

「消失了？這不可能！至少飛彈會留在畫面上！」

皮亞斯此時大喊：「別管敵機了！現在高度多少？」

邁爾斯看著儀表板說道：「一萬七千英呎！」

「好，切換成自動駕駛，執行計畫最後階段！」

「時機成熟了？」

「沒錯！」

就算空對空飛彈還在正後方，反正沒有方法可以閃避。一行人雖帶著不知何時會被擊中的恐懼，還是開啓自動駕駛系統，紛紛退入客艙，以最快速度穿戴跳傘裝備。數分鐘後，飛機依然平安無事。葉格滿懷疑問，這架飛機到底是怎麼逃過飛彈攻擊的？

註：「狐三」（Fox-Three）爲美國空軍在朝敵人發射中距離飛彈時，警告友機注意的暗號，本身沒有任何意義。

皮亞斯見所有人都已穿戴完畢，看一眼手表，說道：「晚了二十秒！接下來的所有步驟都必須精確執行，絕對不能再有半點誤差了！」

兩個傭兵背著降落傘包回到駕駛艙。邁爾斯看著高度計，問皮亞斯：「減壓是從三萬四千英呎開始，沒錯吧？」

亞齊里以手中的筆電代替皮亞斯回答這個問題：「變更爲三萬三千英呎，方向設定爲〇一九。」

葉格一邊在自動駕駛系統上輸入數值，一邊問：「亞齊里，敵人的飛彈是你弄不見的？」

亞齊里並沒有答話，卻露出有如惡鬼般的陰森笑容。

駕駛二號機的梅鐸中尉一看見右前方的隊長機起火爆炸，立即採取迴避。他先迅速拔升，向左繞了一個大圈，才恢復水平飛行。另外兩機同樣迅速逃離爆炸範圍，接著各自飄落在梅鐸的左右前方，三機重新排出飛行隊形。

梅鐸望向海面，想確認隊長葛蘭姆是否在爆炸前平安逃生，沒想到映入眼中的竟是一幅難以置信的景象。一千英呎下方的遼闊海面，竟然全部變成了白色。

憑著動物的本能，梅鐸明白自己看見的是相當危險的東西。他開啓無線電，想要指示友機改變飛行路線，沒想到還沒開口說話，三號機與四號機竟已相繼爆炸。由於事情發生得太過突然，兩架友機的駕駛員都來不及逃生。

梅鐸再度向上急速攀升，避開漫天飛舞的飛機碎片。因加速過快使他的腦部產生缺氧的情況，一時之間他的眼前一片模糊。而且機體似乎還有受損，已開始出現不受控制的現象。

雪白海面完全吞噬友機的殘骸。梅鐸孤獨地飛在馬尾藻海的上空，心中浮現的是疑惑與戰慄。爲何友機會相繼爆炸？是維護工作沒做好，還是遭受攻擊？

「阿爾法一呼叫老鷹二，收到請回答！」司令部傳來訊號。

「這裡是老鷹二。」梅鐸說道。

「立刻回報現況。」

「其他三機已墜毀，原因不明。」

「重複你的報告！」

「老鷹一、三、四皆已墜毀！」梅鐸感到一股恐懼竄上背脊。或許下一秒鐘，就輪到自己這架二號機了。

「遭到攻擊了？」

「墜毀原因不明。我只看到友機排氣口發出紅光，接著就爆炸了。駕駛員無一存活。」

「敵機呢？」

「攻擊失敗。」

「再度攻擊！」

「收到。」梅鐸害怕得全身顫抖。要鎖定敵機，就必須將機首面對那片白色的海域。梅鐸故意不往前進，而是將操縱桿往左按倒，沿著白色海域的外圍繞了一大圈，以避免進入那片區域。

一開啟雷達鎖定系統，目標波音商務機的機影旋即浮現在畫面上。梅鐸一心只想趕快逃離這片惡魔海域，以最快的速度鎖定目標，喊出「狐三」後扣下發射鈕。

就在這時，原本一片平靜的海面竟然開始變得混濁。梅鐸一時目瞪口呆，怔怔地看著無數氣泡遍布整個海面。大海劇烈翻騰，激起無數雪白泡沫。這景象壯觀而妖異，像是一大片沸騰的熱水，又像是一座大如都市的巨型潛水艇忽然浮出海面。剛剛發射出去的飛彈在一公里外忽然開始上下蛇行，接著竄入海中。下一秒，整個海面竟然起火燃燒。

梅鐸急忙想要逃離這片火海，但機體卻不聽使喚，朝著海面下墜。梅鐸清楚感覺到，有股神祕的力量正把整架飛機往海中拖曳。

「大海在燃燒！我要棄機逃生了！」

這是「猛禽」小隊與司令部之間的最後一道通訊。

波音噴射機的機體逐漸拉平，在高度抵達三萬三千英呎時恢復水平飛行。

邁爾斯站在機師席後方，將動力推柄往後拉，降低飛機速度。失速警報系統開始運作，操縱舵劇烈震動。

葉格調整好安全帽上的扣帶，拉下防風鏡，朝眾人說：「戴上氧氣罩，確認呼吸！」

亞齊里早已被放進背包裡，吊在葉格的下腹部位置。邁爾斯幫亞齊里戴上氧氣罩，轉開氧氣調節鈕，並確認他可以正常呼吸。氧氣供應系統是ＨＡＨＯ式跳傘的關鍵配備，眾人再三檢查，確認沒有任何問題。

邁爾斯見所有人都點頭示意準備完畢後，將身體往前湊，關掉增壓裝置的開關。天花板旋即彈出氧氣罩，儀表板上又亮起一顆紅色警示燈。但整個駕駛艙裡幾乎所有警示燈都早已亮了，即使多一顆也沒什麼差別。

引擎不再提供壓縮空氣，整個機內的氣壓開始急速下降。若沒有戴著氧氣罩，數分鐘內就會昏厥。眾人等了一會兒，讓機內氣壓降低至與機外氣壓相同。邁爾斯指著燃料計，示意燃料已經見底。「三十秒後離機！」皮亞斯喊道。由於戴著氧氣罩，聲音有些含糊不清。

一行人迅速退出駕駛艙，奔向客艙內的中央逃生門。若從機外看，這個逃生門的位置剛好在主翼的正上方。邁爾斯與皮亞斯互相扣起身上的連結帶，完成雙人跳傘的最後準備工作。葉格打開逃生門，強烈的風壓頓時灌入機內，將垂落自客艙天花板的一具具氧氣罩吹得劇烈搖擺。由於機內氣壓早已降低，四人並沒有因巨大的氣壓差距而遭吸出機外。

皮亞斯攤開雙手手掌，大聲說道：「倒數十秒！」

就在這一瞬間，幾個男人各自互相看了一眼。漫長而艱辛的戰鬥，如今終於將劃下句點。眾人的雙眸中流露出的是對患難之交的感激與關懷。

「五秒！」皮亞斯喊道。葉格面對逃生門，將雙手放在門邊。亞齊里自下腹部的背包中露出一顆頭，看起來像是袋鼠的幼兒。

「四！三！二——」

就在皮亞斯喊出「零」的剎那，葉格跳出機外。葉格本以爲會落在正下方的機翼上，沒想到強大的風壓猛然撞來，轉眼間已將葉格推落一萬公尺的高空。水平尾翼迅速劃過葉格的頭頂，在葉格的視野邊緣一閃即逝。葉格感覺腹部內充塞著一股懸浮感，彷彿所有內臟都要被吸出體外。在大氣與重力的擺弄下，葉格的身體劇烈翻轉。好一會兒後，葉格才成功地朝著藍色海面張開雙手雙腳，讓身體保持安定。

回頭一看，邁爾斯與皮亞斯緊跟在自己的後方。兩人的背後，空無一人的波音噴射機依然持續飛行著。那噴射機飛了一會兒，忽然機首向上翻揚，接著雙翼一高一低，開始向下墜落。多虧了這架有著優美曲線的噴射機，眾人才能活著逃出非洲大陸。如今噴射引擎終於耗盡所有燃料，不再發出咆嘯聲。整架機體就像是一片巨大的落葉，朝著馬尾藻海的海面飄落。

葉格轉回頭，凝視著眼下那蘊含了豐沛海水的藍色行星。

好美的星球。葉格不禁讚嘆。

如今，回歸地球的時刻終於來臨。

就在這一刻，他即將回到那孕育一切生命的母星。

回到那充斥著愛恨糾葛、善惡之爭的灰色世界。

梅鐸中尉斷了音訊後，空軍上將立即下令出動傘兵救援部隊，前往搜尋倖存者。「猛禽」小隊到底遇到什麼事，每個人都是一頭霧水。國家安全保障會議上，沒有人敢先開口說話。

不久後，波音噴射機的機影也從雷達上消失了。以位置來看，距離百慕達島還有兩百公里。

「這是怎麼回事？」伯恩斯打破沉默，問道：「爲什麼飛機會從雷達上消失？」

「應該是墜落了。」空軍上將回答。

「被我們的飛彈擊中了？」

「不，雷達沒有偵測到飛彈放出的電波。那架遭劫的飛機應該不是被擊中，而是燃料耗盡後墜毀在海上了。」

「有沒有可能是平安降落在海面上？」

「絕不可能。飛機的位置幾乎沒有改變，高度卻迅速下降，只有墜落才會是這樣的狀況。」

「這麼說來，『涅墨西斯計畫』成功了？」總統這句話是朝著中情局長問的。

「是的。」荷朗德一臉木然地說道：「『努斯』已經死了。」

盧本斯默默地聽著視訊會議畫面裡的對話，卻明白「努斯」一定還活著。當初推動「保衛者計畫」時，挑出的四名成員都具備跳傘技術。更何況，奈吉爾．皮亞斯背後可是有著「皮亞斯海運」在暗中撐腰。

就在這時，荷朗德又接到南部十州同樣遭到斷電的報告。「我建議此時應該專心對付眼前的危機，別再耗費心思於『涅墨西斯計畫』上。」荷朗德在公布情報後對總統說道。

伯恩斯看著空無一物的雷達畫面，說道：「好吧，就照你說的去做吧。」

「既然如此，請總統先生下令，包含我所管轄的中情局在內，整個情報體系全部終止計畫相關行動。」

伯恩斯點點頭，說道：「『涅墨西斯計畫』已經不存在了。」

「艾瑞奇，你聽到了吧？」荷朗德對著視訊畫面說道：「我們雖然付出了不少代價，但『涅墨西斯計畫』終究是成功了。現在立刻命令所有『資源』停止活動，將所有相關人物從恐怖分子名單上剔除，終止在日本的一切諜報工作，並且取消『特殊移送』的安排。」

「是，長官。」艾瑞奇回答。計畫指揮中心內的各屬下立刻將這道命令通告各相關部門。從這一刻起，中情局、國家安全局、國防情報局及聯邦調查局皆著手進行結束行動前的善後工作。位於日本及非洲大陸的所有「資源」亦同時收到行動終止命令。

「涅墨西斯計畫」的終止，彷彿是一頭巨大怪物結束了生命。就在這怪物終於嚥下最後一口氣的瞬間，阿拉斯加州、密西根州、緬因州、威斯康辛州——全美國的發電廠開始一一恢復正常運轉。戰情室裡的眾閣員接到這些消息，寫在臉上的不是歡欣，而是驚懼。

「是誰修復了發電廠？」國防部長拉蒂默拋出第一個問題。

戰情室內一片死寂，沒有人回答這個問題。

「『努斯』還活著？」伯恩斯拋出第二個問題。

過了半晌後，荷朗德拋出第三個問題：「還要再來一次嗎？」

總統伯恩斯思索片刻，輕輕搖頭說：「算了。」

自高空自由落下的葉格，在高度降至八千公尺時扯開傘繩。長方形的降落傘在葉格頭頂上迅速脹開，落下的勁道頓時受阻。接著葉格利用左右兩側的拉繩控制降落傘，朝目標方向滑翔。由於HAHO式跳傘的開傘高度極高、滑翔時間極長，因此水平移動的距離可長達三十公里。而且以方形降落傘的大小，不用擔心被雷達捕捉到。

在空中滑翔將近一小時後，終於看見降落地點。一艘皮亞斯海運的巨型貨輪，宛如孤島般懸浮於汪洋大海之上。

葉格朝著平堆於甲板上的大量貨櫃頂端緩緩飄落，心想漫長的冒險終於結束，他能存活下來，幾乎可算是奇蹟。但更令葉格感到咋舌不已的，是自抵達開普敦後的一連串縝密逃生計畫。那個代號「ＥＭＡ」的日本援軍肯定是個聰明絕頂的人物。

忽然葉格的腦海浮現艾西默的身影。那個宛如森林精靈一般的矮小男人。當艾西默在敘述妻子一去不回的往事時，曾指著日本人米克，喊著「姆斯古」。葉格仔細回想，艾西默當時確實曾說過，身懷六甲的妻子被「姆斯古」的醫生帶走後，就沒有再回到伊圖利森林。

「ＥＭＡ」聽起來像是女性的名字。或許這意味著亞齊里還有個姊姊。

貨輪已近在眼前。葉格算準時機，將兩邊的拉繩同時拉到腰部以下，令降落傘不再往前滑翔。踏上貨櫃頂端的瞬間，葉格感覺全身重新承受地球的重力。

背包裡的亞齊里毫髮無傷。不久後，邁爾斯與皮亞斯也降落到甲板前端的另一個貨櫃上。失去功用的降落傘在兩人背後一邊隨風搖曳，一邊緩緩飄落。

葉格與邁爾斯互相朝對方豎起姆指。

兩個傭兵成功地帶著新人類出了非洲。

7

法國航空的班機在預定時間抵達里斯本的波提拉機場。

坐在頭等艙裡的李正勳立刻起身，成了第一個走出機外的旅客。一想到有人正焦急地在外頭等他，正勳連一秒鐘也不敢耽擱。由於在轉機地巴黎已完成入境審查，正勳得以迅速通關，前往托運行李提領處。

因特效藥爲液體狀態，依規定不能帶入客艙內，只好以托運行李的方式送入貨艙。正勳站在提領處，但等了許久，卻遲遲不見行李出現。

好一會兒後，正勳終於在輸送帶上看到自己的背包。他急忙打開背包，檢查每一個裝著藥液的塑膠小盒。幸好，沒有一個盒子出現變形或藥液外漏的狀況。

接下來的稅關，是入境前的最後一道關卡。因離開日本時太過倉促，手上的行李就只有一個背包。正勳本來擔心行李太少會引來官員懷疑，幸好排在免稅區的所有旅客都沒有受到檢查。過了稅關，正勳立即奔向入境大廳。環繞四周的空氣中彷彿有股異國的香味。以國際機場而言，波提拉機場的規模算是相當小。但玻璃外牆及挑高的建築方式，讓整座航廈不會讓人感覺狹小。

正勳放眼望去，立刻看見一張寫著「賈斯汀・葉格」的大紙板。舉著紙板的是個金髮女性。正勳立刻朝她奔去。

「你是李先生？」莉迪亞・葉格先開口問。

莉迪亞雖然才三十多歲，看起來卻頗爲蒼老。正勳一看就明白，這位母親一定爲了兒子的病而吃了好幾年的苦。「是的，妳是葉格夫人？」

「很高興見到你。」莉迪亞勉強擠出笑容。正勳一想到她的兒子如今正處於生死關頭，便可以感受到那笑容背後代表著多少辛酸。

由於時間緊迫，正勳立即取出塑膠小盒，簡單扼要地說：「這裡頭裝的就是藥。一天服用一次，除此之外什麼都不用做。還沒喝的藥，就放在冰箱冷藏。這裡共有半年份，我們會盡快製作更多藥給妳。」

「謝謝。」莉迪亞以顫抖的聲音說道：「我得付多少費用？」

「不必付什麼費用。這是我們送給妳兒子的『禮物』。」

莉迪亞雙眼紅潤，急忙以手指拭去淚水。

「快回去讓賈斯汀服藥吧！」

莉迪亞點點頭，朝計程車招呼站奔跑。但跑了幾步，她忽然回頭說道：「謝謝，你救了我的家人。」爲了說這句話，她不惜耗費挽救兒子的寶貴時間。

就在這一瞬間，正動深刻地體會到自己的人生走上正確的道路。多年來致力於藥學之道，全是爲了達成這件事。一切努力終於有了回報的欣慰感，讓正動的胸口充滿暖意。

「妳該謝的是我的好友古賀研人。」正動露出溫柔的笑容。「若不是他，這個藥不可能完成。」

研人從漫長的睡眠中醒來，感覺全身還殘留著霉味。一看手表，此時是六點，卻不知是早上六點，還是晚上六點。研人繼續窩在睡袋裡，確認了日期，才明白自己睡了十六小時。

昨晚，研人躲進大學附屬醫院的清掃工具櫃內不久，手機就響了。螢幕上顯示著「芭比」，但接通後聽到的卻是普通的女聲，而不是變造後的沉重聲音。

「研人？」對方說道。研人一聽，便知道這個人是坂井友理。但刑警可能就在附近，因此他不敢答話。坂井友理告知研人一切已經結束，不需要再躲藏，說完便掛了電話。

研人有些半信半疑，但因身體擠在狹小的雜物櫃裡，早已痠麻不已。他覺得自己再也支撐不住了，只好掙扎著爬出櫃外。

醫院走廊上一個人也沒有。沒有醫生、沒有護士、亦沒有刑警。研人急奔下樓，來到六樓時，將門偷偷打開一道縫隙，朝加護病房的方向窺探。剛好就在這時，小林舞花的主治醫師及實習醫師吉原一同奔進病房內。小林舞花的雙親站在走廊上，神色緊張地凝視著病房內的狀況。不一會兒，父親的臉上露出一抹微笑。研人明白，吉原一定是讓處於垂死邊緣的小林舞花服了特效藥。

研人的臉上也露出微笑。舞花得救了。

他悄悄關上門，走到一樓，自後門離開醫院。他早已餓得頭昏眼花，趕緊到附近便利商店買了兩個便當，坐在路邊大吃特吃起來。吃完便當，他卻不知接下來該去哪裡。該回自己在大學附近租的公寓，還是該回町田的實驗室？

不知爲何，研人想回的不是自己的公寓房間，而是那間父親遺留下來的實驗室。對此時的研人而言，那裡似乎才是他的棲身之所。於是他攔了計程車，回到那位於東京另一頭的破舊公寓。

公寓門口的地上還殘留著刑警的嘔吐物及化學藥劑的強烈惡臭。研人屏住呼吸，走進門內。房間裡的狀況跟離去前相同，沒有絲毫改變。刑警似乎不曾闖進來搜索，亦沒有帶走任何東西。他終於完全相信，危機已經解除了。

研人看著飼養盒裡那些恢復精神的白老鼠，心中充滿幸福。於是他取來剩餘的藥劑，讓原本沒有服藥的九隻白老鼠也服了藥後，便鑽進睡袋裡。強烈的睡意猛然來襲，轉眼間他便已沉沉睡去。

得到充足睡眠後，研人感覺神清氣爽，彷彿整個人重獲新生。他爬出睡袋，走到流理台洗了把臉，正盤算著要上三溫暖去好好洗個澡，不經意地拿起手機一瞧，發現語音信箱裡有兩則留言。他播放第一則留言，手機中傳來正勳的開朗聲音：

「研人嗎？我是正勳，現在人在里斯本。藥已交到莉迪亞夫人手上，任務成功了。」

研人聽著好友的留言，臉上也浮現笑容。

「我現在要回日本了，到日本後，再跟你聯絡。」

這位新藥研發的幕後最大功臣，在短短四十小時內繞了地球一圈。正勳彷彿有無窮無盡的精力，不禁令研人大感欽佩。

播放第二則留言，聽到的則是坂井友理的聲音。坂井友理說A5尺寸筆電裡有重要訊息，要研人記得去看。兩道密碼都改成數字的「1」，不再像以前那樣又長又複雜。

研人一邊開啓筆電，一邊祈禱那所謂的重要訊息可別是什麼壞消息。在藍色畫面上輸入兩次「1」之後，進入了作業系統。不一會兒，畫面上自動彈出郵件軟體視窗。

研人移動游標點開收信匣一看，不禁發出一聲輕呼。裡頭有封新郵件，寄信者爲「多摩理科大學 古賀誠治」，標題爲「研人，我是爸爸」。

一封來自父親的電子郵件。就跟當初那封引發整個事件的郵件一樣，應該是父親生前就寫好的。研人正想點開郵件，略遲疑一下，不禁停下動作。這恐怕是此生最後一次收到父親的來信，如果隨便點開就讀，似乎太過可惜。

研人放開滑鼠，做了幾次深呼吸後，才點開郵件。就跟上次一樣，內文使用的是頗小的字體。

「研人：

當你看到這封信，表示發生某種意外狀況。爸爸本以爲過一陣子就能回到你們身邊，但如今看來是不可能了。或許爸爸這輩子再也沒有機會與你相會。」

研人心想，他確實再也沒有機會與父親相會了。不但看不到父親那瘦弱的臉、聽不到父親的牢騷，亦無法與父親心意相通，一起露出那神祕的微笑。

「事情演變成這個地步，爸爸感到非常遺憾。研人，你要好好照顧你媽媽。我想對你說的話有千言萬語，根本寫不完。我知道自己不是個理想的父親，也不打算說出『我的人生無怨無悔』那種屁話。我是個失敗的男人。如果可以的話，我希望給你一些建議，讓你將來不要重蹈我的覆轍。可惜這個心願如今也無法達成了。我只能告訴你一件事，那就是人生不如意十常八九，能不能在失敗中獲得教訓，完全看你自己的心態。歷經過失敗，人會變得更加堅強。爸爸這番話，希望你能牢記在心。」

好想與父親再見一面，即使只有十分鐘也好。研人在心裡吶喊著。只憑這封短短的信，根本無法平復他對父親的思念。如果與父親再次相逢，他會說些什麼？還有多少人生教訓，是他來不及說出口的？

「最後，爸爸想問你幾個問題。

你是否完成了爸爸的託付？

你是否救了那些孩子的性命？

你是否爲全人類帶來了貢獻？

你是否對挑戰未知世界感到由衷雀躍？

你是否揭開了奧妙宇宙的神祕面紗？

你是否嘗到了任何藝術作品都無法帶來的感動？

我相信，你的答案是肯定的。

你是爸爸的驕傲。我希望你不要迷惘，繼續朝藥學之路邁進。

可惜我沒辦法繼續陪在你身邊了。

再見，研人。爸爸希望你能成爲一個好科學家。

父筆」

父親的遺書寫到這裡就結束了。

淚水流過研人的臉龐。他驚覺此刻心中的悲傷，不正是自己一直在對抗的敵人嗎？爲了減少生離死別所帶來的悲傷，他及正勳才將全部的精力投注在那看似平凡的一滴滴藥劑上。

「爸爸，我成功了！多虧了那無可替代的好伙伴，我完成了你的託付！」

研人對著父親的靈魂默禱。希望父親的在天之靈，能接著保佑他成功地依循正規途徑完成「ＧＩＦＴ」的研發，拯救全世界十萬兒童的性命。

「爸爸，我會繼續努力，不會辜負你的期待！」

研人的大冒險此刻才剛開始。

終章

白宮西館前的玫瑰花園正沐浴在初春的晨曦下。伯恩斯站在辦公室的窗邊，回想著「涅墨西斯計畫」剛開始的那個早晨。雖然季節不同，但當時他也是站在這裡，等候每日例會的成員聚齊。

「總統先生。」幕僚長艾卡斯說道：「差不多該開始了。」

伯恩斯轉頭一看，眾多熟面孔裡多了一個新面孔。一切的一切都與那個早晨如出一轍。承接梅文．嘉德納職位的新國家科學技術顧問，正神色緊張地坐在沙發的最尾端。伯恩斯心想，如果自己沒記錯，這個人叫拉蒙特。

伯恩斯一坐下，國家情報總監霍金一如往常遞上一份皮革封面的資料夾，說道：「這是今天的總統日報。」

前兩件情報的內容，是關於不久前發生的那兩起前所未聞的網路攻擊事件。

霍金身旁的國家安全局分析官向總統說：「關於詹伯倫先生遇害的事件，我們犯了嚴重的疏失。我們原本懷疑幕後兇手是中國的電腦情報戰單位，但經過詳加調查，我們發現並非如此。」

伯恩斯明白自己對電腦完全是門外漢，搶著說道：「盡量說得淺顯些。」

「好的，那麼我就省略技術性的部分，直接報告結論。我們發現人民解放軍的電腦網路亦有遭到入侵的跡象，這顯示中國只是遭到嫁禍而已。」

「若兇手不是中國，那誰才是兇手？」

「很抱歉，我們查不出來。但不管兇手是誰，總之不會是中國。」

「你的意思是說，有人在不留任何證據的情況下，暗殺了美國副總統？」

「是的。」分析官一臉無奈地說。

此時伯恩斯心中湧現的情緒不是憤怒，而是恐懼。對那「兇手」而言，暗殺美國總統或許也是輕而易舉的事。

霍金緊接著說：「我們以前將中國過於妖魔化了。今天的國家安全保障會議，或許有必要重新審視我們的對中政策。」

中情局長荷朗德點頭同意，說道：「我認爲應該凍結目前尚在檢討中的軍事計畫。」

伯恩斯沒有做出任何回應，翻開總統日報上的第二件情報，問道：「這起對我國全土造成重大危害的網路攻擊事件，同樣找不出兇手？」

分析官再度無奈地點頭。「很遺憾，是的。不過我們觀察到一個奇妙的現象，那就是全國金融機構的數據資料被網路攻擊搞得一團亂後，竟又恢復原狀。若非如此，我國的經濟系統恐怕已徹底癱瘓。」

「兇手爲什麼要幫我們？」

「據我們推測，這或許帶有示威的用意。」

霍金擔心分析官這句話說得太坦白，恐怕激怒了伯恩斯，趕緊說道：「我們當前的課題是制定完善的法規。包含基礎公共設施系統及所有金融機構，都有義務採行防範網路攻擊的措施。」

「這樣就能徹底杜絕網路攻擊嗎？」

沒有人敢回答總統伯恩斯這個問題。

伯恩斯不悅地咳了兩聲，望向第三件情報，問道：「四架F22墜毀，這件事查出什麼了？」

「關於這件事，我們需要一些專業知識，因此我邀請了拉蒙特先生參與今天的會議。」霍金說完，將發言權轉交給新上任的國家科學技術顧問。

坐在最末尾的拉蒙特取下老花眼鏡，向總統說：「那四架戰鬥機幾乎在同一時間墜毀，原因並非是遭受攻擊，而是自然災害。」

伯恩斯皺起眉頭，狐疑地說：「自然災害？」

「是的，佛羅里達半島外海的海底蘊含了大量的甲烷水合物。所謂的甲烷，就是我們常說的天然氣，而甲烷水合物，又稱爲可燃冰，指的是天然氣在低溫高壓的環境下被包入水分子中的狀態。這種晶體結構一旦瓦解，原本封存於海底之下的大量天然氣就會向外噴發，最後冒出海面，進入大氣中。那四架F22相當不幸，剛好就在這時低空飛過海面，因而引發爆炸。」

拉蒙特見伯恩斯露出無法認同的表情，進一步解釋道：「那四架戰鬥機，以及發射出去的飛彈，尾部都有正在燃燒的噴射引擎。一旦衝進可燃的甲烷氣體中，結果當然不是爆炸，就是因引擎不完全燃燒而墜毀。至於駕駛員在最後的通訊中提到『大海在燃燒』，應該是爆炸後的飛機殘骸讓海面上的甲烷氣體全燃燒了。」

坐在總統辦公室裡的眾高官，一時之間無法判斷該不該採信這位科學家的說法。

「我能請教一個問題嗎？」荷朗德說：「你剛剛提到的甲烷水合物這種物質，是否只存在於佛羅里達半島外海的海底？」

「不，南北美大陸及亞洲各海域都有不少。」

「既然如此，爲何從來沒聽過類似的事故？」

拉蒙特搖頭說道：「只有佛羅里達半島的海域才符合發生事故的特殊條件。這個特殊條件就是北大西洋海流。這是一道來自非洲大陸附近的暖流，在北美附近更名爲墨西哥灣暖流，並且改變方向，通過佛羅里達半島外海。只有這裡的甲烷水合物，才有機會碰到這麼溫暖的海水。而海水的溫度變化，正是甲烷水合物釋放出甲烷氣體的關鍵要素。」

「你的意思是說……『猛禽』小隊全滅只是個不幸的意外？」伯恩斯問道。

「是的，只能說他們通過這片海域的時機實在太差。」

「這個事故有沒有可能是人爲引發的？」

「絕對不可能。」拉蒙特斬釘截鐵地說：「沒有人知道甲烷氣體會在什麼時候、從什麼位置大量噴出，更別提將超音速的戰鬥機在精確的時間引誘到精確的地點。以人類的能力絕不可能做得到。」

「以人類的能力……」伯恩斯低聲咕噥，接著轉頭朝荷朗德問：「這份報告又是那年輕小子寫的？」

「亞瑟・盧本斯？」

「是啊。」

「他辭職了。寫這份報告的是另一位分析官。」

伯恩斯點點頭，沒再說話。

那是一種遭受到監視的感覺。好像有人正在看著自己。那是一道彷彿能夠洞悉一切的視線，更是一道原本身爲最高掌權者所不應該承受的視線。

這視線的主人是亞瑟・盧本斯嗎？當初那年輕人在深夜來此進行簡報時，確實流露出類似的目光。

不，不對。並不是盧本斯。那並不是人類所能夠擁有的視線。

伯恩斯不禁感到毛骨悚然。自己不管去任何地方，做任何事，恐怕都逃不過這道彷彿來自天上的視線。一旦違逆這道視線，就會跟副總統詹伯倫一樣遭受制裁。

「下一個議題是關於伊拉克的戰況。」幕僚長艾卡斯說道。

這道如影隨形的視線恐怕會跟著自己一輩子。一想到這點，伯恩斯登時心如死灰。

盧本斯坐在樸素而雅致的客廳裡，望著窗外的陽光，感受著印第安納州的春天氣息。桌上一杯剛泡好的紅茶，正冒著一縷熱氣。

盧本斯正與宏儒碩學度過悠閒的時光。不用再擔心遭到監聽，心情當然也輕鬆不少。

「已經沒事了？」赫茲曼啜了一口妻子泡的紅茶後問道。

「是的，計畫已經落幕。表面上是以成功收場，但我相信『努斯』正暗中前往日本的路上。」

盧本斯將副總統遭暗殺後的事情發展始末原原本本地說了一遍。赫茲曼聽完後，露出心滿意足的笑容。身爲一個有良知的國民，對獨裁者的挫敗感到痛快也是很正常的反應。

「你上次出的題目，我終於找到答案了。」盧本斯接著說：「答案就是『還有一個人』。」

「沒錯，所以你們從一開始就沒有勝算。對了，你們有沒有查出另一個的年紀及居住地？」

「八歲，名叫坂井惠麻，目前只知道是住在日本。」盧本斯說明小人族孕婦遠渡重洋抵達日本的來龍去脈。「扶養惠麻長大的坂井友理，似乎是位擁有愛心及責任感的女士。」

「那很好。」赫茲曼頷首說道：「母愛正是和平的基石。」

「今後這對姊弟會採取什麼行動？」

赫茲曼板起了學者臉孔，說道：「在奠定種族繁衍基礎之前，他們應該會隱藏行跡。在這段期間，他們會徹底調查『智人』這種低等動物的習性，進行暗中支配。」

「具體而言，他們會採取什麼作法？」

「這我就不知道了，畢竟我也是低等動物的一員。」赫茲曼說道：「不過若站在他們的立場來思考，我猜他們首先會推動廢除核武。對他們來說，世界現在的局勢就像是一群手持核彈發射鈕的猴子在爭奪地盤。如此危險的狀況，他們絕對不會置之不理。又或者，他們會殺死所有意圖發動戰爭的政治領袖。」

盧本斯心想，這麼一來或許世界會變得和平些。

「若以長遠的眼光來看呢？三十年前，博士在報告中認爲人類會遭到滅種，現在是否依然抱持相同的看法？」盧本斯問。

「這得看他們有多殘暴，以及繁衍速度有多快。在他們的數量達到足以維持文明的程度前，我們算是重要的勞動資源。」

盧本斯聽到這裡，忽想到一個人類史上已獲得證實的性淘汰（註）實例。在居住於歐亞大陸的男性中，有些人的Y染色體帶有某種特徵。科學家利用一種名爲「分子時鐘」的生物學手法分析這種Y染色體的誕生時期及地區，發現跟十三世紀成吉思汗遠征的路線完全相符。蒙古帝王成吉思汗的一生可說是在殺戮、掠奪及強姦中度過，每當征服一個地區，他就會搶奪該地美女納入後宮。這樣的行徑讓他留下了難以數計的子孫。如今距離成吉思汗的時代已過了八百年，若以前述的特殊Y染色體來統計，光是成吉思汗的男性子孫就有一千六百萬人。假設女性子孫的人數與男性子孫差不多，則合計共有三千兩百萬人是成吉思汗的後代。或許連成吉思汗也沒有察覺，這種生物學上的性淘汰才是戰爭的眞正目的。以野獸的角度來看，這綽號「蒼狼」的可怕暴君確實是極爲優秀的個體。但若以人的角度來看，那就另當別論了。

那麼，新人類又將以多快的速度繁衍其子孫呢？目前新人類只有惠麻及努斯兩人，他們無法靠建立後宮來快速繁殖後代。然而他們擁有先進的生殖醫療技術。何況既然他們兩人都是出生

註：「性淘汰」（Sexual selection）或譯爲「性選擇」，指的是同一種族內的同性（通常是雄性）會爲了爭奪與異性交配的機會而互相競爭的現象。經由此現象，帶有缺陷或較弱小的個體會遭到淘汰而無法延續其基因。

於平凡人類的胎盤，表示他們可以靠人工授精或代理孕母的方式一口氣大量增加後代。再加上他們具有遠超越當前醫療技術的智慧，要在八百年內繁衍出數千萬子孫絕非難事。

由此看來，現在的人類恐怕會在進入三十世紀前從地球上消失。不過數十年前科學家便已預期人類會因核子戰爭而迅速滅種，假如能存續到三十世紀已算是要謝天謝地了。

「好想親眼瞧瞧那些新世代的人類。」赫茲曼說道：「或許以身爲舊人類的立場沒資格說這種話，但我衷心期望他們是愛好和平的種族。」

盧本斯不禁想像，在那惠麻及努斯的後代建立起社會時，或許已不存在「國家」這種單位。那是一個沒有分界線的世界，更是一個舊人類絕對無法實現的世界。在那些新人類的心中，地球是他們的共同故鄉。

「對了，你接下來有何打算？」赫茲曼問。

「找個研究機構待著，鑽研我的新研究領域，我將之命名爲『生物政治學』。」

「那是怎樣的研究？」

「研究野獸如何利用科學技術來爭奪地盤。說得更明白點，我想弄清楚那些一臉道貌岸然的政客，在下決策時會受到心中獸性多少的影響。這還牽扯到發動戰爭者的精神病理，因此可說是門橫跨眾多領域的研究。」

「聽起來很有意思，我很期待你的成果。」赫茲曼露出戲謔的神情。

「謝謝，我會徹底揭開那些傢伙的人皮面具，看清楚他們到底是人還是禽獸。」盧本斯說到這裡，忽抬起頭，說道：「對了，上次對談時，博士曾提到智人這種動物的定義是『大量屠殺同類』……」

「是啊，怎麼了？」

「我想到了一個反證。」

「噢？說來聽聽。」赫茲曼興致盎然地將身體向前傾。

「目前全世界大約有六十五億的智人，以大型哺乳類動物而言，可說是繁衍得極爲成功。個體數的增加，不正是證明智人的利他行爲多於排他行爲嗎？換句話說，我們心中的『善』比『惡』要多一些，定義爲『懂得互助合作的動物』或許並不爲過。」

「不，那是託了經濟活動的福。」赫茲曼依然抱持著一貫的性惡理論。「人只有在有錢賺的時候，才會互相幫助。舉個最簡單的例子，先進國對落後國的開發援助，說穿了是一種投資。好比非洲接下來將成爲世界各國援助的焦點，但各國的眞正目的其實是掌握非洲的資源及消費市場。再舉一個醫療方面的例子，所有研發藥物的團體都是以利益爲優先考量，因此那些無法回收成本的罕見疾病自然沒有研發團體願意去碰觸。」

盧本斯聽到這裡，宛如看見雲際間射下一絲曙光，不禁面露微笑說：「但還是有人願意冒生命危險拯救他人，且不求任何回報。例如救助跌落月台下的外國人，或是爲了研發新藥而不惜賭上性命。」

「有是有，但是太少。說起來這也是一種進化後的人種吧。」赫茲曼臉上也露出溫和的笑容。「想見新人類，不用尋找努斯，或許走在街上就遇得到。」

「搞不好長得弱不禁風。」盧本斯說道。

葉格等人所搭乘的巨型貨櫃船自巴拿馬運河進入太平洋，朝著日本的橫濱港持續前進。船員們招待「皮亞斯海運」的大少爺及其友人，自然是隆重而周到。所有人住的都是附浴室的單人房，餐點亦相當豐盛，酒吧區裡的酒更是無限量供應。

葉格擔心若藉酒精力量撫平精神創傷，恐怕馬上就會酗酒成癮，因此不時提醒自己別喝太多。除了喝酒之外，能做的消遣還是不少。例如泡泡三溫暖，或是到甲板上的小游泳池游泳。這短短兩星期的珍貴時光，完全消除了肉體上的疲勞。

由於船上的網路設備相當完善，葉格每天都收到來自里斯本的喜訊。從莉迪亞送來的照片，可以清楚看出兒子的病情已出現奇蹟似好轉。主治醫師傑拉德博士甚至表示，只要等併發症亦獲得改善，賈斯汀應該可以出院。

每次想到那日本年輕人的懦弱神情，葉格總是不禁莞爾一笑。沒想到那個看起來像高中生的稚嫩學者，竟然可以征服過去誰都束手無策的不治之症。

抵達日本的前一天，皮亞斯在上級船員專用餐廳內邀集所有成員。除了葉格及邁爾斯之外，連亞齊里也來了。為了避免船員起疑，亞齊里在船內總是戴著幼兒用的帽子，將額頭及雙眼遮住。

四人圍著圓桌坐下來，皮亞斯開口說：「這是我們登陸日本前的最後一次會議。對於兩位，我有一個提案。」

「什麼提案？」葉格問。

「請兩位將自己的經濟狀況說出來，不要有所隱瞞。這涉及個人隱私，請不要見怪。」

「你問這個做什麼？」

「兩位若是背負債務，皮亞斯財團願意代為償還。」

邁爾斯吃驚地往左右看了兩眼，問道：「你說得是眞的嗎？」

「不僅如此，財團願意照顧兩位今後的生活。除了一生支給年金之外，若兩位想要工作，財團亦可以提供職缺。」

兩個傭兵對看了一眼。邁爾斯說道：「到你們的總公司當停車場管理員，似乎是不錯的選擇。」

皮亞斯笑著說道：「總而言之，兩位今後不需要再拿槍了。」

葉格聽到這宛如美夢般的好消息，當然是喜出望外。但肩膀上的沉重壓力讓上揚的嘴角再度下垂。

「另外兩人呢？葛瑞及米克的家人，是否也能得到照顧？」葉格問。

「財團會照顧葛瑞的家人。但米克無親無故，我們沒辦法爲他做任何事。」

「眞令人遺憾。」葉格一邊感嘆，一邊揮揮手，彷彿想要甩去沾在手上的液體。這個動作已成了葉格的習慣。當初射殺米克之際，那種彷彿親手接下鮮血與腦漿的觸感，在事隔多日後不但沒有淡化，反而愈來愈鮮明。葉格早已決定虛心背負罪業，不再爲自己找藉口。假如忘了這股疼痛，恐怕會墜入邪惡深淵而不自知。賈斯汀恐怕一輩子都不會知道，父親爲了救他的命而在戰場上做了什麼事。

「那個日本人古賀研人呢？他好像還有個幫手，是個韓國人。他們可以得到什麼？」

「我們當然沒有忘了那兩位的貢獻。目前我們已暗中規畫出一套長期計畫，由財團出資設立一家新興製藥企業，未來將交由他們經營。」

「好，那我們就去那裡當警衛吧。」邁爾斯說。

葉格回想著古賀研人的長相，說道：「讓那小傢伙經營公司，不會有問題嗎？」

「不用擔心。」回答這問題的是冰冷的電腦合成音。

三人同時轉頭望向身旁的三歲幼童。亞齊里接著在鍵盤上輸入：「我們會在背後協助那個日本人及韓國人。」

「『我們』指的是你跟惠麻？」

「沒錯。」

葉格回想當初在剛果叢林裡第一次與亞齊里交談時，亞齊里曾說他寫了一套製藥軟體，便問道：「他們使用的製藥軟體，就是你寫的？」

「沒錯。」

「謝謝你。多虧你與惠麻，我兒子才能得救。」

「不客氣，我才該向你們道謝。」亞齊里給了個非常人性的回答。

「謝我們什麼？」

「你們保護了我的生命。」

兩個傭兵聽了這個回答，都感到有些意外。葉格拿起亞齊里頭上的帽子，看見亞齊里正以一對貓眼仰望著自己。葉格察覺亞齊里的眼睛是雙眼皮，對他這模樣的排斥感又少了幾分。

「那是我的工作。我只希望你記得一點，那就是我們人類跟你一樣珍惜自己的生命。」葉格說。

「我會記住的。」亞齊里回答。

會議到此結束。隔天一大早，一行人在天未亮時便已起床。此時巨型貨櫃船已進入日本領海，放眼望去可看見東京灣。葉格及邁爾斯將夜視鏡及衛星定位裝置帶在身上，準備執行身為傭兵的最後一項工作。

四人與菲律賓籍的船長一同來到狹小的甲板，將一艘附驅動引擎的小型橡皮艇放下海面。邁爾斯率先沿著船側的繩梯爬入橡皮艇中，接著是皮亞斯，最後則是背負亞齊里的葉格。一拉引擎上的發動帶，引擎順利地開始運轉。

船長站在甲板上朝著「皮亞斯海運」的大少爺敬禮。接著橡皮艇便載著一行人朝著東北方前進。

此刻才清晨四點，海平面上的巨大陸地已隱約浮現其輪廓。一行人的預定登陸地點為距離東京約一百公里遠的房總半島東側海岸。該地點不過是個海水浴場，不是什麼敵人環伺的危險區域，何況此時不是夏季，根本不會有什麼遊客。一行人在艇上隨口閒談，氣氛相當輕鬆。

來到目標地點附近，一行人暫時熄了引擎，以紅外線夜視鏡觀察海岸線上的動靜。連綿不絕的沙灘海岸後方，是一長排混凝土壁，壁上是條車道。由於車道上等間隔設置著路燈，因此景色不若想像中那麼一片漆黑。

「沒有釣客。」邁爾斯接著將視線往上移，說道：「車道上站著兩名男子，停著一輛機車，此外沒有其他車輛。」

「那兩人應該是日本的朋友。」皮亞斯說完，取出手機撥了電話。夜視鏡中的男人在同一時間將手機放在耳旁。

「能不能開一下車燈？」皮亞斯向對方說。道路上的兩個男人中，沒接電話的男人走向機車。不一會兒，車燈亮起了兩次。

「沒錯，就是他們。一切安全。」皮亞斯掛了電話後說道。

邁爾斯發動引擎，懸浮於海面上的橡皮艇重新開始前進。眼前的陸地愈來愈巨大，臨近沙灘時，邁爾斯又熄了引擎，讓橡皮艇靠著慣性力繼續朝陸地飄移。

天色尚未破曉，只聽見和緩的潮浪聲。葉格背起亞齊里，跳下橡皮艇。水深只到大腿頂端，但水溫相當低。葉格保持著身體平衡，緩緩走上沙灘。勾在脖子上的兩隻嬌小手臂，傳來陣陣暖意。葉格不禁幻想著，等賈斯汀恢復健康後，一定要帶他來日本瞧瞧。

每走一步，海水的浮力便減少一分，雙腿的重量則增加一分。最後海水終於完全消失，每一步都在沙灘上留下了腳印。

葉格抵達了日本。

任務結束。

男人們跳下黑色橡皮艇，以強而有力的步伐走上沙灘。

研人看著這一幕，有種彷彿童話故事化爲現實的奇妙感受。

——過一陣子會有一個美國人來找你。

如今這位美國人終於出現在自己的眼前。

危機解除後的隔天，坂井友理再度來電，告知喬納森・葉格即將抵達日本的消息。當時正勳亦已從葡萄牙回到日本，兩人商議後，決定來海邊迎接。

接下來的一個多星期，對研人而言是回歸正常生活的緩衝時間。他打了電話回家，母親聽到研人的聲音自然是又驚又喜，有如連珠炮般問了一大堆問題。交談的過程中，研人得知一個令他頗爲意外的消息。原來刑警曾來家裡向母親賠罪，並說明警方當初將研人當成嫌犯追捕只是一場誤會。

研人聽到這消息後，決定壯著膽子回到學校。一走進研究室，園田教授瞪大雙眼，熱情地迎接他歸來。刑警果然也到研究室洗刷研人的嫌疑，讓他能光明正大地回歸校園。

研人打算找個時機將肺硬症特效藥的事告知園田教授。憑著教授的手腕，一定能說服大型藥廠出資，讓特效藥進入正常研發程序。

研人曾就此事與正勳商量，正勳的回答是：「假如特效藥的專利讓我們賺了大錢，我們就拿這筆錢來當資金，繼續研發其他罕見疾病的特效藥。」

正勳的這個提議，研人當然沒有反對。

所有相關人物之中，唯獨報社記者菅井這個人，研人自此沒再聯絡。對於這父親舊友的底細，坂井友理已經私下調查得一清二楚。

「那個人什麼都不知道，你就原諒他吧。」坂井友理如此勸研人。

坂井友理這個提議，研人當然也沒有反對。

海平面上開始泛起了魚肚白。研人低頭一看，葉格等人已踏上混凝土壁的階梯，朝著國道旁的停車場走來。

研人不禁有些緊張。又過一會兒，那有著虎背熊腰的身材及粗獷臉孔的美國人已來到街燈下。研人早已準備好了幾句英語的寒暄詞句，正準備要對那美國人說出口，沒想到美國人一走上階梯，看見了研人，卻只是沉默不語。研人不知如何是好，原本到嘴邊的話全縮了回去。下一瞬間，那魁梧的傭兵忽然抱了上來。研人只覺得背上一陣劇痛，彷彿脊椎已被折斷。

「謝謝你，研人！你救了我兒子！」葉格發出豪邁的笑聲。

「不、不客氣。」研人以英語回答。

葉格接著轉頭朝正勳問道：「將藥送到里斯本的就是你？」

「是的。」正勳回答。葉格同樣給了他一個擁抱。正勳開懷大笑，與葉格不停互拍肩膀。

鬧了一陣後，一行人才開始自我介紹。自稱名叫史考特．邁爾斯的男人則是輪流與兩人握手，臉上的溫馨笑容實在讓人看不出他也是個傭兵。最後，研人的目光停留在三人腳邊的幼童身上。那孩子同樣仰頭朝研人望。他的身體極爲嬌小，卻戴了一頂大帽子。

「他是亞齊里。我們終於將他從剛果的叢林帶到這裡。」皮亞斯說。

難道這孩子就是……研人一面想，一面在亞齊里面前蹲了下來。在那寬大帽子的帽簷底下，研人看見了一對眼角上翻的碩大雙眼。深邃而黝黑的瞳孔中，正散發著一種令人無法理解的神祕感。研人剛開始吃了一驚，但看著看著，忽覺得這個模樣其實還挺可愛的。

「嗨，亞齊里，你終於來了。」正勳看著亞齊里說道。

「他還沒辦法說話。而且不久前才逃出戰場，還很疲累。」皮亞斯說。

研人忽然想起，當初在實驗室與剛果進行視訊通話時，傭兵應該有四人，而且有一人會說日語。此時傭兵只剩兩人，是否意味著另外兩人已經死了？研人雖疑惑，但沒詢問。戰場上的殘酷，只有親身經歷過的人才能體會。如今舊事重提，只是增添感傷而已。

研人隔著帽子摸摸亞齊里的大頭，說道：「你放心，以後不會再遇到戰爭了。我們這個國家的人已經說好，絕對不會發動戰爭。」

亞齊里的表情微微一變，眼神中流露出懷疑，似乎是不太相信研人這句話。

「亞齊里，你的家人來了。」皮亞斯說道。

眾人一聽，全轉頭朝身旁的國道上望去。一輛靛藍色箱型車打了方向燈，彎進他們所站的路邊停車場。這是研人第二次看到這輛車子。遇見坂井友理的那晚已見過了一次。

箱型車通過眾人身旁，在遠處停了下來。兩側車門開啓，分別走下一個身形削瘦的日本女性，及一個看起來像小學生的女孩。

「亞齊里！」

亞齊里聽見呼喚，大喊一聲「惠麻！」，搖晃著大頭朝女孩奔去。

微弱的晨曦中，一對姊弟緊緊相擁。研人仔細觀察那姊姊的模樣，發現她的長相並不如亞齊里那麼奇特。膚色接近東方人，但略顯寬大的額頭讓整體五官看起來有些扁平，像是亞裔與非裔的混血兒。隨著年紀漸長，或許他們的模樣會愈來愈接近一般人類，然而五官的發育畢竟較爲緩慢。那姊姊的體格已是小學生，但容貌看起來卻稚嫩了些。

坂井友理離開一對姊弟的身旁，朝眾人走來。此時她臉上帶著若有似無的微笑，已沒有初識那晚的陰森氣息。

皮亞斯走上前，迎接這位當年曾在薩伊共事過的女醫師。兩人簡短交談，並開心地互相擁抱。

等所有人自我介紹結束後，坂井友理向眾人說：「謝謝各位的幫助。多虧各位，我們才能成功守護那對新的生命。」

「我想跟惠麻打個招呼。」葉格說道。

坂井友理露出尷尬的表情，回答：「那孩子很怕生……」

惠麻及亞齊里正站在遠處偷偷朝眾人望來，那副模樣簡直像是畏懼人類的一對小動物。不，或許形容爲「畏懼大猩猩的一對人類姊弟」更加貼切些。

「『GIFT』程式眞的是那孩子寫出來的？」正勳問。

「是啊。」

「一個人？」

坂井友理點點頭，忽然嫣然一笑，說道：「對了，我忘了說一件事。那個製藥軟體經過一定時間後就會自動消滅。兩位今天回家時，應該已找不到那個軟體了。」

正勳露出宛如世界末日來臨的表情，說道：「再美的夢，終有醒來的一天。」研人聽他用了這麼有詩意的句子，不禁哈哈大笑，拍拍他的肩膀安慰他。

「各位接下來有何打算？」友理問道。

「我得回町田的實驗室將藥完成，好交給葉格先生。」研人說道。如今實驗室裡正在合成接下來三年份的特效藥。

「好，那我們也告辭了。請各位不要調查我們住在哪裡，若有事，我們會主動聯絡。」

「我明白了。」

「再會了，各位，期待未來的相逢。」坂井友理與眾人一一握手，轉身朝車子走去。

一對年幼的姊弟喜孜孜地圍繞在如同親生母親般的坂井友理身旁。友理溫柔地將惠麻與亞齊里分別抱入後座，朝眾人揮揮手後，進入駕駛座。

正勳看著車子慢慢駛入國道，忍不住咕噥說：「早知道那軟體會消失，應該多用幾次才對。」

研人也深覺可惜，說道：「是啊，搞不好連癌症的特效藥都做得出來。」

「以後只能靠我們自己的腦袋了。」

「沒錯。」研人對正勳這個回答深感認同。

對進化後的新人類而言，或許人類只是種智力低得可憐且性情野蠻醜陋的低等動物。但不管能力再怎麼微薄，這就是人類。身爲進化過程的一環，這些就是人類所擁有的一切。人類只能仰賴自己充滿缺陷的大腦，努力解決生命中的所有難題。

箱型車載著亞齊里等人消失在國道的轉角。海邊重新恢復寧靜。

「一切都結束了。」原本保持沉默的邁爾斯問道：「葉格，你會不會覺得有點寂寞？」

「我打算養隻貓。」葉格回答。

謝辭

本書在執筆過程中，承蒙各方專家撥冗提供專業知識，請容我在此一一致上謝意。

首先是關於製藥化學的部分，排列方式爲依照訪談時間先後順序（省略敬稱）。

佐藤壽彥（東京女子醫科大學醫師、Elsevier股份有限公司Chief medical informatics offcer）

磯貝隆夫（東京大學藥學系研究所Astellas製藥理論科學贊助講座特任教授）

田沼靖一（東京理科大學藥學院院長、基因製藥研究中心主任）

長瀨博（北里大學藥學院生命藥化學研究所教授）

平山重人（北里大學藥學院生命藥化學研究所副教授）

山本直司（星藥科大學藥品製造化學研究所助理）

林田康平（北里大學藥學院生命藥化學研究所學生）

本田雄也（東京理科大學藥學研究所田沼藥學研究室畢業生）

佐伯和德（東京理科大學藥學研究所田沼藥學研究室博士班三年級學生）

有幸聆聽北里大學長瀨博老師的教誨，尤其令我感到十分榮幸。長瀨老師一口答應我的請求，在研究室內花了十小時以上的時間爲我詳加解釋製藥領域中的關鍵學問「有機合成」。若不是長瀨老師提供了他博大精深的學識及經驗，本書的主角們恐怕將面臨慘不可言的下場。長瀨老師的細心指導，就像是賜給了我「ＧＩＦＴ」特效藥，請容我再次致上最深的謝意。

關於電腦及網路相關知識，承蒙以下專家指導：

高木浩光（獨立行政法人產業技術綜合研究所情報安全研究中心主任研究員）

關於航空相關知識，承蒙以下專家指導：

青木謙知（航空記者）

關於語言及邏輯學相關知識，承蒙以下專家指導：

野矢茂樹（東京大學教授）

另外，感謝以下諸位提供了值得玩味的韓國文化相關題材：

金泰完

金賢玉

崔貞煥

李應敬（譯註：以上四位爲譯音）

除了表達謝意之外，我想藉此機會聲明，若內容有任何考證上的瑕疵，一切責任皆應由我獨自承擔。

最後，在此向讀者們致上由衷謝意。

感謝您閱讀了本書。

主要參考文獻

《文明的逆說》立花隆著　講談社

《二十一世紀知性挑戰》立花隆著　文藝春秋

《猴子學的現況》立花隆著　平凡社

《人類與進化》Georges Olivier著　澤玖美譯　Misuzu書房

《病毒進化論》中原英臣、佐川峻共著　早川書房

《如何研發新藥　製藥研究的最前線》京都大學藥學研究所編　講談社

《製藥化學》野崎正勝、長瀬博共著　化學同人

《最新　製藥化學（上・下）》C. G. Wermuth編著　長瀬博監譯　Technomics

《基因製藥　從合理製藥到個人化醫療的實現》田沼靖一編　化學同人

《電腦模擬製藥科學　從基因訊息到製藥》藤井信孝、辻本豪三、奧野恭史編　京都廣川書店

《實錄　現代傭兵》（*Licensed to Kill: Hired Guns in the War on Terror*）Robert Young Pelton著　角敦子譯　原書房

《戰爭中的「殺人」心理學》（*On Killing: The Psychological Cost of Learning to Kill in War and Society*）Dave Grossman著　安原和見譯　筑摩書房

《布希戰爭》（*Bush at war*）Bob Woodward著　伏見威蕃譯　日本經濟新聞社

《戰爭總統》（*State of war: The Secret History of the CIA and the Bush Administration*）James Risen著　伏見威蕃譯　每日新聞社

《美國祕密戰爭》（*Chain of Command: The Road from 9/11 to Abu Ghraib*）Seymour Hersh著　伏

見威蕃譯　日本經濟新聞社

《布希的戰爭公司》（*How Much Are You Making on the War Daddy? A Quick and Dirty Guide to War Profiteering in the Bush Administration*）William D. Hartung著　杉浦茂樹、池村千秋、小林由香利譯　阪急Communications

《CIA祕密航班　恐怖分子移送作業的全貌》（*Ghost Plane: The True Story of the CIA Torture Program*）Stephen Grey著　平賀秀明譯　朝日新聞社

《一切都受到監控　美國國家安全局的眞面目》（*Body of Secrets: Anatomy of the Ultra-Secret National Security Agency*）James Bamford著　瀧澤一郎譯　角川書店

《梯陣　世界監聽系統曝光　歐洲議會最終報告書深層觀察》小倉利丸著　七森書館

《訊息製造機　躲在電視評論家背後的國防部》（*MESSAGE MACHINE Behind TV Analysts, Pentagon's Hidden Hand*）David Barstow著（日文版收錄於《COURRIER JAPAN》二〇〇九年七月號）

《孩子兵的戰爭》（*Children at War*）Peter Warren Singer著　小林由香利譯　NHK出版

《五萬年前　人類的長征由此開始》（*Before the Dawn: Recovering the Lost History of Our Ancestors*）Nicholas Wade著　安田喜憲監修　沼尻由起子譯　East Press

《森林中的狩獵民族　姆蒂族的生活》市川光雄著　人文書院

《來自循環與共生的森林　狩獵採集民族姆蒂族的智慧》船尾修著　新評論

《理科白書　靜靜支撐著這個國家的一群人》每日新聞科學環境部著　講談社

《歧視與日本人》野中廣務、辛淑玉共著　角川書店

《關東大地震》吉村昭著　文藝春秋

《南京事件　增補版》秦郁彥著　中央公論新社

《南京戰　遭撕裂的受難靈魂　一二〇位受害者的證詞》松岡環編著　社會評論社

Lewis Carroll, *Through the Looking-Glass, and What Alice Found There*

D.A.May & J.J.Monaghan, “Can a single bubble sink a ship?”, *American Journal of Physics*, Volume 71

E FICTION 02／種族滅絕

原著書名／ジェノサイド
翻　　譯／李彥樺
原出版者／角川書店
作　　者／高野和明
編輯總監／劉麗真
責任編輯／張麗嫺
特約編輯／謝　晴
總 經 理／陳逸瑛
榮譽社長／詹宏志
發 行 人／凃玉雲
出 版 社／獨步文化
城邦文化事業股份有限公司
104台北市中山區民生東路二段141號5樓
電話：(02) 2500-7696　傳真：(02) 2500-1967
發　　行／英屬蓋曼群島商家庭傳媒股份有限公司
城邦分公司
104 台北市中山區民生東路二段141號2樓
網址／www.cite.com.tw
讀者服務專線／(02) 2500-7718；2500-7719
服務時間／週一至週五：09：30～12：00　13：30～17：00
24小時傳真服務／(02) 2500-1900；2500-1991
讀者服務信箱E-mail／service@readingclub.com.tw
劃撥帳號／19863813
戶名／書虫股份有限公司
香港發行所／城邦（香港）出版集團有限公司
香港灣仔駱克道193號東超商業中心1樓
電話／(852) 2508-6231　傳真／(852) 2578-9337
E-mail／hkcite@biznetvigator.com
馬新發行所／城邦（馬新）出版集團
Cite (M) Sdn Bhd
41, Jalan Radin Anum, Bandar Baru Sri Petaling,
57000 Kuala Lumpur, Malaysia.
Tel: (603) 90578822
Fax:(603) 90576622
email:cite@cite.com.my
封面設計／小子
印　　刷／中原印刷傳媒股份有限公司
排　　版／浩瀚電腦排版股份有限公司
●2013（民102）10月初版
售價399元
GENOCIDE
by TAKANO Kazuaki

Originally published in Japan by Kadokawa Shoten Co., Ltd, Japan.
Chinese (in complex character only) translation rights arranged with
TAKANO Kazuaki, Japan.
through THE SAKAI AGENCY and BARDON-CHINESE MEDIA AGENCY.
 ISBN 978-986-6043-63-5

國家圖書館出版品預行編目資料

種族滅絕／高野和明著；李彥樺譯．–初版．
– 台北市：獨步文化，城邦文化出版：家
庭傳媒城邦分公司發行，民102.10
面；公分．--（E fiction；2）
譯自：ジェノサイド
ISBN 978-986-6043-63-5
861.57　　102007743

獨步文化
APEX PRESS

廣 告 回 函
北區郵政管理登記證
台北廣字第000791號
郵資已付，免貼郵票

104台北市民生東路二段 141 號 5 樓

英屬蓋曼群島商家庭傳媒股份有限公司

城邦分公司

獨步文化　　收

請沿此虛線剪下，將活動卡對摺、黏貼後寄回即可

黏貼處

== 獨步 2013 集點送 !==
推理御貓 bubu 的獻身
粉絲限定！專屬於推理迷的 bubu 獻禮

10點 bubu 貓環保筷

15點 bubu 貓馬克杯

20點 bubu 貓書衣

你是個超級日本推理迷嗎？每年總是大手筆購買一脫拉庫的獨步好書嗎？那你就是 bubu 貓要獻身的對象啦！獨步自 2012 年始，新書書末皆附有 bubu 貓點數，集點可兌換 bubu 貓的周邊贈品！

【活動辦法】：即日起至 2013 年 12 月 31 日期間，獨步出版新書書末附有「推理御貓 bubu 的獻身」活動卡一張，每卡附贈一枚 bubu 貓點數（見右下角），將點數剪下貼於下方黏貼處，即可依點數兌換 bubu 貓周邊禮品～

◎ 2012 年度所發送的 bubu 貓點數也可參加 2013 年的集點活動哦！
贈品照片及更詳細活動規則請上獨步部落格：http://apexpress.blog66.fc2.com/

【兌獎期間】：即日起至 2014 年 1 月 31 日（郵戳為憑）

【點數黏貼處】

請沿此虛線剪下，將活動卡對摺，黏貼後寄回即可

【聯絡資訊】（煩請以正楷填寫以下資料，以免因字跡辨識困難導致贈品寄送過程延誤）

姓名：＿＿＿＿＿＿＿＿ 年齡：＿＿＿＿ 性別：□男 □女

電話：＿＿＿＿＿＿＿＿ E-mail：＿＿＿＿＿＿＿＿

獎品寄送地址：＿＿＿＿＿＿＿＿＿＿＿＿＿＿＿＿

【個人資料蒐集告知事項】為提供訂購、行銷、客戶管理或其他合於營業登記項目或章程所定業務需要之目的，家庭傳媒集團（即英屬蓋曼群島商家庭傳媒股份有限公司城邦分公司、城邦文化事業股份有限公司、書虫股份有限公司、墨刻出版股份有限公司、城邦原創股份有限公司），於本集團之營運期間及地區內，將以 mail、傳真、電話、簡訊、郵寄或其他公告方式利用您提供之資料（資料類別：C001、C002、C003、C011 等）。利用對象除本集團外，亦可能包括相關服務的協力機構。如您有依個資法第三條或其他需服務之處，得洽詢本公司服務信箱 cite_apexpress@cite.com.tw 請求協助。

□ **我已詳讀權利義務之相關條款，並同意遵守。**

黏貼處

【注意事項】1. 本活動限臺澎金馬地區讀者參與。 2. 參加者請務必留下有效郵寄地址，若贈品無法投遞，又無法聯絡到本人，恕視同棄權。 3. 本活動卡及 bubu 貓點數影印無效。 4. 獨步文化保留變更活動辦法的權利。

歡迎加入獨步臉書粉絲團 獲得最快最新的出版資訊！bubu 在臉書等你呦～
獨步粉絲團：https://www.facebook.com/APEXPRESS

◀歡迎剪下我